Anne Courtillé

# L'ORFÈVRE DE SAINT-SÉVERIN

Roman

*Production Jeannine Balland*
*Romans Terres de France*

PRESSES DE LA CITÉ

ISBN 2-258-06693-X

*A tous les hommes dignes*
*d'être chevaliers de l'ordre de la Rose*

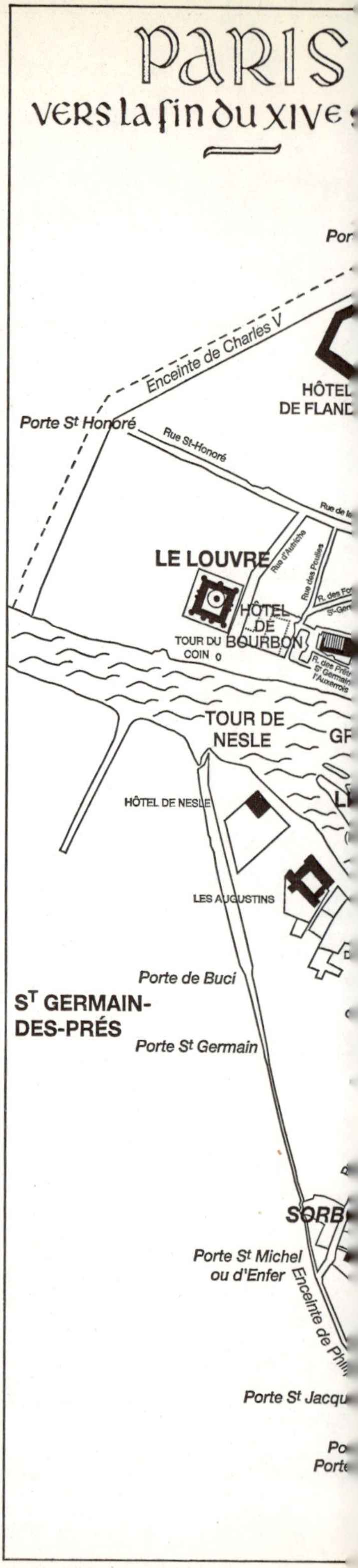

PARIS
vers la fin du XIVe
Enceinte de Charles V
HÔTEL
Porte St Honoré
Rue St-Honoré
LE LOUVRE
Rue d'Autriche
Rue des Poulies
HÔTEL DE BOURBON
TOUR DU COIN
TOUR DE NESLE
HÔTEL DE NESLE
LES AUGUSTINS
Porte de Buci
ST GERMAIN-DES-PRÉS
Porte St Germain
Porte St Michel ou d'Enfer

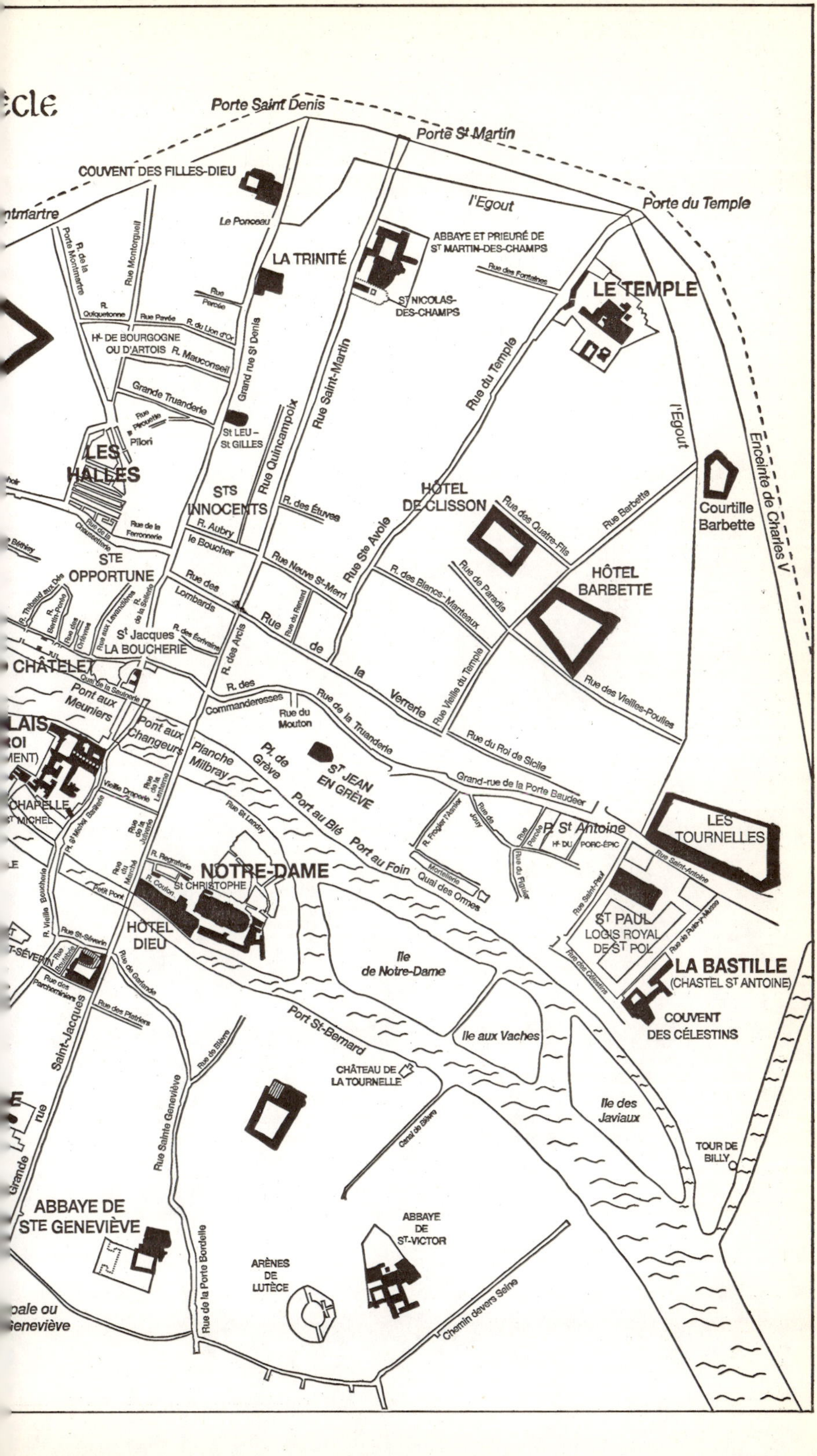
ècle
Porte Saint Denis
Porte St Martin
Porte du Temple
COUVENT DES FILLES-DIEU
Le Ponceau
l'Egout
ABBAYE ET PRIEURÉ DE ST MARTIN-DES-CHAMPS
LA TRINITÉ
ST NICOLAS-DES-CHAMPS
Rue des Fontaines
LE TEMPLE
R. de la Porte Montmartre
Rue Montorgueil
R. Quiquetonne
Rue Pavée
R. du Lion d'Or
Rue Percée
Ht DE BOURGOGNE OU D'ARTOIS
R. Mauconseil
Grand rue St Denis
Rue Saint-Martin
Rue du Temple
Grande Truanderie
Rue Pirouette
Pilori
St LEU-St GILLES
Rue Quincampoix
l'Egout
Enceinte de Charles V
LES HALLES
STS INNOCENTS
R. des Étuves
HÔTEL DE CLISSON
Rue des Quatre-Fils
Rue Barbette
Courtille Barbette
Rue de la Ferronnerie
Rue de la Chausseterie
R. Aubry
le Boucher
Rue Neuve St-Merri
Rue Ste Avoie
R. des Blancs-Manteaux
Rue de Paradis
HÔTEL BARBETTE
STE OPPORTUNE
Rue des Lombards
Rue du Renard
Rue de la Verrerie
R. Thibaud aux Dés
R. Bertin-Poirée
Rue des Orfèvres
Rue aux Lavandières
R. de la Sellerie
R. des Écrivains
St Jacques LA BOUCHERIE
R. des Arcis
Rue Vieille du Temple
Rue des Vieilles-Poulies
CHÂTELET
Quai de la Saunerie
Pont aux Meuniers
R. des Commanderesses
Rue du Mouton
Rue de la Truanderie
Rue du Roi de Sicile
Pont aux Changeurs
Planche Milbray
Pl. de Grève
ST JEAN EN GRÈVE
Grand-rue de la Porte Baudeer
LAIS
ROI
MENT)
Vieille Draperie
Rue de la Lanterne
Port au Blé
Port au Foin
R. Frogier l'Asnier
Rue de Jouy
Rue Percée
R. St Antoine
Ht DU PORC-ÉPIC
LES TOURNELLES
CHAPELLE
ST MICHEL
Pt. St Michel Barillerie
Rue de la Juiverie
Rue St Landry
Mortellerie
Quai des Ormes
Rue du Figuier
Rue Saint-Antoine
Rue Saint-Paul
R. Regratterie
Rue du Marché
NOTRE-DAME
St CHRISTOPHE
R. Coulon
Petit Pont
R. Vieille Boucherie
ST PAUL LOGIS ROYAL DE ST POL
Rue de Pute-y-Musse
HÔTEL DIEU
Rue St-Séverin
Rue Boutebrie
T-SÉVERIN
Rue de Garlande
Ile de Notre-Dame
Rue des Célestins
LA BASTILLE (CHASTEL ST ANTOINE)
Rue des Parcheminiers
Rue des Plâtriers
Port St-Bernard
Ile aux Vaches
COUVENT DES CÉLESTINS
Saint-Jacques
Rue de Bièvre
CHÂTEAU DE LA TOURNELLE
Ile des Javiaux
rue
Grande
Rue Sainte Geneviève
Canal de Bièvre
TOUR DE BILLY
ABBAYE DE STE GENEVIÈVE
ABBAYE DE ST-VICTOR
Rue de la Porte Bordelle
ARÈNES DE LUTÈCE
Chemin devers Seine
pale ou
Geneviève

# Les personnages fictifs et historiques

## Les personnages fictifs

ARNAUD, architecte
AUBERT, fils du talemelier Honoré
AUGUSTIN, employé chez l'orfèvre Jean Clerbourc
Orlando BANDINI, Milanais, client de Jean Clerbourc
Lubin BARBEDOR, orfèvre et concurrent de Jean Clerbourc
BERTRADE, amie de Pernelle Clerbourc
BOURGOT, peintresse
CÉLESTIN, cordonnier de la rue du Figuier
CHARLES, tavernier au *Renard qui prêche*, ami de Guillebert
CHARPENTIER LE SOT, gueux
Audine CLERBOURC, fille de l'orfèvre
Claire CLERBOURC, femme de l'orfèvre
Jean CLERBOURC, orfèvre
Pernelle CLERBOURC, fille de l'orfèvre, tient son prénom de sa marraine, la femme de Nicolas Flamel
Lambert CLERBOURC, fils de Jean et de Claire, orfèvre
Marie CLERBOURC, fille de Jean et de Claire
GILETTE, amoureuse de Guillebert
Jehan GRIFFARD, cordonnier

GROSSE MARGOT, gueuse
GUILLEBERT
HENNEQUIN, le nain qui travaille pour Bourgot
HONORÉ, talemelier de la rue Thibaud-aux-Dés
HUC, apprenti chez Jean Clerbourc
JAQUETTE, femme de Jehan Griffard
LA TOUCHAILLE AU TÉTON DUR, gueuse
LEPÈNE, serrurier
MADELEINE, servante chez les Clerbourc
MARGUERITE, petite amie de Lambert Clerbourc
Sœur MARIE DU ROSAIRE, religieuse augustine à l'Hôtel-Dieu
MARTHE, servante chez les Clerbourc
MARTILLE, fille de Pierre le cordier et femme d'Aubert
MARTIN, donneur d'eau bénite à l'église Saint-Jacques
MATHURIN, regrattier de la rue Thibaud-aux-Dés
NATHALÈNE, femme d'Honoré
LA PANSUE, gueuse mendiante à l'église Saint-Jacques
PAULINE, ventrière
PIERRE, cordier, père de Martille
PIERRE, ouvrier de Jean Clerbourc
RAOULET, plâtrier, gendre de l'orfèvre Jean Clerbourc
SANS-MAINS, gueux
SIMON, fils adoptif de Guillebert
THOMAS, parcheminier, gendre de l'orfèvre Jean Clerbourc
TROTTE-MENU, mendiant à l'église Saint-Jacques
URSULE, servante de Nicolas Flamel

**Les personnages historiques**

CATHERINE (1401-1438), fille du roi
CHARLES VI (1368-1422), roi en 1380

CHARLES D'ORLÉANS, neveu du roi Charles VI, fils de Louis d'Orléans

CHRISTINE DE PISAN (1364-1430), femme de lettres, véritable écrivain politique qui défend la cause des femmes et s'intéresse notamment à l'Opinion

GERSON, célèbre pour ses sermons, enseigne la théologie

GUILLAUME DE TIGNONVILLE, prévôt royal

JEAN DE BERRY (1340-1416), oncle de Charles VI, de Louis d'Orléans et de Jean sans Peur

JEAN SANS PEUR (1371-1419), duc de Bourgogne, cousin du roi Charles VI

JEAN DE TOURAINE (1398-1417), fils du roi

ISABEAU DE BAVIÈRE (1371-1435), épouse le roi Charles VI en 1385

ISABELLE DE FRANCE, fille de Charles VI, épouse du roi d'Angleterre Richard II, puis du poète Charles d'Orléans

LOUIS DE GUYENNE (1398-1415), fils du roi, dauphin

LOUIS D'ORLÉANS (1371-1407), frère du roi Charles VI

NICOLAS FLAMEL (1330-1418), riche bourgeois parisien, généreux donateur, qui eut une réputation d'alchimiste probablement usurpée, libraire juré, c'est-à-dire éditeur pour l'université. Sa dernière maison construite vers 1407 existe toujours au 51 de la rue de Montmorency

OLIVIER DE CLISSON, connétable

OUDINETTE DE CHAMPDIVERS, maîtresse du roi

VALENTINE VISCONTI, fille du duc de Milan et femme de Louis d'Orléans

Paris au début du $XV^e$ siècle, dans un royaume où rien ne va plus à cause de la folie du roi Charles VI…

Rentré d'un lointain exil, Guillebert part à la recherche de son passé tout en préparant l'avenir avec Simon, son fils adoptif.

En apprentissage chez un orfèvre qui travaille pour les princes, Simon s'initie à un métier difficile qui conjugue l'or, l'argent et ces pierres précieuses dont certains disent qu'elles ont des vertus magiques.

A Paris, les « faiseurs de mots » tiennent le haut du pavé et chacun est prêt à croire la rumeur, surtout quand elle concerne la santé du roi ou les intrigues de la cour autour de la belle Isabeau de Bavière.

Mais Paris, ce sont aussi ces rues tortueuses et animées, ces églises et leurs cloches, les Halles ou le pilori, la Seine et ses ponts…

Ce sont encore tous ces métiers, le crieur des rues, le talemelier, le parcheminier, le regrattier, le donneur d'eau bénite, le cordier, le mendiant…

Ce sont les amours de Bourgot la peintresse ou de Claire, l'épouse volage de l'orfèvre, les chagrins de Martille, les premiers émois de Pernelle, les écrits féministes de Christine de Pisan ou la philosophie tranquille du riche et généreux Nicolas Flamel.

Tout un monde qui se mobilise pour le roi et un royaume « où Dieu est sourd et n'entend pas que le roi est fou » et « où les femmes veulent faire la loi », comme le répète volontiers Guillebert !

# 1

Martille s'étira. Elle était bien. Le soleil venait lui faire un clin d'œil en s'infiltrant entre les courtines de toile bleu sombre que sa belle-mère lui avait offertes avec cette bienveillance un peu bourrue dont elle était coutumière. Un vrai luxe qu'elle n'avait jamais connu, même dans la maison de ses parents où pourtant elle n'avait manqué de rien. Mais chez Pierre, le cordier de la rue Montorgueil, un écu était un écu. Et Marthe, son épouse, ne réclamait jamais. Elle était bien trop soumise à cet homme autoritaire qui ne pensait qu'à son travail. Fabriquer des cordes et encore des cordes, des aunes et des aunes de corde. Martille n'avait connu que cela, des tas de cordes enroulées partout dans l'échoppe et même dans la rue, à deux pas de la fontaine du Ponceau.

Un sourire illumina le visage de Martille. La fontaine du Ponceau… C'était là qu'elle avait vu pour la première fois Aubert, son Aubert. Il buvait à grandes gorgées l'eau fraîche qui coulait des becs plantés dans les gueules béantes des tritons. Ah, ils en avaient bien ri, de cette rencontre ! Martille lui avait assez souvent reproché de boire pour éteindre le feu qui lui avait embrasé le corps… Trois filles de rien qui avaient abusé de cervoise à la vesprée abandonnaient une à une leurs guenilles pour jouer les sirènes aguichantes. Il avait fallu l'intervention de trois gaillards surgis de ces bas-fonds derrière le couvent des Filles-Dieu pour les empêcher d'aller se plonger dans cet égout pourtant si malodorant.

Une vraie puanteur ! Martille grimaça. Elle en avait encore l'odeur dans les narines, cette odeur qui, par vent d'est, venait jusqu'à l'échoppe de Pierre. Et encore, comme disait son père, le prévôt royal avait entrepris de faire couvrir ce cloaque qui empuantissait l'air, de la grand-rue Saint-Denis jusqu'à la porte du Temple. Et même au-delà. Ne disait-on pas que la reine s'en plaignait, dans la maison qu'elle venait d'acquérir à la porte Barbette ?

— Martille ! Martille, tu dors encore ?

Une tornade s'abattit sur la courtepointe de toile. Les papilles en alerte, Martille oublia aussitôt la pestilence du Ponceau. Aubert sentait bon le pain chaud. Son Aubert. Il était grand, il était beau, elle l'avait tout de suite reconnu quand elle l'avait aperçu. C'était lui qu'elle attendait. C'était lui son prince. Oh, certes, il n'avait pas de pourpoint de velours comme un seigneur, mais un gippon de simple bure rouge.

Plantée sur le petit pont au-dessus de l'égout, avec, pesant sur son épaule, un rouleau de corde qu'elle devait livrer chez le maître orfèvre Clerbourc, elle l'avait observé tranquillement. Elle le voyait de profil, recueillant avec application le filet d'eau dans sa main et le portant à ses lèvres, puis recommençant. Derrière lui, un petit attroupement s'était formé autour des trois femmes excitées. Les regards des hommes s'attardaient sur leurs seins et devinaient déjà leurs pauvres secrets sous des petits-linges sales.

— Tu m'étouffes ! Tu sais à quoi je pensais ? demanda Martille en tentant de repousser l'agresseur aux douces senteurs.

— Non ? répondit Aubert. Voilà pour toi ! Je l'ai façonné pour toi, uniquement pour toi, et j'ai surveillé sa cuisson avec amour. Regarde comme il est doré à point.

— Hum... il sent bon.

Martille planta ses dents dans la petite miche de pain avec cet appétit qui lui faisait mordre à la vie. Aubert la regarda avec tendresse. Il était si heureux.

— Alors, à quoi je pensais ? répéta Martille, l'œil pétillant d'impatience.

Aubert fit une moue. Il avait des lèvres épaisses au-dessus d'une fossette très marquée au menton. Son nez légèrement busqué se plissa un instant et une légère ride verticale apparut. Martille aimait ce visage. Pour elle, il n'y en avait pas de plus beau, surtout quand il s'illuminait d'un sourire qui rendait ses yeux encore plus bleus.

— A ces filles du ponceau !

— Oh, tu ne vas pas recommencer !

— Si, jusqu'à mon dernier souffle, jusqu'à ce que Dieu m'envoie au cimetière des Innocents !

— Parle pas de malheur, lève-toi plutôt, ma mère a besoin de toi !

— C'est tout de même grâce à ces filles que je t'ai rencontré ! dit Martille en rejetant vivement la courtepointe de toile écrue et en sautant du lit.

— Que tu m'as poursuivi !

— Voire ! Les hommes sont tellement bêtes, alors il faut bien que les femmes forcent un peu leur chance...

Aubert soupira. Avec Martille, il n'aurait jamais le dernier mot. Mais n'avait-elle pas bien fait de le suivre, ce fameux soir, jusqu'à la rue Thibaud-aux-Dés ? D'un geste gracieux, elle venait de se débarrasser de sa cotte de nuit de fine toile qu'elle avait apportée dans son coffre de mariage, et là, nue devant lui, elle lui faisait tellement envie.

— Habille-toi vite ! murmura-t-il, éperdu.

— Vite, vite... Ta mère attendra bien, répliqua Martille en lui mettant les bras autour du cou.

— Ce n'est pas prudent, avec l'enfant, protesta Aubert en reculant d'un pas.

— La ventrière ne m'a rien dit. Nous n'allons pas nous priver.

Fou de désir, Aubert ne pouvait pas résister. Il la tint à bout de bras un instant, observa ce corps qui portait leur premier enfant. Il avait passé la veille autour de ce cou si gracieux un ruban où pendait un petit agneau de cire censé protéger la jeune femme et son enfant. Une de ces amulettes auxquelles croyaient beaucoup les futures mamans.

— Viens, murmura Martille.

Sa peau était si douce, et ses lèvres avaient un goût de fleur qu'il n'avait jamais rencontré chez aucune des filles qu'il avait eues avant elle.

— Je t'aime, tu es à moi.

— Je t'aime, répondit Martille dans un souffle.

Indiscret, le soleil avait franchi les pignons des maisons d'en face. Il vint jouer un instant sur les corps aux peaux tendres, puis s'attarda sur les plis de la courtine dont il rendait le bleu plus clair.

— Aubert, Martille...

Les cloches de l'église Saint-Jacques-la-Boucherie couvrirent un instant la voix impatiente.

— Si les cloches s'y mettent aussi... maugréa Aubert en ajustant vivement ses chausses et le devantier de toile dans un nuage de poussière de farine qui joua à son tour avec les rayons du soleil.

Tout aussi rapide, Martille avait déjà enfilé ses petits-linges, en avait serré le cordon et se saisissait de sa cotte de drap rouge qui donnait de l'éclat à son teint clair et à ses yeux sombres. La cotte, bien cintrée à la taille et à peine décolletée, laissait voir la fine chaîne d'or qu'Aubert lui avait offerte chez maître Clerbourc, pour les premières étrennes depuis leur mariage. Par-dessus, elle enfila un rochet[1] de toile blanche, dont elle fit blouser les plis avec une cordelière qu'elle tenait évidemment de son père.

— Me voilà presque prête, dit-elle en regardant Aubert, qui n'avait pu se résoudre à rejoindre son fournil et restait là à l'observer, les bras ballants.

Elle jeta un coup d'œil dans un petit miroir accroché au mur au-dessus de son coffre de mariage, une grosse caisse de bois blanc sur laquelle un bouquet de fleurs champêtres avait été finement gravé.

— Les clients vont me prendre pour une sorcière, constata-t-elle en éclatant de rire.

Le sourire aux lèvres, elle fourragea avec les doigts dans ses cheveux noirs et raides, les ramena vers la nuque et noua autour de la grosse mèche obtenue avec dextérité un ruban rouge.

— Tu es belle, murmura Aubert.

— Martille, Aubert !

— Voilà, voilà ! cria le garçon en se jetant dans l'escalier de bois qui grinça bruyamment.

— Oui, nous voilà !

Martille à son tour dévala les marches, plus légère sur les planches qui protestèrent moins qu'au passage de son mari.

Elle déboucha à la suite d'Aubert dans la petite échoppe où sa belle-mère les accueillit fraîchement, les poings sur les hanches :

— Vous en avez mis, du temps ! L'échoppe est pleine de monde !

— C'est le printemps, dit avec un clin d'œil malicieux

1. Vêtement ample de toile qui sert de tablier.

une cliente qui empilait non sans application des miches de pain dans un large panier d'osier sombre.

— Il faut bien qu'Aubert s'occupe de sa femme, n'est-ce pas, dame Martille ? dit un homme, rigolard.

Martille sentit une bouffée de chaleur lui empourprer les joues. Pour la cacher, elle se retourna vivement vers les étagères où attendaient les pains cuits du matin et demanda, en esquissant cependant un sourire :

— Et pour vous, messire, ce sera quoi ?

— Un pain qui ne soit ni échaudé ni ferré !

— Que voulez-vous dire ? interrogea la patronne avec ce ton revêche qu'elle savait adopter quand la clientèle abusait.

— Ni échaudé ni ferré, répéta l'autre, cela veut bien dire ce que cela veut dire.

— Je ne sais de quoi vous parlez, répéta Nathalène, qui tenait son prénom d'une lointaine ancêtre auvergnate, dont on racontait qu'elle avait aussi hérité le caractère bien trempé.

— Par saint Jacques, je le sais bien que vous n'avez pas de pain trop cuit, ni brûlé, mais si vous ne comprenez pas la plaisanterie…

— Ici, on ne plaisante pas avec la marchandise ! rétorqua Nathalène, l'œil mauvais.

— Calmez-vous et allez, je m'entendrai mieux avec la jeune Martille et son joli sourire. Je comprends que son mari s'en occupe !

— Bon, prenez cette miche, dit Nathalène, qui en avait assez de ces discussions oiseuses qui ne faisaient pas avancer le travail.

— Bien, elle est belle et dorée à point, admit l'autre en la serrant sur son pourpoint de bure bleue où la farine laissa immédiatement une empreinte blanchâtre. Portez-vous bien jusqu'à demain !

— Tu aurais pu lui proposer du pain artichaut ou cornu à celui-là... Il aurait été assorti aux cornes que lui fait porter sa femme !

C'était Honoré le talemelier[1] qui venait d'entrer dans l'échoppe à l'instant où l'homme avait enfin tourné les talons. Honoré venait de l'atelier qui donnait dans la petite cour où le vanneur, le bluteur et le pétrisseur terminaient leur journée. Aubert était le geindre ou premier garçon qui veillait au travail des ouvriers en l'absence de son père. Car le métier de talemelier n'était pas simple, étroitement contrôlé qu'il était par l'autorité royale taxant le pain dès qu'il atteignait un prix trop élevé pour prévenir tout risque d'émeute de la faim. Le prévôt des marchands de la ville veillait avec sévérité à l'application des règlements quant aux poids, aux prix et même aux réserves de farine, qui ne devaient pas excéder une semaine de consommation. Des contraintes certes, mais Honoré, héritier d'une longue lignée de talemeliers, n'en finissait pas de défendre avec fierté son métier !

— Je vais chez le prévôt, ajouta-t-il en accrochant son devantier à un clou avant d'enfiler un pourpoint de citadin sur la fine chemise dont il se contentait quand il était au fournil. Nous allons encore parler des forains.

C'était la grande affaire de la confrérie, se protéger contre ces marchands qui n'habitaient pas la ville mais s'y répandaient le samedi et le dimanche pour vendre leurs pains et faire concurrence aux talemeliers de la cité. Il était inutile que les Parisiens soient réputés pour produire un pain d'une incroyable bonté et délicatesse, comme disaient certains, si c'était pour laisser la concurrence les ruiner !

— Nous parlerons aussi de ce boulanger de Notre-Dame-des-Champs, qui mouille trop sa pâte et fait plus de pain avec moins de farine.

---

1. Nom ancien du boulanger.

Une fraude classique qui existait depuis toujours et contre laquelle tous luttaient avec plus ou moins d'efficacité. Et plus d'un, condamné par ses pairs, s'était tout de même retrouvé au pilori !

— Parler, parler, maugréa Nathalène.

Décidément, elle ronchonne sur tout, pensa Martille en servant une jeune femme de son âge. Elle avait opté timidement pour un pain alize, fait avec des restes de pâte sans levain, assez indigeste et donc moins cher.

— Il faudra apporter les pains meschevés [1] au couvent des Filles-Dieu, dit encore Honoré sur le seuil de la porte.

— J'irai, répondit Martille, en même temps j'embrasserai mon père et je passerai au jardin.

Elle ne vit heureusement pas Nathalène lever les yeux au ciel. Sa belle-mère trouvait qu'elle en prenait un peu à son aise, préférant « courater », comme elle disait non sans mépris, dans les rues plutôt que de rester à l'échoppe et de l'aider.

Martille n'aurait sans doute pas avoué que ce qui lui avait le plus plu dans sa belle-famille, en dehors d'Aubert évidemment, c'était le jardin qu'elle possédait près de la porte Saint-Martin. C'était là qu'Aubert l'avait entraînée après lui avoir déclaré sa flamme et c'était là aussi qu'ils s'étaient aimés pour la première fois, quelques jours avant leur mariage. Autant de raisons pour elle de s'y plaire, et maintenant que le printemps s'annonçait, elle avait des envies terribles de cette nature pour laquelle elle avait eu un réel coup de cœur. Oh ce n'était qu'un modeste espace, un petit verger clos laissé à l'abandon par Nathalène, qui n'avait pas de goût pour le jardinage, et par Honoré, qui n'avait pas le temps. Quelques arbres y offraient des fruits

1. Ou « mestournés », c'est-à-dire trop petits. Il y avait aussi les pains « ratés » que les rats auraient entamés !

délicieux au-dessus de carreaux organisés, ces plates-bandes carrées ou rectangulaires où elle avait entrepris de cultiver dès son mariage quelques légumes, fleurs et bonnes herbes.

— Je ne sais ce que tu peux faire pousser sur cette terre maigre et ferme, commenta Honoré en regardant sa belle-fille, dont il appréciait la vivacité autant que le physique agréable. Enfin, si cela t'amuse, mais prends garde au petit.

— Voire ! dit Nathalène en faisant une moue qui rappelait celle qu'Aubert affichait quand il était agacé. Mais si tu nous rapportes des fraises, je ne me plaindrai pas, je les adore !

— On n'adore que son Dieu ! marmonna un chanoine qui venait d'entrer dans l'échoppe.

— Eh bien moi, j'adore aussi les fraises, comme vous les oublies, répliqua Nathalène en riant.

Elle avait soudain chassé sa mauvaise humeur.

Le chanoine piqua du nez en rougissant. La talemelière avait mis le doigt sur une gourmandise qu'il ne cessait de confesser. Il avait la faiblesse d'imaginer que le bon Dieu ne pourrait lui en tenir rigueur le jour où il se présenterait devant lui !

— Emporte un cornudeau [1] pour le chemin ! cria Nathalène, décidément revenue à de meilleurs sentiments. Le panier n'est pas trop lourd ? Et prends garde de ne pas tomber, ou de ne pas être pressée dans la foule !

C'est que Nathalène y tenait, à cet enfant.

Elle sembla un instant pensive, puis dit avec un grand sourire au chanoine patient :

— Et pour vous, combien d'oublies ?

---

1. Sorte de croissant.

# 2

Pendant que Martille entassait les pains dans le large corbillon qu'elle devait livrer, Honoré avait saisi une flamiche qu'il savourait sur le seuil de l'échoppe avant de partir à sa réunion à la Maison des Piliers, place de Grève. Après avoir passé des heures dans son atelier, il aimait prendre l'air de la rue, qui était assez calme. Juste quelques passants qu'il connaissait quasiment tous et qui vaquaient paisiblement à leurs occupations. Parmi eux cependant, le talemelier remarqua soudain un visage inconnu ou presque. Un homme qui dépassait les autres d'une tête. Il portait en bandoulière deux sacs de toile écrue qui ballottaient dans ses jambes et lui donnaient une allure difforme. Ces balluchons l'obligeaient, en effet, à écarter les bras et ses grosses mains tentaient en vain à chaque pas de stabiliser la charge. Il était accompagné d'un garçon qui semblait tout petit à côté de lui.

— Il se prend pour un baudet, celui-là ! lança, en le voyant déambuler drôlement, Honoré, avec cet éclat de rire tonitruant dont il avait le don de régaler le voisinage.

L'homme passa devant lui sans le regarder. Le garçon s'arrêta, jeta un œil vers le beau parleur, parut hésiter un instant, puis trottina quelques pas pour rattraper le géant.

— Encore un sans feu ni lieu, maugréa le marchand en plantant ses dents dans le gros morceau de flamiche à la croûte dorée.

— Par le sang foutre Dieu ! répondit, sans se retourner, l'autre d'une voix haletante mais puissante qui résonna sous les encorbellements de la rue.

Et il leva le poing vers le ciel ou plutôt vers cette bande bleutée si étroitement emprisonnée entre les pignons pointus des maisons.

— Occupe-toi de tes affaires ! cria Nathalène du fond de l'échoppe.

— Un sans feu ni lieu, je te dis, répéta son mari, par les temps qui courent, il y en a partout ! Et qui blasphème !

— Par le ventre Saint-Antoine, laisse-les courir les temps ! souffla alors le regrattier voisin, occupé à faire des chandelles sur le pas de sa boutique qui regorgeait de marchandises jusque sous l'encorbellement.

— Oh, les temps… fit le talemelier en levant le menton vers le ciel.

Assis sur un tronc de noyer qui lui servait de siège depuis des lustres, mêlant de vieilles graisses et du mauvais suif, l'autre malaxait vivement le mélange de qualité douteuse qu'il revendrait au même prix que le bon. Dénoncé par les chandeliers, il avait déjà été condamné pour production déloyale, avait même été exposé au pilori mais continuait quand même. Il fallait bien vivre !

— Oui, les temps… reprit-il en jetant un coup d'œil à l'homme qui s'était arrêté quelques maisons plus loin. Ce n'est plus ce que c'était.

Le talemelier enfourna dans une grande bouche aux lèvres épaisses le dernier morceau de sa galette. Il balaya ensuite d'une main vive les miettes qui s'étaient accrochées à son pourpoint. Une fine poussière de farine créa un petit nuage vite éparpillé.

— Les temps... redit-il d'un air entendu.

Le regrattier leva les yeux au ciel. Il avait raison, pourtant, le voisin. Depuis que le roi était tombé malade, quelques années plus tôt, plus rien n'allait dans le royaume. Il y avait comme une stupeur paralysante ; d'aucuns racontaient que la mère du roi avait eu aussi, quelque temps, l'esprit égaré, mais cela n'avait pas duré. Oh, il n'était pas comme ces grossiers personnages qui disaient que le roi était fou. Des brutes, des gens de peu qui faisaient courir un tel bruit... Mais tout le monde savait bien qu'il n'avait jamais vraiment recouvré la santé depuis cet été où il avait eu une première crise. Cela faisait bien dix ans... Des fous de cour, il y en avait, du temps du roi son père, Charles le cinquième du nom, que l'on avait dit sage tant il était savant, mais aujourd'hui, c'était quand même le roi qui tenait ce drôle de rôle. Et lui il passerait peut-être à la postérité comme Charles le Fou[1] !

Le regrattier frissonna et regarda autour de lui tout en malaxant de plus belle sa pâte jaunâtre qui serait bientôt prête à l'emploi.

— Faible du chef... voilà ce qu'on proclame, murmura-t-il pour lui-même.

On disait pudiquement le roi faible du chef depuis qu'un jour dans une forêt du côté de l'occident[2], par grand soleil et vive chaleur, la lance d'un garde, tombée bruyamment sur le casque d'un autre, lui avait fait une peur si intense qu'il entra dans une fureur qui ne cessa qu'à la nuit tombée. D'aucuns affirmaient que le malheur avait été annoncé le matin même par une statuette de la bienheureuse Vierge Marie qui avait tourné sur elle-même dans une église du Mans sans que personne osât y toucher...

1. Charles VI, né en 1368, roi en 1380.
2. Près du Mans, le 5 août 1392.

Le regrattier se signa vivement en jetant encore autour de lui des regards inquiets avant de fixer à nouveau sa mixture, tout en se remémorant ces événements si graves pour le royaume de France. Depuis, crises et rémissions s'étaient succédé et on ne parlait plus qu'à mots couverts de l'état du roi. On le disait peu ferme dans ses esprits ou ne reconnaissant pas toujours les gens de son entourage et même les objets... On avait bien imploré le secours divin en faisant de longues processions pour frapper les oreilles de Dieu et des saints, mais en vain. On racontait tant de choses dans ce pauvre royaume où l'impuissance du roi pouvait conduire sinon à la ruine, du moins aux disputes entre des princes turbulents, frivoles et brouillons, à l'affût de la moindre parcelle de pouvoir, sans compter avec une reine qui se révélait cupide et indifférente aux malheurs de son mari...

— Par le sang foutre Dieu, connais-tu un barbier ?

Perdu dans ses pensées, le regrattier avait sursauté, surpris par l'homme planté devant lui. Il ne portait plus ses ballots et paraissait encore plus grand dans son pourpoint de toile sombre endossé sur des chausses mi-parties noir et rouge. Le garçon se tenait derrière lui. Petit et malingre, la tignasse noire, dont les mèches raides lui tombaient sur les épaules, l'œil brillant entre des pommettes si saillantes que les os semblaient vouloir percer la peau mate.

— As-tu besoin de blasphémer pour le demander ? interrogea-t-il en regardant l'autre droit dans les yeux.

Des yeux si bleus, légèrement globuleux...

— Quel blasphème ? Que veux-tu dire dans un royaume où Dieu est sourd et n'entend pas que notre roi est fou ?

— Fou ? Mais qui parle de folie ? répliqua le regrattier en jetant à nouveau des coups d'œil angoissés autour de lui où les murs même pouvaient avoir des oreilles.

— Alors un barbier, par le sang foutre Dieu, tu me dis où j'en trouve un...

Le poing levé de l'autre et son air farouche eurent vite raison des réticences du marchand.

— Tu vas vers Saint-Germain-l'Auxerrois et tu en trouveras un rue des Prêtres !

— A mon retour, je te prendrai une chandelle, je n'ai pas besoin de qualité ! répondit l'autre en faisant un clin d'œil.

— Qualité, qualité... mes chandelles valent bien tes fesses, hein Martille ?

Martille quittait à l'instant l'échoppe avec un panier rempli de miches destinées au couvent des Filles-Dieu. Nathalène y avait ajouté un pain tortillé, une des spécialités d'Aubert dont son beau-père était particulièrement friand. Martille n'aimait pas beaucoup le regrattier, dont le regard vicieux la gênait. Elle lui fit cependant, c'était dans sa nature, un petit signe aimable de la tête et s'éloigna vivement. Elle savait qu'il devait avoir les yeux rivés sur elle, sur ses hanches, sur sa nuque, et elle n'avait qu'une hâte, se fondre parmi les passants et disparaître. En quelques instants, elle se trouva justement près de cet homme si grand derrière lequel le garçon qui l'accompagnait semblait si frêle. Ce dernier se retourna et son regard croisa celui de Martille, qui lui sourit comme elle aurait souri à n'importe qui tant elle était heureuse. Etonné, le garçon écarquilla les yeux, puis revint à hauteur de cet homme qui marchait à grands pas et que rien ne semblait devoir perturber.

Martille les oublia vite. Elle avait presque fini son cornudeau, qu'elle avait mangé avec plaisir. Il avait chassé cette vague nausée qui l'accompagnait depuis son lever. Chaque matin, elle se sentait un peu alanguie mais la ventrière lui avait dit de ne pas s'inquiéter. Elle croisa un enfant qui braillait dans les bras de sa mère et ses pensées s'envolèrent un instant vers ce bambin qu'elle serrerait contre elle dans quelques mois. Aurait-il les grosses lèvres de son père, sa fossette ou ses yeux noirs à elle ? Cela la fit rire. Puis son regard s'attarda un instant sur un singe qui faisait des pirouettes aux ordres d'un maître petit et contrefait. Elle s'en détourna vivement en se souvenant que la ventrière lui avait dit aussi d'éviter de regarder des êtres difformes ou laids parce que cela nuirait à son petit. Que le temps lui semblait donc long avant qu'elle puisse voir sa frimousse !

Elle en était là de ses pensées quand elle sentit une main s'emparer de la sienne. Surprise, elle se retourna. Une femme en haillons la dévisageait de ses yeux sombres.

— Laissez-moi, fit Martille, impatiente.

— Tu es belle, répliqua l'autre avec un drôle d'accent en fixant sa main douce et fine. Mais un grand malheur plane au-dessus de toi et puis ce sera le soleil, l'or, les couleurs...

— Laissez-moi ! répéta Martille en s'échappant enfin.

— Un grand malheur ! cria l'autre encore quand elle fut au bout de la rue, le cœur battant.

Elle s'arrêta un instant et s'appuya à la croix qui marquait le carrefour. Une Vierge de pitié y était sculptée.

— N'écoute pas ces sornettes, dit une commère près d'elle.

Martille se rappelait maintenant que des clientes du talemelier s'étaient plaintes d'avoir été harcelées par ces bonimenteuses. Elle regarda le ciel si bleu et reprit sa marche, soudain rasséréné. Elle aimait tant refaire à l'envers ce parcours qu'elle avait suivi le jour où elle avait rencontré Aubert et où, discrètement, elle l'avait pris en chasse pour savoir qui il était. Maître Clerbourc, l'orfèvre, l'avait attendue, sa corde ! Martille se souvenait encore qu'il avait ronchonné quand elle était enfin arrivée et qu'elle avait à peine pris le temps de saluer Lambert, son fils qui lui faisait toujours les yeux doux.

Elle avait déjà la tête ailleurs car son chemin au milieu des passants l'avait amenée alors par la grand-rue Saint-Denis jusqu'à l'étroite rue Thibaud-aux-Dés, où Aubert s'était engouffré dans l'échoppe d'Honoré et de Nathalène. Son père avait été étonné quand, les jours suivants, elle s'était offerte pour acheter si loin leur pain quotidien en prétextant que celui de la rue Saint-Sauveur, qu'ils mangeaient depuis des lustres, n'était plus aussi bon ; comme les nouveaux pains, variés et odorants, étaient de la meilleure qualité, elle avait pu continuer jusqu'au jour où, enfin, c'était Aubert qui l'avait servie. Elle n'avait guère eu de mal à allumer la flamme qui avait embrasé le garçon, surtout quand elle lui avait fait moult compliments sur ce pain tortillé qui plaisait tant à son père. Et comme un jour il partait justement porter des miches au couvent des Filles-Dieu, il lui avait proposé de la raccompagner, non sans lui avoir donné une fouace au miel sous l'œil vaguement réprobateur de Nathalène. Quelque temps plus tard, les feux du dimanche des Brandons avaient enflammé leur amour naissant et comme elle était un beau parti, la fille du cordier, le mariage avait couronné une passion bien née.

Rien que d'y penser, son cœur se mettait à battre plus fort. Elle fit tourner sur son doigt l'anneau qu'Aubert lui avait offert ce jour-là, preuve tangible de cet amour proclamé devant Dieu et les hommes. Là, tout près, justement à Saint-Leu-Saint-Gilles, dont les cloches carillonnaient joyeusement sexte. Elle n'en finissait pas de revivre son histoire et là, en revoyant la fontaine du Ponceau, l'émotion était telle qu'elle passa devant le couvent des Filles-Dieu sans s'y arrêter et dut revenir sur ses pas pour déposer le panier dans le tour de la maison religieuse où une nonne le récupérerait en toute discrétion.

Elle prit soin d'en enlever le pain destiné à son père et, toute légère, repartit d'une allure encore plus vive vers l'échoppe du cordier.

— Tiens, voilà la plus belle ! dit celui-ci quand il reconnut de loin la démarche souple et dansante de sa fille.

Il avait toujours pensé qu'elle ne mettrait pas longtemps à se faire passer l'anneau au doigt quand il voyait l'œil allumé des clients qu'elle servait avec gentillesse et efficacité. Les réflexions des uns et des autres lui avaient confirmé depuis bien longtemps ses impressions de père attendri. Un père d'autant plus attendri qu'il avait conduit depuis longtemps sa femme au cimetière des Saints-Innocents et que, chaque jour, la jeune fille ressemblait un peu plus à sa mère. La petite Martille, diminutif de Marthe, le nom de son épouse, ressuscitait chaque jour un peu plus cette femme qu'il avait adorée.

— La plus belle, répéta-t-il en serrant sa fille sur son cœur.

L'homme était corpulent car, depuis le départ de Martille, il s'adonnait volontiers à son péché mignon, la gourmandise, que flattait avec amour une vieille servante venue se mettre à son service après la mort de Marthe.

— Quel bon vent t'amène ? interrogea le marchand prospère et débonnaire.

Il était en train d'équiper une charrette dont le contenu très volumineux avait besoin d'être amarré solidement. Au même moment arriva un garçon qui avait dû courir et reprenait difficilement son souffle. Les joues rouges, il jeta un regard torve vers Martille.

— Que veux-tu ? demanda le cordier, se distrayant un instant, à regret, de son ouvrage.

— Des cordes pour le soufflet de maître Jean Clerbourc, répondit le garçon, et c'est pressé !

— Pressé, pressé... Il prendra bien le temps de mourir, ton maître !

Pierre fixa le garçon avec ce sourire moqueur dont avait hérité Martille. Mais l'autre n'était pas d'humeur à rire.

— C'est que nous faisons une commande pour la reine... répondit-il, vaguement contrarié.

Pierre songea un instant qu'avant le mariage de Martille, c'était Lambert, le fils du maître orfèvre, qui venait, et il savait bien que les yeux malicieux de sa fille n'y étaient pas pour rien. Le jeune homme préférait maintenant envoyer les apprentis de son père !

— Paul... appela le marchand, désireux cependant de ne pas laisser mariner le garçon qui se dandinait d'un pied sur l'autre.

Il était bien trop conscient de l'enjeu pour l'atelier de maître Clerbourc, dont on vantait les créations dans toute la ville.

Un homme aux cheveux gris sortit de l'échoppe encombrée par des lots impressionnants de marchandises en rouleaux.

— Il faut des cordes pour le soufflet de maître Clerbourc ! lança le cordier.

— C'est que je suis en train de préparer les commandes pour Brice Lemeunier et pour le pilori !

— Sers ce jeune homme !

Prompt à obéir, Paul savait exactement la marchandise nécessaire à l'orfèvre, qui était un client de longue date ; il s'affaira dans l'échoppe à dérouler une corde qu'il mesura avec le bras, puis, quand la longueur fut appropriée, il la trancha d'un coup sec avec le couteau retenu, évidemment, par une cordelette finement tressée à sa ceinture.

— Voilà ! dit-il, revenu sur le seuil de l'échoppe surmonté d'un arc dont la pierre blanche était moulurée de gros boudins.

L'enseigne au fond noir tranchait ; une petite brise la fit grincer sur le bras de fer soigneusement amarré au crépi légèrement ocre qu'animaient de leur géométrie des pans de bois patinés. Une gerbe de corde inspirée d'une gerbe de blé y avait été laborieusement peinte par un barbouilleur du quartier.

Solide, le garçon reçut sans sourciller le gros paquet de corde.

— Mets-le en bandoulière, conseilla Martille.

L'autre, vaguement intimidé, la remercia d'un sourire, puis dit :

— J'y vais !

Maître Pierre et le charretier en avaient justement fini avec le chargement. Le cordier considéra avec satisfaction le travail fait et conclut :

— Tu peux aller au bout du monde !

— Je n'en demande pas tant ! répliqua l'autre. Juste aller à Beauvais sans verser mon chargement au fossé !

— Oh quand je dis le bout du monde, s'esclaffa Pierre, je ne sais même pas ce que cela veut dire, moi qui n'ai guère quitté ma corderie, sauf pour aller à Saint-Denis... C'est seulement pour parler.

Un autre client s'adressait déjà à Paul. C'était le sonneur de Saint-Leu-Saint-Gilles qui avait des soucis avec sa corde. En triturant son chaperon, il salua Martille, qu'il connaissait depuis toujours et dont il avait carillonné avec bonheur le mariage. Ces deux-là avaient l'air si amoureux ! Ce n'était pas toujours le cas car il en connaissait, des filles qui faisaient la grimace parce que le mari choisi parfois par leur père ne leur plaisait pas.

L'échoppe de Pierre ne désemplissait guère, tant la corde avait de multiples usages. Martille se souvenait quand elle était enfant et que son père la prenait sur ses genoux près de l'âtre, où ronronnait toujours un coquemar[1] d'eau chaude, pour lui vanter sans fin les mérites de son métier :

« Ils ont tous besoin de moi ! Si l'oiseleur n'avait pas de corde, il ne prendrait jamais un pigeon ni une tourterelle, si le foulon n'avait pas de corde, il ne pourrait pas étendre ses draps, si les gens d'armes n'avaient pas de corde, ils ne pourraient faire marcher leurs machines... Et je ne te parle pas des frères mineurs et de leur cordelette pour ceinturer leur froc, des marchands qui l'utilisent pour serrer leurs fardeaux, des taverniers qui descendent dans leurs caves les tonneaux avec des cordes, des pêcheurs... Et les voleurs, on les attrape et on les pend avec des cordes ! »

Martille en avait fait une chanson qu'elle dévidait quand justement, armée d'une cordelette, elle sautait et sautait, insouciante, avec ses petites voisines de la rue Montorgueil.

*Coffre et banc je sais réparer,*
*Habits et surcot je raccommode...*

Un homme et une femme avaient débouché de la rue Tiquetonne. Un balluchon sur le dos, des cottes élimées effrangées aux manches, ils criaient leurs spécialités aux habitants d'une cité qu'ils découvraient. Ils faisaient partie de ces multiples vagabonds qui traînaient dans les rues à la recherche d'un travail pour survivre.

— Paul, apporte-leur donc l'escabeau qui est cassé ! cria Pierre. Il faut bien donner du travail à ces pauvres hères...

— Je te prends un peu de cordes pour les carreaux de mon jardin, annonça Martille en lui plantant deux baisers sur les joues.

— Tu pars déjà ?

— Mes bonnes herbes m'attendent et les oiseaux aussi, répondit Martille avec un sourire qui fit fondre son père.

---

1. Marmite avec un bec verseur.

— Pourvu qu'elle ait une fille qui lui ressemble, murmura Pierre en allant au-devant d'un nouveau client qui venait d'arrêter un lourd chariot en le serrant contre le poteau cornier de la maison voisine.

— Ho, ho ! criait l'homme aux deux bœufs qui agitaient leur queue d'un air placide comme si les mouches étaient une calamité qu'il fallait bien supporter.

— Serre un peu le mur ! ordonna Pierre qui, d'un seul coup d'œil, avait vu que le chariot allait empêcher la circulation.

Et le charroi s'amplifiait en cette fin de matinée. Pour peu qu'un autre charretier soit mal luné, l'embarras pourrait dégénérer en incident. Il en avait tellement vu, des histoires, Pierre, dans cette ville où parfois le bon sens était oublié comme si la folie du roi déteignait sur ces hommes et ces femmes qui avaient leur vie et n'entendaient pas être dérangés ou retardés. C'est que la rue Montorgueil n'était pas loin des Halles et les charrettes y passaient souvent quand la rue de la Porte-Montmartre était trop encombrée.

# 3

La porte du jardin clos avait grincé.

Surprise, Martille avait levé la tête et reconnu Aubert. Elle avait aussitôt jeté la petite pioche avec laquelle elle travaillait la terre des framboisiers et s'était élancée dans ses bras.

— Quelle bonne surprise !

— J'ai pensé que si je ne venais pas t'arracher à tes délices, je ne te reverrais plus et que tu préférerais peut-être passer la nuit avec le vieux hibou...

Martille éclata de rire en regardant le cognassier où ils avaient deviné la présence de l'oiseau un soir où ils s'étaient attardés, la nuit tombée.

« Lui au moins ne parle pas », avaient-ils convenu ce jour où ils s'étaient réfugiés là pour s'aimer tranquillement loin des bruits de la fête de mai.

Ce soir-là, Aubert lui avait raconté que certains oiseaux s'exprimaient comme les hommes.

« Comme toi et moi, j'en ai vu un chez maître Flamel, le libraire ! avait-il soutenu à Martille sceptique. Je t'assure, tu ne me crois pas ?

— Serre-moi plutôt dans tes bras, au lieu de dire des bêtises pour te moquer de moi ! »

Depuis, il l'avait emmenée chez Nicolas Flamel, un bon client du talemelier, qui avait consenti à faire parler son oiseau qu'il appelait un « papegaut [1] ». Cela l'avait fait beaucoup rire et, chaque fois que la vieille servante du libraire venait à l'échoppe, elle lui en demandait des nouvelles. La pauvre Ursule levait les yeux au ciel car elle maudissait l'oiseau, un caprice de son maître qui l'exaspérait parfois. Fallait-il que cet homme, qui s'exprimait toujours comme un livre, ait besoin de cet animal pervers ?

A vrai dire, Martille préférait le chant des oiseaux de « son » jardin. Et le rossignol, qui la régalait certains soirs, l'enchantait. Il aimait venir se percher dans le sureau dont une vieille voisine lui avait conseillé de cultiver les fleurs car c'était un remède à l'infidélité. Ils en avaient beaucoup ri, Aubert et elle !

Ce jour, un rouge-gorge était venu se poser près d'elle et elle l'avait observé, picorant le sol à la recherche de la moindre brindille avant de s'envoler, heureux et libre. Martille l'aurait presque envié ! Puis elle avait épié le manège de moineaux... Dire qu'il y avait des princes qui mangeaient des pâtés d'oiseaux vivants ! avait-elle songé. C'était Honoré qui lui avait raconté cette infamie qui la révoltait.

Un peu lasse, elle s'était assise quelques instants sur la banquette de gazon où elle avait perdu sa virginité au printemps précédent, pour considérer le travail à faire. Les oiseaux chantaient leur joie de ce printemps, qui leur offrait des arbres aux feuilles tendres pour y nicher avec sans doute autant d'amour que Martille pour l'enfant qu'elle attendait. Oubliant définitivement sa léthargie de l'hiver, la nature explosait avec insolence et les mauvaises herbes, qui semblaient pousser plus ardemment encore que les plants

1. Ou « papegai », perroquet.

pourtant soignés avec constance, l'avaient découragée un instant. Mais elle ne l'aurait jamais avoué !

Les gants pleins de terre de la jeune femme – Aubert avait eu l'idée de lui en acheter pour préserver ces mains qu'il avait tant de plaisir à baiser et qu'il ne voulait pas voir abîmées, elle les ôtait cependant pour les tâches délicates –, les gants donc avaient laissé des traces sur le pourpoint d'Aubert qu'elle épousseta avec tendresse. Autour d'eux gisaient épars les outils que son mari avait fait spécialement façonner par le forgeron de la rue aux Lavandières. Avec des manches adaptés aux mains de son épouse. Une bêche, une pioche, une faucille voisinaient avec un râteau qui, lui, était en bois.

— Les fraises se portent-elles bien ? s'enquit Aubert après un coup d'œil circulaire sur les carreaux bien dessinés.

— La récolte sera bonne, répondit Martille, ta mère sera contente. Elles seront à point pour la Saint-Jean. La Vierge pourra emmener les enfants des limbes cueillir les fraises au paradis !

— Qu'est-ce que tu racontes ?

— C'était ma grand-mère qui disait cela ! répliqua Martille avec cet éclat de rire dont elle accompagnait parfois des paroles plus ou moins crédibles.

Sceptique, mais aussi naïf, Aubert la regarda un instant, mais elle lui saisissait déjà la main et l'entraînait.

— Regarde mes choux, comme c'est beau, ce mélange de vert et de blanc !

Bien alignés et pommés à souhait, les légumes en rangées régulières avaient doublé de volume depuis la dernière visite d'Aubert.

— En mangeras-tu ? interrogea le garçon avec ce sourire qui la faisait se damner.

— Pas plus que l'année dernière, rétorqua Martille en s'échappant pour aller se pencher vers un autre carreau dont elle venait justement d'extraire toutes les mauvaises herbes. Je les laisse aux lapins. Il y en a un qui a déjà trouvé une feuille à son goût, regarde les traces.

Martille avait esquissé une grimace et montré ses dents bien plantées et blanches pour imiter l'animal incriminé. Elle avait un don réel d'imitation qu'elle exerçait parfois aux dépens des clients de l'échoppe.

— A moins que ce ne soit Yves Lenormand !

Aubert faisait allusion justement à l'un d'eux dont la dentition ressemblait à celle d'un lapin et qui servait volontiers de tête de Turc à la jeune femme.

Martille éclata de rire tout en poursuivant son idée :

— Si je l'attrape, je m'en ferai des revers pour ma cotte d'hiver ! Moi, je préfère les courges et les laitues... Et je suis sûre que ton fils n'aimera pas plus le chou que moi !

— Mon fils ou ma fille, rétorqua Aubert en se rapprochant d'elle.

Toujours si vive, elle lui échappa encore une fois pour courir entre le persil, les fèves et les épinards vers son coin préféré, celui des roses et de la treille. C'était lui qui avait patiemment créé ce treillage grâce à un assemblage de perches et de lattes croisées et il ne restait plus qu'à y faire courir les ceps de vigne comme un berceau. Martille savait que ce serait long, mais n'avait-elle pas la vie devant elle ?

— J'agrandirai le jardin d'herbes ! lança-t-elle en ramassant la chantepleure[1] qui gisait à terre.

Quelques gouttes d'eau s'écoulèrent. Aubert se précipita.

— Je vais la remplir au puits !

— Je pourrai soigner toute la famille.

Martille poursuivait encore une fois son idée.

— Qui est malade ? interrogea Aubert en immergeant la chantepleure qui fit glouglou.

1. Arrosoir.

— Personne, admit Martille, mais on ne sait jamais !

— Alors qu'est-ce que j'arrose ?

— Là... et là...

Martille désignait avec autorité les plantes les plus assoiffées et Aubert exécuta les instructions avec bonheur jusqu'à ce qu'elle reconnût enfin que tout allait bien et qu'il était temps de rentrer. A regret...

Après un dernier regard aux carreaux en ordre presque parfait, humides à souhait, mais s'interrogeant aussi sur le temps que la nature lui laisserait avant de reprendre ses droits, Martille passa son bras sous celui d'Aubert. Comme elle aimait se montrer ainsi fièrement au bras de son mari ! Le contenu de la dernière chantepleure avait servi à lui laver les mains et rapidement elle avait curé la terre infiltrée sous ses ongles. Jamais elle n'aurait voulu faire honte à Aubert.

Lui faire honte ? Comment une telle idée aurait-elle pu effleurer Aubert ? Il la regarda et la trouva si belle. Le jardinage avait coloré ses pommettes, donnant encore plus d'éclat à ses yeux si noirs.

— Dépêchons-nous, susurra-t-il en l'attirant tendrement contre lui.

Il aimait sentir à ses côtés ce corps qui épousait le sien et adoptait le rythme de sa marche en trottinant.

— Pas si vite, murmura tout de même Martille.

Mais elle l'aurait suivi au bout du monde. Toutes les cloches de la cité sonnaient vêpres. Martille eut une pensée pour ces sonneurs accrochés aux cordes que son père avait fournies partout. A Saint-Nicolas-des-Champs, le son aigrelet était éclipsé par l'effet tonitruant du bourdon de la Trinité et plus loin répondait inlassablement la cloche de Saint-Leu-Saint-Gilles. Martille imaginait sans peine ces hommes arc-boutés, tirant et tirant encore sur les cordes après avoir craché dans leurs mains pour adoucir le contact avec la matière rêche. La cloche de l'église où ils s'étaient mariés se tut soudain, comme les autres. Elle s'appelait Jacqueline, c'était curieux, d'ailleurs, ces noms dont les cloches étaient affublées par les hommes, et Martial en parlait avec amour. Le sonneur parut justement à la porte de l'église au moment où passait le jeune couple, qui le salua d'un geste amical.

Il n'était pas question de s'arrêter ; la grand-rue Saint-Denis était encore longue. Aubert n'en finissait pas de presser le pas et Martille de trottiner près de lui. Elle frissonna quand elle repassa à l'endroit où la femme aux yeux sombres l'avait arrêtée et murmura pour elle « un grand malheur ». Elle serra un peu plus fort la main d'Aubert, qui la regarda tendrement et balaya pour toujours, elle en était sûre, ces mots détestables. Et quand, un instant plus tard, il tendit le bras vers le ciel pour lui montrer la perche longue de six toises [1] à laquelle s'accrochait désespérément un pauvre gueux, elle éclata de rire et l'observa tenter à son tour sa chance pour grimper jusqu'au panier placé au sommet. Un échec, car la graisse dont le jongleur malin avait oint la perche la rendait glissante. Mais, têtu, le garçon répéta l'essai et, leste et agile, parvint à décrocher le panier, applaudi par sa jeune épouse ravie en dépit de la mine déconfite de l'autre à qui Aubert rendit l'objet accompagné d'une pièce avec une générosité qui décupla encore le plaisir de Martille.

— C'est fini pour aujourd'hui ! lança l'homme soulagé aux quelques badauds agglutinés dans la rue.

Les volets des échoppes n'avaient pas encore été baissés. C'est que les jours étaient longs et il fallait en profiter pour offrir les marchandises le plus tard possible, même si la

1. Près de deux mètres.

journée avait été rude. Les temps étaient trop durs pour prendre le risque de manquer un client !

Quand ils arrivèrent enfin rue Thibaud-aux-Dés, Martille avait un point de côté et ses joues étaient cramoisies. Nathalène prenait le frais dans la rue. Chaque soir, à cette heure, l'échoppe était vide et la talemelière avait le sentiment du devoir accompli. Comme beaucoup d'hommes et de femmes qui avaient trimé dans cette cité laborieuse toute la journée pour gagner leur vie et espéraient enfin pouvoir se reposer.

Apre au gain, le regrattier en face n'en finissait pas de préparer ses chandelles de mauvais aloi et quand l'homme arriva, quelques instants après Martille et Aubert, le marchand retint sa mauvaise humeur, oubliant qu'il l'avait vertement interpellé trois heures plus tôt. Les affaires étaient les affaires !

L'homme tenait parole. Il était revenu, propre, rasé de frais, les cheveux coupés court et coiffé d'un chaperon qui paraissait neuf.

En silence, Nathalène, Martille et Aubert l'observèrent. Il se retourna vers eux, esquissa un sourire et dit :

— Il n'y a plus de pain à cette heure ?

— Plus rien, répondit Nathalène.

— Foutre de Dieu, vos affaires vont bien alors, même dans ce royaume où Dieu est sourd et n'entend pas que notre roi est fou ?

Nathalène éclata de rire.

— Si tu crois que cela empêche les gens de manger du pain !

Le regrattier, qui venait de serrer dans la bourse de toile accrochée à son vieux braiel de cuir la pièce que lui avait donnée l'homme, pouffa à son tour.

— Il faut bien vivre. Et qu'est-ce qu'on en sait, nous,

que le roi est malade ? Et le garçon, qu'en a-t-il fait ? Mais cela ne nous regarde pas !

Martille se souvint alors de ces yeux à la fois tristes et étonnés qu'elle avait croisés en partant. Elle ne rêva qu'un instant car Aubert la faisait déjà rentrer. Il n'aimait pas les discussions oiseuses. Il était comme cela, Aubert, et la folie du roi n'était pas son affaire !

Depuis ce jour d'avril, où le soleil était presque aussi chaud qu'en été, l'homme fit partie du paysage. Il allait et venait, intriguant le voisinage ; mais sa logeuse, qui lui avait cédé une misérable soupente sous le toit de sa maison dans la rue des Trois-Visages, chantait ses louanges partout. Il avait payé d'avance son loyer pour plusieurs semaines.

— Mais que fait-il ? Et ses gros sacs ?

— Pleins de blasphèmes, disait Honoré exaspéré par les « sang foutre Dieu » dont l'autre le gratifiait, l'air moqueur, en achetant le matin une miche de pain toujours choisie parmi les meilleures.

— Il a des écus et des beaux ! rétorquait Nathalène en haussant les épaules devant les réticences de son mari. Et serviable… il m'a aidée à déposer mes volets de bois.

Et dans sa bouche, cela valait son pesant de farine car c'était la corvée du matin quand il fallait ajuster le volet du haut en auvent pour protéger celui du bas qui, abaissé, servait d'étal. Et quand son mari et son fils vendaient leurs pains au marché de la place Maubert, elle devait se débrouiller toute seule depuis que la petite attendait leur héritier.

— Et il est bel homme, ajoutaient les clientes, vaguement sous le charme de cet étranger mystérieux, ce qui exaspérait encore davantage le commerçant bougonnant. Et bien habillé…

— Et propre... L'étuvière de la rue de l'Arbre-Sec chante ses louanges.

— Elle ne doit pas que le laver, on la connaît, la garce, répondait le talemelier toujours sceptique.

Ce disant, il cachait bravement la rougeur qui lui montait au front car lui non plus, elle ne faisait « pas que le laver », et il valait mieux ne pas éveiller les soupçons de sa Nathalène de femme. Elle était si jalouse !

— Et le garçon qui l'accompagnait le premier jour ? Avec cette tignasse noire et raide, étrangère à chez nous, et ce teint de bronze doré !

Heureusement il y avait toujours une commère pour faire diversion.

— Disparu, envolé... jeté dans la Seine ?

— Il en avait peut-être deux autres dans ces gros ballots qu'il trimballait le premier jour...

On l'avait seulement vu un soir sur l'autre rive de la Seine, du côté de la tour de Nesle, à deux pas de l'hôtel de Nesle où habitait le duc de Berry, l'un des oncles du roi, lors de ses séjours parisiens. Un client du talemelier avait joué les intéressants en racontant qu'il l'avait bien reconnu quand il était passé sous la chandelle qui indiquait aux barques l'entrée de la ville, une des trois lumières existant à Paris avec celles de la voûte du Grand-Châtelet et du cimetière des Saints-Innocents. On l'avait aperçu aussi à l'enterrement de la duchesse de Bourgogne [1], où son fils Jean dit « sans Peur » avait fait scandale en arrivant à la tête de cinq mille lances, ce qui avait révolutionné et la cour et la ville. On l'avait encore vu entrer à l'hôtel Barbette, que la reine Isabeau venait d'acquérir pour en faire une maison plus campagnarde que celles de la Cité ou du Louvre, ou

1. En 1405.

même l'hôtel Saint-Pol[1], où se plaisait tant le roi. Les nouvelles s'étaient répandues dans la rue Thibaud-aux-Dés, faisant marcher activement les langues des commères.

On tenait peut-être le premier maillon de l'énigme…

— Un faiseur de mots, maugréait pourtant toujours une cancanière dans son dos, qui nous prend pour des naïfs…

Des naïfs qui parlaient, parlaient encore et toujours dans ce royaume où le verbe jouait le premier rôle, où chacun avait à dire sur chacun tout et n'importe quoi, où chacun se mêlait des affaires des autres… Martille n'aurait jamais avoué à Aubert combien cela l'amusait. Elle ne prenait pas souvent part aux discussions dans l'échoppe mais elle n'en laissait pas pour autant s'envoler, sans y prendre garde, ces paroles, et celui que beaucoup appelaient désormais le « faiseur de mots » n'était pas pour lui déplaire.

1. Non loin de l'actuelle place de la Bastille.

# 4

Volontairement indifférent, entretenant l'énigme sans doute malgré lui, ne prenant jamais part à aucune conversation dans la rue, ni même peut-être ailleurs, certainement amusé par les bruits qui couraient sur lui, l'homme vaquait à ses affaires mystérieuses. Et on ignorait même son nom. Plusieurs semaines après son arrivée, c'était toujours « l'homme » ou « l'étranger ».

Jusqu'au jour où – la talemelière et sa belle-fille n'étaient pas près de l'oublier – un incident transforma ses relations avec les gens du quartier. Un énorme fracas au bout de la rue avait attiré tous les riverains aux fenêtres ou aux portes. Beaucoup, intrigués et curieux, avaient couru jusqu'à la rue Saint-Germain d'où venait le bruit et étaient restés pétrifiés par le spectacle. Un désordre indescriptible régnait autour du chantier de l'église Saint-Jacques qui devait être agrandie. Tout n'était plus que lambeaux et chaos : les pièces d'échafaudage étaient brisées et éparpillées, les lourdes pierres blanches soigneusement taillées avaient roulé comme de simples galets et jonchaient le sol tout autour, répandues jusqu'aux maisons voisines. Des pierres si lourdes que seuls de puissants engins de levage étaient parvenus à les hisser pour construire un mur soudainement ruiné. La lourde grue en *T* disloquée et le treuil à tambour gisaient aussi à terre avec les échafaudages en perches et boulins. Dans le tambour, le manchot chargé de l'actionner, prisonnier, hurlait qu'un tombereau de pierres s'était renversé, tandis que des bœufs, entraînés dans sa chute, affolés, beuglaient en essayant de s'échapper. Leur conducteur désemparé s'arc-boutait déjà pour tenter de les sortir de cette fâcheuse position. Mais plus grave, de l'entremêlement de pierres et de gravats, d'outils et de planches, parvenaient quelques plaintes.

— Foutre Dieu, vous n'allez pas les laisser crever ! dit l'étranger en se frayant résolument un passage entre les riverains déjà attroupés, avec une autorité que nul n'aurait osé contester.

Ayant pris immédiatement la mesure du désastre, il put extraire à la seule force de ses bras le manchot du tambour de l'écureuil, puis donna aussitôt des ordres d'un ton si péremptoire que les ouvriers rescapés, interpellés pourtant avec rudesse, obtempérèrent sur-le-champ.

A l'instant même où Martille, envoyée aux nouvelles, découvrait le désastre, leur voisin, le regrattier, lui cria :

— Aubert est dessous !

Incrédule, Martille le regarda sans comprendre.

— C'est vrai, je l'ai vu, il passait justement là !

Martille dévisageait le messager de cette nouvelle qu'elle ne voulait toujours pas admettre. Aubert, son Aubert, là ? Non, c'était un affreux cauchemar. Prise d'une inspiration subite, elle repartit en courant et arriva tout essoufflée à l'échoppe.

— Alors ?

— C'est le chantier... balbutia-t-elle. Aubert...

— Quoi, Aubert ? questionna Nathalène.

— Aubert...

— Quoi, quoi ? Honoré, viens t'occuper de la petite !

Terrassée, Martille s'était laissée tomber sur le sol de terre battue. Sa blancheur était impressionnante.

Alerté par les cris de son épouse, Honoré avait jailli de la cour intérieure.

— Je ne comprends rien, dit Nathalène qui s'était agenouillée près de Martille et lui tapotait les joues. Elle est toute pâle ! Il paraît qu'il y a eu un accident à Saint-Jacques. Elle en est revenue toute bouleversée, cela doit être son état. Mais où est donc Aubert ?

— Justement, fit une voix derrière elle.

C'était Mathurin, le regrattier.

— Quoi, justement ? interrogea Honoré, subitement inquiet.

— C'est que... c'est que...

— Quoi, tu accouches, d'habitude tu sais parler...

— Oui mais... c'est que ton fils est dessous...

— Où, dessous ?

— Sous les pierres de l'église qui s'est effondrée !

— Quoi ? Il fait quoi sous les pierres ?

— Je ne sais pas, moi, il devait passer par là, le destin quoi !

— Quel destin ?

— Quel destin ? répéta Nathalène.

— Destin ? fit Martille qui avait enfin ouvert les yeux.

— Foutre Dieu, comme dit l'autre ! cria Honoré en se jetant dans la rue, suivi par le regrattier.

— Aubert, Aubert, je veux voir Aubert, gémit Martille.

— Oui, tu vas le voir, répondit Nathalène qui tentait de se rassurer aussi et cachait ses mains qui tremblaient.

Elle était si lasse, soudain. Elle ne comprenait pas encore ce qui arrivait mais elle savait bien en son for intérieur que c'était grave.

— Viens, dit-elle à Martille, tu vas monter te reposer.

— Non, je veux attendre Aubert ici.

— Aidez-moi !

Intrigués par l'agitation, le vanneur et le bluteur étaient sur le seuil de l'échoppe, les bras ballants. Ils remirent délicatement Martille debout et l'installèrent sur un petit banc adossé au mur.

Nathalène lui tendit un verre d'eau.

— J'y ai mis une goutte de fleur d'oranger.

— Un grand malheur... murmura la jeune femme avant d'y tremper des lèvres blêmes.

Quand Honoré, le regrattier sur les talons, arriva sur le chantier, les ouvriers rescapés avaient commencé à pelleter, à remuer les pierres, non sans provoquer de nouveaux éboulements qui effrayaient les spectateurs. Mais il fallait bien admettre que l'accès aux blessés qui geignaient sous les décombres serait difficile, tant l'épaisseur des gravats était importante. Mesurant le problème, l'homme qui avait pris la direction des opérations parut réfléchir un instant en regardant autour de lui.

— Foutre Dieu, il nous faudrait des enfants pour se faufiler...

En voyant un gamin tout proche, il tendit la main vers lui mais la mère qui l'accompagnait le serra contre elle.

— Par saint Jacques qui protège cette église, vous ne me prendrez pas mon enfant... je n'ai que lui.

— Non, pas les enfants... hurla une autre voix.

— Mon fils est dessous, dit Honoré en s'approchant de l'homme, qui l'ignora.

— Mon fils, il paraît qu'il est dessous, insista encore le talemelier, tandis que le regrattier acquiesçait derrière lui.

— Oui, peut-être, concéda l'homme, mais il n'est pas tout seul, il faut tous les sortir, foutre de Dieu !

Il avait repoussé Honoré d'une main autoritaire. Furieux, il n'osa rien dire ; à son tour, il mesurait le tragique de la situation.

— Tu es sûr qu'il est là ?

Il s'accrochait à l'idée que le regrattier avait pu se tromper.

— Sûr comme je m'appelle Mathurin, répondit piteusement l'autre qui avait une expérience suffisante de la vie pour savoir qu'il paierait certainement l'annonce de la mauvaise nouvelle, pour laquelle le talemelier lui en voudrait toujours.

Mais enfin, autour d'eux on disait qu'il y avait des gémissements, il était permis d'espérer.

C'est alors que l'étranger avisa Hennequin, le nain de Bourgot, dont l'atelier se trouvait de l'autre côté de la rue. Dès la catastrophe, toujours à l'affût, Hennequin s'était précipité à la porte de la petite échoppe marquée par une belle enseigne peinte par la maîtresse du lieu. Perché sur une des pierres du désastre qui avait roulé jusque-là, il avait encore dans sa grosse main le pilon qui lui servait à préparer les couleurs de Bourgot, l'autre poing reposant sur sa hanche dans une pose qui lui était familière. La lourde silhouette du nain semblait encore amplifiée sous l'épais linteau de la porte.

D'une curiosité sans faille et toujours prompt à se laisser distraire de son travail, Hennequin avait souvent surveillé les délicates manœuvres des engins du chantier, les commentant aussi dans ce langage imagé qui faisait sourire l'artiste installée derrière la large baie prodiguant la lumière indispensable à son art. Amusés par son intérêt soutenu, les ouvriers lui avaient même un jour proposé de prendre la place des pierres et l'avaient embarqué dans les airs, le faisant tournoyer pour l'amuser. Mais, à moitié rassuré, il avait été soulagé de retrouver le sol. Et voilà que l'engin magique n'était plus qu'un pauvre pantin disloqué à terre et des ouvriers, parmi ses amis, étaient peut-être morts. Et ce géant, cet homme qui gesticulait pour les sauver... Hennequin l'avait bien déjà vu passer dans le quartier mais qui était-il donc ?

— Toi, foutre de Dieu, toi... tu vas faire l'affaire...

L'homme avait tendu un doigt péremptoire vers Hennequin, qui ne comprit pas immédiatement que c'était à lui que l'homme en avait, mais dut bien se rendre à l'évidence quand l'autre confirma, en criant plus fort :

— Oui, toi !

— Voilà une bonne idée ! s'exclama la femme qui serrait toujours son fils contre son devantier rouge.

— Je lui offrirai du pain jusqu'à sa mort, murmura Honoré, s'il sauve mon fils.

— Oui, lui, il ne craint rien, ajouta sa voisine avec cette note de cruauté qui n'aurait guère étonné le pauvre Hennequin, s'il l'avait entendu, habitué qu'il était à ce genre de mesquineries.

Revenu de sa surprise, le nain s'était avancé lentement en se dandinant vers l'étranger qui s'empara du pilon toujours dans sa main, comme un sceptre dérisoire, en disant :

— Tu vas avoir besoin de tes dix doigts...

Chacun retint son souffle quand il entreprit enfin, après moult tergiversations et grimaces, une lente progression, guidée par les plaintes des ouvriers ensevelis, jusqu'à ce qu'il crie :

— J'en ai trouvé un... il y en a un autre...

— A votre avis, il y en a combien ? demanda l'homme.

— Au moins trois ou quatre, répondit un rescapé, apparaissant, l'œil tuméfié. Sans compter les passants...

Les passants, comme Aubert, pensa Honoré qui était resté près de l'homme pour pouvoir profiter du moindre renseignement.

— Foutre de Dieu, tu dois en trouver encore… Vous, déblayez ici, vous, fabriquez des civières…

Il donnait des ordres en brandissant le pilon de Hennequin. Et tous autour obéissaient, les uns abandonnant leur brouette à bras et son contenu, les autres posant les outils qu'ils avaient encore en main.

— Malédiction, que faites-vous ? intervint alors un homme qui venait de se frayer un passage au milieu des badauds après avoir sauté élégamment de sa monture, une belle jument grise sellée de cuir rouge.

— Malédiction ? Et qui êtes-vous ? l'interpella l'homme en toisant le nouveau venu campé devant lui, les mains sur les hanches.

— Le maître d'œuvre, souffla un ouvrier qui tenait contre lui sa main ensanglantée.

— Malédiction ? Tu veux rire ! ? Foutre de Dieu… Ce n'est pas la faute à Dieu mais à toi… Toujours plus haut, toujours plus léger pour étonner le monde ! Et faire mieux que le voisin ! Voilà le résultat !

Un groupe d'ouvriers ricana dans le dos du nouvel arrivé portant en bandoulière l'équerre qui ne le quittait guère, retenue par une fine corde barrant un pourpoint dont le drap vert sombre paraissait de la meilleure qualité.

— Je vous interdis, répondit aussitôt l'architecte dont les joues s'étaient subitement colorées, empourprées par une bouffée de colère.

A ce moment-là, Hennequin cria :

— J'en tiens un troisième… il est vivant mais il y a du sang partout !

Honoré frémit. Vivant, le mot qu'il attendait, mais le sang ?

— Creusez là ! intima l'homme sans plus faire attention au maître d'œuvre, qui n'osait plus intervenir.

Guidés par le nain, les ouvriers commencèrent à pelleter.

— Doucement, dit encore l'homme en faisant signe aux ouvriers qui venaient de déposer près de lui des civières.

— Celui-là ne bouge plus…

— Oh…

Le frisson de la mort parcourut la foule attroupée. Honoré avait chaud. Il passa la main sur son front ; des gouttes de sueur avaient coulé jusqu'aux sourcils, puis se faufilaient vers les pattes-d'oie qui débordaient sur les tempes où battaient avec ardeur des veines très apparentes. Ses yeux le piquèrent soudain et des larmes se mêlèrent à la sueur, qu'il essuya d'un revers de sa cotte de toile blanche.

— Tu pleures ? interrogea le regrattier, vaguement surpris. Ton fils n'est pas nécessairement le mort !

Non, cela ne peut être Aubert, pensa aussitôt Honoré pour se rassurer. C'était forcément un autre.

— Prions pour ces hommes, murmura près de lui un clerc dont la tonsure était rougie par le soleil.

Dieu pouvait-il quelque chose ? Honoré, qui n'était pas très dévot, n'y croyait guère, mais si Nathalène avait été là, elle aurait certainement participé avec ardeur aux patenôtres que la foule entonna de bon cœur.

— Nous y sommes, annonça alors l'un de ceux qui maniaient la pelle avec précaution.

— Ah…

La foule avait oublié Dieu et reportait déjà ses espoirs sur les ouvriers et surtout sur cet homme dont le sang-froid et l'autorité impressionnaient.

Il avait justement franchi l'espace qui le séparait des ensevelis.

— Doucement, commanda-t-il en fronçant ses épais sourcils blonds. Ne gâchons pas tous nos efforts par de l'impatience…

— Le mort n'a plus rien à faire de l'impatience,

murmura une matrone près d'Honoré, qui la fustigea du regard.

Il le savait, la mort faisait partie de la vie quotidienne et beaucoup en avaient tellement subi, des deuils, qu'ils étaient parfois presque indifférents et se consolaient en pensant qu'ils reverraient les êtres aimés un jour au ciel. Lui, il n'arrivait pas à y croire, à ces histoires de clercs !

— Apportez une civière ! commanda l'homme.

Un premier blessé y fut déposé délicatement.

— Vite, à l'hôpital Saint-Gervais ! cria un homme dans la foule.

— Amenez-les chez moi ! répliqua un nouveau venu. Mon médecin les soignera…

Honoré reconnut la voix, légèrement pointue. C'était maître Nicolas Flamel, homme de cœur et d'argent, comme on disait dans le quartier.

— Même le mort ? interrogea la femme qui avait refusé qu'on utilise son enfant.

— Je suis prêt à accueillir tout le monde, répondit avec placidité l'homme, que rien ne semblait devoir troubler.

La foule témoigna de son respect par un silence presque pesant qui rendit encore plus funestes les mots qui jaillirent soudain du trou :

— Voilà le mort !

— Tu es sûr qu'il est mort ?

— Il respire encore, dit un troisième.

— Ah !

— Prions ! cria le clerc en levant les bras vers ce ciel d'où ne pouvait venir que le bien.

— Notre-Père, entonna un homme en joignant les mains avec componction.

— Prions plutôt la madone, suggéra une femme près de lui.

Il continua pourtant de réciter la prière entamée sans broncher.

Honoré n'y tenait plus et quand les civières furent extraites des déblais épars il se précipita, le regrattier toujours sur les talons. Mathurin l'évita de justesse quand il s'immobilisa soudain en découvrant Aubert sur l'un des brancards de fortune. C'était donc vrai ! Abasourdi, il l'entendit cependant respirer et cela le rendit fou d'espoir :

— Il respire…

Un homme se penchait sur la silhouette sanguinolente.

— C'est un médecin de grand savoir, commenta une femme avec un brin d'admiration.

Honoré haussa les épaules ; il n'avait pas plus confiance en ces hommes qui avaient étudié à la Faculté que dans le ciel. Leur médiocrité était réputée !

— Ayez confiance, murmura près de lui maître Flamel, qui avait compris le drame qui s'abattait sur le talemelier. C'est un homme de talent, un vrai chirurgien.

— Vraiment ? interrogea Honoré, ses traits affaissés, sa voix subitement voilée.

C'est que ce métier manuel, moins honoré que celui de médecin, était souvent exercé de manière improvisée par des fils de famille décavés, des courtisanes ou des tireurs de sort ! Méfiant, Honoré haussa les épaules tout en disant, avec une haine dont il ne se serait pas cru capable :

— Si je tenais celui qui m'a fait cela…

— Lui ! cria la foule en pointant le doigt vers le maître d'œuvre.

Crânement, l'homme faisait face à la vindicte. Il s'était rapproché insensiblement de Bourgot, la patronne du nain, venue au premier rang voir œuvrer son protégé. Tout le quartier connaissait leurs relations intimes. Bourgot à son tour regarda cette assistance faite d'hommes et de femmes prêts à s'enflammer, à condamner ou à absoudre.

— Vraiment ? questionna à la ronde la jeune femme, non sans insolence.

— Bourgot, ne m'abandonne pas ! murmura son amant soudain inquiet.

— Maître Arnaud, vous conviendrez que je dois mettre fin à votre travail... Tout cet argent gâché !

L'homme qui venait de parler était le marguillier qui gérait la fabrique de l'église chargée de financer le chantier.

— Vous avez raison, cet incapable doit être chassé... Je ferai un don pour vous dédommager.

Nicolas Flamel avait posé un bras protecteur sur l'épaule du jeune responsable, consterné par la catastrophe. Flamel était un de ces bourgeois cossus comme il en existait beaucoup à Paris, souvent enrichis dans le commerce ou des affaires dont l'importance échappait au commun des mortels. Celui-ci laissait planer autour de sa fortune le mystère, et la rumeur publique voulait qu'il ait trouvé le secret pour faire de l'or. Mais il lui était beaucoup pardonné, contrairement à d'autres arrogants, car avec son épouse Pernelle, malheureusement décédée quelques années plus tôt, il avait toujours répandu le bien. On ne comptait plus les maisons qu'il avait fait construire ou réparer pour y loger des miséreux.

D'ailleurs, autour de lui se pressaient déjà les demandeurs d'aumône toujours postés au portail de l'église Saint-Jacques et menés par Martin, le donneur d'eau bénite, qui, tous, avaient reçu un legs de dame Pernelle et qui se seraient fait tuer sur-le-champ pour maître Nicolas.

— Je ne conviens de rien... Pourquoi serais-je responsable de ce qui vient d'arriver, et qui me dit que ce n'est pas ce conducteur de tombereau qui a ébranlé mon mur ?

L'architecte Arnaud, rouge de colère, désignait du doigt le charretier enfin au bout de ses peines pour libérer ses bœufs qui meuglaient encore leur peur.

— Moi ? Je n'ai rien fait que d'amener ce chargement depuis la vallée de Bièvre et je compte bien y être rentré avant la nuit ! Demain, je dois livrer d'autres pierres pour le château de Bicêtre de monseigneur de Berry !

Furieux, l'homme levait le poing en direction de l'architecte, dont l'impudence révoltait la foule, vive dans ses jugements et qui avait déjà pris le parti du charretier.

— Vous me laisserez votre jument et quitterez votre maison, dit encore le clerc. Je ne vous réclamerai pas votre pourpoint...

La voix était ferme, le verdict sans appel.

Toujours aussi rouge, des gouttes de sueur perlant sous le chaperon à bec assorti au pourpoint, privé comme un enfant fautif des avantages dus à sa fonction, Arnaud baissa finalement la tête.

— Je me vengerai... lança-t-il enfin avant de fendre la foule sous les huées. Je me vengerai !

— Moi aussi ! cria Honoré.

Le regrattier lui tirait la manche et quand Hennequin fut, en revanche, ovationné par la foule qui ne cachait plus son admiration pour l'étranger, il se boucha les oreilles. Sa tête allait exploser.

## 5

Il ne vit plus rien. Ni Nicolas Flamel, qui avait ouvert la belle aumônière de peau naturelle suspendue à une fine ceinture de cuir rouge et clouté et mis une belle pièce d'or dans la main du nain intimidé qui murmurait un merci vaguement servile. Ni le généreux donateur se tournant vers l'inconnu, pour le remercier aussi chaleureusement en tendant une pièce que l'autre refusait ou plutôt acceptait finalement pour l'offrir à Hennequin ravi, suscitant une nouvelle bouffée d'enthousiasme de cette foule ébahie par cet inconnu décidément généreux.

Il n'entendit pas davantage les amabilités du maître libraire pour l'homme :

— Comme il vous siéra... Mais faites-moi le plaisir de venir me visiter, j'habite à quelques pas d'ici... N'importe qui vous y conduira... Je suis Nicolas Flamel...

Il ne perçut pas non plus que l'autre, en soulevant son chaperon avec révérence, avouait enfin son identité :

— Guillebert, pour vous servir...

— Guillebert, répéta la foule, heureuse de pouvoir nommer le héros du jour.

Honoré ne le vit toujours pas quand il s'apprêta à repartir avec modestie vers ses affaires mystérieuses, sans s'apercevoir qu'il avait toujours dans la main le pilon du nain qu'il rendit avec un grand sourire.

— Par le sanglant foutre de Dieu, tu as été bien…

Honoré, qui était agenouillé près d'Aubert, n'entendit ni ne vit la suite de l'histoire quand Bourgot se planta devant l'homme :

— Savez-vous que le roi interdit le blasphème, sous peine d'être marqué au fer rouge[1] ?

Lui qui était au bord du désespoir, aurait-il compris le sourire aux lèvres de Guillebert, qui regardait droit dans les yeux cette femme impudente et ouvrait son pourpoint d'un geste si brutal qu'il fit sauter tous les noyaux[2] ?

— Foutre de Dieu, c'est déjà fait !

Toujours prête à réagir, la foule lâcha un « Oh »… Il aurait été bien délicat de distinguer réprobation et admiration dans cette onde qui faisait frémir ces hommes et ces femmes dont n'importe quel observateur des mœurs de la rue connaissait la versatilité. Les plus proches avaient pu voir le torse puissant à la peau claire marqué d'une large cicatrice. Saisie autant de peur que d'étonnement, son insolence presque calmée, Bourgot courait déjà se réfugier dans son atelier, pendant que l'homme lançait d'une voix qui semblait faite pour haranguer les foules :

— Rien ne va plus dans un royaume où Dieu est sourd et n'entend pas que notre roi est fou !

— Que Dieu mette de l'ordre chez lui… répondit de loin le pâle Arnaud, avec cet air buté que beaucoup lui connaissaient.

1. En mai 1397, une ordonnance avait renforcé une loi plus ancienne pour punir ce « péché de langue ».

2. Boutons.

Il faisait allusion à la situation peu banale de la chrétienté qui s'offrait le luxe d'avoir deux papes, l'un à Rome, l'autre en Avignon[1].

— Je me vengerai... répéta-t-il, vaincu mais le doigt menaçant. Et depuis quand un blasphémateur fait-il la loi ? Je saurai quel souffle mauvais t'a mené jusqu'ici et je trouverai bien un vent contraire pour t'éloigner de ma vue. Je me vengerai !

L'intimidation proférée avec tant de haine effrayait la foule, avide de spectacle mais aussi lâche ; passionnés, prêts à s'enflammer un instant plus tôt, les spectateurs avaient soudain hâte de retourner à leurs besognes. Tous savaient que l'architecte pouvait être violent. Quant à cet inconnu, encore fallait-il apprendre ce qu'il avait derrière le chaperon !

— Un faiseur de mots !

Les paroles définitives prononcées par Arnaud avant de s'engouffrer sous les encorbellements de la rue Saint-Jacques reflétaient-ils le sentiment général ?

Dans le royaume de France, on aimait les faiseurs de mots. On se pressait aux sermons des prêcheurs à la mode ou aux plaidoiries des juristes, on écoutait les invectives des batailleurs de rue, les boniments des marchands, le bagout des apothicaires, les vantardises des taverniers, les cris des harengères. On courait aux spectacles, on riait aux pitreries des amuseurs, on vibrait aux représentations des mystères. Il avait fallu beaucoup de courage aux conseillers du roi pour édicter la loi contre les blasphèmes qui, pour beaucoup, n'étaient que des mots. Il avait fallu d'ailleurs s'y reprendre à plusieurs fois depuis le grand roi Saint Louis, et c'était bien la folie du roi qui avait motivé les légistes pour la remettre au goût du jour !

---

1. Il s'agit du grand schisme d'Occident, qui dura de 1378 à 1417.

Honoré n'avait rien vu, ni entendu. Il était loin de tout cela. Il était aux portes de la mort de ce fils qui lui avait donné tant de joie. Il ne pouvait imaginer que c'était fini, pas ainsi, pas si bêtement.

— Ouvre les yeux, mon petit, répétait-il, indifférent à tout le reste.

— Parlez-lui doucement, souffla près de lui le médecin, qui avait dénudé le corps sanglant et tentait d'en déceler les blessures. Cela n'a pas l'air si grave, pourtant, ajouta-t-il en hochant la tête.

— Oui mais des fois c'est dedans que cela se passe et la tête est bien abîmée, observa une femme près d'eux, une des rares qui s'attardaient encore car la foule avait enfin reflué, satisfaite, repue de mots et de sang.

— Non, il ne peut mourir, dit Honoré qui cherchait à conjurer le sort par tous les moyens.

Du sang déjà coagulé maculait les cheveux du pauvre Aubert qui gémit quand les doigts de l'homme de l'art frôlèrent la trace laissée sans doute par l'impact d'une pierre.

— Mon petit, murmura Honoré, fou d'espoir.

— Parlez-lui, ordonnait encore le chirurgien. Il faut le retenir à tout prix.

Le blessé ouvrit les yeux un instant, chuchota « Martille », puis sa tête retomba sur son épaule.

— Non ! cria Honoré.

— C'est fini, dit le praticien en fermant les yeux du pauvre Aubert.

Derrière lui se tenait maintenant le géant, comme si après avoir sans doute fait tout ce qui était en son pouvoir, il ne parvenait pas à se résoudre à quitter ce lieu et la désolation provoquée par la catastrophe. Il ne connaissait pas ce garçon qui agonisait, seulement son père, qui se moquait volontiers de lui. Mais était-ce important ?

L'homme, dont le pourpoint demeuré ouvert laissait apercevoir les fameuses marques du fer chaud, aida Honoré à se relever. Les yeux embués de larmes, n'osant comprendre que ce qu'il craignait tant était finalement arrivé, le talemelier s'en remettait à cet homme qu'il ne connaissait pas, ou à peine. Près de lui se tenait toujours le regrattier. Mathurin aurait-il avoué qu'il était resté car il n'aurait pas voulu affronter une inévitable rencontre avec Nathalène et Martille ? Il transformait ainsi sa lâcheté naturelle, qui lui faisait évidemment redouter une telle confrontation, en compassion pour Honoré.

— Aidez-moi ! dit l'homme d'un ton si autoritaire que Mathurin ne put qu'obéir. Nous allons le ramener chez lui.

Ils se saisirent de la civière de fortune où gisait le pauvre corps.

— Est-il mort ? interrogea une voix dans leur dos.

C'était le nain.

— Oui, répondit sobrement l'homme. Va le dire à ta maîtresse, qu'elle le fasse savoir à ce maudit maître d'œuvre.

Il regarda un instant Hennequin courir sur ses petites jambes jusqu'à la porte de l'atelier et s'y engouffrer pour annoncer la nouvelle tragique. Guillebert pouvait-il imaginer que la peintresse tremblait encore au souvenir de celui qu'elle avait déjà baptisé « ce diable d'homme », au point de ne pouvoir tenir un pinceau ? Cela l'aurait fait sans doute sourire, bien qu'il ait su depuis longtemps que des haines pouvaient naître de ces hasards qui faisaient la vie de chaque jour.

— Allons-y !

Mathurin grimaça quand il se releva. Son dos le faisait tellement souffrir maintenant, quand il portait des charges lourdes, et Aubert pesait son poids. Mais par égard pour Honoré et par crainte de s'attirer les foudres de cet homme qui lui en imposait, il ne dit mot en emboîtant le pas de l'autre, tout en redoutant déjà l'arrivée chez Nathalène.

Le clerc, qui avait fait prier la foule, les suivait aussi. Il avait couru chercher dans l'église Saint-Jacques un cierge bénit parmi ceux qui étaient consacrés chaque année le jour de la Chandeleur pour être allumés auprès des défunts de la paroisse ; il le serrait précieusement contre lui.

Mathurin n'oublierait jamais le désespoir qui avait envahi ces deux femmes, la petite Martille presque méconnaissable, et qui ne les lâcha plus dès lors qu'Honoré avait pénétré dans l'échoppe et annoncé cette horreur. Des cris, des pleurs, en quelques instants toute la rue avait été alertée et l'affliction s'était généralisée sous les encorbellements.

— Que du malheur ! Que du malheur ! clamaient les voisins en se signant.

Rapidement l'échoppe fut transformée en reposoir autour du corps que Nathalène eut la force d'envelopper d'un linceul de toile sorti comme par enchantement d'une huche de bois clair. Le clerc alluma le cierge planté dans un chandelier de cuivre et le plaça près du visage d'Aubert, qui semblait maintenant reposer en paix. A genoux, près de lui, Martille s'était emparé de sa main ; elle serrait presque convulsivement les doigts longs et fins qui avaient glissé amoureusement l'anneau à son annulaire le jour joyeux de leur mariage ; ces doigts qui pétrissaient avec ardeur la pâte, ces doigts qui savaient manier la chantepleure au-dessus des carreaux cultivés avec amour. Elle gémit soudain en se tenant le ventre. L'enfant avait bougé ; c'était la première fois ; elle appliqua la main d'Aubert sur elle et murmura pour lui, pour elle :

— Ta vie ne peut être finie quand la sienne commence... Non, non, non !

Le non était allé crescendo, résonnant sous la petite voûte de l'échoppe.

— Non, répéta Nathalène, terrassée soudain.

— Prions, dit le clerc, il est temps de réciter le Credo pour rappeler le baptême de votre fils.

Des prières, ce pauvre Aubert n'allait pas en manquer car les membres de la confrérie des talemeliers, venus réconforter le cher Honoré si dévoué à leur cause, et les voisins et les amis commençaient à défiler. On n'était jamais seul dans le malheur ! Et dehors, devant l'échoppe du regrattier, une femme en haillons tendait la main, répétant, avec une compassion feinte : « Un grand malheur... »

Les passants la regardaient avec mépris et quand elle ajoutait, l'œil aussi sombre que fiévreux : « Mais après le soleil, l'or, les couleurs... », ils agitaient la main pour signifier qu'elle aussi avait été touchée par un mal dont on parlait beaucoup dans le royaume et qui s'appelait folie.

Deux jours plus tard, le glas de l'église Saint-Jacques annonça la cérémonie d'adieu ; comment le sonneur tirait-il de cette cloche qui pouvait être tellement guillerette de si tristes accents ? Et comme Pierre, le cordier, s'était montré très généreux, le sonneur ne plaignait pas sa peine, répandant ainsi la désolation bien au-delà du quartier.

— Rien ne va plus dans un royaume où Dieu est sourd et n'entend pas que notre roi est fou, murmura Guillebert en arrivant rue Thibaud-aux-Dés.

Quatre solides gaillards ouvraient la procession ; ils portaient sur leurs épaules le brancard où était déposé le corps d'Aubert enveloppé dans un linceul blanc, la tête seulement découverte, dont la blessure au cuir chevelu avait été masquée par une fine toile de linon. Dans un sursaut d'énergie qui avait vraiment mobilisé toutes ses forces, Martille, et cela avait été le seul moment où elle avait quitté Aubert, accompagnée justement de son père, était allée glaner quelques fleurs dans son jardin et les avait déposées sur le linceul où elles faisaient une tache de couleurs.

Soutenant sa fille, qu'il ne savait trop comment consoler, Pierre, lui aussi terrassé par ce malheur soudain, sortit le premier de l'échoppe suivi d'Honoré qui entourait d'un bras protecteur les épaules de Nathalène secouée de sanglots. Les deux femmes avaient drapé un ample chaperon de deuil noir dont le guleron recouvrait les épaules. Elles dissimulaient ainsi leur chagrin grâce à l'avancée de la visagière [1]. La triste procession, rejointe par les voisins des alentours et les clients, par le maître libraire Flamel et par les représentants de la confrérie des talemeliers, se dirigea vers l'église où le chantier avait été hâtivement débarrassé des principaux débris de la catastrophe par les ouvriers qui, tous, cessèrent respectueusement leurs activités au passage du cortège. A travers ses larmes, Martille reconnut l'homme, le géant blond, qu'elle associerait maintenant, toute sa vie durant, à son malheur.

Sur le pas de l'atelier de Bourgot, se tenait le nain qui fit un signe de croix rapide sur sa poitrine. Posté sous le linteau, les bras ballants, il ne perdait pas une miette du spectacle ; il salua discrètement Guillebert, qui avait emboîté le pas aux derniers du cortège mais n'entendit pas les mots d'Hennequin adressés à sa peintresse :

— Il y a ton blasphémateur !

Pourtant concentrée sur un travail minutieux, Bourgot sursauta et resta un instant le pinceau en suspens. Puis elle appliqua rageusement une fine touche de céruse sur la

1. Sorte de cagoule en casquette.

pommette du sujet qu'elle réalisait. Non, elle n'allait pas se laisser impressionner par ce diable d'homme !

— Et maître Flamel, et dame Claire Clerbourc, je ne vois pas son orfèvre de mari, et Mathurin, qui a laissé son échoppe, une fois n'est pas coutume, et le gros chanoine dont tu dois faire le portrait et dame...

— Suffit ! maugréa Bourgot en frottant son pinceau sur la palette multicolore.

— Ils sont tous rentrés, commenta à regret Hennequin avant de retourner nonchalamment à sa table de travail.

— Je vais avoir besoin de noir, dit Bourgot d'un ton sec qui surprit son aide. Mais quand ce glas va-t-il cesser ?

— Bientôt, bientôt, répondit Hennequin, qui s'était installé promptement devant sa petite table de bois blanc et commençait à s'escrimer sur son pilon dans le mortier de marbre.

Obtenir du noir n'était pas une mince affaire et ce n'était pas pour rien que certains parlaient de « broyer du noir » !

Il n'osa pas quitter sa table quand, de nouveau, le glas annonça la fin de la cérémonie et la sortie des participants toujours dans le sillage du brancard porté par les quatre gaillards qui passèrent sous le porche bien gardé par les mendiants de la paroisse. Hennequin ne put qu'imaginer leur lente progression par la rue de la Sellerie et sans doute celle de la Ferronnerie jusqu'au cimetière des Saints-Innocents où étaient en général enterrés les morts du quartier. Le fossoyeur, qu'il connaissait bien, avait dû creuser la tombe en se réconfortant de moult cervoises car il faisait déjà chaud, et devait attendre le défunt de pied ferme avec son pic et sa pelle. Il ferait sans doute diligence pour le recouvrir de terre et l'enlever à jamais à la vue de tous. L'homme se vantait de creuser très profond, comme bien peu savaient le faire à Paris. Un faiseur de mots, encore, celui-là !

Le glas s'était tu.

— Enfin, souffla Bourgot juste à l'instant où entrait Arnaud.

Elle ne l'avait pas revu depuis le drame.

— Que fais-tu ici ? interrogea-t-elle en fronçant ses sourcils blonds qu'elle épilait savamment. Tu ferais bien de ne pas trop te montrer dans le quartier...

— J'avais trop envie de toi et je voulais t'annoncer que j'allais travailler pour le jeune duc de Bourgogne ! Nous allons bâtir de grandes choses ensemble et faire taire les mauvaises langues et les faiseurs de mots.

Bourgot leva les yeux au ciel. Le prince Jean n'avait pas toujours bonne réputation, surtout depuis l'affaire insolente des cinq mille lances le jour de l'enterrement de sa mère. Il était devenu l'adversaire déclaré du duc Louis d'Orléans, autre figure ambiguë qui défrayait la chronique de la ville comme de la cour. Tout était tellement compliqué autour de ce roi sans raison qu'il ne semblait pas si malin d'aller se mettre dans la gueule du loup ! Mais Arnaud n'en avait cure ; il s'était saisi du pinceau que Bourgot venait de plonger dans un godet de garance.

— Tu en mets partout, protesta la jeune femme en montrant les carreaux maculés de gouttelettes.

— C'est du sang, plaisanta Arnaud.

— Ne ris pas avec cela ! murmura Bourgot dont il tenait déjà solidement le poignet pour l'obliger à quitter le petit escabeau posté devant le chevalet.

— Viens !

L'œil brillant, l'architecte la serrait contre lui.

— Toi, le nain, va donc voir le chantier, lança-t-il, au lieu de rester les bras ballants ! Ou plutôt tâche de te renseigner sur cet homme qui a toujours le blasphème sur la langue ! Que ta curiosité malsaine serve au moins à quelque chose ! Je vais me venger de ses mauvaises manières.

Bourgot approuva d'un hochement de tête. En savoir plus sur ce Guillebert ne lui déplairait pas non plus... Mais elle y songeait avec des sentiments infiniment mitigés et peut-être pervers. Elle vit Hennequin qui haussait les épaules avec son insolence naturelle. Elle savait qu'il n'aimait pas Arnaud, ni son comportement brutal et vindicatif. Mais Bourgot n'en avait cure ; elle ne pouvait se passer de ces moments qui la laissaient tout alanguie mais de bonne humeur.

Il l'enlaçait déjà avec cette fougue qui la rendait folle. Hennequin ramassa la palette, mit le pinceau à tremper, jeta un dernier coup d'œil sur le petit panneau de bois où l'artiste terminait une jolie madone à l'Enfant et sortit.

Débouchant justement de la rue de la Sellerie, Guillebert lui fit un petit signe de la main. Tout devait donc être fini pour cet Aubert que le nain connaissait seulement de vue. Hennequin regarda le grand blond qui s'engageait dans la rue Saint-Jacques. Il se retourna un instant pour observer le chantier où un homme s'en prenait à un maçon immobile, sa truelle à la main. Le nain aurait pu en raconter, des histoires, sur ces ouvriers qui, depuis des mois, travaillaient là ; mais ce Guillebert ?

Et précisément, il avait hâte d'aller raconter à Bourgot qu'il arrivait du cimetière en compagnie de maître Flamel et que même ce dernier le faisait entrer chez lui. Un événement qui ne manquerait pas d'agacer l'artiste, dont la langue vaguement jalouse n'était pas toujours tendre pour le libraire et sa réussite ! Hennequin jeta un œil vers la petite fenêtre soulignée d'une douce accolade qui éclairait la soupente où Bourgot devait être maintenant avec son amant. Un rayon de soleil y faisait miroiter le vitrail coloré qu'un autre des admirateurs de la peintresse lui avait offert.

Un léger coup de vent balança l'enseigne qui tinta légèrement, puis s'immobilisa, objet indifférent et sans âme.

Le nain soupira. Il avait faim et une envie de courir les ribaudes le saisit. Lui aussi avait bien droit à du plaisir, tant pis pour son poste d'observation ! Il pria le ciel pour que Gila la Boiteuse, avec qui il avait ses habitudes, traînât rue Brisemiche.

## 6

Après un dernier coup d'œil inquisiteur, Hennequin passa rapidement devant la maison cossue du libraire juré qui tenait le haut du pavé avec ses colombages et surtout sa tourelle en encorbellement. Guillebert était de dos devant le grand arc de pierre blanche ; maître Flamel devait lui faire les honneurs de son atelier, dont la réputation allait bien au-delà des remparts tant les copistes et les enlumineurs qui y travaillaient représentaient l'élite d'un métier où les Parisiens excellaient. Si Bourgot était une peintresse qu'une clientèle, certes aisée, faisait volontiers travailler, son art était modeste à côté des artistes de la librairie Flamel. Il n'était pas rare, d'ailleurs, d'y voir entrer des princes amoureux de ces beaux livres.

Cet atelier n'avait rien à voir avec les étroites échoppes nichées entre les contreforts de l'église Saint-Jacques ; annoncé par son enseigne *A la Fleur de Lys*, dont le fond bleu vif était régulièrement ravivé par les soins du nain, il trahissait, dès l'abord, le train de vie de son propriétaire au vu des peintures qui en rehaussaient aussi la façade. Rien de comparable avec ces pauvres gratte-parchemins au service d'une population illettrée. Ceux-là tenaient le rôle d'écrivains publics occupés à de modestes tâches d'écriture nécessaires dans un monde dominé par les juristes. Ils se partageaient un travail souvent ingrat et leurs besognes ordinaires n'exigeaient pas beaucoup de talent... Sauf si, comme certains, plutôt rares, ils se mêlaient de créer de beaux manuscrits ornés de lettrines colorées et dorées à l'or fin, de marges fantaisistes et d'images merveilleuses. Ambitieux, Flamel l'avait bien compris.

Ces hommes, aux yeux souvent fatigués par la minutie qu'exigeait leur ouvrage sur des parchemins de dimensions réduites par économie, bavaient d'envie devant la réussite de certains plus entreprenants. Comme Nicolas Flamel, dont l'atelier n'avait cessé de prospérer depuis qu'il était devenu libraire juré. Mais tous le respectaient car il avait appris avec humilité les subtilités de la calligraphie, avait travaillé avec acharnement pendant des années et, depuis qu'il était devenu riche, savait faire profiter les autres des fruits de son travail. D'aucuns affirmaient qu'il n'avait pas pu s'enrichir autant avec cette seule activité, mais nul n'osait dire du mal de Nicolas Flamel... sachant sans doute qu'un jour il pourrait être son obligé.

— « Oignez vilain il vous poindra, poignez vilain il vous oindra... » Regardez cette image amusante !

Nicolas Flamel montrait du doigt la marge d'un feuillet de parchemin où l'un de ses enlumineurs avait illustré ce proverbe avec ce sens de la dérision qu'il aimait cultiver, comme beaucoup de Parisiens.

— Quand monseigneur de Berry vient ici, il faudrait lui dresser un lit tant il veut tout voir, commenta Flamel, mais allons plutôt boire pour nous remettre de cette triste cérémonie. La jeune Martille faisait pitié. Où habitez-vous ?

Surpris par cette question posée à brûle-pourpoint, Guillebert bredouilla :

— Je... je vais emménager...

— Où ? Allons dans mon retrait...

L'homme était direct et cela n'était pas pour déplaire à Guillebert, qui sourit quand le libraire avoua, lui-même souriant :

— Pardonnez-moi, je suis curieux, ma pauvre Pernelle me le reprochait assez !

— Dans une petite maison de la rue des Fossés-Saint-Germain, non loin des hôtels d'Alençon et de Bourbon, tout près du carrefour avec la rue des Poulies, pas loin de la Seine.

— Sans doute savez-vous que la rue des Poulies a une réputation douteuse ?

Guillebert fit oui de la tête en riant avant d'ajouter, avec ce sens de la provocation dont il aimait défier ses interlocuteurs :

— Ce n'est pas pour me déplaire.

Flamel ne broncha pas.

— J'y passerai ma première nuit ce soir ; ce matin, j'ai pris livraison chez le huchier de quelques meubles. Ce ne sera pas aussi beau qu'ici ! Un arche-banc, un coffre, une crédence, deux tréteaux et des planches qui feront une table et un lit pour y travailler les jours de grand froid... et même y recevoir, si d'aventure se présentait quelque visiteur. Cela se fait, paraît-il, mais je ne connais pas beaucoup de monde, sauf vous !

Guillebert éclata de rire, entraînant son hôte dans une franche hilarité.

— Mais quel diable d'homme êtes-vous ? dit Flamel en observant son visiteur.

Il plissa les yeux, comme il le faisait depuis que sa vue avait baissé.

Le pourpoint de velours d'un rouge légèrement orangé qu'il portait rehaussait son teint clair et ses yeux noisette. Croisant les bras, il jouait volontiers de ses mains pour appuyer ses phrases en pointant des doigts fins et déliés qui trahissaient parfois une certaine nervosité ; à l'annulaire gauche brillait un anneau d'or avec un camée ; les poignets du vêtement négligemment retroussés dévoilaient des attaches fines qui allaient de pair avec la minceur du personnage.

— On dit dans le quartier que je suis un faiseur de mots, répliqua Guillebert après quelques instants, en décroisant ses longues jambes.

Comme son hôte, il s'était installé dans une cathèdre rembourrée de coussins de velours rouge. Une servante apporta deux gobelets d'hypocras qu'elle déposa devant eux sur une table nappée de damas écru.

— Faiseur de mots… répéta Nicolas Flamel, songeur.

Guillebert se saisit du gobelet dont le galbe et le métal, de l'argent, étaient agréables à la main ; ses doigts se crispèrent sur la frise de feuillages délicatement ciselée au milieu. L'objet était beau, comme tout ce qu'il y avait chez son hôte.

— C'est le travail d'un orfèvre de grand talent, Jean Clerbourc, commenta Nicolas Flamel. Vous y voyez son poinçon, un *C* et un trèfle à quatre feuilles qui complètent la fleur de lys attestant un travail parisien. Et quand vous aurez bu, vous découvrirez au fond une sainte Catherine finement ciselée. Ma pauvre Pernelle aimait la prier, et comme elle aimait aussi le vin, c'était joindre l'utile à l'agréable…

— Et dans le vôtre ?

Nicolas Flamel éclata de rire.

— Cette fois, c'est vous qui êtes bien curieux !

Guillebert dégusta une gorgée d'hypocras, non sans en avoir humé l'arôme, où cannelle et girofle se disputaient la primauté.

Nicolas Flamel prit le temps à son tour de boire quelques gorgées. Satisfait, il expliqua :

— Je le prends au *Mortier d'Or*, rue des Lombards, où je l'achète par lots[1]... expliqua Flamel. Il est épicé et miellé à point, c'est comme cela que je l'aime...

— Très bon... fit Guillebert après en avoir bu plusieurs gorgées.

— Ursule, tu nous apportes quelques mistembecs[2] et du cotignac[3]... J'ai une fringale, et vous ?

Guillebert prit un mistembec sur l'écuelle d'étain que lui présentait la servante. Il planta les dents dans la pâte du beignet, moelleuse, mastiqua lentement. En face, Flamel mâchait du cotignac.

Flamel essuya délicatement ses doigts sur une serviette damassée qu'Ursule avait pris soin de déposer dans une corbeille de grès sombre.

— Me direz-vous qui vous êtes ?

— Je connais ce Clerbourc.

Guillebert esquivait adroitement la question.

— Ah oui ?

— Nous sommes en affaires... dit Guillebert de façon évasive.

— En affaires ?

— Oui, je lui ai confié un jeune garçon dont j'ai la charge.

— Chez Clerbourc ? interrogea Flamel, surpris. Lui qui ne prend pas n'importe qui chez lui, comment donc avez-vous forcé sa porte ?

— J'ai des arguments convaincants, répondit Guillebert en souriant.

Il laissait encore une fois planer un mystère que le libraire n'essaya pas d'élucider, d'autant plus que son visiteur ajoutait, d'un ton las :

---

1. Un lot valait 3,72 litres.

2. Des beignets, mot à rapprocher de « mise en bec » (comme croquembouche).

3. De la pâte de coings.

— Mais rien ne va plus dans un royaume où Dieu est sourd et n'entend pas que notre roi est fou !

— Ne va plus, ne va plus... Nous venons d'avoir vingt ans de paix ; le roi est parvenu à marier sa fille avec son plus grand ennemi [1] ; notre ville est riche, avec l'argent des impôts qui y afflue et fait vivre la cour ; le roi, ou la reine j'en conviens, donne du travail aux artisans avec des commandes somptueuses... Les princes autour de lui aussi, sans oublier les bourgeois qui s'enrichissent...

— La princesse Isabelle n'est plus en Angleterre, interrompit Guillebert. Et ce royaume est toujours notre ennemi.

— Il est vrai, concéda Flamel. Mais fallait-il prévoir que ce pauvre roi Richard serait renversé et qu'il en mourrait ? Vous voyez bien qu'il n'y a pas que le royaume de France...

— L'absence du roi laisse libre cours aux rivalités entre les princes et à la violence... Ne l'oubliez-vous pas ? Le duc de Bourgogne fait courir des bruits...

— Oh, la rumeur... Mais que voulez-vous donc y faire ? répondit le libraire d'un ton las.

— Ne pas croiser les bras...

Nicolas Flamel s'agita sur sa cathèdre. Obtiendrait-il une réponse plus précise ?

— Si vous avez des solutions... ajouta-t-il seulement en fixant de nouveau son interlocuteur.

— Peut-être, mais pardonnez-moi d'être discret.

— Mais quel diable d'homme êtes-vous ?

— Chat échaudé craint l'eau froide... laissa tomber Guillebert.

— Prenez garde de passer non seulement pour un

1. En 1396, le roi d'Angleterre épouse Isabelle de France.

faiseur de mots, mais aussi pour un sorcier, prévint amicalement Nicolas Flamel.

— Les mots, les mots... Dans le royaume, les mots n'ont-ils pas une importance considérable ? Ceux qui les manient sont capables de faire se battre des montagnes. Les mots à propos du pape ou du roi ne font-ils pas souvent des ravages ? Les rumeurs... Et à cause de mots, votre vie peut changer. Mais il est temps que je retrouve ma nouvelle maison.

Le libraire soupira. Il n'en saurait pas davantage. L'époque voulait cela... Tout le monde se méfiait de tout le monde, cela incitait à la prudence.

— Viendriez-vous dîner avec Jean Clerbourc et son épouse ? proposa-t-il cependant.

— A votre guise !

Flamel et Clerbourc appartenaient à cette élite de bourgeois qui avaient réussi dans la ville au cours des dernières décennies et se fréquentaient depuis longtemps. Des liens amicaux avaient renforcé les relations professionnelles entretenues depuis tant d'années, ne serait-ce que pour l'or que fournissait l'orfèvre au libraire pour enluminer ses livres. Tous deux faisaient aussi partie du cercle étroit des fidèles du roi, dont la folie avait éloigné de lui bien des notables.

# 7

Il n'était pas difficile pour le nain de se dissimuler dans ces rues où grouillaient les passants, où étals et poteaux corniers offraient autant de recoins et de cachettes. Bref, presque un jeu d'enfant pour suivre une proie. Et Hennequin, auquel Arnaud avait fait miroiter une surprise, s'était pris au jeu. Après avoir facilement découvert le logis de Guillebert, il lui avait emboîté le pas et avait épié sa déambulation dans cette cité agitée et bruyante où l'anonymat était finalement aisé. Et quelle n'avait pas été sa surprise de constater que Guillebert parcourait avec application chaque matin le même trajet.

« Tu le suis encore ! avait ordonné Arnaud le matin même. Il cache quelque chose et j'ai besoin de savoir quoi pour me venger.

— Mais moi, j'ai besoin d'Hennequin, avait objecté Bourgot. Qui me préparera mes couleurs en son absence ?

— Moi, si tu veux, ma belle », avait répliqué Arnaud avec ce sourire charmeur auquel Bourgot ne pouvait résister.

Poursuivant son idée, Arnaud avait déjà fait signe à Hennequin reparti aussitôt se poster devant la petite maison de la rue des Fossés-Saint-Germain.

Ce matin-là, l'agitation était à son comble dans la ville car les crieurs annonçaient à grand renfort de trompes la nouvelle d'une procession ; les deux maîtres crieurs de Paris, responsables l'un, Yves le Breton, de la basse ville [1], l'autre, Hervi, pour la rive haute [2], convoqués par la reine la veille, avaient répandu leur troupe partout. Près de trente hommes remplissaient avec application une mission pour laquelle ils étaient assistés de trompettes tonitruantes. Partout, aux carrefours, sur les places et même, innovation pour l'occasion, embarqués sur la Seine, ils propageaient la nouvelle d'une rue à l'autre, d'une rive à l'autre. Ils étaient reconnaissables à leurs livrées aux couleurs de la ville, chaperons et pourpoints rouge et pers, et au port de la verge fleurdelisée qu'ils brandissaient avant de débiter leur annonce de la voix la plus forte :

— Oyez, oyez, bourgeois de cette ville, oyez, au nom de notre reine Isabeau et pour notre roi, une procession se rendra depuis Notre-Dame, par la grant-chaussée de Monseigneur-Saint-Denys, jusqu'à l'abbaye où repose le corps saint dudit saint, le dimanche après la foire du Lendit. Oyez, oyez, prélats, chanoines, clergé, paroisses, ordres religieux, confréries, maîtres, jurés, compagnons, apprentis, échevins et tous, vous êtes invités à vous réunir sous les voûtes du Châtelet. Par saint Martin le bouillant, notre saint patron, oyez, oyez et souvenez-vous ! Il faut frapper d'un grand coup les oreilles de Dieu et des saints !

A l'instant où Guillebert sortait de chez lui, Hennequin reconnut le valet de maître Flamel, un certain Théophile qui venait parfois à l'atelier de Bourgot. Guillebert et l'homme échangèrent quelques mots qu'Hennequin chercha vainement à deviner, puis se séparèrent.

---

1. Rive droite.
2. Rive gauche.

Comme chaque matin, donc, Guillebert prit la direction de la place de Grève, passa sans un regard devant la Maison aux Piliers, siège des prévôts des marchands [1] ; l'animation était pourtant toujours intense devant la façade imposante, construite dans cette pierre blanche, typiquement parisienne, rythmée par des colonnes minces et des arcs bien dessinés formant un porche abritant l'entrée où se pressaient les visiteurs. A l'étage, des curieux avaient passé la tête aux baies surmontées de pignons à oculi pour écouter le message délivré un peu plus loin par un crieur.

Guillebert s'arrêta tout de même un instant pour s'agglutiner aux badauds sagement attroupés jusqu'à la sonnerie des trompettes signifiant la fin de l'annonce et alors vite dispersés non sans commentaires :

— Encore pour le roi, dit le voisin de Guillebert.

— Dieu vaut peut-être mieux que les sorciers ou les médecins... répondit une femme derrière eux.

— Voire ! marmonna un sceptique en heurtant du coude Guillebert, qui préféra se taire.

Il aurait volontiers assené sa maxime favorite : « Rien ne va plus dans un royaume où Dieu est sourd et n'entend pas que notre roi est fou », mais il n'était pas là pour engager la polémique avec des inconnus qu'il ne reverrait peut-être jamais.

— Ah, notre pauvre roi ! commenta un homme, quelques pas plus loin. Il y en a tant qui aimeraient être assis sur son trône ! Son frère, ses oncles, ses cousins... Ceux-là, ils feront semblant de prier pour qu'il guérisse !

Mais déjà un autre crieur débitait un nouveau message :

— Oyez, oyez, que chacun devant sa porte ôte fumier et ordures, que nul ne jette eaux puantes qui puissent faire dommage à quiconque... Que tous curent leurs aises qui

1. Premier hôtel de ville, à peu près à l'emplacement de l'actuel.

puent ! Et s'ils ne peuvent le faire, qu'ils appellent un maître Fifi [1] !

Guillebert sourit. Le programme n'avait rien d'enchanteur ! Autour de lui les insultes fusèrent en direction du pauvre messager, qui n'eut de solution que de fuir vers d'autres mauvais coucheurs ; certains, comme c'était habituel, lui jetteraient même peut-être le contenu de leurs pots puants pour se venger de son rappel à l'ordre pourtant bien nécessaire quand beaucoup ne respectaient pas les consignes d'hygiène.

Non sans pitié pour le pauvre bougre dont la tâche était ingrate, Guillebert le regarda disparaître dans la rue de la Tannerie, qui longeait la Seine ; il hésita un instant, puis, laissant derrière lui le Port-au-Blé, il lui emboîta le pas. Une odeur forte de cuir le saisit avant qu'il traverse la rue des Arcis, qui aboutissait au pont Notre-Dame. Trottinant à quelques pas, Hennequin se boucha le nez.

Bientôt se dressa devant eux la sinistre bâtisse du Châtelet, encadrée des deux grosses tours du Grand-Châtelet ; les pas de Guillebert semblaient l'y porter naturellement ; Hennequin, l'espion, ne pouvait évidemment imaginer quel ressentiment et quelle émotion étreignaient alors cet homme à la stature peu commune, planté soudainement là et bousculé sans égards par des passants pressés.

Guillebert fixait la lanterne à carcasse de bois garnie de vessies de porc ; il se souvenait parfaitement de la lueur qu'elle distillait, le soir qui avait bouleversé sa vie. En face se déroulait la chaussée Saint-Denis... Les souvenirs douloureux l'assaillaient et au milieu de cette foule qui allait et venait, indifférente, il voyait une silhouette si menue dans sa longue robe rouge, les cheveux blonds qui

1. Un cureur. C'était un métier assez lucratif, une sorte de monopole souvent détenu à Paris par les Bretons.

s'échappaient du chapel à fleurs multicolores sur ses épaules... Oui, elle était là... Telle qu'il l'avait vue quelques années plus tôt alors qu'il allait pénétrer, pour son malheur, dans ce maudit bâtiment, poussé par les piques acérées de deux gardes hargneux. Sa vie avait basculé, ce jour-là. Rien ne serait plus jamais comme avant... Il en avait été séparé pour toujours peut-être, mais il ne voulait le croire.

Et comme chaque jour depuis qu'il était arrivé dans cette ville qu'il avait tant détestée autrefois et pendant tout son exil, il était venu ce matin-là, caressant l'espoir d'apercevoir la silhouette tant aimée et désirée. Une femme au loin lui fit illusion un instant, mais il fallait bien s'y résoudre ; Gilette ne serait pas au rendez-vous ce matin-là, pas plus que la veille et sans doute le lendemain. Pourtant, ils s'étaient promis de se retrouver là ; alors, tant qu'il aurait un souffle de vie, il viendrait devant cette bâtisse de malheur.

Certes, une petite voix lui soufflait qu'il avait déserté en quittant la ville pendant tant d'années et que Gilette était peut-être venue, elle aussi, guetter son retour et qu'elle s'était sans doute découragée... Guillebert soupira. Oui, la petite voix avait raison, mais elle ne savait pas tout.

— Gilette, murmura-t-il, en tremblant comme chaque matin.

— Oyez, oyez, criait déjà un clocheteur qui avait plus de difficulté pour obtenir d'être écouté que ses prédécesseurs accompagnés de trompettes vigoureuses.

Mais la voix était forte et bien timbrée :

— Oyez, oyez, bains et étuves chaudes et propres rue Neuve-Saint-Merri, bon accueil...

Guillebert, bousculé par le reflux de la foule arrêtée un instant par le crieur, jeta un dernier coup d'œil, au-delà de la rue de la Sellerie, vers la chaussée ou grand-rue Saint-Denis, parut hésiter, puis, comme chaque jour, abandonna son rêve pour se diriger vers un autre lieu. Un homme à cheval sortait justement du Châtelet, entouré de sergents qui criaient avec autorité :

— Place, place...

— Le prévôt... dit un homme près de Guillebert. Guillaume de Tignonville.

Guillebert détailla avec attention cet homme dont le nom revenait souvent dans les conversations des Parisiens. C'était le prévôt royal qui détenait tous les pouvoirs de police, de justice et d'administration. Un homme de poigne qui conservait la confiance du roi mais était surtout un fidèle du duc d'Orléans, son frère. Il avait belle prestance sur son cheval à la robe sombre et nul n'aurait osé entraver sa marche. Une charrette pleine de légumes se rangea précipitamment, un enfant intrépide fut rattrapé de justesse par sa mère qui se signa dans un réflexe de frayeur. Regardant droit devant lui, Guillaume de Tignonville n'en avait cure.

Guillebert l'observa s'éloignant vers la grand-rue Saint-Denis et quand la croupe de son cheval disparut au loin, il songea à la deuxième étape de son pèlerinage quotidien qui le conduisait vers les Halles et la place où convergeaient plusieurs rues dont la plus large amenait à la porte Montmartre. Une petite place triangulaire, où les marchands venaient déballer poissons, œufs[1] ou autres denrées près d'une fontaine ; le pilori y était installé depuis le saint roi Louis.

Quelques pas plus loin, Hennequin soupira. Il n'aimait pas ce lieu. Quel plaisir pouvait y trouver ce Guillebert de malheur ?

Comment aurait-il pu savoir que cet homme énigmatique éprouvait presque une jouissance morbide à revenir

1. D'où la rue Coquillière, à proximité.

sur ce lieu de supplice ? Et qu'il y cherchait et y chercherait toujours la frêle silhouette de Gilette, qu'il reconnaîtrait entre toutes.

Elle était là quand il avait été exposé un jour d'hiver où il gelait à pierre fendre. Il ne savait s'il avait eu plus mal d'être ainsi livré aux insultes et à la vindicte populaire, en chemise et coiffé de cette couronne de paille infamante, ou d'apparaître couvert d'opprobre à cette femme qu'il aimait ! Il avait encore présente à l'esprit l'odeur des ordures que certains lançaient avec cruauté vers les condamnés. Peut-être même avait-il besoin de renouer avec cette nausée qui lui avait, à l'époque, soulevé le cœur.

Car il y avait toujours du monde autour de l'édifice octogonal en pierre dont l'étage surmonté d'un toit pointu était largement ouvert sur l'extérieur grâce à six baies. Une attirance malsaine y conduisait des curieux en quête de sensations et de méchancetés.

— Je le connais, c'est un boucher qui a usé de poids falsifiés, murmura une commère près de laquelle Guillebert s'était glissé.

Elle désignait d'un doigt vengeur le supplicié exposé ce matin-là à une des ouvertures, tête et mains prises dans les trous d'une roue horizontale en bois et fer mobile autour d'un axe vertical.

Guillebert frissonna. Il avait encore sur la peau la morsure du froid de cette roue qui vous écartelait. Une mort à petit feu, ou plutôt à petit gel.

— C'est l'heure, il va virer, dit encore la femme qui surveillait le bourreau dont le travail consistait à faire tourner le condamné afin de l'exposer successivement sur chacune des faces de l'hexagone.

Guillebert se souvenait que Gilette avait suivi pas à pas le mouvement du pilori, les deux heures que duraient les expositions successives. Et trois jours de suite ! Désespéré par le spectacle qu'il lui offrait, il l'apercevait, le visage tendu vers lui ; il l'avait même vue se boucher les oreilles, comme si elle avait voulu refuser la honte, quand le public criait avec cruauté : « A mort le blasphémateur ! »

Ce matin-là, les plus vindicatifs étaient les clients qui avaient eu à pâtir des malversations du commerçant exposé à leur justice impitoyable.

— Moi, je viens pour l'entremetteur qui suivra, dit un homme à la cantonade. Le maudit a entraîné ma fille dans les rues chaudes, et l'a livrée à cette chienne de Florée du Bocage, rue Trousse-Putain.

— Vous savez qu'il y a au moins trente rues chaudes dans cette ville, j'ai même vu des putasses sous le porche de l'église Saint-Eustache, répliqua aussitôt un homme, et les entremetteurs pullulent pour remplir leurs bordeaux !

— Que celui qui n'a jamais été dans un de ces clapiers lève la main ! cria à son tour un autre spectateur. Tous des hypocrites !

Un silence gêné parcourut la foule ; une femme le rompit enfin :

— Et tu leur as arraché ta fille, à leurs clapiers !

— Oui, répondit le père, Dieu merci, mais qu'il crève, celui qui l'a entraînée dans cette triste aventure, je n'ai plus qu'à la faire entrer au couvent ou sinon à tromper un mari qui se présenterait…

— Au couvent, c'est Dieu qui sera trompé, commenta une commère en éclatant de rire.

— C'est moins grave, ajouta sa voisine en opinant de la tête. Regarde, il tourne…

Quelques projectiles volèrent jusqu'au condamné. Furieux, le bourreau se pencha en levant le poing vers cette foule cruelle. Tous savaient que c'était comme un jeu où tous se défiaient.

Un instant distrait de ses souvenirs par ces conversations pittoresques et ces gestes souvent outranciers, Guillebert leva la tête. Le bourreau, dont le pourpoint était bariolé de rayures selon l'habitude ancestrale pour cette profession, faisait maintenant signe que c'était la dernière position et que ce serait bientôt à l'entremetteur, autour duquel s'affairaient deux gardes dans l'enclos réservé aux condamnés.

Un porteur d'eau vint s'agglutiner à la foule curieuse et toujours avide de sensations nouvelles.

— Qui veut de l'eau ? C'est un des quatre éléments...

Personne ne prêta attention à un discours que tous connaissaient par cœur. Dépité, il se retourna, fit ballotter ses seaux, arrosa légèrement au passage une commère qui l'insulta et repartit en direction des halles voisines. Enfin lassé du spectacle qui lui broyait le cœur et les entrailles, Guillebert le suivit.

Hennequin entendit sonner sexte au clocher de Saint-Jean-en-Grève, auquel répondit aussitôt celui de Saint-Gervais-Saint-Protais. Il hésita un instant, eut une pensée pour Bourgot qui devait pester de ne pas avoir d'aide, mais emboîta le pas à Guillebert, qui se dirigeait vers les halles. Comme la veille ou l'avant-veille ! Hennequin aimait l'ambiance de ce lieu magique où tant de marchandises s'offraient à la convoitise de clients plus ou moins argentés. Il tâta dans la bourse de cuir usé qui pendait à sa ceinture les pièces reçues le jour de la catastrophe et songea qu'il pourrait peut-être les dépenser.

Les halles dites « de Champeaux », du nom de cette modeste éminence achetée presque trois siècles plus tôt par le roi Louis VI pour y débiter le blé de Beauce, étaient, en effet, tout près. Depuis, toutes les marchandises avaient été plus ou moins admises dans ce qu'on appelait souvent « le marché-le-roi », et les denrées alimentaires n'y occupaient plus, depuis beau temps, qu'une place réduite et surtout à l'extérieur. Le roi Philippe Auguste avait fait construire deux grandes bâtisses qui constituaient une petite ville fermée la nuit.

Guillebert aimait regarder ces monceaux de marchandises débordant des étals alignés sagement entre les piliers du rez-de-chaussée en retrait et protégés par des encorbellements. On distinguait les grands piliers le long de la rue de la Tonnellerie et les petits du côté de l'église Saint-Eustache. On y vendait au gros comme au détail dans des bâtiments différents. De petites halles affectées aux professions et qui tiraient souvent leur nom des lieux d'origine des marchands forains ; halle de Saint-Denis, de Gonesse, de Pontoise, de Louvain, de Bruxelles...

C'était là, entre un étal de draps et de pelisses, qu'il avait rencontré pour la première fois Gilette. Il n'avait pu résister à ses yeux sombres ourlés de ces cils aussi doux que les étoffes de soie qu'elle essayait de vendre pour un maître coléreux et exigeant. L'homme et son étal avaient malheureusement disparu quand il était enfin sorti du Châtelet. Comme Gilette. Evaporée !

— Une aumônière, beau blond... du cuir et du beau !

— Et ce drap pour faire un pourpoint... tâte-le, beau blond.

— Et pour ta belle, ce chapel à fleurs.

Une ombre passa dans les yeux du « beau blond ». Il avait acheté justement un tel chapel à Gilette quelques heures avant la maudite matinée. Gilette le lui avait bien dit, pourtant, qu'un jour il se ferait prendre à blasphémer... Il en riait, mais s'il avait su...

Il se souvenait de ce jour fatal, le dernier, où elle l'avait traîné chez un coiffier ou plutôt, comme s'intitulait l'homme non sans prétention, un « chapelier de gants et de bonnets ». Gilette avait essayé toutes les coiffes possibles en virevoltant et chantonnant. Elle était si gaie. Prêt à vider son aumônière dont le contenu était pourtant modeste, il la regardait quand, prise d'une idée subite, elle avait soudain traversé la rue pour entrer chez une chapelière de fleurs afin d'y jeter son dévolu sur une coiffure dont il pourrait encore décrire le moindre détail…

Furieux de voir son échoppe désertée, le coiffier s'était à son tour précipité et avait invectivé Gilette, trop insouciante pour lui répondre. Il s'en était pris alors à Guillebert et les deux hommes en étaient venus aux mains, Guillebert, hors de lui, abreuvant l'autre d'une bordée de blasphèmes dont, justement, une ordonnance venait d'accentuer la condamnation. Et comme souvent, une loi récente[1] est fort appliquée, et avec rigueur, avant d'être ensuite peu à peu oubliée et de tomber en désuétude… Un témoin avait immédiatement alerté les autorités pour grande irrévérence envers Dieu, la benoîte Vierge Marie et les saints et saintes. La loi n'avait-elle pas été réactivée par des gens sages parce que c'était à cause de ces péchés que Dieu permettait les fréquentes rechutes du roi depuis des années ?

L'homme, n'écoutant que sa foi dans ce roi malade qu'il fallait à tout prix sauver, s'érigeait avec bonheur, et sans doute un certain sadisme, en justicier ; lui aussi, Guillebert l'avait cherché, à sa sortie du Châtelet, pour obtenir vengeance. Mais, tout comme Gilette, il s'était évaporé dans cette ville tortueuse dont les rues offraient mille cachettes à des habitants si nombreux parmi lesquels il était sans doute très facile de se fondre.

1. Elle datait du 3 mai 1397.

Emmené par des sergents d'armes du roi, sous les yeux désolés de la pauvre Gilette qui avait été la cause bien involontaire de toute cette affaire, il s'était retrouvé au Châtelet et avait été condamné au pilori et à un mois de prison, au pain et à l'eau, avec la marque au fer chaud sur le torse en souvenir.

Stigmatisant encore une fois le sort contraire qui avait ruiné sa vie, Guillebert avait déjà quitté les étals du marché-le-roi. Se bassinant le visage près de la fontaine des halles, une des six principales de la cité, il but quelques gorgées d'eau qui le requinquèrent avant de reprendre son itinéraire presque rituel ; il ne variait guère d'un jour à l'autre, par la rue Pirouette où, face à face, les échoppes des deux chapeliers maudits, volatilisés depuis, continuaient à attirer le chaland ; une élégante essayait justement un superbe chaperon meublé de bleuets et virevoltait sous l'œil admiratif d'un jeune homme enamouré. Guillebert le jugea ridicule un instant, puis convint qu'il avait été ainsi avec Gilette. Il s'en détourna alors vivement pour emboîter le pas à une grosse commère encombrée d'un lourd panier rempli de gâteaux.

— Belles darioles, chaudes, chaudes… amandes, crèmes.

Guillebert lui tendit une pièce et, soudain heureux, planta les dents avec appétit dans une pâte moelleuse. Comment un petit plaisir pouvait-il chasser si grande mélancolie ?

Caché derrière un poteau cornier, Hennequin l'envia un instant. Mais Guillebert l'entraînait déjà vers l'ultime étape. Rue de la Grande-Truanderie, il le vit cracher dans ses doigts qu'il avait sans doute poisseux, avant d'arriver au Puits-d'Amour, dernière étape de sa promenade matinale. Mais que venait-il y chercher ? s'interrogea Hennequin en l'observant de loin. Comment aurait-il pu savoir que Gilette l'y avait emmené un jour et lui avait conté l'histoire d'Agnès Hellebick, qu'elle tenait de sa grand-mère maternelle ?

« C'était il y a au moins deux cents ans, avait-elle expliqué avec cet air appliqué qu'elle affichait quand elle voulait convaincre.

— Deux cents ans ? Et ta grand-mère y était ? avait dit Guillebert en sifflant d'admiration.

— Ne te moque pas de moi ! Cette Agnès s'est jetée dans ce puits parce qu'elle avait été trahie par son amant.

— Tu le ferais si je te trahissais ? avait aussitôt interrogé Guillebert en riant.

— Je te tuerais plutôt, avait répondu spontanément Gilette.

— Et tu jetterais mon corps dans le puits ?

— Peut-être, peut-être... »

Elle s'était blottie dans ses bras et avait murmuré :

« Mais tu ne me trahiras pas, non, tu ne me trahiras pas. »

Il l'avait serrée contre lui, tant serrée, et avait chuchoté en retour :

« J'ai trop envie de toi...

— Moi aussi... »

Guillebert revivait avec ferveur la scène chaque matin... Puis il repartait soudain très vite, comme s'il fuyait. Il se promettait alors, comme encore en ce jour, au moment où les cloches de Saint-Gilles-Saint-Leu sonnaient la fin d'un office, qu'il ne reviendrait plus. Cela ne servait à rien... Et en même temps, il avait l'impression que sans ce pèlerinage matinal il ne pouvait pas vivre. C'était comme un fil qu'il tentait de renouer chaque jour avec Gilette. Son cœur battait plus vite quelques instants, s'emballait presque, puis se calmait pour un retour à sa vie d'aujourd'hui.

— Oyez, oyez, bourgeois de cette ville, oyez, au nom de notre reine Isabeau et pour notre roi, une procession se rendra depuis Notre-Dame par la grant-chaussée de Monseigneur-Saint-Denys... Il faut frapper d'un grand coup les oreilles de Dieu et des saints !

Et la vie d'aujourd'hui, c'était sa nouvelle maison, c'était Simon, dont il devait faire un homme en souvenir de son père, c'était peut-être aussi la guérison du roi, à laquelle il avait la prétention de pouvoir contribuer...

— Je t'ai fait faire une longue promenade... dit-il en se retournant soudain et en pointant un doigt accusateur vers Hennequin.

La main sur le cœur, le nain surpris eut le même geste que lorsqu'il l'avait désigné pour porter secours aux ouvriers ensevelis.

— Oui, toi... insista Guillebert. Tu dois avoir soif, je vais t'emmener chez le seul ami qui me reste ici.

— C'est que... objecta Hennequin.

— Tu dois rentrer pour faire ton rapport à ta maîtresse ou plutôt à ce damné architecte qui doit me détester ?

— C'est que...

Hennequin ne savait trop que dire. Décidément, cet homme était bien trop malin pour lui, et Bourgot et encore moins Arnaud ne seraient pas contents qu'il se soit fait bêtement piégé.

— Viens, moi aussi, j'ai besoin de repos, cette ville est bien trop fatigante.

Le cheminement dans ces rues tortueuses, souvent sombres, qui caractérisaient la cité qu'il connaissait pourtant par cœur, était malaisé. Plus que jamais, cette ville dont la population ne cessait d'augmenter lui rappelait certains lieux traversés au cours de ses longues pérégrinations. Plus que jamais, Paris apparaissait comme un carrefour en proie aux encombrements et aux circulations difficiles. Une charrette bloquée contre un poteau cornier, un tombereau trop chargé qui avait perdu une roue et dont le chargement gisait sur les pavés, un cheval trop fougueux qui affolait les riverains, un troupeau de porcs promis à l'abattage qui échappait à la maîtrise de son gardien, des gamins facétieux qui faisaient un croche-patte à un pauvre aveugle… C'était Paris !

— Oyez, oyez…

Et ces badauds prêts à croire n'importe quel boniment, ces passants à qui on cachait souvent la vérité sous de fumeux discours, ces hommes et ces femmes capables de s'enflammer aux mots d'un prêcheur de sornettes… C'était Paris !

Mais lui, Guillebert, l'incrédule revenu de tout, n'était-il pas l'illustration que le verbe était tout-puissant dans ce royaume ?

# 8

Simon avait le cœur gros. Il jeta un coup d'œil circulaire. Il était tout seul dans l'atelier où le maître l'avait abandonné à la nuit tombée ; après avoir pendu à un clou son tablier de cuir qui lui permettait de recueillir la moindre parcelle de métal précieux tombée lors de la ciselure ou du polissage, Jean Clerbourc avait soufflé les chandelles avec une ardeur décuplée par la colère.

« Tu n'as qu'à dormir ici ! avait-il lancé en ouvrant la porte qui donnait sur la cour. Je ne peux admettre du travail de sagouin ! »

L'incident avait éclaté quand le maître avait découvert ce qu'il appelait une « gerçure » dans une feuille d'argent qu'il avait donnée à battre à son apprenti. Le métal n'était pas parfaitement lisse et donc impropre à être travaillé en vue de créer une de ces œuvres magistrales dont le très renommé atelier avait le secret.

« Il faudra refondre ! avait-il lancé, furieux. Du temps perdu ! »

Jean Clerbourc savait bien que la matière première ne serait pas gâchée, et c'était encore heureux, mais il faudrait tout recommencer le lendemain. Et de l'ouvrage, il n'en manquait pas ! Dame Catherine, la meilleure amie de la reine, était venue à la vesprée, pour faire part du dernier caprice de la belle Isabeau et il faudrait bien la satisfaire ! Encore un contrat à respecter absolument et dans des délais impossibles à tenir !

« Ton Guillebert, je vais lui dire que je ne peux te garder, si tu ne t'appliques pas davantage ! » avait jeté encore l'orfèvre en claquant la porte.

Le silence était impressionnant et inhabituel. L'atelier bruissait toute la journée de mille crissements ou cliquetis, sourds ou stridents, qui parfois faisaient grincer les dents, et là, tout à coup, le calme l'enveloppait comme une chape couvrant, peut-être à jamais, avec la nuit tombante, le tapage assourdissant des marteaux des batteurs d'or, d'argent ou de cuivre.

Depuis des semaines, Simon avait dans les oreilles ces bruits devenus presque familiers. Et ce soir, il ne pouvait supporter ce silence. Il soupira. La menace de Jean l'avait touché car il ne voulait pas décevoir Guillebert, et en même temps il savait que dans le marché passé entre les deux hommes son maître avait tiré bien des avantages. Cela le rassurait.

Mais Jean était tellement exigeant ! Simon avait l'impression qu'il ne parviendrait jamais à lui donner satisfaction. Il était souvent découragé et il mouillait de ses larmes sa couche, le soir, lorsqu'il se retrouvait dans sa soupente. Et au lieu de le consoler, l'autre apprenti ricanait, se moquait de lui et, le matin, racontait à tout l'atelier que la « poule mouillée » avait encore pleuré, faisant du pauvre garçon la risée de tous.

Avait-il seulement appris depuis trois mois les premiers rudiments de cet art dont Jean Clerbourc ne cessait de dire qu'une vie ne suffisait pas à le maîtriser ? Que même lui avait encore bien des secrets à pénétrer ? De toute façon, l'apprentissage devait durer dix ans ! Et quand le maître rabrouait ses apprentis, peut-être avait-il raison car il répétait aussi que cet art devait être pratiqué à la perfection, que sinon il valait mieux mener les cochons à la glandée ou faire le maçon. Il rudoyait aussi ses ouvriers dont, pourtant, certains étaient très qualifiés et produisaient des objets qui émerveillaient Simon.

Il était comme cela, Jean Clerbourc. Exigeant, pas méchant même s'il alignait parfois quelques taloches dont Simon avait des souvenirs cuisants.

Le garçon renifla. Oui, il avait raison, le maître, quand il le traitait de morveux. Il éclata de rire nerveusement tout en épongeant son nez sur la manche de toile bise rugueuse de la chemise que le maître lui avait fournie le premier jour avec ses braies étroites qui ressemblaient à des chausses. Cette tenue faisait partie du trousseau, avec deux autres chemises et braies que le maître s'était engagé à fournir à l'apprenti dans le contrat signé par Guillebert, trois mois plus tôt. Jean Clerbourc avait promis aussi le boire et le manger, le lit avec des draps de chanvre, de le garder même s'il était malade, et quand il avait eu une forte fièvre, il l'avait même soigné. Il lui devait aussi le repos les jours de fête et le dimanche, où il pouvait avoir sommeil à satiété. Il s'était surtout engagé à lui apprendre le métier. Cela faisait bientôt trois mois que Guillebert l'avait abandonné dans cette maison qui lui paraissait souvent hostile.

— Trois mois...

Simon compta sur ses doigts... S'il ne s'était pas trompé, il ne restait que dix jours avant sa venue. Car cela était aussi dit dans le contrat : Guillebert ne pouvait voir son protégé avant trois mois... Simon avait espéré qu'il enfreindrait le règlement, mais en vain. Si fantaisiste, apparemment si libre, Guillebert pouvait être scrupuleusement respectueux de certaines choses. Et peut-être même allongerait-il le délai ? Avec lui tout était possible !

— Foutre Dieu... murmura Simon en s'esclaffant.

Les jurons de Guillebert lui manquaient.

Il se retenait d'en dire car Jean Clerbourc ne l'aurait pas toléré.

— Foutre Dieu... répéta-t-il, foutre Dieu, foutre Dieu...

— Tu parles tout seul ?

La porte de l'atelier s'était ouverte brusquement, livrant le passage à une silhouette que Simon reconnut aussitôt.

— Pernelle...

— Chut... fit la fille en se plantant devant lui.

— Pernelle, que fais-tu là ? chuchota Simon.

— Je viens voir le pape !

— Le pape ?

— Quel idiot tu fais, c'est bien toi que je viens voir !

— Ah...

— Tu dois avoir faim...

Sortant vivement de son dos une écuelle, elle la posa devant lui, la lui fit humer, puis la cacha à nouveau.

— Toute peine mérite salaire...

— Je n'ai pas un sol... murmura Simon dont l'estomac s'était emballé à l'odeur répandue par l'écuelle.

— Mais que tu es sot... je préfère les baisers !

— Ah... mais si ton père nous voit...

— Il soupe chez Nicolas Flamel...

Rassuré, Simon s'empara de la main de Pernelle et lui plaqua un baiser sonore.

— Tu sais quand même que les amoureux se baisent la bouche...

Embarrassé, Simon regarda Pernelle, qui avait enfin posé l'écuelle devant lui et s'était déjà échappée pour se saisir du soufflet afin de raviver le feu qui sommeillait dans l'imposante cheminée de pierre.

— Tu n'as pas froid ? interrogea-t-elle en tendant vers une braise qui s'était soudain rallumée une des chandelles soufflées un moment plus tôt par son père.

— Si, un peu… répondit-il d'une voix étouffée.

Il avait déjà planté ses dents dans la miche de pain dorée apportée par Pernelle et mastiquait avec application une bouchée qui lui déformait les joues.

— Ne t'étrangle pas ! Ensuite, nous irons visiter le magasin. Mon père ne va tout de même pas te faire travailler la nuit ; tu sais que c'est interdit…

Pernelle brandissait deux grosses clés qui luirent à la lueur de la bougie.

Les yeux de Simon brillèrent.

— Tu les as prises où ?

— Je ne peux pas te le dire, c'est un secret !

Simon éclata de rire. Dire qu'il était si triste quelques instants plus tôt ! Mais la vie était devenue soudain si belle et il se pinça pour être sûr qu'il ne rêvait pas.

Pernelle était la plus jeune fille de Jean Clerbourc. Ils avaient découvert qu'ils étaient nés le même jour, à la Sainte-Agathe de l'année où le roi Charles avait eu vingt et un ans [1]. Le jour où il avait débarqué dans la maison, Simon avait cru que Pernelle était bien plus âgée que lui, car elle le dépassait presque d'une tête. Il avait bien fallu se rendre à l'évidence qu'elle avait son âge, quinze ans.

« Les filles grandissent souvent tôt et puis après elles s'arrêtent, avait remarqué gentiment sa mère, Claire Clerbourc, que tout le monde appelait Clairecler. Tu verras, tu la rattraperas et tu seras sûrement plus grand qu'elle un jour. »

Peu convaincu, car il se souvenait que son père était petit, Simon lui avait été reconnaissant de cette explication qui l'avait rassuré, même si elle n'avait guère calmé les sarcasmes de Pernelle, dont les moqueries avaient été une épreuve pour le garçon, les premiers jours. Puis, cessant de

---

1. 1389.

jouer la pécore, elle s'était apprivoisée lentement, apportant à Simon une douceur qu'il n'avait jamais connue. Privé de sa mère dès son plus jeune âge, il avait été sous la coupe d'un père autoritaire, qui l'avait confié à Guillebert, son ami, à la veille de sa mort. Et avec lui un trésor, sur lequel son protecteur avait veillé au moins autant que sur le garçon, redoutant les brigands des chemins qu'ils avaient parcourus tous les deux au cours des derniers mois. Ils venaient de si loin ! De ces pays que nul ici, dont l'horizon était borné par les pignons des maisons, ne pouvait imaginer.

Un jour, peut-être, Simon raconterait tout ce qu'il avait vu... Jusque-là, il n'avait guère osé, craignant de ne pas être cru ; Pernelle, la seule qui le faisait parler, était si moqueuse et il était si naïf... Elle, elle savait en jouer, lui faisant croire tout et n'importe quoi.

— Tu as vu la reine ?

— La reine ?

— Oui, la dame qui est venue à l'atelier cet après-midi...

— La reine ?

— Tu n'as pas plongé au sol pour la saluer en enlevant ton chaperon ?

— Tu sais bien que je n'en ai pas, de chaperon...

— Tu crois vraiment n'importe quoi... Ce n'était pas la reine, mais son amie, dame Catherine. Il paraît que mon premier aïeul qui s'est installé ici venait du même pays qu'elle, dans la lointaine Germanie. On y va ?

Simon avait enfourné le dernier croûton de pain dans sa bouche ; les lèvres aux contours bien dessinés mettaient une dernière touche à un visage dont les traits enfantins semblaient avoir bien du mal à céder la place à ceux d'un adolescent. Pernelle n'avait pas manqué de remarquer la légère moustache qui ombrait la lèvre supérieure, bien que peu perceptible sur la peau mate du visage.

Marchant sur la pointe des pieds, tels deux conspirateurs, ils traversèrent la cour pour rejoindre la maison qui avait, elle, pignon sur rue et offrait au rez-de-chaussée une vaste échoppe. C'était là que Claire Clerbourc vendait les objets fabriqués par son mari dans cette rue dite « des Orfèvres [1] » depuis que la profession l'avait investie, trois décennies plus tôt, à quelques rues du Pont-aux-Changeurs, près de la rue Saint-Germain-l'Auxerrois. Quittant une boutique trop étroite sur le pont, le beau-père de Claire, le grand-père de Pernelle, y avait fait l'acquisition d'un vaste terrain où il avait regroupé atelier, échoppe et maison d'habitation ; il avait pieusement conservé cependant le nom d'origine, peint et repeint sur une belle enseigne, *L'Orfèvre de Saint-Séverin*, rappelant les lointaines origines de la famille dans ce quartier de l'autre rive de la Seine. Les trois forges des nouvelles installations lui avaient permis de développer son art et de devenir le fournisseur de clients huppés comme le roi Charles, le père de l'actuel monarque, et ses frères, qui avaient entraîné derrière eux une cohorte de gens fortunés.

Tout aussi dynamique que son père, Jean Clerbourc, devenu l'orfèvre attitré de la reine Isabeau, dont les dépenses faisaient hurler les trésoriers du royaume, avait créé dans la rue le bureau de la corporation ainsi qu'une maison pour ceux de la profession, pauvres, malades ou âgés. Il n'était pas rare, en effet, que des orfèvres se ruinent pour acquérir des métaux précieux et ne parviennent plus à faire face à leurs dépenses. On avait dénombré jusqu'à six

1. La rue des Orfèvres subsiste, très courte, entre la rue Jean-Lantier et la rue Saint-Germain-l'Auxerrois. Au Moyen Age, elle allait jusqu'à la Seine.

cents orfèvres à Paris, tous ne pouvaient pas vivre décemment !

Lui-même favorisé, beaucoup ne touchant pas, comme lui cette année, cinq mille livres de la reine, Jean Clerbourc ne manquait pas d'obtenir de ses clients de généreuses aumônes pour les faire vivre, et allait parfois chercher auprès de ces hommes désœuvrés quelques conseils pour son art.

La porte grinça légèrement. Pernelle avait ouvert adroitement les deux verrous grâce aux grosses clés que détenaient le père et la mère de Pernelle et qu'ils déposaient chaque soir dans une cachette connue de l'indiscrète jeune fille. Ils ne conservaient par-devers eux, où qu'ils aillent, attachées à leur ceinture, que les clés des armoires de l'échoppe et de la resserre aux matériaux précieux.

— Chut, fit Pernelle en passant le seuil de l'échoppe.

Simon entra derrière elle, tenant la chandelle allumée dans l'atelier dont la flamme vacilla, faillit s'éteindre, puis se ralluma heureusement. Pernelle prit encore la précaution de tirer la porte derrière eux. Il ne fallait pas donner l'alerte aux ouvriers qui logeaient dans les appentis.

— Le gros Huc doit ronfler... dit en ricanant Pernelle.

C'était l'autre apprenti, qui s'étalait à coup sûr sur leur paillasse commune puisque Simon était condamné à dormir dans l'atelier.

— Et Madeleine ?

— Je lui ai servi beaucoup de vin et elle s'était déjà assoupie devant l'âtre.

Simon ricana à son tour. La servante de Claire Clerbourc avait un penchant pour la boisson, connu de tous dans la maison, et si elle n'avait mijoté avec amour des petits plats qui emballaient le palais, il y aurait longtemps que le maître s'en serait séparé. Mais il était si gourmand, et son épouse si peu attirée par l'art culinaire, qu'il composait avec Madeleine et oubliait ce petit travers.

— Et Lambert ?

— Parti voir sa belle !

Pernelle avait haussé les épaules. Lambert était son frère unique, qui prendrait la suite de son père. Le héros de la famille, à qui sa mère passait tous ses caprices. Elle était plus dure avec Pernelle, et encore, ses deux sœurs, qui, mariées, avaient quitté la maison, trouvaient que leur mère était bien indulgente pour la petite dernière de la rue des Orfèvres !

— Regarde !

Pernelle s'était emparée de la chandelle et la tendait vers la grande armoire finement grillagée d'archal[1] qui occupait tout un mur de l'échoppe fermée la nuit sur la rue par deux épais volets de bois barrés de fer. Le contenu de l'armoire renvoya quelques éclats brillants. Sur les étagères étaient posés des objets dont ils devinaient à peine les formes. Il ne s'agissait pas comme chez beaucoup d'orfèvres de pièces sobres et peu coûteuses, destinées à une clientèle modeste, mais de créations exceptionnelles.

Simon avait plaqué son front sur le grillage qui marqua aussitôt sa peau d'une légère rougeur ; il écarquillait les yeux pour ne pas en perdre une miette. Sur le tissu rouge dont les étagères étaient tendues, son regard s'accrocha d'abord à un objet qu'il avait vu sortir de l'atelier quelques jours plus tôt et dont l'heureux bénéficiaire n'avait pas encore pris possession.

Cette croix, dont les extrémités tréflées étaient meublées de rubis, Jean Clerbourc en avait commenté la couleur assortie au sang du Christ. Pour l'heure, elle reposait sur un socle rehaussé de pierres de couleur et de perles, dont

1. Laiton.

Lambert avait travaillé avec une finesse extrême les arcatures ornées, elles, de calcédoine, avant d'y installer les statuettes de la Vierge et des apôtres.

— Il paraît que la reine devrait en faire cadeau au prince Louis, murmura Pernelle, c'est son amant !

Simon ne broncha pas. Il ne savait pas qui était le prince Louis. Fasciné par l'objet, il en scrutait chaque pierre, chaque face, chaque détail.

— Simon, tu rêves... Regarde plutôt tous ces anneaux. Quand je me marierai, mon père en fera un pour moi, comme il l'a fait pour mes sœurs. Moi, je voudrais une émeraude...

Pernelle désignait sur un coussin de velours vert une belle collection d'anneaux aux reflets multicolores.

— Et les colliers... et ce bracelet... Ma mère m'a dit que celui-ci était garni de pierres contre le venin...

— Contre le venin ?

— Si tu le portes, tu ne crains pas les empoisonnements. La princesse Valentine l'aurait fait faire, mais le prince est trop dépensier et il lui faut attendre pour pouvoir le payer ! L'aura, l'aura pas...

Pernelle chantonnait, maintenant. La chandelle vacilla un instant, puis éclaira des fermaux dont l'un représentait une jeune biche et un aigle, un autre trois roses dont les boutons étaient faits de diamants... Il y avait aussi des clochettes et des aiguillettes d'or pour orner les vêtements. Jean Clerbourc avait dit à Simon qu'il pourrait un jour s'essayer à cette production plus modeste... Enfin « peut-être dans un an, si tout va bien ».

Simon soupira. Car ce soir, précisément, tout n'allait pas bien, et un an c'était long, trop long !

— Et que penses-tu de ces aiguières et de ces coupes en or ? insistait la vive Pernelle en promenant sa chandelle qui lui éclairait le visage et faisait luire la blondeur de sa chevelure qu'elle tenait de ses ancêtres d'outre-Rhin.

— Peut-être qu'un jour j'en ferai d'aussi belles... murmura Simon.

— Tu peux toujours rêver, lui répondit Pernelle en éclatant de rire.

Elle ne redoutait pas d'être cruelle.

Abandonnant les merveilles qui le faisaient rêver quelques instants plus tôt, Simon la regarda intensément et cria :

— Je déteste les filles !

Pernelle haussa les épaules et répliqua, cinglante :

— Tout le monde déteste tout le monde... Le pape Benoît XIII d'Avignon déteste le pape Urbain de Rome, le prince Louis déteste le roi et voudrait sa place, la reine déteste Valentine Visconti, le duc de Bourgogne déteste le prince Louis, mon père déteste son rival qui fait des objets parfois plus beaux que les siens, ma mère déteste Bourgot, la peintresse...

Simon ne comprenait pas tout, mais il avait suffisamment écouté Guillebert pour savoir que le monde était dur, voire impitoyable.

— Tu vois, c'est cet objet que je préfère...

Changeant de sujet soudain, comme pour chasser ces maléfices que Pernelle avait fait entrer dans cette échoppe vouée pourtant à la beauté, il désignait le gobelet aux singes. Il avait entendu Jean Clerbourc en vanter les mérites à un client potentiel qui ne s'était finalement pas laissé tenter. Sa forme légèrement évasée était d'une étonnante élégance et Simon savait toute la patience et l'adresse qu'il avait fallu à Lambert, son auteur, pour le réaliser. Il avait dessiné un socle quadrilobé à redents meublés de minuscules figurines de dresseurs de singes vêtus de rouge contrastant avec l'émail bleu du gobelet lui-même ; sur trois niveaux, dans un fin lacis de rinceaux, des singes se répandaient en multipliant les facéties.

— Moi aussi, je l'adore… dit Pernelle dont les yeux brillants scrutaient le moindre détail. Sais-tu que mon père a loué un montreur de singes pendant des semaines pour que Lambert en saisisse les moindres détails ? Il s'appelait Landry[1] et son singe Omer… Je les ai vus, il n'y a pas si longtemps, sur le Petit-Pont… Omer faisait des singeries pour que son maître n'ait pas à payer le péage[2]. Ils allaient charmer les petits princes Louis et Jean à l'hôtel Saint-Pol. Dire que si le roi venait à mourir, c'est cet enfant qui deviendrait roi…

N'osant interrompre son amie, Simon ne posa pas de questions. Ces histoires de princes, qui semblaient la ravir, lui étaient étrangères.

— Les crieurs ont annoncé la nouvelle par toute la ville, ajouta encore Pernelle.

---

1. Voir, du même auteur, *Les Messieurs de Clermont*, Presses de la Cité, 1997.

2. Le Petit-Pont, entre l'île de la Cité et la rive gauche, avait été reconstruit grâce aux dons de l'évêque Maurice de Sully, le bâtisseur de Notre-Dame. Les montreurs d'animaux étaient dispensés du péage à condition de faire le spectacle, d'où l'expression « monnaie de singe ».

## 9

Quand Guillebert, ce soir-là, déboucha dans la rue des Ecrivains [1], il jeta à peine un coup d'œil au chantier de l'église Saint-Jacques, qui n'avançait plus guère depuis la catastrophe, mais aperçut aussitôt Bourgot sur le pas de son atelier. Le nain était là, aussi. Il les salua de loin d'un petit geste de la main et passa son chemin. Il sentit désagréablement leurs yeux dans son dos et fut presque surpris de voir surgir soudain Hennequin près de lui. Quelques heures plus tôt, leur conversation avait été franche et Guillebert était maintenant un homme averti qui savait devoir se méfier de la vengeance d'Arnaud. Mais une belle pièce avait convaincu le nain de jouer un double jeu.

— Beau pourpoint, messire, dit en grimaçant Hennequin.

Dès le lendemain des événements de Saint-Jacques, Guillebert en avait acquis un nouveau chez le fripier de la rue Thibaud-aux-Dés ; arrangeant, l'homme avait accepté de ravauder celui dont les noyaux avaient brutalement sauté. Guillebert avait abandonné le rouge sang de ce vêtement, vaguement provocateur, au profit d'un bleu roi dont les commères de la rue avaient vanté immédiatement

1. Aujourd'hui la rue de Rivoli, au niveau de la tour Saint-Jacques.

l'accord avec ses yeux. Surtout qu'il y avait ajouté un chaperon aux couleurs du ciel, cultivant ainsi un dégradé de bleu mettant en valeur son teint pâle et ses cheveux d'une étonnante blondeur à peine tissée de quelques fils gris.

— Et beau chaperon...

— Tout flatteur vit aux dépens de celui qui l'écoute, répondit Guillebert en faisant un clin d'œil au nain qui rougit. Que me veux-tu ?

— Mais rien, beau messire... Seulement avec ton pourpoint du bleu de tes yeux, ma maîtresse pourrait te faire un portrait...

— Ah...

Guillebert se retourna vers Bourgot qui, apparemment indifférente, rentrait dans son atelier.

— Elle peindrait un blasphémateur ?

— Des sornettes, messire...

— Nous voilà du même avis, le nain ; cours vite dire à ta maîtresse que je vais réfléchir à sa proposition...

— Vous voilà le premier et je vois que vous avez fait des élégances...

Nicolas Flamel était lui-même très soucieux de sa propre mise, qui l'amenait à dépenser de fortes sommes chez les bonnetiers, drapiers, couturiers ou brodeurs.

— Le nain de cette Bour... Comment l'appelez-vous ?

— Bourgot...

— Il m'a fait aussi des compliments.

— Si j'ai un conseil à vous donner, méfiez-vous de cette femme, de cette peintresse, cela va avec diablesse... Mon cher Jean, tu connais Guillebert ?

Un homme et une femme qui avaient été introduits cérémonieusement par Théophile, le serviteur qui était venu inviter Guillebert le matin même, arrivaient à leur tour dans la grande salle donnant sur la cour.

— Nous nous connaissons... répondit aussitôt Jean Clerbourc, vaguement renfrogné, en enlevant son chapeau de bièvre[1] dont le bord était élégamment doublé de satin.

— Et toi, Clairecler ?

— Je n'ai pas ce plaisir... mais je crois que vous êtes le père de Simon ?

— Pas exactement son père, corrigea Guillebert, mais ce garçon m'est aussi cher que s'il s'agissait de mon fils.

Nicolas Flamel n'avait pas pu obtenir davantage de précisions. Guillebert paraissait se refermer comme une huître dès qu'on l'interrogeait sur sa vie. Mais ce n'était pas pour lui déplaire, lui qui ne se livrait pas toujours non plus.

— Donnez-moi de ses nouvelles... Je viendrai le voir bientôt et j'aurai respecté le contrat.

— Oui, en effet... Simon est un bon garçon... Mais il y aura bien du chemin à parcourir avant d'en faire un maître orfèvre.

— Jean est si impatient...

Clairecler avait passé tendrement le bras sous celui de son mari.

— Jean s'imagine que ses apprentis doivent tout savoir comme si cela tombait du ciel ! Simon est là depuis moins de trois mois !

L'orfèvre fronça les sourcils. Il n'aimait pas que son épouse se mêlât de ses affaires.

— Peut-être, peut-être... Mais il n'est pas toujours aussi soigneux qu'il le faudrait, notre métier est difficile, il baye aux corneilles, n'écoute pas ce qu'on lui dit...

— Foutre Dieu...

1. Feutre en poil de castor.

Guillebert n'avait pu retenir un de ces blasphèmes qu'il s'appliquait à ne pas dire pourtant dans les bonnes maisons, les réservant à la rue ou aux commerçants qu'il prenait un malin plaisir à choquer. Nicolas Flamel n'avait heureusement pas entendu car il était en train d'accueillir un nouvel invité dont l'arrivée bruyante, entouré de toute une cour de serviteurs en livrée verte, laissait imaginer le rang.

— Messire le connétable Olivier de Clisson... annonça Nicolas de façon cérémonieuse.

Le nouvel invité avait la soixantaine. Bien conservé, il cultivait belle prestance et élégance dans son pourpoint et ses chausses de velours aux teintes chatoyantes, du vert, du blanc et du vermeil.

— Messire, vous portez belles les couleurs de notre roi...

Nicolas Flamel faisait allusion aux codes vestimentaires de la cour, auxquels nul n'aurait osé se soustraire. Les couleurs pour faire croire à une vraie harmonie autour du roi, mais aussi les matières, qui reflétaient une hiérarchie presque obsessionnelle : satin doublé de taffetas pour le roi, la reine et les princes ; velours ou écarlate pour les chevaliers et hauts fonctionnaires ; drap ordinaire ou brunette pour les écuyers. Et des branches de genêt d'or cousues de fil rouge agrémentaient le velours du connétable ; pour les écuyers et les demoiselles on utilisait du fil vert, et pour le roi les cosses de genêt étaient brodées d'or.

Se peut-il qu'on attache tant d'importance à de tels détails quand notre pauvre roi va si mal ? songea Nicolas Flamel en recevant le chaperon à plumes de paon que lui tendait Olivier de Clisson, dont les cheveux argentés mal disciplinés restaient drus, sans l'ombre d'une calvitie.

La notoriété de l'homme dans la cité était suffisante pour que Guillebert sache qui il était. Connétable et surtout l'homme qui avait permis au roi quand il avait eu vingt ans de gouverner en l'affranchissant de la tutelle pesante de ses oncles, il restait incontournable dans l'entourage du roi Charles. Il avait failli payer de sa vie cet engagement, auquel il était demeuré fidèle en dépit de la maladie du souverain. C'était au cours d'une expédition punitive contre les agresseurs du connétable que le roi avait subi sa première crise de folie. Culpabilisant, Olivier de Clisson n'avait eu de cesse de chercher de guérisseurs depuis plus de dix ans. Une quête qui l'avait usé. Et Nicolas Flamel avait dans la tête une idée qui trottait depuis qu'il avait rencontré Guillebert.

Olivier de Clisson salua chaleureusement l'orfèvre, qu'il connaissait bien. Il lui avait souvent acheté des objets dont il faisait généreusement cadeau à sa famille, à ses deux filles notamment, ou encore à ses amis et obligés. Et quand Nicolas Flamel lui présenta Guillebert, il dit aussitôt en plissant les paupières, une sorte de tic depuis que sa vue avait tant baissé :

— Ne vous ai-je pas déjà croisé à l'hôtel Saint-Pol ?

— Oui, messire, reconnut Guillebert.

— Qu'y faisiez-vous ?

— Peut-être apporter quelque soulagement au roi... répondit laconiquement Guillebert.

— Médecin ou sorcier ? répliqua aussitôt Clisson de ce ton cassant qu'il savait adopter quand il ne se souciait pas de ménager son interlocuteur. Si vous êtes sorcier, je ne donne pas cher de votre peau !

— Ni l'un ni l'autre... ou peut-être les deux... Je viens de loin, où certains m'ont transmis des secrets...

— Certains ? Expliquez-vous ! Mais si vous êtes sorcier, nous en avons déjà assez vu pour être méfiants.

— Un jour peut-être, répondit prudemment Guillebert. Mais rencontrer le roi est difficile, surtout pour un ancien blasphémateur.

Clisson plissa le front, faisant mouvoir les épais sourcils grisonnants qui venaient souligner des arcades particulièrement saillantes.

— Que voulez-vous dire ? demanda-t-il en conservant cet autre tic que Nicolas Flamel lui connaissait bien et qui n'était pas forcément bon signe.

L'hôte de la rue des Ecrivains commençait à douter du bien-fondé de la rencontre organisée par ses soins. Ce Guillebert était-il donc ingouvernable ? Et quand il le vit mettre la main à son pourpoint, il crut qu'il allait refaire le même coup d'éclat que devant Bourgot.

— J'ai déjà payé et cela a changé ma vie. La loi est dure mais c'est la loi, conclut finalement Guillebert.

Il regardait droit dans les yeux Clisson, qui afficha un sourire forcé et dit à son tour :

— Prenez garde, vous en dites trop ou pas assez, messire ! Et par les temps qui courent, il n'en faut guère plus pour se retrouver au Châtelet…

— Dans ce royaume, nous aimons pourtant les faiseurs de mots ! répliqua encore Guillebert en éclatant de rire. A condition qu'ils disent des vérités qui ne dérangent personne ou qui soient conformes à ce que tout le monde souhaite entendre.

Vaguement inquiet du tour vif que prenait la conversation, Nicolas Flamel préféra interrompre l'échange en annonçant que deux serviteurs attendaient avec un gémellion et une aiguière d'eau parfumée. Il était temps de passer à table.

Clairecler donna l'exemple ; elle serait la seule femme, puisque Nicolas Flamel avait eu la douleur de perdre sa chère Pernelle, quelques années plus tôt. Nicolas ne songeait pas à la remplacer, mais avait un faible pour l'épouse de Jean Clerbourc, qu'il ne manquait pas de convier en même temps que son mari. Et la petite Pernelle, la filleule de dame Flamel, avait droit à toutes ses attentions.

Nicolas Flamel regarda Claire s'avancer. Assez petite, comme Pernelle justement, elle savait user pour se grandir de ces chaperons de drap fourré ; celui-ci était orné de boutons d'argent sans doute fabriqués par son mari ; elle en avait habilement disposé de chaque côté de son visage, et leur couleur mettait délicatement en valeur son teint clair. Sa robe d'écarlate [1] vermeille, semée de quelques appliques métalliques, autre production de l'atelier, mettait en valeur ses épaules grâce à un décolleté arrondi, et sa taille, qu'elle avait fine. La robe laissait voir ses délicates chaussures de cuir fauve. Claire avait, là encore, sacrifié, à la mode pour ces bottines à laçage latéral. Un cordonnier de la rue du Figuier [2] avait lancé ce produit adopté aussitôt par Valentine Visconti, la belle-sœur du roi, qui courait chez l'artisan à la moindre occasion depuis son hôtel du Porc-Epic, rue Percée [3]. On avait vu des queues de clientes impatientes aller jusqu'au figuier qui avait donné son nom à l'endroit. Claire avait dû en être...

Adroitement, un serviteur fit couler de l'eau sur les mains de Clairecler ; le liquide était recueilli dans une petite cuvette offerte par l'autre serviteur, un bel objet d'argent qui sortait de l'atelier de Jean. Un délicat parfum de rose s'exhala et, après avoir essuyé ses doigts sur une serviette blanche de toile damassée, Clairecler les huma avec délice.

---

1. Drap de laine luxueux.
2. Cette rue existe toujours.
3. Aujourd'hui rue du Prévôt, dans le deuxième arrondissement. L'hôtel du Porc-Epic donnait aussi sur la rue de Jouy.

La maison de Nicolas Flamel était réputée des plus raffinées. Et personne ne se faisait prier pour y venir dîner ou souper. Quand ils passèrent dans la grande salle voisine, dont le plafond à poutres était peint d'animaux exotiques, ceux-là mêmes qui peuplaient les marges des manuscrits enluminés dans l'atelier du libraire, des senteurs leur parvinrent de la cuisine, si appétissantes que Claire crut défaillir. Elle se retint au siège que lui désignait Nicolas. Cela faisait quelques jours qu'elle n'était pas bien et quand Madeleine lui avait fait remarquer, soupçonneuse, qu'elle n'avait pas eu ses fleurs, elle avait rougi si fort et balbutié si bêtement « mais si, mais si » que la servante n'avait pas insisté. Mais elle ne devait pas en penser moins... Madeleine était beaucoup plus dévouée à son mari qu'à elle-même, et elle en redoutait une trahison.

Clairecler savait que les jours passaient et qu'il lui faudrait bien trouver une solution. Depuis le temps que Jean ne l'avait pas touchée, il lui semblerait drôle que, tout à coup, elle lui fasse un enfant. Cela faisait quelques nuits qu'elle s'inquiétait et elle en avait même informé son amant, son jeune et fringant voisin et concurrent. Il avait ri à cette annonce éventuelle de paternité et l'avait engagée à consulter une ventrière, qui saurait faire passer cet ange. Claire avait frémi car elle n'ignorait pas qu'elle pouvait mettre sa vie en danger. Depuis, elle frissonnait chaque fois qu'elle passait à proximité du cimetière des Saints-Innocents !

La douce Claire, si exemplaire apparemment, menait une double vie. Mais ne disait-on pas, et des indiscrets le lui avaient raconté à mots couverts, que Jean ne se gênait pas avec cette Bourgot sur laquelle on colportait tant d'horreurs ? L'exemple venait de haut... On prêtait des amants à la reine Isabeau, et parmi eux son beau-frère, le prince Louis, dont l'épouse, Valentine Visconti, la bouillante Milanaise, savait allumer les hommes avec ses yeux de braise à damner un saint. Beaucoup avaient succombé et bien d'autres encore succomberaient. Ce royaume dont le roi n'avait plus tout à fait sa raison allait à vau-l'eau...

— Ma chère Claire, voulez-vous vous asseoir entre mon nouvel ami et moi-même ?... Messire le connétable prendra place de l'autre côté, avec Jean. J'ai convié quelques musiciens et deux ménestrels qui diront des histoires de notre bon poète Guillaume de Machaut. Je sais que vous aimez ces contes d'amour qui font rêver toutes les femmes et qui, parfois, les incitent à oublier leurs devoirs...

Claire se sentit rougir quand Nicolas Flamel la fixa de ce regard pénétrant qui mettait à nu ses interlocuteurs. Que savait-il sur son compte ?

Recouvrant sa sérénité, elle murmura :

— Et vous, les hommes, n'oubliez-vous jamais vos devoirs ?

Ce fut Guillebert qui répondit :

— Autant que vous, belle dame, si cela peut vous rassurer.

Lui aussi regardait droit dans les yeux. Claire sentit à nouveau ses joues s'empourprer. Heureusement, en prenant place sur le banc commun, Nicolas avait fait signe aux musiciens. Diversion bienvenue pour dissiper le trouble de Claire qui, délaissant ses voisins, s'abîma dans une mélancolique contemplation. Habillés des mêmes pourpoints rouge framboise portés sur des chausses mi-parties framboise et noir, les trois musiciens commençaient déjà leur concert. Le plus âgé, dont les cheveux grisonnants formaient une couronne autour d'une large calvitie, jouait de la harpe dont il tira d'abord en solo quelques sons cristallins en pinçant délicatement les cordes ; après quelques mesures, les deux autres, plus jeunes, y joignirent avec application le son de leurs psaltérions.

Un serviteur remplissait déjà les verres, à tige haute et au profil élégant, d'un vin rouge léger que les bougies firent immédiatement miroiter au-dessus de la nappe damassée blanche. Des écuelles de grès, que Pernelle avait fait venir de Normandie quand la mode s'en était répandue à Paris, quelques années plus tôt, étaient posées devant chaque convive qui disposait aussi d'une cuillère en argent. La fleur de lys poinçonnée sur le manche attestait la création d'un atelier parisien, signe du bon aloi du métal, selon la réglementation en vigueur. Le *C* associé à un trèfle précisait l'origine, à savoir, pour ces cuillères comme pour la plupart des objets d'orfèvrerie possédés par Nicolas Flamel, l'atelier de Jean Clerbourc. Même si le maître de maison avouait s'être laissé tenter parfois par une création exceptionnelle d'un concurrent. Des achats dont Jean prenait ombrage, tant les rivalités entre les orfèvres étaient vives, reflétant souvent les rivalités entre leurs riches clients.

Claire se souvenait de la colère de son mari quand Nicolas lui avait montré les grains de patenôtres d'or émaillés de scènes de la vie de la Vierge achetés à Hans Croist, un concurrent de grand talent. Cela avait été le dernier cadeau offert à Pernelle.

— Est-il vrai que vous envisagez de quitter cette maison pour une autre ? interrogea Olivier de Clisson, qui s'était emparé d'une caille dans le grand plat déposé devant lui et en décortiquait une cuisse avec application.

— Oui, messire le connétable… Je suis en négociation avec le prieuré Saint-Martin pour acquérir un terrain, une cour et des maisons attenantes… C'était un projet qui tenait à cœur à ma pauvre Pernelle et que je mènerai à bien, j'en fais le serment[1] ! J'y déploierai tout le confort que

1. Cette maison construite autour de 1407 existe toujours, au 51 de la rue de Montmorency, entre les rues Saint-Martin et Beaubourg.

nous avions conçu ensemble... même une chambre pour aisement, pardonnez-moi, messire, de parler de ces choses triviales...

— Mais qui comptent fort dans nos pauvres vies d'humains soumis à bien des contraintes. Cependant, en dehors de ce problème, cette maison n'est-elle pas suffisante ? Ce plafond est superbe, et ce sol aussi...

Olivier de Clisson désignait le pavement dont les carreaux vernissés formaient un véritable tapis d'argile brillant et jaunâtre, où des motifs géométriques emprisonnaient des mots.

— J'y conserverai mon atelier... La devise de ces carreaux, *VIVE LABEUR*, y sera bien appropriée... J'en commanderai pour mon nouveau logis, avec des animaux copiés sur ceux des marges de mes manuscrits, ce sera plus drôle...

— Vous ne vous y moquerez pas du roi, j'espère ! répliqua aussitôt le connétable, faisant allusion à la veine satirique omniprésente depuis plus d'un siècle dans la création artistique parisienne et qui apparaissait mal venue dans ce royaume désemparé par la maladie de son roi.

— Non, bien sûr, répondit Flamel avec un sourire malicieux qui démentait ses mots. Et je continuerai à loger, comme aujourd'hui, dans les étages hauts quelques nécessiteux.

— Est-il vrai que vous faites réciter à vos obligés un Pater et un Ave pour les trépassés chaque matin ?

Nicolas Flamel éclata de rire. Tout se savait donc, en ville. La rumeur, ou dame Opinion, comme disait Christine de Pisan, qu'il avait reçue le jour même. Mieux valait ne pas avoir de secret... Il regarda Guillebert, qui mangeait avec appétit une aile de poulet. N'avait-il pas raison de cultiver mystère et discrétion ?

— A propos de prières, la reine organise une nouvelle procession pour la santé du roi qui ne va pas très fort. Hier, il n'a pas reconnu son fidèle Haincelain, qui en a été très mortifié. Dieu sait que cet homme a la confiance du roi, qu'il sait amuser comme aucun autre. Eh bien, il a demandé à ce pauvre bouffon qui il était ! Les absences du roi inquiètent à nouveau, et il est bien qu'il ait officiellement fait son héritier du jeune Louis, qui régnerait en cas de malheur avec ses oncle et grand-oncle.

— Nous voilà peut-être prémunis contre une grave crise...

— Oui, mais la reine doit faire taire ses détracteurs, qui prétendent des horreurs, à l'image du duc de Bourgogne, ce maudit homme qui ne supporte pas de n'être que le cousin du roi et qui lui en veut comme au prince Louis. Ne va-t-il pas jusqu'à dire qu'ils laissent le roi dans le plus parfait dénuement ? Maître Jean Clerbourc pourra témoigner du contraire, puisqu'il vient de recevoir une belle commande justement destinée à notre roi.

— Certes, acquiesça l'orfèvre, qui ajouta : Et cette procession ?

— L'évêque a rendu visite ce matin à la reine pour l'organiser.

— Où ira-t-elle ?

— A Saint-Denis... Le choix du dimanche après la foire du Lendit ne gênera pas le commerce et ne nous mettra pas à dos les marchands !

— Rien ne va plus dans un royaume où Dieu est sourd et n'entend pas que notre roi est fou.

Guillebert avait lâché sa phrase favorite d'un ton sentencieux qui surprit le connétable.

— Que voulez-vous dire ? interrogea-t-il aussitôt en se penchant au-dessus des desserts que deux serviteurs venaient d'apporter, des oublies odorantes dont il raffolait.

Un peu de farine s'était répandue sur son pourpoint qu'il chassa d'un revers de la main.

— Oui, que voulez-vous dire ? répéta Nicolas Flamel, heureux de pousser son nouvel ami dans ses retranchements.

C'était sans compter avec un Guillebert toujours attentif à cultiver le secret :

— Je n'ai rien contre cette procession, répondit-il d'un ton suave en regardant Claire dans les yeux. Mais je ne suis pas sûr qu'elle aboutisse à mettre fin à la surdité de Dieu.

Olivier de Clisson fixa cet homme bizarre qui distillait des vérités avec un art consommé. Le front plissé du conseiller du roi trahit imperceptiblement ses soucis. Autour du roi, poursuivant chacun leurs rêves de pouvoir, les princes étaient si agités !

# 10

Nicolas Flamel avait fait signe aux musiciens, qui n'attendaient que cela pour distiller avec bonheur leurs notes légères. Tous les convives parurent un instant oublier leurs discussions et quand la jeune femme restée dans l'ombre vint se placer devant ses compagnons qui baissèrent d'un ton leur musique, tous les regards se fixèrent sur elle et les oreilles se firent attentives.

— Voici une ballade de mon amie Christine...

Olivier de Clisson fronça les sourcils. Il s'agissait de la bien connue Christine de Pisan, une protégée de Louis d'Orléans, le frère du roi. Ses prises de position en faveur des femmes étaient célèbres. N'avait-elle pas fait juger le poète Jean de Meung[1] par une cour d'amour érigée en tribunal ?

— « Toutes serez, êtes ou fûtes, de fait ou de volonté, putes... » murmura le connétable, l'œil égrillard.

Cette seule phrase avait cristallisé les rancœurs contre le *Roman de la Rose*, et Christine de Pisan avait créé l'ordre de

---

1. Guillaume de Lorris avait écrit vers 1238 le *Roman de la Rose*, véritable code de l'amour courtois. Jean de Meung en rédigea, vers 1280, une suite dont l'esprit, très différent car très antiféministe, scandalisa Christine de Pisan et ses partisans.

la Rose, auquel ne pouvaient prétendre que les hommes respectueux de l'honneur des dames.

Tout aussi émoustillé, Guillebert se pencha vers ses voisins.

— Rien ne va plus dans un royaume où Dieu est sourd et n'entend pas que notre roi est fou, et rien ne va plus dans un royaume où les femmes veulent faire la loi ! Il n'y a pas que moi qui suis faiseur de mots...

Clisson hocha la tête d'un air entendu pendant que Claire battait spontanément des mains. Il la fixa un instant, elle dont on disait qu'elle fréquentait assidûment la maison de cette femme de tête. Jouant maintenant les indifférentes, l'épouse de l'orfèvre semblait être tout ouïe pour la conteuse, qui récitait déjà, avec une nonchalance trop feinte pour être vraie et masquer un métier très abouti :

*Seulette suis et seulette veux être*
*seulette sans compagnon ni maître*
*seulette suis, dolente et courroucée*
*seulette suis plus que nulle égarée*
*seulette sans ami démourée*
*seulette suis à huis ou fenêtre*
*seulette suis en ma chambre enserrée*
*seulette suis sans ami démourée*
*seulette suis partout et en tout être*
*seulette que je marche ou que je sied*
*seulette suis souvent tout épleurée*
*seulette suis sans ami démourée*

La fille prenait des poses sensuelles qui accentuaient une silhouette provocante dans une cotte très ajustée. Le vêtement soulignait grâce à des coutures bien cintrées la poitrine dont Guillebert aurait parié qu'elle était gonflée grâce à de petits sacs placés sous sa chemise. Le corps était grêle, la taille fine, mais elle avait « gros cul à la mode », songea-t-il encore, car aucun détail ne lui échappait.

La fille avait récité le texte en minaudant, détachant chaque mot qu'elle appuyait avec grâce de ses mains aux doigts effilés. Et quand elle plongea dans une révérence profonde, tous applaudirent de bon cœur. Même le connétable, conquis, laissa éclater son plaisir et pria la récitante de poursuivre, ce qu'elle fit bien volontiers. Flamel avait la réputation d'être généreux et elle avait un enfant à faire vivre. Le luth donna le ton et elle annonça un poème de Guillaume de Machaut, autre gloire de la poésie du temps de feu le roi Charles V.

*Phyton, le merveilleux serpent*
*que Phébus de sa flèche occit...*

— Je serais heureux de vous revoir, dit Olivier de Clisson à Guillebert quand ce fut le moment du départ. Vous m'intéressez... Mes amis, n'oubliez pas la procession !

Il fit encore un signe de la main quand ses serviteurs l'entourèrent pour le raccompagner jusqu'à son hôtel alors que Claire et Jean Clerbourc se hâtaient déjà en se tenant par le bras vers la rue des Orfèvres. Guillebert se retrouva soudain seul quand la porte aux solides pentures de la maison de Flamel se referma sur cet univers cossu et chaleureux dont il eût bien aimé connaître feu la maîtresse de maison.

Son hôte l'avait gentiment muni d'une belle lanterne, fabriquée justement par Jean. La lune toute neuve et son fin croissant étaient si discrets qu'il ne fallait guère compter sur eux pour éclairer son chemin. L'église Saint-Jacques dressait en face sa masse impressionnante et les pans de murs rescapés du désastre jouaient les spectres inquiétants.

Guillebert frissonna tout en humant l'air. A cette heure tardive, les mauvaises odeurs marquaient le pas. Les merdereaux[1] n'étaient plus guère approvisionnés et les risques de recevoir des contenus de pots malodorants étaient réduits ; l'apparition des sièges d'aisance suspendus dans ces constructions en encorbellement accrochées çà et là aux maisons importantes réservait moins de surprises désagréables.

Guillebert en était là de ses réflexions quand il aperçut une autre lumière qui scintillait à deux pas et entendit un bruissement d'étoffe.

— Qui est là ? demanda-t-il, intrigué.

Et comme la réponse se faisait attendre, il leva sa lanterne et découvrit Bourgot. Il n'eut guère de peine à la reconnaître, tant les traits de son visage lui étaient présents depuis leur algarade.

— Vous ? dit-il. Mais que fait une jeune femme dans la rue à une heure pareille ?

— Vous voilà bien curieux... je suis seulette, il est vrai.

Bourgot avait utilisé l'adjectif répété par la conteuse quelques minutes plus tôt.

— Seulette, mais ni épleurée ni démourée... reprit aussitôt Guillebert.

— Vous connaissez Christine de Pisan ? Voilà une belle nouvelle, les hommes ne sont pas d'habitude très sensibles à sa poésie...

Bourgot avait posé sa main sur le bras de Guillebert et avancé son visage vers le sien. Il se souvint un instant de Flamel, qui lui avait conseillé de se méfier d'elle, mais elle sentait si bon l'eau de rose et ses yeux brillaient d'une telle lueur... Aussi, quand elle souffla : « J'aimerais bien revoir cette belle cicatrice » en passant la main entre deux noyaux de son pourpoint, il crut défaillir.

— Viens, murmura-t-elle encore, en lui prenant la main.

1. Réseaux qui constituaient le tout-à-l'égout.

Son atelier était à deux pas. Ils passèrent sous l'enseigne dont le rouge brilla un instant à la lueur des deux bougies. Guillebert savait que des pinceaux en éventail y étaient associés à ces mots simples : *Aux Couleurs de Bourgot.*

La porte grinça légèrement, puis se referma avec un bruit sec sous la pression du pied de Guillebert.

Le lendemain, il se souvenait parfaitement de ce geste et avait encore dans les oreilles ce petit claquement de l'huis sur son cadre. Mais après, plus rien !

Sinon que cette femme lui avait enflammé les sens, et que cette conquête nocturne s'était pour le moins mal terminée.

Il en avait encore le dos et les jambes douloureux et n'aurait su raconter ce qui lui était arrivé... Après des moments voluptueux dont le souvenir lui était pourtant si précis qu'il en frémissait encore, il ne se rappelait rien... Des éclats de voix, peut-être... Une silhouette massive et une main qui l'avait saisi au col de sa chemise, qui l'avait ensuite traîné sans ménagement... Avait-il déambulé longtemps ainsi avec cet homme dont il n'avait jamais pu apercevoir le visage ? Il avait la tête lourde, les yeux qui se fermaient malgré lui et cette étrange douleur aux tempes qui l'accompagnait depuis qu'il s'était réveillé au milieu des sièges d'aisance, sur la berge de la Seine. Là, la chemise déchirée, les chausses maculées, dans une atmosphère puante, transi, il avait lentement repris ses esprits... pour se précipiter aux étuves voisines, dont la tenancière avait fait grise mine en le voyant si sale mais avait tenu à honorer sa maison en le décrassant et en lui donnant même « bonne odeur », comme elle n'avait cessé de le répéter. Elle lui avait prêté pourpoint et chausses propres, et souliers aussi, car les siens avaient disparu, comme son aumônière de cuir fin, de la belle ouvrage de Florence.

Il n'avait pas voulu différer son pèlerinage matinal – et si Gilette avait choisi de réapparaître justement ce matin-là ? – et portait toujours ses effets d'occasion... Il chercherait à comprendre plus tard... Et la première explication, il irait la demander à cette Bourgot dont Flamel lui avait si justement conseillé de se méfier. Mais pour cela, il avait besoin de recouvrer toute sa forme, tous ses esprits...

— Oyez, oyez...

Mais qu'avait-il dans la tête ? Tout semblait résonner... Il se boucha les oreilles et à pas incertains, tout en guettant le maudit nain qui n'osait pas se montrer ce matin-là, il flâna inlassablement, persuadé qu'il ne pourrait retrouver ses esprits que dans cette ville, celle de son enfance, lui qui avait vécu longtemps à Saint-Denis ; il avait tant parcouru avec ses amis la basse ville, qui regroupait la majorité de ces quartiers familiers, il ne passait que rarement les ponts pour découvrir la rive haute, où grands monastères et écoles n'offraient pas la même animation. Là, près des halles, des boucheries ou des marchés, il avait espéré se fixer avec Gilette et ouvrir avec elle une échoppe pour vendre ces objets dont seuls les artisans de la ville avaient le secret. Ils avaient même visité une échoppe rue Tiquetonne, à l'enseigne de *L'Asne Rayé*, qui tenait son nom de Gilles, un peintre qui y avait eu son atelier. Proche des Halles, à deux pas des hôtels de Flandre et d'Artois, là où une clientèle de luxe, celle des princes et des grands fonctionnaires, pouvait être attirée par les tablettes d'ivoire façonnées rue Saint-Martin, l'orfèvrerie rue de la Verrerie ou des Orfèvres, les armes rue de la Heaumerie, les merceries ou les cuirs rue Saint-Denis... A deux pas du pouvoir, dans l'île de la Cité, à l'hôtel Saint-Pol ou au Louvre.

C'est exténué qu'il s'arrêta enfin rue du Renard, au *Renard qui prêche*, une taverne agréable dont le patron était justement un de ses amis d'enfance. Un des rares fils qui le reliaient à Gilette, puisque Charles avait vu la jeune femme en ces jours du pilori. Mais il n'avait pas pu la réconforter ni même la retenir. « Elle était comme folle » était tout ce que le tavernier avait pu dire à son ami après sa libération. Guillebert lui en avait voulu, mais avec les années la rancœur avait cédé au plaisir de le retrouver quand il était revenu à Paris.

— Tu as ta tête des mauvais jours... Tu ne refais pas le monde, ce matin ? observa Charles en le dévisageant quand il franchit le seuil de l'échoppe dont les murs avaient été, récemment, semés au pochoir de feuilles de vigne et de grappes de raisins, un décor dont le patron du lieu n'était pas peu fier.

Il raillait souvent son ami qui avait vu du pays, contrairement à lui qui ne connaissait que sa cave et ses tonneaux, et ne mettait guère le nez au-delà de sa rue, sauf pour aller acheter du vin aux marchands sur la Seine. Son unique bouffée d'air ! Car lui aussi en avait eu, des misères. Seul Guillebert avait su le grand malheur qui lui était arrivé quelque temps avant la disparition de Gilette. Lui aussi avait tout pour être heureux depuis qu'il s'était marié à Sainte-Opportune avec sa douce Perrine. Mais quelle malédiction avait voulu qu'au lieu de lui offrir un enfant elle ait accouché d'un monstre ? Avec deux têtes et quatre bras, quatre jambes et quatre pieds, mais un seul ventre et un seul nombril. Un prêtre de Sainte-Avoie avait consenti à donner le baptême à cette chose étrange qui n'avait pas vécu deux jours. Et Perrine s'était laissée mourir de chagrin et de honte.

— Il m'est arrivé des aventures... répondit Guillebert. Et certains disent que cette ville est le paradis, Paris, paradis...

— Quelles aventures ? demanda Charles, posté devant lui, les mains cachées sous son devantier selon son habitude. Bois plutôt cette cervoise bien fraîche !

— Tu vas me prendre pour un fou, je n'en sais même rien, je ne me souviens plus de rien...

— Oh, toi, tu files une mauvaise toile... Quelle fille t'a envoûté ?

— Ah... Tu as peut-être mis le doigt sur la vérité... Quelle fille m'a envoûté ? Une barre me prend les tempes depuis que je me suis réveillé au bord de la Seine... Et je te passe les odeurs !

La journée de Simon avait au contraire plutôt bien commencé, rachetant sa nuit peu confortable. Il avait dormi dans des conditions bien plus délicates lors de son périple avec Guillebert, et la punition de Jean Clerbourc lui avait davantage provoqué une blessure d'amour-propre qu'un vrai désagrément. Il avait seulement faim ; et encore, heureusement que Pernelle lui avait apporté un petit en-cas ! A l'instant où il s'était éveillé, il avait repensé à tous les objets qu'elle lui avait montrés. Serait-il un jour capable d'en exécuter d'aussi beaux ?

Les premières lueurs de l'aurore se précisant dans l'atelier, il sauta sur ses deux pieds en espérant qu'il n'attendrait pas trop longtemps l'arrivée des premiers ouvriers. Et pour tromper son attente il s'empara d'un balai, puis rangea soigneusement les outils qui attendaient d'être saisis dans la fébrilité de l'action et devaient toujours se trouver à l'endroit précis où les orfèvres iraient les chercher. Jean Clerbourc et Lambert, son fils, étaient du genre pointilleux et impatient...

C'est justement lui qui poussa le premier la porte.

— Alors, il paraît que tu as dormi ici... dit-il, le sourire aux lèvres.

— Oui, sur ce banc, j'en suis tombé deux fois, heureusement que j'ai la tête solide mais j'ai une bosse, regarde.

Le garçon désignait son crâne.

— Tu ferais bien de faire entrer dans cette tête ce qu'on t'apprend... observa Lambert en rejoignant la table, faite de planches finement jointoyées posées sur des tréteaux.

Sur le bois étaient tendues à l'aide de petits clous plusieurs feuilles de parchemin semées de multiples dessins. Il aimait travailler dans ce coin de l'atelier, tout près de son âme, pour profiter du moindre mouvement, du moindre geste des employés de son père qui réalisaient, avec la perfection exigée par le maître, les projets que lui dessinait. Lambert était l'artiste, celui qui concevait les modèles que les autres reproduisaient le mieux possible. C'était lui qui prenait en compte les désirs des clients, dont certains étaient d'une exigence terrifiante. Et comme la concurrence était rude, il convenait de ne pas les décevoir. Jean Clerbourc veillait à la réalisation. Il savait comme personne mettre en œuvre les matériaux les plus précieux, faire le choix des pierres et les assembler de manière à en obtenir le chatoiement le plus brillant, voire le plus somptueux.

Pierre arriva à son tour. C'était l'ouvrier le plus ancien, qui avait été apprenti chez le grand-père de Lambert. Ses cheveux blancs, qui ne formaient plus qu'une petite couronne autour d'une large calvitie et d'un crâne étonnamment brillant, trahissaient un certain âge. Mais il avait bien trop d'expérience pour que Jean Clerbourc songeât à se priver de ses services.

— Les crieurs n'en finissent pas d'annoncer une procession pour le roi ! lança-t-il. Il faut frapper d'un grand coup les oreilles de Dieu et des saints, disent-ils !

— Dieu et les saints... répéta machinalement Lambert en lissant de la main cette tignasse mal disciplinée que lui reprochait souvent sa mère.

Mais il aimait tellement que Marguerite y passe ses doigts agiles. Il aimait mêler ces mèches rebelles à la longue chevelure blonde de son amoureuse. Il frissonnait de bonheur, en y pensant.

— Simon, apporte-moi un gobelet d'eau, il fait chaud, j'ai déjà les mains moites.

L'interpellé se précipita sur un cruchon de céramique verte. Bousculée, l'eau clapota et éclaboussa autour du gobelet d'étain.

— L'eau est aussi précieuse que l'or ou l'argent, maugréa Lambert, feignant une sévérité pourtant inhabituelle chez lui.

— J'irai en chercher au puits, répondit Simon en tendant le gobelet à Lambert qui s'en empara et le vida d'un trait en dévisageant le garçon.

— Je peux regarder ce que tu dessines ? interrogea Simon en lorgnant par-dessus son épaule.

— Oui, mais fais attention que le maître ne te trouve pas à flâner, sinon tu seras encore là cette nuit !

Derrière eux, il y eut un ricanement. C'était Huc, l'autre apprenti, qui aurait volontiers fait de Simon son souffre-douleur si Lambert ne s'était érigé en grand frère protecteur, voire affectueux, pour le nouveau venu. Huc pressentait bien que Simon bénéficiait d'un régime un peu spécial, sans en percevoir les raisons, et cela excitait d'autant plus sa jalousie et sa hargne.

— Il fait bon sous le toit quand tu n'es pas là... au moins cela ne pue pas ! dit-il d'un ton vindicatif.

Rouge, Simon s'était déjà planté devant Huc, tel un coq dressé sur ses ergots.

— Holà, holà… cela suffit ! lança Lambert. Vous n'avez donc rien à faire ?

Arrêté dans son élan, vaguement déçu de renoncer à l'affrontement avec ce maudit, Simon tourna le dos à son ennemi.

— Regardez plutôt ce que je prépare pour le roi, c'est une commande de la reine, que dame Catherine est venue apporter hier… J'y ai pensé toute la nuit.

Simon ne put réprimer un sourire. Pernelle n'avait-elle pas dit la veille que Lambert était chez sa belle ? Sans doute avait-il eu d'autres chats à fouetter !

— Pourquoi ris-tu ? interrogea Lambert, à qui le mouvement des lèvres de Simon n'avait pas échappé, pas plus que ce brin de malice qui illuminait parfois son regard mélancolique.

— Pour rien…

— Il y aura un cheval, un homme à pied… une Vierge à l'Enfant… Ce sera le plus bel objet jamais fabriqué à Paris, j'en fais le serment.

— Quel orgueilleux tu fais !

La porte s'était ouverte brutalement. D'un coup d'œil rapide, Jean Clerbourc avait pris la mesure de l'atelier.

— Je ne vous vois guère au travail… et toi, Lambert, ne distrais pas mes apprentis ! Nous n'avons plus de grosses commandes certes comme avant, mais il y a encore de quoi faire !

Huc avait vivement repris sa place devant l'une des deux fenêtres qui éclairaient l'atelier spacieux dont la longueur s'étendait d'ouest en est selon une habitude ancestrale et était divisée en deux. Les baies, de trois pieds [1] de haut sur deux de large et éloignées de cinq, étaient percées au sud sur la cour et éclairaient chacun des deux espaces. L'un

1. Un pied vaut 32,4 centimètres.

était réservé aux ouvrages de cuivre, d'étain et de plomb ; l'autre, à l'or et à l'argent. Huc travaillait plutôt dans le premier alors que Simon avait été affecté d'emblée au second, autre motif de jalousie de la part de l'apprenti le plus ancien.

— Viens ici !

D'un geste péremptoire, Jean avait fait signe à Simon, qui le rejoignit aussitôt à proximité de la table arrondie et s'assit près de lui dans ce fossé qui servait de siège devant la fenêtre. Le bois de la table était doux comme de la soie et lisse afin que la moindre parcelle d'or ou d'argent puisse être soigneusement récupérée.

— Le feu n'a pas l'air très vif ! cria Jean en direction d'un ouvrier posté devant l'un des trois fourneaux qui existaient dans cet atelier, nombre révélateur de son importance.

Il ne fallait pas beaucoup travailler pour exciter ces fourneaux qui avaient été construits autrefois selon les règles de l'art par le père de Jean avec de l'argile pétrie et du fumier de cheval. Pierre, préposé au feu, actionna aussitôt d'un geste sûr et précis le soufflet en peau de bélier relié au fourneau par un tube en fer. Le feu endormi s'embrasa dans l'instant... Les charbons qui sommeillaient devinrent incandescents presque instantanément et de petites flammes bleuâtres vinrent lécher avec appétit les parois du fourneau.

Jean avait déjà posé devant lui une plaque d'argent. Simon reconnut aussitôt celle qui lui avait valu sa punition.

— Nous allons la refondre... expliqua Jean en pointant du doigt la gerçure qui avait déclenché sa colère, et tu la travailleras ensuite jusqu'à ce qu'elle soit parfaite. J'ai vu ton père hier...

— Vous lui avez dit...

— Oui, je lui ai dit que tu n'étais pas toujours aussi méticuleux qu'il le faudrait pour devenir un bon artisan !

— Et il a blasphémé ?

— Non, je ne crois pas, pourquoi dis-tu cela ?

Simon rougit.

— Et comme il me faut beaucoup d'argent, tu vas en purifier d'autre comme tu sais le faire... Pierre, occupe-toi de ce garçon !

Simon s'était déjà emparé d'un tamis dans lequel Pierre versa soigneusement des cendres. La poudre fine ainsi recueillie fut ensuite arrosée d'eau dans un grand vase en terre.

— N'en mets pas trop, conseilla de loin Jean, il est préférable d'agir sur de petites quantités. Surveille-le, Pierre.

— Oui, maître, répondit Simon, qui tirait la langue tellement il s'appliquait, révélant un réel désir de bien faire.

Pierre l'encouragea du regard. Il aimait bien Simon et avait déjà réparé en douce quelques bêtises de l'apprenti. Il en faisait autant pour Huc, mais l'autre apprenti, plus expérimenté, était rarement pris en défaut.

— Allez, on va sécher, dit-il en posant le vase sur les charbons.

Ils attendirent quelques instants que l'eau soit bien évaporée.

— A toi ! lança Pierre.

Simon fit glisser adroitement le vase sur une pelle plate pour ne pas se brûler et le déposa délicatement sous l'ouverture devant le fourneau, à la portée du vent du soufflet ; puis, à l'aide de longues pinces, il plaça sur le vase des charbons et actionna le soufflet pour qu'ils s'enflamment.

— Vas-y, mets l'argent et le plomb... et de nouveau les charbons, doucement...

Simon connaissait maintenant bien la manœuvre. Jean vint cependant vérifier derrière lui. Il tenait une baguette de bois sec et commença à trier soigneusement le mélange.

— On va y jeter un peu de verre, dit-il en regardant Pierre, qui s'était déjà saisi d'un pot où reposaient quelques menus morceaux de verre.

— Souffle fort, Simon, ça y est, l'argent est en ébullition... Nous en ferons deux parties égales pour un petit calice... Monseigneur Pierre d'Orgemont [1] l'utilisera dans sa chapelle, à Notre-Dame. Avec la première moitié nous ferons le pied et la patène ; avec l'autre, la coupe. Il me faut deux marcs [2] d'argent.

---

1. Evêque de Paris.
2. Un marc vaut 8 onces de Paris ou 244,5 grammes.

# 11

— Papa, nous irons à la procession pour le roi ?

Pernelle avait fait irruption dans l'atelier. Derrière elle, la servante Madeleine tirait de l'eau au puits dans la cour.

— Laisse-nous, Pernelle, intima Jean, qui n'aimait pas que sa fille vienne à l'atelier.

— Mais on ira ?

— Oui, sûrement... répondit Jean sans quitter des yeux son travail délicat. Simon, ne te laisse pas distraire par cette diablesse !

Simon piqua un fard. Mais cela passa inaperçu car il faisait si chaud devant le fourneau que tous avaient les joues rouges.

— Je peux regarder Lambert dessiner ?

— Tu vas me couper l'inspiration, marmonna le frère de Pernelle. Dame Inspiration est une grande capricieuse... comme toutes les femmes !

— Et toi, tu ne fais jamais de caprices ? répliqua Pernelle en passant la porte.

— Va plutôt aider ta mère ! lança Jean. Voilà, c'est bien, il est pur, pas une scorie, bon pour notre calice.

D'un seul coup d'œil, Jean jaugeait la qualité de ce qu'on appelait « argent-le-roi » ou « argent fin [1] », qui répondait aux caractéristiques édictées vingt ans plus tôt par des ordonnances de feu le roi. Les règles étaient sévères comme pour l'or, et l'aloi pouvait être vérifié, à tout moment, par les gardes royaux.

Pierre avait déjà saisi l'un des creusets qui attendaient, alignés sur une étagère. Simon s'en empara. Jean y déposa l'argent purifié qui allait se liquéfier.

— Prépare le sel et un moule rond, n'oublie pas de le cirer.

L'orfèvre avait une maîtrise extraordinaire. Geste et parole étaient simples mais efficaces, et les aides devaient se plier à la seconde à l'ordre donné. Sinon, ils pouvaient compromettre l'opération et obliger à tout recommencer, ce qui exaspérerait le maître.

— Il me faut un compas et un marteau rond… poursuivait déjà Jean, totalement concentré sur son travail.

En un clin d'œil, Pierre eut en main les deux outils.

Jean, et c'était là ce qui en faisait un maître d'apprentissage recherché, avait la fibre du pédagogue sachant pratiquer son art avec maestria mais aussi commenter chaque geste, dont le moindre qui, pour un amateur, pouvait paraître anodin mais sans lequel il ne pouvait y avoir de réussite technique. Et si l'art était important pour un orfèvre, la technique parfaitement maîtrisée restait essentielle.

Jean avait déjà commencé à battre la première partie d'argent. Puis il en chercha le milieu.

— Marque le centre avec le compas… commanda-t-il à Simon, qui s'exécuta avec ardeur. Et puis fais des cercles…

1. Fin veut dire alors parfait (comme « fine fleur ») et a donné *finare*, donner de l'argent, et enfin finance.

L'argent avait déjà été aminci au point de pouvoir être plié à la main.

Simon maniait le compas avec adresse.

— Bien, commenta simplement Jean, avare de compliments.

Ce « Bien » était cependant un début de reconnaissance qui fit chaud au cœur de Simon. Attentif, Pierre lui sourit. Lui continuait à surveiller la seconde partie d'argent laissée en attente.

Armé de son marteau rond, Jean battait maintenant sur une petite enclume l'argent selon les cercles dessinés par Simon. La forme du calice se dégagea lentement. Ensuite, Jean ménagea au-dessous une petite queue qui servirait à ancrer la coupe sur le pied.

— Il ne reste plus qu'à limer... dit-il enfin, l'air satisfait. A toi, Pierre !

— Et moi ? réclama Simon.

— Ne sois pas impatient... Tu as vu les cheveux de Pierre. Lui, je peux lui faire confiance.

Jean pouvait être vexant. Simon le savait. Mais il avait espéré, après le « Bien ». Le maître soufflait allégrement le chaud et le froid. Un apprenti, il fallait lui apprendre l'art et la technique, mais il fallait aussi lui forger le caractère et en faire un homme, pas une mauviette capricieuse !

— L'autre part... nous en ferons le pied le plus fin possible. C'est le pied qui donne l'élégance, et monseigneur a de petites mains... Tu feras le poli... Prépare la craie, veille à ce qu'elle soit en fine poudre. J'ai besoin d'un marteau moyen...

Heureux de se voir confier une tâche précise, Simon se précipita pour saisir l'outil réclamé, mais il lui échappa et roula sur le sol de terre battue.

— Quel maladroit tu fais ! cria aussitôt Jean.

Rouge comme une cerise, Simon avait déjà ramassé l'objet récalcitrant.

— Tu vois bien qu'on ne peut pas te faire confiance !

— Cela peut arriver à tout le monde, intervint Lambert, qui avait levé la tête de ses parchemins.

— Voire... répliqua Jean qui frottait avec ostentation l'outil sur son tablier afin d'enlever la moindre poussière qui compromettrait la qualité de son travail. Allez, occupe-toi de la craie...

Le ton était rogue, mais Simon était heureux de ne pas être puni de nouveau. Lambert lui fit un clin d'œil et dit, pour faire diversion :

— Et cette procession ?

— C'est la reine qui l'a décidée, répondit Jean. Le connétable nous a parlé de l'état du roi, pas brillant. Il perd souvent le sens et la connaissance des gens qui l'entourent. Il compte sur notre participation active, ce sont ses mots hier chez Flamel.

L'orfèvre avait fait une moue. Il était en train de fendre la queue du vase en quatre avec une lime fine.

— Voilà, j'en viens à bout ! Demain nous ferons un grand vase d'or pour la reine, qui veut l'offrir à l'abbaye de Saint-Denis, sans doute à l'occasion de la procession. J'ai faim...

Ils l'entendirent parler avec Huc et des ouvriers plus expérimentés qui réalisaient sans bruit toute cette production moins raffinée constituant un apport non négligeable dans l'activité de l'atelier puisqu'il s'agissait de fournir aux échoppes une marchandise, moins précieuse certes, destinée à la vie quotidienne et à des clients moins huppés mais beaucoup plus nombreux. Huc avait raconté un jour à Simon qu'il aimerait rentrer dans sa bonne ville de Reims pour s'y spécialiser dans la fabrication d'accessoires de table. Il savait bien qu'il n'aurait sans doute pas les moyens de créer de ces objets extraordinaires où or et argent rivalisaient avec des pierres précieuses venues d'on ne savait où et dont l'approvisionnement semblait relever de cheminements mystérieux. Le cuivre, l'archal, l'étain, le bronze lui semblaient plus accessibles. Après tout, n'y avait-il pas beaucoup plus de gens capables d'acheter des couteaux ou des cuillères, des cure-dents ou des cure-oreilles que ces objets exceptionnels sortis de l'imagination de Lambert et destinés à quelques grands personnages ?

Jaloux certes de Simon, Huc n'était pas comme ce benêt qui rêvait devant ces créations extraordinaires. Il préférait couler un heurtoir de porte et imaginer les mains qui s'empareraient de ces anneaux retenus par des têtes de lion ou de bélier, et frapperaient des huisseries avec rudesse ou douceur. Il préférait rêver des lieux où seraient posés les chandeliers dont il travaillait avec soin la pointe sur laquelle on ficherait le cierge de cire. Il aimait en façonner les pieds avec des pattes griffues que Lambert lui avait dessinées.

Ce matin-là, il s'était attaqué à une commande de Nicolas Flamel, qui voulait un grand candélabre à lumières étagées. Le maître avait un jour décrit la demeure du libraire-juré où, disait-il, pas un détail n'était négligé, enfin du temps de son épouse Pernelle… Pernelle… Huc jeta un coup d'œil dans la cour. La fille du maître y était installée sur le banc de pierre, avec le grand cadre de bois que lui avait confectionné Pierre pour y tendre des toiles qu'elle brodait. Mais elle ne les finissait jamais et sa mère la grondait. Pernelle… Dans ses rêves les plus fous, Huc l'emmenait avec lui à Reims… Un rêve…

— Pernelle, Pernelle, murmura-t-il.

— Tu parles tout seul ? demanda Augustin, le chef de l'atelier.

Huc ne répondit pas. Augustin martelait délicatement des plaques en alliage cuivreux destinées à la fabrication de lanternes dont les ouvertures seraient garnies de corne ou de verre.

Jean regarda un instant ses ouvriers travailler. Il leur avait inculqué l'amour du travail bien fait. Les cloches de Saint-Germain qu'on disait « l'Auxerrois » tintèrent au loin. Puis d'autres, plus proches, leur répondirent.

C'était le glas. Il devait y avoir encore un enterrement aux Saints-Innocents. Jean frissonna. Il avait peur de la mort et ce n'était pas la fresque qu'il avait vu réaliser récemment au cimetière qui le rassurait. Des spectres macabres au rictus effrayant. Depuis quelque temps, les hommes aimaient à se faire peur, et les clercs en profitaient pour agiter toutes les menaces divines.

Jamais il n'apprivoiserait la mort ! Il en avait vu, de ces défilés lugubres, vers cette ultime demeure où reposaient depuis des lustres les défunts de plus de vingt paroisses de Paris. Il en avait froid dans le dos. Un ami avait trouvé malin de lui expliquer, le jour de la mort de son père, que la terre du cimetière était excellente, c'est-à-dire qu'elle « mangeait » le cadavre en moins de dix jours, et on racontait que les évêques enterrés dans leur cathédrale exigeaient que l'on déposât dans leur cercueil un peu de cette bonne terre des Saints-Innocents !

Jean s'aperçut soudain que ces pensées morbides l'avaient distrait de son ouvrage. Presque honteux, il soupira et s'empara machinalement d'un objet posé sur une étagère, comme si le contact du métal allait l'apaiser.

Il l'avait encore en main quand il aperçut Claire qui traversait la cour, suivie d'un homme grand et très mince. Son pourpoint voyant, pourtant assez ample et visiblement rembourré, ne parvenait pas à en étoffer la silhouette, avec ces jambes très fines moulées dans des chausses mi-parties violet et vert. Jean vit que Pernelle levait la tête de son ouvrage mais, fustigée par le regard sévère de sa mère, se concentrait de nouveau vivement sur son aiguille et sa broderie. Aurait-elle bientôt fini le singe dessiné par Lambert, qu'elle tissait de fils bruns ? Et s'attaquerait-elle ensuite à son dresseur dont le costume lui permettrait de diversifier les couleurs ? Bref, terminerait-elle enfin un ouvrage pour faire mentir son frère ?

Jean en était là de ses pensées quand Claire ouvrit la porte de l'atelier et l'appela. Au même moment, Augustin apportait un superbe coquemar qu'il venait d'achever. Le chaudron à chauffer l'eau, de forme sphérique, avait été muni de deux déversoirs auxquels le meilleur ouvrier de l'atelier avait donné une forme plaisante de tête de poisson à gueule béante.

— Messire Orlando Bandini, annonça l'épouse de l'orfèvre, en présentant l'homme qui avait enlevé son chaperon à deux pans de soie assorti à son pourpoint violet.

Les cheveux très noirs étaient coupés court autour d'un visage dont le teint basané ne semblait pas seulement dû au soleil. L'œil était aussi noir que le cheveu, vif et brillant.

— Messire Jean Clerbourc ?

— Oui, répondit Jean, intrigué.

— Oh, voilà le genre d'objet qui me plaît... fit aussitôt l'autre déjà à l'aise, en désignant le coquemar. Je suis lombard, je viens de Milan... C'est la duchesse Valentine Visconti qui m'a fait venir à Paris...

— Ah ?

Surpris d'être interrompu, Bandini, auquel la moue dédaigneuse de Jean n'avait pas échappé, dévisagea un instant l'orfèvre, puis poursuivit, volubile :

— Oui, je sais, les Lombards ont mauvaise réputation dans ce royaume... Des banquiers malhonnêtes, des prêteurs de fonds peu scrupuleux, des usuriers... Mais nous avons aussi eu notre utilité quand nous prêtions de l'argent au roi trop dépensier et aux grands seigneurs de son entourage. N'appeliez-vous pas ces prêteurs des « milans », du nom de ma ville ? Oui, je sais bien qu'un milan, c'est aussi un oiseau rapace. Après tout, n'avez-vous pas donné notre nom à une rue de votre ville, tout près d'ici ? Les riches commerçants venus de Gênes ou de Venise vous ont enrichis…

Vaguement désemparé par le flot de paroles de cet inconnu tombé du ciel, Jean, qui avait rendu le coquemar à Augustin en manifestant simplement son approbation par un signe de tête, prit le parti d'écouter poliment le bavard qui faisait les questions et les réponses avec son drôle d'accent.

Repartie vaquer dans l'échoppe, Claire jeta un regard peu amène à Pernelle, qui riait avec son amie Bertrade, arrivée un instant plus tôt. La seconde, armée d'un peigne en bois à double rang de dents, coiffait la première, qui avait abandonné une fois de plus son ouvrage. De loin, Madeleine les observait d'un œil critique ; installée sur un banc près du rosier dont les fleurs s'étaient ouvertes brutalement sous la poussée de chaleur de la veille, elle triait patiemment des feuilles de chou dans une corbeille d'osier.

Elle leva à peine la tête quand Jean traversa à son tour la cour en montrant le chemin au visiteur. Elle l'entendit dire :

— Certes, certes… Allons bavarder dans mon retrait, suivez-moi.

Ils passèrent devant Pernelle et Bertrade, qui arrêtèrent un instant leurs ricanements, et pénétrèrent dans la maison.

— Bel homme, fit Madeleine en coupant en deux une large feuille de chou.

— Il te plairait, ce noiraud ? demanda Pernelle.

— Moi, je préfère les blonds, observa Bertrade en rougissant.

— Taisez-vous, maugréa Madeleine, vous ne savez même pas ce que c'est, un homme !

Bertrade pouffa.

— Si tu crois qu'on ne sait pas ce qu'ils ont derrière leur brayette[1]... dit Pernelle.

— Si ta mère t'entendait, répliqua Madeleine en se saisissant de la corbeille d'où débordaient les feuilles de chou grasses et d'un vert agressif. Et si elle te voyait...

Du menton, elle désignait l'échafaudage de nattes dont Bertrade s'efforçait de faire des cornes.

— La reine se coiffe comme cela, rétorqua la fille dont Madeleine n'appréciait pas plus l'insolence que celle de Pernelle.

— Mais pour qui te prends-tu ? Tes parents auraient mieux fait de t'appeler « péronnelle » !

C'était souvent que la vieille servante traitait ainsi la petite dernière de la maison, dont elle dénonçait l'éducation relâchée qui lui faisait regretter ses aînées, beaucoup plus sages et respectueuses.

— Et toi, tu en as connu, des hommes ? chantonnaient maintenant derrière elle les deux filles en ricanant de plus belle.

Furieuse, Madeleine ne répondit pas mais appela, de la voix un peu criarde que Pernelle ne manquait jamais d'imiter :

— Marthe, va à la cave chercher des pommes !

Une souillon parut à la fenêtre. C'était une jeune servante embauchée deux jours plus tôt pour remplacer la précédente, qui s'était fait engrosser on ne savait par qui et

1. Mot ancien à rapprocher de braie (culotte) pour désigner la braguette, en général de forme triangulaire et souvent lacée.

avait été chassée sans ménagement par Claire au grand dam de Madeleine. Elle l'aimait bien, cette Lucie, et elle aurait mis sa main à couper que c'était le gros Huc qui était le responsable. Mais quand on ne veut pas d'ennuis, on se tait.

— Dépêche-toi ! cria-t-elle à la nouvelle, dont le genre ne lui plaisait guère. Et ensuite tu rempliras cette chantepleure pour arroser les plates-bandes !

Dame Clerbourc avait eu une drôle d'idée de l'engager. Evidemment, elle était recommandée par le curé de Saint-Jacques, un client de l'atelier !

# 12

— Vous connaissez donc la duchesse Visconti… dit Jean en s'installant confortablement sur son faudesteuil face au nouveau venu, dans ce retrait dont il se réservait l'usage exclusif.

Bien peu avaient le droit d'y pénétrer. Même Claire n'y mettait que rarement les pieds. Il l'avait fait tendre d'un drap d'Angleterre d'un rouge légèrement grenat, les fabricants disaient « paonace », et y conservait quelques objets qui lui étaient particulièrement chers et dont il n'aurait jamais voulu se défaire. C'était une de ses faiblesses, que cet attachement parfois viscéral à ses créations. Un attachement que ne partageaient pas toujours ses clients, qui lui rapportaient certains chefs-d'œuvre en lui commandant de les faire fondre et de récupérer métal et pierres précieuses pour en fabriquer de nouveaux ! C'était pour lui un vrai crève-cœur.

L'inconvénient d'introduire dans ce retrait des clients, comme ce jour-là, c'était de subir des offres qu'il n'accepterait jamais. Orlando Bandini ne manqua pas de s'extasier dès son entrée devant la petite Vierge façonnée en or et argent par son père, qui avait étrenné avec elle ses nouvelles installations de la rue des Orfèvres et avait réclamé de l'avoir devant les yeux le jour de sa mort.

Une vraie relique… Jean l'avait exposée dans une niche creusée dans le mur face à son faudesteuil. Couronnée, la jeune Vierge au visage d'une étonnante tendresse regardait son enfant offrant une pomme, symbole magique pour cette nouvelle Eve, selon les exégètes.

— Elle n'est pas à vendre, prévint aussitôt Jean en fronçant les sourcils.

Décidément, que cet homme était importun !

Mais Orlando Bandini le rassura avec un grand sourire :

— Je n'aurais pas les moyens de m'offrir un tel trésor… Mon père, qui était banquier, n'a pas fait que de bonnes affaires ; il a avancé des sommes parfois considérables à certains…

— Banquier ou usurier… demanda Jean, qui ne ressentait définitivement pas une réelle sympathie pour ce visiteur tombé du ciel alors qu'il avait faim et bien d'autres chats à fouetter.

Mais son père ne lui avait-il pas inculqué que le client était roi ? Enfin, c'était une phrase à ne pas répéter partout car le roi n'aimait guère avoir une concurrence qui n'était pas toujours du meilleur aloi.

— Nous n'allons pas jouer sur les mots, répliqua Orlando Bandini avec ce ton vaguement mielleux qui avait agacé d'emblée l'orfèvre. Et le compte pour messire Dieu était toujours suffisamment approvisionné…

Jean ne put réprimer un sourire car le « compte pour messire Dieu », comme il disait, était une curieuse façon de se faire pardonner facilement les vilenies faites à autrui [1] !

— Si vous n'êtes pas riche, c'est peut-être que votre père, pour éviter l'enfer, a tout légué aux pauvres…

---

1. Il s'agissait d'un compte destiné aux œuvres de bienfaisance pour se mettre en règle avec l'Eglise.

Bandini haussa les épaules et dit, en tendant un petit rouleau de parchemin extrait des plis de son pourpoint :

— Voilà qui devrait vous rassurer...

Jean reconnut aussitôt le sceau de la duchesse Valentine. Il le brisa, déroula le feuillet et parcourut un texte court et explicite qui recommandait le visiteur.

— Certes, fit Jean en hochant la tête quand il leva les yeux vers lui, mais que me voulez-vous ?

— Faire des affaires avec vous, toutes sortes d'affaires...

— Mais encore ?

— Vous savez combien les choses sont compliquées autour du roi et de sa famille, autour de la reine et de tous les princes des fleurs de lys...

Orlando Bandini usait d'une formule qui, autrefois, désignait les oncles du roi, les ducs de Bourgogne, de Berry ou d'Anjou, et maintenant jusqu'à son frère, Louis d'Orléans, et ses cousins. On pouvait y ajouter les enfants royaux.

— Prétendez-vous y mettre de l'ordre ? plaisanta Jean, qui trouvait l'homme naïf.

Il s'était levé, avait pris sur une petite crédence une aiguière aux formes déliées dont il fit couler un breuvage aux teintes rosées dans deux gobelets d'argent.

— Je n'ai aucune prétention... Seulement peut-être servir celle que j'admire le plus, Valentine Visconti, qui vient de mon pays, et aussi gagner ma vie honnêtement en faisant du commerce entre Paris et Milan, au moins pour commencer.

— L'Italienne n'a pas que des amis, répondit Jean, qui ne prenait pas garde que dire « l'Italienne » le rangeait nettement dans le camp bien fourni des ennemis de la belle-sœur du roi.

Il se souvenait de l'affaire de ce mariage du prince Louis avec la riche héritière d'un tyran dont les histoires répandues dans le royaume faisaient frémir d'effroi. Jean

Galéas offrait tout de même à sa fille une dot de 450 000 florins, et c'était le pape d'Avignon qui avait accordé la dispense pour ce mariage entre cousins germains[1]. Et tout le monde savait que le prince turbulent pourrait grâce à ce mariage être installé à Paris, près du roi, et n'irait plus courir l'aventure ou des rêves qui pourraient nuire à son frère. L'entourage de Charles VI avait bien pesé l'affaire, et quand Valentine avait débarqué dans la cité, avec un premier acompte de 200 000 florins, ils avaient cru la partie gagnée. C'était sans compter avec le goût des intrigues de la nouvelle princesse et avec le caractère flottant de Louis d'Orléans.

— Enfin « l'Italienne », comme vous dites, et encore je préfère cela à la Lombarde, comme je l'entends parfois, ce qui est plus infamant, a apporté beaucoup à la cour... Vous avez dû en bénéficier, si j'en crois certains objets que j'ai pu voir chez elle depuis mon arrivée récente et qui sortiraient de vos ateliers...

— C'est vrai, reconnut Jean, qui se souvenait de la fête des dames offerte pour la reine Isabeau et Valentine, quand ils avaient dû travailler même la nuit pour fournir les accessoires de costume : aiguillettes terminées par des ferrets d'or ou d'argent, agrafes, fermaux, branlants, grelots...

Et il fallait bien admettre que Valentine Visconti avait su séduire les petites gens comme les artisans ou les artistes, qui lui avaient offert volontiers leurs services. Jean avait, en effet, été de ceux-là et il ne le regrettait pas, car il avait ainsi recueilli des miettes des fameux florins de la dot, promptement dilapidés.

Mais tout le monde avait aussi vite déchanté, au moment où le roi était tombé malade. La rumeur publique avait

---

1. Valentine était la fille d'Isabelle de France et donc, comme son mari, elle faisait partie des petits-enfants du roi Jean II le Bon.

aussitôt dit et répété que le mal venait d'un maléfice. Le roi était ensorcelé et c'était son frère qui avait déchaîné le diable grâce à sa femme, à qui son tyran de père avait enseigné l'art des poisons et des sortilèges. La preuve d'ailleurs, c'était que dans son délire le roi s'était entiché de sa belle-sœur, qu'il allait voir chaque jour et nommait « ma sœur bien-aimée ».

Depuis ces années [1], soit plus de dix ans après la première crise du roi et des rechutes multiples, les choses s'étaient tassées. Certes, tout le monde savait bien que le duc Louis pourrait être le principal bénéficiaire de la mort du roi, mais celui-ci avait suffisamment d'héritiers directs, autant d'obstacles à ces ambitions. Et puis les cousins du roi veillaient... Mais monseigneur de Bourgogne, le nouveau duc Jean, était-il plus enclin à respecter l'ordre établi ? Jeter de l'huile sur le feu était l'un de ses jeux favoris.

— Votre duchesse est tout de même souvent tenue éloignée de Paris ? interrogea Jean.

— Certes, cela n'empêche pas son mari d'aller lui faire des enfants.

— J'en conviens.

L'autre avait réponse à tout. Jean n'insista pas. Il avait devant lui un de ces flatteurs comme il y en avait beaucoup autour des grands du royaume, un de ces jolis « mignots [2] », disaient certains. Sans doute devait-il pleurer quand sa duchesse pleurait, rire quand elle riait...

— Je veux faire du commerce, donc, reprenait pourtant le têtu Bandini d'une voix ferme. J'ai aussi cette lettre de change...

1. 1392-1393.
2. Ou « mignons », « favoris ».

Un nouveau parchemin fut extrait cette fois de l'aumônière de cuir dont la forme allongée permettait d'y receler ce type de documents.

Jean fronça les sourcils. Il avait une certaine méfiance pour ces moyens de paiement dont l'usage était devenu la règle dans le commerce entre marchands éloignés géographiquement.

L'autre continuait déjà :

— Vous me livrez des marchandises et elles seront payées par Samuel, qui doit de l'argent à mon banquier Alberti...

— Je ne livre rien sans argent, répliqua aussitôt Jean, qui se sentait entraîné sur un terrain qu'il maîtrisait beaucoup moins bien que ses fours ou ses marteaux.

— Il faut savoir évoluer, maître Jean Clerbourc... J'ai déjà traité avec l'émailleur Jacquemin Gringonneur, de la rue de la Verrerie...

— Peut-être, peut-être... et quelles marchandises voulez-vous ?

Jean préférait revenir à un domaine plus familier.

Le Milanais répondit par une question :

— C'est un dessin de la fameuse châsse ?

— Oui.

Jean s'était retourné vers la large feuille de vélin tendue sur le drap rouge. Elle montrait, en effet, l'objet extraordinaire dont son père avait reçu la commande juste avant de mourir et qu'il n'avait pu achever. La chance de sa vie, une châsse d'or d'un poids de 250 marcs, offerte par le roi en 1392 à l'abbaye de Saint-Denis pour y mettre le saint corps de son aïeul, le grand Saint Louis. L'atelier des Clerbourc en avait retiré une réputation inouïe dans la ville et dans tout le royaume, et quand le roi d'Angleterre avait épousé, quatre ans plus tard, la princesse Isabelle, fille du roi, celui-ci avait passé commande aux orfèvres de la ville de chaînes d'or, de couronnes et de parures, dont Jean avait eu une belle part. Il savait aussi que c'était pour cette renommée que Guillebert l'avait choisi pour former Simon.

Jean s'était levé pour indiquer que l'entretien était achevé.

— Dès que j'aurai l'argent, vous aurez toute la marchandise que vous voudrez.

— Connaissez-vous la magie des pierres précieuses ? demanda alors le visiteur, qui ne semblait pas pressé.

— Un peu... sans plus... ce n'est pas mon affaire, répliqua Jean en ouvrant cette fois la porte.

— Peut-être avez-vous tort... Comme beaucoup, vous devez espérer guérir votre roi ?

— Certes, certes, mais je ne suis ni médecin ni sorcier...

— Pensez-y et parlez-en à votre ami Nicolas Flamel, qui fabrique l'or... et s'y connaît en magie. A très bientôt, messire Clerbourc.

Soulagé, Jean répondit à peine et regarda son visiteur traverser à grands pas la cour, passer à côté de Pernelle qui avait repris sa broderie avec un drôle d'échafaudage sur la tête, s'arrêter un instant près d'elle et sortir enfin dans la rue.

L'orfèvre était perplexe. Le discours du Milanais était étrange, même inquiétant... Pour la deuxième fois en peu de temps, on lui parlait de pierres précieuses et on sous-entendait un pouvoir auquel il ne s'était guère intéressé... Le premier avait été Guillebert, qui l'intriguait aussi, c'était le moins qu'on pût dire. Quant à Nicolas Flamel, il y avait beau temps qu'on racontait bien des choses sur lui... Fallait-il céder aux rumeurs, dans cette ville où l'on racontait tout et n'importe quoi ? Et les princes des fleurs de lys en étaient un triste exemple. Qui fallait-il croire ? Le duc de Berry se disputait-il vraiment avec celui de Bourgogne ? Le prince Louis, le frère du roi, était-il si avide de monter sur le trône qu'il faisait jeter des sorts au pauvre Charles ?

Cette Valentine Visconti était-elle aussi noire qu'on le disait ? Et pour la reine fallait-il accorder du crédit aux mauvaises langues ?

Jean soupira. Ses yeux fixèrent un instant la petite Vierge ciselée par son père. Il eut soudain une envie irrésistible de retourner dans son atelier où il pensait être bien, loin de tous ces bruits. Ce Bandini était encore un redoutable faiseur de mots, mais il l'avait troublé, et rien ne valait le plaisir de plier la matière à ses doigts d'artiste. C'était tout ce qui comptait dans sa vie. Il en oubliait même qu'il avait faim et quand il rentra dans l'atelier, il lança :

— Simon, où en es-tu ? Pierre, ne laisse pas refroidir le four !

Lambert leva les yeux de ses dessins et observa son père qui vint se poster devant lui et l'interrogea :

— Qu'est-ce que tu en penses, toi, des vertus des pierres précieuses ?

— Moi ? Rien, des sornettes… répondit le fils en riant.

— Guillebert m'a raconté que mon père savait des secrets sur les pierres pour guérir certaines maladies, dit Simon dans son dos.

— Qu'est-ce que tu y connais ? répliqua Lambert, l'air moqueur, en quittant sa table.

— Rien, reconnut Simon en rougissant, mais demande à Guillebert !

— Au travail ! Où vas-tu, Lambert ?

— Chercher des parchemins.

Jean regarda son fils refermer doucement la porte de l'atelier et fit signe à Simon de retourner au four.

Aurait-il pu croire que Guillebert détenait des secrets de guérisseur s'il l'avait vu errer toute la matinée avec cette barre qui prenait en étau sa pauvre tête ? Pourtant à l'instant même où Simon faisait allusion à lui, il se sentait presque soulagé. Etait-ce parce qu'il découvrait bien plus malheureux que lui ? Et qu'il ramenait ces incidents à leur juste valeur ?

Martille lui aurait presque rendu sa sérénité quand, à la fin de sa promenade matinale, il l'aperçut sous l'encorbellement d'une maison de la rue Aubry-le-Boucher.

Passant la main sur son front, elle tentait d'éponger la sueur qui pointait à la naissance de ses cheveux noirs. A ses pieds était posé un panier rempli de légumes sur lesquels se trouvait en équilibre un corbillon de fraises.

Il s'approcha d'elle.

— Laissez-moi, je vous en prie.

— Laissez-moi au moins porter ce panier bien trop lourd pour vous, répliqua Guillebert.

— J'en prends toujours trop, expliqua Martille, très pâle (avec un pauvre sourire qui se figea quand elle ajouta, l'œil brillant :) Le porter ? Comme vous avez porté mon mari sur cette maudite civière ?

Guillebert comprenait soudain qu'il ne serait plus pour cette jeune femme que le messager de la terrible nouvelle qui avait bouleversé sa vie. Jamais il ne s'était retrouvé seul en sa présence depuis le drame.

— Non, je vous en prie, laissez-moi, répéta Martille d'une voix si lasse qu'elle parut défaillir.

Elle s'appuya au mur de la maison dont le torchis accumulait la chaleur du soleil.

— Je ne veux que vous aider, plaida alors Guillebert, qui avait oublié sa barre oppressante.

— M'aider ? Qui peut m'aider aujourd'hui ? demanda Martille en faisant un geste vers les passants indifférents qui se hâtaient vers leurs occupations. Laissez-moi !

— Comme il vous plaira, répondit tristement Guillebert en s'éloignant.

Il n'était pas au bout de la rue quand il entendit une femme crier :

— Eh, ma petite, que t'arrive-t-il ? A l'aide !

Revenu vivement sur ses pas, Guillebert arriva juste à l'instant où Martille s'affaissait doucement jusqu'au sol.

— Elle va peut-être accoucher, murmura la femme.

— Peut-être, dit Guillebert, désemparé.

— Vous la connaissez ?

— Oui, fit Guillebert en se penchant vers la pauvre silhouette qu'il souleva, surpris de sa légèreté. Prenez le panier !

Il s'adressait à un jeune homme qui passait par là et obtempéra aussitôt. L'ordre était sans appel ! Mais cela ne l'empêcha pas de demander :

— C'est Martille, la fille du cordier ?

— Peut-être, mais c'est surtout la belle-fille du talemelier de la rue Thibaud-aux-Dés, tu la connais ?

— Oui, elle venait parfois à l'atelier.

— Quel atelier ? interrogea à son tour Guillebert, qui marchait à grands pas mais en prenant soin de ne pas secouer son précieux fardeau.

— Je suis Lambert Clerbourc, mon père est orfèvre, cela vous dit quelque chose ?

Guillebert ne répondit pas. Ils approchaient déjà du but. C'est dans cet attelage que Martille parvint à la boulangerie, où Nathalène les accueillit avec méfiance et inquiétude.

— Heureusement que messire était là, expliqua le jeune homme, heureux de se débarrasser du panier qui commençait à lui peser sérieusement.

— De l'air, de l'air...

Une fois n'était pas coutume, Nathalène aurait volontiers jeté dehors les clients pour pouvoir s'occuper de Martille.

— Pas lui, pas lui, murmura justement la jeune femme.

— Pas lui, pas lui ? Mais il vient de traverser la ville en te portant dans ses bras...

— Alors je suis peut-être morte... Aubert, où es-tu ? Me voilà, viens me chercher !

— Elle délire, dit Nathalène. Honoré, viens voir la petite ! Mais c'est vrai, aussi, qu'est-ce que vous lui avez fait ?

Folle d'inquiétude, Nathalène s'en prenait maintenant à Guillebert.

— Il n'a fait que la ramener ici, le défendit aussitôt Lambert, les poings sur les hanches.

— Foutre de Dieu, s'emporta alors Guillebert, je lui ai fait peur, je m'en vais !

# 13

Dans la rue, les clients attendaient toujours. La curiosité les retenait d'aller remplir ailleurs les panetières de toile de chanvre suspendues à leurs ceintures. Mais ni Guillebert ni Lambert ne prêtèrent l'oreille à leurs questions impatientes. Le second se fraya même rapidement un passage pour s'éloigner pendant que le premier hésitait. Allait-il se décider à enfin demander des explications à Bourgot ?

Subitement déterminé, il abandonna les curieux sur leur faim et revint à pas lents vers le chantier de l'église Saint-Jacques où les murs détruits lors de la catastrophe reprenaient lentement forme, s'attarda un instant avec les ouvriers pour regarder la grue réparée hisser des seaux remplis de mortier, puis flâna autour de l'église. Entre deux contreforts, des badauds encourageaient avec cruauté trois aveugles armés de bâtons et parqués dans un petit enclos avec un cochon qu'ils étaient censés tuer ; mais le combat, et c'était ce qui faisait tant rire alentour, était en train de tourner à la mêlée générale, où les pauvres aveugles détournés de leur objectif premier se tapaient allégrement dessus. Guillebert se lassa bien vite du spectacle affligeant que tentait d'ordonner un homme à l'affût de la générosité des badauds.

Il hésitait encore... Fallait-il qu'on le voie entrer chez Bourgot ? Il doutait aussi de ses souvenirs... Avait-il vraiment rencontré l'artiste ? N'avait-il pas rêvé ?

Indécis, il s'arrêta quelques instants devant le portail de l'église où un mendiant lui tendit aussitôt la main.

— Beau messire, tu es grand et fort... Tu as certainement un écu ou deux pour un pauvre hère comme moi... Tu en as donné à Hennequin, qui a du travail chez Bourgot et ne crève pas de faim...

Planté devant la porte, Guillebert feignit de ne pas entendre en observant le tympan, où un homme et une femme étaient représentés en orants, à genoux, au pied d'une Vierge.

— C'est messire Nicolas Flamel, renseigna le mendiant, et sa femme, la dame Pernelle, qui repose maintenant aux Saints-Innocents. Enfin, il faut savoir que c'est eux. Messire Nicolas n'a pas un aussi gros nez...

Il éclata d'un rire gras qui le fit tousser. La quinte résonna curieusement sous le porche dont la porte s'ouvrit brusquement.

— Tu ne vas pas encore cracher, Trotte-Menu ! dit une femme dont le décolleté avantageux laissait voir les tétons. Ce n'est pas bon pour mon petit !

— Arrête avec ton petit, la Pansue, le jour où tu le feras, moi je ferai sonner toutes les cloches. Messire, ne la crois pas... Son ventre est gros de coussins... Regarde !

Joignant le geste à la parole, il lui décocha un coup de pied, mais avant que Guillebert ait eu le temps de réagir, la porte de l'église s'était de nouveau ouverte.

— Foi de Martin, donneur d'eau bénite... Arrêtez ce tapage, on vous entend jusque dans le chœur ! Trotte-Menu, c'est quand même pas à toi de faire le sermon...

Trotte-Menu haussa les épaules et marmonna dans sa barbe sale des mots que personne ne comprit. Quant à la

Pansue, qui avait ramassé les coussins de sa prétendue maternité, elle leva la main d'un geste méprisant en direction de Martin, puis dit, en montrant, de l'autre côté de la rue, l'atelier de Bourgot :

— Messire va chez sa belle...

— Ne l'écoute pas, messire, intervint aussitôt Trotte-Menu. La Pansue, que veux-tu qu'il fasse avec cette traînée de peintre de mes fesses ?

— Que veux-tu qu'il fasse ? Tu vois pas, peut-être... Hier il n'a pas dû se gêner ! Il la serrait de près quand ils sont entrés, je les ai vus, vus de mes yeux...

— Avec le croissant de lune ? Tu mens !

— Mais ils avaient des lanternes... Je les ai vus, vus de mes yeux...

— Aussi sûr que tu n'attends pas d'enfant ?

— Sûr !

— Tu l'as fait fuir... observa alors Trotte-Menu, regardant Guillebert s'éloigner à grands pas.

— Foi de Martin, donneur d'eau bénite, c'est vrai ce qu'elle raconte, la Pansue, il va chez la Bourgot...

Dépité, Martin fit une moue dédaigneuse et rentra dans l'église ; la lourde porte claqua dans un bruit sec. Le bois était isolé des pentures métalliques finement ciselées par des peaux de sanglier qui en renforçaient l'étanchéité. Depuis des lustres qu'elles avaient été ajustées, les mains des paroissiens les avaient usées et en avaient réduit l'épaisseur.

— Tu vois qu'il faut me croire, parfois... dit la Pansue d'un air pensif.

— Il va peut-être se faire portraiturer... répondit Trotte-Menu.

Postés contre le mur du porche, tous deux côte à côte, ils étaient maintenant à l'affût. Pour une fois qu'il y avait de la distraction autre que celle des bigots ou des bigotes trop pressés d'aller écouter la messe pour être généreux. Cela ne l'empêcha pas de tendre la main justement à l'une de ces femmes confites en dévotion, qui le regarda avec dédain et lâcha, méprisante :

— Sale viseux !

Une injure qui mettait le doigt sur la seule activité du mendiant, observer, ce qui lui permettait parfois de voir ce qu'il n'aurait pas dû ! Et d'en parler !

Guillebert avait déjà franchi le seuil de l'échoppe à l'enseigne *Aux Couleurs de Bourgot*.

— Messire a réfléchi, messire vient pour son portrait, dit aussitôt Hennequin en frottant sur son devantier ses mains maculées de peinture.

— Non... Je viens pour mon pourpoint « du bleu de mes yeux », comme tu dis, le nain, et mes souliers...

— Que signifie, messire ? répondit Hennequin en roulant ses gros yeux globuleux.

— Rien... où est ta maîtresse ?

— Dans son retrait, là-haut...

— Va la chercher !

— J'y vais, j'y vais...

Le ton autoritaire ne laissait pas le choix. Hennequin se précipita vers un escalier de bois blanc qui grinça sous son poids, et disparut. Le bruit des marches rappela des souvenirs à Guillebert, qui resta un instant rêveur, puis s'intéressa à l'atelier, dont la taille était plutôt exiguë. Le sol était de terre battue et sur des étagères étaient posés des panneaux de bois au fond soit doré, soit coloré. Le sujet préféré était une Vierge à l'Enfant, image que Bourgot semblait réaliser presque en série. Guillebert savait bien qu'il était de bon ton d'avoir chez soi de telles effigies pour pouvoir se recueillir et prier en toute intimité. C'était une mode qui avait commencé chez les grands du royaume et s'était lentement popularisée, sur les conseils des frères prêcheurs notamment. Il y avait aussi des panneaux avec des visages inachevés... Sans doute ces portraits dont Hennequin lui avait vanté les mérites, quelques jours plus tôt. Guillebert sourit à l'éventualité de se faire ainsi portraiturer... Ah, si Gilette était encore auprès de lui, peut-être aurait-il ouvert son aumônière pour en avoir une image. Il rêva un instant... S'il avait, autrefois, fait fixer les traits de la jeune femme sur une feuille de parchemin, il aurait pu l'emporter sur son cœur et peut-être aussi la montrer pour retrouver sa trace si, par bonheur, quelqu'un l'avait reconnue...

Il jeta un coup d'œil dans la rue et soupira. Il n'entendait rien au-dessus, Hennequin ne reparaissait pas.

— Eh, le nain, foutre de Dieu, où es-tu passé ? s'impatienta-t-il soudain.

Sa voix résonna sous le plancher de bois mal jointoyé.

— Elle arrive ! cria Hennequin.

En prenant subitement conscience de l'odeur lourde et indéfinissable qui résultait sans doute de tous ces produits accumulés et qui éveillait en lui de vagues souvenirs, Guillebert poursuivit sa découverte. Hennequin avait abandonné son pilon près du vase en porphyre qui servait à broyer les couleurs dont les poudres étaient conservées dans des godets ou des coquilles ; des couleurs qu'il ne savait nommer mais qui rappelaient évidemment celles des pierres précieuses, qui lui étaient plus familières. Les traces de bleu sur la table devaient être du lapis-lazuli, une matière rare. Perplexe dans cet univers qu'il connaissait mal, il n'en savait guère plus sur l'essence des panneaux vierges posés à terre et attendant d'être peints. Il avait quand même entendu dire que les pinceaux des peintres étaient faits de queue d'écureuil ou de soie de porc ; ce devait être le cas de ceux qui attendaient leur tour, plantés dans un pot de terre brune à côté d'une palette maculée. Il y avait aussi une jolie collection de fioles contenant des produits sans doute miraculeux.

Au moment où il se retournait vers le chevalet à proximité du grand arc qui ménageait suffisamment de lumière pour que Bourgot pratique son art, la peintresse apparut enfin.

— Beau messire, que me veux-tu ? Tu contemples mon portrait, que je fais pour un ami cher… Tu vois, je me regarde et je peins mes traits, un jeu d'enfant !

Avant que Guillebert ait pu placer un mot, elle s'était déjà saisie d'un miroir, qu'elle tint à hauteur de son visage, et d'un pinceau. Guillebert découvrit alors effectivement le sosie de l'artiste. La ressemblance était saisissante.

— Je n'ai nullement besoin d'une deuxième diablesse, rétorqua-t-il alors en se postant devant elle, solide sur ses jambes, imposant, les bras croisés.

— Que dis-tu, messire ? répliqua Bourgot en se levant.

Un doux parfum d'eau de rose parut un moment rivaliser avec les odeurs de peinture. Elle avait dû passer du temps à sa toilette s'il en jugeait par la robe vert tendre et décolletée hardiment pour laisser voir la naissance des seins… Devant ces appas qui ravivaient des souvenirs proches, Guillebert sentit un instant mollir sa belle détermination. Elle était si désirable, avec sa poitrine menue qu'elle ne rembourrait pas comme d'autres, sa taille fine, et elle, elle n'avait pas « gros cul » comme tant d'autres, puisque c'était la mode.

— Beau messire, que me veux-tu ?

— Un portrait, messire ? renchérit Hennequin.

L'insolence de Bourgot et le ton mielleux du nain étaient plus que Guillebert n'en pouvait supporter.

— Foutre de Dieu, tu vas me rendre mon pourpoint et mes souliers…

— Quel pourpoint, quels souliers ?

— Foutre de Dieu, ne me force pas à raviver tes souvenirs...

— Messire, tu deviens rouge garance... Calme-toi !

— Ecarlate vermeil, maîtresse, dit benoîtement le nain en roulant des prunelles qui semblaient encore plus étrangement dilatées que d'habitude.

— Diablesse, cette nuit, de quelle couleur étais-tu quand tu m'aguichais devant ta maudite échoppe ?

— Cette nuit, mais de quoi parles-tu ? As-tu toute ta raison ? Quelques coings te feront passer la colère...

— Dis-moi plutôt ce que tu m'as fait boire, diablesse !

— De quoi parles-tu ?

— Tu le sais, fille de chien !

— Messire s'échauffe ?

La porte s'était ouverte brutalement. Guillebert se retourna et reconnut Arnaud, l'architecte déchu du chantier de Saint-Jacques.

— Messire raconte n'importe quoi... expliqua aussitôt Bourgot. Il vient me réclamer un pourpoint et des souliers. Par quel miracle ces objets seraient-ils ici ?

— Putasse ! Foutre de Dieu, des putasses comme toi, je n'en ai guère vu, et pourtant j'ai parcouru le monde !

— Dehors !

Plus petit que Guillebert, Arnaud s'était soudain dressé sur la pointe de ses pieds chaussés de cuir rouge et l'avait saisi au col de son pourpoint.

— Aide-moi, Hennequin !

Arc-bouté, Arnaud avait déjà fait pivoter le visiteur, pris de court. Hennequin ouvrit la porte et à son tour poussa le pauvre Guillebert, qui ne résistait plus.

— Ce n'est plus le grand amour...

La Pansue avait accouru en se faufilant entre les charrettes qui encombraient la rue.

— Pourtant, hier, elle vous voulait… ajouta-t-elle en lui prenant le bras.

Décontenancé, Guillebert haussa les épaules.

— Elle dit que je ne suis jamais venu chez elle, murmura-t-il en tendant le bras vers l'atelier dont la porte avait été soigneusement refermée.

— Putasse de menteuse ! Barateuse !

— Putasse de menteuse, répéta Trotte-Menu qui, lui aussi, avait quitté le porche de Saint-Jacques pour venir aux nouvelles.

— Foi de Martin, donneur d'eau bénite, je vous l'avais bien dit que ce n'était pas une femme pour vous !

— Rien ne va plus dans un royaume où Dieu est sourd et n'entend pas que notre roi est fou. Rien ne va plus dans un royaume où les femmes veulent faire la loi ! lança enfin Guillebert avant se faufiler parmi les passants indifférents.

— Herbe aux chantres [1], joubarbe, giroflées de jardins, fleurs violettes, égrenait inlassablement un marchand assis au milieu de ses paniers.

Guillebert s'éloigna sans un regard.

— Elle délire…

Guillebert n'avait pu résister à l'envie de prendre des nouvelles de Martille. Et c'était le regrattier, toujours occupé à confectionner ses bougies, qui lui en donnait.

— Ils l'ont montée là-haut…

D'un geste de la tête, sans quitter des yeux son travail, il désignait la petite lucarne au sommet de l'étroit pignon de torchis blanc.

— Quel malheur ! Son père vient d'arriver.

1. Cresson.

Nathalène vint sur le pas de la porte et dit :

— La vie reprend doucement, tout doucement pour Martille ; il ne faut pas lui en vouloir. Seul son enfant la sort de ce chagrin qui l'a engloutie.

— Quel malheur ! dit Honoré, venu se poster derrière elle.

— Quel malheur ! répéta Nathalène, en essuyant discrètement une larme. Nous, nous sommes déjà incapables de surmonter notre chagrin.

— Quel malheur ! fit en écho Pierre le cordier.

Autour de Martille s'était constitué un rempart avec, aux avant-postes, ses beaux-parents qui multipliaient les attentions, et son père qui ressentait cruellement toute la douleur de Martille pour avoir connu l'épreuve, presque aussi précocement, de la séparation d'avec un être cher.

Martille, Martille, tous n'avaient que son nom à la bouche et quand le bluteur ou le pétrisseur lui apportaient un petit pain spécialement façonné pour elle, les larmes jaillissaient et inondaient ce visage dont les traits avaient changé. Le regard pétillant qui avait tant séduit Aubert était désormais sans flamme, deux vilaines rides étaient apparues autour du nez, la bouche pulpeuse ne savait plus sourire.

Le malheur tenait en respect tout le quartier et les clients n'osaient plus plaisanter, tant le talemelier semblait avoir les nerfs à fleur de peau ; même Mathurin, le regrattier, ne se risquait plus à poser son regard vicié par des pensées salaces sur cette petite qui lui faisait bien trop pitié.

— Il faut continuer pour lui, dit Honoré, en montrant le ciel.

Il ne savait trop pourquoi mais, avec candeur, il pensait que son garçon, dont le corps avait pourtant été enfoui profondément en terre, était là, au-dessus, dans ce ciel où devait trôner un Dieu qu'on disait miséricordieux mais qui envoyait aux hommes des épreuves terribles.

— Et pour l'enfant, ajouta Nathalène.

— Oui, pour lui, confirmait Honoré en hochant la tête et en esquissant un pauvre sourire.

Il ne parlait plus des temps qui courent, du roi et de sa folie, ni des princes, des blasphèmes et des blasphémateurs, des sans feu ni lieu, ni même des forains qui faisaient une concurrence déloyale, plus rien ne l'intéressait en dehors de ce pain qu'il pétrissait avec une ardeur devenue une sorte d'exutoire. Et de cet enfant sur lequel reposait désormais l'avenir.

— Elle a trop travaillé dans ce jardin, dit Pierre, mais elle y converse avec les oiseaux qui volent dans ce ciel où elle imagine la présence d'Aubert. Peiner avec son gros ventre pour nettoyer sans fin les herbes rebelles des carreaux dessinés avec amour par Aubert l'apaise quelques instants, mais je suis sûr qu'elle a dû encore s'arrêter au cimetière des Saints-Innocents. Elle y contemple toujours trop longtemps cette maudite peinture qui l'impressionne tant. Elle se figure que son Aubert est devenu comme ces cadavres décharnés que le peintre décrit avec une précision terrible !

— Quelle horreur ! s'exclama Nathalène.

— Mais ces trois gaillards beaux, jeunes, continuait déjà Pierre avec une certaine cruauté, chevauchant de riches montures et qui voient soudain surgir devant eux leur destin sous la forme de squelettes, n'est-ce pas précisément l'image de son Aubert fauché en pleine jeunesse ?

— Quelle horreur ! répéta Nathalène en reniflant.

— Rien ne va plus dans un royaume où Dieu est sourd et n'entend pas que notre roi est fou.

Ce n'était pas Guillebert qui avait lâché sa phrase rituelle mais Honoré, qui regarda le grand blond et éclata d'un rire nerveux, surprenant Pierre.

Au même moment apparut une religieuse au fond de l'échoppe. Venue de l'Hôtel-Dieu, elle avait veillé la jeune femme.

— Elle s'est un peu apaisée, dit-elle, mais je crois qu'elle va délirer longtemps. Faites-lui boire l'eau et les herbes que j'ai laissées là-haut. Bon courage !

# 14

Martille délirait. Le roi allait mal. Et le pèlerinage matinal de Guillebert s'achevait chaque jour sur un nouvel échec. Gilette était introuvable, comme elle l'était quand il avait quitté le Châtelet. Guillebert commençait à douter du bien-fondé de son retour à Paris après une absence de plusieurs années.

Ses seuls moments de quiétude, voire de sérénité, il les vivait auprès de Nicolas Flamel, lequel l'avait beaucoup raillé certes à propos de son affaire avec Bourgot, une affaire qui avait fait le tour du quartier ! Il lui répétait volontiers de se méfier de cette « diablesse » et que bien d'autres s'y étaient brûlé les ailes. Mais il savait aussi l'écouter et sourire avec philosophie quand il ressassait son « Rien ne va plus dans un royaume où Dieu est sourd et n'entend pas que notre roi est fou ».

Auquel il ajoutait parfois, comme un clin d'œil : « Rien ne va plus dans un royaume où les femmes veulent faire la loi ! »

« Vous allez vous brouiller avec toutes les femmes de Paris, disait en riant Flamel. Prenez garde à cette Bourgot, en tout cas. Arnaud est maintenant son âme damnée et il ne vous porte sans doute pas dans son cœur. Depuis qu'il a été chassé du chantier de Saint-Jacques, il s'est mis sous la protection du duc de Bourgogne, dont les relations avec le roi ou plutôt la reine et surtout Louis d'Orléans ne sont décidément pas au beau fixe. Nous n'avons pas besoin de nous faire des ennemis.

— Et l'état du roi...

— On le fait sage, on le fait fol, on joue de lui à chapifol... » répondait Flamel.

Guillebert souriait ; c'était une expression qui courait les rues de Paris.

Le libraire vantait les mérites de la procession et espérait que Dieu les entendrait, cette fois.

« Vous savez bien qu'il est sourd ! » martelait Guillebert.

C'était presque devenu entre eux un jeu, et le temps avait ainsi passé jusqu'à la veille de l'événement que tous avaient préparé avec foi et ardeur.

Quelques jours plus tôt, mis en confiance, Guillebert s'était engagé à raconter un peu de sa vie, autour de laquelle il entretenait le mystère. Et alors que les cloches sonnaient à toute volée les vêpres, il était temps de poursuivre :

— Ce sera long, prévint-il.

— J'ai tout mon temps, répliqua aussitôt Nicolas Flamel, et je vous ferai raccompagner s'il fait nuit... Cela vous évitera de mauvaises rencontres ! Ursule, deux godets d'hypocras et des mistembecs ! Toujours pas de cotignac ?

— Non, merci !

Depuis que Bourgot lui avait proposé des coings pour calmer sa colère, il avait juré de ne plus en manger. D'ailleurs il n'y tenait pas ! Déjà, enfant, il ne les aimait pas et ne faisait guère honneur à la pâte que sa mère devait pourtant réussir.

Il fixa un instant les mistembecs dans l'écuelle d'étain qu'Ursule venait de déposer sur une petite table nappée de damas écru, et prit un godet en disant :

— Vous espérez délier ma langue de faiseur de mots...

Nicolas Flamel fit un geste de dénégation.

Enhardi, Guillebert ajouta alors, presque surpris par son audace soudaine :

— Et vous me raconterez aussi les secrets de votre art ?

— Un libraire juré n'a guère de secrets... répondit aussitôt son hôte, avec une vivacité inhabituelle. Recevoir en dépôt des manuscrits et en fabriquer de nouveaux... Respecter l'orthodoxie religieuse et universitaire, faire travailler des artistes sur des manuscrits commandés par nos princes... Si vous voulez un cours de peinture de livres, je pourrai faire appel à un artiste assez exceptionnel de mon atelier...

— Oh non, protesta Guillebert. La peintresse m'a guéri de mon intérêt pour les couleurs !

— Alors, de quoi s'agit-il ?

— Je voulais parler de votre autre art...

— Mon autre art ? Que voulez-vous dire ?

— Les langues vont bon train en ville...

Nicolas Flamel prit le temps à son tour de boire quelques gorgées d'hypocras, puis de déguster un peu de ce cotignac que son épouse aimait tant. Il essuya ensuite ses doigts sur une serviette damassée et finit par dire, en déglutissant le dernier morceau de cotignac :

— Vous faites bien de l'honneur à dame Rumeur. Ceux qui savent ne parlent pas, ceux qui parlent ne savent pas... Vous, le faiseur de mots, vous devriez connaître ce proverbe...

— Belle formule, convint Guillebert en se calant dans les coussins rouges. Je vais donc... ne suis-je pas venu pour cela ? vous raconter mon histoire depuis le début. Il ne répétera rien ?

Le visiteur faisait allusion au papegaut qui les observait depuis le début de l'entretien, sans mot dire, dans sa cage peinte en vert et treillissée de fil d'archal.

Flamel sourit et s'adressa à l'oiseau en riant :

— Tu n'écoutes pas, pape ! Son plumage vaut plus que son ramage... Soyez sans souci ! Ma bonne Pernelle savait le faire parler ; depuis sa mort, il est beaucoup moins bavard ! N'est-ce pas, pape ?

L'oiseau cligna des yeux avec un comique étudié qui arracha un sourire au visiteur et un commentaire ironique :

— Il ne vous suffit pas d'avoir deux papes en Occident, en voici un troisième !

— Ne le répétez pas, répliqua Flamel en mettant un doigt sur ses lèvres.

Près d'eux, déplié sur un coffre, un tapis vert à décor de quatre-feuilles apportait une note de couleur forte qui rappelait d'ailleurs le plumage de l'oiseau mais jurait un peu avec les carreaux vernissés du sol. C'était un de ces ouvrages sarrasinois comme Guillebert en avait souvent vu au cours de son voyage outre-mer. Un objet rare et précieux, que les marchands vendaient aux princes et aux riches bourgeois qui n'auraient jamais imaginé les mettre à terre et marcher dessus, comme c'était l'usage dans ces lointains pays.

Guillebert y posa la main et en apprécia le velouté, d'une grande douceur. Flamel saisit ce geste et dit :

— Vous êtes un connaisseur... Il est beau, n'est-ce pas ? Feu le roi avait le même dans sa librairie [1] du Louvre. Je ne sais ce qu'il est devenu. Alors, cette histoire ?

— Voilà...

1. Bibliothèque.

Guillebert sembla hésiter un instant, puis se lança. La voix était claire, le ton direct, les mots simples. Il commença par raconter son enfance à l'ombre de l'abbaye de Saint-Denis, avec ses parents qui tenaient une auberge à l'enseigne de *La Belle-Etoile*, où il avait vu défiler tant de voyageurs qui venaient pour la foire du Lendit ou pour ces grands rassemblements dont les moines bénédictins avaient le secret. L'un de ses plus vieux souvenirs avait été la visite de l'empereur au roi Charles V[1], quand la foule des grands jours se pressait dans les rues pour voir passer un homme cloué sur une litière par une crise de goutte. Guillebert se souvenait que l'auberge avait été envahie par des curieux accrochés aux fenêtres pour mieux voir le défilé mené par le roi, lui au contraire fier sur son cheval blanc, entouré de ses frères et de son jeune héritier. Et puis, un matin, un incendie avait détruit l'auberge, ruinant en quelques heures ses parents. Son père, grièvement brûlé, avait succombé un mois plus tard à l'hôpital de la Trinité tenu par les prémontrés, rue Saint-Denis.

— En quelques jours, notre destin a basculé...

Guillebert regarda son hôte droit dans les yeux comme il savait le faire, impressionnant ainsi volontiers son interlocuteur. Nicolas Flamel fit seulement un petit signe de tête pour montrer qu'il compatissait à cette peine qui troublait encore son visiteur. Celui-ci s'était saisi du godet d'hypocras, dont il finit le contenu avec une certaine avidité. Sa main tremblait. Se pouvait-il que cet homme si sûr de lui fût aussi émotif ?

— Ursule, un peu d'hypocras ! réclama Nicolas Flamel.

La servante arriva aussitôt avec une belle aiguière. Guillebert eut le temps de penser qu'elle sortait peut-être de l'atelier de Jean Clerbourc avant de reprendre :

1. En janvier 1378.

— Ma mère s'installa à l'hospice Sainte-Avoie qui, comme vous le savez, est réservé à une quarantaine de pauvres veuves, puis, quand elle fut malade, à l'hôpital des Catherinettes, près de l'église Sainte-Opportune, où elle est morte.

— Et vous ?

— Oh moi… Je ne savais pas faire autre chose que d'accueillir des voyageurs… J'ai travaillé dans des auberges, rue Pastourelle et rue Portefoin… Dans la première, l'hôtelier, peu scrupuleux, ne rendit pas les effets d'un étranger mort chez lui et fut traîné au Châtelet ; dans la deuxième, l'hôtelier offrait à ses clients, plutôt que le gîte tranquille, les charmes de Péronnelle-aux-Chiens ou d'Edeline l'enragée… Cela ne dura pas longtemps, les sergents du roi fermèrent la maison et l'emmenèrent aussi au Châtelet. J'ai tout fait ensuite, porteur d'eau, déchargeur de vin, portefaix aux halles, étuvier, teinturier, paveur, boueur… J'ai bien contribué à faire la butte Saint-Roch, au-delà de l'enceinte de feu le roi Charles V, avec tous les tombereaux d'immondices que j'y ai amenés. J'ai fait cela pour beaucoup de bourgeois…

— Qui se regroupaient pour louer en commun un tombereau… termina Nicolas, qui avait souvent fait appel aux services de ces charretiers réclamant jusqu'à dix deniers pour les lieux les plus éloignés. Et c'est cher… ajouta-t-il en hochant la tête.

— Moins cher que l'amende et la prison, répliqua aussitôt Guillebert, allusion aux sanctions mises en place au cours des vingt dernières années pour lutter contre la négligence et la saleté des Parisiens. Et les dénonciations sont nombreuses.

— Certes…

— Et ce n'est pas cher pour ce travail dégoûtant, dit encore Guillebert, qui avait le souvenir des odeurs nauséabondes de ses chargements, insupportables en période chaude.

— Certes...

— J'ai curé aussi la Seine, où vont beaucoup d'ordures... Dire que les lavandières y battent leur linge !

— Et encore, vous n'avez pas connu la grande inondation de 1373, du temps de feu le roi...

— J'étais enfant...

— Moi, j'avais plus de trente ans... Les flots remplis de troncs d'arbre et d'immondices qui s'engouffraient dans les rues et venelles... J'ai vu des barques rue Saint-Denis et rue Saint-Martin, rue de la Tixanderie et rue Saint-Antoine, et même à Maubert !

— Oui, on raconte que c'est feu le roi qui a fait bâtir nos principaux ponts.

— Le Petit-Pont-Neuf, qui a eu bien des vicissitudes[1], vers la rue de la Harpe, le pont Notre-Dame[2] pour desservir l'hôtel Saint-Pol... Charles le cinquième du nom a bien fait les choses. Mais nous voilà loin de votre histoire !

— J'y viens, j'y viens...

Guillebert avait décroisé ses longues jambes, tiré sur les manches de son pourpoint, un geste, une sorte de tic, quand il avait besoin de se donner du temps. Ses mains étaient massives, les doigts longs et les ongles très propres.

— J'ai aussi navigué sur le fleuve pour les marchands de l'eau[3]. J'ai emmené un jour le jeune roi, avant sa maladie,

---

1. Inauguré en 1387, il s'est effondré cinq ans plus tard et fut reconstruit avant de nouveaux avatars dus à un dégel sévère. La confrérie des teinturiers y avait son siège dans l'une des deux rangées de maisons. Egalement dit « pont Saint-Michel », comme aujourd'hui. Il faisait suite au Pont-aux-Changeurs et reliait la grand-rue Saint-Denis à la rive gauche.

2. Pour remplacer la planche Milbray, entre les rues Saint-Martin et Saint-Jacques et baptisé en 1412.

3. Ils avaient le monopole du transport sur la Seine.

de l'hôtel Saint-Pol au Louvre... Mais j'ai surtout transporté du blé, du vin, du bois, des poissons ou de la viande...

— C'est à cette époque que vous disiez des blasphèmes...

— J'en ai toujours dit... comme mon père !

— Et cela vous a valu des ennuis ?

Guillebert eut soudain l'impression que Nicolas Flamel souhaitait accélérer le récit. Or il arrivait justement au moment où il aurait aimé temporiser. N'allait-il pas livrer un peu de son intimité ? Lui parler de Gilette ?

Brusquement, il se leva. Il était las. A moins que ce ne soit l'hypocras. Puis il se ravisa et reprit place dans la cathèdre aux coussins moelleux.

— Je passerai sur un épisode douloureux de ma vie, déterminant pour la suite de mon existence puisque je décidai de quitter Paris... J'étais sans but et mes premiers compagnons sur les charrières qui m'emmenaient vers le sud n'eurent de cesse de me convaincre de partir, les uns vers Saint-Jacques-de-Compostelle, les autres vers Rome ou même Jérusalem, d'autres encore de m'embarquer sur ces mers lointaines qui faisaient rêver. La vie de vagabond offre une étonnante liberté et j'avoue avoir été grisé... Je pouvais lancer mes blasphèmes aux hirondelles rassemblées pour voler vers d'autres cieux, aux vaches ruminant, l'œil morne, dans un pauvre enclos, au renard ou au lièvre qui traversaient soudain ma route... Et même aux hommes, qui avaient bien d'autres soucis que la loi royale. Foutre sang de Dieu... si vous permettez.

Un beau jour, après avoir traversé Nevers, Moulins, la bonne ville du duc de Bourbon, Clermont, Le Puy et sa cathédrale perchée, il s'était retrouvé sur la route d'Italie. Il ne savait plus trop pourquoi... Sans doute parce qu'un pèlerin lui avait vanté la ville qu'il disait « éternelle » et qu'après avoir passé quelque temps en Avignon il avait voulu en savoir plus sur l'autre pape qui mettait en émoi toute la chrétienté.

— Marcher, marcher, cela lave la tête... On ne pense plus qu'à ses pieds écorchés, qu'à ses jambes qui fatiguent dans les côtes, à ses genoux qui souffrent dans les descentes...

Nicolas Flamel hocha la tête. Il avait fait un seul grand voyage dans sa vie, jusqu'en Espagne, mais à cheval, il était jeune en ce temps-là, et il avait vu à Toulouse, à Roncevaux ou à Punta Arena ces pauvres bougres dont les pieds en sang ne voulaient plus les conduire à Compostelle.

— Rome est une très belle ville, enchaînait déjà le conteur après avoir repris son souffle en buvant quelques gorgées d'hypocras. Mais la malédiction a continué à s'acharner sur moi. Roué de coups par des brigands qui m'ont laissé pour mort, je fus secouru par une brave femme qui m'amena au couvent de San Angelo... Le moine Piccolo m'a sauvé la vie en me soignant jour et nuit ; mortifié par les blasphèmes qui venaient sur mes lèvres de mon esprit embrumé, il ne m'a jamais abandonné et m'a guéri avec autant de patience que d'herbes, qu'il malaxait sans fin dans un mortier. Mais plus encore que cette vie qu'il m'insufflait avec un dévouement extraordinaire, il a fait de moi un autre homme en me donnant la clé du savoir... Il m'a appris à lire pendant que je recouvrais doucement mes forces à l'ombre de la belle église de ce couvent dont les murs sont couverts de peintures qui feraient pâlir d'envie cette diablesse de Bourgot !

— Et puis ?

— Je vais vous ennuyer...

Inquiet soudain, sachant trop comme son interlocuteur pouvait se montrer fantasque, Nicolas Flamel leva aussitôt la main en signe de dénégation.

— Les jambes me démangeaient... je repris mon

balluchon. Mes pas me portèrent encore vers le midi et croisèrent, si je puis dire, ceux d'une nef chargée de marchandises précieuses qui venaient de Venise et partaient pour Constantinople. Je n'en avais jamais entendu parler mais, poussé par je ne sais quelle curiosité attisée par les récits de ces marins, je m'embarquai. Ils avaient raison… Accrochée à ses sept collines comme Rome, cette ville vaut tout l'or du monde et notre Paris paraît bien modeste, comparé à elle !

C'est là qu'il avait appris que des chrétiens s'apprêtaient à se battre contre les Turcs ; il remonta jusqu'à ce fleuve beau comme le ciel, le Danube, et se battit aux côtés du jeune Jean de Bourgogne, qui gagna alors son surnom de « sans Peur ».

— Vous connaissez monseigneur de Bourgogne…

— Sans Peur, oui, répéta Guillebert en hochant la tête, mais incapable d'écouter les conseils de plus vieux et plus expérimentés comme ce pauvre maréchal de Boucicaut. Je retournai ensuite à Constantinople, où j'aurais peut-être pu m'établir. Une femme, Bathilde, qui tenait son nom d'une lointaine ancêtre venue d'Occident [1], m'a apporté quelque apaisement mais n'a pas su me retenir puisque je suis reparti sur un nouveau bateau chargé de joyaux ; nous avons rejoint un port où pullulaient les gens de Venise, Soldaïa, sur le Pont-Euxin [2]… Là à perte de vue des marchandises venues du nord d'un pays qu'on nomme Russie, des mousselines de Mossoul, des gazes de Gaza, des baldaquins de Bagdad, des tapis… Puis avec une caravane de ces animaux à bosses étranges j'arrivai à une autre mer dont je ne sais plus le nom…

---

1. Voir, du même auteur, *Le Mosaïste de Constantinople*, Presses de la Cité, 2004.

2. Actuelle mer Noire.

Nicolas Flamel se leva un instant et prit dans une tour à livres qui se trouvait dans un angle du retrait un manuscrit recouvert d'une reliure de velours rouge. Il l'ouvrit, le feuilleta, s'arrêta enfin à une page.

— Des chameaux... comme ceci ?

— Oui...

Le regard de Guillebert brilla d'un éclat nouveau. Les mains se crispèrent sur le livre dont le parchemin légèrement jauni offrait une image qu'il scruta en plissant les yeux. Deux tentes, telles qu'il en avait vu au cours de son voyage, servaient de décor à des personnages vêtus de blanc qui jouaient les bergers d'un étrange troupeau où moutons et chèvres voisinaient avec l'animal qu'il venait de décrire.

— D'où sortez-vous cela ?

— Je l'ai acheté à un marchand vénitien... répondit Nicolas. Mais que faites-vous ? poursuivit-il, les sourcils froncés, le front marqué d'une profonde ride qui le vieillissait soudain.

— Je m'en vais... Je reviendrai demain.

— Demain ? Mais ce sera la procession...

— Alors après-demain... Y a-t-il urgence à vous dire mes turpitudes ?

Dans la cage, le papegaut s'agita. Perché sur une petite balançoire, il vint cogner le filet d'archal.

— Pape n'est pas content, observa Nicolas Flamel. Je vais vous raccompagner, cela me fera prendre l'air.

— Il commence à faire chaud et cet air n'est pas très agréable, répliqua Guillebert, peu enthousiaste. Enfin, si vous aimez cela...

Il voulait bien se montrer accommodant.

— Il y a longtemps que je suis habitué à l'odeur de la merde de cette ville, répondit le libraire juré, qui avait peu habitué son invité à des propos aussi crus.

Son visiteur le regarda et éclata de rire. Il était finalement heureux de cette compagnie. L'homme ne lui déplaisait pas. Sans doute avait-il autant de secrets que lui, et cela valait quelques sacrifices !

Ils allèrent ainsi en devisant de tout et de rien jusqu'à la Seine, où se succédaient des pontons prévus pour accueillir les marchandises véhiculées sur l'eau. Nicolas Flamel aimait ce fleuve animé et ses ponts maisonnés qui dressaient de loin en loin leurs pignons hauts et étroits ; parfois, par temps calme, quand la Seine se faisait paresseuse, sous un ciel bleu marqué de nuages vaporeux presque aussi bien dessinés que ceux que faisaient les peintres, ces façades se reflétaient dans l'eau. On pouvait voir leurs colombages tracer un lacis sur l'eau et les pignons pointus s'étirer sans fin.

— Poussons jusqu'à Saint-Germain, dit le libraire quand ils furent à hauteur du Pont-aux-Changeurs, puis nous reviendrons par l'hôtel de Bourbon et le Louvre... Claire !

Nicolas Flamel venait d'apercevoir Claire Clerbourc, qui marchait d'un bon pas. Elle se retourna mais ne s'arrêta pas ; partie sur sa lancée, elle dévalait déjà vers la rue de la Sellerie. Elle fit juste un signe vaguement désinvolte aux deux hommes, qui l'observèrent fendant la foule. Guillebert détailla la silhouette élancée à la démarche souple. Une autre s'y substitua aussitôt, une superposition presque parfaite qui le surprit... Quand serait-il guéri ? Lui faudrait-il une autre femme pour exorciser enfin ce souvenir qui l'obsédait ? Ses aventures lointaines n'y avaient rien fait, cette Bourgot n'y ferait rien. Mais cette Claire, dont il cherchait malgré lui la silhouette parmi les passants, aurait-elle un pouvoir d'oubli ?

Perdu dans cette rêverie, il sursauta quand Flamel déclara :

— Une femme pressée a toujours quelque chose à cacher…

— Foutre de Dieu, qu'allez-vous inventer là ?

— Je n'invente rien, je sais… Sur ces îlots bordés de saules et de peupliers que nous appelons l'île Notre-Dame et l'Ile-aux-Vaches [1], il n'y a pas que des troupeaux, vous le savez bien… On y trouve aussi des amoureux, et dame Clairecler y va parfois. Et il y a une bonne adresse pas loin, rue du Roi-de-Sicile, l'auberge du Cheval-Roux…

— Moi qui vous croyais un homme de bien, je déplore ces ragots… Vous voilà un « faiseur de mots » !

— La vérité, foutre de Dieu !

Les gens devant eux se retournèrent tant leurs éclats de rire furent tonitruants. Claire était déjà loin.

— Vous savez où le blasphème m'a mené… observa Guillebert en pointant l'index sur son torse.

— Pas encore, vous ne m'avez pas tout raconté ! Mais n'oubliez pas que les femmes vertueuses sont aussi rares que les cygnes noirs, et comme dit Jean de Meung, « vous toutes serez, êtes ou fûtes putes ». Pardon, ma douce Pernelle, ajouta Flamel en joignant les mains et en regardant le ciel où s'envolait une nuée d'hirondelles.

— Vous aussi, vous allez vous brouiller avec toutes les femmes de Paris !

Laissant le flot de circulation du pont où l'on racontait que les échoppes recelaient moult or et argent, pierres et joyaux, ils s'engagèrent sur le quai de la Saulnerie ; redevenu silencieux, Guillebert parut s'animer un instant quand il dit à son compagnon :

— J'ai vu des montagnes de sel…

---

1. L'île Saint-Louis.

Mais lorsque Nicolas Flamel répondit par un regard interrogatif, il se referma, comme il le faisait souvent. Le libraire n'insista pas. Malgré son impatience naturelle, il attendrait que l'autre veuille continuer son récit.

Un homme les interpella d'une barque où il se tenait debout :

— J'ai bons merlans frais et salés…

— Il ne sent pas bon, son poisson, dit Guillebert, qui ajouta : Enfant, j'ai pêché dans le fossé de l'enceinte de feu le roi !

— De bons poissons ?

— Ma mère disait que c'étaient des gâteaux d'arêtes !

Tous deux éclatèrent encore de rire. Ils longeaient For-L'Evêque, l'enclos épiscopal, où il y avait un tribunal et une prison, la plus ancienne de la ville, et l'hôtel de Bourbon se profilait déjà, une bâtisse presque carrée séparée du palais du Louvre par la rue d'Autriche.

Nicolas Flamel était toujours impressionné quand il passait à proximité de l'énorme bâtiment carré et cantonné de tours multiples que feu le roi Charles V avait fait construire autour du vieux donjon de son aïeul Philippe Auguste. Tout avait été pensé pour offrir une image de pouvoir et d'autorité. Les prisonniers de marque étaient d'ailleurs enfermés dans la Grosse Tour et il y avait une tour dite « des Joyaux » qui recelait les trésors de la couronne.

— J'aime cet endroit, précisa Nicolas en désignant l'espace alentour, relativement dégagé autour du château isolé au nord et à l'ouest par des jardins, ce qui le rendait encore plus imposant.

Tout près, l'enceinte du roi Charles V marquait aussi la limite de la ville avec ses courtines et ses tours. Nicolas Flamel se souvenait très bien de la manière dont feu le roi avait voulu, au début de son règne, mettre en sécurité les habitants de Paris pour les soustraire aux attaques incessantes des routiers. Il faut dire qu'il y avait beau temps que les Parisiens avaient débordé au-delà de la vieille enceinte du roi Philippe Auguste ! Le monarque avait taillé large en prévoyant des espaces libres qui restaient bien lisibles encore à l'est avec des jardins allant du Temple au logis Saint-Pol[1], où Charles V aimait habiter comme aujourd'hui son fils.

Là, à l'occident, autour du Louvre qui n'était à l'origine qu'une tour de l'enceinte précédente, il y avait encore de l'espace. Mais sans doute ne faudrait-il pas beaucoup de temps avant que des maisons bien serrées s'y dressent et que les parcelles s'y comblent. Ils s'arrêtèrent un instant près de la tour du Coin, qui faisait justement partie du dispositif défensif de Philippe Auguste[2] ; la nuit, depuis des lustres, on tendait des chaînes jusqu'à la tour de Nesle, sur l'autre rive. Là, l'hôtel de Nesle[3], offert par le roi à son oncle Jean de Berry, comprenait un groupe de bâtiments impressionnants, eux aussi, en limite ouest de la ville, à deux pas des Augustins et de l'abbaye de Saint-Germain-des-Prés, au-delà de la porte de Buci. Il bénéficiait d'un environnement de campagne.

En clignant des yeux car le soleil déclinant au-dessus de la Seine les éblouissait, ils observèrent les faucheurs aux jambes nues qui maniaient en cadence leur outil efficacement aiguisé. Non loin, deux faneuses en cotte bleue et les pieds nus retournaient le foin avec leur long râteau de bois.

Une barque s'amarra devant eux, silencieusement. Deux hommes en descendirent pour se diriger vers une petite porte dans la muraille extérieure du Louvre. Des chiens vinrent

1. Ce sont ses activités maraîchères qui ont donné son nom au Marais.

2. A la fin du XIIe siècle, Philippe Auguste avait fait construire autour de Paris des murailles avec des poternes et soixante et onze tours rondes, dont le donjon central du Louvre.

3. A l'emplacement de l'Institut.

renifler leurs chausses, rompant le charme de la méditation des deux promeneurs.

Sans bruit, juste quelques clapotis discrets, après avoir chargé une femme et un enfant, la barque traversait de nouveau le fleuve paisible et déposerait bientôt ses passagers sur la rive gauche, à deux pas de l'hôtel de Nesle.

Décidément songeur, Nicolas Flamel la regarda, puis dit, presque à regret :

— Il est temps de rentrer...

— Certes...

Le soleil avait encore décliné et quand ils se quittèrent, presque à la tombée de la nuit, la chandelle de la tour de Nesle était allumée ; Guillebert refusa l'invitation du libraire juré de se joindre au groupe qu'il conduirait à la procession.

— Je ne sais si je participerai, j'ai beaucoup de mal à retourner dans ces lieux qui me furent chers... C'est pour cela que je suis parti si loin !

Et devant la mine dépitée de son compagnon il ajouta :

— C'est peut-être aussi pour cela que je suis revenu... Ne désespérez pas, la nuit porte conseil.

Un croissant de lune pointait dans un ciel dont le bleu avait pris de la profondeur. Les nuages blancs comme neige s'en étaient allés. Quel temps ferait-il le lendemain ? Guillebert espéra soudain que le soleil accompagnerait la lente théorie de ces hommes et de ces femmes qui croyaient qu'en promenant des reliques et en priant ils obtiendraient la guérison de leur roi. Une naïveté qu'il ne voulait aucunement partager ! Et pourtant, il avait tellement envie d'un monde meilleur...

— Quel drôle d'homme ! murmura Nicolas Flamel en lui tournant le dos pour rentrer enfin chez lui.

— Viande fraîche bien accommodée et sauce à l'ail en quantité... vanta dans son dos un aubergiste, sous son enseigne affichant un jeu de mots typique de l'esprit parisien : *Au Puits sans Vin*[1].

Nicolas Flamel aimait cette ville et ses habitants. Il avait même composé un poème où il avait réuni tous ces traits d'humour qui aidaient ces hommes et ces femmes à surmonter les difficultés de la vie. Il promenait ainsi son lecteur du *Bon Coing* à *L'Epi Scié*, en passant par *Le Singe en Baptiste* ou *Le Cygne de Croix*[2].

Quand le libraire fut au bout de la rue, il entendait encore le tavernier héler les passants.

---

1. « Au puissant vin »...
2. Bon Coin, Epicier, Saint Jean-Baptiste, Signe de Croix...

# 15

Simon ouvrit un œil. Jamais il n'avait entendu autant de cloches à la fois. Tous les sonneurs des églises de la ville, et Dieu sait qu'il y en avait autour de la rue des Orfèvres, rivalisaient pour annoncer l'événement auquel personne ne pourrait rester insensible. L'appel de la reine, relayé par le clergé, trouvait ainsi un écho répercuté de loin en loin dans toute la cité. Simon n'était pas depuis assez longtemps dans le quartier pour distinguer les sonneries les unes des autres, mais il était sûr que Pierre, le premier ouvrier de l'atelier, saurait rendre sa cloche à chacune des églises avoisinantes : Saint-Eustache, Saint-Germain, Saint-Jacques, Sainte-Opportune...

Huc grogna en s'étirant :

— Quel vacarme !

— Il faut se lever, répliqua Simon en se dressant sur la paillasse partagée avec l'autre apprenti de Jean Clerbourc. Aïe...

Comme souvent le matin, mal réveillé, il s'était cogné la tête contre la charpente du galetas qui leur servait de retrait.

— Mon pauvre Simon, ricana aussitôt Huc, toi qui n'as déjà pas de tête, si en plus tu te la casses !

— Lève-toi donc… dit Simon, furieux. Le maître va nous gronder. Préparons-nous !

Joignant le geste à la parole, il s'était déjà emparé du pourpoint que Claire lui avait acheté la veille chez un fripier de la rue des Lombards pour qu'il fasse honneur à l'atelier. Huc avait eu droit au même.

Simon enfila vivement les chausses assorties mi-parties bleu et vert, puis ses souliers dont le cuir était très fatigué et passa le seuil. Huc l'entendit dévaler l'escalier. Les cloches sonnaient de plus belle, mélangeant les sons graves et les aigus, les carillons légers et les bourdons tristes.

— Tu es beau !

Pernelle avait surgi soudain derrière Simon, qui s'était immobilisé au milieu de la cour pour ajuster son pourpoint d'un vert qu'il avait tout de suite rapproché des émeraudes de son trésor.

— On est tous beaux…

Sur le pas de la cuisine, Madeleine arborait aussi une cotte neuve qui masquait ses rondeurs grâce aux échancrures très marquées du surcot. Elle tendit vers Pernelle puis Simon une corbeille remplie de boules de pain à la croûte parfaitement dorée. Elle se demandait bien d'ailleurs pourquoi Lambert avait été si empressé d'aller les quérir chez le talemelier de la rue Thibaud-aux-Dés ! Avec un bel entrain, ils y plantèrent des dents voraces et mastiquèrent en faisant des grimaces.

— Il est temps d'y aller… Où est Huc ?

Jean et Claire venaient d'apparaître, eux aussi. Pernelle sut aussitôt que son père n'était pas de bonne humeur. La raison en était que Claire portait une robe très simple mais très ajustée d'un rouge orangé, dont le décolleté était trop généreux au goût de son mari. Il mettait certes très en valeur sa peau blanche, mais sans doute trop.

« Indécent pour une procession ! » avait lâché Jean en suggérant qu'elle y ajustât une barbette de coton. La discussion s'était envenimée quelques instants plus tôt mais Claire n'avait pas cédé, renvoyant son mari à son pourpoint de futaine groseille, une serge coûteuse dont elle avait critiqué l'achat, quelques jours auparavant.

Etait-ce le moment de discuter de ces extravagances vestimentaires qui témoignaient aussi de la fulgurance de modes onéreuses, à l'image peut-être aussi des désordres de la société que le roi malade ne cherchait plus à endiguer ?

Sous le regard critique de Jean, Claire avait posé délicatement une huve sur ses cheveux retenus en macarons à hauteur des oreilles, tandis qu'une troisième natte faisait le tour de sa tête ; la voilette empesée retombait autour du visage de façon assez gracieuse. Elle y avait ajouté un fin cercle d'orfèvrerie et elle arborait au poignet droit un bracelet en or, orné d'un fermail typique de l'atelier de son mari, avec six perles autour d'un petit rubis. Il avait réalisé le même en plus somptueux avec un diamant pour la reine Isabeau, à l'occasion des étrennes précédentes. Celui-ci montrait entre deux rangs de perles une inscription en lettres gothiques.

— Et moi, je ne pourrais pas avoir un petit bracelet ? demanda Pernelle en louchant sur celui de sa mère.

Jean répondit par une question :

— Où est Lambert ?

— Il travaille, dit Pierre qui sortait à l'instant de l'atelier.

— Il travaille ? Qu'est-ce à dire ?

Jean avait, comme sur un plateau, un deuxième sujet pour entrer dans une de ces colères que sa famille et ses ouvriers redoutaient.

— Lambert ! appela Pierre d'un ton peu convaincu.

Le garçon l'avait déjà envoyé promener quand il lui avait fait remarquer que son père ne serait pas content.

Jean traversa la cour à grands pas et se posta sur le seuil de l'atelier.

— Tu veux ruiner mon crédit ?

— Je travaille... N'est-ce pas meilleur pour ton crédit ? J'avance cette commande de la reine. Regarde mes dessins !

— Peut-être, mais qui peut comprendre que tu n'ailles pas prier pour la guérison du roi ?

— Parce que tu y crois ? « Frapper les oreilles de Dieu et des saints », comme dit le crieur ?

Lambert éclata d'un rire franc qui laissa Jean pantois ; vaguement désemparé, il chercha de l'aide auprès de Claire. Mal lunée depuis l'affaire de la cotte, elle ne semblait pas prête à lui en offrir.

— Mécréant ! s'écria Jean avec une pointe de méchanceté. Tous les maîtres y seront et toi, tu te caches... J'ai honte ! J'espère au moins que tu n'iras pas retrouver ta maîtresse dans ce Paris désert ! Une putasse que tu caches soigneusement...

Lambert s'était levé soudain et planté devant son père.

— Tu retires immédiatement ce que tu viens de dire, sinon...

— Sinon ?

— Sinon je quitte cet atelier et je vais travailler avec ton concurrent d'en face. Il me paiera, lui au moins, et cela fera plaisir à maman. Mais j'emporte aussi la commande de la reine.

Jean ne vit pas que Claire passait subitement le bras sous celui de Madeleine et fuyait en quelque sorte. Il était hors de lui ! Il avait l'impression que tout se brouillait dans sa tête. Que signifiaient les allusions de son fils ? Sa femme, certes... Mais cette commande d'Isabeau de Bavière qui faisait sa fierté, il ne pouvait la perdre, il en mourrait !

En un éclair, il se revit en révolte contre son père quand il avait vingt ans. Il mit la main sur la pierre qui servait de montant à la porte ; elle était fraîche. Une fraîcheur qui soudain le pacifia. Il respira profondément. Près de lui, indécis et malheureux, Pierre restait les bras ballants ; Huc, enfin arrivé, boutonnait le dernier noyau de son pourpoint. Presque tranquillement, Lambert s'était remis à ses dessins. Il conservait une légère rougeur sur ses pommettes assez saillantes. Une marque de famille.

— Bien, dit enfin Jean, vaincu. Allons-y.

Il referma doucement la porte qu'il mourait d'envie de claquer quelques instants plus tôt. Il y avait de ces jours où il envisageait de tout laisser tomber ! Il eut soudain une tendre pensée pour Bourgot ; elle, au moins, le comprenait, même si elle était aussi putasse que la maîtresse de son fils ! Une bouffée de jalousie le saisit. Il détestait cet Arnaud, qui le lui rendait bien. Ils devaient tous l'admettre, Bourgot n'appartenait à personne.

Les femmes les attendaient dans la rue. Agacé de la voir parler avec son principal concurrent, Lubin Barbedor, Jean prit vivement le bras de Claire et l'entraîna d'un bon pas vers la Seine et le quai de la Saulnerie. Pernelle, Madeleine, Pierre, Huc et Simon les suivaient. Ils traversèrent le rue des Arcis, au rythme allègre des cloches de Saint-Jacques.

— Denis doit s'en donner ! dit Jean en levant la tête vers le clocher.

Tout le monde dans la maison Clerbourc en connaissait le sonneur, qui était le frère de Madeleine.

— Lui qui avait mal au dos la semaine dernière doit souffrir, dit la servante en regardant d'un air inquiet la tour carrée et massive.

— Qu'il offre cette douleur pour le roi ! répliqua Pierre.

— Voire, ce n'est pas le roi qui viendra le remplacer s'il

ne peut plus tirer les cordes, et alors qui nourrira sa femme et ses enfants ?

— Pressons...

Lubin Barbedor était sur leurs talons, avec ses ouvriers et apprentis. Il n'avait pas de famille ; sa femme était morte quelques années plus tôt et il n'avait pas refait sa vie, du moins pas officiellement. Jean n'appréciait pas son concurrent, qui décrochait parfois des commandes convoitées, et si Claire le ramenait aux réalités en lui disant : « Tu ne peux pas tout faire... », cela l'agaçait plus que de raison. Il croisa son regard sans aménité. Il eût bien aimé qu'il ne profitât pas, en plus, du décolleté de son épouse !

Plus ils approchaient du Châtelet, lieu de rassemblement, plus la foule se faisait dense et plus les maisons arboraient de tentures ou même de tapisseries posées sur les bordures des fenêtres, sans oublier les oriflammes et bannières aux armes du roi.

— Nous devrons nous faufiler, dit Jean en se frayant un chemin dans la foule.

— Il y en aura pour tout le monde ! lança une grosse matrone au regard méchant et qui n'entendait pas être bousculée.

— Il y en a toujours qui sont plus pressés que les autres, répliqua un homme dont la stature râblée et costaude aurait découragé le moindre interlocuteur vindicatif.

Indifférent aux mots des uns et des autres, Jean continuait à avancer. Il avait pris la main de Claire ; Pernelle serrait celle de Simon, vaguement intimidé. Heureusement, elle en faisait autant avec Huc, qui devait être transporté de bonheur. Pierre et Madeleine suivaient.

— Nous allons remonter jusqu'à la place de Grève, dit Jean, pour voir arriver depuis la Maison des Piliers le cortège de la reine. Nicolas Flamel m'a indiqué qu'elle vient de l'hôtel Saint-Pol.

La circulation n'était guère facile au bord du fleuve, car confluaient là des cortèges venus de chaque paroisse. Un chariot, traîné par un cheval blanc avec un cocher en cotte rouge, s'arrêta près d'eux. Une dizaine de personnes en descendirent en s'ébrouant.

— J'ai cru que jamais on n'arriverait, dit un homme en époussetant son pourpoint.

— Depuis la porte Saint-Honoré, on aura bien mis une heure ! répondit son voisin tandis que le lourd chariot s'ébranlait bruyamment, les roues crissant désagréablement sur le sol pavé.

Cela faisait deux siècles que le roi Philippe Auguste, las de la boue et des ornières, avait lancé l'empierrement des rues. Une tâche qui était loin d'être achevée mais qui avait transformé et assaini, au moins, les plus passantes des chaussées.

— Voilà l'évêque ! cria Pierre dont les cheveux blancs s'envolaient dans le courant d'air du bord de l'eau.

En effet, de la planche Milbray [1] à peine achevée, certains pignons portant encore des échafaudages, arrivait une troupe bien constituée autour de monseigneur d'Orgemont, qui prendrait la tête du cortège devant la reine et les princes. Aux premiers rangs de ce groupe qui s'était un peu effiloché, sans doute au passage du pont, des enfants tentaient de rivaliser avec les cloches de Notre-Dame et des églises de l'île de la Cité, Saint-Denis-la-Chartre, Saint-Landry ou Saint-Magloire, en chantant sous la direction d'un chef de chœur dont les bras battaient une cadence énergique. Un clergé nombreux en aube blanche suivait, formant une tache presque immaculée encadrée des laïcs en pourpoints au contraire multicolores, porteurs de

1. Aujourd'hui pont Notre-Dame.

longues hampes de bois couronnées de cages métalliques ouvragées d'où émergeaient des cierges.

Venaient ensuite quelques musiciens, eux aussi prêts à en découdre avec la rude concurrence des cloches que personne ne songeait à faire taire tant il fallait « frapper les oreilles de Dieu et des saints ». Les joues gonflées des trompettistes disaient assez l'énergie qu'ils déployaient en songeant peut-être à leurs lointains prédécesseurs de Jéricho. Moins ambitieux sans doute étaient les joueurs d'orgue portatif, de viole ou de psaltérion, ou encore les flûtistes. Chacun apportait sa note en toute humilité dans ce groupe hétéroclite précédant un dais de velours bleu fleurdelisé sur lequel avaient été répandues des fleurs blanches et rouges. Les hampes de bois étaient solidement maintenues par quatre gaillards encadrant des clercs en aube blanche et chapes de couleurs différentes qui portaient sur leurs épaules un brancard recouvert de brocart doré.

Là était posée une châsse que Jean Clerbourc avait réparée, quelques années plus tôt. Il en avait apprécié la richesse des pierres précieuses, à laquelle beaucoup de rois avaient contribué pour rehausser le précieux reliquaire contenant les restes de saint Marcel, l'un des premiers évêques de la ville. Derrière, une deuxième châsse était portée par d'autres clercs, c'était celle de sainte Geneviève. Celle-ci avait dû être sortie du chœur de Notre-Dame, où elle était conservée d'habitude, et transportée la veille sur la montagne, où le chapitre de l'abbaye Sainte-Geneviève l'avait vénérée toute la nuit avant de la ramener pour participer à la procession par la grand-rue Saint-Jacques et le Petit-Pont. Ce rite avait lieu plusieurs fois chaque année, en l'honneur de la sainte patronne de la cité.

Monseigneur d'Orgemont venait derrière, au milieu d'une suite impressionnante de clercs. Assez grand, il portait fièrement la mitre que lui avaient offerte, pour les étrennes, les drapiers d'or et de soie de la ville. Les deux pans avaient été brodés rue Vieille-du-Temple, comme la riche chasuble de soie rouge. Des atours qui donnaient grande allure au premier clerc de la cité.

Guillebert n'avait pu résister à la tentation de voir cette manifestation extraordinaire où chacun prétendait jouer son rôle dans la guérison du roi. Après une nuit agitée, il était même allé rôder près de l'enseigne *Aux Couleurs de Bourgot*, pestant contre le sort qu'elle lui avait jeté ; il avait rêvé au petit matin de Claire rencontrée dans l'Ile-aux-Vaches, nue, tout auréolée du soleil levant qui soulignait ses formes voluptueuses. Réveillé enfin, la bouche pâteuse, la tête lourde, il avait soudain décidé de ne pas rester terré rue des Fossés-Saint-Germain. Une idée subite l'avait même sorti de sa paillasse. Et si dans toute cette foule il y avait Gilette ? Un grain de sable dans le désert ? Mais pourquoi ne plus espérer ?

Les premières personnes qu'il reconnut furent Nathalène et Honoré. Le couple de talemeliers le salua avec chaleur et, quand il leur demanda des nouvelles de Martille, il eut droit à un déluge de paroles désolantes.

— Bref, elle est absente... conclut Nathalène.

— Nous faisons cette procession aussi pour elle et son petiot, ajouta Honoré, mais elle n'est plus que l'ombre d'elle-même. La ventrière est inquiète !

— Je prierai aussi pour elle, dit Guillebert en guise d'adieu.

Il préférait être seul et alla se poster près du couvent des béguines, rue de l'Archet-Saint-Paul. Il y arriva juste à l'instant où le cortège princier était enfin annoncé par les sergents aux couleurs royales venus vivement se mettre en place le long du trajet qu'il suivrait en direction du Châtelet. Il ne fallut pas attendre longtemps pour que l'effervescence s'emparât de la rue et que les premiers cavaliers apparaissent. Montés sur des palefrois gris dont les caparaçons étaient à leurs couleurs, les princes avançaient en tête.

Guillebert n'aurait pas été capable de tous les identifier mais, autour de lui, la foule savait et criait les noms, déclenchant des ovations plus ou moins marquées selon la popularité des princes. D'abord le prince Louis d'Orléans, le frère cadet du roi, dont le cheval arborait une housse azur fleurdelisé, crénelée d'argent, pour la différencier du blason royal. Prudente, la foule, qui nourrissait à son égard des sentiments contradictoires, se retint de manifester bruyamment. Objet favori des rumeurs, cet homme fier au beau profil de médaille pouvait-il vraiment être soupçonné d'être jaloux du roi ? Ou taxé d'un penchant inquiétant pour la magie, la sorcellerie et toutes les diableries dont serait aussi capable son épouse Valentine Visconti, sans oublier le jeu, où il se ruinait ?

— Il a mis son beau harnais doré à l'or fin et semé de porcs-épics et de feuilles d'ortie, dit un homme à côté de Guillebert.

— Il aime tout ce qui pique ! répondit la femme à qui il montrait l'objet en pointant le doigt.

— C'est nous qui l'avons fait, à l'atelier, ajouta l'homme en se rengorgeant.

— Avec nos impôts, les princes peuvent s'offrir des caprices, commenta une voix grave derrière eux.

— Si cela permet de nourrir mes enfants, c'est bien et c'est beau ! répliqua béatement la femme, sur qui la fierté du mari semblait rejaillir. Qu'il est mignon !

Elle désignait près du duc d'Orléans un garçonnet aux cheveux blonds sur un cheval plus petit que les autres dont les rênes étaient tenues par un valet en livrée fleurdelisée.

— Place, place ! cria un sergent en faisant signe à la

foule massée devant les échoppes dont les lourds volets de bois avaient été dissimulés sous des tentures colorées.

— Monseigneur de Guyenne ! lança une femme en agitant la main.

— Honneur et révérence pour monseigneur de Guyenne ! hurla un homme en agitant une oriflamme aux couleurs du roi.

— Vive le duc de Touraine ! répliqua un jeune garçon, en désignant l'autre petit prince, qui suivait sur un cheval identique à celui de son frère.

Autour des héritiers du roi, leurs grand-oncle et cousin constituaient une protection rapprochée. Jean de Berry, monté sur un lourd palefroi assorti à ses cheveux grisonnants, avait une prestance sans doute due à son âge mais aussi à une habitude de paraître devant des foules qu'il convenait d'impressionner. Le pouvoir reposait aussi sur ces images superficielles. Le duc de Bourgogne, Jean que l'on disait « sans Peur » mais qui portait toujours sous ses robes de velours vermeil semé de feuilles d'or une cotte de mailles, maîtrisait avec art un cheval bai plus fougueux.

Immédiatement derrière eux, la litière de la reine était attelée de quatre beaux mulets blancs et de deux coursiers tout aussi immaculés. La caisse de bois doré, rehaussée de caissons bleu fleurdelisé, était recouverte d'un « ciel » en toile vert, blanc et vermeil aux couleurs du roi, dont la devise *JAMAIS* avait été brodée autour de cerfs-volants, ses emblèmes. Une manière d'associer le roi, beaucoup trop faible pour participer à l'événement.

Installée au fond de la litière sur des coussins assortis, la reine était accompagnée de la petite princesse Catherine et de Charles, un bambin aux boucles blondes[1]. C'était la

1. C'est cet enfant né en 1403 qui régnera finalement sous le nom de Charles VII, puisque ses quatre frères aînés meurent avant leur père.

première fois que Guillebert voyait d'aussi près Isabeau de Bavière, dont on avait dit autrefois que le roi l'avait choisie parce qu'elle était la plus belle des trois princesses qu'on lui avait données à épouser. Il l'avait aperçue de loin, comme beaucoup de Parisiens, lors de son entrée solennelle dans la ville, quelque temps après son mariage, mais ses souvenirs étaient confus. Sa blondeur mettait en valeur une délicate carnation et sa cotte bleue complétée d'un surcot cachait les formes généreuses d'une femme qui avait déjà donné naissance à onze enfants et dont on murmurait qu'elle était encore enceinte.

La foule apparaissait réservée. Un silence respectueux, qui traduisait peut-être une certaine défiance vis-à-vis d'une femme que l'on disait frivole et cupide, ballottée sans volonté entre les membres de sa belle-famille. Certains prédicateurs avaient même déclaré en chaire que la déesse Vénus régnait seule à sa cour, avec l'ivresse et la débauche pour lui servir de cortège, « maudites et infernales suivantes qui corrompent les mœurs et énervent les cœurs ». Mais fallait-il croire les rumeurs ? Et les absences du roi n'étaient-elles pas une excuse ? Et déjà trois enfants portés au cimetière !

La deuxième litière transportait une très jeune femme qui, elle, pouvait sûrement exciter la pitié.

— Une pauvre princesse, chuchota une femme près de Guillebert.

— Dis plutôt une pauvre reine, répliqua un homme.

— Qui est-ce ? interrogea Guillebert.

— Isabelle, la veuve de feu Richard, le roi d'Angleterre.

— Elle ressemble à sa mère...

— Comme les autres, regarde !

Il s'agissait des deux princesses Marie et Michelle, blondes comme leur mère et qui imitaient la coiffure d'Isabeau avec leurs nattes ramenées en boucle au niveau des oreilles. Sur leur cotte blanche, elles avaient endossé des surcots bleu fleurdelisé.

Mais l'attention, certes encline à une certaine pitié pour la jeune Isabelle et à un vrai respect pour les enfants du roi, se détourna de la fille aînée du roi pour se reporter avec avidité sur une autre litière ; celle qui transportait la fameuse Valentine, dont la réputation sulfureuse passionnait autrement la foule.

Brune, elle arborait une cotte brodée dont le vert émeraude était rehaussé de passementeries et surtout semé de perles et de paillettes. Gracieuse, elle saluait la foule des deux mains, donnant l'occasion aux pièces d'orfèvrerie cousues sur ses manches de cliqueter délicatement. Guillebert vit aussi qu'elle portait une large ceinture de soie agrémentée d'une boucle et d'un mordant d'or orné de pierres précieuses. Une vraie enluminure de mode.

— *Viva la piu bella*, murmura près de lui un homme très mince presque aussi grand que lui et vêtu de façon voyante, en violet et vert.

Amusé, Guillebert le dévisagea. L'autre le regarda à son tour et répéta :

— *Viva la piu bella*...

La litière avait avancé de quelques pas en se balançant légèrement, tirée par les mulets noirs dont les housses étaient finement brodées de porcs-épics et d'orties d'or.

— *La piu bella*, répéta pour la troisième fois ce grand maigre qui observait à son tour Guillebert. Vous ne trouvez pas ? Bandini, Orlando Bandini, du duché de Milan, pour vous servir, messire !

L'autre avait plongé dans une de ces révérences ridicules comme Guillebert savait qu'il s'en pratiquait autour des princes, au point que les chaperons, prestement enlevés, en étaient usés. Il avait sans doute devant lui un de ces « flageoleurs », comme on appelait parfois ces flatteurs qui savaient jouer tous les airs de viole à ceux qu'ils souhaitaient honorer avec force genoux en terre, guettant sans faiblir jamais l'occasion d'atteindre l'oreille de leur seigneur. De ceux qui excusaient avec servilité tous les défauts des princes. Il y en avait tant à la cour !

— Si, si… fit Guillebert dont les yeux étaient revenus au cortège où, parmi les nombreux cavaliers, il reconnaissait maintenant Clisson, l'imposant connétable, au milieu d'une cour qui disait assez son rôle dans la maison du roi.

— Et vous, qui êtes-vous ? continuait son voisin dont le pourpoint de beau velours trahissait une aisance évidente.

— Guillebert, mais pas pour vous servir… ricana l'interpellé, qui avait conservé son chaperon bleu ciel bien vissé sur sa tignasse blonde.

Autour d'eux se dessinait un mouvement pour suivre les officiels dans une bousculade qui dénotait le désir de chacun de marcher le plus près possible de la reine et des princes. Et Bandini n'était pas le dernier, jouant habilement des coudes pour se rapprocher de la *piu bella*. Sa tête, coiffée d'un chaperon parme offrant un dégradé soigné par rapport au violet du pourpoint, dominait les gens qui l'entouraient. A quelques pas, Guillebert suivait, lui aussi plus grand que le commun des mortels, mais d'une blondeur qui contrastait étrangement avec la chevelure sombre de l'autre. Ce dernier était parvenu à hauteur de la litière de Valentine Visconti. Guillebert vit que la haute silhouette se penchait vers la princesse.

Une forte odeur de crottin se mêla aux effluves habituels de la rue. Guillebert sourit et murmura :

— A être trop près des princes, on en récolte la merde…

Instinctivement, il s'arrêta et se laissa dépasser par la foule avide de côtoyer ceux qu'elle appelait « les grands du monde ». Il préférait regarder le défilé où il verrait peut-être surgir Gilette, à jamais *la piu bella* pour lui !

Ses yeux n'en finissaient pas de dévisager ces femmes qui buvaient du regard les puissants, et le contraste était étonnant entre cette foule simplement vêtue d'étoffes aux couleurs éteintes et ces importants flamboyant de tons somptueux, vrais artifices d'une mise en scène du pouvoir. Un décalage qui trahissait le fossé entre les uns et les autres.

# 16

Claire poussa un soupir de soulagement quand elle aperçut l'enseigne de l'atelier dont l'or avait perdu depuis longtemps son éclat avec la tombée du soir. Ils étaient épuisés. La journée avait été éprouvante... Marcher n'était rien, mais piétiner comme ils l'avaient fait dans cette procession qui n'en finissait pas, où les premiers revenaient déjà alors que les derniers avaient à peine dépassé l'enceinte du roi Charles V...

La reine Isabeau pouvait être satisfaite. Son entreprise avait été couronnée de succès et il était impossible que Dieu reste sourd à la prière de ce royaume ainsi mobilisé derrière ses clercs et ses reliques. On disait que les prélats avaient organisé partout de telles manifestations à l'invitation des messagers envoyés dans tout le royaume par Olivier de Clisson. Bien rares étaient ceux qui n'avaient pas dû obtempérer aux ordres du connétable, dont on connaissait le caractère impitoyable, prêt à tout pour le roi.

— Je ne ferai pas un pas de plus, marmonna Madeleine, à qui Pierre avait donné galamment le bras sur le chemin du retour.

— Moi non plus... dit une voix claire.

C'était une des jumelles, les filles aînées des Clerbourc, qu'ils avaient retrouvées à Saint-Denis avec leurs époux respectifs et qu'ils ramenaient à la maison. Marie s'accrochait au bras de son mari, Raoulet, et derrière elle sa sœur Audine, dont la ressemblance avec elle était hallucinante, avait même enlevé ses fines chaussures de cuir pour finir pieds nus, au grand dam de son époux Thomas, qui lui prédisait les pires ennuis. Les détritus ne manquaient pas pour se blesser !

Jean Clerbourc tenait la main de Pernelle, qui disait aussi avoir très mal aux pieds. L'orfèvre était heureux, comme tous, de rentrer. Heureux aussi parce qu'il avait eu le plaisir d'apercevoir de près la reine devant le Châtelet et qu'elle arborait un de ses colliers en or émaillé, perles et pierres ; deux chaînes parallèles où alternaient anneaux d'or et perles, et surtout rehaussées de médaillons dont le plus gros, au centre, présentait une dame parée de blanc tenant un fuseau. Jean avait particulièrement veillé à la réalisation de ce dernier ; la dame était drapée avec une rare élégance, sa tête émaillée de vert et le cercle de feuillages vraiment réussi.

Il avait même saisi le regard torve de son concurrent, Lubin Barbedor, posé sur le bijou très voyant, et cela l'avait rempli d'un contentement que d'aucuns auraient qualifié de peu chrétien. Mais en affaires il ne fallait pas faire de sentiment, et la menace de Lambert était encore trop présente à son esprit pour qu'il ait la moindre indulgence à l'égard de son voisin, dont il ne niait pas le talent. Il rentrait d'ailleurs lui aussi, au même instant, dans son échoppe de l'autre côté de la rue. Jean lui fit un bref signe de la tête avant qu'il ait passé le linteau où il avait accroché une enseigne flambant neuve quelques jours plus tôt. Jean ne l'avait pas vu d'un bon œil, d'autant plus qu'il était persuadé que l'objet venait de l'atelier de Bourgot !

— Je suis rendue ! dit Claire en poussant enfin la porte qui, à côté de l'échoppe, donnait accès à la maison.

Avec courtoisie, Guillebert l'aida à mouvoir le lourd vantail que le père de Jean avait fait réaliser autrefois avec des pentures particulièrement solides pour prévenir toute incursion. La sécurité était essentielle pour un orfèvre dont les matières premières si précieuses excitaient les appétits des voleurs. Dans la façade à pans de bois, les rares ouvertures de petites dimensions étaient munies de grilles comme la large baie de l'échoppe, dont les épais volets de bois n'avaient pas été enlevés, comme toujours le dimanche.

Guillebert se retourna. A trois pas en arrière, Simon arrivait à son tour devant la maison, accompagné de Huc avec qui il n'avait cessé de se chamailler toute la journée, au grand dam de Jean. Guillebert le regarda avec une certaine tendresse, percevant soudain combien le garçon lui avait manqué au cours de ces semaines.

Il l'avait vu surgir de la foule, quelques heures plus tôt, aux côtés de son maître d'apprentissage et quand il l'avait appelé, étonné un instant par ces retrouvailles fortuites, Simon s'était jeté dans ses bras avec une spontanéité qui l'avait touché. Guillebert avait trouvé dans cette étreinte une sorte de sérénité et mesuré subitement toute la vanité de sa quête incessante du passé alors que l'avenir avec Simon pouvait sans doute encore lui apporter quelque bonheur. Il n'oublierait pas pour autant Gilette, que la procession ne lui avait pas rendue. La reine espérait la guérison du roi ; lui avait espéré le miracle de Gilette. Il n'avait pas eu lieu, il n'y avait plus qu'à souhaiter un résultat bénéfique pour le roi.

Maîtrisant sa joie, il avait regardé le garçon, les mains posées sur ses épaules. Il avait grandi, lui semblait-il, et peut-être forci, mais le visage et ses pommettes hautes conservaient cette étrange vivacité qui en faisait le charme. Et les yeux sombres en amande le dévisageaient avec cette interrogation qui ne l'avait plus jamais quitté depuis la mort de son père.

— Vous souperez bien avec nous... dit alors Claire avec un sourire tel qu'il ne put résister.

La journée avait été riche en rencontres pour le couple d'orfèvres. De Nicolas Flamel à Olivier de Clisson en passant par l'étrange Milanais qui avait voulu démontrer à Jean Clerbourc qu'il était au mieux avec Valentine Visconti. Il avait fallu toute l'adresse de l'orfèvre pour se débarrasser de Bandini, qui avait pris le bras de Claire, puis celui de Pernelle, et avait cherché à se rendre indispensable à tout prix. Il avait encore promis une grosse somme d'argent pour conclure enfin leur marché. Méfiant, Jean n'y croyait guère, même s'il tenait la marchandise prête à être livrée.

Simon, qui avait eu une enfance nomade, appréciait la maison douillette de Claire, et surtout cette grande pièce qui servait tout à la fois de cuisine et de salle à manger. Assez basse, avec son plafond à poutres sombres, ses murs de teinte ocre décorés quelques années plus tôt de peintures au pochoir aux motifs géométriques semés de quelques menus animaux et de *C* rappelant le poinçon des Clerbourc. Cette initiative avait fort déplu à Jean, qui supportait mal que son épouse transformât la maison de ses parents. Puis il s'y était fait et s'amusait même quand des invités commentaient le décor. Lambert y avait encore ajouté quelques singes, quand il avait réalisé le fameux gobelet en vente à l'échoppe qui faisait tant rêver Simon.

Lequel n'en finissait pas de découvrir tous ces objets de la vie quotidienne que deux générations, industrieuses et aisées, avaient réunis. Sur les étagères voisinaient les moules à pâtisseries, darioles ou tartes, les fers à gaufres ou oublies, les grilles de toutes les tailles, les passoires, les écumoires, les mortiers pour écraser herbes et épices, ou encore les longues cuillères à servir. Lui qui avait eu une vie itinérante goûtait le plaisir de ces objets dont Madeleine tirait toujours le meilleur parti.

Tout heureux de se montrer sous son meilleur jour, le garçon ne se fit pas prier quand il fallut aider la servante à mettre en place les tréteaux et les planches où Pernelle ajusta une nappe damassée.

— Je n'ai pas grand-chose pour des invités, maugréait Madeleine, fatiguée et de mauvaise humeur.

— Nous ne sommes pas là pour déguster des mets extraordinaires, répliqua Claire en riant, mais pour être ensemble, ne te reste-t-il pas une arboulastre aux herbes ?

— Où avais-je la tête ? Si fait, j'ai aussi un morceau de porc farci comme Marie l'aime et une terrine de poulet... Huc, active-moi le feu pour réchauffer l'arboulastre... Toi, Pernelle, prends donc la poêle bien torchée ! Et le beurre au frais dans une belle feuille de chou...

Pernelle avait déjà vivement saisi le large et lourd ustensile qu'elle tendit à Madeleine qui y déposa délicatement l'omelette épaisse préparée la veille avec herbes, fromages et crème. Une douce odeur de persil et de ciboule se répandit au moment du transfert. Madeleine la huma avec bonheur tout en marmonnant :

— Je ne sais plus si j'y ai mis la cuillerée de gingembre... Pour faire la cuisine, il ne faut pas perdre la mémoire ! Tant pis... Souffle, Huc, j'ai besoin de charbons ardents !

— Souffle, Huc, répéta Pernelle en gonflant ses joues avant d'éclater de rire.

— Et toi, Simon, ne reste pas les bras ballants ! Pose les écuelles sur la table...

Sous l'œil complaisant de Claire qui se reposait enfin sur le banc de bois ciré muni de beaux coussins de velours rouge près de l'étroite fenêtre donnant sur la cour, Madeleine mettait son « armée » en ordre de marche. Jean et Guillebert avaient disparu. L'orfèvre avait entraîné son invité dans l'atelier où devait encore travailler Lambert. Claire soupira. Elle avait posé sa coiffe volumineuse, dégageant ses nattes qui étaient restées bien ordonnées malgré la chaleur de la journée. Une chaleur que le décolleté de sa cotte, incriminé par son mari le matin, lui avait permis de supporter...

— Tu me donnes un godet d'eau fraîche... demanda-t-elle en hélant Pernelle.

La jeune fille s'exécuta aussitôt et en profita pour s'asseoir quelques instants près de sa mère sur le banquier, une pièce d'étoffe aux rayures colorées qui couvrait en partie le banc et apportait une note de couleur assortie aux coussins et aux murs.

— Il est gentil, ce messire Guillebert... Mais c'est vrai que ce n'est pas le père de Simon ?

— Tu vois bien qu'ils ne se ressemblent pas ! répondit Claire en riant. Le grand blond, le petit brun...

— Mais toi, tu préfères les blonds ou les bruns ?

— Tu as de ces questions...

Claire avait négligemment posé son bras sur le dossier du banc derrière Pernelle.

— Tu as quand même bien une préférence, insistait lourdement sa fille. Evidemment, papa est entre les deux...

— Ma pauvre Pernelle, quelles sornettes tu racontes !

C'était Marie, qui se glissait à son tour près de sa mère.

— Toi, tu aimes les noirauds, ricana Pernelle, ton Raoulet est si laid !

— On verra bien comment sera ton amoureux ! dit Audine, qui venait d'arriver. Au moins, avec son gros nez et ses lèvres épaisses, on ne risque pas de le lui prendre, son mari !

— Et ton Thomas, tu l'as regardé avec son petit cul serré dans ses chausses et son pourpoint qu'il faut rembourrer pour qu'il ait des épaules !

Claire écoutait ses filles se chamailler. Elle les avait toujours entendues se chamailler... Tout avait été prétexte à des disputes, et encore, elles ne se tiraient plus les cheveux et ne se battaient plus en roulant sur le sol comme des lutteurs de foire !

Audine venait d'avoir des jumeaux nés peu de mois après son mariage ; Marie avait une fille. La première se vantait sans modestie de ses fils auprès de sa sœur, qui n'avait été capable que d'avoir une fille ! Un nouveau motif de discorde, qui exaspérait Claire. La chère Christine de Pisan ne s'était-elle pas indignée de ce genre de mesquinerie ? Claire souhaitait en tout cas à ses filles des enfants plus posés que les siens !

Thomas et Raoulet s'étaient installés à l'écart devant un échiquier. C'était leur terrain de combat préféré. Et le jeu, que Jean avait offert à ses gendres pour les étrennes, était de la meilleure qualité ; il en avait fait l'acquisition chez un de ses amis, tailleur d'ivoire, Henri des Grés, rue des Blancs-Manteaux, qui avait gravé sur le bois « Le plus sage y perd patience », une maxime que Thomas envoyait à la figure de son beau-frère lorsque celui-ci, pourtant réputé pour son calme, explosait en fin de partie. Enfin, quand il perdait !

— J'engage dix sous tournois, dit Thomas en avançant le premier paonnet[1].

— Je suis, répondit Raoulet en observant le jeu de ses petits yeux si rapprochés du nez un peu long et aquilin qu'on s'interrogeait sur l'acuité d'un regard embarrassé forcément par ce pic.

1. Pion.

Simon s'approcha timidement des joueurs et observa les premières manœuvres. Un vague souvenir lui revint en mémoire. Son père ne jouait-il pas, lui aussi, aux échecs pendant de longues heures ? Gentiment, Thomas lui nomma les pièces noires et blanches : le roi, la Fierge, les rocs, les aufins, les chevaliers[1]...

— Il paraît que le duc Louis a tant perdu aux échecs face au maréchal de Boucicaut qu'il a dû demander un arrangement pour le payer ! lança Claire. Il possède le plus bel échiquier de Paris, de cristal et de noire calcédoine.

— Comment sais-tu cela ? questionna, soupçonneuse, Marie en regardant fixement sa mère dont elle aurait bien voulu percer les secrets.

Claire ne répondit pas. C'était Lubin Barbedor qui lui avait raconté cette histoire défrayant les milieux du jeu, quelques mois auparavant. C'était un joueur passionné et il avait eu l'occasion d'en découdre avec les princes. Lubin... Claire était un peu lasse de son aventure avec lui. Rassurée heureusement sur les angoisses de maternité qu'elle avait eues quelque temps plus tôt, elle ne trouvait plus chez le concurrent de son mari le sel des premiers émois. Elle s'était jetée dans ses bras après avoir appris les infidélités de Jean avec cette Bourgot qu'elle détestait. Une vengeance qui lui avait plu au début, mais maintenant...

— Tu as bien quelques desserts ? demanda près d'elle Audine à Madeleine qui surveillait du coin de l'œil la poêle et l'arboulastre fumant doucement sur les tisons habilement entretenus par Huc dont les joues avaient rosi.

— Tu vas devenir comme une barrique, persifla Pernelle, avec ta gourmandise. Le curé de Saint-Jacques a dit l'autre dimanche que la gloutonnerie était un péché !

— Peste !

1. La dame, les tours, les fous et les cavaliers.

— J'ai un peu de fouace, des beignets de sauge à réchauffer et de la compote de cerises toute fraîche…

Madeleine avait oublié sa fatigue. Elle était heureuse d'avoir tout son monde autour d'elle. La famille Clerbourc était sa famille et elle avait toujours eu un faible pour les jumelles, auxquelles elle avait pardonné leur mauvais caractère, et quand Audine avait mis la charrue avant les bœufs avec son Thomas, Madeleine avait été sa confidente et l'avait sauvée du scandale. Audine lui en serait toujours reconnaissante ! La servante n'était pas sûre d'en faire autant pour la petite péronnelle dont l'insolence passait souvent les bornes !

— Ce sera bientôt prêt… Pernelle, il faudra prévenir les hommes !

D'une main experte, Madeleine malaxait dans un mortier d'étain des plantes aromatiques qui exhalèrent des senteurs indéfinissables, à la fois douces et piquantes, auxquelles elle mêla ail, échalote et épices. La cuisinière appréciait d'être dans une maison où on avait les moyens de s'offrir ces denrées qui magnifiaient sa cuisine.

L'atelier était calme. Lambert semblait ne pas l'avoir quitté depuis le matin. Il avait à peine levé la tête quand son père était entré.

— Alors, c'était bien ? questionna quand même l'artiste, effaçant par cette simple phrase le malaise du matin.

Autour de lui, les feuilles de parchemin barbouillées de croquis s'étaient multipliées. Certaines avaient même chu et s'étaient éparpillées sur le sol en terre battue ; en un instant, Jean en avait ramassé quelques-unes, qu'il avait inspectées d'un coup d'œil rapide avant d'expliquer pour Guillebert :

— C'est la dernière commande de la reine… Voilà Lambert, mon fils, qui fait le projet.

— Nous nous connaissons, dit Guillebert.

— Ah ?

— Oui nous avons ramené ensemble chez elle la veuve du jeune talemelier, une triste histoire…

Les yeux de nouveau fixés sur le parchemin posé devant lui, Lambert ne releva pas.

— Alors, tu sais que Guillebert est le père de Simon… dit Jean.

— Non, répondit Lambert, il ne vous ressemble pas ? !

Guillebert penchait sa haute taille au-dessus de l'épaule de Jean pour observer les dessins et commentait déjà :

— Quelle imagination ! Où allez-vous chercher vos idées ?

Lambert éclata de rire en se passant la main dans les cheveux, puis en pointant l'index sur son front.

— Là ! Tout est là ! Je vous explique…

Tout à la joie de découvrir son travail, Jean avait totalement oublié le ressentiment du matin contre Lambert, sans rancune non plus. Le garçon s'était levé vivement, une feuille de parchemin dans la main.

— Notre-Dame sera assise dans un jardin à la manière d'une treille dont les fruits seront des perles et des pierres précieuses… Il en faudra beaucoup pour créer l'illusion d'abondance. Jésus pourrait être en rouge pour vraiment se détacher sur la robe immaculée de sa mère, et à leurs pieds les deux saints Jean. Ensuite…

Lambert se retourna vers sa table de travail, chercha un autre parchemin…

— Voilà le roi, qui pourrait être au pied de ce premier groupe et en symétrie un chevalier portant le heaume royal, tous les deux à genoux. J'ajouterais bien un prie-Dieu joliment drapé entre les deux… J'en ai dessiné plusieurs à choisir…

— Cela paraît très réussi, dit Guillebert, qui avait cependant du mal à se représenter l'ensemble achevé, même si la treille avec ses pierres précieuses pouvait chatouiller son imagination.

— Ce n'est pas fini, répliqua aussitôt Lambert en fouillant de nouveau dans la pile de parchemins. Je voudrais construire un socle tout en or avec des colonnes et peut-être des échelles… Une sorte d'abri, ou même une scène, où le valet du roi attendrait son maître avec un cheval qui aurait un harnais d'or…

— Et les dimensions ? demanda Jean, éberlué par le projet de son fils et vaguement inquiet.

— Deux pieds de haut peut-être. Mon idée, en bas le monde terrestre, en haut le monde céleste, et le roi entre les deux… Cela devrait plaire à la reine, non ?

— Et combien de marcs d'or ? Et combien de pierres précieuses ?

— Si on entre dans les détails, soupira Lambert, tu vas me couper l'inspiration ! Et la reine ne doit-elle pas fournir l'or ?

— Oui, peut-être, rétorqua Jean en hochant la tête, mais nous allons arriver à un tel coût qu'elle ne pourra jamais payer ! Sa chambre aux deniers a des limites.

Lambert sembla un instant déconcerté, déçu comme un enfant dont le jouet serait cassé. La flamme, si ardente dans ses yeux noisette étoilés de vert qu'il tenait de sa mère, parut soudain éteinte.

— Tu n'as qu'à donner ces dessins à Bourgot, elle en fera une peinture, cela coûtera beaucoup moins cher ! lança-t-il brusquement en jetant la pile de parchemins aux pieds de son père. A moins que cela n'intéresse Barbedor !

Voilà la pire des injures que le fils pouvait jeter à son père. Jean serra les dents mais ne répondit pas ou plutôt demanda :

— Et là ?

— Là ? Ce n'est rien... marmonna Lambert en froissant dans sa main le petit morceau de parchemin que Jean venait d'aviser.

— C'était très joli, cette silhouette de femme, pourtant.

— Juste un dessin sans importance, répliqua Lambert, furibond.

— Il faut venir manger !

La porte s'était ouverte brusquement et Pernelle s'encadrait sous le linteau.

— Tu tombes bien, je meurs de faim !

Pernelle sauvait Lambert, qui avait toujours dans la main le parchemin avec celle qu'il appelait sa « belle évanouie ». Comment aurait-il pu expliquer que depuis le fameux jour où Guillebert l'avait hélé, dans la rue Aubry-le-Boucher, il ne cessait de penser à sa belle évanouie ? Et qu'il aurait bien préféré porter la jeune femme plutôt que ce maudit panier de courges et de choux ? Le secret commençait à lui peser et, même lorsqu'il était avec Marguerite, il superposait à son visage celui de Martille. Sa « putasse », comme disait son père, le trouvait d'ailleurs distant et peu empressé.

Mais quand il allait, dans un espoir toujours déçu car elle n'était plus guère dans l'échoppe, acheter du pain rue Thibaud-aux-Dés, il n'osait pas demander de ses nouvelles tant il craignait de se trahir. Etait-il décent de s'être amouraché d'une jeune veuve, de surcroît enceinte ? Et combien il s'en voulait de ne pas avoir suffisamment prêté attention à la fille du cordier quand elle venait faire des livraisons à l'atelier ! Cet Aubert mort tragiquement, lui, avait su discerner son charme ! Lambert lui en voulait presque et il en avait honte. Oserait-il seulement un jour offrir à la jeune femme le petit médaillon d'argent où il avait fait déposer un pain bénit à chanter[1] et qu'il promenait pour elle dans son aumônière depuis sa rencontre avec la belle évanouie ? Une protection que les jeunes femmes enceintes ne manquaient pas de se faire offrir par leurs maris s'ils en avaient les moyens. Et s'il en trouvait le courage, l'accepterait-elle ?

Lambert avait bien quitté quelques minutes l'atelier vers none et marché dans la ville désertée par ses habitants partis pour Saint-Denis. Ses pas l'avaient conduit jusqu'à l'échoppe du talemelier, mais, comme pour les autres boutiques de la rue, le volet de bois était en place. Martille était-elle là ? Il avait eu envie d'appeler, n'avait pas osé. Il était reparti, avait flâné au bord de la Seine, puis était rentré à l'atelier, où il avait esquissé en quelques traits sa belle évanouie.

1. Une hostie non consacrée.

# 17

— Tu rêves ? interrogea Pernelle en prenant le bras de son grand frère.

Ils passèrent devant Jean et Guillebert et traversèrent la cour à grands pas ; Pernelle trottinait d'une façon bizarre parce qu'elle était pieds nus ; elle s'était enfin débarrassée des chaussures qu'elle avait maudites pendant toute la journée.

— Aurez-vous des pierres à me fournir pour cette commande dont je vais bien devoir m'acquitter ? demanda Jean à son invité en lui cédant le passage.

— Je trouverai... répondit Guillebert dont le laconisme mystérieux agaça Jean, pour qui, décidément, la journée avait été difficile.

Et le ciel, qui s'était soudain assombri, se mettait à l'unisson des humeurs. Un éclair fulgurant zébra même les nuages accumulés au-dessus de la petite cour. Il faisait presque nuit. Jean soupira.

— L'orage va éclater, dit Guillebert. Cela fera du bien.

Quand ils entrèrent dans la salle, l'odeur de l'arboulastre s'était répandue et Claire réclama du bon vin pour accompagner le repas que Madeleine avait confectionné avec amour.

— J'ai un tonneau que le duc de Bourgogne m'a fait livrer tellement il était content du fermail au chamel blanc qui a tant plu à la duchesse.

Pernelle tapa Simon du coude et murmura :

— Il y avait un petit singe posé dessus... Tu l'aurais aimé !

— Et surtout deux beaux saphirs et un balais [1], dit son père, qui s'était emparé d'une élégante aiguière sur la crédence où étaient exposés quelques objets remarquables produits par l'atelier des Clerbourc et dont ils se réservaient l'usage.

— Mon père préfère parler des pierres plutôt que de la composition du fermail, ironisa Lambert en tirant le banc près de la table et en s'asseyant sans attendre d'y être invité.

Sa mère l'observa. Sa hargne du matin n'avait donc pas faibli et cet air renfrogné lui faisait mal au cœur. Elle soupira.

— Votre père apprécie votre talent plus que vous ne pouvez penser...

Claire regarda leur invité, qu'elle avait oublié.

— Avez-vous vu comme ses yeux brillaient quand il a découvert vos dessins ? poursuivait Guillebert, qui semblait si grand près du garçon assis sur le banc.

Simon avait quitté les joueurs d'échecs, qui n'avaient pas bougé malgré les appels de leurs épouses respectives.

— Moi, j'aimerais savoir dessiner comme Lambert, dit Simon en se rinçant les mains dans le lavabo qui contenait un beau bassin de cuivre et voisinait avec les compléments indispensables dans une bonne maison, une puisette et le porte-essui où pendait une serviette de lin.

---

1. Un rubis, terme qui vient de Balakhchân, région voisine de Samarkand, d'où venait la majorité de ces pierres.

— Tu apprendras, mais toi, ton talent, c'est peut-être de travailler le métal ou d'assembler les pierres... Chacun doit pouvoir s'exprimer selon ses dons...

— Vous parlez d'or, murmura Claire qui s'était approchée d'eux et se glissait déjà sur le banc près de son fils en tentant de poser une main apaisante sur son bras. Venez près de moi...

Guillebert s'installa à son tour. Son épaule frôla celle de Claire. Le décolleté de sa robe bâillait légèrement, laissant deviner des formes qui l'attendrirent. Il regarda Simon qui s'asseyait au bout de la table pendant que la servante vérifiait une dernière fois le contenu de la lourde poêle. Ce n'est que lorsqu'elle lui en donna l'autorisation que le costaud Huc souleva l'ustensile presque comme une plume, provoquant l'enthousiasme de toute la tablée.

— Le vin semble très gouleyant, dit Jean avant de s'attabler.

Il avait rempli les gobelets de verre moulé à côtes obliques achetés à un marchand venu de l'est qui s'était vanté que la reine en avait aussi acquis. Guillebert huma le vin, puis en dégusta avec application une gorgée avant d'émettre un avis :

— Un délice frais à souhait...

Jean leva à son tour son verre en direction de son invité et plongea ses lèvres dans le précieux liquide.

— Me direz-vous ce que vous avez gravé au fond du beau gobelet de maître Flamel ? interrogea alors Guillebert, l'œil pétillant.

Jean faillit s'étrangler et répondit finalement en éclatant de rire :

— Il ne vous l'a pas dit ? Voilà une belle cachotterie. Il en a peut-être honte... Pernelle n'était pas contente et s'adonnait volontiers à des diatribes contre les hommes, qui seraient perdus par leurs vices !

— Père, dites-nous... insistait déjà Thomas en forçant cette voix un peu fluette qui allait avec son physique légèrement efféminé.

— Devinez ! répliqua Jean.

— Ne fais pas ton prude ! lança Claire. Et si tu ne veux pas le dire, moi, je vais m'en charger, car Pernelle me l'avait révélé et cela ne lui plaisait qu'à moitié, en effet !

— Alors ?

C'était, cette fois, Raoulet qui s'impatientait.

— Une femme nue ! lança alors Claire. Pernelle me l'a montrée ! Et très bien faite, c'est votre père qui l'a dessinée... Un fin connaisseur, je ne sais où il a trouvé le modèle !

— Peut-être toi, maman, tout simplement !

Marie se mordit les lèvres. Quelle mouche l'avait piquée, son père aurait-il pu dessiner sa mère et la mettre au fond d'un gobelet destiné à l'un de ses amis ?

— Non, rassurez-vous, Jean a bien d'autres modèles...

Un ange passa dans la salle.

— Qui veut du pâté de poulet ?

Avec un à-propos méritoire, Madeleine tentait d'alléger l'atmosphère soudain lourde. Guillebert regrettait d'avoir mis ses hôtes dans l'embarras par sa question saugrenue.

— Il n'y a rien de meilleur que le pâté de poulet de Madeleine, fit Jean, heureux de la diversion, en se saisissant de l'un des tranchoirs en étain posés sur la nappe de lin.

— J'ai fort apprécié votre omelette, ajouta Guillebert en levant son verre en direction de la servante, qui rosit de plaisir.

— Madeleine appelle cela de l'« arboulastre ».

— C'est beaucoup plus joli.

Le « faiseur de mots », comme on disait en ville, savait parler aux femmes.

Claire observa un instant cet homme dont l'épaule massive frôlait parfois la sienne. Etrange et fascinant. Elle frissonna.

— Auriez-vous froid ? interrogea-t-il en se tournant vers elle.

Surprise, Claire se sentit rougir bêtement.

Par bonheur, tout le monde se levait maintenant et personne n'y prit garde, sauf peut-être Guillebert. Il la dévisagea de cet œil bleu qui lui rappela les fonds célestes des peintures de l'église Saint-Jacques, et accentua la pression de son genou contre les siens, enflammant ses sens.

Claire croisa les mains sur son décolleté comme pour se protéger. Elle avait soudain le sentiment d'être nue devant cet homme et elle s'aperçut que cela lui plaisait follement.

— Merci pour cette douce soirée, murmura Guillebert en se levant enfin. Peut-être pourrais-je emmener Simon ce soir pour lui montrer ma maison ou plutôt notre maison ? Enfin, si son maître veut bien.

Simon sautait de joie et Jean, qui avait un peu abusé du vin de Bourgogne et se sentait très las, ne sut refuser. L'orage tonnait au-dessus de la ville et des éclairs zébraient sans cesse le ciel entre les encorbellements quand ils regagnèrent la rue.

— J'adore les orages ! clama Pernelle en faisant un dernier signe à Simon.

— Pas moi, répondit Claire, soudain renfrognée, et j'ai très sommeil, ajouta-t-elle en étouffant un bâillement.

Et pourtant, quand elle se retrouva dans la petite chambre du premier étage, elle n'arriva pas à s'endormir.

— Arrête de t'agiter, râla Jean en se tournant vers le mur ostensiblement. Tu as peut-être pris un coup de chaud, avec ton décolleté…

— Suffit ! répliqua Claire, furieuse.

— Après tout, tout le monde en a profité, de ton

décolleté… Lubin Barbedor, qui n'a pas lâché nos estivaux, et ce grand Guillebert, tu ne le trouves pas un peu bizarre ?

— Bizarre ? répéta Claire.

— Il a beaucoup lorgné dans ton décolleté !

— Tu es jaloux ?

— Non, il y a longtemps que cela m'a passé, répondit Jean. Quel orage !

Tonnerre et éclairs se disputaient la vedette, faisant luire les objets posés sur le dressoir voisin. Sur le coffre à décor de plis de serviette que Claire avait acheté quelques jours plus tôt chez un huchier de la rue de la Harpe, de l'autre côté de la Seine, gisait sa cotte abandonnée à la hâte.

— J'ai peur, chuchota-t-elle en se blottissant contre Jean.

— Et de quoi ? Madeleine a veillé au plant de joubarbe qui nous protège.

— Tu y crois ?

— Mais oui, ma mère y croyait et ma grand-mère… Et sa mère…

Claire leva les yeux au ciel, ou plutôt vers le ciel du lit. Comme si la « barbe de Jupiter », comme certains nommaient cette plante miraculeuse, pouvait avoir un quelconque pouvoir sur ce maudit tonnerre qui grondait toujours. Et la pluie qui redoublait !

— La reine a eu de la chance ! Tu imagines la procession avec ce temps-là ?

— Tu n'aurais pas pu arborer ton décolleté ! répondit Jean. Mais je t'ai trouvée finalement très belle.

— Tu ferais mieux de dormir, murmura Claire, heureuse que l'obscurité évitât à son mari de voir son trouble.

— Et si j'avais mieux à faire que dormir…

Jean prit soudain Claire dans ses bras et la serra si fort qu'elle crut étouffer ; elle se laissa faire, surprise et heureuse de ses caresses, lui offrit même ses lèvres avec fougue et se donna à lui avec une ardeur au diapason de l'orage, qui poursuivait son cours sauvage tel un amant impatient. Impatient comme elle l'était de revoir cet homme mystérieux, peut-être bizarre, comme disait Jean, dont le visage s'effaçait derrière celui de Guillebert.

Guillebert ne dormait pas non plus, bien trop heureux de retrouver Simon. L'air frais de leur promenade nocturne avait presque chassé les vapeurs du vin de Bourgogne dont Jean lui avait servi et resservi généreusement un nombre de verres qu'il n'était plus en état de compter. Etait-ce cette douce torpeur qui l'avait envahi au fil de la soirée et l'avait amené à s'intéresser à la maîtresse de maison plus qu'il n'était séant ? Il gardait surtout le tendre souvenir de Claire Clerbourc pressant son genou sous la table... Ou peut-être était-ce lui qui avait commencé ? Il n'aurait juré de rien. Les propos de Nicolas Flamel, la veille, lui revinrent soudain... Le libraire n'était peut-être pas une mauvaise langue et Claire peut-être pas aussi limpide que son prénom pouvait le laisser entendre. Fatigue et euphorie se mêlaient dans son esprit. Il y avait si longtemps qu'il n'avait connu cette sorte de bonheur indéfinissable qui tenait aussi à ses retrouvailles avec Simon.

Et l'orage qui avait menacé sans éclater les avait accompagnés de ses éclairs qui n'en finissaient pas d'illuminer leurs pas incertains. Un coup de vent avait même paru balayer les nuages et laisser le champ libre à une pleine lune dont le triomphe avait été éphémère. Guillebert avait presque eu du mal à retrouver son chemin jusqu'à la rue des Fossés-Saint-Germain. Simon avait la tête qui lui tournait.

Enfin arrivé devant la petite maison à pans de bois, Guillebert, soudain dégrisé, s'était avisé que la porte en était entrouverte. Il l'avait poussée pour découvrir un désordre indescriptible à l'intérieur de l'unique salle du rez-de-chaussée. Le mobilier modeste était renversé, les quelques ustensiles de cuisine jetés çà et là, des écuelles de grès brisées gisaient alentour. Guillebert et Simon écrasaient à chaque pas un objet dans l'obscurité mal combattue par les éclairs. A peine revenu de sa surprise, Guillebert avait aussitôt repris ses esprits et s'était précipité dans l'angle de la salle, en brandissant la petite lanterne que lui avait confiée Jean Clerbourc, vers l'escalier au fond qui conduisait à l'étage. A tâtons, Simon, qui n'était pas familier des lieux, l'avait suivi et avait entendu Guillebert dire enfin : « Dieu soit loué, ils n'ont pas trouvé notre trésor ! »

Pourtant à l'étage, le chaos régnait aussi. Le ciel de lit, seul luxe de la salle haute, avait été arraché, ainsi que les courtines et le dossier recouvert d'une toile rayée rouge et bleu.

« Foutre sang de Dieu, si je tiens celui qui a fait cela... avait maugréé Guillebert. Mais dormons, nous verrons demain...

— Tu me montres le trésor », avait demandé Simon, dont les yeux brillaient soudain.

Guillebert avait soulevé une planche du sol et plongé la main, ressortant le coffret de cuir que Simon connaissait bien.

« Foutre sang de Dieu... avait murmuré Guillebert. Quand je pense que je voulais te montrer notre nouvelle maison, avait-il ajouté en se remettant debout. Quel chantier !

— Je t'aiderai à ranger, avait dit Simon. Tu as une idée de ceux qui ont fait cela ?

— Peut-être, avait répondu laconiquement Guillebert, peut-être, je n'ai pas que des amis.

— Mais qui connais-tu donc ? Il n'y a pas si longtemps que nous sommes arrivés.

— Que crois-tu ? Que je n'ai rien fait pendant tout ce temps ? En tout cas, je ne peux plus garder ici ce coffret.

— Que vas-tu en faire ?

— Le confier à un homme que je te ferai connaître un jour. Je te donne seulement son nom, Nicolas Flamel, au cas où il m'arriverait quelque chose, afin que tu puisses récupérer ce bien que ton père m'a confié pour toi.

— Tu dis Nicolas Flamel ? C'est un ami de mon maître... et sa femme était même la marraine de Pernelle...

— Elle te plaît bien, cette Pernelle », avait dit en souriant Guillebert.

Le garçon avait rougi légèrement. Ce qui n'avait pas échappé à Guillebert à la lueur de la lanterne. Les pommettes ainsi colorées donnaient à son visage cette fraîcheur que Guillebert aimait chez Simon.

« Et si on inspectait notre trésor... Montre-moi ces pierres... »

Simon avait préféré changer de conversation. Et pourtant ce n'était pas sans une certaine émotion qu'il les regardait, ces pierres qui lui rappelaient son enfance. Son visage s'était aussi vite assombri qu'il avait rosi quelques instants plus tôt. Il ne conservait cependant de son père qu'un souvenir si vague. Il s'était passé tellement de temps depuis qu'ils avaient assisté à son enterrement, un jour où le ciel n'en finissait pas de semer ses flocons de neige. La terre était si durcie par le froid, qui avait sévi pendant le mois précédent, que les fossoyeurs, les mains en sang, avaient dû creuser pendant des heures, avant de pouvoir enfin ensevelir le corps de ce père dont il avait oublié les traits. Il entendait pourtant encore le son de sa voix, qui s'était lentement enrouée au fil de son agonie. Il sentait encore dans sa main la peau sèche des doigts si maigres qu'il avait serrés, tellement serrés, comme si cela eût pu suffire à insuffler un peu de vie dans ce corps usé.

« Les voilà ! s'était écrié Guillebert presque triomphalement en ouvrant le coffret garni de velours jaune.

— Je n'en ai jamais autant vu ensemble, même chez mon maître ! » avait constaté Simon, ravi.

Chaque fois, c'était un nouvel émerveillement. Guillebert le voyait encore se saisir du sac de toile fermé par un ruban et faire couler avec bonheur dans sa main une petite rivière verte.

« Les émeraudes des mines du roi Salomon... » avait-il murmuré, l'œil allumé.

C'était peut-être le seul souvenir précis qui lui restait de son père.

« Moi, j'ai tout de même une préférence pour les diamants », avait dit Guillebert en vidant le contenu d'un autre petit étui de toile dans le creux de sa main.

Un scintillement les avait éblouis.

« Ils sont si purs !

— Tes diamants, on peut les confondre avec de la glace, et ne racontais-tu pas que tu avais vu des hommes en fabriquer de faux ? Alors que les saphirs... Regarde ! »

Un troisième sachet révélait à son tour son précieux contenu.

« Il ne manque plus que les rubis...

— Lambert dit qu'il faut mélanger les pierres comme un peintre mêle les couleurs », avait ajouté encore Simon en dessinant une petite croix multicolore sur l'un des coussins.

Guillebert se souvenait de tous les mots prononcés à la lueur de cette lanterne qui faisait scintiller les pierres et les yeux. Il avait même conseillé, soudain inquiet :

« N'en perds pas ! C'est toute ta fortune et peut-être la guérison pour le roi. Te souviens-tu des vertus que ton père attribuait à ces pierres ? Mais aurai-je le don qu'il cultivait avec un art exceptionnel ?

— Ne crois-tu pas que ces pierres doivent surtout servir à des objets comme mon maître en fait chaque jour ? »

Simon avait froncé les sourcils. Il n'aimait pas quand Guillebert parlait de leurs propriétés mystérieuses et maléfiques. Il savait que la sorcellerie était un jeu dangereux dans lequel il avait peur que s'embarquât son protecteur. Pernelle ne lui avait-elle pas raconté des histoires épouvantables qui l'avaient fait frémir ?

« Peut-être pourrait-on les utiliser aussi pour leur pouvoir de guérison, avait quand même insisté Guillebert.

— Oui mais si ce pouvoir existait, mon père serait-il mort ? »

Le rire de Guillebert avait retenti dans la soupente. La logique des raisonnements de Simon l'avait toujours étonné.

« Il ne s'agit pas d'éviter la mort mais de guérir un homme d'une maladie qui rejaillit sur tout le royaume. Cela vaut tout de même la peine d'en parler. Les processions, c'est bien, mais tu vois, plus encore que ces pierres, voilà l'objet dans lequel nous pouvons mettre tous nos espoirs... Le plus précieux de tous ! »

En parlant, il s'était saisi d'un petit paquet enveloppé de soie pourpre qu'il ouvrait délicatement pour découvrir une pierre veinée de rouge et gravée en relief d'une feuille délicate.

« Ton père attribuait un pouvoir extraordinaire à ce camée qu'il disait imprégné du sang des dieux... Il disait aussi que l'agate possède des vertus comme nulle autre pierre et que la graine de fougère crée un cercle magique... »

Simon avait frissonné. Il n'aimait pas ces histoires de sorcier et se souvenait qu'une vieille femme patibulaire avec sa bouche édentée avait un jour, pendant leur sommeil, bourré leurs souliers de fougère pour chasser la fatigue. Or jamais il n'avait trouvé les côtes aussi difficiles à grimper que le jour suivant !

« Il est temps maintenant que je rencontre le roi, ou plutôt la reine, avait conclu Guillebert en repliant la soie pourpre.

— Sois prudent !

— Peut-être auras-tu la chance de travailler à cette commande de la reine ? » s'était encore interrogé Guillebert en rangeant les précieux sacs dans leur cachette.

Cela avait été ses derniers mots. Peu après, il avait entendu la respiration régulière du garçon. Il dormait.

## 18

Les mois avaient passé. Et il avait bien fallu se rendre à l'évidence, Dieu n'avait pas été sourd ; il avait entendu les prières du royaume de France. Après la fameuse procession, le roi avait recouvré ses forces et était redevenu davantage présent au monde qui l'entourait. Nul ne savait si cela durerait, car des rémissions, il y en avait déjà eu tant, mais les plus optimistes allaient jusqu'à dire que les auteurs des maléfices contre le roi avaient disparu. On oubliait même les rumeurs des crimes de lèse-majesté commis par le frère du roi, monseigneur d'Orléans, et les mots sortilège, charme, maléfice, diablerie, poison avaient presque déserté les conversations.

Quelle n'avait pas été la surprise des Parisiens quand ils avaient vu un matin le roi, superbe sur son cheval, accompagner son écuyer et homme lige, Jehan Chappelain, qui partait pour une chevauchée au long cours afin de respecter le vœu, prononcé au plus fort de la crise, d'aller visiter onze sanctuaires pour remercier Dieu s'il accordait guérison à son souverain. Seulement entourés de quelques sergents d'armes, les deux hommes avaient quitté tôt l'hôtel Saint-Pol, suivi la Seine par le port Saint-Paul, le Port-au-Foin et le Port-au-Blé, la place de Grève, avant de traverser le fleuve par la planche Milbray. Avec respect, les hommes qui les voyaient passer ôtaient leurs chaperons, les femmes se signaient, puis agitaient la main avec un enthousiasme contenu, comme si chacun redoutait de déclencher une nouvelle frayeur chez ce roi si fragile. De l'autre côté de la Seine, ils avaient cheminé dans la grand-rue Saint-Jacques où les voyageurs toujours nombreux, à pied ou à cheval, accompagnant parfois des chariots lourdement chargés, se mêlaient à la foule bigarrée des étudiants et des riverains toujours en quête d'un événement. Puis les deux cavaliers s'étaient quittés à la porte Saint-Jacques, à deux pas du couvent des Jacobins, d'où Jehan Chappelain chevaucherait vers Chartres, puis Le Mans, Le Mont-Saint-Michel, Le Puy, Rocamadour et enfin Saint-Jacques-de-Compostelle.

Au retour du roi vers son hôtel de la basse ville, il avait fallu toute la présence d'esprit des sergents d'armes pour le protéger de l'assaut de deux ermites de Saint-Augustin venus se jeter devant sa belle jument à la robe pommelée qui avait fait un écart périlleux pour son cavalier, tout cela afin de débiter un discours dont les passants attroupés saisirent seulement les mots « planètes, démons et éléments ».

Arrêtés et conduits au Châtelet, les deux hommes avaient prétendu être à l'origine de la guérison du roi grâce à leur science infuse et à leur magie qui leur permettaient de commander aux démons et aux éléments.

Le plus urgent était, en effet, de débarrasser la ville des sorciers ou charlatans qui guettaient l'occasion de pénétrer à la cour et d'y exercer leur art. Car les nouvelles rassurantes du roi avaient curieusement excité leurs convoitises, puisque beaucoup venaient réclamer leur dû en prétendant que cette santé meilleure était le résultat de leurs pratiques. Des importuns avaient ainsi, comme au pire moment de la maladie du roi, tenté de forcer les portes de l'hôtel Saint-Pol et de l'hôtel Barbette.

Ne disait-on pas qu'un certain Poncet du Solier construisait avec son compère Jean Flandrin un énorme cercle de fer magique, soutenu par des colonnes, de fer également, de la hauteur d'un individu de taille moyenne, auxquelles on enchaînerait douze hommes ?

Curieux de tout, Guillebert était allé voir la folle entreprise de ces illuminés tout près du port Saint-Bernard, à deux pas du château de la Tournelle. Poncet du Solier n'en finissait pas d'expliquer que les douze hommes enchaînés tourneraient sans fin dans ce cercle magique en récitant des incantations qui guériraient le roi.

« Et maintenant qu'il est guéri ? ricanaient les curieux qui s'agglutinaient certains jours autour de l'entreprise.

— Il va rechuter », répondait, imperturbable, Jean Flandrin, un costaud que rien ne semblait rebuter et qui avait une flamme inquiétante au fond de son regard très sombre.

Et quand les spectateurs devenaient encore plus moqueurs, il n'hésitait pas à les défier dans des rixes où sa force lui donnait le plus souvent raison. Certes, un jour, les deux combattants avaient chuté dans la Seine et n'avaient dû leur salut qu'aux perches prestement tendues par des bateliers, mais l'homme conservait sa combativité et même ce que certains appelaient sa « foi ». En prenant garde qu'aucun membre du clergé ne soit dans les parages pour écouter une telle vilenie.

Un clergé qui veillait, en effet, encore plus que jamais dans ces temps incertains à ne pas voir mêler piété et magie, que des fidèles aux langues déliées se plaisaient à mélanger sans vergogne. Les occasions ne manquaient pas. Guillebert avait ainsi assisté à une conversation qui avait bien failli mal tourner, chez la talemelière Nathalène, quand une femme sans foi ni loi avait affirmé devant une dévote que porter le pain bénit aux malades s'apparentait à de la magie.

« Et quand le barbier te fait une saignée et qu'il invoque la sainte lance, ce n'est pas de la magie ? avait insisté la femme, aggravant son cas.

— Je reconnais qu'invoquer le patriarche Job contre les ulcères n'est guère malin », avait bêtement renchéri Nathalène, qui avait à jamais perdu la clientèle de la dévote, partie en jetant à terre la miche de pain qu'elle venait d'acheter et en vociférant tout le long de la rue Thibaud-aux-Dés avant de s'engouffrer dans l'église Saint-Jacques pour y prier Dieu de pardonner à tous ces mécréants.

Guillebert avait encore surenchéri devant le talemelier médusé et furieux de la maladresse de son épouse, qui allait ruiner son commerce avec ses paroles insensées :

« Que pensez-vous de ces bourgeois qui disent pour soigner leur cheval des Pater noster et des mots étranges comme *abgla* ou *alphara* tout en faisant des signes de croix ? J'en connais même un qui compare, pour conjurer l'infection, la blessure de son cheval aux plaies du Christ...

— Alors vous, quand vous ne blasphémez pas, vous racontez des horreurs, avait conclu Honoré avant de rajouter en ricanant, sur le seuil de son fournil : En tout cas, vous ne pouvez plus dire que tout va mal dans un royaume où Dieu est sourd !

— Certes. Rien ne va plus dans un royaume où les femmes veulent faire la loi ! »

Le « faiseur de mots » aurait donc toujours le dernier mot !

« Voire », avait maugréé Nathalène en haussant les épaules.

Et pourtant, les précautions dont elle entourait Martille ne confinaient-elles pas à la magie ? Elle convoquait les ventrières au moindre malaise de la jeune femme et faisait son miel des recettes de chacune. Et la petite n'était pas assez grosse, et l'enfant n'avait pas la place pour s'ébattre... Elle obligeait Honoré à prier tous les soirs saint Léonard pour qu'il accorde une heureuse délivrance. Elle n'aurait jamais évidemment osé avouer à son mari les générosités dont elle inondait tout le clergé alentour afin qu'il dise des messes pour le petit.

Sans oublier la camomille que Martille devait ingurgiter à chaque instant pour conserver ce petit « bien au chaud, le temps qu'il faudra ». Et la nourriture qu'elle surveillait très étroitement en proscrivant toutes les épices, même le sel et le poivre – ne disait-on pas qu'ils donnaient la lèpre aux nourrissons ? Elle avait aussi acheté à un marchand italien des sachets porteurs d'un parchemin où était contée la vie de sainte Marguerite. Celle-ci avait su transpercer à coups de croix le dragon qui l'avait avalée et était devenue la patronne des parturientes. Le marchand avait prétendu qu'il y avait aussi des formules magiques. Il pouvait bien dire ce qu'il voulait, puisque Nathalène ne savait pas lire ! Il suffisait d'y croire et elle y croyait.

Pourtant, le jour où Martille ressentit les premières douleurs, avant que le terme ne soit venu, Nathalène, qui pensait avoir mis de son côté tous les saints du paradis, dut se rendre à l'évidence. L'accouchement se présentait mal et les trois ventrières requises – on ne regardait pas à la dépense pour le petit d'Aubert – ne cachèrent pas leur embarras quand, au bout de plusieurs heures, il apparut que le travail n'avait guère avancé. Honoré, qui avait abandonné le fournil et fermé l'échoppe, marchait de long en large dans la cour désertée quelques instants pour courir prévenir Pierre, venu aussitôt lui tenir compagnie ; et dans la rue en face, Mathurin, le regrattier, guettait avec anxiété le moindre mouvement.

Dans la salle à l'arrière de l'échoppe, la fébrilité était à son comble. Dans la cheminée, un feu entretenait une douce chaleur et des linges avaient été disposés devant pour accueillir l'enfant. Pauline, la ventrière la plus âgée, ne ménageait pas sa peine, même si elle était inquiète de voir arriver cet enfant un peu trop tôt. Elle avait oint d'un bel onguent le ventre de la parturiente et l'encourageait doucement :

— Monte l'escalier, ma belle, et descends et encore, cela va le faire venir...

Exténuée, larmoyante, Martille n'en pouvait plus.

— Cet enfant ne veut pas venir parce que son père n'est pas là, gémit-elle une fois de plus en tenant son pauvre ventre.

— Ne dis pas de bêtises, répliqua Pauline en se signant. Tu verras comme tu seras contente quand il sera là.

Nathalène se rongeait les sangs et n'en finissait pas de réciter des prières à tous les saints dont elle pouvait connaître les noms.

— Allez, allonge-toi, ordonna Pauline. Je vais presser ce ventre... Tiens-la sous les aisselles !

Pauline était autoritaire et les autres filaient doux et obéissaient aux ordres. Mais l'inquiétude grimpait, au fil des heures rythmées par les cloches des églises alentour. Et quand elle ne priait pas, Nathalène passait ses nerfs sur le coquemar ansé placé sur un trépied à droite de la cheminée où elle faisait mijoter un bouillon de poule pour réconforter selon l'habitude la jeune accouchée. Elle n'en finissait pas de le remuer avec sa longue cuillère de bois et sur la petite crédence étaient posés tout aussi ostensiblement le pot de vin et une grosse miche de pain frais destinés également à Martille, sans oublier le sel et le miel dont on oindrait l'enfant. La future grand-mère avait encore disposé en évidence le berceau qu'elle avait rempli de paille fraîche et de drapeaux blancs [1] en essuyant une larme. C'était celui de son Aubert.

Cette excitation retombée, Nathalène, qui n'osait pas regarder Pauline pressant le pauvre ventre d'une Martille de plus en plus défaillante, imaginait le pire.

— Allez, encore les escaliers, ma belle, l'encouragea Pauline en se redressant. Moi, j'ai mal au dos, mais ce n'est rien, ajouta-t-elle en se servant de l'eau du pichet de terre brune. Je crois qu'il vient...

Et puis tout alla très vite...

— C'est un garçon, dit Pauline.

Nathalène joignit les mains et se signa.

La deuxième ventrière s'était déjà précipitée sur les linges tiédis.

— Il ne crie pas, constata alors Pauline, je n'aime pas cela.

— Mon enfant... murmura Martille avant de s'évanouir.

— Et toi, petite, ne t'en va pas... dit la troisième femme, qui l'avait soutenue sous les aisselles et entassait derrière elle des coussins.

Nathalène s'était immobilisée, la main sur la porte donnant sur la cour où elle s'apprêtait à jaillir pour annoncer la nouvelle.

— Son petit cœur ne bat pas, déclara Pauline, le front barré de rides profondes. Quel malheur ! Il était beau pourtant...

— Tu veux dire que... interrogea Nathalène, revenue se pencher sur l'enfant inerte.

— Oui, fit Pauline, laconique, ton petit-fils ne vivra pas...

— Non ! hurla Nathalène.

---

1. Langes.

Une plainte déchirante qui fit s'ouvrir brusquement la porte où s'encadra Honoré entre les montants de pierre blanche.

— Que se passe-t-il ?

— L'enfant est mort, annonça Pauline, je n'ai rien pu faire, mon Dieu, accueillez-le parmi vos anges. Qu'il retrouve son père là-haut !

Honoré étreignit Pierre.

— Du malheur, que du malheur, murmura-t-il.

Et les deux hommes de mêler leurs larmes.

— Mais... Martille, vous allez la sauver ?

Pierre s'était soudain arraché des bras d'Honoré et précipité comme un fou vers sa fille.

— Elle ? interrogea Pauline. Je ne jurerai de rien, mais nous allons la soigner, je vous le promets. Occupe-toi du chaudron d'eau tiède !

La nouvelle se répandit dans le quartier, provoquant des réactions diverses. La mort était une compagne si proche et familière, presque banale puisque passer de vie à trépas était si facile, que beaucoup y étaient indifférents. Et certains n'étaient pas loin de penser que l'enfant avait suivi son père et que si Martille mourait à son tour, ce serait peut-être ce qui lui arriverait de mieux. Après tout, ce ciel, que les peintres représentaient si éclatant avec tous ces anges musiciens, n'était peut-être pas à redouter. Et la charmante Martille ne pouvait aller en enfer ! D'autres, au contraire, affirmaient davantage leur confiance dans l'avenir et espéraient que Martille oublierait et pourrait refaire sa vie avec ses seuls souvenirs et sans cet enfant qui n'aurait pas manqué de peser sur ses décisions. Elle ne serait pas la première à qui cela arrivait...

On ne la vit pas suivre le petit cercueil de sapin que le huchier de la rue Aubry, un ami du cordier, avait confectionné à la hâte. On disait qu'elle était prostrée et n'avait pas prononcé le moindre mot depuis la veille.

La lente procession accompagna l'enfant, qui fut enterré au cimetière des Saints-Innocents près de son père. Depuis quelque temps, l'Eglise acceptait mieux que ces enfants non baptisés puissent être inhumés ailleurs que dans le carré qui leur était traditionnellement réservé. Nathalène l'avait tout de suite appelé le petit Aubert, pensant renforcer dans la mort les liens entre le père et le fils, porteurs du même prénom. Mais elle avait gardé cela pour elle, sans en parler même à Honoré.

Folle de chagrin, elle voyait à peine les amis ou voisins qui de nouveau, quelques mois après la mort de son Aubert, les accompagnaient. Mathurin le regrattier, Ursule, la servante de Nicolas Flamel, qui était aussi présent, Claire Clerbourc, Guillebert...

— Je vais emmener Martille chez moi, proposa Pierre en rentrant rue Thibaud-aux-Dés.

— L'emmener ?

Les nerfs à vif, Nathalène avait sursauté.

— Je ne vais pas vous laisser soigner ma fille, allégua Pierre.

— Elle est devenue un peu la nôtre, répondit Honoré dont les yeux rouges regorgèrent de larmes.

— Moi, je veux bien la garder... dit aussitôt Nathalène.

Pierre soupira.

— Je vais la voir...

Il gravit doucement les marches de bois que Martille avait si souvent dévalées depuis son mariage. Honoré et Nathalène restèrent en bas, silencieux.

Lui au moins avait sa fille ; eux n'avaient plus personne.

Installée dans le lit aux courtines bleu sombre dont elle avait vanté la qualité à son père au début de son mariage, Martille était veillée par l'une des trois ventrières, restée à son chevet depuis la veille.

— Elle n'a pas bougé, dit la femme. Je lui ai fait boire un peu de bouillon de poule et de l'eau avec du laurier... Il faut qu'elle se refasse des forces... Elle laisse échapper quelques mots, toujours les mêmes : « un grand malheur, le soleil, l'or, les couleurs »...

— Martille, appela doucement Pierre en la regardant tendrement.

La jeune femme tourna la tête vers son père. Ses yeux étaient vides.

— Martille, ma petite, répéta Pierre en posant la main sur le front moite.

Peine perdue, Martille se retourna.

— Elle ne veut pas me voir, murmura Pierre.

Deux grosses larmes coulèrent jusqu'à son menton, qu'il avait double.

— Mais non, fit la ventrière, elle ne sait plus où elle est, laissez-lui un peu de temps.

Et elle disait vrai, car les jours suivants apportèrent une lente amélioration. Et enfin, Martille offrit à Pierre un pauvre sourire qui provoqua de nouvelles larmes.

— Tu vas pouvoir retourner au jardin, chuchota-t-il, tellement ému.

— A quoi bon ? répondit Martille.

— Tu dois vivre...

— A quoi bon ? Un grand malheur...

Pierre secoua la tête. Maître Flamel avait fait une suggestion à Nathalène par l'intermédiaire d'Ursule : que Martille, quand elle aurait recouvré toutes ses forces, se présente au palais pour s'occuper des enfants royaux. On y avait toujours besoin de berceresse. Ce serait peut-être un dérivatif... Nathalène n'en était pas sûre mais, résignée, elle était prête à tout. Pierre s'accrochait maintenant à cette idée presque rassurante.

Un oiseau s'était posé sur le bord du petit œil-de-bœuf. Il picora la pierre, parut s'intéresser à l'écuelle où Nathalène avait déposé de l'oignon rouge broyé pour éloigner les mouches, puis s'envola soudain. Pierre le suivit des yeux un instant, puis revint à Martille, si pâle.

— Lui, au moins, est heureux, murmura la jeune femme.

— Qu'en sais-tu ? Qui se soucie de lui ? N'est-il pas tout seul et minuscule dans ce grand ciel bleu ?

# 19

La guérison du roi avait bouleversé les plans de Guillebert. Le connétable Olivier de Clisson, qu'il avait revu chez Nicolas Flamel, n'avait pas manqué de le lui dire et de constater que les services qu'il entendait offrir au roi n'étaient plus nécessaires.

« Certes, certes », avait convenu Guillebert, légèrement désarçonné par l'événement.

Mais beaucoup s'accordaient pour penser que la guérison serait provisoire. En attendant, il fallait bien reconnaître que, comme chaque fois qu'un mieux se produisait, la vie dans le royaume prenait un cours plus frivole, comme si le couvercle de malheurs qui avait semblé occulter le ciel s'était désagrégé. Oh, les rivalités entre les princes ne s'étaient pas évaporées par enchantement, les affaires de la papauté défrayaient toujours les rumeurs, mais l'air était plus respirable. Et la vie de Guillebert avait aussi changé, au cours des derniers mois. Il s'était lentement inscrit dans un paysage où il ne faisait plus figure d'étranger, même si ses manières en déconcertaient plus d'un.

Il y avait beau temps que le nain Hennequin avait abandonné sa filature peu discrète, et Guillebert n'avait pas voulu épiloguer sur la fouille de sa maison, qui avait abouti à la mise en sécurité de son trésor. Qui lui en voulait, à part cet Arnaud dont les fanfaronnades au service du tout aussi orgueilleux duc de Bourgogne ne l'impressionnaient guère ? Même si, quand il le croisait, l'autre levait le poing et brandissait toujours sa vengeance comme une menace imminente. Lui aussi était un « faiseur de mots » ! Des paroles aux actes, il y avait un grand pas à franchir.

Quant à Gilette, son souvenir était moins prégnant. Un paradoxe, elle qui n'avait cessé de l'accompagner au cours de ses lointaines pérégrinations, il la sentait moins proche de lui, alors qu'il était de retour dans cette ville où il l'avait connue et où elle se trouvait peut-être encore. Mais il avait compris que la chercher dans ces rues grouillantes était comme chercher une aiguille dans une botte de foin, et il avait mis fin à ses pèlerinages quotidiens au Châtelet ou au pilori. Oh, elle était bien toujours là, et au détour d'une rue, à la vue d'une silhouette, elle lui revenait, lancinante.

Et justement ce jour, au moment où le sonneur de Saint-Germain-l'Auxerrois faisait tinter ses cloches pour annoncer none, il avait eu, à l'instant, un éclair qui lui avait fait battre le cœur, mais une main l'avait ramené à la vie tout de suite, comme elle le faisait maintenant depuis de nombreuses semaines, presque depuis la fameuse procession qui n'avait pas transformé seulement la vie du roi.

— C'est là ? interrogea Claire.

— Oui… murmura Guillebert, encore bouleversé par la silhouette aperçue rue d'Avron au moment où elle pénétrait dans une maison.

Guillebert ne comptait plus le nombre de fois où il avait ainsi été abusé par un chaperon, une cotte, une chevelure, une silhouette aux formes douces…

Il fit entrer vivement Claire en jetant un coup d'œil dans la rue pour vérifier que personne n'avait prêté attention à leur arrivée. Mais, indifférents aux autres, les passants se hâtaient vers leurs propres affaires et même le crieur était bien trop occupé à débiter les noms des morts de la veille pour observer des scènes qui devaient se répéter partout et sans cesse dans les rues de Paris ; chacune de ces voies, larges ou étroites, désertes ou fréquentées, aurait pu raconter les histoires de ses riverains sur des pages et des pages qui auraient enrichi à jamais les parcheminiers des alentours.

Guillebert aurait cependant, sans doute, nourri quelque inquiétude s'il avait vu l'homme qui, nonchalamment appuyé contre un poteau cornier, trois maisons plus loin, semblait faire le guet. Mais le quartier était animé, avec le voisinage des hôtels d'Alençon et de Bourbon, et il n'était pas rare que des individus surveillent les faits et gestes d'autres, surtout dans le climat de suspicion qui continuait à régner en ville entre les princes des lys. Les affaires de Guillebert n'intéressaient personne. Du moins le croyait-il...

— Voilà, fit-il après avoir fermé soigneusement la porte de bois clair d'un tour de la clé de bronze qu'il portait toujours attachée à sa ceinture, en montrant à Claire la salle du rez-de-chaussée de sa maison.

Elle était arrivée à ses fins. Elle y travaillait depuis plusieurs semaines. Lasse de leurs rencontres dans des auberges, notamment chez Charles, l'ami d'enfance de Guillebert, mis dans la confidence de leur liaison, elle avait enfin obtenu qu'ils se retrouvent dans cette maison.

« Tu sais, ce n'est guère plus confortable qu'ici... » avait pourtant dit Guillebert quand Claire avait formulé la première fois ce désir qu'elle avait dû réitérer souvent avant qu'il ne cédât enfin.

Charles leur avait réservé une soupente au sommet de son établissement *Au Renard qui prêche*, que Claire avait aussitôt baptisée leur « nid ». Il y avait posé la meilleure paillasse de plumes qui soit, avec des oreillers tout aussi moelleux qui trahissaient encore leurs formes longtemps après que les amants les avaient quittés.

Claire s'était donnée à lui peu après la procession. Elle croyait pourtant avoir mis de l'ordre dans sa vie en rompant avec le beau concurrent de son époux, le fameux Lubin Barbedor. La lassitude des derniers temps l'avait conduite à cette rupture au moins autant qu'un certain regain d'intérêt de Jean pour une épouse depuis longtemps négligée au profit de son travail et de quelques rencontres brèves, ici ou là.

Et puis un matin, alors qu'elle avait déserté l'échoppe et ses trésors pour flâner du côté de la rue du Figuier pour y faire l'achat de nouvelles chaussures, elle avait aperçu cet homme à la blondeur séduisante ; elle avait senti son cœur battre plus que de raison et ses joues s'empourprer comme du temps où elle était jeune fille et qu'un damoiseau lui adressait des amabilités. Plutôt que de se calmer et de laisser passer avec prudence l'orage qui menaçait de l'emporter vers de nouvelles aventures, elle avait pressé le pas et joué l'étonnée quand elle s'était trouvée presque face à face avec Guillebert.

« Dame Claire, avait-il dit avec un sourire franc en ôtant un chaperon qui paraissait tout neuf, quel bon vent vous amène par ici ? Je suis sûr que vous rêvez de ces chaussures que Célestin vend à tour de bras à toutes les élégantes de la ville…

— Etes-vous devin ? » avait répondu Claire, qui tentait en vain de cacher son trouble en questionnant à son tour cet homme qui la dépassait de plus d'une tête et devait être si fort qu'il aurait pu la soulever à bout de bras.

Intimidée, émue, impressionnée, elle aurait bien voulu être ailleurs et, en même temps, elle bénissait le ciel qui provoquait de telles rencontres.

« Permettez que je vous accompagne et vous serve de conseil pour un achat si important... Peut-etre aurez-vous l'occasion de mettre ces chaussures lors de la prochaine procession pour le roi...

— Il n'y en aura pas, il paraît qu'il va mieux, avait aussitôt répondu Claire, qui avait presque oublié son trouble.

— Que cela ne vous empêche pas de faire votre achat... »

En devisant, ils étaient arrivés devant la fameuse échoppe, qui ne désemplissait guère du matin au soir. Le chaussetier, le fameux Célestin, avait le visage marqué d'une sorte de rictus tant, depuis que ses ventes avaient explosé, il ne cessait de sourire à des clientes, parfois exigeantes mais si satisfaites qu'elles n'en finissaient pas de revenir en amenant avec elles leurs amies. Et sachant la fulgurance des modes dans cette société instable, Célestin profitait au mieux de l'aubaine. Il savait que cela ne durerait pas et que demain, peut-être, ses pratiques assidues pourraient tout aussi bien se précipiter chez un concurrent. Même les prédicateurs dénonçaient en chaire ce travers !

Faisant des envieux parmi ses cent cinquante confrères de la ville, Célestin avait pu racheter l'échoppe voisine, où des cordonniers, chevronnés ou apprentis, s'affairaient, dès potron-minet jusqu'à la tombée de la nuit, pour créer des modèles que les clientes s'arrachaient. Une boutique prospère, comme le proclamait la belle enseigne à l'effigie des saints Crépin et Crépinien[1], les deux patrons des cordonniers.

« Mais n'avez-vous pas déjà des souliers ravissants ? avait demandé Guillebert, moqueur. Et pourquoi faut-il que les

1. Les cordonniers tiraient leur nom depuis des siècles de *cordouan*, peau de chèvre traitée suivant un procédé spécial mis au point à Cordoue.

femmes achètent des chaussures si belles pour les cacher immédiatement sous leurs longues cottes ?

— Vous n'y connaissez rien, avait aussitôt rétorqué Claire en éclatant de rire. Nous, nous avons besoin de savoir que nous sommes bellement chaussées.

— Et nous, il nous faut vous déshabiller alors pour découvrir ces merveilles… »

Piquant un fard, Claire démontra en tendant la jambe en avant que ces comportements extrêmes n'étaient pas nécessaires. Guillebert avait à peine eu le temps d'apercevoir la fine bottine à laçage latéral, la spécialité de Célestin, le chaussetier de ces dames.

« Je veux les mêmes mais en cuir rouge ! » avait lancé Claire dès qu'elle avait pu enfin pénétrer dans l'échoppe dont les étagères regorgeaient de ces modèles si convoités.

L'astucieux artisan fabriquait des versions multiples, obligeant ses clientes à revenir sans cesse pour être toujours à la mode du jour.

« La duchesse Valentine en a pris des rouges hier justement, avait répondu la jeune vendeuse, dont l'air candide donnait confiance et contribuait à multiplier les ventes.

— Oui, oui, avait assuré Célestin, apparu dans leur dos. Et la reine en a demandé. »

Il faut dire que l'une et l'autre voisinaient presque avec le cordonnier, puisque les hôtels du Porc-Epic et Saint-Pol étaient à deux pas.

« Il faut les essayer, avait dit Guillebert en s'emparant de la paire de chaussures que tendait la jeune vendeuse, dont la robe vert clair accentuait la blancheur du teint. Asseyez-vous là ! »

Désignant un long banc de bois partagé par d'autres clientes impatientes, Guillebert avait pris la direction des opérations avec une autorité surprenante ou plutôt qui aurait surpris si on avait su qu'il n'était pas le mari de la dame, pas même un parent ou un ami. Obtempérant, Claire était dans un état d'esprit qui ne lui laissait aucune possibilité de réagir. Une fois qu'elle fut assise, Guillebert s'était immédiatement mis à ses pieds et emparé du gauche, qu'il avait déchaussé avec dextérité avant même qu'elle ait pu protester. Mais en avait-elle envie ? Et quand les mains de Guillebert s'étaient attardées sur sa cheville, qu'elle avait gracieuse et délicate, elle avait frémi. Quelle emprise cet homme, en quelques instants, avait sur elle !

Avec une infinie douceur, il avait enfilé la chaussure dont le cuir rouge était si fin que Claire avait l'impression de mettre son pied dans du velours ; puis il s'était saisi du pied droit, ses doigts avaient paru s'attarder un peu plus que nécessaire sur la peau très blanche et, la chaussure en place, il avait commandé, avec un sourire indéfinissable :

« Mettez-vous debout... Etes-vous bien ? »

Et Claire d'obéir comme une petite fille. Elle en avait reparlé cinquante fois à Guillebert, de cette comédie étrange qu'elle avait jouée avec une soumission et une fascination qu'elle n'avait peut-être jamais éprouvées envers personne. Et quand Guillebert avait ouvert son aumônière pour payer les chaussures, elle n'avait pas davantage osé protester. Pas plus que quand le cordonnier à l'œil malin avait dit à son acheteur :

« Femme chaussée n'est pas nue... Tout marche mieux quand on est bien chaussé... »

Le clin d'œil du marchand, qui adaptait à sa clientèle féminine de vieux dictons rappelant l'importance de son métier, était pourtant si malicieux !

Elle n'avait pas fini non plus de lui raconter le désarroi qui s'était emparé d'elle quand il l'avait plantée là, devant le figuier, avec ses chaussures, au milieu des passants qui se pressaient vers l'hôtel de Sens voisin [1].

« Bon retour, Clairecler, c'est bien ainsi que l'on vous nomme parfois », avait lancé ce diable d'homme avec un signe de la main désinvolte en partant à grands pas dans la rue.

Elle était restée, pantelante, à le regarder s'éloigner en observant tranquillement la façade aux têtes étranges de l'hôtel dit « des Marmousets », pour finalement disparaître dans la rue Percée. Elle avait attendu de recouvrer tous ses esprits avant de rentrer rue des Orfèvres et de reprendre sa place dans l'échoppe où Pierre, le vieil ouvrier de confiance, aimait la remplacer et passer un peu de temps au milieu de tous ces objets qu'il avait souvent contribué à réaliser. Jean le disait même très bon vendeur car il savait vanter, mieux que personne, les mérites de ces réalisations dont il connaissait si bien le prix, pas seulement des matières précieuses, mais surtout de la sueur, voire de l'angoisse indispensables à leur réussite.

Littéralement obsédée, Claire n'avait eu de cesse de revoir « le diable d'homme », comme disait volontiers Nicolas Flamel, qui se vantait fort de son amitié. Elle avait ainsi multiplié les prétextes pour parcourir les rues de la ville, délaissant son échoppe pour celle des autres en espérant toujours voir surgir la haute silhouette et le chaperon fièrement planté sur des cheveux blonds bien coiffés. L'échec de ses tentatives avait encore exacerbé son désir et quand, enfin, elle avait rencontré Guillebert, elle aurait été prête à le suivre n'importe où. Mais c'était sans compter avec cet homme toujours surprenant qui avait observé alors des distances et lui avait même décrit le plaisir qu'il prenait

1. Il s'agit de l'hôtel des archevêques de Sens, l'une des maisons les plus anciennes de Paris.

à se faire portraiturer par la peintresse Bourgot, chez qui il se rendait justement. Claire avait eu envie de hurler, là, dans la rue des Lombards et, une fois encore, il l'avait plantée devant la boutique d'un apothicaire où elle s'était précipitée pour obtenir quelque réconfort pour sa tête bourdonnante.

L'homme lui avait fait respirer un bol arménien dont l'argile rouge mêlée à de nombreuses herbes l'avait soulagée. Elle était entrée ensuite dans l'église Sainte-Opportune, où elle avait prié sainte Madeleine, réputée arranger les chagrins d'amour ! Le dimanche précédent, le prêche du curé n'avait-il pas attiré l'attention de ses paroissiennes sur le destin de cette femme, cette « coquette invétérée » dont les relations avec les hommes n'étaient pas forcément un exemple ? Mais s'agissait-il de la prier pour qu'elle l'aide à renoncer à cet amour fou ou au contraire à parvenir à ses fins avec cet homme ?

Et puis un jour, peu de temps après ces prières, tout s'était dénoué, avec justement l'aide du ciel. Claire sortait d'un atelier de la longue rue de la Verrerie où elle avait livré des feuilles d'or quand un orage avait éclaté, provoquant un vrai déluge. A croire que le diable d'homme l'avait suivie ; elle l'avait interrogé sur ce point mais il n'avait jamais avoué ; il avait vraiment surgi comme par miracle, l'avait poussée vers la rue du Renard où ils s'étaient engouffrés, mouillés et transis, chez son ami Charles, dont l'enseigne *Au Renard qui prêche* formait une vraie gouttière au-dessus du seuil fait d'une épaisse pierre blanche patinée et usée par les pas de centaines et de centaines de clients.

Le tavernier les avait réchauffés avec son petit vin de Montmartre et régalés d'oublies dont Claire n'oublierait jamais la saveur. Elle ne savait plus très bien comment, vaguement enivrée par ce vin dont la douceur était une belle traîtresse, elle s'était retrouvée à l'étage de l'auberge, nue dans les bras de Guillebert. L'orage avait cessé depuis longtemps quand elle avait recouvré ses esprits et couru jusqu'à la rue des Orfèvres, inventant un mensonge que Jean Clerbourc avait avalé sans un mot.

Il était bien trop occupé. Bandini avait apporté une bourse remplie d'écus et il avait fallu livrer moult objets, partis pour la Lombardie depuis ; et il y avait surtout la maudite commande de la reine, le fameux projet dessiné par Lambert et leurs disputes, devenues quotidiennes tant l'enjeu était grand. Et, faisant encore monter la pression, la Vierge à l'Enfant, couronnée par deux anges et priée par le roi et la reine, que Lubin Barbedor, le concurrent suprême, avait enfin livrée au duc de Berry après de nombreux mois de gestation mais dont tous s'accordaient à vanter l'extrême réussite. Sa rupture avec Claire avait exacerbé son désir d'en découdre avec Clerbourc, et cette commande, honorée de la plus belle manière, avait amené chez lui les clients les plus huppés et même rivaux ; Valentine Visconti, notamment, et son époux, le remuant duc d'Orléans, et l'inévitable monseigneur de Bourgogne, cousin de Charles VI, de plus en plus présent à Paris, où son pouvoir s'affirmait au fil des mois.

Et les rivalités s'exaltaient même par artistes ou artisans interposés. Maître Arnaud, l'architecte de l'église Saint-Jacques, ne travaillait-il pas désormais pour Jean dit « sans Peur », dont il était devenu l'âme damnée dans son hôtel installé entre les rues Mauconseil, Montorgueil, Tiquetonne et Saint-Denis [1], non loin de la porte Montmartre ? On murmurait que le prince lui avait commandé une tour

1. Quartier actuel de la rue Etienne-Marcel.

afin d'y aménager à l'étage supérieur une chambre forte pour y dormir.

« A croire qu'il craint qu'on ne l'assassine ! avait commenté un jour, très agacé, le connétable de Clisson, devant Guillebert et Nicolas Flamel.

— Les coquins s'assemblent ! » avait répondu le libraire, qui avait une estime limitée pour le jeune prince de Bourgogne, « prêt à tout » selon lui pour asseoir son pouvoir.

Vaguement dépassée par ces affaires, Claire écoutait pourtant avec plaisir les commentaires que Guillebert ne manquait pas de faire passionnément sur une situation politique toujours très tendue ; même si le roi avait en apparence recouvré la santé, autour de lui les rivalités restaient énormes et paralysaient souvent les décisions.

« Ces princes des fleurs de lys vont ruiner le royaume... Foutre sanglant de Dieu !

— Laisse-les donc... Pourquoi t'occupes-tu toujours de ce qui ne te regarde pas ? Cela te perdra...

— Cela m'a déjà perdu ! Foutre sang de Dieu !

— Arrête de blasphémer, fais-moi plutôt l'amour », murmurait Claire en se blottissant dans ses bras.

Elle avait découvert, le premier jour, avec effroi, la fameuse cicatrice du fer chaud sur sa poitrine. Pour une fois, il n'avait pas été très bavard et, redoutant de le froisser, elle avait abandonné, depuis, l'idée de le faire parler. Que le « faiseur de mots » garde pour d'autres ses histoires ! Elle, elle venait le retrouver pour d'autres plaisirs...

# 20

Depuis cet orage bienfaisant, elle s'échappait dès qu'elle le pouvait pour retrouver cet amant qui l'emmenait sur des terres qu'elle n'avait jamais vraiment explorées au cours de ses aventures passées. Comme cet après-none où elle avait abandonné l'atelier en pleine crise, une nouvelle fois. Les rapports entre le père et le fils s'envenimaient, mais quand Jean allait jusqu'à parler de sa « putasse de Marguerite », Claire avait remarqué que Lambert était plus indifférent et cela la laissait songeuse.

Alanguie sur la courtepointe de vair que Guillebert s'était offerte quand l'hiver s'était fait rude avec précocité dès la Toussaint, Claire détaillait maintenant les lieux, qu'elle avait à peine aperçus tant Guillebert s'était montré impatient. Sa cotte traînait d'ailleurs sur le plancher avec ses petits-linges alors que Guillebert avait jeté son pourpoint bleu et ses chausses rouges sur le coffre que Claire devinait malgré la pénombre dans l'angle de la pièce. L'oculus ne distillait qu'une maigre lumière dans la soupente quand le soleil était résolument passé vers l'occident. Il laissait voir aussi un peu de ciel qui, ce jour-là, était typiquement parisien, avec son bleu délavé zébré de nuées blanches poussées par une brise venue de l'orient.

Claire s'étira mollement en tâtant la paillasse de plumes et en faisant aller sur l'oreiller de toile fine à droite et à gauche sa tête échevelée qui en disait long sur leurs ébats. Sa peau très claire était mise en valeur par la courtepointe à grands carreaux bleus et rouges. Guillebert aimait cette blancheur nacrée presque parfaite. Elle ne lui avait pas avoué qu'elle en prenait grand soin grâce à des bains agrémentés de feuilles de charme pour effacer d'éventuelles taches. Un secret confié par l'étuvière de la rue du Coquillier, qui avait compté parmi ses clientes la vieille duchesse de Bourgogne, dont la demeure, l'hôtel de Flandre, était toute proche.

Claire poursuivait sa découverte. Des courtines bleues étaient suspendues à une légère armature de bois avec un ciel de lit de même couleur retenu au plafond par des cordes. La tête de lit était en bois à panneaux en plis de parchemins.

— Tu ne t'es rien refusé, observa Claire après avoir tâté le tissu des courtines, en l'espèce un beau velours.

— Et pourquoi me refuserais-je quelque chose ? J'ai assez pâti dans ma vie pour m'offrir quelques plaisirs… répliqua Guillebert, qui remettait ses braies et en serrait le cordon de coulisse qu'il noua avant d'enfiler ses chausses.

— Et ce tapis ?

Claire désignait au sol un ouvrage comme on en voyait peu dans les maisons modestes.

— C'est un tapis de selle, répondit Guillebert, qui en aimait les couleurs chatoyantes et l'aspect velouté. C'est de l'ouvrage de Turquie.

Il s'approcha d'un dressoir qu'il avait acquis quelques jours plus tôt chez le huchier de la rue d'Avron. Le meuble raffiné présentait une large tablette posée sur un petit placard dont la porte sculptée de motifs circulaires était munie d'une serrure, au-dessus d'une deuxième tablette sur quatre pieds presque au niveau du sol. Guillebert y avait disposé quelques objets, deux verres, un chandelier et un pichet.

— Un peu d'eau fraîche ? interrogea Guillebert en se retournant vers Claire, dont l'œil inquisiteur agaçait vaguement son amant qui se repentait déjà de l'avoir conduite dans sa retraite où, à part Simon, personne n'était jamais venu.

Ne s'était-il pas dit, quand il avait emménagé, que ce logis, il le dédiait à Gilette et qu'il devait être prêt pour la recevoir ? Avoir amené ici Claire était une trahison de plus à l'égard de la disparue. Il lui en voulait presque, et pourtant quand il la voyait nue, si impudique, avec son corps de femme épanouie, il ne regrettait rien.

— Tout était prêt, comme si tu attendais quelqu'un... dit la perspicace Claire en prenant le verre que lui tendait déjà Guillebert.

Tourné vers l'oculus, il esquiva la question. C'est à cet instant que Claire découvrit, accrochée à un clou, une robe.

— Qu'est-ce que c'est ? demanda-t-elle, déjà dévorée par le soupçon et la jalousie.

Guillebert, qui avait fixé quelques instants les pignons de l'autre côté de la rue, se retourna vivement.

— Si tu es venue pour me faire subir un interrogatoire, tu peux t'en aller.

— Pourquoi te fâches-tu ? Tu es si mystérieux que j'aimerais en savoir un peu plus...

— Ce n'est pas une raison pour me violer, foutre sang de Dieu !

Claire avait sauté du lit et observait de plus près l'objet qui l'avait attirée. Délicatement, ses doigts glissèrent sur la soie, jouèrent sur les broderies.

— Je n'en ai jamais vu de telles… D'où l'as-tu rapportée ?

— D'un de ces pays que j'ai visités, répondit laconiquement Guillebert, un pays où les femmes ont une étrange beauté, où les hommes boivent du sang de cheval ou du lait de jument fermenté, où les femmes conduisent les chariots ou chargent les chameaux de marchandises curieuses, où elles mènent les hommes, cela plairait à ta Christine de Pisan…

— Mais cette robe, qu'en fais-tu ? demanda timidement Claire, qui avait écouté Guillebert en le dévisageant comme elle l'aurait fait d'un objet insolite et inconnu. Elle doit coûter aussi cher qu'elle te semble chère !

— Je la garde… C'est un souvenir et ne te méprends pas, là-bas ces objets ne valent pas tant car de la soie, il y en a partout, se contenta de dire Guillebert.

— Et là-bas il y a une femme que tu as aimée ?

— Oui, c'est cela.

Claire, qui avait craint un instant le pire, éprouva une sorte de soulagement, mais le charme était rompu. Guillebert s'était refermé comme une huître. Il avait ajusté la boucle d'argent de sa ceinture, cette boucle qu'il était venu acheter chez Jean Clerbourc, quelques jours plus tôt. Il saisit ensuite son pourpoint au collet de vair et en boutonna les noyaux avec application avant de se jeter, la mine renfrognée, dans le petit escalier de bois. Claire l'entendit en bas tisonner le feu pour raviver les braises dans la cheminée de la salle.

Elle frissonna. La fête était finie. Saisissant à son tour ses petits-linges, elle les enfila, y superposa le fin jupon ceint au-dessous des hanches, eut la tentation d'endosser la fameuse robe mais y renonça pour passer sagement la sienne. Par l'oculus, elle vit dans la rue des hommes attelés à un petit chariot transportant un gros fût de chêne qu'ils devaient emmener jusqu'à la Seine pour le charger sur une barque. Une corde avait cédé et ils s'affairaient pour réparer. Claire observa leur manège un instant, puis ajusta sa cotte avant de descendre à son tour, après un dernier regard à l'objet incriminé.

— Demain, je vais chez Christine de Pisan… dit-elle en rejoignant Guillebert, posté devant la cheminée où le feu crépitait avec ardeur.

— Et que vas-tu faire chez cette bourgeoise qui endoctrine les dames contre les hommes ? Vous voulez toutes porter le brayer[1] ?

— Elle, au moins, n'écrit pas des horreurs comme ce Jean de Meung avec son *Roman de la Rose* et ses grossièretés contre les femmes. Son ordre de la Rose est une belle réponse. Mais serais-tu digne d'en être chevalier ?

Guillebert leva les yeux au ciel. La ville bruissait depuis des années de ces histoires exagérément grossies par certains.

— Elle est bien la seule à dénoncer les faux amants qui feignent d'aimer… poursuivait déjà Claire, qui avait mis ses bras sur les épaules de Guillebert et le regardait avec intensité.

— Mais moi, ne suis-je pas un vrai amant ? répondit-il en la serrant fort.

Si fort qu'elle murmura :

— Tu m'étouffes…

Dans son dos, Claire faisait discrètement l'inventaire de la salle basse. Le mobilier était constitué d'un arche-banc et d'un dressoir dont le corps haut comportait deux simples portes et deux layettes[2] ; la base présentait quelques objets modestes. Elle avisa aussi un cuveau de bois habilement

1. Porter la culotte.
2. Tiroirs.

tapissé de toile pour éviter les échardes et posé sur une natte de paille tressée.

— La prochaine fois, je me baignerais bien, dit-elle en passant son bras sous celui de Guillebert.

— Il est tout neuf... Je ne l'ai pas encore étrenné ; j'en avais un peu assez d'aller chez l'étuvière, mais je n'ai pas mesuré combien il fallait chauffer d'eau... J'ai commandé une chapelle [1]. Il est temps que tu partes... Ecoute l'horloge du Louvre...

— Et ton portrait par la peintresse maudite ? interrogea soudain Claire.

— Tu y as cru ? C'était un beau mensonge pour te taquiner !

— Est-ce que je sais jamais quand il faut te croire ?

Guillebert éclata de rire.

Au moment où sa mère, encore agacée par ce rire, quittait la petite maison douillette de la rue des Fossés-Saint-Germain, après avoir vérifié que personne ne la surveillait, Pernelle faisait une rencontre pas banale.

Elle avait traversé la Seine la veille et passé la nuit chez sa sœur Audine, comme parfois, pour l'aider. Elle avait occupé sa matinée à jouer avec ses neveux, les jumeaux Côme et Damien, et maintenant qu'ils faisaient la sieste, traînait dans l'échoppe de son beau-frère Thomas. Le parcheminier, établi rue Boutebrie, à deux pas de Saint-Séverin, où avait habité autrefois la famille Clerbourc, avait une clientèle d'étudiants et de professeurs des proches collèges de l'université. Celui de Sorbon, installé rue Coupe-Gueule par le saint roi Louis et fréquenté par les théologiens, lui offrait une clientèle particulièrement

1. Petit abri de toile à placer au-dessus du cuveau pour garder la chaleur.

assidue, gaie, parfois remuante, qui n'avait rien à voir avec celle de l'échoppe de Jean Clerbourc, beaucoup plus huppée et traditionnelle.

Entraînant son amie Bertrade, dont le grand-père habitait rue de Laas, Pernelle s'échappait parfois de la rive droite par le Pont-aux-Changeurs et le pont Saint-Michel vers la rue de la Harpe pour flâner dans des quartiers moins marchands et plus amusants. Son père n'aimait pourtant pas la voir traîner dans ces rues dont les passants étaient le plus souvent ces étudiants agitateurs d'idées ou de promesses et pour le moins irrespectueux des usages. Lambert, du temps où il avait eu quelque prétention à suivre des cours de droit, avait ramené dans la demeure de la rue des Orfèvres des amis que Jean tolérait difficilement, surtout quand ils s'attaquaient, en le narguant avec insolence, à ces bourgeois « remplis de vin et de graisse » dont il était, visiblement pour eux, un bel exemple.

Désobéissante, Pernelle n'hésitait pas à transgresser l'avis paternel en prétextant une visite chez ses sœurs, toutes les deux installées sur la rive gauche. Marie et Raoulet logaient rue des Plâtriers, le père de Raoulet y exploitant le principal dépôt de plâtre de Paris, matériau retiré des carrières de Montmartre. Jamais elle n'aurait avoué à son père qu'avec Bertrade elle ne manquait jamais de faire un détour par la rue du Fouarre, où les étudiants de la faculté des arts suivaient leurs cours en plein air. Elles ne craignaient pas de s'asseoir sur la terre battue avec les élèves pour écouter le maître juché sur un perchoir, une coutume mettant en évidence l'esprit d'abnégation et d'humilité des étudiants mais qui s'était légèrement amollie depuis l'origine ; en effet, au cours des dernières décennies, ils avaient pris l'habitude d'apporter des bottes de paille pour un peu plus de confort. Partager l'une de ces bottes avec un bel étudiant offrait aux jeunes filles un piquant dont elles ne se seraient privées sous aucun prétexte. Elles avaient ainsi entretenu une amourette platonique avec deux Anglais dont les cheveux blonds leur avaient plu au moins autant que leurs taches de rousseur ou leur accent. Mais ils étaient repartis, quelques jours auparavant. A elles de se faire de nouveaux amis ! Et comme, depuis que le roi Charles V avait fait fermer la rue par des chaînes, il n'y avait plus de ribaudes et beaucoup moins d'indécences, il n'était pas question pour elles de renoncer à ces plaisirs.

— Pernelle Clerbourc... comme tu ressembles à ta mère !

La jeune fille, interpellée alors qu'elle comptait des feuillets de parchemin que Thomas avait coupés le matin même, leva la tête.

— La ressemblance est frappante... poursuivait déjà cette femme qui parlait haut et fort dans l'échoppe où elle était entrée quelques instants plus tôt.

Pernelle la dévisagea à son tour. Emmitouflée dans un manteau doublé de petit-gris qui s'effilochait, la fourrure usée laissant voir la peau, elle portait aussi un surcot d'écarlate décoloré et râpé.

— Dame Christine connaît maman, expliqua aussitôt Audine devant la mine renfrognée de Pernelle, dont l'insolence coutumière laissait craindre le pire.

— Christine de Pisan... souffla la jeune fille avec, cette fois, un vrai sourire pour éclairer son visage qui avait, au cours des mois précédents, perdu de sa candeur enfantine au profit d'une simple beauté.

Les yeux aussi avaient acquis de l'éclat, et les joues, légèrement rebondies, avaient cédé la place à des pommettes plus saillantes.

— Eh oui... tu me connais ?

— « Seulette suis, seulette veux être... »

— Où as-tu appris ce poème ?

— Avec mon amie Bertrade...

Une quinte de toux empêcha Christine de Pisan d'exprimer sa satisfaction. Elle referma étroitement sur elle le pauvre manteau usé, en frissonnant, toussa en portant à sa bouche des mains où ne se voyaient plus que la peau et les os, puis, calmée, elle dit :

— Tu devrais venir chez moi avec ta maman. Il faut que des jeunes filles comme toi sachent toute leur valeur. Pour ta sœur, c'est trop tard…

Audine, qui avait pris le relais pour compter les feuillets dont la qualité faisait la réputation de l'atelier, s'arrêta et regarda à son tour Christine de Pisan d'un air interrogateur.

— Oui, tu es mariée et bien trop soumise… expliqua la dame qui, décidément, intriguait Pernelle. Mais dans ce royaume où beaucoup de choses vont à vau-l'eau, dans ce monde où l'Eglise de Dieu est divisée, les femmes doivent tenir leur rôle et ne pas se laisser conter qu'elles sont naturellement crédules et inférieures à l'homme.

Interloquée par le ton comme par les paroles, Pernelle, dont le visage avait perdu son insolence, écoutait la dame, nonchalamment adossée aux étagères où des manuscrits sommairement reliés et des paquets de feuillets vierges attendaient les clients.

— Quand le sort s'acharne, il faut aux femmes plus de caractère qu'aux hommes, continuait Christine de Pisan, qui s'était assise sur le banc de bois où venaient parfois lire des étudiants désargentés et dans l'incapacité d'acquérir un manuscrit.

Thomas les aidait ainsi et, certains jours, son échoppe regorgeait de cette clientèle dont il espérait qu'elle se souviendrait de sa générosité quand les temps seraient meilleurs. Il faut dire que la boutique était fort bien fournie puisque, outre le parchemin, le vélin et aussi le papier, de plus en plus en usage, on y pouvait trouver des encriers, des canivets[1] et bien sûr un bel assortiment de plumes d'oie et des tablettes à écrire en bois. Des objets qui excitaient la convoitise des étudiants, si nombreux dans le quartier. Pernelle y avait parfois croisé des jeunes gens qui l'avaient raccompagnée jusqu'à la rue des Orfèvres en devisant plaisamment.

— Savez-vous que mon *Epître au dieu d'Amour* va être traduite en anglais et pas par n'importe qui, par Thomas Occleve, qui a un grand renom à Londres ?

— Que dites-vous, dame Christine ?

Thomas venait d'entrer dans l'échoppe, arrivant de la cour où l'on apercevait des parchemins tendus pour sécher dans des cadres de bois installés sous des auvents afin de les protéger de la pluie.

— Mon cher Thomas... puis-je avoir quelque crédit ? J'ai vraiment besoin de feuillets car l'inspiration est là et je ne peux la laisser s'envoler comme un pauvre moineau perdu à jamais dans les nuages. Et puis il y a cette fête de la Rose chez le duc d'Orléans, je dois y figurer dignement, avec des mots qui vivront plus longtemps que cette fleur...

Thomas fronça les sourcils. Dame Christine lui devait déjà beaucoup d'argent.

Devinant ses pensées, la poétesse prit les devants :

— Je vais gagner mes plaids[2] qui m'ont coûté si cher et retrouver les rentes laissées par mon père et mon mari...

Thomas avait déjà entendu maintes fois une affirmation dont la réalité tardait à venir.

— Si, si, je vous assure, confirma dame Christine, consciente des réticences du parcheminier, je vais gagner contre cet homme sans pitié et si plein de péchés qui m'a lésée. Je vais en avoir fini, moi, pauvre veuve, avec tous ces

1. Petits grattoirs pour gommer.
2. Procès.

maîtres des enquêtes et requêtes, ces procureurs et ces avocats ! Fini le temps où les sergents pénètrent à mon domicile et enlèvent des chosettes auxquelles je suis attachée. On ne se moquera plus de moi et de mon pauvre manteau effiloché quand je pourrai aller enfin chez le fripier et me faire belle comme toute femme en a le droit.

Thomas soupira. Derrière Christine de Pisan, Audine lui faisait les gros yeux car elle savait que son mari allait encore une fois se laisser attendrir par ces discours lénifiants. Sa mère n'avait-elle pas aussi prêché la patience ?

— C'est la dernière fois... finit par dire le marchand en tendant une liasse de feuillets que Christine tâta de ses doigts experts.

— Quelle douceur... Ma plume va courir et je ne pourrai même pas la retenir... « Je vous vends la passerose,/belle dire ne vous ose/comment Amour vers vous me tire :/si vous l'apercevez tout sans dire... » déclama la dame, tournée vers Pernelle. L'amour, l'amour, danger, ma fille... Viens me voir quand tu veux, je t'en dirai sur l'amour plus que tu ne peux imaginer, et sur ses pièges et sur ces hommes qui nous veulent du bien et aussi tant de mal... Vous serez invités à la fête de la Rose que prépare la duchesse Valentine. Merci, à la prochaine fois.

Pernelle regarda sortir cette femme qui devait avoir l'âge de sa mère ou un peu plus. Les traits de son visage étaient tirés et la peau presque parcheminée offrait tellement plus de rides que celle de sa mère, où la vie semblait glisser sans laisser de traces. Pernelle passa la main sur ses joues comme pour éprouver le velouté d'une peau toute neuve. Rassurée, elle reprit conscience de l'échoppe où chacun retrouvait sa place après la tempête nommée Christine. D'un ton aigre, Audine faisait des remontrances à son mari qui riait en balayant d'un geste de la main les mots sévères de son épouse. Il n'aurait jamais accepté que sa cliente ne puisse jouer avec ses mots, faute de parchemin. Le ton monta, puis s'apaisa. Audine baissa le nez.

Pernelle les regarda un instant, puis prit sur un rayon un petit livre dont la reliure de cuir rouge était particulièrement usée. Elle l'ouvrit, le feuilleta lentement. L'écriture était fine, les lignes serrées, et le copiste avait même parfois débordé des lignes prédessinées.

— Si dame Christine te voyait, elle te gronderait. Jean de Meung est son grand ennemi, murmura Thomas.

— Dame Christine… répéta Pernelle, songeuse, en reposant le livre à sa place sur l'étagère de noyer blond.

Elle avait été si impressionnée qu'elle l'imagina, telle une furie, surgissant pour lui arracher le livre des mains.

— Me compteriez-vous dix feuillets ? demandait déjà près d'elle une voix masculine bien timbrée. Et aussi trois plumes d'oie, choisissez des souples.

Vivement, Pernelle se retourna ; le jeune homme attendait poliment la réponse. Il avait des yeux sombres qui l'observaient avec une pointe d'ironie. Elle se sentit rougir, puis se précipita vers la pile de parchemin, en compta dix feuillets en bafouillant, puis se retourna vers lui.

— Voilà…

— Merci, vous êtes très belle… chuchota l'autre.

— Cela vous fera… disait déjà Thomas, soucieux de recevoir le juste prix de sa marchandise.

Toute à son trouble, Pernelle rejoignit sa sœur.

— Te voilà rouge, tu as chaud ou c'est ce damoiseau… Il en vient tous les jours, murmura Audine, qui me font regretter d'avoir passé cet anneau à mon doigt…

Elle montrait la main où Thomas avait glissé le jour de leur mariage la bague fine que son père avait sertie d'un petit saphir.

— Dame Christine a beau dire, les hommes font la loi sur nos sens, ajouta-t-elle avant de repasser dans la cour où des ouvriers s'affairaient autour des parchemins et des cadres de bois.

— La loi sur nos sens... répéta bêtement Pernelle avant de lancer à Thomas : Je rentre rue des Orfèvres !

— Bon vent, ma belle !

— Bon vent, ma belle, répétèrent les jumeaux d'Audine qui commençaient à parler et s'amusaient dans un coin de l'échoppe avec leur bourrelet autour de la tête pour prévenir les accidents.

Côme et Damien affichaient tous deux des cicatrices sur le front après de nombreuses chutes contre les étagères.

# 21

L'expression de sa sœur, « la loi sur nos sens », avait trotté dans la tête de Pernelle toute la soirée... Elle avait hâte d'en parler et d'en glousser avec Bertrade. Aussi le lendemain matin, quand elle mit le nez dehors pour aller chez son autre sœur, était-elle bien loin de l'avoir oubliée et elle la méditait encore en contournant un peu plus tard l'église Saint-Jacques, dont le sonneur agitait les cloches avec ardeur. L'air était vif. Après une fin d'octobre hivernale, novembre avait été très doux jusqu'à ces derniers jours, mais une bise glacée prenait d'assaut depuis la veille chaque place, chaque carrefour, poussant les passants à se réfugier dans les rues étroites prisonnières de pignons protecteurs. Et dès qu'on approchait de la Seine, le vent se faisait plus cinglant, rougissant sans pitié les nez et les joues.

Bien équipée d'un bon manteau offert par Claire quelques jours plus tôt, Pernelle n'avait pas froid. La doublure en agneau blanc, dont Jean avait âprement critiqué le coût et qui avait provoqué une crise de jalousie de ses deux jumelles de sœurs, était si douillette ! Claire avait commandé spécialement cette fourrure chez un pelletier de l'île de la Cité ; pour son premier manteau de jeune fille, Pernelle avait préféré l'agneau aux autres fourrures dont la diversité était si importante qu'elle en devenait presque extravagante. Renard, lièvre, lapin, écureuil, loutre, belette, vair, loir et même chat... Pernelle avait eu l'embarras du choix. La forme en cape à capuchon lui permettait d'y réchauffer ses mains alors qu'elle ne portait pas la coiffe, préférant être plus à l'aise, même si le vent lui gelait les oreilles et si Madeleine lui prédisait des misères pour sa gorge.

— Où caches-tu tes mains ? l'interrogea justement une voix tout près d'elle.

Surprise, Pernelle se retourna. Une femme en haillons avait déjà saisi un pan de sa cape.

— Laissez-moi !

Elle avait vivement sorti sa main de son habitacle douillet pour signifier à la femme de s'éloigner, mais l'autre s'en était déjà emparée et murmurait, en la fixant avec attention :

— L'amour, l'amour, prends garde !

— Laissez-moi ! répétait la jeune fille en fuyant.

— Prends garde !

Elle avait encore ces mots dans la tête quand elle fut encore arrêtée par la foule massée au carrefour de la rue de la Harpe, devant l'hôtel de Cramault. Les badauds regardaient des jongleurs auxquels elle s'intéressa à son tour quand elle entendit près d'elle une voix dont l'accent lui était vaguement familier. Etonnée, elle cherchait à l'identifier mais n'eut pas le temps de s'interroger davantage puisque déjà son propriétaire se présentait :

— Orlando Bandini, je crois vous connaître...

Pernelle le dévisagea et en un éclair se remémora l'homme venu voir son père à plusieurs reprises afin de faire des affaires avec lui.

— Vous êtes la fille de mon excellent orfèvre... Aussi

belle que les objets qu'il fabrique avec tant de talent et de réussite !

Pernelle rougit. Grand et mince, comme toujours vêtu de violet et de vert – son père et Lambert en plaisantaient assez –, l'homme la dominait de plus d'une tête. Elle reconnaissait bien maintenant les cheveux très noirs coupés court autour d'un visage au teint basané comme un pruneau. L'œil aussi sombre que le cheveu, vif et brillant, avait derrière des cils de madone une moquerie redoutable.

— *Bella, bellissima*...

Un mouvement de foule les poussa l'un contre l'autre. Pernelle se retrouva le nez dans son pourpoint dont le velours était d'une douceur telle qu'elle aurait aimé y rester blottie. Bandini lui avait déjà saisi la main et la plaquait sur son cœur.

— *Bella*, sens comme il bat, ce cœur...

Comme elle ne semblait pas répondre à son attente, il pressa davantage ses doigts, en lui faisant presque mal, et les glissa entre deux plis du pourpoint.

— *Bella*, tu le sens.

Soudain effrayée, percevant qu'il ne s'agissait peut-être plus tout à fait d'un jeu innocent, elle acquiesça d'un oui timide.

— Regarde !

Conservant sa main dans la sienne, il désignait maintenant le spectacle offert par les jongleurs. Incapable de résister à cet homme qui faisait ainsi irruption dans sa vie, qui paraissait avoir annihilé en elle toute volonté, Pernelle fit mine de s'y intéresser. Autour d'eux, la foule s'était tue. Perché sur une corde, un acrobate cherchait son équilibre grâce à une fine perche. Enfin stabilisé, il avança un pied, puis l'autre, encouragé par une frêle jeune femme qui progressait sur les pavés en dessinant de gracieuses figures de danse. Les yeux des spectateurs n'y prêtaient guère d'attention tant ils suivaient les évolutions périlleuses de l'autre et, quand il parvint enfin au bout de la corde, un tonnerre d'applaudissements le salua. Bandini laissa échapper la main de Pernelle qui se joignit à l'ovation mais, quand elle fit mine de s'éclipser, il la retint.

— *Bella*, le spectacle n'est pas terminé.

C'était vrai. Un lanceur de couteaux se positionnait déjà devant une planche où la petite danseuse vint se poster.

— Je ne veux pas voir cela, murmura Pernelle en frissonnant.

— *Bella*, tu ne dois pas avoir peur, je suis là.

Il avait passé le bras autour de ses épaules et la serrait contre lui étroitement. Elle sentait la chaleur de son corps et ferma les yeux un instant, fuyant à la fois la vue des couteaux qui s'abattaient impitoyablement autour de la pauvre fille immobile et cet étrange bien-être qui provoquait en elle des sensations inconnues. Tout à coup, elle perdait pied avec la réalité et posa même la tête contre l'épaule de Bandini, qui resserra encore son étreinte et déposa un baiser sur ses cheveux.

— Viens ! dit-il soudain.

C'était elle qui protestait, maintenant :

— Le spectacle n'est pas fini !

— Nous avons mieux à faire, murmura cet homme qui avait en quelques instants acquis sur elle un tel pouvoir qu'elle eut peur.

— Laissez-moi ! cria-t-elle alors, faisant se retourner quelques spectateurs pourtant passionnés par l'avaleur de feu qui avait succédé au lanceur de couteaux à côté d'un contorsionniste désarticulant tellement son corps que chacun en ressentait des frissons.

Pernelle courait maintenant dans la rue de la Vieille-Boucherie, Bandini sur les talons ; il revint à sa hauteur quand elle se présenta à l'entrée du Petit-Pont-Neuf.

— *Bella*, mais que t'arrive-t-il ?

— Laissez-moi, sinon je hurle ! prévint Pernelle dont les joues rouges attestaient son exaspération autant que son essoufflement.

Bandini parut hésiter, puis accéléra lui aussi le rythme de ses pas et quand ils furent au niveau de la Sainte-Chapelle, Pernelle s'arrêta brusquement.

— Si vous continuez à me suivre, je hurle, répéta-t-elle d'une voix si forte qu'un sergent posté à hauteur de la Maison du Trésor les regarda avec attention.

Gêné, Bandini tourna dans la rue de la Vieille-Draperie en levant un poing vengeur à la mesure de sa déception. Deux chiens vinrent lui renifler les chausses.

— Merula, Myia, ici ! ordonna leur maître, qui venait à sa rencontre.

— Vous ne pouvez pas tenir vos chiens ? l'interpella Bandini, surexcité.

— Tes chausses attirent peut-être les chiennes en chaleur, beau seigneur, répondit l'autre. Merula est une chienne maligne comme un merle ; Myia est vive comme une mouche ! Mais, beau seigneur, je comprends que tu préfères une fille en chaleur ! Tu en trouveras rue des Poulies, je te recommande la Péronnelle-aux-Chiens et Gila la Boiteuse !

Furieux, Bandini donna un violent coup de pied dans une épluchure de citrouille. Les chiennes détalèrent en aboyant et rentrèrent avec leur maître dans une modeste maison aux murs de torchis. Bandini jeta quelques jurons, puis se hâta vers la Seine. Les cloches de Notre-Dame sonnaient les vêpres et il était attendu à l'hôtel du Porc-Epic par la duchesse Valentine Visconti.

— Dépêche-toi !

Simon flânait. Pourtant il ne faisait pas chaud. Mais il voulait profiter de chaque instant depuis qu'ils avaient quitté l'atelier et la rue des Orfèvres. Cependant Augustin avait l'œil et ne tolérait pas que Simon s'attardât devant une échoppe ou se laissât happer par la foule des passants jamais pressés. Il aurait volontiers baguenaudé à écouter un crieur ou le bagout d'un marchand et quand une femme, plantée au milieu de ses paniers regorgeant de volailles, l'avait interpellé : « Eh, mon gars, si cette poule te plaît, elle est à toi ! », il s'était retrouvé avec la bête caquetant dans ses bras, provoquant la moquerie méchante de Huc, qui faisait partie de l'expédition : « Profite de cette poule, puceau ! » Augustin avait dû séparer les deux apprentis, en un instant dressés l'un contre l'autre pour le plus grand bonheur des badauds toujours à l'affût d'un spectacle.

La tension était retombée au carrefour des rues de la Verrerie et Sainte-Avoie, laissant à nouveau le champ aux bonimenteurs qui n'étaient pas encore tout à fait gelés.

— Oisons, pigeons, viande salée… ! cria un marchand au moment où les trois compagnons s'éloignaient, vantant les belles denrées présentées dans des corbeilles d'osier.

— Aulx et oignons à grande haleine ! répondit son voisin.

— Voire… commenta un passant rigolard. Ensuite tu pues, ce qui n'est pas très séant pour aller chez ta belle.

Habitué à ce genre de quolibets, le vendeur haussa les épaules pendant que sa voisine prenait le relais :

— Fèves, épinards…

Puisant à pleines mains dans son large panier, elle en présentait une poignée dégoulinant encore d'eau.

— J'ai aussi les bettes pour faire une belle porée… Tu peux te régaler, beau blond, avec du lait d'amande. Je peux te faire la recette et plus si tu veux !

— Tu t'es regardée, avec ton ventre qui va jusqu'à terre ? Méfiez-vous, beau blond, c'est une vraie sorcière. Attention aux tire-laine, messire...

Simon leur jeta un dernier regard et suivit Augustin qui maugréait :

— Nous n'arriverons jamais !

Montrant enfin de la bonne volonté, Simon se hâta. Il ne connaissait pas encore bien la ville et avait un peu peur de se perdre dans ces rues grouillantes de monde, mais quand ils furent arrêtés par le lourd chariot qui barrait la rue Vieille-du-Temple, il profita encore une fois de l'aubaine. Des ouvriers s'affairaient autour du chargement de pavés destinés à la rue où s'étalaient des ornières géantes remplies d'eau boueuse depuis les fortes pluies de la veille.

— Tu vois, toutes les rues de la ville seront bientôt pavées. Maître Clerbourc m'a expliqué un jour qu'on y travaillait depuis deux siècles, depuis le roi qui s'appelait Philippe Auguste.

Tout en soufflant dans ses mains gelées, Simon hocha la tête. Dieu sait qu'il en avait parcouru, des chemins, de bourg à bourg, de château à château, de ville à ville, et combien de fois n'avait-il pas, avec Guillebert, aidé à désembourber une charrette enlisée dans une ornière au milieu de bestiaux apeurés, et aidé aussi leur berger à en récupérer, égaillés dans les champs voisins ? Il se souvenait aussi d'avoir vu des sergents, à quelques lieues de Paris, emmener un pauvre homme qui avait pris des cailloux de la charrière pour empierrer le petit chemin qui menait à sa maison. Un crime puni lourdement.

— Seulement, ledit roi avait prescrit des dalles irrégulières qui sont aujourd'hui souvent en mauvais état, et le nôtre, qui n'est pas si fou que cela...

Augustin regarda autour de lui pour vérifier que personne n'écoutait ses propos plus ou moins respectueux.

— ... le nôtre les fait remplacer par des carreaux de grès, tous pareils, de sept pouces en tous sens. Il y a quelques années, m'a dit maître Clerbourc, les chemins des entrées de la ville étaient si dégradés et si effondrés qu'on ne pouvait amener les denrées qu'à grand péril et vive peine.

Enfin vidé, le chariot s'ébranla devant eux. Les carreaux de grès avaient été empilés devant une maison à pans de bois dont la propriétaire avait surveillé la manœuvre avec attention depuis le pas de la porte. Un des ouvriers l'interpella :

— Nous avons pris garde de ne pas vous faire prisonnière !

— Oui, je vois, déjà que cela nous coûte assez cher, en plus si nous ne pouvons plus sortir... grommela la femme en rentrant chez elle.

Elle faisait allusion aux deniers des barrages, qu'il fallait acquitter un peu partout pour pénétrer dans la ville.

— Pressons ! dit Augustin à ses compagnons.

Il portait une grande besace de toile renforcée de cuir dans laquelle étaient serrés quelques outils ; Huc avait aussi en bandoulière un sac d'où dépassaient des manches de marteau tandis que Simon poussait devant lui une civière où avaient été amarrés avec des cordes des rouleaux de filets d'archal. Si l'engin roulait sans encombre sur les pavés, dès qu'il se retrouvait sur la terre, et à plus forte raison dans des ornières, Simon, arc-bouté, les bras en tension, peinait pour le faire avancer et ce n'est pas le gros Huc qui lui aurait donné un coup de main, bien trop content de voir le jeune apprenti pâtir de la tâche qui lui incombait. En plus, les brancards étaient si froids qu'il avait l'impression que ses mains allaient y rester collées.

Ils se rendaient au logis royal Saint-Pol pour munir quelques baies de ces filets afin d'interdire les intrusions indésirables dans les salles. Quelques jours plus tôt, le roi avait éprouvé une énorme frayeur quand un vol d'étourneaux égarés avait perturbé le somme qu'il s'était octroyé avant none dans sa chambre. Ils avaient tournoyé dans la grande salle où il reposait, avaient fait mine de s'installer dans la vaste cheminée où ne couvait qu'un feu très faible, s'étaient posés sur les grands chevaux de pierre qui l'ornaient, puis étaient ressortis tandis que le roi ameutait tout le logis. Il en avait tremblé jusqu'à vêpres et il avait fallu le réconfort de son confesseur, puis les facéties de son bouffon Haincelain, pour enfin l'apaiser. Le travail de deux serviteurs avait été nécessaire pour effacer les souillures des oiseaux, preuve que le roi n'avait pas rêvé.

Mais la reine avait été bouleversée et, dans la crainte qu'un tel incident ne provoque une nouvelle attaque de folie, avait aussitôt convoqué Clerbourc pour qu'il fabrique au plus vite suffisamment de filets d'archal afin d'en munir toutes les baies des salles où se trouvait le roi. Une précaution que feu le roi Charles V, son beau-père, avait préconisée au Louvre pour sa chère librairie afin que les oiseaux ne viennent en aucun cas abîmer ces livres auxquels il tenait plus qu'à tout autre objet. A Saint-Pol, outre la chambre du roi, la reine avait prévu de fermer ainsi les baies de la grande chambre dite « de Charlemagne », immense pièce de parade de quinze toises sur six et aussi la salle verte dite « de Sens », ou encore la chambre des Grandes Armoires. Elle avait aussi demandé à Clerbourc d'équiper certaines pièces de son propre logis.

« Le roi est comme son père, avait-elle dit à l'orfèvre, il a amour, plaisir et affection pour cette demeure ; il y est né d'ailleurs... Les médecins de son père en vantaient l'air salubre et feu mon beau-père y a soigné avec bonheur quelques maladies ! Il faut lui en rendre le séjour le plus tranquille. Du temps de mon beau-père c'était la campagne, la ville gagne mais Saint-Pol reste très agréable. »

Dépêchés dans les plus brefs délais, Augustin, Huc et Simon arrivaient donc ce matin-là pour commencer un travail auquel collaboreraient certains serviteurs de l'hôtel du roi pour l'avancer plus vite. A Augustin de jouer le maître de cette petite troupe de travailleurs.

— Nous y sommes, dit-il quand, après avoir emprunté la rue de la Porte-Baudeer, ils débouchèrent enfin rue Saint-Antoine, où les passants étaient moins nombreux. On était déjà loin du centre de la cité à deux pas de l'enceinte ; au bout de la rue ils apercevaient le puissant chastel Saint-Antoine[1] avec ses énormes tours, pièce maîtresse de la défense de la ville bâtie par Charles V.

A côté, la demeure royale était modeste ; il y avait même bien peu de signes de la royauté, si ce n'étaient deux tours dont une avec une horloge.

Hésitant, Augustin se dirigea vers le portail principal peint aux armes royales où, près des lions en pierre autrefois installés par feu le roi Charles V, quatre sergents en armes en faction les renvoyèrent à l'autre porte dite « de Seine », rue des Barres, où il fallut passer un nouveau barrage avant de pénétrer enfin dans une première cour.

Intimidés, Simon et Huc, qui découvraient pour la première fois un tel logis, s'arrêtèrent un instant ; Augustin les pressa une fois encore d'avancer. Ils étaient maintenant précédés par un sergent d'armes qui les fit bifurquer en direction de l'hôtel de la reine donnant sur une autre cour dont le centre était marqué par une fontaine ornée d'un nouveau lion. Quand Simon s'en approcha, le sergent, rigolard, lui dit :

1. Qui deviendra la Bastille.

— Celui-là n'est pas méchant... Mais si tu es sage, peut-être verras-tu les vrais dans la ménagerie du roi !

— Des vrais... Oh, je n'en ai pas peur, j'en ai déjà vu, répliqua Simon en éclatant de rire et en tapant du coude le gros Huc, qui s'esclaffa à son tour.

Simon laissait échapper ainsi au fil des jours des bribes de la vie qu'il avait menée avec Guillebert, et ses compagnons de travail en étaient souvent surpris.

— Pressons, nous avons de l'ouvrage, dit Augustin en ajustant sur son épaule la besace dont les outils commençaient à lui peser.

Un homme arriva alors à leur rencontre.

— Vous êtes les gens de maître Clerbourc ?

— Oui, nous venons pour les fenêtres, acquiesça Augustin.

— Je vais vous les montrer, répondit l'autre tandis que le sergent retournait à l'entrée. Suivez-moi !

L'homme était grand et portait une livrée aux armes du roi ; vaguement cérémonieux, il conduisit le petit cortège terminé par Simon et sa civière jusqu'à l'une des galeries qui réunissaient les différents bâtiments de la résidence agrémentée de jardins plantés par feu le roi, père de Charles VI, dont le goût exquis avait aussi amené à se surpasser Jehanne la Bouchère, une jardinière de grande réputation.

Augustin ne put s'empêcher de dire qu'il était déjà venu au printemps, quand le préau aux cerises regorgeait de fruits et qu'il en avait mangé de délicieuses. Leur guide leva les yeux au ciel et joignit les mains comme s'il remerciait Dieu pour ces béatitudes dont on parlait en ville.

— Salut, Jean ! lança d'ailleurs l'homme en apercevant Jean Pépin, le jardinier du roi, qui, avec ses enfants, entretenait depuis vingt ans treilles losangées, tonnelles, pavillons de verdure et banquettes de gazon.

Armé de grandes cisailles, l'homme répondit en brandissant l'outil dont il usait pour tailler des pommiers et des poiriers.

— C'est la Sainte-Catherine, expliqua le guide en se frayant un chemin entre les échelles de bois vers une galerie où ils pénétrèrent, découvrant un étonnant jardin intérieur qu'un peintre habile avait suggéré sur la voûte et les murs.

— Jamais je n'aurais imaginé que cela existe, s'extasia Huc en se campant devant une scène où, égaillés dans un bois d'arbres et d'arbrisseaux, des enfants cueillaient des fleurs et mangeaient des fruits.

— Pressons, dit Augustin, qui marchait sur les talons du guide, quand des cris d'enfants retentirent au bout de la galerie.

En surgit une jeune femme qui tirait de chaque côté deux enfants dont les hurlements devinrent stridents quand elle se rapprocha.

— Ces petits princes sont capricieux, commenta complaisamment le guide. Ma pauvre Martille, ils t'en font, un vacarme, vas-tu t'y habituer ! Elle vient juste d'arriver...

La jeune femme ne répondit pas, se pencha, se saisit du plus petit des criards et le mit sur ses épaules. L'enfant se calma instantanément. La petite fille, elle, s'accrocha aussitôt à la cotte de la jeune femme pour être hissée à son tour et se remit à hurler quand elle comprit que ce n'était pas possible. Les bras ballants, Huc et Simon regardaient la scène, les brancards de la civière qui roulait pourtant plus facilement sur le sol carrelé de la galerie posés à leurs pieds. Ils restèrent là tant que la frêle et gracieuse silhouette ne se fut pas éloignée avec ses fardeaux, presque nonchalante dans sa robe d'écarlate épaisse dont la couleur sombre faisait ressortir encore davantage les deux bambins vêtus de blanc qui recommencèrent à hurler.

— Ma mère me chantonnait quand je pleurais, dit alors leur guide qui avait visiblement pris aussi du plaisir au spectacle. « Enfant malin, enfant de miel, dors, mon petit garçon, clos si tendre tes yeux, ferme tes paupières… »

— Moi aussi, dit en riant Augustin.

— Oui mais Martille vient de perdre son bébé, alors elle n'a pas le cœur à chanter.

— Martille, murmura Simon, ébloui par cette apparition.

Il en oubliait ses mains gelées et ses pieds qui ne valaient guère mieux dans ses souliers de cuir usés. Le lieu prenait des allures magiques et il eut l'impression que les oiseaux peints sur les murs se mettaient à l'unisson de son émoi en chantant leur joie sans pitié. Il n'avait pas vu qu'une volière se trouvait au bout de la galerie et que des rossignols y donnaient leur concert du matin.

— C'est le paradis, ici… confia-t-il à Huc, qui le regarda en rigolant.

— Oui, la petite, je la retrouverais bien au détour de ces treilles pour lui souhaiter la Sainte-Catherine…

Simon, qui manœuvrait maintenant sa civière pour lui faire passer une porte, répondit, agacé :

— Tu te les gèlerais… Aide-moi, plutôt !

— Voilà la première salle ! fit leur guide.

Huc s'élança vers l'une des baies qu'il fallait équiper. Elle donnait sur une autre cour.

— Les voilà, les lions, des vrais ! cria-t-il en direction de Simon, qui se précipita à son tour.

Les fenêtres ouvraient, en effet, sur la ménagerie où il y avait comme dans la plupart des résidences princières les maisons des lions, celles des sangliers ou des cerfs.

— Nous avons un nouvel ours, c'est monseigneur de Berry qui l'a offert au roi il y a quelques jours. Il arrive d'Auvergne.

On apercevait aussi un sauvoir cerné d'une balustrade de pierre reposant sur des colonnettes. Une eau saumâtre entourait une pile centrale surmontée d'une sirène. Augustin s'attarda quelques instants à se demander quels poissons nageaient dans ce vivier, puis, conscient de cette distraction, il se retourna vers ses compagnons et lança en déposant sa besace :

— Au travail ! Simon, tu défais les cordes et tu déroules le filet d'archal que nous allons mesurer...

Obéissant, le garçon s'activa aussitôt. Cela n'empêchait pas que dans sa tête les images se bousculent. Martille la brune y côtoyait Pernelle la blonde. Celle-ci avait paru si taciturne, la veille, que sa mère s'en était inquiétée. Pernelle avait évoqué sa rencontre avec cette dame Christine, ce qui avait fait éclater de rire Jean Clerbourc.

« Tu ne vas pas aller écouter les sornettes de cette dame... avait-il commenté. On ne pourra plus te marier si elle te met ses idées dans la tête, déjà que ta mère les écoute avec complaisance... Passe pour les poèmes qui la font pâmer, mais les idées de cette femme damneront le royaume. Dieu ne nous a pas faits, les hommes et les femmes, pour être en guerre. »

Simon n'avait pas bien compris ce que voulait dire le maître. Et quand Pernelle lui avait soufflé, à l'instant où il allait rejoindre sa soupente, en veillant bien que personne ne l'entendît : « Si c'est nécessaire, je compte sur toi pour que tu me protèges », il n'avait pas bien saisi non plus la teneur du message.

Il avait tout de même rêvé que Pernelle était attaquée par un sanglier et qu'il accourait et la sauvait. Etait-ce ce qu'elle voulait ? Mais maintenant, il se demandait s'il ne préférerait pas sauver cette Martille...

— Arrête de rêvasser, pauvre cruche ! dit Huc derrière

lui en le poussant si violemment qu'il perdit l'équilibre et se retrouva à cheval sur la civière.

— Si vous continuez, je le dirai au maître, menaça Augustin, qui avait déjà mesuré la première fenêtre à l'aide d'une fine cordelette qu'il reporta sur le filet d'archal.

Les dimensions prévues par Jean Clerbourc étaient parfaites.

— Au travail !

# 22

Quand Pernelle vit la haute silhouette d'Orlando Bandini se profiler devant l'échoppe, elle fila dans la cour et entra dans la salle où Madeleine, occupée à écraser des herbes et des épices dans un mortier de bronze, l'accueillit d'un air soupçonneux.

— Où te sauves-tu ? Tu tombes bien, j'ai des navets et des carottes à éplucher.

Bandini ou les navets ? Pernelle n'hésita qu'un instant.

— Je vais chez Bertrade, elle doit me montrer la tapisserie que fait sa mère…

— Bertrade, cette petite garce ! Mon petit doigt me dit qu'elle n'a pas toujours bonne influence sur toi.

— Ton petit doigt est un menteur et il ferait mieux de s'occuper de tes carottes !

— Insolente ! Et tu l'as dit à ta mère, que tu partais ?

— Oui ! lança Pernelle, qui avait posé son beau manteau sur sa robe de brunette [1] avant de prendre une pomme dans la grande corbeille d'osier doré posée sur le dressoir et de se diriger vers la porte.

— Insolente et menteuse… Comme sa mère, qui

1. Etoffe de laine de belle qualité et de couleur sombre.

disparaît on ne sait où, marmonna Madeleine en s'emparant d'un navet d'une longueur impressionnante.

Un petit haussement d'épaules accompagna les mots au moment où Pernelle claquait la porte.

— Elle me prend pour une idiote... Du temps de feu le père de maître Jean et de son épouse si dévote, il ne se passait pas de telles choses. Evidemment, on dit que le roi est fou et que plus rien ne va dans ce royaume, mais Jean ferait bien de surveiller sa femme et sa fille. Comme l'autre, celle-là, elle aura l'ange sous le devantier et c'est encore Madeleine qu'on viendra chercher pour arranger les choses ! Enfin, ce que j'en dis !

Un autre haussement d'épaules fit remonter les manches de la cotte de sombre brunette. Le tranchoir à la main, elle rejeta d'un geste brusque la mèche qui s'était échappée de son chignon, maigrelet depuis qu'elle avait tant perdu ses cheveux, et qui lui barrait le visage. Distraite un instant par un bruit de voix dans la cour, elle se détourna encore une fois de son ouvrage pour voir passer maître Jean avec ce grand noiraud qui venait maintenant souvent.

— Il a peut-être une aumônière bien remplie, mais je lui donnerais pas le bon Dieu sans confession. C'est comme ce Guillebert, qui sait parler aux femmes...

Madeleine n'avait pas oublié ses compliments sur son arboulastre.

— Un « faiseur de mots », mais cela plaît ! Et ce Jean qui n'a même pas vu que sa Clairecler regardait cet homme avec des yeux pas nets pour une femme mariée. Si c'est pas Dieu possible de tant travailler et de ne rien remarquer ! Est-ce qu'elle voit toujours l'autre, le Barbedor ? Si c'est pas Dieu possible, un petit godet va me remettre...

— C'est déjà le deuxième, observa Marthe, son aide.

— J'en ai besoin. Tu ne répètes rien.

Madeleine refaisait le monde tous les matins avec Marthe, dont elle escomptait la discrétion au moins autant qu'un bavardage qui pourrait mettre en difficulté Claire. Mais la jeune fille se trouvait bien dans cette maison où l'on ne manquait de rien et n'avait aucune envie de se mêler de ce qui ne la regardait pas. Elle se contentait d'écouter et d'observer. Et elle savait que quand Madeleine disait : « Ce n'est pas aux vieilles servantes qu'on apprend la musique », elle en avait fini avec ses commentaires du matin. Elle la nommait, quand elle rentrait chez sa pauvre mère miséreuse, « la langue de vipère », mais ne bronchait pas devant elle. Elle ne tenait pas à perdre sa place et quand Huc la fixait de son œil vicieux elle en avait des frissons et rêvait certains soirs que l'apprenti la serrait dans ses bras costauds.

Pernelle avait changé d'avis. Elle avait mal dormi. Bandini, ses mots et ses étreintes l'avaient poursuivie. Et aussi cette dame Christine... Prise d'une inspiration subite, elle avait décidé de répondre au plus vite à l'invitation de cette femme. Son aventure avec Bandini, qui avait affolé ses sens, lui en avait démontré l'urgence. Elle s'était sentie comme une petite oie blanche que le renard s'apprêtait à dévorer toute crue. Et comme jamais elle n'oserait demander des conseils à sa mère, ni à ses sœurs dont elle imaginait déjà les moqueries, elle résolut d'aller voir Christine de Pisan.

— La petite Clerbourc... Quelle surprise ! C'est ta mère qui t'envoie ?

— Heu, non, balbutia Pernelle, vaguement honteuse.

— Mais ne t'excuse pas, cela me plaît plutôt que tu viennes me voir comme cela, de toi-même, entre !

Pernelle franchit le seuil.

— C'est modeste, fit l'autre dans son dos. Les plaids m'ont tout pris ou presque. Des courtepointes de toile, quelques mauvaises bures sur un lit dont la paillasse est épuisée… Mon seul luxe, cette natte de paille contre le froid et l'humidité du sol ! Tiens, je buvais un peu de lait chaud avec de l'herbe de sainte Marie, cela fouette ma tête et mes idées… J'étais en train d'écrire.

— Je ne veux pas vous déranger, dit Pernelle qui découvrait la petite salle encombrée de manuscrits.

— Tu vois, je m'installe là, près de la fenêtre, sur ce pupitre. C'est feu le roi qui l'avait offert à mon père ; ils ne me l'ont pas pris, pas plus que cette tour à livres, c'est la même que celles qui sont dans la librairie du Louvre. Si je te racontais ma vie, tu serais effrayée…

— Racontez, répondit Pernelle, dont la curiosité s'aiguisait.

— Tu crois que tu m'écouterais…

Déjà fascinée par tout ce qu'elle entrevoyait de mystère, la jeune fille fit un « Oh oui » qui contrastait étrangement par sa sagesse avec l'insolence manifestée quelques instants plus tôt avec Madeleine.

— Ce roi, qui est mort quand tu n'étais même pas née, avait voulu s'entourer de savants ; c'est ainsi qu'il a fait venir mon père avec ma mère, mes deux frères et moi… « Je fus comme une fille nommée/et bien nourrie et bien-aimée… »

Christine de Pisan éclata de rire.

— J'ai écrit ce poème, sans nul besoin, sinon jouer. Nous habitions dans la tour Barbeau, près du port Saint-Paul, à deux pas de la maison du roi qui disposait ainsi, tout près, de son physicien préféré. Mais que j'ai été heureuse à puiser dans la fontaine du savoir généreusement répandu par mon père chaque jour que le bon Dieu faisait !

Il avait appris l'astrologie dans notre pays, à Bologne… Ah, l'Italie !

Pernelle, qui avait pris place sur un petit banc en face de dame Christine, frissonna. L'Italie, depuis la veille, pour elle, c'était ce Bandini qui occupait trop ses pensées.

— Il a passé sa vie à prévenir les princes ou de grande paix ou de grande guerre… Aurait-il prédit la maladie de notre roi ?

— Mais il est guéri…

— Pour combien de temps ?

Christine soupira, jeta un coup d'œil par la fenêtre, puis reprit :

— Quel malheur ! J'ai épousé, tout heureuse, mon Etienne Castel cinq ans avant la mort de feu le roi, qui nous a laissés dans un monde de noirceur. Tu n'étais toujours pas née. Rien n'a plus jamais été pareil. La porte était ouverte à toutes les infortunes. Beaucoup avaient « le diable dans la tête », comme disait mon père. Les histoires de papes, les oncles du roi, puis les marmousets… Le nouveau monarque en voulait à mon père, qui n'avait pas su lui annoncer la mort de feu le roi. Lui qui avait vécu si heureux finit par mourir de chagrin, et l'année où la reine Isabeau apporte de nouvelles joies dans ce royaume un peu oublié de Dieu, la peste me tue mon Etienne…

— Veuve, vous avez été veuve si jeune ?

— Eh oui. J'avais vingt-cinq ans et lui, trente-quatre. Et nous avions trois enfants. Etienne était sage, aimé des princes, et il sera mon seul amour. Jamais je ne me suis remariée.

— Mais alors comment pouvez-vous dire qu'il faut se méfier des hommes ?

— Se méfier mais surtout être capable de s'en passer, rectifia Christine en riant. Et c'est dur quand il faut faire plaid sur plaid pour récupérer les arrérages dus à mon pauvre mari par la Cour des Comptes. Ah, la veuve Castel, tous s'en souviennent ! Et les créanciers sans scrupules, les débiteurs odieux... Et la misère, vois ce petit-gris râpé que je porte presque toute l'année, et sens comme il ne fait pas chaud car, pas plus que je ne peux payer les parchemins de ton beau-frère, je n'ai les moyens d'acheter du bois. Certes la reine me garde comme chambrière, un emploi de misère et de dépendance. Mais je vois le bout du pont... Et puis j'ai mon trésor, mes poèmes, mon refuge, mon remède.

— Dites-moi ce que vous écrivez.

— Tout... Des complaintes pleurables sur le temps passé ou un ami mort, des dits amoureux et gais, des ballades ou des rondeaux comme des jeux à vendre... Voilà pour toi, tu sais lire, j'espère, c'est le début de tout. Certains disent que cela permet aux filles de lire lécheries et mensonges.

Elle s'était levée et avait saisi sur une étagère un minuscule paquet de parchemins sommairement reliés. Pernelle la remercia. Elle eut aussi une pensée pour cette maîtresse d'école qui lui avait appris les lettres et la manière de les assembler pour faire des mots. Elle lui avait parfois tapé sur les doigts avec son bâton ! Qu'était-elle devenue, cette femme si dévouée ?

Pernelle soupira.

— Cœur qui soupire n'a pas ce qu'il désire, observa Christine de Pisan, qui s'était rassise dans le vieux faudesteuil branlant.

— Et que diriez-vous, se lança Pernelle, à une pauvre fille comme moi qui ne connaît pas grand-chose à la vie, enfermée chez elle au milieu de belles choses ?

— Tu exagères, toi aussi ! Tu as une enfance heureuse, mais il faut se préparer aux revers de fortune et pour cela ne pas être niaise et tout attendre des hommes ! Et savoir s'en défendre !

— Justement, comment ?

Après avoir écouté sagement, Pernelle s'était animée. Christine la regarda fixement un instant.

— Tu as un amoureux ?

Les joues de Pernelle s'empourprèrent et, avant qu'elle réponde, Christine ajouta :

— Il n'y a pas de mal à cela !

— C'est que...

— Sais-tu ce que c'est que l'amour ?

Encore plus décontenancée, regrettant même d'être venue chercher du secours chez cette femme qui l'intimidait terriblement, Pernelle but une gorgée du godet qu'elle avait gardé dans sa main.

— Tu trouveras dans ce livre tout l'amour courtois entre l'amant et la dame. Le mal de l'absence, l'espoir, l'inquiétude, l'attente, la rupture, les reproches, la déception, la douleur, la tromperie des faux amants, les vrais amoureux jeunes, jolis et gais comme toi. Et ton père serait content, je vante l'amour mais aussi le mariage.

Pernelle la regarda quand, à son tour, elle humecta ses lèvres que le lait blanchit un instant.

— Montre-toi un peu... Tu es jolie avec cette frimousse à pommettes saillantes, le nez est petit mais légèrement vers le ciel, ce qui te donne du caractère, et les yeux sont noisette. Guillaume de Lorris, dans la première partie du *Roman de la Rose*, parle de la dame aimée, figure de rêve avec ses longues tresses, comme toi, tu vois !

— Mais je croyais que vous n'aimiez pas ce roman...

— C'est la suite de ce Jean de Meung que je méprise, longue et verbeuse, cynique pour les femmes. Son Genius ne connaît plus la quête amoureuse et ne rêve que d'assouvir ses bas instincts masculins.

Pernelle fit un douloureux rapprochement entre Bandini et Genius, sur qui elle aurait volontiers réclamé davantage de détails si elle n'avait craint d'éveiller des soupçons chez cette femme redoutable.

— Et la perte des valeurs courtoises, c'est l'effacement du rôle de la femme, crois-moi, et quand il n'y aura que des rapports de force, la femme sera toujours la victime, poursuivait-elle déjà, tellement passionnée par son sujet qu'elle ne pouvait percevoir les états d'âme de son interlocutrice.

Pernelle posa le verre qu'elle avait enfin terminé.

— Je t'en ai assez appris pour aujourd'hui ; je dois me remettre à mes poèmes pour la fête de la duchesse d'Orléans. Mais apprends par cœur la conclusion de mon épître d'amour : « Tous les hommes raisonnables doivent femmes priser, chérir, aimer, elles de qui tout homme est descendu... » La prochaine fois, je te parlerai de Sémiramis et d'autres.

— Sémiramis ?

— Si je te dis qui c'est, tu ne reviendras pas ! Mais avant que tu partes, je vais encore te montrer quelque chose...

Dame Christine s'était précipitée de ce pas léger qui lui donnait tant de vivacité vers un triste coffre de bois blanc dont elle souleva le couvercle et d'où elle tira une robe qu'elle brandit en la tapotant pour la défroisser.

— Un habit lombard... Ma mère le portait quand nous avons été accueillis au Louvre par feu le roi. J'avais quatre ans ! Regarde ces bandes de broderies d'or avec ces pierres précieuses pour souligner le col, les poignets et les bras. Comme cette parure mettait en valeur la poitrine opulente de ma mère ! J'ai perdu le manteau qui allait avec.

Pernelle tâta la soie entretissée d'or qui avait vieilli mais conservait un éclat incomparable.

— Chaque fois que je la vois, j'ai une larme dans les yeux, dit Christine en rangeant avec précaution la précieuse relique. Je n'ai jamais pu la laisser partir, mais il m'a fallu du courage. Et toi, comment t'habilles-tu ? Cotte à peine décolletée, bien ajustée aux manches... C'est bien ! Allez, embrasse-moi, apporte-moi un peu de douceur. Prends garde aux rues où vivent des individus peu rassurants. Evite les bords de Seine ! Tous ces corroyeurs, teinturiers de cuir, baudroyeurs, écorcheurs et autres gens des abattoirs !

« Sémiramis, Sémiramis », Pernelle répéta le mot tout le long du chemin. Elle avait bien trop peur de l'oublier. Toujours prompte à désobéir, elle négligea vite les recommandations de dame Christine pour s'attarder dans le quartier de la Mégisserie, après avoir laissé derrière elle le Pont-aux-Changeurs, à deux pas de l'église Saint-Jacques, à regarder les corroyeurs et les teinturiers de cuir, à sentir les odeurs des tanneries ou à écouter les cris des bêtes égorgées par les gens des abattoirs.

Sémiramis était un rêve à côté de la vie de ce quartier, voué aux cuirs et à la viande. Il y eut tout à coup un mouvement de foule. Deux sergents d'armes crièrent :

— Place, place pour monseigneur de Bourgogne !

Un cavalier survint, qui avait du mal à maîtriser un cheval bai rendu nerveux par la foule massée devant les maisons à pans de bois. Un autre montait une jument plus paisible.

— Place, place...

Soudain, le premier cavalier intima l'ordre à sa monture de s'arrêter en tirant fortement sur les rênes. La voix était forte, l'accent rocailleux, la lèvre dédaigneuse. Le duc avait une réputation d'autoritaire. Sous son pourpoint de brunette d'un bleu sombre qui donnait un effet de noir, on pouvait deviner la cotte de mailles qu'il ne quittait jamais. Bien bâti, il pouvait en supporter le poids sans trop souffrir.

Le cheval rétif s'était enfin calmé, face à trois gaillards impressionnants.

— Mes fils, annonça fièrement le deuxième cavalier. L'un pour le porc, l'autre pour le bœuf et le troisième pour le mouton.

L'homme résumait ainsi tout un métier en présentant sa progéniture. Pernelle reconnut Legoix, héritier d'une longue dynastie de bouchers que perpétuerait encore le trio occupé à saluer cérémonieusement le prince. Legoix avait largement contribué à la rédaction des statuts de la Grande Boucherie, vingt ans plus tôt. Ses trois fils étaient déjà nés et il avait tenu que soit stipulée l'obligation pour être boucher à Paris d'être déjà fils de boucher. Les Legoix et les Clerbourc se recevaient. L'un des fils aperçut Pernelle et marcha sur elle, mais elle s'était déjà dissimulée derrière un poteau cornier en appelant à l'aide Sémiramis.

# 23

— Qui fuyez-vous ?

Derrière elle, une voix l'interpellait. Surprise, elle se retourna vivement.

— De qui vous cachez-vous ? insista Guillebert, trop heureux de mettre mal à l'aise la fille de Claire, dont il mesurait pour la première fois la ressemblance frappante avec sa mère.

— De personne, répondit piteusement Pernelle.

— Ce sont ces gaillards qui vous font peur ?

— Non, dit Pernelle. C'est plutôt leur métier qui me dégoûte.

Tout près gisait un cochon qu'un coup de cognée précis avait fait passer de vie à trépas et qui avait été échaudé. Le spectacle n'était guère appétissant, d'autant qu'un apprenti s'affairait pour enlever les soies sur le dos.

— Savez-vous que ces soies sont utilisées pour entourer le fil dont on coud vos souliers de cuir ?

Pernelle fixa cet homme qui avait toujours l'air de tout savoir. Il l'impressionnait. Il y avait d'abord sa taille, puis sa façon insolente et ironique de vous dévisager.

— Mais venez, vous êtes toute pâle.

Un boucher s'attaquait à un mouton, à deux pas.

— Tout est bon dans le mouton, commenta en riant

Guillebert qui lui tenait maintenant fermement le bras et l'éloignait du spectacle.

Elle en avait presque la nausée. Tête, pieds, panse, boyaux, poumons, fressure, rate, rognons... Le mouton était débité avec ardeur par un apprenti au devantier plein de sang.

— J'allais chez vous, expliqua Guillebert quand ils furent au bout de la rue.

Il serrait contre son pourpoint de velours vert un coffret de cuir retenu sur l'épaule par une corde en bandoulière. A sa ceinture se balançait une bourse de cuir clouté de laiton doré.

— Je vous accompagne. Ce quartier n'est pas très sûr. Regardez !

Devant eux, deux hommes s'invectivaient ; le plus grand avait déjà saisi l'autre au collet.

— Retire ce que tu viens de dire, retire où je t'étrangle ! Qu'est-ce qu'elles ont, mes noix ? Dis-le !

— Tu ne sais pas que dormir sous un noyer donne la fièvre et des maux de tête ? Les noix nuisent, c'est presque le même mot ! Tes noix peuvent être maléfiques ; et si c'étaient les noix qui rendaient fou notre roi ?

Les hurlements des deux hommes avaient attiré deux sergents d'armes qui, après avoir mesuré le danger, s'interposèrent vivement et les menacèrent de les mener au Châtelet si le tapage continuait.

— Bonnes noix ! reprit le vendeur en rajustant son pourpoint de laine râpée au milieu de ses paniers qu'il espérait bien vider avant la fin de la matinée.

— Il ne m'ôtera pas de la tête que le noyer, c'est l'arbre des sorcières ! lança encore l'autre avant de gagner à grands pas la rue voisine.

— Allons-y, dit Guillebert, hilare.

Il ne se lassait pas de ces scènes toujours inédites. L'homme de la rue avait tellement d'imagination. Et comme partout le verbe faisait des miracles, il n'y avait qu'à écouter.

— Allons-y, répéta Guillebert en prenant de nouveau avec autorité le bras de Pernelle.

Derrière eux tintait l'horloge du palais de la Cité. Depuis plus de trente ans, quand feu le roi l'avait fait installer avec ses poids magiques, cette « merveilleuse machine », comme l'avaient appelée de fervents admirateurs, rythmait la vie des Parisiens. C'était sur elle que se réglaient toutes les sonneries des églises pour les heures. Elle avait cependant l'avantage sur ces dernières de carillonner aussi les quarts d'heure.

« Elle fait galoper le temps », critiquaient certains qui n'hésitaient pas à dire que les inventeurs de ces machines avaient fait un pacte avec le diable. Les plus critiques avançaient même l'idée que, désormais, le temps était aussi l'affaire du roi. Beaucoup ricanaient franchement quand la « merveilleuse machine » était en panne ! Et elle l'avait justement été souvent, au cours des dernières années, comme si elle s'était mise à l'unisson des comportements insensés du roi.

Pernelle en tout cas n'y était pas indifférente, car l'horloge l'avait souvent sauvée de retards qui lui auraient valu bien des remontrances. Vaguement confuse ce matin-là d'être surprise en telle posture, elle ne put échapper à ce chaperon fortuit et c'est ainsi escortée qu'elle arriva à l'échoppe où sa mère, méfiante, fixa son amant avec des yeux soupçonneux avant d'interpeller sa fille :

— Où avais-tu disparu, sans prévenir ?

— Je te l'avais dit que je partais, mentit effrontément

Pernelle qui serrait contre elle le petit livre qu'elle n'avait pas pris garde de cacher.

— C'est quoi ? interrogea Claire, mère agacée contre sa fille autant qu'amante courroucée contre cet homme qui la regardait avec cet air moqueur qui l'avait séduite et que certains jours elle détestait.

— Maître Jean m'a mandé, dit cependant très vite Guillebert pour couper court à une ambiguïté gênante.

— Je ne sais, répondit Claire d'un ton acerbe qui étonna Pernelle. Il est à l'atelier. Quant à toi, montre-moi cela !

Pernelle tendit à regret le petit livre qu'elle avait tant serré que la marque de ses mains moites y paraissait.

— Christine de Pisan... Mais qui t'a donné cela ?

— Elle, laissa tomber Pernelle comme s'il s'agissait d'une évidence.

— Tu l'as encore revue ? questionna Claire, qui se souvenait de leur conversation du souper.

— Oui, elle m'avait invitée chez elle.

— Elle va te mettre de drôles d'idées dans la tête, répliqua Claire tout en surveillant Jean et Guillebert qui quittaient l'atelier avec Lambert et se dirigeaient vers le retrait où l'orfèvre avait l'habitude de traiter les affaires importantes.

Claire en voulait à Guillebert d'être resté discret sur ses relations d'intérêt avec Jean. Pourquoi celui-ci, si méfiant, avait-il cédé si vite pour prendre Simon comme apprenti ? De quels arguments disposait ce diable d'homme ? Agacée, elle aurait pourtant tellement voulu se blottir dans ses bras et y connaître ces voluptés qui la transportaient dans un monde jusqu'alors inconnu. Si elle avait très envie de s'abandonner à la rêverie, Pernelle était là pour la ramener sur terre avec ses questions d'inquisitrice :

— Tu as tout vendu ? demandait-elle déjà en désignant du menton les étagères vides derrière les grillages d'archal.

— Cet Orlando Bandini est arrivé avec une énorme bourse remplie de pièces et je lui ai, en effet, vendu beaucoup d'objets, répondit Claire en recouvrant son calme.

— Même le gobelet aux singes ?

Pernelle sentit des larmes perler au coin de ses yeux, dont dame Christine avait vanté la couleur.

— Oui, fit Claire, presque indifférente.

— Simon va être furieux !

— Qu'est-ce que Simon vient faire dans cette affaire ?

— Il l'aimait tant !

— Eh bien, s'il devient orfèvre, il faudra bien qu'il vende les objets qu'il créera, sinon ses enfants mourront de faim ! répliqua en riant Claire.

— Je déteste ce Bandini, murmura Pernelle, rouge de colère.

— Ce gobelet n'est pas pour lui. C'est pour la duchesse Valentine, qui va l'envoyer à Jean Galéas Visconti, son père malade. On le dit même à l'article de la mort.

— Alors il n'en a pas besoin, rétorqua la cruelle Pernelle, jamais à court d'arguments. Je le déteste quand même.

— Il m'a dit qu'il t'avait croisée hier du côté de l'hôtel de Cramault et qu'il t'avait raccompagnée car il craignait que tu ne fasses de mauvaises rencontres ! Tu as tort de te promener seule. N'étais-tu pas avec Bertrade ?

Si les joues de Pernelle n'avaient déjà été rougies par la chaleur que dispensait la cheminée dans l'échoppe en ce premier jour de décembre et par la colère, sa mère aurait pu constater qu'elles devenaient cramoisies.

Pierre créa une diversion bienvenue en apportant justement quelques bûches. Il en posa une délicatement sur le feu tout heureux de recevoir une nouvelle manne. Les flammes ressuscitées crépitèrent aussitôt joyeusement.

— Merci, Pierre. Tu veilleras à apporter quelques objets

de l'atelier pour remplir mes étagères bien vides depuis le passage de ce Bandini, dit Claire.

— Tu me rends mon livre ? demanda Pernelle quand le vieux Pierre eut franchi à nouveau la porte qui donnait sur la cour.

Quelques flocons volaient, neige incertaine qui ne tiendrait pas ; le sol n'était pas assez gelé.

— Le voilà, mais ne crois pas tout ce que raconte dame Christine, prévint Claire avec un sourire mi-figue mi-raisin.

— Ne vas-tu pas l'écouter ? interrogea Pernelle, qui avait recouvré ses esprits.

Sa mère aussi, qui en aurait presque oublié la présence de son amant dans sa propre maison si Lambert n'était apparu sur le seuil pour lui dire que Jean souhaitait sa présence.

Surprise, Claire ne se fit pas prier pourtant pour le suivre en confiant l'échoppe à Pernelle.

— Et si Simon rentre, tu nous l'envoies, dit Lambert avec cette autorité de grand frère dont il ne manquait pas de jouer avec Pernelle.

Encore une fois agacée, celle-ci haussa d'abord les épaules, puis hocha la tête sagement avant de prendre place sur le banc installé devant la large baie dont le volet était enlevé chaque matin par l'un des apprentis. Ouvrant le livre, elle commença à lire avec application la première page de l'*Epître au dieu d'Amour*. Dehors, les flocons de neige tourbillonnaient, portés par une bise qui avait dû se lever sur la Seine depuis l'occident. Pernelle entendit claquer les patins de bois que certains avaient fixés sous les semelles de leurs souliers de cuir délicat pour les protéger des effets désastreux de la neige.

Pernelle s'obstinait sur sa lecture mais, sans cesse, le visage de Bandini s'interposait entre elle et les lignes fines d'un copiste malhabile. Elle frissonna et se rapprocha de la cheminée. Là, c'étaient les flammes qui la troublaient et

Bandini y apparaissait comme ces diables cornus et armés de fourches qu'elle avait vus dans une peinture de l'enfer au cimetière des Saints-Innocents. Elle s'empara des pinces, en frappa les tisons, puis remit une bûche que les flammes semblèrent hésiter à attaquer et grignotèrent finalement avec appétit. Elle revint à sa lecture, mais les lignes dansaient toujours et Bandini menait la carole[1].

Et quand Simon surgit enfin, les joues rouges, les yeux larmoyants à cause du froid, de la neige sur son paletot de tiretaine[2], dont les courtes manches laissaient voir sa chemise de toile, elle en était toujours à la première page.

— Guillebert est dans le retrait de mon père avec lui. Il faut que tu y ailles ! lança Pernelle.

— Pourquoi ? demanda le garçon, étonné.

— Je ne sais.

— Le gobelet aux singes a disparu ?

Pernelle regarda Simon, dont la réaction était conforme à sa prévision.

— Oui, répondit-elle, je suis furieuse ! C'est ce satané Bandini qui l'a acheté pour la duchesse Valentine !

— Je te jure que je t'en ferai un autre.

Simon avait déjà levé solennellement la main, accompagnant cette promesse un peu folle. Serait-il un jour capable de réaliser un tel chef-d'œuvre ? Et pourquoi la triste Martille venait-elle brouiller l'image de la capricieuse Pernelle qui le fixait d'un œil moqueur ? Martille n'était pas moqueuse, elle, et quand elle leur avait apporté un verre de lait brûlant pour les réchauffer, au logis Saint-Pol, elle s'était attardée avec eux à les regarder travailler tout en berçant son prince enfin endormi dans le petit chariot de bois garni de coussins qu'elle tirait doucement pour ne pas

1. Danse médiévale.
2. Etoffe de laine de médiocre qualité.

l'éveiller. Simon avait croisé son regard, si triste qu'il en avait été ému. Il lui avait maladroitement souri mais elle avait semblé tellement indifférente, comme perdue dans un autre monde.

Quel commentaire aurait pu développer un observateur neutre pour constater que le ciel avait de curieux desseins ? Pernelle, puis Simon, qui avaient passé des mois l'un auprès de l'autre, à rougir bêtement de leurs émois, avaient rencontré presque simultanément deux êtres qui pouvaient les séparer. Ils n'en avaient pas conscience ; ils savaient seulement que leur vie s'était étrangement compliquée.

— Ils t'attendent, dit Pernelle qui était retournée devant la baie.

La neige redoublait. Les flocons ne tourbillonnaient plus sans but mais tombaient maintenant, inexorablement attirés par cette terre à laquelle ils allaient offrir un tapis éphémère. Les patins de bois sous les semelles seraient indispensables avant les vêpres.

Le garçon parut hésiter. Les pommettes hautes, colorées par le froid qui renforçait son teint bronzé, donnaient à son visage une étonnante fraîcheur. Il avait beaucoup grandi depuis le printemps ; il avait ainsi rattrapé et même dépassé Pernelle.

Il resta encore un moment les bras ballants à regarder le feu et dit :

— Je n'avais jamais vu un aussi beau logis que celui du roi…

— Ma mère m'avait raconté les jardins, un jour qu'elle avait apporté un collier à la reine. Des fleurs et des odeurs…

— Je ne sais, les jardins sont endormis, l'hiver, mais dans les galeries sont peints tant de fleurs et d'arbres qu'on se croirait justement dans la nature. La voûte est bleue comme le ciel. J'ai cru en sentir les parfums et entendre même les oiseaux… J'y vais, fit-il enfin à regret.

## 24

Quand, quelques instants plus tard, Simon pénétra dans le retrait, on aurait pu entendre une mouche voler. Tous étaient penchés au-dessus de la petite table dressée sur des tréteaux et nappée d'un velours rouge carmin. La première, Claire leva la tête, rencontrant le regard de Guillebert qui s'était débrouillé pour s'asseoir à côté d'elle et pressait avec insolence son genou habillé de chausses vertes contre le sien frémissant sous la robe d'écarlate. Il avait déposé sa houppelande de drap gris doublé de menu-vair sur un coffre de bois sculpté. La boîte de cuir garnie de velours jaune était posée à côté, entrouverte.

— Te voilà ! dit maître Clerbourc en découvrant le garçon dont la sombre tignasse était perlée de flocons de neige.

— Je montre notre trésor, intervint alors Guillebert. Il est juste que tu sois là ; ces pierres t'appartiennent...

— Sans toi, elles ne seraient pas ici.

Simon avait dit cela avec ce sourire angélique qui attendrissait parfois Claire et auquel Jean, pourtant si rigide, avouait ne pas être insensible. Il avait valu, en tout cas, quelques indulgences inhabituelles à l'apprenti.

D'ailleurs, ses relations avec le maître s'étaient considérablement améliorées car Simon avait beaucoup progressé.

Certes, il s'agissait moins de technique car il lui faudrait presque une vie pour acquérir tous ces savoir-faire extraordinaires, tous ces tours de main inouïs, mais il était plus appliqué, beaucoup plus appliqué qu'au début. Il faut dire qu'après une vie itinérante et libre la discipline de l'atelier était rude à supporter, mais il s'y pliait lentement. C'était le prix pour devenir un orfèvre digne de ce nom !

— Vous avez bien travaillé, à l'hôtel Saint-Pol ? demanda Jean.

— Oui, il nous reste quelques fenêtres, mais nous étions à court de filets. Demain nous en fabriquerons d'autres.

Tout en répondant à son maître, Simon avait enjambé le banc et s'était assis près de Lambert, qui mit affectueusement le bras sur son épaule. Le fils de la maison restait son principal allié dans l'atelier.

Devant lui, il redécouvrait leur trésor qui scintillait à la lueur des torches que Claire avait allumées. Guillebert guetta un instant sa réaction, puis dit avec douceur :

— Jean va choisir des pierres pour la commande de la reine. Tu veux bien ?

Simon le regarda. Il était surpris.

— J'ai récupéré le coffret chez maître Flamel, où je l'ai mis en sûreté depuis que ma maison a été fouillée. C'est trop dangereux, même avec une bonne cachette.

Jean acquiesça. Claire aussi. Elle était vaguement agacée que, la veille, son amant ne lui ait pas dit qu'il devait rencontrer son époux. Il ne lui avait pas non plus parlé de l'intrusion dans sa maison. Encore une fois, sa capacité à cultiver le mystère la surprenait.

Guillebert avait accentué la pression sur son genou. Ne pouvant que feindre l'indifférence, elle s'absorba dans la contemplation des pierres. Son mari aurait-il pu deviner le tumulte de ses pensées ? Elle aurait eu envie de se jeter dans les bras de ce diable d'homme qui expliquait maintenant posément :

— Ces pierres ont été rassemblées par le père de Simon...

— Où cela ?

Coupant effrontément la parole à leur visiteur, Lambert avait posé spontanément la question. Jean le fustigea du regard, mais Guillebert répondait déjà, avec le calme qui le caractérisait :

— Un lieu que l'on ne peut imaginer quand on vit ici, dans une ville enfermée dans des remparts. Tu peux demander à maître Flamel de te prêter *Le Devisement du monde*, de Marco Polo. Il décrit beaucoup de pays. L'Arménie, la Perse, la Tartarie, l'Inde et surtout le royaume du grand khan. Je ne suis pas allé jusque-là, mais j'ai vu beaucoup de choses. Nicolas Flamel prépare un exemplaire du *Devisement* avec de belles enluminures, et je vais voir parfois le peintre pour lui donner des conseils nés de mes souvenirs. Je lui fais peindre des hommes au teint basané comme Simon, ou des chameaux...

Tous les regards convergèrent vers le garçon qui, gêné, baissa pudiquement les yeux. Claire ne put s'empêcher de fixer Guillebert. Voilà encore une activité qu'il lui avait tue.

— Mais reprenons, disait déjà son amant que rien ne semblait perturber. J'ai juré sur son lit de mort au père de Simon de m'occuper de lui et de lui permettre de vivre avec ce trésor. C'est alors que j'ai eu l'idée de le ramener dans la ville de mon enfance. J'avais le souvenir de ces maîtres orfèvres qui travaillaient ici, j'avais vu des objets dans l'abbatiale de Saint-Denis, et il me semblait que Simon pourrait apprendre ce métier ici mieux que partout ailleurs. Savez-vous que, si loin, on vante les mérites de votre art ?

Jean sourit béatement. Lambert aussi, pendant que Simon s'abîmait avec joie et émotion dans une nouvelle contemplation de son trésor. Ces pierres lui rappelleraient-elles toujours son enfance ? Son visage avait perdu les rougeurs du froid et recouvré sa couleur naturelle ambrée, à peine rosie par un émoi qui lui faisait battre le cœur légèrement plus vite. Un peu comme quand Martille était revenue les voir dans la grande salle du palais Saint-Pol.

— Je n'ai jamais vu un tel ensemble ! s'exclama Jean.

Il était ravi, lui aussi, et vaguement ému, tant il entrevoyait tout le parti qu'il pourrait en tirer. Certes, Guillebert lui avait offert deux saphirs, trois rubis balais et deux émeraudes quand il avait amené Simon afin d'obtenir son accord pour l'apprentissage. Certes, il lui avait laissé entrevoir un vrai trésor, mais Jean avait pensé qu'il se vantait ; or ces pierres étalées sur le velours rouge dépassaient tout ce qu'il aurait pu imaginer.

Guillebert vidait, un par un, les petits sacs extraits avec précaution du coffret de cuir et fermés de rubans ; chaque fois, un nouvel émerveillement enflammait les yeux. Il avait ainsi fait couler dans sa main une petite rivière verte en disant, le regard fiévreux : « Les émeraudes des mines du roi Salomon... »

Puis vinrent les diamants, qui scintillèrent aussitôt à la lueur de la chandelle que Jean avait approchée. Il murmura :

— Je n'en ai jamais vu d'aussi purs !

— Le père de Simon les avait trouvés le long d'une côte de l'Inde où des pluies torrentielles les arrachent des montagnes. Il avait vécu dans une cabane au pied de ces versants, et il racontait la chaleur torride et les serpents venimeux qui y grouillaient. T'en souviens-tu ?

Simon secoua la tête. Il ne savait plus s'il avait un réel souvenir de ces récits ou si justement Guillebert ne lui avait pas tellement répété ces aventures qu'il croyait les avoir entendues de la bouche même de son père. Tout n'était que confusion dans son esprit.

Devant lui, sachet après sachet, Guillebert éblouissait ses hôtes. Saphirs, rubis, turquoises, cornalines, jaspes, agates, lapis-lazuli... des pierres brutes dont Jean imaginait sans peine le parti à tirer dans la création de ces objets qui faisaient sa réputation. Le visiteur prit entre l'index et le pouce un gros rubis qu'il fit miroiter devant la chandelle.

— Le sultan ottoman Bajazet a vendu, il y a quelques années, un tel rubis au duc Jean de Berry, qui l'a payé vingt mille livres...

— Je le connais, nous en avons fait une énorme bague et, avec ce qui restait, un fermail qu'il porte souvent, dit aussitôt Jean.

Bajazet, qui avait défait une expédition outre-mer des princes occidentaux, était un mauvais souvenir pour le royaume ; il avait divisé les princes des fleurs de lys quand il avait fallu obtenir le retour du jeune prince de Bourgogne, retenu dans les geôles du sultan. Et d'aucuns aujourd'hui regrettaient de ne pas l'y avoir laissé croupir, tant l'homme était capable de nuire !

— N'appelle-t-on pas justement monseigneur de Berry « l'homme aux rubis », tant sa collection est importante ? Mais vous le battez certainement. S'il voyait tout cela, il perdrait la tête !

Etonné, Jean observa Claire, qui semblait soudain si passionnée. Evidemment, elle connaissait bien le duc, tellement amoureux des belles choses qu'il faisait souvent des achats déraisonnables. Claire aimait discuter avec ce client fantasque, sauf quand il rapportait certains objets pour qu'ils soient fondus. Et même si c'était toujours en vue de réalisations encore plus brillantes, il était dur pour l'orfèvre de défaire ce qu'il avait fait quelques années plus tôt. Claire s'était saisie à son tour d'une émeraude, qu'elle avait approchée d'une chandelle.

— Le vert de l'espoir… murmura-t-elle.

— Marco Polo en a trouvé sur la route de la soie, dit Guillebert dont les yeux brillaient d'une étrange lueur, bien différente de celle qu'il dévoilait après l'amour. L'espoir parce que c'est aussi la couleur de la nature qui renaît au printemps. Comme le rubis est la couleur du sang, de la vie et du feu. Marco Polo, toujours lui, rapporte que le roi de Ceylan possédait le plus gros rubis jamais connu… une paume de long. Le grand khan aurait bien voulu l'acquérir, mais l'autre refusa de le vendre.

— Lambert affirme qu'il faut mélanger les pierres comme un peintre mêle les couleurs, intervint Simon dont l'excitation n'était pas moindre.

Ses doigts agiles dessinèrent une petite croix multicolore sur le velours rouge à l'aide de pierres de couleurs différentes.

— On peut aussi aimer la pureté du diamant et exclure l'idée de couleur au profit du seul éclat, répondit Guillebert en souriant car, chaque fois qu'ils avaient regardé leur trésor ensemble, ils avaient entamé ce débat comme un jeu rituel.

— Tes diamants, on peut les confondre avec de la glace, répliqua aussitôt Simon en souriant du bonheur qu'il avait à renouer encore une fois les fils de leur discussion. Alors que les saphirs… Regarde si tu les maries avec des rubis ou des émeraudes !

— Regarde plutôt, insolent, la perfection de la matière qui devient translucide ; la lumière pénètre jusque dans son cœur ; c'est l'illumination peut-être divine. Il y a bien longtemps, un abbé de Saint-Denis disait que tout est lumière, je veux bien le croire quand je vois cela.

Vaguement amusé, Jean fixa un instant Guillebert, si passionné soudain. Il avait respecté son dialogue avec Simon, qui semblait tout à coup dubitatif.

— Je t'apprendrai à polir ces diamants, dit-il alors. On peut en faire un pointu sur un anneau émaillé de blanc, comme la reine les aime ; on peut les tailler plats, en losange, en fleur de lys ou de myosotis, en cœur et même en larme... Et sur des reliquaires on peut faire des croix...

Comme un jeune homme, le cœur en émoi, Jean parlait avec passion. Claire le regarda. Avait-il jamais été aussi épris d'elle qu'il l'était de ces objets qui étaient toute sa vie ?

— Nous direz-vous un jour d'où vient ce trésor ? demanda alors son mari, qui conservait entre le pouce et l'index un gros saphir miroitant, en un contact presque sensuel avec cette matière qu'il plierait à ses désirs grâce à son savoir-faire incomparable.

— Je vous l'ai dit, du père de Simon.

— Certes, mais lui, d'où le tenait-il ?

— Ce sont là des secrets emportés à jamais avec lui...

Encore une fois, Guillebert cultivait le mystère. Claire songea que c'était sans doute ce qui l'avait attirée vers lui.

Dehors, la nuit tombait presque. Mais la neige, de plus en plus épaisse, entretenait une étrange luminosité dans la cour. Jean avait pris, sur le dressoir de bois clair où étaient exposés quelques objets précieux, une pile à godets, petite boîte métallique dont il souleva le couvercle, découvrant une série de poids gigognes. C'était un instrument banal que Guillebert avait souvent vu chez les changeurs et qui servait aux orfèvres pour peser pierres et bijoux.

— Lambert, va chercher le dernier dessin de la commande de la reine. Je ne montre jamais un ouvrage qui n'est pas terminé.

Bondissant du banc, l'artiste revint très vite avec un feuillet de parchemin où Guillebert reconnut les grandes lignes des ébauches vues le soir de la procession. Lambert avait réuni les dessins préparatoires dans un croquis qui semblait définitif et qui servait de canevas à la réalisation. Il était conforme aux idées que le jeune homme avait exposées ce soir-là. Guillebert reconnut le socle entouré de colonnes et l'abri, où se tenaient un cheval et un palefrenier. De chaque côté, deux pans inclinés faisaient songer à un escalier, ou plutôt à une échelle qui devait permettre l'accès au niveau supérieur, où figurait à genoux le roi, dernière étape vers le ciel symbolisé par la Vierge à l'Enfant entourée d'anges sur un fond de treille d'une grande finesse. Lambert avait écrit près des uns et des autres les mots « bleu », « blanc » et « vermeil ».

— Ce canevas de couleurs doit être encore souligné par les pierres, expliqua Jean. Nous avions pensé entrelacer la treille de saphirs, pour signifier le bleu du ciel. Mais il faut d'autres couleurs, comme dans la nature, qui n'aime pas l'uniformité. Le rubis serait un complément judicieux, ainsi que les perles à semer comme des fleurs sur les branches épineuses de la treille. Il rappellerait aussi le rouge du manteau de l'Enfant Jésus, dont vous aurez compris la signification.

— Le sang et le rubis vont ensemble, murmura Guillebert.

Jean en profitait pour préciser que ces objets avaient certes une valeur esthétique mais qu'il convenait d'y inscrire aussi des symboles. Ici, le blanc signifierait la pureté, et le rouge, la passion. Le bleu était depuis longtemps la couleur de la royauté, même si le roi Charles VI avait adopté personnellement le vert, le blanc et le vermeil.

Ce que Guillebert fit remarquer, ajoutant :

— Tout cela est très bien et sera très beau, je n'en doute pas, mais...

— Mais ?

Jean et Claire avaient réagi avec un bel unisson qui fit sourire leur interlocuteur. La complicité du mari et de la femme l'agaçait évidemment.

— Cet objet est bien destiné au roi ?

— Oui, pourquoi ? demanda à son tour Lambert en fronçant les sourcils.

— Peut-être pourriez-vous songer à le soulager de son mal ?

— Mais il est guéri !

— Il a si souvent rechuté !

— Certes, mais expliquez-vous !

— Certains objets ont des pouvoirs que l'on ne soupçonne pas. Et ces pierres si rares et extraordinaires ont des pouvoirs magiques. J'en possède qui ont de tels pouvoirs ! Des vertus de guérison ou de divination, je vous l'assure. Je vous en conjure, faites de cet objet que vous créez de vos mains un talisman pour notre roi. Qu'il y trouve puissance et protection !

— Que voulez-vous dire ?

— Je le répète, je possède un camée qui a des pouvoirs et que nous pourrions enchâsser dans cet objet...

— Je ne suis pas un sorcier, ni un magicien, répliqua alors Jean, dont le ton avait soudain changé. Je suis un orfèvre et ne tiens pas à me retrouver au Châtelet comme beaucoup de ces « faiseurs de mots ».

Touché au vif par cette critique qui le visait directement, Guillebert ne répondit pas.

Sa proposition avait rompu le charme de ce moment exceptionnel qu'ils venaient de vivre ensemble, en une sorte de communion autour de la beauté.

Il laissa alors tomber froidement :

— Je vendrai donc mon idée à l'un de vos concurrents.

Cela eut le don d'exaspérer Jean, qui se leva.

— Et vous gardez aussi votre marchandise, je suppose ? Et je vous rends Simon, c'est cela que vous voulez ?

Guillebert n'avait pas prévu cette dernière solution. Les autres regardaient s'envenimer bêtement devant eux une affaire qui les dépassait. La tension à son comble retomba cependant aussi vite qu'elle était montée quand Claire dit d'une voix suave, en désignant le dessin de Lambert :

— Messire Guillebert, vous qui savez toujours tout, sachez que cet objet n'est pas un talisman mais un plaisir pour les yeux. Et si le roi vient à rechuter, il sera temps de lui offrir cette pierre magique.

Le « messire Guillebert » fit mouche au moins autant que ces paroles mesurées et de bon sens.

— Si ce sont ces secrets dont vous avez parlé au connétable de Clisson, dit alors Jean, j'aime autant ne pas les partager. Mais cela ne remet pas en cause nos affaires communes.

— Bien, les choses sont claires, admit Guillebert.

Simon respira. Il n'aimait pas quand Guillebert parlait de pouvoirs mystérieux. Il savait que la sorcellerie était un jeu dangereux et il avait parfois peur pour son protecteur. On racontait tant de choses sur ces hommes que l'on enfermait au Châtelet ! Pernelle lui avait conté des histoires épouvantables, qui l'avaient fait frémir, et si ce pouvoir existait vraiment, son père serait-il mort ? Une question lancinante qui l'obsédait parfois. N'aurait-il pas justement pu se sauver grâce aux secrets confiés à Guillebert juste avant sa mort ?

Simon vit avec soulagement l'orfèvre prendre du bout des doigts l'anneau de la petite balance de cuivre dont Madeleine astiquait toujours avec passion les plateaux si brillants que, lorsque Jean y posa un rubis, il y eut un éclat rouge qui s'accrocha un instant à la robe rose de Claire. Un éclat couleur de sang lui toucha le cœur. Certains y auraient vu des présages, mais eux tous avaient d'autres idées en tête.

Déjà Jean empilait les poids sur l'autre plateau jusqu'à ce que l'équilibre soit trouvé. Lambert dit alors :

— Il nous faudrait aussi des pierres moins prestigieuses, ma mère a tout vendu à ce Bandini, je n'ai même plus une bague à offrir à ma belle pour ses étrennes…

— Crois-tu que ta Marguerite en ait besoin ? maugréa Jean sans quitter de l'œil ses plateaux.

— Certainement, répondit Lambert, imperturbable.

Si ses parents avaient su que Marguerite était de moins en moins présente à son esprit, sans doute s'en seraient-ils réjouis. Mais il n'aurait jamais voulu avouer qu'une autre occupait chaque jour davantage ses pensées. Il attendait seulement le bon moment pour déclarer sa flamme à la pauvre jeune femme meurtrie et il savait qu'il lui faudrait attendre encore longtemps.

Songeuse, Claire le regarda quelques instants et proposa :

— Nous allons vous laisser finir et, messire Guillebert, si vous le voulez, nous aurions plaisir à vous garder pour le dîner.

L'hôte pensait que Claire exagérait avec ses « messire » hypocrites, mais l'intonation mise sur le mot « plaisir » était irrésistible. Il accepta aussitôt, tandis que Jean disait, en éclatant de rire :

— Madeleine a peut-être une arboulastre…

Il eut pour effet de déclencher l'hilarité générale car tous se souvenaient combien Guillebert y avait fait honneur, le soir de la procession.

— J'ai en tout cas toujours du vin dans le tonneau de monseigneur de Bourgogne, ajouta l'orfèvre en se concentrant sur sa balance.

Il n'y avait pas d'arboulastre, mais Madeleine se surpassa en servant des œufs cuits de toutes les manières. Durs, frits, mollets, en civet et même brouillés avec une marmelade d'oignons rouges ou de la moutarde. Un vrai triomphe pour la servante, à qui Guillebert n'épargna pas ses compliments.

Le faiseur de mots sait parler à toutes les femmes, songea Claire en s'endormant. Avec une pointe de jalousie et une terrible envie de le retrouver rue des Fossés-Saint-Germain. Suivit une nuit agitée. A cause de Guillebert ou des oignons rouges ?

# 25

Le lendemain, l'atelier ressemblait à une fourmilière. Les pierres acquises, il était temps de mettre la dernière main à l'objet destiné au roi et dont Lambert avait voulu faire une pièce exceptionnelle. Tous les outils ou récipients étaient à portée de main. Simon était chargé chaque soir d'y veiller ; il avait rangé la veille les creusets par ordre de taille décroissante ; en pâte claire, avec de fines inclusions de quartz, de mica ou de particules de fer, ils étaient assez grossiers ; certains avaient un bec verseur. Simon avait bien aligné aussi, sur une étagère de bois blanc, les agates translucides, d'une teinte grisâtre vaguement ambrée, qui servaient de brunissoirs, et évidemment chaque poinçon, perçoir, marteau, compas... tous attendant les doigts habiles qui leur donneraient subitement vie.

Chacun était à son poste quand, à peine la matinée commencée, Pierre lança un juron qui fit lever toutes les têtes :

— Bon Dieu, la corde, ce n'est pas le jour !

Il fallut bien se rendre à l'évidence, après avoir tenté des réparations de fortune : le grand soufflet du four principal ne pourrait fonctionner si on ne changeait pas toutes les cordes qui l'actionnaient.

Bien qu'habitué à ce genre de contretemps qui arrivait souvent dans ces ateliers où le matériel, fortement sollicité, donnait parfois des signes de faiblesse, Jean défoula son agacement sur le pauvre Pierre qui n'en avait pas vérifié l'état et n'avait même pas de cordes en réserve. Simon, désigné et immédiatement nanti de quelques pièces, partit comme une flèche, malgré la neige, chez le cordier de la porte Saint-Denis.

Il y arriva essoufflé et les joues rouges.

— Que veux-tu ? demanda le cordier en jetant un coup d'œil vers lui.

— Des cordes pour le soufflet de maître Jean Clerbourc, répondit Simon, et c'est pressé.

— Pressé, pressé… Il est toujours pressé, ton maître !

— Oui mais c'est que nous faisons une commande pour le roi…

— Bon, fit Pierre en soupirant, va voir Paul… Il faut des cordes pour le soufflet de maître Clerbourc et c'est pressé !

Le cordier avait forcé la voix. Le client qu'il était occupé à servir le regarda. Pierre avait beaucoup vieilli depuis la mort de son gendre, et les dernières semaines avaient encore accéléré le processus après le drame de sa fille qui n'avait pu garder son enfant, ultime espoir de toute une famille. Martille était justement là, ce matin, l'ombre d'elle-même. Si frêle et si pâle, elle se tenait sur le seuil de l'échoppe, le regard dans le vide.

— Ne me reconnaissez-vous pas ? interrogea pourtant ce garçon dont le teint bronzé trahissait des origines sans doute lointaines.

— Il conte fleurette à ta fille, osa dire le client.

— A ma fille ?

— Alors, regarde !

Martille avait esquissé un pauvre sourire.

— Si, c'est vous qui étiez hier à l'hôtel Saint-Pol…

— Oui, acquiesça Simon en baissant la tête.

— Voilà ta corde ! dit alors Paul.

Simon reçut sur les bras un gros paquet qui le fit vaciller. Une scène ordinaire.

— J'y vais... fit Simon à regret.

— Je croyais que tu étais pressé ? dit Paul. De toute façon, tu ne pourras plus courir, il reneige.

— Oui, oui... Mais pourquoi avez-vous l'air aussi triste ?

Il la regarda droit dans les yeux. Elle avait posé sur ses cheveux bruns le capuchon de son mantel fourré de vair et le bleu-vert aurait dû mettre en valeur ses yeux. Mais ce regard trahissait tant de désespoir !

Sans attendre la réponse, il se mit à courir.

Martille le suivit des yeux et rentra dans l'échoppe.

— Quel malheur, murmura son père en roulant à son tour un gros rouleau de corde destiné au charretier.

— Il faudra bien que tu la remaries, répondit l'autre.

— Pas avec un gringalet qui vacille sous le poids d'un paquet de cordes ! L'autre qui est mort avant même d'être père et cet enfant qui n'a pas vécu ! Que du malheur !

Simon était loin. Il avait cependant ralenti car il glissait avec ses mauvaises chaussures et, devant l'église Saint-Leu-Saint-Gilles, la tourmente de neige assourdissait presque le son des cloches, rendant encore plus lugubre le glas que tintait régulièrement le sonneur. Un petit homme apparut à la porte de l'église.

— C'est pour la Marie de la rue aux Oues, morte avec son petit... dit une femme devant la porte de l'église.

— Que du malheur ! répondit une autre en époussetant les flocons de neige accrochés à sa cotte.

Simon s'arrêta un instant au carrefour de la grand-rue Saint-Denis et de la rue de la Sellerie, devant l'église des

Saints-Innocents. Tout près de la fontaine du même nom, quelques porteurs d'eau faisaient la queue pour remplir leurs seaux. Simon commençait à trouver pesant le rouleau de corde sur ses épaules. Il sentait aussi l'humidité poindre sur sa peau. La neige redoublait, chassant les vendeurs ambulants téméraires venus s'installer tôt le matin. Les plus chanceux résistaient à l'abri d'encorbellements, espérant toujours éveiller l'intérêt des chalands. Partout, pourtant, chacun hâtait le pas vers un havre plus ou moins douillet.

Guillerettes, les cloches de l'église sonnèrent tierce. Mélancolique, Simon revint brutalement aux réalités. Il devait se presser et ne plus se laisser distraire par les voix des marchands.

— Bonnes noisettes, châtaignes de Lombardie, figues de Malte !

— Flans chauds...

— Dépêchez-vous, ils ne le resteront pas !

— Occupe-toi de tes fèves !

— Oui, belles fèves, je les mesure à l'écuelle, belles fèves ! Ayez pitié de nos mains et de nos pieds bientôt gelés !

— Coffres et bancs je sais réparer...

— Habits et surcots je raccommode...

Jean arriva à l'atelier sur les talons de Simon. Celui-ci, vaguement conscient de s'être attardé, s'attendait à se faire gronder par le maître, qui le regarda à peine. Au contraire, Pierre, plus porté sur l'agacement que l'indulgence ce matin-là, ne se priva pas de lui faire remarquer qu'il avait pris son temps alors qu'il y avait urgence ; il était allé assez souvent chez le cordier de la porte Saint-Denis pour avoir mesuré le temps nécessaire à la course ! Enfin, il avait déjà démonté les cordes usées et Simon, éperdu de bonne volonté, se racheta en l'aidant efficacement à dérouler la précieuse marchandise neuve qu'ils ajustèrent avec soin. Quand tout parut au point, Pierre actionna enfin le soufflet.

— Tout va bien, observa-t-il quand l'air ranima enfin les braises.

Les joues du vieil ouvrier avaient pris des couleurs et son crâne chauve brilla à la lueur des flammes qui crépitèrent enfin.

— J'ai soif ! cria Lambert. Simon, va tirer de l'eau au puits !

Dans la cour, seuls les pas de Jean Clerbourc et les siens avaient marqué la neige. Il s'approcha du puits et sourit quand il dévida la corde qui retenait le seau. Il en vérifia l'état car il serait volontiers retourné rue Montorgueil si nécessaire !

Sur la large table au bois doux et lissé, Lambert avait posé devant lui la fameuse commande de la reine, l'objet de tous ses soins depuis des mois. Elle avait pris corps lentement, chaque jour, sous les yeux de tous, et Simon pouvait imaginer combien les pierres précieuses choisies la veille allaient encore en rehausser l'éclat. Il avait participé activement à la préparation parfaite de l'or qui avait servi au socle conforme au dessin préparatoire. Et Lambert lui avait fait caresser cet extraordinaire échafaudage dont l'or était doux comme de la soie, pour lui faire prendre toute la mesure de cette perfection.

« De la belle ouvrage », disait Pierre, dont les yeux luisaient d'une étonnante intensité quand il s'attardait à regarder l'œuvre du maître.

La quantité d'or semblait un peu folle, mais c'était Thomas Courteheuse, le valet du roi, qui avait apporté, de la part de la reine, les lingots nécessaires. Isabeau de

Bavière tenait à un objet exceptionnel tant dans sa conception que dans sa matière. Le prix-fait portait son propre sceau, celui que Jean Clerbourc avait d'ailleurs dessiné quelque temps après le mariage de la reine, avec sa fine silhouette couronnée tenant le sceptre fleurdelisé entre deux anges ; le document spécifiait le poids impressionnant de l'œuvre et l'usage des pierres précieuses dont l'artiste avait conservé cependant le libre choix. A lui de jouer avec les couleurs. La reine avait ajouté de sa main au contrat la date de livraison, le 1er janvier. Quant au prix, il dépendrait des pierres choisies. Jean Clerbourc savait que la reine disposait d'une caisse destinée aux achats de luxe à la Chambre aux deniers qui gérait sa trésorerie. Mais il savait aussi que son argentier, Hémon Raguier, désapprouvait ces folies. Il avait pourtant toujours honoré les commandes passées à l'orfèvre.

Jean Clerbourc avait dirigé toute l'exécution et il avait fallu en fondre, des marcs et des marcs d'or, dans ces vases de terre où il avait été cuit et recuit dans le four surveillé par Pierre ! La matière avait ensuite été étirée et mise en forme afin de constituer le cadre finement ciselé de la treille derrière la Vierge à l'Enfant. Des heures et des heures de travail y avaient été consacrées.

Simon n'avait manqué aucune des étapes de la préparation. Il avait découvert pour l'occasion comment faire de la poudre d'or. Partant du poids de huit écus, il avait pesé et repesé huit fois autant de vif-argent et mêlé le tout avant de le poser dans un vase de terre brûlant ; une fois le mélange ramolli, il avait appris à apprécier la quantité d'eau à ajouter, avant de sécher le tout dans une toile de lin propre. Cette poudre d'or voisinait dans un creuset avec d'autres remplis de poudre blanche à base de verre destinée à cet émail blanc opaque, spécialité de l'atelier, pour certains personnages. Il y avait aussi de la poudre bleue pour le manteau du roi et de la rouge pour celui de l'Enfant Jésus. Ainsi seraient respectées les mentions sur le dessin : blanc, vermeil, bleu. Lambert y avait ajouté du vert pour le petit socle qui accueillerait la Vierge, l'Enfant et les deux saints Jean. Une note de couleur supplémentaire jugée nécessaire pour mettre en valeur les autres.

— Tu as l'air soucieux ? demanda Lambert à son père, qui n'avait pas ouvert la bouche depuis son retour.

— Eloi, l'orfèvre de Saint-Denis, a fait des faux, dit Jean qui, après avoir récupéré son tablier de cuir, s'était assis près de Lambert. Les sergents d'armes l'ont emmené au Châtelet après la plainte d'une cliente. Il a fait des saphirs avec de la glu ennoyée de poudre de lapis-lazuli. Et Aubry, du Pont-aux-Changeurs, a contrefait des pierres. Il vendait des doublets ; sa spécialité, c'étaient les faux vermeils et son fils a utilisé du cristal de roche pour abuser les naïfs...

Jean sortait de la Maison des Orfèvres, où la corporation traitait des problèmes du métier. Les orfèvres faisaient partie des Six-Corps avec les tout aussi puissants drapiers, merciers, épiciers, pelletiers et changeurs. Et la profession était régie par des règles strictes concernant l'apprentissage et la cession des ateliers ou le poinçon de garantie attestant la valeur du titre des objets d'orfèvrerie fabriqués, qui devait être de dix-huit carats. Les gardes du métier se réunissaient dans cette maison pour statuer aussi sur les faussaires dont il fallait à tout prix préserver la profession en butte aux brebis galeuses. Et cet Eloi allait perdre le droit de travailler. Jean haussa les épaules et secoua la tête. Il n'aimait pas que son métier soit sali dans sa réputation.

Lambert avait disposé devant lui les figures qu'il faudrait placer dans le cadre déjà prestigieux. Elles avaient été façonnées les jours précédents et il s'agissait maintenant d'y apporter les touches finales avec l'émail. Comme une sorte de jeu, les différents éléments avaient été posés sur des socles provisoires en bois que Pierre avait taillés avec soin. Le cheval et le palefrenier formaient un premier couple, puis le roi et le chevalier, et enfin Marie, Jésus, les deux saints Jean et les anges.

Le cheval avait déjà reçu sa parure d'émail de ce blanc opaque et brillant, la marque de Jean Clerbourc. Presque une exclusivité, à laquelle bien peu de ses concurrents se risquaient, même le fameux Lubin Barbedor. Jean aurait sans doute frémi s'il avait su que l'ancien amant de sa femme avait tenté de lui en extorquer le secret. Mais, même si Claire avait voulu trahir son mari, ce savoir-faire lui échappait dans les détails de son exécution. L'indice qu'elle aurait pu livrer aurait été inutilisable. Et si certains prétendaient que l'émail ne durerait pas, il savait bien que son secret d'une once de colle faite avec de l'eau et des pépins de poire palliait une telle éventualité. Aucun objet ne lui était d'ailleurs revenu endommagé.

Très concentré, Jean avait pris en main le cheval et l'observait devant la large baie. Il se rapprocha cependant du chandelier pour bénéficier de davantage de lumière. Il était satisfait. La crinière était aussi vraie que nature et l'infime touche d'émail bleu sombre pour les yeux était réussie.

— Nous allons fondre deux onces d'or pour le harnais et la selle, dit Jean en scrutant avec une concentration très appuyée les moindres détails du dessin de Lambert.

Ce dernier avait vérifié chez un harnacheur chaque pièce et Jean devrait maintenant l'exécuter tel un fin bracelet auquel Lambert avait accroché des médailles ; il lui appartiendrait de tisser chaque pièce, de la muserolle à la croupière en passant par la sous-ventrière et l'avaloire. Il y ajouterait les étriers et la selle, sans oublier le tapis de selle prévu avec un façonnage de fleurs.

— Au travail, fit Pierre dont le feu ronflait.

— Nous rehausserons d'or aussi les sabots, dit Lambert.

— Ce n'était pas prévu, observa Jean dont le front se plissa de rides soucieuses.

— C'est une idée que j'ai eue en m'endormant, répondit son fils.

— C'est ta Marguerite qui t'inspire ? interrogea Jean en faisant un clin d'œil à Pierre, qui regarda avec affection Lambert.

Ne l'avait-il pas vu grandir et devenir un homme ? Il aimait ce garçon comme le fils qu'il n'avait jamais eu. Lui aussi avait connu une Marguerite, mais elle avait préféré en épouser un autre !

— Je ne vois plus Marguerite, laissa tomber froidement Lambert.

Son père, toujours aussi concentré, ne broncha pas.

— Le feu est à point, annonça alors Pierre, qui avait relâché la pression sur le soufflet en peau de bélier relié au fourneau par un tube en fer.

Les charbons étaient incandescents et de petites flammes bleuâtres léchaient avec appétit les parois du fourneau. L'ouvrier avait tellement l'habitude qu'à la seule vue de ces charbons et des flammes il était sûr de la bonne chaleur du four. Avec cette même intuition nourrie par l'expérience, il soupesa des morceaux d'or qui avaient l'épaisseur de trois doigts et étaient approximativement cubiques, les plaça dans un vase en terre percé au fond et sur les côtés.

— Donne-moi l'argile et le sel... commanda-t-il à Simon.

Chaque fois qu'ils en arrivaient à ce stade des opérations pour fondre de l'or, Simon pensait à une des premières choses que Jean lui avait dites : « Estime-toi heureux, on n'utilise plus l'urine pour humidifier ! Autrefois, du temps d'un moine qui vivait dans le nord de la Germanie et qui s'appelait Théophile, le plus jeune des apprentis devait s'exécuter ! »

Chacun des morceaux d'or avait été soigneusement isolé des autres par l'argile.

— Au four ! commanda Pierre dont la concentration n'aurait pu être distraite par rien au monde.

Simon respectait le vieil ouvrier. Il savait bien que ces opérations étaient essentielles dans ce métier qu'il désirait ardemment apprendre. Mais ce qui l'intéressait surtout, c'était la façon dont Jean allait ensuite façonner ce fragment d'or. Aussi quand Pierre offrit au maître la matière prête à travailler, il vint se poster devant la table où Jean commença ses découpages avec des outils d'une étonnante finesse qu'un forgeron avait fabriqués pour son grand-père et que son père avait utilisés avant lui, et dont, sans doute, Lambert userait après lui. Encore que ce dernier était plus un concepteur qu'un vrai technicien, ce qui ne manquait pas de soucier son père. Fallait-il qu'il reporte son enseignement sur Simon ? C'était une question qu'il se posait parfois, soucieux de la pérennité de son art.

Jean saisit avec dextérité la matière et vivement la battit sur une petite enclume parfaitement adaptée ; quand il eut obtenu une fine lame, il vérifia que ne s'y trouvait aucun défaut, notamment aucune amorce de fente la plus minime soit-elle et qui aurait tout compromis ; puis, avec des ciseaux, il découpa habilement une étroite lamelle qui servirait à faire ce harnais, et lorsqu'il lui sembla avoir la longueur satisfaisante il posa les lanières sur un moule en argile ; ensuite, il s'empara d'un autre instrument, un poinçon avec lequel il entreprit de faire de minuscules cercles qui viendraient rehausser le harnais.

Toujours attentif, Pierre avait rapproché la chandelle du maître ; le travail était en effet si minutieux !

Sans s'interrompre, Jean interrogea :

— Le produit de soudure est prêt ? Et le petit four ?

— Oui, maître, répondit Pierre avec un calme que rien ne semblait devoir perturber.

Et pourtant l'enjeu était important. L'atelier était silencieux, comme si chacun retenait son souffle. Le pari de Lambert était audacieux. Trop, peut-être ? Et autre chose était un simple dessin, où l'artiste suivait son inspiration et son imagination, que sa réalisation. La matière pouvait être rétive. La treille qui servait de cadre à la Vierge avait donné des sueurs froides à Jean, mais ce harnais de cheval était d'une finesse à le faire damner. Il regrettait presque d'en avoir accepté les détails minutieux, mais il allait de la réputation de l'atelier ! Sa main ne devait pas trembler.

Il essuya d'un revers de manche la suée qui perlait sur son front.

— Un verre d'eau, maître ? osa demander Simon, bien trop conscient qu'il ne fallait pas le troubler.

— Oui, murmura Jean, qui ajouta : Nom de Dieu, dans quelle galère m'as-tu entraîné ? Par le ventre Saint-Eloi, si je ne réussis pas, je renie Dieu !

Pierre leva les sourcils. Il était bien rare que le maître se laissât aller ainsi. Fallait-il que le travail soit délicat ! Fallait-il aussi que l'orgueil l'entraînât dans des entreprises aussi audacieuses !

— La lime la plus fine... dit enfin Jean. Je crois en avoir assez de ces pustules !

Telle une pluie d'or, les minuscules rondelles brillaient sur la table.

— Je vais limer à peine ma lanière d'or à intervalles réguliers, expliqua Jean, et c'est sur ces marques que je souderai chaque pustule !

Décidément, le mot lui plaisait. Il éclata même de rire, laissant exploser un peu de la tension accumulée.

— Regarde, Simon, tu vas m'aider...

Jean lui tendit des pinces très fines.

— Tu saisis, tu poses, moi je dépose la poussière de soudure avec ma plume, je chauffe et je souffle. Tu es prêt ?

— Oui, maître !

— Si tu trembles, cela n'ira pas.

— Oui, maître, répéta Simon dont les doigts se crispèrent un instant sur les pinces pour saisir la première « pustule ».

— Là, oui, c'est bien, recommence.

Encouragé, la langue coincée au bord des lèvres, son tic favori quand il s'appliquait, Simon avait répété le geste au moins une centaine de fois quand Lambert s'écria :

— Il y en a assez !

— Au four ! proclama Jean, soulagé.

L'estomac de Simon gargouilla bruyamment.

— Nous avons tous faim, fit Pierre en surveillant la cuisson du précieux montage.

— Il n'y en a plus pour longtemps, dit Jean.

Tout à son travail, il avait oublié et l'orfèvre faussaire et la concurrence, et il ne pensait plus qu'à la réussite de cette entreprise qui récompenserait encore une fois son atelier. Il eut une pensée pour son père. Nul doute qu'il serait fier !

— Nous attaquerons ensuite le tapis de selle et la selle pour en finir avec ton canasson ! Puis nous passerons à l'émail du palefrenier.

— Je lui ai fait des chausses mi-parties rouge et blanc, annonça Lambert.

— C'est encore une idée qui t'est venue cette nuit ?

Ce fut cette fois Pierre qui éclata de rire le premier, entraînant tout l'atelier dans une hilarité générale.

Dehors, la neige n'en finissait pas de tomber. Il faisait presque nuit alors que les cloches des Saints-Innocents sonnaient juste sexte, l'heure où la lumière aurait dû culminer.

— Ajoute des chandelles, on n'y voit rien ! commanda Jean à Simon, qui se précipita. Vérifie nos réserves ; avec cette neige, la ville va être paralysée. Je ne tiens pas à faire appel à la vile marchandise de regrattiers qui nous la feront payer le prix fort, comme toujours en période de pénurie !

— Cela risque de durer, dit Pierre en scrutant le ciel si bas que le pignon de la maison semblait s'y dissoudre.

Le puits, tel un fantôme, disparaissait dans la pénombre de la cour dont le banc, où Madeleine s'installait parfois pour éplucher les légumes, présentait une couche de neige aussi épaisse que sa pierre.

# 26

La neige tenait, donnant raison aux prévisions pessimistes de l'orfèvre.

Dès le lendemain, la circulation dans les rues avait été fortement perturbée par les petites congères que le vent avait formées ici et là. Et comme, chaque jour, les flocons venaient parfaire le travail de la veille, renouvelant sans cesse la couche précédente par une nouvelle épaisseur, un certain découragement s'empara de ceux qui avaient besoin d'aller et venir pour approvisionner une ville dont les habitants étaient prompts à ameuter les rues. De la Sainte-Catherine à la Saint-Nicolas, le temps parut long. Même si les enfants réjouissaient la cité de leurs batailles de boules de neige et de leurs rires quand l'une d'entre elles atteignait un pauvre passant imprudemment aventuré sur leur terrain de jeu.

La Grande Boucherie avait des chariots remplis d'animaux à abattre qui attendaient aux portes de la ville ; des bouviers découragés avaient dû mettre à s'ébattre, dans les fossés au pied de l'enceinte de feu le roi, des bêtes transies que l'on amenait à pied jusqu'au principal abattoir. Certains regrettaient les ornières du temps où les rues n'étaient pas pavées, tant les bêtes glissaient. Et deux bouviers furent même conduits à l'Hôtel-Dieu avec des fractures. De leur côté, les meuniers furent vite traités d'affameurs quand le grain arrivait avec difficulté jusqu'aux moulins, les muids de blé ou de froment voyant leurs prix s'envoler, et beaucoup de denrées et marchandises attendaient des jours meilleurs, entassées le long de la Seine. Les vendeurs ambulants, rebutés par le froid, avaient déserté les carrefours et même les halles, où le moindre poireau valait une fortune.

Les seuls à se réjouir étaient les fripiers, qui avaient liquidé une grande partie de leurs réserves de houppelandes, manteaux et capes, et aussi les marchands de patins de bois pour isoler les chaussures de cuir. Les échoppes de chaperons avaient aussi fait de bonnes affaires avec les plus riches qui optaient pour de volumineuses capuches dont le guleron s'étalait sur les épaules, apportant un surcroît de chaleur, et la cornette était si longue qu'elle pouvait être plusieurs fois enroulée sur la tête, offrant encore un meilleur isolement du froid. Certaines étaient agrémentées de fourrure, gris, menu-vair ou martre. Guillebert en avait choisi une, chez une chapelière avenante de la rue Neuve-Saint-Merri, qui augmentait étonnamment sa taille et il devait y prêter attention pour passer sous les portes. Les tire-laine n'avaient pas non plus ralenti leurs activités en comprenant tout le parti qu'il y avait à tirer de ces coiffes ridicules qui servaient souvent à leurs propriétaires de sacs pour des victuailles et même pour des aumônières. Bousculant leurs proies, ils faisaient choir vivement les précieux chaperons et s'en emparaient avant de détaler dans la neige où la pauvre victime pataugeait avec ses patins de bois en hurlant : « Au voleur ! » On racontait qu'il y avait autant de drap dans ces chaperons que dans les courtines d'un lit et que certains mendiants de la Grande-Truanderie s'en étaient fait des vêtements des pieds à la tête.

Guillebert, qui n'aimait pas les patins de bois, bruyants et peu confortables, s'était offert, dès le premier jour de cet hiver précoce, des heuses à crochets, taillées dans une peau de mouton chaudement doublée, et en avait acheté à Simon, qui avait exigé des lacets, plus à la mode chez les jeunes gens. Les deux systèmes, crochets et lacets, répondaient à la nécessité de bloquer le pli qui donnait l'aisance pour enfiler et enlever ces bottes assez hautes et galbait, non sans élégance, mollets et chevilles. Depuis que, quelques décennies plus tôt, le vêtement masculin, rompant avec les cottes amples, avait pris le parti de mouler les formes du corps, voilà des détails qui ne laissaient pas indifférents les hommes. Donner de la largeur aux épaules, de l'épaisseur au torse, de la finesse à la taille, mettre en valeur des attributs autrefois dissimulés, galber les mollets et allonger les pieds, parfois démesurément, voilà tout un programme que les faiseurs de mode masculine modulaient à leur gré ou à celui de leur clientèle.

Tout le monde espérait que le temps deviendrait plus clément pour Noël, qui arrivait à grands pas. Trotte-Menu et la Pansue avaient même déserté le porche de Saint-Jacques, dont le chantier avait été abandonné par ses maçons, gênés par les intempéries.

— Ils sont tous dans leurs maisons et ne sortent plus, les mains sur les genoux devant l'âtre fumant ou claquemurés à bricoler, expliqua Charles, le tenancier du *Renard qui prêche*, à Guillebert venu lui rendre visite ce matin-là au cours de l'une de ses promenades matinales. Demain la Saint-Nicolas, et comment veux-tu danser dans cette neige ? Je mettrai la clé sous la porte et j'irai à la veillée chez ma belle-mère qui réunit quelques amis rue Tire-Boudin. La cheminée est encore l'endroit le meilleur par les temps qui courent, et au moins on y trouve de la lumière pour pas cher…

Charles rappelait ainsi la difficulté et le coût de l'éclairage en ces jours les plus courts de l'année où il était difficile, et surtout trop onéreux, pour beaucoup, de s'éclairer. Ainsi les artisans fermaient-ils leurs échoppes et leurs ateliers dès que le jour baissait. Certains résistaient en allumant des torches de résine, une chandelle de suif ou une lampe à huile bon marché, mais seuls les riches avaient les moyens de s'offrir les coûteuses et odorantes chandelles de cire.

Le tavernier servit deux godets de cervoise, puis découpa quelques tranches au bacon pendu à une poutre de la petite salle. Assis sur un escabeau, Guillebert observait son ami. Son devantier de toile rouge était maculé de blanc car il avait passé à la chaux les murs de la cave, comme il le faisait régulièrement pour les assainir. Charles lui avait fait visiter quelques jours plus tôt ce lieu voûté auquel on accédait par une trappe dans la rue et où les tonneaux de vin et de cervoise étaient sagement alignés.

— A la tienne, dit-il en tendant son godet vers Guillebert avant de poursuivre : Et puis nos clercs sont tellement pointilleux sur les jeûnes trois fois par semaine pendant l'Avent que cela décourage toute tentative de les transgresser. Nos prêcheurs ne cessent de condamner tout ce qui pourrait enjoliver notre vie : jeux de hasard, danses, luxure… Ils en ont plein la bouche. Ils disent qu'il n'y a jamais eu autant de bâtards, surtout chez les princes ! Et il faut s'abstenir des aliments gras pendant le carême, et c'est les quatre-temps à l'entrée des saisons, et le vendredi, et les vigiles des grandes fêtes… Le jeûne et l'abstinence ! Bientôt ils nous refuseront le droit de respirer. Et toi ? Comment va dame Claire ? Je ne vous ai pas vus…

Guillebert ne releva pas l'association d'idées de son ami… Luxure, bâtard, abstinence, toutes choses qui l'avaient sans doute conduit à lui parler de sa maîtresse.

— Elle préfère venir chez moi, répondit-il cependant précipitamment.

Il aurait dû ajouter pour être tout à fait honnête que, depuis la fois où ils avaient inauguré cette nouvelle formule, Claire n'était pas revenue rue des Fossés-Saint-Germain. Mais Charles était tellement remonté contre les institutions qu'il ne prêta guère attention à sa réponse. Poursuivant son idée, il fustigeait maintenant la pratique mercantile des indulgences et les images terribles de la mort qui apparaissaient sur les murs des églises pour faire peur.

— Claire vante les mérites de Gerson, le curé de Saint-Jean-en-Grève, qui prêche aussi à la cour, répliqua Guillebert, qui avait oublié les pratiques chrétiennes pendant ses longues années d'exil et retournait dans les églises avec assez peu d'enthousiasme.

Claire chantait surtout les louanges de ce clerc parce que, pendant l'été, il avait dans un sermon mis en cause publiquement le fameux Jean de Meung et ses attaques grossières contre les femmes dans son *Roman de la Rose* ; il avait ainsi donné raison à Christine de Pisan et s'était gagné le cœur de beaucoup de Parisiennes, dont Claire.

Au grand dam de sa maîtresse, Guillebert avait encore une fois ironisé sans pitié sur cette affaire :

« Rien ne va plus dans un royaume où les femmes veulent faire la loi ! Ta Christine devrait être enfermée au Châtelet. Et quand les clercs s'en mêlent, cela veut dire que la fin du monde n'est pas loin. Ton Gerson ferait mieux de remettre de l'ordre dans son Eglise où il y a, tout de même, encore un pape de trop ! »

Ce sujet fâchait. Surtout les dévots ! Toujours libre dans ses propos, Guillebert ne se gênait pas pour en discuter et agacer des interlocuteurs confits en dévotion ; et il n'était pas le seul ; en ville, on ne parlait plus que de ce docteur de l'université, un certain Jean Petit, qui entretenait de longues palabres sur le sujet. Il traitait même de « tête de mule » le pape d'Avignon, celui qui se nommait Benoît XIII. Ce « pape de la lune », comme disaient certains en faisant un jeu de mots sur son nom, Pedro de Luna, était trop obstiné et Jean Petit osait même affirmer que le royaume de France pouvait bien vivre sans pape !

Quant au royaume, justement, il n'allait guère mieux, en butte aux rivalités meurtrières des princes. Entouré de gens frivoles et brouillons, Jean de Bourgogne était à l'affût de tout événement propre à renforcer son pouvoir. Ne disait-on pas qu'il était capable de pactiser même avec les Anglais ?

Face à lui, le duc d'Orléans jouait un double jeu, soutenant Benoît XIII officiellement mais exigeant en sous-main son abdication, et sa loyauté au roi était loin d'être une certitude. C'était tout de même lui qui gouvernait. N'avait-il pas eu l'idée de mettre dans le lit du roi cette Oudinette de Champdivers que d'aucuns avaient déjà surnommée la « petite reine » ? Apparemment guéri, le roi restait fragile. Et il ne fallait pas oublier Isabeau de Bavière, ni Valentine Visconti, dont les intrigues n'étaient pas neutres.

Au cours de ses entretiens avec Nicolas Flamel, Guillebert se moquait avec insolence de cette situation ambiguë et révélatrice des malaises de la cour. Il ne craignait jamais de contredire le libraire, qui défendait toujours le roi et jetait un voile pudique sur les turpitudes de la cour.

— Mais, tu sais, moi je suis un « mécréant », conclut Guillebert en riant, ce matin-là, au *Renard qui prêche*.

C'était justement le libraire qui l'avait appelé ainsi après une discussion vive sur sa dévotion au saint sacrement et le bienfait qu'il retirait de la pénitence.

— Toi, c'est l'enfer qui t'attend, avec des diables effrayants comme il y en a sur les murs de Sainte-Opportune ! Tiens, voilà les cloches de Saint-Merry, le sonneur ne va pas tarder à venir se réchauffer. Buvons un godet pour fêter ta future arrivée en enfer et faisons une petite partie de dés, n'en déplaise à mon curé. Je vais gagner. Ne dit-on pas heureux en amour, malheureux au jeu ? Mais toi, tu es riche...

— Riche, riche...

Charles lui répétait cela depuis son retour, en méprisant vaguement sa vie de désœuvré. C'est peut-être ce qui donna une idée à Guillebert. Claire était très occupée par les préparatifs de Noël et les étrennes qui accéléraient les ventes de bijoux et surtout d'objets plus modestes offerts à cette époque-là. Abandonné par Claire retenue par ses obligations, Guillebert avait repris son pèlerinage du matin. Mais, devait-il l'avouer ? son cœur ne battait plus à la vue d'une silhouette et comme ce n'était pas la saison des chapeaux de fleurs, il n'avait guère à se poser de questions. Gilette continuait à l'accompagner, il en rêvait toujours, mais le temps faisait son œuvre redoutable. Vaguement las, et désœuvré à en croire Charles, il lui vint à l'esprit de faire, comme Nicolas Flamel, un peu de bien autour de lui. Le trésor confié au libraire lui en laissait toute latitude et ce dernier, qui l'avait enfermé dans une armoire ferrée dont il avait donné une clé à Guillebert, l'avait vivement encouragé, ne serait-ce que pour racheter son âme !

« Et si l'on vous en veut, il vaut mieux être prêt !

— Mais à quoi ?

— A mourir mon cher, à mourir ! »

Le libraire, qui n'en savait guère plus sur Guillebert au bout de plusieurs mois mais qui goûtait sa compagnie, n'était jamais avare de leçons, allant jusqu'à lui répéter des sermons entendus à la messe du dimanche. Certaines allusions pouvaient même faire croire qu'il savait, pour Claire. Le jour où il avait disserté sur la pécheresse Marie-Madeleine, Guillebert avait eu des doutes. Surtout quand le libraire avait dit à l'enlumineur en train d'esquisser une scène du Christ jardinier :

« Faites-lui une silhouette élégante... Un peu comme celle de Claire Clerbourc... Vous voyez... Habillée comme l'autre jour, quand elle nous a livré les feuilles d'or... »

Et il avait ajouté en se tournant vers Guillebert, l'œil allumé de cette malice qui éclairait souvent son visage imberbe :

« Un joli modèle, n'est-ce pas, pour une pécheresse ?

— C'est vous qui le dites, avait répondu son visiteur en avisant un livre qui lui donna immédiatement un prétexte pour changer de conversation : Un nouveau *Devisement* ?

— Oui, tous les princes veulent leur Marco Polo. Pas pour voyager mais pour rêver ! Et ils oublient peut-être alors leurs sombres desseins ou leurs querelles qui ruinent le royaume. Celui-ci sera pour Louis d'Orléans. Le prochain pour le prince Jean de Bourgogne. Regardez plutôt ces livres que j'ai préparés pour les petits princes... »

Il avait pris sur une roue à livres un manuscrit relié de cuir naturel. La première page montrait des croix, puis débutait un abécédaire illustré de dessins. Guillebert avait lu par-dessus l'épaule du libraire :

« *A* amitié, *B* bénévolence, *C* crainte, *D* douceur...

— Tout un programme pour nos petits princes, commentait Nicolas Flamel en ajustant ses lunettes. J'ai eu des nouvelles de Martille...

— Dites-moi...

— Elle s'adapterait à son nouvel état auprès des princes... Vous voyez que mon idée n'était pas si mauvaise... »

## 27

— Pour la Sainte-Luce, vous m'aiderez à allumer des chandelles...

Face au fameux portail de l'église Saint-Jacques où, décidément, le portrait de Nicolas Flamel ressemblait peu au modèle, Guillebert était venu interpeller la Pansue et Trotte-Menu, revenus se poster là depuis la veille, maintenant que la neige, ou plutôt la glace, avait presque fondu. Alentour, le chantier du chœur reprenait doucement vie.

— T'aider ? Et qu'est-ce que tu nous donneras ?

La Pansue arborait une cape dont ses amis de la Grande-Truanderie lui avaient fait cadeau, le fruit de quelque larcin sans doute.

— Oui, qu'est-ce que tu nous donneras ? renchérit Trotte-Menu en tendant la main à une paroissienne qui sortait de l'église.

— Vous serez récompensés...

— Récompensés, récompensés ? !

— Moi, tu sais, les promesses... affirmait déjà la Pansue. Si j'avais pas cru celles des hommes, je serais pas là et j'aurais pas le gros ventre...

— Arrête ! Tu sais bien que messire le sait, que tu n'as rien sous ton devantier. Moi, je veux bien vous aider...

— Et moi ? Foi de Martin, donneur d'eau bénite, s'il y a

une récompense, je veux bien t'aider. La Marie attend un enfant, un vrai, pas comme la Pansue, alors…

Toujours à l'affût derrière la porte d'où, près de la grande cuve sculptée d'un beau baptême du Christ, il guettait les paroissiens à longueur de journée pour leur offrir l'eau bénite dont ils se signaient avant d'aller plus avant vers le sanctuaire, Martin avait surgi.

— Vous savez tous qu'à la Sainte-Luce le jour grandit d'un saut de puce et que c'est la fête de la lumière. La coutume est d'allumer des chandelles pour la nuit la plus longue et de fêter à grand renfort de cierges le début du retour vers la lumière…

— La coutume, la coutume… elle coûte cher, marmonna Trotte-Menu en soufflant dans ses mains pour les réchauffer.

— J'achèterai les chandelles, répondit Guillebert, et nous…

— Pourquoi dépenser tous ces écus pour qu'ils partent en fumée, messire ? l'interrompit la Pansue. Nous en ferions bien meilleur usage, pas vrai, Trotte-Menu ?

— Laisse parler messire et ensuite je lui dirai des choses qui pourraient l'intéresser.

— Quoi ?

— Parle, messire… toi d'abord.

Vaguement intrigué, Guillebert poursuivit :

— Martin, tu demanderas à ton curé si nous pouvons illuminer son église…

— Il est fou, cet homme ! murmura la Pansue. Illuminer cette bâtisse, mais il perd la tête !

— Laisse dire messire !

Trotte-Menu avait élevé la voix en se plantant devant la Pansue qui, furieuse, le gifla et cria :

— Et alors, c'est quand qu'on lui dit que l'architecte a

fait fouiller sa maison et raconte partout qu'il couche avec la femme de l'orfèvre ?

Stupéfait, Guillebert s'appuya au mur du porche. Il eut l'impression que le visage du Nicolas Flamel sculpté au portail s'éclairait de son sourire ironique et que celui de son épouse, dont la pruderie était légendaire, manifestait sa réprobation.

Pour une fois, il était désarçonné. Tout se savait donc, dans cette maudite ville !

— Quel architecte ? demanda-t-il en soulevant son fameux chaperon qui lui faisait transpirer les cheveux.

— Arnaud, pardi... Il ne te pardonnera jamais l'affaire du chantier ! répondit Trotte-Menu.

— Bah, t'es pas le premier, ni le dernier... La Claire a le cul chaud ! murmura tout bas près de lui la Pansue. Mais tu sais, nous, on ne dira rien, on t'aime bien, beau messire. Et puis tu vas bien nous donner quelques écus pour ces nouvelles qu'on t'apprend ? Nous, tu sais, on dit à nos amis de la Grande-Truanderie de faire courir un bruit contraire, mais il faut des écus...

— La Bourgot raconte aussi que tu es un sorcier, ajouta Trotte-Menu, qui se tenait toujours l'oreille depuis la claque de la Pansue. Il paraît que tu pourrais guérir le roi...

Guillebert balaya cette dernière affirmation d'un geste de la main et revint à l'essentiel :

— Tenez-vous prêts et vous ne le regretterez pas ! lança-t-il avant de se diriger vers la rue Thibaud-aux-Dés.

Il pénétra dans l'échoppe du regrattier quelques instants plus tard. Celui qui avait été le jour de son arrivée son premier interlocuteur. Une odeur forte régnait dans cette échoppe encombrée dont les marchandises entassées offraient un bric-à-brac mystérieux où les clients avaient l'habitude de fouiller pour trouver l'objet, l'ustensile ou la denrée recherchés.

Comme toujours assis sur le vieux tronc de noyer qui lui servait de siège depuis des lustres, le regrattier malaxait sans fin de vieilles graisses et du mauvais suif pour en faire ses chandelles de qualité douteuse.

— Messire, que me vaut l'honneur ?

Levant à peine la tête, l'homme mal rasé et chevelu interpella ce client dont il n'avait pas oublié l'arrivée quelques mois plus tôt et dont la réputation défrayait encore la chronique du quartier.

— Une affaire dont je veux t'entretenir et qui pourrait te rapporter gros.

Abandonnant quelques instants son pilon, Mathurin fixa son interlocuteur. Guillebert savait qu'il avait touché le point sensible, l'aumônière. Cet homme qui vivait dans une crasse infâme, qui gagnait petit de façon plus ou moins malhonnête, était âpre au gain.

— Gros ? Que veux-tu dire ?

— Je dis gros, répéta Guillebert en tâtant la belle bourse de cuir qui ne quittait jamais sa ceinture.

Les yeux de l'autre brillèrent à la maigre lueur de la chandelle posée sur un escabeau près de lui.

— Je vais avoir besoin de beaucoup de chandelles pour la Sainte-Luce.

— C'est que c'est bientôt…

— Et alors ? Si cela ne t'intéresse pas, je m'en vais voir…

— Ah, messire, je n'ai pas dit cela ! protesta aussitôt l'autre, qui avait quitté son tronc et faisait face à Guillebert pour tenter de traiter d'égal à égal.

— Je vais éclairer le quartier avec mes amis, poursuivit Guillebert.

— Le quartier ?

— Oui, alors je réserve toutes tes chandelles et ta production de ces prochains jours… Voilà un écu d'or !

— Un écu d'or à la couronne, répéta l'autre en

regardant la pièce qui brillait dans sa main calleuse et crasseuse, dont les ongles étaient aussi noirs et sales que son pourpoint maculé de taches de graisse.

— Et si on te raconte des histoires sur moi, tu répondras que tu ne sais rien…

— Mais je ne suis pas à vendre, moi !

— Alors, rends-moi l'écu !

Les doigts s'étaient vivement refermés sur la pièce.

— Bon, je ne dirai rien… Ni que vous êtes un sorcier ni que vous couchez avec la femme de l'orfèvre !

— Bien, je reviens à la Sainte-Luce. Et je ne dirai rien pour ta production déloyale… Foutre sang de Dieu !

La porte de l'échoppe était déjà refermée que le regrattier n'en était pas encore revenu. Il avait même les mains qui tremblaient légèrement. Il ouvrit la droite et l'approcha de la chandelle. L'écu était bien là, rassurant et convaincant. Mais quand même, c'était bien un drôle d'homme, qui n'avait pas sourcillé quand il avait fait allusion aux ragots du quartier. Pour qui se prenait-il ?

Guillebert visita dans la journée d'autres regrattiers, évitant les ciriers, dont la production, beaucoup plus chère, ne convenait pas pour cette opération éphémère, et quand il eut la promesse d'un lot suffisant pour réaliser son idée, il rendit visite à Nicolas Flamel qui, comme souvent, était dans son vaste atelier, à superviser les travaux de ses copistes et enlumineurs.

Quand il arriva, Guillebert croisa d'ailleurs Thomas le parcheminier, venu livrer sa marchandise dont Flamel vanta aussitôt la qualité en passant la main presque amoureusement sur cette matière qui avait accompagné ses débuts et dont aujourd'hui il continuait, par employés interposés, à faire de véritables trésors.

Très excité par son projet, Guillebert lui en confia les grands traits avant de conclure :

— Je vais faire travailler quelques bougres, à qui j'offrirai ensuite le gîte et le couvert.

— Vous voilà bien généreux !

— C'est peut-être votre exemple... Et puis certains me parlent d'enfer, alors pourquoi ne pas me racheter en faisant un peu de bien ?

Nicolas Flamel éclata de rire.

— Est-ce parce que je vous ai traité de mécréant la dernière fois ?

— Peut-être, avoua Guillebert.

— Quel diable d'homme êtes-vous ? Assurément un cachottier...

Surpris, le visiteur fixa son hôte qui l'attira dans le fond de l'atelier, à l'écart des copistes et des enlumineurs.

— Oui, un cachottier. Votre histoire avec Claire Clerbourc fait maintenant le tour de la ville...

Interloqué, Guillebert resta coi.

— Je peux toujours vous dire que cela restera entre nous mais c'est trop tard, beaucoup trop tard. Heureusement, chacun a d'autres chats à fouetter et surtout le mari est tellement occupé avec ses bijoux et autres objets... Si vous connaissiez dame Christine de Pisan, vous auriez entendu parler de cette grande ombre féminine sans corps qu'elle nomme « dame Opinion », une déesse sans forme ni couleur qui possède pourtant un immense pouvoir. Il y en a qui se sont retrouvés au Châtelet pour moins que cela, et moi-même – vous le savez bien puisque vous m'en avez déjà parlé –, je suis parfois en butte à ses méfaits quand on raconte que je fabrique l'or !

Guillebert hocha la tête puis, après un instant de réflexion, dit :

— Cela me rappelle une règle que me contait le moine qui m'avait recueilli à San Angelo, en Campanie...

— Laquelle ? demanda Flamel. Venez me dire tout cela dans mon retrait.

Tout heureux d'attirer cet interlocuteur qu'il appréciait de plus en plus mais qui l'intriguait toujours davantage, le libraire lui ouvrit le chemin au-delà de la petite cour intérieure où quelques plaques de neige persistaient contre le mur nord. Des tourterelles picoraient dans la mangeoire que le libraire approvisionnait chaque matin. Surprises, elles s'envolèrent pour se poser sur le toit.

— Voilà, reprit Guillebert dès qu'ils se furent installés dans la petite pièce douillette.

Ursule, la servante, entretenait tout le long du jour une flambée dans la cheminée sculptée de la devise du libraire, *VIVE LABEUR*. Tout ensommeillé, le papegaut secoua son beau plumage et vint se cogner au filet d'archal pour saluer les arrivants.

Son maître lui fit un signe amical, puis mit un doigt sur ses lèvres pour lui imposer le silence. L'oiseau étira son cou, et retourna sagement se terrer au fond de sa cage.

— Voilà, répétait déjà Guillebert, qui reprenait un peu ses esprits. Dans la nature beaucoup d'animaux savent qu'il faut passer inaperçu pour ne pas être dévoré, me disait *fra* Piccolo ; il était tout petit et large comme un tonneau, et ne vivait que pour le jardin du monastère, dont il était le grand maître ; c'est lui qui m'a appris à lire et aussi tant d'autres choses tout en me soignant avec ses herbes quand j'ai été si malade.

— Vous ne m'avez jamais conté cela...

— Tout arrive...

Guillebert sourit, mais il était tout à son histoire et n'entendait pas s'interrompre, ce que comprit son hôte bien enfoncé au milieu des coussins de sa cathèdre. Ursule en avait ajouté, car la neige et l'humidité avaient réveillé de vieilles douleurs. Il souffrait du dos et la tisane de feuilles de laurier, comme lui en faisait autrefois sa douce Pernelle, ne l'avait pas soulagé.

— Pour cela donc, les animaux prennent la couleur du lieu où ils se trouvent, d'autres en imitent les formes. Ce sont les grands maîtres de l'illusion… Les champions sont les caméléons, j'en ai vu aux confins de l'Inde qui prennent la couleur de ce qui les entoure. Avez-vous vu le lièvre qui change d'habit avec les saisons ? Brun-roux l'été, blanc l'hiver, il se confond avec la neige où les rapaces ne le distinguent pas. Et la sauterelle verte qui s'harmonise avec la couleur des hautes herbes de la prairie où elle se dissimule tout l'été ? Eh bien, quand il y a un intrus, elle se déplace insensiblement sur la tige qui la supporte de façon à toujours disparaître derrière elle. Et connaissez-vous le podarge, cet oiseau nocturne qui se fige tellement qu'il ressemble à une feuille morte ? Bien malin qui décèlera sa présence !

— Et alors, quel rapport avec dame Opinion ?

Nicolas Flamel s'impatientait ; il ne voyait pas où Guillebert voulait en venir.

— J'y viens… *Fra* Piccolo m'avait aussi parlé de la baudroie, un poisson qu'on trouve dans la mer Méditerranée et dont le corps se fond parfaitement avec le sable. Et je pourrais vous en dire aussi sur les perverses lucioles qui clignotent pour attirer un mâle… Et les coucous qui pondent des œufs qui ressemblent à ceux des autres oiseaux afin de les tromper. Alors oui, j'aurais pu me fondre dans cette ville comme un lièvre ou une sauterelle sans faire de bruit, sans jamais faire savoir que j'étais là, sans offrir la moindre prise aux rapaces que sont les hommes pour les autres, ou les femmes entre elles, je n'ai pas choisi cette voie et votre dame Opinion, j'y ferai face !

— Très bien, fit Nicolas Flamel en riant. Je vais commander à mes enlumineurs de dessiner ces animaux dans les marges du *Devisement* ; si vous pouvez leur donner des conseils, ils seront encore une fois les bienvenus.

Guillebert accepta volontiers, mais ajouta aussitôt :

— Foutre sang de Dieu, savez-vous qu'il y a aussi des humains qui prennent les couleurs du lieu et disparaissent ?

— Que voulez-vous dire ? interrogea Flamel, intrigué soudain et avide d'en apprendre davantage.

— Avant de quitter cette ville, j'ai aimé une femme. Elle a disparu pendant que j'étais au Châtelet. Je vous en dirai plus la prochaine fois.

Nicolas Flamel ne chercha pas à le retenir. Il savait inutile de contrarier ce diable d'homme, qui le déconcertait chaque fois un peu plus. Et cela même s'il levait lentement un coin du voile.

Resté seul dans son retrait, le libraire, qui avait chaussé des lunettes car sa vue, usée par les pages d'écriture de sa jeunesse, ne cessait de baisser, feuilleta un petit livre qu'il avait fait relier de cuir rouge. Il le destinait à Pernelle pour ses étrennes. Il y avait réuni quelques prières en s'inspirant d'un ouvrage qui avait appartenu à son épouse, et un enlumineur de l'atelier avait enjolivé le calendrier qui les accompagnait. L'illustration était plaisante, associant les signes du zodiaque avec des fleurs et des animaux. Il avait insisté pour qu'il y ait des singes car il savait que la jeune fille aimait leurs facéties, mais il y avait aussi de doux agneaux, des demoiselles dont les ailes bleutées, presque transparentes, étaient particulièrement réussies, un coq triomphant, symbole de la lumière, un poisson aux ailes argentées...

# 28

La Sainte-Luce fut une vraie réussite. Dirigés par Guillebert, Trotte-Menu, la Pansue et Martin remplirent leur mission avec une telle efficacité que toutes les maisons du quartier furent éclairées depuis l'église Saint-Jacques, dont le curé avait accepté l'illumination, jusqu'à Saint-Germain-l'Auxerrois. Partout, les chandelles ardentes faisaient espérer que les jours allaient bientôt rallonger et la lumière triompher. Au seuil de l'hiver, c'était une vraie promesse de renouveau.

Pernelle et Simon avaient obtenu de se joindre à eux. La première fréquentait maintenant régulièrement la maison de Christine de Pisan, ce qui agaçait ses parents, et la poétesse lui avait même fait miroiter qu'elle pourrait participer à la fête que donneraient le duc et la duchesse d'Orléans. Cette aventure, qui l'enthousiasmait, avait un peu relégué Bandini au deuxième plan. La franchise aurait voulu qu'elle avoue pourtant chercher parfois le pourpoint violet, les chausses vertes et le chaperon mauve dans les rues de la ville. Mais en vain ! Quant à Simon, qui avait terminé le travail aux fenêtres du logis Saint-Pol, il ne rêvait plus que d'y retourner pour revoir Martille et ses yeux tristes qu'il pensait bien assortis à son propre regard, toujours un peu mélancolique.

Tous devaient se retrouver le soir au *Renard qui prêche* après avoir parcouru les rues et salué, presque un par un, leurs habitants tout heureux de cette atmosphère de fête. Jean Clerbourc y avait autorisé sa fille seulement à la condition que Guillebert et Simon la raccompagneraient. Et encore n'imaginait-il pas quelles rencontres elle était susceptible de faire ! Sans doute en aurait-il eu un coup au cœur, comme Charles, le tavernier, pourtant accommodant, quand il vit débarquer dans son auberge une clientèle dont, certes, il avait bien quelques exemplaires çà et là, mais de façon ponctuelle ; ce soir-là, Trotte-Menu et la Pansue avaient fait inviter leurs amis de la Grande-Truanderie, qui ne s'étaient pas fait prier, et en matière de gueux ils avaient des relations ! Ils en avaient recruté aussi rue des Poulies, où se trouvait une deuxième cour des miracles depuis le milieu du siècle précédent.

Bon enfant, prêt à tout pour satisfaire ceux qui l'avaient aidé, l'organisateur de la fête fut vraiment dépassé par les événements quand la Pansue, que tout le monde attendait, arriva enfin, serrant contre elle un paquet de chiffons qui se mit à hurler lorsque toute l'assistance lui fit une ovation pour saluer sa venue tardive.

Eberlué par ce qu'il voyait et entendait, Trotte-Menu s'était déjà planté devant elle.

— Tu ne vas pas me dire que tu l'as fait, cet enfant !

Un éclat de rire, tellement tonitruant qu'il couvrit un instant les cris du paquet de chiffons, fut d'abord la réponse de la Pansue devant l'assistance médusée. Puis, calmement et en silence, elle défit lentement les chiffons ; les cris s'étaient apaisés. Un visage rougeaud et des cheveux roux apparurent enfin.

— Jésus, Marie… d'où le sors-tu, ce traître ? questionna aussitôt une grosse matrone qui répondait au nom de Nicolette, dite la Déshonnête, que Charles connaissait pour être la papesse des bordels de la rue Chapon et du Clos-Bruneau.

La Pansue, qui la disait une amie très chère, avait insisté pour l'inviter.

— Un enfant jeté au lit Notre-Dame de Saint-Jacques !

Elle rappelait ainsi que dans chaque église il y avait un autel ou même un lit dénommé « Notre-Dame » pour y déposer ou plutôt « jeter », comme on disait, les enfants non désirés.

Et Dieu sait que Martin en avait trouvé, de ces chérubins que la paroisse était tenue ensuite de nourrir, voire d'élever. Ce n'était pas le premier que la Pansue, en mal d'enfant, voyait passer.

— Celui-là, je le garde ! annonça-t-elle triomphalement en le brandissant au-dessus de sa tête, déclenchant de nouveaux cris.

— Tu le gardes, tu le gardes… maugréa Trotte-Menu.

— Qu'il est mignon !

Pernelle s'était approchée. La Pansue le serra dans son giron en fredonnant, mais ni les caresses ni les baisers ne le calmaient.

— Il doit avoir faim, il lui faudrait du lait, dit encore la jeune fille en se penchant sur lui.

— Ouvre ta poitrine ! cria un grand maigre qu'on appelait Charpentier le Sot en défaisant son pourpoint dont les manches étaient effilochées. Comme moi !

— Ouvre ta poitrine ! reprit en chœur l'assistance en battant des mains.

— Montre ton lait ! hurla encore le Pestiféré, un de ces vagabonds qui prétendaient être miraculés de la dernière épidémie et arrachaient la compassion des bourgeoises mortes de peur à l'idée que le terrible mal ne s'abatte de nouveau sur la ville et leur famille.

Guillebert avait déjà obtenu de Charles un godet de lait que Pernelle fit lentement ingurgiter au bébé enfin calmé. Autour d'elle s'étaient réunies, toutes plus attendries les unes que les autres, la Grosse Margot, la Touchaille au Dur Téton, la Lingère du Palais et même la vieille Marion l'Idole, qui n'y voyait guère. Il y avait aussi Sans-Mains, un de ces rebuts de la société qui avait perdu ses mains, écrasées par une poutre sur le chantier du château de Vincennes. Il ne pouvait même pas mendier, incapable qu'il était d'accomplir le geste idoine.

Une fois l'enfant nourri et endormi sagement dans un couffin fourni par Charles, chacun put à loisir profiter du repas dont Guillebert avait soigné le menu.

Quand vint le moment de se quitter, Charpentier le Sot prit la parole :

— Messire Guillebert, messire Guillebert...

Le silence s'était fait dans la salle où régnait encore une forte odeur de victuailles, mais la voix pâteuse de Charpentier trahissait l'abus du vin et des idées vagabondes.

— Mes amis et moi, reprit-il cependant après avoir roté bruyamment, voulons te dire merci. Tu peux compter sur nous, nous ne raconterons aucune rumeur, ni injure sur toi, je le jure...

Certes, la voix était de plus en plus rauque quand il ajouta, en cherchant ses mots :

— Et s'il le faut, nous te défendrons !

Guillebert sentit qu'il était sincère. Pourtant, l'inquiétude le traversa quand Pernelle demanda innocemment :

— C'est quoi, la rumeur ?

— Je ne sais, répondit Simon, dont l'œil vague disait assez la fatigue.

Mais l'autre poursuivait déjà :

— Mes amis, il est temps de rentrer rue des Poulies. La Pansue, nous y logerons ton petit. Nous lui apprendrons à insulter les passants, à étourdir les voisins par les tintamarres, à piller et à voler... tout le monde sauf Guille... sauf Guillebert !

— A la vie, à la mort ! crièrent tous les convives en levant la main en direction de l'organisateur de cette soirée mémorable.

Même Sans-Mains qui, pour donner le change, tendit ses deux moignons en direction des poutres noircies.

Guillebert soupira en les regardant partir en procession, déguenillés, derrière la Pansue tenant contre elle, étroitement blotti, l'enfant qui n'avait plus pleuré. Fallait-il offrir à cet enfant autre chose que ce que le destin semblait lui promettre ? Autre chose qu'un logis qui serait un coupe-gorge, un asile de débauche et de prostitution ? Il vint à l'idée de Guillebert que cet enfant aurait peut-être fait le bonheur de Martille, mais la jeune femme refaisait sa vie doucement au palais en s'occupant des petits princes.

La nuit portait conseil. Il se contenta pour l'heure de glisser dans la main de Trotte-Menu une bourse dans laquelle il avait ajouté quelques pièces à l'intention du bébé. Martin, le donneur d'eau bénite, repartit avec son épouse Marie, qui ne tarderait pas accoucher ; lui aussi avait bien gagné sa journée et aurait souhaité qu'on fêtât plus souvent la Sainte-Luce.

Ravie de cette soirée inédite, Pernelle repartit avec Guillebert et Simon, et quand l'aîné eut tourné ses heuses en direction de la rue des Fossés-Saint-Germain, les jeunes gens s'offrirent un de ces bavardages dont ils avaient le secret dans la grande salle où régnaient les odeurs de la cuisine de Madeleine.

Devant la cheminée où quelques tisons attendaient d'être titillés par Pierre au petit matin pour reprendre vigueur, la langue peut-être déliée par le petit vin de Montmartre de Charles, Simon aurait parlé des heures de sa nouvelle vie à l'atelier, où la commande de la reine avançait à grands pas. Tous les personnages étaient désormais émaillés et Jean avait commencé à polir les fameuses pierres précieuses auxquelles il donnait des formes variées.

Pernelle écoutait des histoires qu'elle connaissait presque par cœur mais qui dans la bouche de Simon prenaient une saveur différente. En quelques mois, le garçon s'était passionné pour le métier fascinant de son père... Elle n'avait plus envie de se moquer de lui comme elle l'avait fait au début. Elle le regarda à la lueur des tisons. Il avait grandi et les traits de son visage s'étaient affirmés sous la peau mate qui gardait ce charme exotique qui lui avait tant plu. Bandini avait aussi ce teint coloré de certains personnages de manuscrits. Bandini, Bandini... Pernelle eut soudain très envie qu'il soit là, près d'elle. Peut-être était-il retourné à Milan pour toujours ? Elle frissonna.

— Tu as froid ? interrogea Simon.

— Peut-être... J'ai surtout soif. Il doit bien y avoir un peu d'eau quelque part...

Elle se leva, alla jusqu'à la crédence, souleva un pot de terre blanche, murmura :

— Oui, en voilà. Tu en veux ?

Simon s'était levé à son tour. Elle lui tendit un verre, leurs doigts se frôlèrent. Simon fixa Pernelle un instant. Il brûlait tout à coup de l'embrasser sur la bouche puisque c'était elle qui avait bien insisté pour lui dire que c'était ainsi que se baisaient les amoureux, mais le visage de Martille s'interposa et il recula d'un pas. Le vin de Charles lui brouillait les idées.

Pernelle buvait son eau à petites gorgées. Elle s'interrompit soudain et avoua :

— Je vais te dire un secret...

— Ah, fit bêtement le garçon.

— J'ai rencontré un homme...

— Ah ? répéta Simon.

— C'est ce maudit qui a acheté toute l'échoppe et emporté le verre aux singes !

— Ce Bandini dont tout le monde parle à l'atelier ?

Le silence s'installa dans la salle.

— Et moi, j'ai rencontré la femme de ma vie… Elle s'appelle Martille !

— Martille ? La fille du cordier ?

— Oui.

— Qui vient de perdre son bébé après son pauvre mari ?

— Je ne sais…

— Mais je te le dis, elle est plus vieille que toi !

Sortie des vapeurs du repas de Charles, Pernelle retrouvait sa vivacité.

— Et moi qui croyais que tu avais un faible pour moi ! chuchota-t-elle encore.

— Moi aussi, je le croyais, avoua en riant Simon. Mais Martille me fait trop battre le cœur… Toi, tu es mon amie. Et moi, suis-je ton ami ?

— Mon ami… Oui, n'oublie pas que je t'ai demandé de me défendre, car j'ai bien peur qu'Orlando Bandini ne soit surtout un « vantard déloyal », comme dit Christine de Pisan. Toi, tu ne viendras pas à bout de ta belle par la ruse et la fraude. Et moi qui tremble quand je le vois, j'ai peur de succomber à ses flatteries…

— A la vie, à la mort, répondit Simon.

Tombant de sommeil, vaguement écœuré, Simon qui ne comprenait pas bien ce que Pernelle voulait dire reprenait en s'amusant la phrase de leurs amis d'un soir.

Pernelle répéta :

— A la vie, à la mort.

Il y avait dans la salle une odeur forte d'aromates. Madeleine et Marthe avaient entamé les préparatifs de Noël ; c'était pour cette occasion que les épiciers écoulaient le plus de marchandises car il en fallait tellement pour assaisonner les plats dans les maisons des bourgeois ! Il s'en vendait tant que même les rues sentaient bon, ce qui était inhabituel.

Le lendemain, quand Madeleine découvrit Pernelle et Simon endormis l'un près de l'autre comme deux anges, il ne lui vint même pas à l'idée qu'ils avaient pu commettre un acte que l'Eglise réprouvait en dehors du mariage. Ils avaient l'air si angéliques, tous les deux, qu'elle marcha même sur la pointe des pieds pour ne pas les réveiller.

Quand Simon ouvrit un œil enfin, confus, il se précipita à l'atelier, où Lambert travaillait déjà, pendant que Pernelle se bassinait le visage avant de changer de cotte alors que Claire entrait déjà dans la salle.

— Tu n'as pas dormi sur ta paillasse ? demanda-t-elle d'un air soupçonneux.

— Je l'ai trouvée endormie ici, dit aussitôt Madeleine avec un empressement dont elle n'avait guère l'habitude quand il s'agissait de sauver Pernelle d'un mauvais pas.

Et pour une fois, la jeune fille lui aurait sauté au cou quand elle se garda bien d'ajouter que Simon avait aussi dormi là.

Préoccupée, Claire eut d'ailleurs vite fait de clore l'incident :

— Je compte sur toi pour les préparatifs de Noël.

« Noël, Noël », tout le monde n'avait plus que ce mot à la bouche. Et ce matin-là, la porte de l'échoppe s'ouvrit brusquement et un homme en livrée bleu et rouge apparut, criant :

— Place, place, monseigneur de Berry arrive !

Claire dut se rendre à l'évidence : des plus simples aux plus puissants, des plus riches aux plus pauvres, Noël était vraiment dans tous les esprits !

— Dame Claire, quel bonheur de retrouver votre échoppe ! Après une longue chevauchée en Languedoc, j'arrive d'Auvergne où la chasse à l'ours m'a fait grand bien ; j'ai cru devoir y rester à cause de la neige, mais les charrières étaient dégagées sur les terres de monseigneur de Bourbon, et aussi au passage de la Loire, chez mon neveu de Bourgogne. Alors montrez-moi plutôt vos nouveautés !

Entouré de serviteurs tous plus rutilants les uns que les autres, monseigneur de Berry était somptueux dans sa vaste houppelande bleu sombre semée de fleurs de lys d'or et ceinturée d'or ; sur les épaules, une cape du même velours doublé de martre était retenue par une chaîne d'or sur laquelle avait été posé un collier avec un énorme pendentif où brillait une émeraude. Claire reconnut une fabrication de son mari. Le duc de Berry arborait encore des gants brodés de cygnes et d'ours, ses deux emblèmes favoris, et surtout un chaperon volumineux taillé dans des peaux de castor. C'était rue de la Pelleterie qu'étaient traitées ces marchandises dont chapeliers et merciers étaient friands pour leur clientèle huppée. Et le chaperon du duc venait certainement du meilleur faiseur.

Tous ces atours soulignaient encore la silhouette de l'homme, lequel s'était fort épaissi au cours des années précédentes, ses ceintures dénonçant sans pitié un véritable embonpoint. Le visage aussi s'était empâté, et les chairs, un peu flasques, reposaient sur le col de martre qui mettait en valeur des cheveux presque blancs.

— Il paraît que vous fabriquez une merveille pour ma nièce la reine, dit Jean de Berry, la mine gourmande.

— Oui, monseigneur, répondit sobrement Claire.

Elle avait appris à se méfier des enthousiasmes du duc comme de ses exigences, qu'il fallait toujours satisfaire dans l'heure. Il était si impatient !

— J'aimerais la voir, dit justement Jean de Berry, avec cette petite flamme dans l'œil qui en faisait un extraordinaire amateur capable de s'emballer sur-le-champ et de devenir aussi capricieux qu'un enfant décidé à obtenir l'objet de ses convoitises.

— C'est un secret, répondit encore une fois très prudemment Claire.

— Un secret, un secret... Ma nièce n'en a pas pour moi, rétorqua le duc avec un sourire qui se voulait charmeur.

— Oui, un secret, répéta Claire, qui avait décidé de résister à ces assauts. Regardez plutôt, monseigneur, tout ce que nous avons ici pour vous satisfaire...

Sur les étagères avaient été alignés quelques beaux objets sortis des réserves après le passage de Bandini.

— Faites venir maître Jean, plutôt !

Claire soupira. Elle savait l'homme têtu et il n'était pas question de déplaire à ce client qui avait dépensé d'énormes sommes d'argent dans cette échoppe.

— C'est que...

La dernière tentative de Claire tourna court car le duc avait déjà fait trois pas vers la porte qui donnait sur la cour. Habitué à devancer les désirs de son maître, un valet s'était précipité pour l'ouvrir. Jean de Berry la franchit sans plus prêter attention à Claire, qui le regarda traverser la cour à petits pas à cause de la neige et pénétrer dans l'atelier. Elle imaginait la tête de Jean qui devait déjà l'accuser de ne pas avoir su retenir l'importun !

— Monseigneur !

Surpris par cette intrusion soudaine, Jean s'était levé d'un bond pour aller à la rencontre du visiteur.

— Me voilà dans l'antre du faiseur de miracles ! Montrez-moi ce que vous préparez pour ma nièce, la reine !

— Miracles, miracles... répéta Jean, qui détestait la servilité et avait bien du mal à supporter les relations de valet à maître avec les clients pourtant incontournables.

— Merveilleux !

Jean de Berry s'était posté devant la table où était posée la fameuse commande. Tous les personnages, parfaitement émaillés, étaient maintenant en place et l'orfèvre avait bien dû féliciter Lambert pour sa composition géniale, même si les affres de la réalisation lui laisseraient des souvenirs douloureux. Ils y avaient passé tant de nuits !

— Il manque encore quelques détails, expliqua Jean, le prie-Dieu, la couronne et le heaume que porte le chevalier, le calice de saint Jean, le soleil irisé au-dessus de la Vierge, le tigre...

— Le tigre, diable, vous n'avez omis aucun détail !

— C'est un emblème du roi, monseigneur, dit Lambert, vaguement ému car il savait avoir devant lui sans doute l'amateur le plus raffiné du royaume, dont l'opinion serait décisive.

— Certes, répondit le duc qui avait puisé dans son aumônière des lunettes et qui les ajustait sur son nez avant de se pencher sur l'objet.

Presque oppressant, le silence régnait dans l'atelier. Pierre se tenait immobile près du four et Simon observait l'homme, un inconnu pour lui, mais qui imposait tellement de respect à tous, même à son maître !

— J'achète ! lança Jean de Berry après avoir examiné minutieusement chaque détail.

— Mais c'est une commande de la reine...

— Je lui expliquerai, répliqua le duc d'un ton si péremptoire que Jean fut un instant désarçonné.

— Mais... protesta-t-il encore.

— Combien ?

— C'est que...

— Eh bien, quoi ?

— Il n'est pas fini ! Mais je pourrai vous faire le même ou presque, avec votre portrait...

— Je suis très impatient, et dans ce monde où le roi peut être malade d'un jour à l'autre, où l'Eglise s'offre le luxe d'avoir deux papes, où la mort vous accable en un instant, je n'ai guère de temps à perdre !

— Nous abandonnerions tout pour vous être agréables, dit aussitôt Jean, qui connaissait certes les impatiences du duc mais aussi ses inconstances.

Il en eut d'ailleurs une démonstration immédiate car le duc fit signe à l'un de ses valets, qui portait une petite caisse de bois et la déposa sur une des tables de l'atelier.

— Bien, je ne vais pas priver mon neveu de son cadeau d'étrennes, Dieu seul sait combien de temps il lui reste à vivre, mais cela me coûte, et j'espère qu'il m'en saura gré, convint-il finalement. Et donc, voilà de quoi me préparer une autre merveille...

Le valet, dont le pourpoint rouge et bleu portait des traces d'humidité sur les épaules, ouvrit la caisse et en sortit un objet qui brilla aussitôt de tous ses feux.

— Voilà de la belle ouvrage ! dirent en chœur Jean et Lambert.

Un vrai cri du cœur, qui amusa le visiteur.

— C'est votre concurrent, Lubin Barbedor, qui me l'avait fait, mais il ne me plaît plus ! commenta Jean de Berry. Il y a beaucoup d'or, des pierres précieuses, récupérez le tout, mais ne me faites pas attendre, de grâce !

Jean ne répondit pas tout de suite. En proie à une certaine confusion, il était partagé entre le bonheur d'obtenir une nouvelle commande prestigieuse de la part de cet homme, dont tout artiste ou artisan rêvait d'avoir la clientèle, et le désespoir de détruire une œuvre de la meilleure qualité. Alors certes son amour-propre y trouvait son compte et après tout c'était là une réalisation de son principal rival, mais c'était aussi un gâchis qu'il avait bien du mal à cautionner. Amoureux de son art, il avait l'impression de se faire le complice d'un crime.

— Vous ne dites rien ? interrogea le duc de Berry, surpris du mutisme de cet homme à qui il apportait un peu de prospérité. Ecrivez-moi un prix-fait, mon prix sera le vôtre. Mon maître de comptes se rebiffera mais paiera.

— Mais ce n'est pas la question...

— Et quelle est la question ?

— Je n'aime pas détruire une œuvre d'art, répondit Jean, dont le visage renfrogné disait assez le désarroi.

— A quoi bon ces scrupules ? Si c'est pour faire encore plus beau, vous avez toutes les justifications !

— Certes, certes, admit Jean, furieux de sa propre reculade.

— En attendant, je vais acheter à votre épouse quelques babioles pour les étrennes de mes gens...

Le valet avait déjà ouvert la porte. Une bouffée de froid s'engouffra dans l'atelier.

— Adieu ! lança le duc en franchissant le seuil.

— Monseigneur...

Lambert et Jean avaient encore une fois été à l'unisson.

— J'ai fait le valet, maugréa Jean dès que la porte fut refermée.

— Et que faire d'autre ? interrogea Lambert. Nous dépendons d'eux ! Travaillons...

— Travaillons ! répéta Jean, le front barré de rides profondes qui attestaient de sa soudaine lassitude.

Au même instant, c'était un tout autre client que le serrurier de la rue Frogier-l'Asnier recevait. Guillebert avait jeté son dévolu sur lui pour un travail un peu particulier. Il n'était pas seul à franchir le seuil de l'atelier qui donnait presque sur la Seine, à l'angle de la rue de la Mortellerie. Avec lui, en effet, entrait Sans-Mains, le gueux de la Grande-Truanderie.

Guillebert eut vite fait d'exposer au serrurier le motif de sa visite. Le pauvre Sans-Mains l'avait, en effet, imploré de le prendre à son service. Guillebert avait éclaté de rire :

« Mais que pourrais-tu faire pour moi ? Même pas m'aider à enfiler mon pourpoint...

— Avec un sac, je peux aller acheter du pain ou des légumes », avait rétorqué l'autre.

Guillebert s'en était débarrassé en l'envoyant se décrasser aux étuves. Mais l'autre était revenu à la charge, et finalement Guillebert avait eu une idée qu'il expliquait maintenant à maître Lepène, serrurier de son état.

Comme la clé va dans la serrure, il faut lui façonner deux éléments complémentaires qui pourront lui permettre de saisir un objet...

Perplexe, esquissant une moue dubitative, l'homme se gratta la tête. Derrière lui, les objets exposés montraient pourtant assez la diversité et la qualité de sa production. Potences de puits, d'éclairage ou d'enseigne, chenets, chandeliers, croix monumentales, coffrets, et évidemment serrures et clés.

— Deux sortes de crochets ? finit-il par interroger après une longue méditation silencieuse.

— Voilà !

— Et on les accrocherait comment ?

— Avec cela, peut-être...

Guillebert avait pris sur une étagère deux poignets de fer reliés entre eux par une chaîne, qui étaient destinés aux sergents d'armes pour retenir un prisonnier.

— Votre prix sera le mien, laissa tomber le visiteur, pour qui l'affaire était faite.

La phrase sembla effacer toutes les réticences de l'artisan, qui se saisit du poignet de Sans-Mains et le mesura avec une ficelle.

— Je vais y réfléchir... Il faudrait prévoir une petite protection de cuir pour ne pas blesser la chair...

— Voilà une bonne idée ! dit aussitôt Guillebert. Nous allons de ce pas chez le corroyeur. Tu me prépares cela pour Noël ?

# 29

« Noël, Noël », tout le monde, décidément, n'avait plus que ce mot à la bouche !

Des forêts alentour, des paysans débarquaient avec des brassées de houx que les bourgeois s'arrachaient à prix d'or pour décorer leurs maisons. Installés à tous les carrefours, ils avaient souvent laissé leurs charrettes branlantes aux portes de la ville pour éviter d'acquitter des péages trop onéreux et transportaient leurs bouquets piquants dans des hottes d'osier, des faix de cordes tressées ou encore des paniers, jusqu'aux endroits les plus fréquentés. Certains en profitaient aussi pour écouler d'autres denrées. Courbés sous d'énormes ballots encordés avec soin, ils traversaient la ville en ameutant les riverains par leurs cris vantant la marchandise :

— Du houx, du vrai qui pique, du vrai !

— Moi, j'en ai qui ne pique pas, damoiselles et dames, il épargne vos belles mains...

Dans leur sillage, à l'affût d'une clientèle plus huppée, venait en ville tout un petit monde de porteurs à col[1], parmi lesquels les plus appréciés étaient les merciers offrant souvent des objets nouveaux et entrant en concurrence

1. Ce qui a donné « colporteur ».

avec ceux de la ville, qui les voyaient arriver d'un œil mauvais.

— Cure-oreilles, fuseaux, couteaux, peignes de bois ou d'os...

— Dés à jouer, petits miroirs pour vous faire belles, damoiselles et dames...

— Hameçons pour pêcheurs, clochettes d'église, toupies...

— Fourrure de poulaine pour border la traîne, damoiselles et dames...

Ils n'en finissaient pas de vanter leurs marchandises présentées dans ces caisses de bois qu'ils posaient sur un bâton ferré, celui qui accompagnait leur marche. Il n'était pas rare que pour mettre fin à cette concurrence déloyale les merciers qui avaient pignon sur rue leur rachètent tout, souvent à bas prix, mais c'était pour eux la possibilité de repartir plus vite en chasse d'autres nouveautés.

Les incidents se multipliaient, les insultes fusaient, dont la moindre n'était pas le dédaigneux « A petit mercier, petit panier », et les sergents d'armes de la ville avaient fort à faire pour calmer des esprits vite échauffés.

« Noël ! » Noël était aussi un prétexte pour le clergé de multiplier les sermons pour rappeler à tous que la fête n'était pas mercantile et dénoncer les « marchands du temple » ; en dépit de ses occupations, Claire ne manquait pas une cérémonie où officiait Gerson, le prédicateur toujours à la mode de l'église Saint-Jean-en-Grève, qui jouxtait la Maison des Piliers. Elle y retrouvait Christine de Pisan, pour qui c'était une rare occasion de s'arracher à son écriture et à la préparation de la fête de la Rose du duc d'Orléans, prévue pour l'été.

Tout en veillant activement sur les âmes pour Noël, les curés de chaque paroisse prenaient leurs dispositions pour que les rites soient respectés. Depuis un siècle, depuis que saint François d'Assise en avait eu l'idée, il était devenu habituel de figurer une crèche en désignant des paroissiens pour s'acquitter des rôles les plus en vue alors que les clercs étaient cantonnés dans ceux de bergers et de mages.

A l'église Saint-Jacques, la Pansue posa sa candidature pour jouer Marie, ce qui désespéra le pauvre curé, convaincu de son inaptitude à assumer un tel rôle. Après avoir parlementé avec cette mère pourtant touchée par la grâce qui ne quittait plus son nourrisson et ne mendiait plus grâce aux largesses de Guillebert, il dut tout de même céder, pour l'enfant, à condition qu'il fût baptisé « Noël » pour la circonstance.

Pernelle, la marraine, et Guillebert, le parrain, apportaient au curé la dignité requise en de tels moments. Et quand, quelques heures après cette cérémonie au cours de laquelle la Pansue avait protesté de sa volonté de bien élever l'enfant, ils se retrouvèrent dans l'église pour la messe de minuit, c'est vaguement émus qu'ils le découvrirent, tout emmailloté de blanc, posé sur un couffin rempli de paille devant les marches du sanctuaire.

Les enfants de chœur avaient bataillé pour faire entrer l'âne et le bœuf à la vesprée et avaient acheté leur calme pour un temps en les gavant de foin. Pour l'heure, après avoir lancé des braiments pathétiques qui avaient retenti sous les voûtes et ameuté les voisins les plus proches, l'âne s'était enfin résigné, observant d'un œil morne les allées et venues des prêtres et des paroissiens, tandis que le bœuf, qu'une corde retenait à un gros pilier, tapait ses sabots sur les dalles de pierre, manifestant ainsi une désapprobation qui ne touchait personne et sans doute aussi son impatience à retrouver son étable habituelle.

Mais quand arc-boutés, tirant, criant, les enfants de chœur durent évacuer les deux animaux après la messe, ce fut une autre affaire. Ni l'un ni l'autre ne voulaient quitter ces lieux qu'ils avaient souillés de leurs bouses et crottins, et quand ils se décidèrent enfin, ils cavalèrent tout fous dans la nef en semant l'effroi parmi les paroissiens attardés là.

Nicolas Flamel et ses invités s'étaient déjà retirés. La famille Clerbourc, comme du temps de dame Pernelle, allait souper rue des Ecrivains. Guillebert et Simon étaient également invités. Le temps s'était tellement radouci que Guillebert avait quitté son volumineux chaperon au profit d'un simple chapeau de feutre. Claire avait passé sur sa cotte rouge ajustée et finie d'un léger col d'écureuil un mantel de beau velours vert retenu par un fermail orné de perles ; elle avait superposé à ses poignets des bracelets qui avaient tinté entre eux à chaque signe de croix. Un filet retenait ses cheveux sous un chaperon dont les deux cornes s'épanouissaient au-dessus des oreilles. Placé derrière elle dans l'église, Guillebert n'avait cessé de fixer la silhouette qu'il n'avait pas tenue dans ses bras depuis longtemps, ce qui lui manquait.

— A moi !

Lambert, qui était sorti le premier, s'était emparé de l'éteuf que se disputaient deux équipes aux prises avec une partie de soule[1] et qui avait échoué à ses pieds. L'éteuf était une balle de cuir remplie d'étoupe qui servait d'enjeu à des parties pouvant emmener les équipes à courir d'un bout à l'autre de la ville. Les enfants de chœur, enfin débarrassés de leurs animaux confiés à leurs maîtres, se joignirent aussitôt aux deux hordes prêtes à remonter vers le chantier de l'église.

— A nous ! suppliaient déjà des gamins aux joues rouges.

— A nous ! criaient les autres.

1. Ancêtre du football.

Pris entre deux feux, Lambert hésita un instant, en faisant rouler l'éteuf sous son pied gauche, puis se décida soudain à le frapper d'un coup de pied sec en direction de Simon qui, surpris, ne put s'en saisir. Tous se précipitèrent vers l'endroit où la balle allait atterrir.

— L'enseigne de la Bourgot ! cria l'un des joueurs.

En effet, l'éteuf heurta brutalement l'objet métallique avant de rebondir sur le volet de bois et de rouler dans le merdereau de la rue.

— Holà ! Vous voulez qu'on vous aide ? cria une voix féminine dans le dos de Lambert.

C'était Bourgot, qui revenait de Sainte-Opportune, accompagnée par l'architecte Arnaud et le nain Hennequin.

— Les enfants peuvent s'amuser, non ? répondit Lambert.

— Mais toi, tu n'es plus un enfant si j'en crois ta Marguerite, que tu as laissée tomber comme une pauvre gueuse pour une autre plus fraîche sans doute, répliqua Bourgot en prenant le bras d'Arnaud et en le poussant vers l'atelier. Tu es bien le fils de ton cocu de père !

— Et tu peux te réfugier chez le faiseur d'or ! lança encore Arnaud avant de passer la porte, qu'il claqua violemment.

— Venez ! dit vivement Nicolas Flamel, outré, non pour lui-même – il avait l'habitude –, mais surtout conscient de l'effet désastreux des paroles de cette diablesse, capable de faire se battre des montagnes, ou tout au moins ses amis.

Le libraire fut cloué sur place. Conduite par la Pansue et Trotte-Menu, une engeance déguenillée avait surgi il ne savait d'où et tambourinait déjà contre le volet de bois de Bourgot. Guillebert, lui aussi resté stupéfait au passage de Bourgot, reconnut Charpentier le Sot. Il cognait de toutes ses forces avec un bâton la pauvre enseigne, victime innocente qui se balança avec une telle intensité qu'elle sortit de ses crochets et finit par choir. Près de lui, Sans-Mains tapait sur le volet. Il avait été équipé la veille de ses fameux crochets et avait parcouru le quartier pour les montrer à tout le monde.

— Putasse, qui fais cocues les femmes de tout le quartier, retire ce que tu viens de dire ! cria la Pansue qui serrait son bambin sur sa grosse poitrine.

— Fille de chien, bâtarde, renchérissait Trotte-Menu, retire ce que tu as dit, sinon...

La porte de l'atelier s'ouvrit brutalement.

— Sinon ? fit Bourgot.

— Un coup de bâton ferré, de fer crételé, ou de dague...

Comme par enchantement, chacun tirait spontanément de sa manche, de ses braies ou de sa ceinture une arme et la menaçait. Sans-Mains n'était pas en reste, avec ses crochets. Il en mit un sous le nez de Bourgot et l'appuya sur la lèvre bien dessinée.

— Ta petite gueule coupée en deux et Arnaud le lâche, couic...

Charpentier avait mimé sous le cou un geste qui ne laissait guère de doute à l'architecte.

Derrière Bourgot s'était posté, vaguement ridicule, Hennequin, armé lui aussi, de son pilon.

— Et toi, le nabot, tu ne nous fais pas peur ! Alors, putasse, tu retires ?

Bourgot fit un geste las.

— Je me suis emportée. J'ai bu... De toute façon, tous les maris sont cocus, tout comme les femmes !

— Ne discute pas !

Charpentier avait tendu brusquement sa dague vers elle. Elle fit un écart et cria :

— Maître Jean Clerbourc ne peut être cocu, sa femme est trop vertueuse, demandez donc à ces faux culs !

Elle montrait Nicolas Flamel et Guillebert, qui refluèrent vers la maison du premier, suivis des autres.

Ils n'entendirent pas les derniers mots :

— Et toi, le beau blond qui sait parler, je t'attends toujours pour ton portrait et d'autres gâteries !...

Les joueurs de soule étaient déjà loin. A cette heure, ils ne feraient guère de dégâts puisque tous les volets de bois des échoppes étaient baissés. Simon les avait regardés à regret disparaître dans la rue des Arcis. Le bruit de leur galopade s'était entendu encore quelques instants, puis avait décru. Simon rejoignit en soupirant le seuil de la maison de Nicolas Flamel. Il n'avait jamais joué à la soule. Avait-il eu une vraie enfance ? Ballotté au gré des voyages de son père, puis immobilisé pendant sa maladie à Samarkand et, enfin, toujours itinérant jusqu'à Paris, avec Guillebert...

Il entendit alors celui-ci qui vantait la chaleur de la maison et sourit. N'aurait-il pas tort de se plaindre d'une vie qui avait quelques charmes ? Le jour même, il avait serti un joli rubis sur une bague. Jean Clerbourc lui avait confié cette tâche et il avait réussi à s'attirer des compliments du maître. Son bonheur aurait été parfait s'il avait pu offrir ce premier bijou sorti de ses mains à Martille. Il se promit d'aller la voir. Il n'avait pas pu s'échapper de l'atelier tant il avait fallu travailler. Jean et Lambert n'avaient pas quitté la commande de la reine, qui avait été juste achevée pour Noël. Elle était prête pour les étrennes. Leur pari était gagné. Pierre avait assuré avec les apprentis la fabrication du tout-venant pendant ces jours de folie. Simon regrettait de ne pas avoir pu vraiment profiter du polissage des pierres qui avait mobilisé l'orfèvre pour un résultat exceptionnel. Il avait tiré habilement tout le parti possible de la matière, tout aussi exceptionnelle. Et Guillebert avait été autorisé à découvrir le résultat avant que l'objet soit enfermé dans une petite caisse de pin confectionnée par le huchier de la rue d'Avron. C'était lui, Simon, qui l'avait tapissée de velours bleu fleurdelisé, comme l'avait spécifié la reine.

Quand Jean en avait refermé le couvercle, il avait ressenti soudain le poids de la tension qui avait pesé sur l'atelier au cours des dernières semaines. Claire lui avait fait remarquer qu'il avait les yeux cernés et même peut-être perdu un peu du léger embonpoint qui d'ordinaire tendait son pourpoint. Lambert jubilait. Il avait profité du soulagement de son père pour lui extorquer la bague que Simon avait sertie d'un rubis. Une seule ombre au tableau : quand l'offrirait-il à sa « belle évanouie », qu'il n'avait pas revue ?

Simon, lui, avait eu un pincement au cœur en la voyant destinée à une autre et s'était promis de demander à Guillebert l'autorisation d'offrir à Martille une bague choisie dans l'échoppe de dame Claire. Après tout, avec son trésor, il en avait bien les moyens !

Le garçon regarda son maître enlever son mantel doublé de vair. Il avait été un peu dépassé par les incidents et altercations qui venaient de se produire. Maître Jean avait décidément l'air fatigué. Simon l'entendit chuchoter, pour Claire qui enlevait son chaperon et vérifiait dans un petit miroir que le filet retenant ses cheveux n'avait pas souffert.

— La Bourgot dit souvent la vérité…

Très calme, Claire haussa les épaules et répondit d'un ton suave, avec un tendre sourire :

— Dame Christine répète que parmi les ennemis du dieu d'Amour il y a les médisants…

Ce fut au tour de Jean de hausser les épaules. La poétesse écrivait tant de sottises !

Claire soupira. Allait-elle devoir reconnaître cette double vie qu'elle menait depuis des années et qui ne les empêchait pas d'être heureux ? Elle se retourna vers Guillebert, qui parlait en aparté avec Flamel. Que savait le libraire ? Et pourquoi la Grande-Truanderie avait-elle volé à son secours ? Ou plutôt à celui de son amant ?

Depuis la Sainte-Luce, ces gueux ne le lâchaient plus ! Et surtout ce Sans-Mains, qui prétendait être à son service maintenant qu'il avait ces maudits crochets ; ils en faisaient un homme dangereux, même si son attachement pour Guillebert était attendrissant. Il le suivait partout en répétant béatement : « A la vie, à la mort ! »

C'était Noël. Claire chassa ces pensées moroses et avança vers le libraire qui désignait un feuillet posé sur un petit pupitre et éclairé par une chandelle accrochée à une belle potence de cuivre.

— Voilà la dernière peinture de Luc, mon maître enlumineur, réalisée sur les instructions de Christine de Pisan, dit-il.

— Qui est-ce ? questionna Claire en se penchant.

Une femme vêtue d'une cotte grisâtre semblait planer au-dessus de bâtiments clos dans des remparts qui figuraient une ville imaginaire.

— Une grande ombre féminine sans corps, dame Opinion, répondit Nicolas Flamel avec ce ton docte qu'il savait parfois adopter. Une déesse sans formes ni couleurs, qui possède pourtant un immense pouvoir. Peut-être le vrai pouvoir ! C'est parce que dame Opinion dit que votre mari est un merveilleux orfèvre que des clients prestigieux lui passent des commandes. C'est parce que dame Opinion lance des rumeurs à propos des princes des fleurs de lys que le roi, s'il a sa raison, s'inquiète. C'est parce que dame Opinion répand des bruits que certains peuvent raconter des sornettes. Et dans ce royaume vous savez combien on écoute les « faiseurs de mots » !

Le regard du libraire plongea dans celui de Claire. Les yeux noisette ne cillèrent pas.

— Et cet Arnaud, n'avait-il pas juré de se venger de vous et de moi ? Ame damnée de monseigneur de Bourgogne, il peut être vraiment dangereux.

La question s'adressait à Guillebert, qui approuva.

— Mais buvons plutôt à cette fête qui nous réunit, ajouta très vite le maître de maison, soucieux de ne pas gâcher la soirée. Viens, Pernelle, j'ai quelque chose pour toi…

Installée sur un petit escabeau, Pernelle réchauffait ses pieds chaussés de cuir rouge devant la cheminée dont les landiers de cuivre, astiqués par Ursule, qui avait veillé à tout pour que la soirée soit parfaite, brillaient de mille feux.

La servante avait dressé une table savamment nappée de beau damas blanc, et les odeurs venues de la cuisine étaient des plus appétissantes. Son maître avait extrait de ses coffres les objets les plus précieux pour donner de l'éclat à la fête. Il avait posé sur des assiettes d'argent les écuelles en faïence vert et brun finement glaçurée dont les reflets se mêlaient aux miroitements métalliques. De belles cuillères d'argent voisinaient avec des tranchoirs à manche d'ivoire. Enfin, des verres à tige haute et fine offraient un profil gracile, à la transparence parfaite. Sans doute venaient-ils des meilleures échoppes de la ville.

— Voilà pour toi, dit Nicolas Flamel en remettant à Pernelle le petit livre qu'il avait préparé pour elle. La reliure en est assortie à tes chaussures.

Ravie, elle lui sauta au cou et planta deux baisers sur ses joues aux chairs légèrement flasques. Puis elle défit les liens de cuir qui fermaient le livre et l'ouvrit. Les premiers feuillets livrèrent aussitôt les images du calendrier. Claire vint les regarder par-dessus l'épaule de sa fille.

— Il y a même des singes… s'extasia celle-ci. Oh, merci ! Et la fête de mai avec des amoureux…

— C'est de ton âge, dit Flamel en la fixant avec ce brin

de perspicacité ironique qui mettait souvent mal à l'aise ses interlocuteurs.

Pernelle sentit son cœur s'emballer. Elle n'avait toujours pas revu Bandini. Y penser le jour, y penser la nuit, était-ce cela l'amour ? Elle n'osait pas poser la question à Christine de Pisan, de peur qu'elle ne se moquât d'elle.

Chassant ces pensées qui lui faisaient bondir le cœur, elle reporta vivement son attention sur son père qui s'emparait d'une aiguière pour servir un vin dont les chandelles de cire, qui sentaient si bon, faisaient miroiter la robe. Quelques notes de musique discrètes accompagnaient déjà les conversations. Guillebert reconnut parmi les musiciens la jeune femme qui avait récité des poèmes lors de son premier dîner chez Nicolas Flamel. Claire alla parler avec elle pendant que ses trois compagnons, habillés, comme l'autre fois, des mêmes pourpoints rouge framboise portés sur des chausses mi-parties framboise et noir, entamaient plus hardiment leur concert. Sons cristallins de la harpe et accords mats du psaltérion emplirent la salle.

Puis ce fut au tour d'Ursule et de Théophile, les fidèles serviteurs du libraire, qui avaient fini par se marier et qui étaient presque de la famille, de commencer une sorte de ballet avec des plats fumants et odorants.

Posté à l'entrée de la pièce, Simon annonçait les mets comme dans les grandes maisons, ou plutôt Pernelle les lui soufflait car il aurait été bien incapable de les identifier tant le maître de maison avait voulu soigner ses amis avec des saveurs originales.

— Chapon à la jance, bien engraissé, de Saint-Denis et rôti à point…

— La jance est faite avec du gingembre et du safran, qui lui donne cette nuance d'or, expliquait Ursule, ravie.

Elle avait tant travaillé à préparer la fête et son maître, qui ne rechignait jamais à la dépense, avait généreusement ouvert son aumônière pour dévaliser l'épicier de la rue des Bourdonnais, enchanté d'avoir une telle clientèle.

— Ravioli de chair, potage au lait d'amandes, porée blanche, pâté de lapin, alose rôtie...

Et tous ces mets étaient servis dans une vaisselle d'étain de belle qualité, des plats, des saucières, des écuelles, des hanaps...

— Il ne faut pas tant regarder ce qu'on mange qu'avec qui on mange, dit le maître de maison en prenant place dans la cathèdre qui marquait le centre de la table. J'ai plaisir à faire ce souper avec vous, mes amis, ajouta-t-il en levant son verre en direction de Claire, qui s'installait près de lui dans un faudesteuil plus modeste. J'aurai une pensée pour ma bonne Pernelle, qui faisait toujours face à toutes les situations avec sang-froid. Aujourd'hui, c'est Ursule qui a les clés, qui veille aux provisions et à la maison.

Tout le monde savait que le maître des lieux avait aussi prodigué généreusement ses libéralités aux obligés qu'il logeait dans diverses maisons. Eux aussi auraient de bonnes volailles et des desserts.

— Avez-vous été satisfait de mon serrurier ? demanda Nicolas Flamel à Guillebert, qui venait de se glisser avec bonheur entre Claire et Lambert.

— Il a été parfait ; il va changer la vie de ce pauvre gueux.

— Quel diable d'homme vous êtes ! répliqua en riant Flamel. Vous allez le gagner, votre paradis, à vouloir faire un peu de bien !

— Le paradis, le paradis... Mais croyez-vous que cela soit si plaisant ? interrogea Guillebert. Il doit y avoir des gens vertueux et peut-être fort ennuyeux...

— Comme vous y allez ! Moi, en tout cas, je n'ai plus le choix car je suis sûr que ma bonne Pernelle y est, alors je suis condamné à y monter tout droit si je veux la retrouver !

Claire sentait la pression du genou de Guillebert contre sa cuisse. Troublée plus qu'elle ne l'aurait voulu, elle but quelques gorgées de vin en espérant éteindre le feu qui la brûlait. Et quand Jean s'enflamma à son tour en parlant de l'enfer, elle crut s'étrangler : il avait commencé sa liste des damnés par les femmes qui trompaient leurs maris !

— Et alors au paradis il y a les maris cocus ? interrogea Guillebert, l'œil égrillard.

— Attaquons plutôt ce chapon !

Nicolas Flamel avait peur que la conversation ne dégénère.

Jean, entre Pernelle et Simon, approuva.

— Pourquoi le mari cocu, la femme rusée, le prêtre jouisseur, le jeune audacieux sont-ils toujours les principaux personnages des pièces de théâtre ? demanda alors Thomas, le mari d'Audine.

Les jumelles et leurs époux étaient aussi de la fête et ils avaient pris place sur le retour de la table qui faisait comme un *U*.

— Musique ! lança Nicolas Flamel pour couper court à une nouvelle discussion oiseuse. Dites-moi plutôt ce que vous pensez de ce petit vin que j'ai acheté à l'abbé de Saint-Germain-des-Prés…

Joignant le geste à la parole, il tendit son verre vers la flamme d'une chandelle, fit tourner le précieux liquide qui chatoya, le huma, puis le porta à ses lèvres. Quand il reposa le verre, il dit :

— Le vigneron de l'abbaye connaît assurément son métier. Ce sont des vignes du mont Valérien…

— J'en ai acheté aux maîtres-jurés vendeurs de vin sur l'eau, dit Guillebert, il n'est pas mal non plus.

Il faisait allusion à ces barques qui sillonnaient la Seine avec des fûts en chêne cerclés de cerceaux de châtaignier ou de coudrier. Son ami Charles était un de leurs bons clients.

— Oui, mais encore faut-il le laisser reposer, car dans leurs barques ils ne le ménagent pas toujours !

Nicolas Flamel approuva Jean, puis se servit de ravioli de chair. Quand les « faiseurs de mots » parlaient de nourriture, la conversation devenait plus paisible, et dans le royaume de France la gourmandise n'était pas le péché le moins répandu...

— Je le préfère à celui du chapitre de Notre-Dame : son vigneron n'est guère habile et le vin tourne vite...

— Son claret est meilleur que le vermeil, dit Raoulet, l'époux de Marie, l'autre jumelle Clerbourc.

— Sauf quand il le sucre trop et que le vin sent trop le miel, répliqua Thomas. A moins qu'on n'y ajoute des épices, ou même de la craie pour en diminuer la raideur...

— J'ai vu mettre au pilori un vinier qui avait mélangé de la glaise à son vin, un de ses clients l'avait accusé de faire une boisson infecte seulement bonne à faire bouillir les hures de loup !

— Mais que faisiez-vous au pilori ? demanda Claire à Guillebert.

— C'est un spectacle qui ne me déplaît pas, répondit son amant avec un sourire insolent qui la fit frémir.

— Quand j'étais jeune, reprenait déjà Flamel, j'ai fait le brassier sur la montagne Sainte-Geneviève pour gagner trois écus au moment des vendanges. La hotte pesait sur les épaules, les cordes sciaient la peau et à la fin de la journée les ânes avaient tellement emporté de corbeilles qu'ils titubaient comme s'ils étaient ivres ! Et enfant, j'ai foulé aux pieds ! Ce n'est pas une sinécure !

# 30

Il n'y eut pas beaucoup de répit entre Noël et le 1er janvier. Juste le temps pour Claire d'accompagner son mari et son fils chez la reine pour livrer la fameuse commande à temps pour les étrennes.

Un moment d'exception pour l'orfèvre reçu par Isabeau de Bavière, qui les accueillit à l'hôtel Saint-Pol. C'était un de ces jours d'hiver où le ciel est d'un bleu immaculé comme savent en peindre les enlumineurs lorsqu'ils veulent donner à voir des paysages tellement idéalisés qu'ils en paraissent imaginaires. Une manière pour eux de décrire le monde tel que leur riche commanditaire est persuadé de l'avoir offert à « ses gens » grâce à ses bienfaits. Une manière peut-être d'influer sur les grisailles du temps et des hommes.

Ce jour-là, quand Jean Clerbourc franchit la porte des Lions de l'hôtel Saint-Pol, les sonneurs de toutes les églises de la ville carillonnaient none et annonçaient à tous qu'il faudrait encore travailler quelque temps avant la nuit pour pouvoir enfin profiter d'un repos bien gagné.

Evitant les voies grouillantes autour de la rue de la Verrerie, Claire avait choisi de suivre la Seine jusqu'à la place de Grève, puis le Port-au-Blé et le Port-au-Foin. Les brumes vagabondes du matin s'étaient enfin évaporées au-dessus de la Seine et dans ce ciel très pur, comme une voûte parfaite, un pâle soleil entamait déjà son lent déclin dans l'axe des tours de Notre-Dame. Et ses rayons offraient des effets de miroir aux eaux boueuses du fleuve traversées, çà et là, par des bateliers aux barques surchargées.

A l'instant où ils passaient entre les deux lions de pierre claire qui gardaient l'entrée, Claire regarda ses hommes. Jean avait revêtu un pourpoint de velours bleu doublé de petit-vair sur des chausses mi-parties rouge et bleu ; Lambert, qui avait préféré un pourpoint vermeil, le portait contrasté avec des chausses vertes. Plaisamment, les deux hommes avaient fait remarquer à Claire que leurs vêtements étaient accordés aux pierres précieuses qui rehaussaient leur ouvrage. Quant à elle, elle avait opté pour sa cotte gris-bleu, fermée au col par un joli fermail serti de lapis-lazuli, et un manteau assorti. Elle avait posé sur ses cheveux, où les fils d'argent s'entremêlaient de plus en plus aux mèches blondes, une coiffe à deux pointes d'un fin linon. Ces coiffes apprêtées, sans lesquelles nulle femme de bonne condition n'eût osé sortir, conféraient un fier port de tête qui convenait parfaitement, ce matin-là, à l'état d'esprit de l'épouse de l'orfèvre.

Lambert avait amarré la petite caisse sur ses épaules grâce à des courroies de cuir, et bien malin celui qui aurait pu imaginer le caractère précieux du chargement dans cette boîte anodine de bois clair. Cela n'avait pas empêché Jean de surveiller discrètement les passants autour de lui et il avait veillé à ne pas baguenauder pour éviter tout incident. Des gueux traînaient toujours partout, à l'affût d'une vilenie ! Il avait même eu un instant d'inquiétude quand trois hommes avaient sauté juste devant eux d'une barque venant de l'île de la Cité, précisément du Port-des-Chanoines, juste en face du Port-au-Blé. Leurs mines lui avaient fait peur. Et il ne fallait pas compter sur les sergents d'armes, trop peu nombreux dans la ville, pour emmener au Châtelet ces hommes ou ces femmes qui troublaient sans vergogne l'ordre et erraient en quête de mauvais coups.

Dieu avait voulu que les trois gueux aient en tête d'autres actions que celle de s'en prendre à un pauvre orfèvre. Cette expression, « pauvre orfèvre », fit sourire Jean, qui ne pouvait nier une réelle prospérité ; il dut même avoir un air tellement béat que le valet qui les conduisait le fixa avec un regard interrogatif. L'homme portait une livrée aux fameuses couleurs du roi, blanc, vert et vermeil ; il les conduisit à pas comptés, avec un certain sens de la cérémonie, à travers une première cour jusqu'à l'hôtel de la reine. Les bâtiments s'organisaient autour d'un deuxième espace bâti comme un cloître avec des galeries et marqué en son centre par une fontaine où de nouveaux lions sculptés crachaient avec constance des filets d'eau qui convergeaient dans une vasque ronde de belle pierre claire.

Un autre valet les accueillit à l'entrée de la grande galerie. Claire y était déjà passée quand elle avait livré certains bijoux ou accessoires de vêtements pour la reine, mais, chaque fois, elle en était émerveillée. Et cet émerveillement prenait encore d'autres proportions quand, en plein hiver, elle quittait une nature endormie pour pénétrer dans une véritable forêt où arbres et arbrisseaux, poiriers, cerisiers, pruniers, chargés de fruits, se mêlaient à la luxuriance des lys, flambes et roses. Claire ne put s'empêcher de s'arrêter un instant pour regarder les enfants aux visages poupins cueillant des fleurs ou plantant leurs dents dans des fruits appétissants ; certains, plus espiègles, poussaient les branches jusqu'à la voûte peinte dans un bleu azur, pareil à celui du ciel réel qu'ils venaient de quitter.

Bouche bée, Lambert observait aussi ce spectacle étonnant. Et avant même qu'il ait pu s'exprimer, sa mère lui dit, en posant la main affectueusement sur la manche vermeille du pourpoint :

— Quand tu viens ici en été, tu vois toute cette nature dans les jardins. Le peintre a reproduit ce qu'il avait sous les yeux.

— Voilà un homme que j'aimerais connaître ! répondit Lambert dont les yeux pétillants disaient assez l'enthousiasme. On m'avait déjà conté combien c'était beau, mais jamais je n'aurais pu imaginer...

Le valet s'impatientait. Lui, il avait tellement l'habitude d'arpenter cette galerie qu'il n'y prêtait plus attention depuis longtemps ! Les bambins des murs lui étaient aussi familiers que ses propres enfants.

— Venez, dit-il d'un ton autoritaire. La reine vous attend.

De la galerie, ils pénétrèrent dans une salle dont la voûte en bois était sous-tendue de poutrelles peintes en rouge et vert ; elle s'ouvrait par des fenêtres à volets intérieurs dont les ébrasements meublés de coussièges donnaient sur les jardins. Les arbres y tendaient désespérément leurs branches sans feuilles vers le ciel où se gravaient aussi les faîtes des toits de tuiles et les fines girouettes en zinc, tous couronnés de bannières bleu fleurdelisé.

— Allons, dit Jean, qui se sentait beaucoup moins à l'aise dans ce décor que dans son atelier.

Le valet les précéda encore dans une antichambre où le sol carrelé était couvert d'un tapis de poil de chèvre qui feutrait les bruits comme la tenture toujours bleue et fleurdelisée couvrant les murs. Instinctivement, Claire vérifia que son chaperon était bien ajusté et quand, enfin, ils débouchèrent dans la chambre d'apparat de la reine, ils s'immobilisèrent un instant sur le seuil.

— « Si vous envoie ce petit diamant/prenez en gré le don de votre amant... »

Claire reconnut aussitôt Christine de Pisan, qui déclamait un poème.

— Avancez, dit une voix suave. Nous écoutions dame de Pisan nous enchanter de ses badinages à célébrer les amants. N'ayez pas peur des chiens !

Deux lévriers élégants, au pelage étonnamment blanc, s'étaient précipités. Claire n'avait pu réprimer un léger mouvement de recul qui n'avait pas échappé à la reine installée à gauche sur un petit lit tendu de velours vermeil. Assise très droite grâce à des coussins savamment empilés derrière elle, elle faisait face à six dames installées sans doute sur de petits bancs que leurs atours volumineux dissimulaient totalement. Parmi elles, les deux plus jeunes, qui se ressemblaient étrangement, devaient être les filles du roi. Claire chercha leurs noms, sans doute Isabelle, la pauvre reine d'Angleterre, et Marie. Toutes deux vêtues de cottes du même bleu que les murs et brodées de rosaces dorées.

Intimidée et impressionnée, la visiteuse s'attachait ainsi à graver dans sa mémoire chaque détail. Elle se sentait soudain médiocrement habillée face à ces dames qui, certes, avaient des vêtements en deçà de ceux de la reine mais largement plus luxueux que les siens.

Les chiens, après avoir humé les heuses des hommes, s'en retournèrent, vaguement déçus, à leur place d'origine. Le plus petit sauta près de la reine sur le lit et s'assit fièrement à ses côtés ; l'autre alla se coucher près du grand lit, tendu lui aussi de vermeil, dont le ciel et le dossier présentaient un blason bleu fleurdelisé. Tous deux portaient des colliers qui avaient été façonnés par l'atelier de Jean Clerbourc avec des chaînes d'or rehaussées d'améthystes que le roi avait reçues en cadeau lors de son pèlerinage à Notre-Dame du Puy. L'orfèvre reconnut aussi sur un dressoir voisin les hanaps dont il avait fabriqué les pieds d'argent doré poinçonnés de genêts, emblèmes du roi. La reine les lui avait commandés pour boire le vin nouveau pendant l'hiver précédent. Les deux flacons qui les accompagnaient venaient aussi de son atelier. Jean en apprécia les formes élégantes et le décor godronné marqué à la base par une frise de fleurettes à cinq pétales.

Invités à s'approcher par un geste avenant de la reine, tous trois s'avancèrent et se mirent à genoux devant Isabeau. Peu habituée à ce genre d'exercice, Claire apprécia le tapis épais orné de rosaces finement dessinées.

— Ah, mes amies, voilà la surprise que je réserve au roi ! annonça la reine.

Elle avait un léger accent. Pendant que Lambert déposait à ses pieds la caisse de bois et l'ouvrait doucement, Claire regarda Isabeau de Bavière. La bouche qui distillait des mots sonnant étrangement était fine dans un visage aux chairs très pâles et aux traits plutôt agréables. Le front très haut trahissait une mode en train de s'installer qui consistait à épiler la naissance des cheveux. Ceux-ci, blond-roux, étaient réunis en énormes macarons pour supporter un large chaperon en brocart rehaussé de broderies d'or. La cotte, qui s'étalait amplement sur le tapis, était en velours vermeil brodé d'or avec une large ceinture verte portée haute sous les seins et ornée de besants d'or, et le manteau assorti avait une doublure et un col d'hermine.

Jean et Lambert avaient maintenant extrait l'objet de la boîte tapissée de velours et l'exhibaient.

— Oh...

Le lambris de bois, dont les poutrelles étaient peintes en vert et rouge, fit résonner le « Oh » admiratif jailli à l'unisson des bouches des sept femmes. Et la reine n'était pas la dernière. Lambert lui offrait à bout de bras l'objet. Venue de la fenêtre et surtout des chandeliers habilement répartis dans la salle, la pâle lumière le fit scintiller merveilleusement. Chaque pierre avait été sertie avec un calcul implacable de son reflet, et l'effet était d'autant plus réussi que la masse d'or était incomparable.

Un valet se précipita pour placer devant la reine un petit escabeau de bois qu'il recouvrit d'une précieuse soierie brodée d'or et d'argent. Lambert y déposa l'objet avec précaution. Spontanément, les deux princesses s'étaient approchées.

— Je comprends... dit la reine. Je comprends pourquoi monseigneur de Berry m'a fait des offres pour le racheter sur-le-champ. Il était fou quand il est venu me voir, mais je ne céderai pas.

Claire esquissa un sourire. Elle imaginait l'homme tentant par tous les moyens de persuader sa nièce, lui promettant monts et merveilles pour posséder l'objet de ses convoitises.

— Il m'a raconté qu'il en rêvait chaque nuit depuis qu'il l'avait vu dans votre atelier, poursuivait la reine avec ce brin d'ironie que certains interprétaient comme de la méchanceté.

— Nous lui en ferons un autre, dit Jean, rassuré par l'accueil de leur œuvre.

— C'est souverain bien que prendre en patience, laissa tomber Christine de Pisan, avec un petit clin d'œil en direction des dames, qui approuvèrent de conserve.

Le lévrier qui dormait au pied du lit revint rôder près des visiteurs.

— Couché ! lança Isabeau de Bavière au chien, qui obéit sagement et retourna à sa place, le museau entre les pattes, l'œil guettant ces humains venus gâcher sa tranquillité.

Mais quand Jean, Claire et Lambert abandonnèrent, presque à regret, leur enfant d'or et de pierres, il les escorta jusque dans la galerie, où un valet les reprit en charge pour les conduire à la Chambre aux deniers de la reine afin d'y toucher le solde de la commande.

A l'instant où le lévrier humait avec délice l'air plus vif du lieu, hésitant à retourner dans les appartements douillets de la reine, il tendit l'oreille soudain, puis fila comme une flèche en aboyant joyeusement vers l'autre extrémité où apparurent trois silhouettes.

— Les petits princes, murmura Claire, qui s'était immobilisée.

Près d'elle, Lambert sursauta. Il venait de reconnaître Martille et son cœur battait dans sa poitrine à se rompre. Il avait presque oublié la commande de la reine et l'émotion qui l'avait étreint au moment où il l'avait abandonnée. Mais déjà le lévrier revenait vers eux, trottinant à côté d'une petite fille blonde. Plus loin, la jeune femme arrivait, à pas lents, avec un bébé bouclé tout aussi blond qui se mouvait dans un engin à roulettes destiné à l'apprentissage de la marche. Ravi, il éclatait, à chaque pas, d'un rire qui résonnait sous la voûte bleue.

— Je vais plus vite ! cria à cet instant la fillette.

Parvenue à leur hauteur, elle se mit à courir, entraînant dans son sillage le chien, qui aboyait de plus belle ; le bambin à son tour accéléra, toujours riant, dans son drôle d'engin.

— Gare ! cria Martille en pressant aussi l'allure.

Toujours immobile, Lambert la regarda passer, bientôt suivie de nouveaux arrivants. Poussés chacun par un valet, les petits princes, Louis et Jean, faisaient une entrée triomphale, chacun monté sur un cheval d'arçons à roulettes et muni d'une lance de bois.

— A mort ! crièrent-ils en abandonnant leurs montures et en pointant leurs armes vers les visiteurs.

Il fallut toute la persuasion des valets pour qu'ils remontent en selle et continuent leur promenade dans le logis.

Claire et les siens entendirent le roulement décroître, puis s'estomper au profit des autres bruits du logis, où circulaient de nombreux valets et servantes, tous plus affairés les uns que les autres, s'interpellant vivement, discutant, ordonnant, courant ou marchant...

— Gare ! cria de nouveau Martille.

Une mise en garde insuffisante car, à l'instant même, la petite fille, qui s'était retournée pour voir arriver ses frères, s'entravant sans doute dans sa cotte de velours vieux rose, chuta lourdement, le bébé venant échouer à son tour à ses pieds. Des hurlements retentirent. Claire se précipita et se saisit de l'enfant, qui se blottit aussitôt contre elle. Un petit corps chaud qu'elle serra avec bonheur et qui s'apaisa très vite pendant que la jeune femme relevait la princesse hurlante. Excité par l'incident, le chien jappait toujours autour d'eux.

— Couché ! lança Martille en berçant la fillette qui se frottait la joue, légèrement rouge.

— Chante-moi une chanson, murmura celle-ci, déjà prête à oublier son chagrin.

— « Quand n'ont assez fait dodo, ces petits enfanchonnés, ils portent sous leurs bonnets visages pleins de bobos... »

Claire, tenant toujours le bébé, s'était mise à chanter. Lambert s'approcha.

— Bonjour, Martille, dit-il.

Devant l'air étonné de la jeune femme, il ajouta :

— La dernière fois que je t'ai vue, tu étais évanouie...

— Ah ?

— Vous vous connaissez ? interrogea Claire.

Un peu, avoua Lambert.

— Je vous rends l'enfant, il n'a rien, dit encore Claire. Je peux le remettre dans son engin ?

— Oui, merci. Il ne veut que marcher, marcher, mais je

dois faire attention à ne pas lui laisser tordre les jambes, pour un prince ce ne serait pas séant ! Charles, mon petit Charles… mon petit enfant malin, mon petit enfant de miel…

— Et moi ? Je suis ton en… enfant de m… miel ? demanda la petite fille, qui bégayait légèrement.

— Mais oui… répliqua Martille avec un sourire triste.

Lambert ne la quittait pas des yeux et, quand il vit à son doigt l'anneau qu'un autre lui avait passé, il imagina aussitôt le petit rubis serti sur la bague qu'il gardait précieusement. Mais il le savait, le temps était sans doute loin où il pourrait déclarer sa flamme. Martille était si fragile.

— Il est temps, s'impatientait Jean Clerbourc.

Lambert croisa le regard de son père.

— Tu as reconnu Martille, la fille du cordier ?

— Regardez comme ce petit prince ressemble aux enfants peints sur les murs ! dit dans leur dos Claire en observant le bébé repartir doucement dans son engin dont les roulettes grincèrent sur les carreaux recouverts d'une fine couche d'argile blanche estampée de motifs rouges et jaunes.

Presque cérémonieusement, comme s'il avait pris conscience du danger qu'il y avait à exciter l'enfant, le chien l'escortait maintenant en agitant en cadence sa longue queue en volute. La petite Catherine avançait aussi sagement en donnant la main à Martille.

— Voilà ton secret ? interrogea Claire à mi-voix. Un joli secret… Mais elle n'en a pas fini avec son chagrin, tu devras être patient…

Surpris par la perspicacité de sa mère, Lambert la regarda. Il avait l'air tellement heureux qu'elle en fut émue. Ténébreux, ardent, impulsif, prompt à se quereller avec son père, son unique fils l'attendrirait toujours.

— Hâtons-nous, ton père va s'impatienter. Et Pernelle tient l'échoppe, cela ne saurait durer.

Les sentiments de Claire étaient bien différents à l'égard de Pernelle, qui paraissait lui échapper complètement. La jeune fille ne jurait plus que par Christine de Pisan, à qui Claire en voulait beaucoup d'avoir capté son attention avec autant de passion. Pernelle avait vraiment changé, au cours des dernières semaines. Si Claire avait été plus perspicace, peut-être aurait-elle cherché une autre cause à cette métamorphose que les leçons de l'éternelle écorchée, laquelle inculquait à Pernelle des idées qui avaient beaucoup plu certes à la mère mais qui, à l'épreuve de la fille, menaient Claire à douter maintenant de leur bien-fondé. Le thème principal de son discours n'était-il pas l'amour ? Christine se vantait d'avoir écrit cent ballades où il n'était question que d'amants et de dames. N'allait-elle pas farcir la tête de Pernelle de toutes ces fadaises ? Alors qu'elle-même prétendait d'ailleurs rester fidèle à son seul amour ! L'infidèle Claire flairait là une tromperie... Et depuis quelques semaines Pernelle ne parlait plus que d'amoureux jeunes, gais et jolis.

Au moindre prétexte, elle filait chez Christine de Pisan qui, outre ses discours parfois explosifs et ses leçons à propos des femmes ou de dame Opinion, l'entraînait dans le tourbillon de la fête qui aurait lieu chez le duc d'Orléans. Pernelle n'avait plus à la bouche que les vers du *Dit de la pastoure*, où elle tiendrait peut-être le rôle de la bergère qui aime un chevalier. Une composition qui devait plaire à la reine, puisqu'elle avait acquis une bergerie à Saint-Ouen pour quatre mille écus d'or !

Et c'est justement Christine de Pisan qui conta à Pernelle la visite de ses parents au logis Saint-Pol et l'effet produit par l'objet.

— Ces dames se sont exclamées avec ferveur... ferveur vraie, ferveur feinte ? A la cour, tu ne peux savoir. Croire les vils flatteurs ou ne pas les croire...

— Le flatteur est un doux et un obéissant, répondit Pernelle, que Christine dévisagea, un sourire moqueur aux lèvres.

N'étaient-ce pas justement les mots qu'elle avait elle-même prononcés, quelques jours plus tôt ? La « petite » apprenait vite. Mais ne lui enlevait-elle pas tout simplement ses illusions, avec ses formules percutantes mais réalistes ?

Pernelle la regarda à son tour. Avouerait-elle jamais que les mots de Christine s'appliquaient si bien à l'homme qui occupait ses pensées depuis quelques semaines ? Elle soupira.

— Cœur qui soupire n'a pas ce qu'il désire, viens plutôt boire un godet de lait, cela apaise.

Une vieille recette que la poétesse utilisait pour soigner tous les maux !

# 31

Mais ce n'était pas un godet de lait qui pourrait apaiser la flamme qui consumait Pernelle. Elle n'aurait confié à personne, même pas à son amie et âme damnée Bertrade, qui pouvait être si bavarde, qu'elle ne rêvait que de revoir Bandini. Mais point d'Orlando Bandini à l'horizon... Quand elle tenait l'échoppe, elle espérait toujours un miracle, qu'il ouvrirait la porte et qu'elle se jetterait dans ses bras. Elle en frémissait d'impatience. Mais, après ces moments d'exaltation, elle devait se contenter de la triste réalité de l'absence et réciter pour elle-même les mélancoliques vers de Christine de Pisan : « Je suis seulette... »

Pernelle ne goûtait guère les plaisanteries de son père et de son frère à propos du Lombard qui avait disparu avec toutes ces marchandises qu'il avait heureusement payées en espèces sonnantes et trébuchantes. Jean s'en félicitait ; il avait eu du nez d'être méfiant. Et Lambert avait baptisé Bandini « l'absent », ne se doutant pas qu'il mettait l'accent sur ce qui désolait justement le cœur de sa sœur. Pouvait-il imaginer qu'elle souffrait de la même maladie que lui ? Lambert s'apaisait seulement quand il tenait dans sa main la bague qu'il offrirait – il en était sûr – un jour à Martille. Quant à Pernelle, elle n'espérait plus qu'en la fête que Christine de Pisan préparait activement à l'hôtel du

Porc-Epic pour le duc et la duchesse d'Orléans et qui marquerait le début de l'été.

Après le temps des étrennes, la ville était entrée en léthargie. L'hiver avait oublié d'être froid, comme si, après son offensive de novembre, il s'était lassé. Chacun espérait patiemment que les jours ne tarderaient pas à rallonger et trouvait aussi qu'ils duraient une éternité. Puis le printemps était arrivé, du moins officiellement, mais n'avait été qu'une succession de jours gris et frais qui suscitaient moult commentaires des Parisiens, toujours prêts à s'en prendre à tout et à n'importe quoi et à rechercher des causes oiseuses à des phénomènes somme toute naturels.

Le temps égrené au cours de ces mois apportait doucement la paix à Martille, qui s'attachait chaque jour davantage à ses petits princes. Nicolas Flamel avait vu juste. Oh, ce n'était pas l'oubli qui s'insinuait comme un voleur, et quand elle s'échappait du palais et courait chez son père, elle évitait toujours la fontaine du Ponceau pour ne pas y croiser des fantômes insupportables. Elle affrontait au contraire la triste réalité du cimetière des Saints-Innocents mais ne contemplait plus les morbides images du peintre, comme si ces spectres n'avaient rien à voir avec son Aubert qui lui revenait à l'esprit, si beau comme devait l'être son fils, dont Nathalène lui avait dit un jour qu'il était le portrait de son père.

Martille ne manquait pas de passer à l'échoppe de sa belle-mère, qui l'accueillait à bras ouverts, jamais elle ne l'aurait crue si affectueuse, et Honoré accourait du fournil pour la serrer sur son cœur. De rares moments de bonheur pour les talemeliers, qui n'en espéraient plus guère de la vie. Maintenant Nathalène, dont les cheveux avaient blanchi très vite, confiait volontiers l'échoppe à une « souillon », comme elle disait, mais plus rien n'avait vraiment d'importance. Elle montait dans la soupente occupée par Aubert et Martille et, assise sur le lit aux courtines bleues, elle écrasait une larme et rêvait à un avenir incertain tout en tentant de remonter le temps avec les moments heureux offerts par Aubert. Elle aurait donné cher pour entendre son rire mêlé à celui de Martille, dont le pauvre sourire lui fendait le cœur.

Puis elle redescendait et faisait bonne figure à la clientèle, dont la commisération avait eu son temps et qui en était revenue aux choses plus matérielles, et le pain n'en était-il pas l'essentiel chaque jour, surtout celui d'Honoré, dont la qualité ne se démentait pas. Et comme son fils n'était plus là pour assurer la continuité de son commerce, Honoré savait bien qu'il travaillerait au fournil jusqu'à sa mort. Et après lui, l'affaire irait dans une autre famille. Il venait de recruter un apprenti à qui il tentait de transmettre l'essentiel de son savoir-faire, une façon pour lui d'honorer ses ancêtres qui, depuis deux siècles, exerçaient le métier. Il continuait à s'occuper de la confrérie des talemeliers et ne dédaignait pas les moments de détente dans la rue où il refaisait le monde ou plutôt le royaume, en prenant toujours à témoin le pauvre Mathurin, qui n'en finissait pas de remplir de marchandises son échoppe de regrattier et d'amasser des écus pour des héritiers qu'il n'avait pas.

« Tu vois, quand tu parles de ces sans feu ni lieu qui errent dans cette ville, avait-il dit un jour à Honoré dont c'était l'un des dadas, tu pourrais aussi parler de gens comme nous, des sans enfants ni avenir, sinon le paradis ou l'enfer...

— N'oublie pas le purgatoire ! avait répondu Honoré. Tu iras bien y expier tes marchandises frelatées !

— Et toi, n'as-tu jamais trompé tes clients ?

— Jamais, foi d'Honoré ! »

Et le talemelier avait craché un long jet de bave qui avait abouti au merdereau.

« Voire ! » avait rétorqué le regrattier en rotant bruyamment et en rentrant, vexé, dans son échoppe sombre.

Alors, quand Martille apparaissait au bout de la rue, ces discussions oiseuses cessaient et même si son pauvre visage trahissait une mélancolie intolérable, peu à l'unisson de la belle cotte rouge que la reine exigeait pour les servantes de ses enfants, elle apportait une bouffée de fraîcheur. Et comme elle repartait presque aussitôt, avec un corbillon d'oublies ou de darioles « pour les petits princes », comme disait Nathalène, l'instant était précieux.

« Elle refera sa vie », avait osé avancer un jour Guillebert, qui venait parfois se mêler à leur conversation.

Honoré et Nathalène l'avaient fustigé d'un regard sombre. Le « faiseur de mots » avait insisté et le talemelier avait fini par dire, en regardant son épouse tristement :

« Il a raison...

— Oui, il a raison, avait confirmé Nathalène en essuyant une larme qui lui perlait au coin de l'œil.

— Et ce n'est pas pour cela qu'elle oubliera votre Aubert, avait ajouté Guillebert, qui savait toujours dire le vrai.

— Non », avaient admis ensemble les parents.

Discrètement, Honoré appréciait les commentaires de Guillebert, où était lentement revenue sa formule préférée, « Rien ne va plus dans un royaume où le roi est fou... », car, après la longue accalmie, la rumeur voulait que l'état du souverain se soit à nouveau dégradé. Et d'aucuns imaginaient un lien entre cette nouvelle crise et le retour à Paris de la duchesse d'Orléans, la fameuse Valentine Visconti. Ou avec la sourde lutte qui grandissait entre son époux, le bouillant et controversé Louis, et son cousin, monseigneur de Bourgogne, ce dernier ayant le génie pour utiliser dame Opinion. Une lutte empoisonnant les Parisiens, qui prenaient plus ou moins parti. Martille ne leur avait-elle pas raconté que le dauphin avait été enlevé par les amis du duc d'Orléans, parmi lesquels le frère même de la reine, et ramené finalement au Louvre par Jean sans Peur et ses hommes en armes ?

Des ragots, à en croire Nicolas Flamel.

Il n'appréciait pourtant pas l'intrigante Valentine et en voulait toujours à la reine de ne pas s'occuper suffisamment de son époux. Et il ne cachait pas son inquiétude devant les disputes des princes de lys, auxquelles le roi fou ne pouvait rien.

— La reine n'a-t-elle pas inondé d'offrandes généreuses tous les saints réputés guérir la folie, notamment saint Hermès et saint Mathurin ? On dit qu'un messager a même été dépêché loin, entre Cambrai et Valenciennes, pour apporter à un certain saint Acaire un homme de cire façonné à la ressemblance du roi afin qu'il lui allège sa folie...

— Certes, certes...

Mais rien n'y faisait et le roi était en grande frénésie, comme l'expliqua Olivier de Clisson, très inquiet, en ce jour où il avait fait quérir Guillebert. Nicolas Flamel assistait à l'entretien, dans le retrait luxueux de l'hôtel du connétable, rue des Quatre-Fils[1]. Un lieu douillet, dont les tentures à ses armes assourdissaient les bruits venus de l'extérieur.

— Il est temps d'agir... reprit Olivier de Clisson, dont le ton était un peu las.

Il vieillissait et ne savait pas s'il aurait encore longtemps la force de se battre pour son roi.

---

1. Il subsiste de ce somptueux hôtel la porte à deux tourelles qui, conservée dans l'hôtel de Guise, flanque l'hôtel de Soubise (Archives nationales).

— Dois-je l'avouer, je ne crois plus à rien... Ni à ces processions, même si elles montrent de la part du peuple son attachement au roi, ni à ces astrologues qui prétendent qu'il y a peut-être un lien entre la folie du roi et la lune, ni à tous ces sorciers et charlatans qui ont défilé au cours de toutes ces années. C'est vous dire si je suis peu enclin à croire de nouvelles promesses, mais je ne partirai pas en paix vers ma chapelle funéraire si je n'ai pas tout tenté ; voilà pourquoi je vous ai fait venir ce matin. Le temps des mots est passé, voici venu celui de l'action.

Une fois encore, une allusion était faite au « faiseur de mots ». Guillebert sourit, avec cette ironie à peine perceptible qu'il savait masquer pour ne pas agacer un interlocuteur, et fit un petit signe de tête pour indiquer qu'il comprenait.

— Alors, que proposez-vous ? Dites-le-nous enfin !

— J'ai en ma possession un camée qui aurait des pouvoirs magiques, si j'en crois l'homme qui me l'a confié le jour de sa mort...

— Des pouvoirs magiques, qu'entendez-vous par là ? interrogea Nicolas Flamel, resté silencieux jusque-là.

— Des pouvoirs magiques, répéta Guillebert, je ne peux en dire plus.

— Vous n'en savez pas plus ? demanda alors Olivier de Clisson en plissant les yeux pour observer ce diable d'homme qui l'intimidait et l'agaçait à la fois.

— Peut-être... reconnut Guillebert. Il faut y croire, c'est tout !

— Eh bien, croyons...

— Croyons... répéta Nicolas Flamel. Mais ne serait-il pas temps de nous raconter d'où vous tenez ces...

— Objets... souffla Guillebert en riant de la gêne de maître Flamel.

— Nous en étions à ces caravanes... dit le libraire, qui se

souvenait parfaitement du point où Guillebert en était resté, il y avait maintenant bien longtemps de cela.

— Oui, vous avez bonne mémoire...

— Alors ? interrogea à son tour Olivier de Clisson.

Guillebert hésita, puis se lança :

— Samarkand... Après Rome et Constantinople, voilà une autre ville extraordinaire où j'ai posé mon balluchon. C'est là que j'ai rencontré le père de ce garçon qui est apprenti chez Clerbourc, un chercheur de pierres et un magicien... Il m'a remis son trésor pour son fils... Il avait entendu parler de Paris et des bijoux qu'on y faisait. Il m'a aussi confié son fils et quelques secrets de sa magie. Il m'a enseigné que l'on pouvait porter certaines amulettes dotées d'un pouvoir magique ; il m'a parlé de ces alchimistes qui connaissaient des rapports entre gemmes, métaux et planètes...

Guillebert fixa un instant Flamel, qui l'encouragea du regard.

— Il avait voyagé jusque chez les Tartares et le grand khan, près de qui un autre voyageur, Marco Polo, avait passé bien des années. Il en avait rapporté du jade, des saphirs, des émeraudes, des rubis, du lapis-lazuli qui plairait bien à cette bougresse de Bourgot...

— Elle vous obsède... Laissez donc là cette diablesse !

Guillebert éclata de rire, puis poursuivit :

— Et cet ambre qui vient du nord dont les chevaliers teutoniques ont le monopole pour inonder la chrétienté de leurs chapelets, j'en ai cédé à Bruges mais j'en ai gardé... Et des agates et surtout un camée, autant de matières au pouvoir miraculeux...

— Encore faut-il y croire, lâcha soudain Nicolas Flamel, qui regretta aussitôt d'avoir laissé éclater son scepticisme.

Comment cet homme, avec ses blasphèmes, ses vérités qu'il vous assenait crûment, pouvait-il accorder tant de crédit à ces sornettes ?

— Avec Abou Zaïd, on ne pouvait pas douter !

— Un incroyant ?

— Oui, peut-être, mais comment nommer incroyant cet homme qui avait une telle foi ! Il y a des objets qui peuvent apporter du réconfort au roi, sinon sa guérison. Ce camée est chez vous dans votre coffre, il faut simplement me dire comment le faire parvenir au roi.

— Donnez-le à maître Clerbourc, qu'il le mette dans un joyau que nous lui ferons offrir par monseigneur de Berry. Nous le tiendrons au courant au dernier moment, car tout cela doit rester secret.

— Maître Clerbourc ne voudra peut-être pas participer à cette entreprise, il a déjà refusé de joindre le camée à la fameuse commande de la reine...

Guillebert avait encore très présente à l'esprit la réaction négative de l'orfèvre. Et il en avait reparlé avec Claire, qui l'avait dissuadé d'insister. Mon Dieu, Claire... Depuis Noël et les révélations de Bourgot, ils avaient été très prudents et ces rencontres à la sauvette avaient un peu émoussé leur passion. Claire lui reprochait volontiers son peu d'empressement.

— Je lui ferai comprendre où est son intérêt, répondit Olivier de Clisson en se levant avec effort de la cathèdre. Bientôt je ne pourrai plus monter à cheval...

Il grimaçait de douleur.

— Mes jambes sont de plus en plus raides, je hais cette vieillesse ! Il est temps que je retourne une dernière fois dans la Bretagne de mon enfance.

C'est le lendemain de cette entrevue que Trotte-Menu, affolé, vint trouver Guillebert rue Thibaud-aux-Dés.

— C'est le petit, il est malade… La Pansue s'arrache les cheveux.

— Il faut y aller… dit aussitôt Sans-Mains, « le gueux de Guillebert », comme l'appelait Honoré.

Il le suivait comme son ombre et jouait les valets empressés, sauf quand il retournait rue de la Grande-Truanderie pour retrouver ses amis.

— Où sont-ils ?

— Rue des Poulies !

— Allons-y…

Suivi des deux mendiants, Guillebert arriva très vite par la rue Béthisy et la rue d'Avron à la maison de torchis qui servait de refuge à Trotte-Menu et à la Pansue depuis qu'ils avaient recueilli le petit Noël. Sa « mère » le serrait justement sur son opulente poitrine et il avait effectivement l'air mal en point. Rouge, respirant avec difficulté, il gémissait misérablement au milieu d'un cercle de gueux déguenillés.

— Je lui ai rien fait, se justifia aussitôt la Pansue.

— Personne n'a rien dit, répondit Guillebert, mais écartez-vous, donnez-lui un peu d'air, à cet enfant.

— Je ne veux pas qu'il meure, murmura la Pansue.

— Qui parle de mourir ? interrogea Guillebert en fronçant les sourcils.

— Je t'en prie… sauve-le.

— Je ne suis pas le bon Dieu…

— Oui, mais tu as des secrets…

— Quels secrets ?

— Je ne sais, mais ce qu'on dit en ville…

C'était Charpentier le Sot qui s'était avancé.

— Ce qu'on dit en ville, vous savez bien que ce n'est pas forcément vrai !

— Peut-être, mais fais quelque chose !

— Emmenons-le !

— Où ?

— A l'Hôtel-Dieu !

Soudain décidé, Guillebert s'était saisi du petit paquet. Nicolas Flamel lui avait justement expliqué, quelques jours plus tôt, qu'il n'y avait pas à Paris de lieux spécialisés pour soigner les enfants malades et qu'il envisageait d'en créer un... Seuls l'Hôtel-Dieu et ses bonnes sœurs en assuraient vraiment les soins, mais leurs trois cents lits étaient nettement insuffisants, même si elles entassaient dans un même lit plusieurs malades, au mépris de l'hygiène la plus élémentaire. Le bienfaiteur qu'était Nicolas Flamel en avait fait une description apocalyptique. Il n'y avait guère le choix, pourtant. Les sœurs augustines recueillaient d'ailleurs souvent les enfants abandonnés dans ce vaste bâtiment construit dans l'île de la Cité, le long du petit bras de la Seine, face à la rive gauche.

— Je ne veux pas le quitter ! hurla la Pansue que Trotte-Menu avait rejointe.

— Laisse-le faire, dit-il posément.

Guillebert se serait bien passé de la meute de gueux déguenillés qui le suivaient quand il rejoignit, son précieux fardeau dans les bras, les bords du fleuve. Encadré de la Pansue larmoyante qui trottinait sur ses petites jambes courtes et épaisses et de Trotte-Menu, il avançait à grands pas. Et quand ils arrivèrent à la planche Milbray, le groupe avait grossi et se faisait de plus en plus bruyant, s'attirant des commentaires peu amènes des passants, nombreux à cette heure. Le trajet fut ensuite très rapide jusqu'à l'Hôtel-Dieu, par les rues de la Lanterne et de la Juiverie.

Il fallut toute son autorité à Guillebert pour obtenir que la troupe s'arrêtât sur le seuil. Seuls les « parents » furent admis, et quand une religieuse augustine vint les accueillir, elle ne put retenir un regard méfiant en direction de la Pansue et de Trotte-Menu. Mais Guillebert balaya toutes ses appréhensions avec quelques phrases charmeuses auxquelles elle ne put résister. Elle protesta encore du manque de places, un mal patent dans les hôpitaux de la cité, puis pencha enfin sur l'enfant son fin visage au nez mince et à l'œil bleu-gris presque métallique mis en valeur par la guimpe blanche. Guillebert avait un immense respect pour le dévouement de ces femmes qui avaient été admirables lors des épidémies de peste du siècle précédent, où l'on avait compté jusqu'à cinq cents morts par jour. C'est dire si cet hôpital était tout un monde, comme une ville dans la ville d'où l'on ne ressortait pas toujours guéri, loin de là.

Comprenant cependant l'urgence de la situation, la religieuse emporta à pas rapides, sous le regard désespéré de la Pansue, le pauvre bébé, dont la respiration était de plus en plus haletante et faible. Débarrassé de son malheureux fardeau, Guillebert jeta un regard sur la grande salle où régnaient des odeurs qui le firent grimacer.

Que de misère ! songea-t-il en fixant la rangée de lits où entre les courtines rouges usées et souvent tachées devaient agoniser ou lutter pour un dernier souffle de vie de pauvres malades.

— Où elle a emmené mon petit ? gémissait près de lui la Pansue.

C'est quand il se retourna pour dire qu'ils n'avaient plus rien à faire ici qu'il la vit.

— Gilette… murmura-t-il, cloué sur place.

— On y va ? interrogea Trotte-Menu, mal à l'aise.

— Gilette… répéta Guillebert.

— On y va… répéta Trotte-Menu en tirant la manche de la Pansue. Eh, Guillebert, à quoi tu rêves ? Qu'est-ce qu'il a ?

Guillebert avançait maintenant entre les lits, comme aimanté.

— Où il va ? fit la Pansue.

Guillebert s'était soudain arrêté devant une religieuse. Une autre le prenait par le bras et lui désignait la sortie, mais il résistait. Ils le virent parler à cette religieuse en montrant la première. Mais celle-ci s'échappait déjà vers un lit où devait la réclamer un malade. Guillebert parlementait, mais la religieuse lui tenait tête, lui indiquant toujours la porte.

La Pansue et Trotte-Menu attendaient, les bras ballants. Ils entendaient leurs amis qui s'impatientaient bruyamment dehors, et quand Guillebert abandonna enfin la religieuse pour retraverser la salle, ils l'entourèrent.

— Alors ? questionna la Pansue. Comment va mon petit ?

— Il s'agit bien de ton petit ! lança Guillebert, manifestement contrarié.

— Il s'agit de quoi ? demanda Trotte-Menu, désemparé.

— Rien, jeta Guillebert, rentrez plutôt chez vous ! Moi, j'ai besoin de marcher et d'être seul.

— Alors ? interrogeait déjà Sans-Mains.

Trotte-Menu fit signe aux gueux de se taire. Ils observèrent Guillebert qui se dirigeait à grands pas vers Notre-Dame, puis refluèrent presque en silence tant ils étaient surpris par le comportement incompréhensible de leur ami.

— Qu'est-ce qu'il a ? demanda enfin Charpentier le Sot quand ils ne furent plus à portée de voix.

Trotte-Menu se lança dans des explications compliquées qui laissèrent les autres si perplexes que Sans-Mains finit par dire :

— Je n'aime pas cela, je vais le suivre quand même…

— Il sera furieux, l'avertit Trotte-Menu.

D'un pas décidé, Sans-Mains était déjà au coin de la rue et il eut vite fait de disparaître avec sa démarche saccadée que semblaient rythmer pourtant les bras au bout desquels brillaient les crochets de fer qui lui avaient changé la vie.

# 32

Heureusement, Guillebert n'était pas loin. Il s'était arrêté au bout de la rue de la Regratterie, tout près de la petite église Saint-Christophe dont le mur montrait une belle image de son saint patron portant sur ses épaules l'Enfant Jésus. Sans-Mains savait, car Guillebert le lui avait expliqué quelques jours plus tôt, que si on regardait une telle représentation on ne risquait pas de mourir de mort violente dans les heures qui suivaient. Vaguement superstitieux, le gueux y jeta un discret coup d'œil tout en surveillant Guillebert. Il observait une marchande de légumes installée sous un encorbellement, ainsi protégée de l'averse qui ne manquerait pas d'arriver si on en jugeait par les nuages menaçants et le coup de vent qui se levait à l'instant, violent et impétueux. Violent et impétueux, comme son maître, songea Sans-Mains, et aussi imprévisible. Il connaissait pourtant le plaisir que Guillebert prenait à écouter ces commerçants au bagout inépuisable.

Prenant à pleines mains dans son large panier des feuilles d'une salade verte et charnue, la marchande en présenta une poignée dégoulinant encore d'eau.

— J'ai aussi les bettes pour faire une belle porée… Tu peux te régaler, beau blond, avec du lait d'amandes. Je peux te faire la recette… et plus, si tu veux !

— Tu t'es regardée, avec ton ventre qui va jusqu'à terre ! Méfiez-vous, beau blond, c'est une vraie sorcière ! Attention au tire-laine, messire…

Guillebert aurait volontiers éclaté de rire tant la femme était ridicule si, au même instant, il n'avait pris conscience que deux mains, sans doute celles de ce tire-laine auquel le passant venait de faire allusion, s'étaient glissées sous ses bras. Surpris, il se crispa et entendit alors une voix murmurer :

— Tu ne dis rien, tu ne cries pas, sinon…

— Sinon ?

— Voilà la réponse !

Guillebert sentit les pointes de deux poignards pénétrer légèrement dans sa peau, juste au-dessus du braiel qui retenait ses chausses.

Les mains maintenaient désormais solidement ses bras. Prisonnier, il était prisonnier ! et obligé de marcher encadré de quatre inconnus qui le poussaient énergiquement. Dans la foule, personne ne prêtait attention à leur manège. Par réflexe, il serra contre lui son aumônière. Il avait du mal à respirer, soudain, et ne comprenait pas ce qui lui arrivait. Il eut envie de crier malgré la menace, mais qui réagirait dans ce monde où chacun poursuivait ses propres affaires sans se mêler de celles des voisins ?

Il chercha à saisir, pour l'alerter, le regard du marchand d'oignons et d'aulx qui tendait dans leur direction des gousses appétissantes, mais ses agresseurs n'en avaient cure et l'autre, déçu, qui n'avait rien remarqué d'anormal, s'attaqua à d'autres clients plus aimables.

— Et mes angelots de Brie… lança encore un marchand dans leur dos.

Imperturbables, les agresseurs faisaient avancer Guillebert. Ils étaient déjà à hauteur du Pont-aux-Changeurs où l'on entendait, au milieu du brouhaha habituel dans ce carrefour très fréquenté, les crécelles des lépreux. On était en effet lundi et les malades avaient l'autorisation, ce jour-là, de quêter au milieu du charroi.

— Où m'emmenez-vous ? questionna Guillebert.

— Tu es bien curieux...

Ses quatre accompagnateurs resserrèrent les rangs autour de lui comme s'ils avaient perçu son envie de leur fausser compagnie. C'était que l'homme était grand et fort, et si leur commanditaire avait justement désigné des costauds pour mener à bien leur mission, il avait aussi insisté sur la ruse dont leur prisonnier ne manquerait pas d'user.

— De quel droit m'emmenez-vous ? Je n'ai rien fait...

— Nous n'avons pas dit cela, répliqua celui qui précédait le groupe, dont la progression se faisait plus rapide depuis qu'ils s'étaient éloignés des zones plus fréquentées.

Au bord de l'eau, deux hommes transbordaient le lourd chargement de pierres d'un chariot vers une large barque plate dont le batelier contrôlait avec attention l'équilibre.

Guillebert fit mine de les regarder un instant.

— Avance !

Pris alors d'une inspiration subite, Guillebert repoussa brutalement les mains qui enserraient ses bras et se jeta à l'eau, laissant ses gardiens ébahis. Mais le plus médusé fut certainement Sans-Mains, qui n'avait rien osé entreprendre et avait opté pour une simple filature, en regrettant amèrement l'absence des gueux, qui auraient évidemment pu intervenir. Il était bien conscient que tout seul il ne pouvait rien faire, en dehors de quelques coups bien assenés de ses crochets, mais contre quatre tout cela risquait fort d'être vain.

Il observa avec angoisse la surface de l'eau où Guillebert s'était englouti ; il n'était pas le seul puisque les agresseurs de son maître regardaient dans la même direction en s'invectivant les uns les autres, cherchant à se renvoyer la responsabilité de la fuite de Guillebert, qui bouleversait leurs plans. Mais Guillebert s'était évaporé et ils avaient beau scruter ces eaux maudites, ils ne le voyaient pas réapparaître. Il faut dire que le trafic sur le fleuve était intense et que le fugitif pouvait très bien se faufiler entre les embarcations et même s'y accrocher pour se cacher. Décontenancés, les agresseurs, maintenant calmés, ne savaient trop quel parti prendre. Sans-Mains les vit discuter un moment, puis soudain ils se précipitèrent vers une barque qui approchait de la rive, attendirent en piaffant qu'elle accoste et s'embarquèrent en poussant à l'eau les occupants qui n'eurent que le temps de pousser quelques cris avant de sombrer :

— Larrons, griffons !

— Coquinaille !

Mais, maladroits à manœuvrer la frêle embarcation lourdement chargée de marchandises, les quatre agresseurs la firent pivoter si brutalement qu'elle piqua du nez, se remplit d'eau, affolant ses occupants qui refluèrent bêtement du même côté et finirent de la déséquilibrer.

Du bord, Sans-Mains ne perdait pas une miette du spectacle, au milieu de passants indifférents, car il arrivait toujours quelque chose sur ce fleuve et beaucoup en craignaient les odeurs ou les débordements. Après une ultime manœuvre malheureuse de ses marins d'occasion, la barque se coucha sur le flanc, et Sans-Mains les vit tous sauter à l'eau en hurlant. Très vite, il y en eut deux qui purent s'accrocher à l'esquif vidé de ses entrailles et flottant sur des flots pour le moins peu accueillants, surtout depuis les pluies des dernières semaines. Quant aux autres, ils ne donnèrent plus signe de vie. Sans-Mains avança le long de la rive pour suivre le courant, et ce n'est qu'aux abords du Louvre que les deux rescapés parvinrent enfin à rejoindre la rive.

— Bon Dieu, dit le premier qui mit pied à terre, l'homme aux crochets !

Il détala, suivi de l'autre. Sans-Mains comprit qu'il était reconnu, beaucoup sachant maintenant qu'il était au service de Guillebert, mais il prit le parti de les épier en se dissimulant le mieux possible dans la foule toujours grouillante aux alentours de none, pour l'heure carillonnée justement au Palais de la Cité.

Sans-Mains n'avait plus qu'une idée en tête. Apprendre qui étaient ces individus, puis raconter les événements à ses amis, en espérant que Guillebert aurait réchappé à sa baignade forcée. Et avec ce « diable d'homme », comme on disait en ville, il était confiant.

A juste raison.

Le contact avec l'eau froide avait d'abord surpris Guillebert. Sachant qu'il y allait de sa survie, il avait nagé pour aller se mettre au plus vite à l'abri derrière une des barques prises dans le trafic intense du fleuve. Tout en reprenant son souffle, sans attirer l'attention de ses occupants, dont un marchand de vin qui faisait goûter à deux moines replets le contenu des barriques embarquées, il y guetta un instant les réactions de ses agresseurs et assista à leur naufrage ; rassuré, il abandonna alors son refuge et nagea jusqu'à la rive en face, où il reprit pied à deux pas du Palais de la Cité. Des sergents du roi en faction le virent surgir, dégoulinant, mais ils avaient l'habitude des spectacles les plus divers et n'y prêtèrent guère attention, surtout quand ils virent l'homme, après avoir hésité quelques instants, s'éloigner en laissant derrière les traces humides de son passage.

Il rejoignit dans ce triste équipage le Pont-aux-Changeurs et arriva transi chez l'étuvière qui l'avait déjà décrassé après son aventure chez Bourgot. La femme ne put s'empêcher d'ameuter son établissement :

— Voyez qui me revient... Par Notre-Dame, qu'est-ce que vous avez encore inventé, messire ? Ne savez-vous pas que pour vous baigner chez moi, il n'est pas nécessaire de vous être déjà plongé dans la fontaine des Innocents ?

— Certes, foutre sang de Dieu, répondit Guillebert, mais c'est l'eau de la Seine et elle pue !

— Il est fou, il est fou comme le roi, par Notre-Dame et sainte Geneviève et saint Marcel et tous les saints qui protègent cette ville... C'est à l'Hôtel-Dieu qu'il faut l'envoyer, chez les sœurs augustines...

— Mais qui parle de folie ? J'ai sauvé ma peau contre des hommes qui me voulaient du mal, mais ils ont été punis et sont peut-être dans les roues des moulins ou tout simplement au fond de l'eau à jamais !

— Un fou, je vous dis ! continuait à clamer la Perrine pendant que Guillebert tentait de se débarrasser de ses effets qui lui collaient au corps.

— Aidez-moi, plutôt !

— Il y aura bien une fille pour me le calmer, celui-là, maugréa enfin Perrine en saisissant d'un air dégoûté le pourpoint en piteux état que Guillebert avait déjà jeté au sol. Ce sera quatre deniers, plus un pour l'essui et un pour remettre tout ça en état !

Nettoyé, séché, Guillebert se précipita chez Nicolas Flamel et lui relata brièvement ses aventures.

— Mais qui peut vous en vouloir ainsi ? s'étonna le maître des lieux en le regardant par-dessus les lunettes qu'il avait chaussées pour déchiffrer un gros livre posé sur un pupitre devant lui et dont le texte était écrit en lignes serrées ponctuées de rubriques [1]. Remettez-vous avec un peu d'hypocras ; j'ai une nouvelle adresse...

— Certes... acquiesça l'invité, nerveux, en s'agitant sur son faudesteuil de bois clair.

Près de lui, comme si sa nervosité était contagieuse, le papegaut allait d'un perchoir à un autre ; il finit par se calmer, s'immobilisant le plus près possible du conteur et fermant les yeux comme s'il se concentrait.

Ursule entra à cet instant avec le petit plateau de bois sur lequel étaient posés les deux gobelets habituels. Guillebert s'en saisit, huma le liquide et en but une gorgée. Nicolas Flamel en fut pour ses frais. Nul commentaire ne viendrait sur le breuvage qui était pourtant de qualité, comme tout ce que le libraire achetait.

— Redites-moi tout ce qui est arrivé aux sorciers qui prétendaient guérir le roi. Tous morts, non ?

— Pas tous ! protesta maître Flamel.

— Vais-je en pâtir moi aussi, en me jetant dans la gueule du loup ?

— Que voulez-vous dire ?

— N'est-elle pas curieuse, cette agression, le lendemain de notre conversation avec messire le connétable ?

— Vous croyez qu'il existe un lien ? Personne ne l'a entendue !

— En êtes-vous sûr ?

— N'est-ce pas plutôt dans votre vie qu'il faut chercher des explications ?

— Dans ma vie ? Qu'entendez-vous par là ?

— Vos histoires de femmes, vos gueux...

Guillebert fit une moue dubitative et poursuivit :

— Il m'est arrivé autre chose, aujourd'hui...

— Décidément, vous voyez, votre vie est compliquée.

---

1. C'est-à-dire de titres et sous-titres écrits en rouge.

— Je vais vous confier un secret car j'ai confiance en vous...

— Oui, dites...

— J'ai retrouvé la femme que j'avais perdue...

— Ah ? Et qui vous avait fait quitter Paris ?

— Oui...

— Cette histoire de sauterelle et de caméléon...

— Oui...

Guillebert raconta l'Hôtel-Dieu et cette augustine qui avait paru le fuir.

— Vous êtes sûr que c'est elle ? demanda Flamel, sceptique.

— Sûr comme je m'appelle Guillebert et que je suis né à Saint-Denis !

— Mais elle ne vous a pas reconnu ?

— Non, avoua le « faiseur de mots » avec un pauvre sourire.

Il avait cru revivre enfin et tout s'écroulait.

Sans-Mains attendait Guillebert devant la maison de Flamel. Trotte-Menu, à qui il était venu conter les aventures de Guillebert sous le porche de Saint-Jacques, quelques minutes plus tôt, lui avait dit l'avoir vu entrer chez le libraire. Un soulagement pour lui. Le diable d'homme avait réchappé de la noyade.

— Tu attends ton maître ?

Le nain de Bourgot, Hennequin, vint rôder autour de lui.

— J'attends qui je veux, répondit Sans-Mains en lui tournant le dos. Voilà le tien !

L'architecte Arnaud débouchait, en effet, de la rue de la Heaumerie et s'avançait vers eux. Il affichait toujours cet air arrogant et désinvolte qui agaçait tant de gens.

— Comment va ton maître ? demanda-t-il d'un ton rogue.

— Si on te le demande... ou plutôt, va interroger ton satané duc !

Menaçant, Sans-Mains avait mis ses crochets sous le nez d'Arnaud, qui tourna les talons et entra chez Bourgot, suivi de Hennequin. Satisfait, le gueux fixa encore quelques instants son regard sur la petite échoppe et c'est alors qu'il entendit :

— Viens !

Guillebert avait littéralement jailli de l'atelier Flamel, marchant encore plus vite que d'habitude.

— Vous êtes vivant, foutre de Dieu, je vais finir par y croire, aux patenôtres !

— Bien vivant, répliqua Guillebert, et j'ai faim.

— Oui, mais nous ne te lâchons plus.

Il se retourna. Derrière eux, tous les gueux étaient là. Ses amis, ses vrais amis, à la vie, à la mort.

— Tes agresseurs sont rentrés à l'hôtel de Bourgogne, dit alors Sans-Mains.

Guillebert le regarda et répondit :

— A l'hôtel de Bourgogne ? Ils ne sont pas noyés, foutre sang de Dieu ?

— Il y en a deux qui en ont réchappé, répondit Sans-Mains.

— Comment tu le sais ?

— Je t'avais suivi... Charpentier le Sot surveille la porte de l'hôtel avec Trotte-Menu. Mais il y a tant de monde qui va et vient chez ce prince dont toute la ville parle...

Guillebert haussa les épaules et grimaça. Il était vrai que le très populaire duc Jean disposait d'une belle clientèle ! Ne se posait-il pas en défenseur du roi quand il dénonçait que celui-ci était privé de ses atours, de ses joyaux, vases d'or et d'argent, et que le peu qui lui restait était le plus souvent en gage ? Guillebert se souvenait que la fameuse *Image de Notre-Dame* réalisée par Jean et Lambert Clerbourc était déjà engagée auprès du duc de Bavière, le frère de la reine. Les orfèvres en avaient été assez ulcérés ! Tout cela entretenait, en tout cas, un climat de suspicion envers la reine et surtout son beau-frère, le duc d'Orléans, désigné comme le grand ennemi de celui que l'on nommait « Jean sans Peur ». Une atmosphère de guerre civile se développait en ville, les serviteurs de l'un n'étaient-ils pas prêts à en découdre avec ceux de l'autre ? Il ne se passait pas un jour sans un incident.

Essayant de mettre de l'ordre dans ses idées, Guillebert tentait de savoir comment lui aussi pouvait se retrouver au milieu d'une polémique. Qui lui en voulait à l'hôtel de Bourgogne, et pourquoi ? Ce n'était tout de même pas encore cet Arnaud, âme damnée du duc Jean ? Certes, il avait la rancune tenace et criait toujours vengeance, mais tout cela était déjà loin et il semblait plus doué pour la parole que pour l'action. Il était vrai qu'on le disait désœuvré car son maître n'avait pas les moyens de ses ambitions. Monseigneur d'Orléans avait veillé à réduire les sommes qui lui étaient allouées par le roi. Le « faiseur de mots » touchait encore une fois du doigt les intrigues qui entouraient le roi et leur vanité ! Mais peu lui importait. Il avait retrouvé Gilette, et c'était maintenant tout ce qui comptait pour lui.

— Où est la Pansue ? lança-t-il soudain à Sans-Mains, dont le visage affichait un rictus heureux depuis qu'il avait retrouvé son maître. Il est temps d'aller prendre des nouvelles du petit.

— Je cours la chercher, mais prends garde à toi !

Quelques minutes plus tard, la Pansue était là, les traits défaits par l'inquiétude.

— J'ai peur pour mon petit, dit-elle en pleurnichant.

— S'il lui arrive quelque chose, tu en trouveras bien un autre, répliqua crûment le gueux, à qui Guillebert fit les gros yeux.

— Eh quoi, qu'est-ce que j'ai dit ?

— Tu as dit des méchancetés... A l'Hôtel-Dieu !

Ils s'arrêtèrent chez Honoré et Nathalène. Il y avait justement Martille, qui salua Guillebert d'un pauvre sourire. Elle ne le fuyait plus. Il eut le sentiment qu'il ne lui faisait plus horreur, du temps avait passé.

— Le temps, soupira-t-il en plantant les dents dans un petit pain dont la mie avait un goût délicieux.

Seule la Pansue avait refusé, prétextant qu'elle ne mangerait plus tant que son enfant ne serait pas guéri.

Ils franchirent la planche Milbray à une heure où le soleil déclinait vers l'occident et arrivèrent très vite devant les portes de l'Hôtel-Dieu, des portes doubles en olivier, qui symboliquement rappelaient que le Christ avait souffert au mont des Oliviers. Guillebert aimait ces arbres abondamment rencontrés dans son long périple.

Un malade sanguinolent sur une civière passa justement la porte de gauche, dite « de Pitié passive », l'autre, dite « de Pitié active », étant réservée aux novices qui s'engageaient pour une vie de dévouement. Guillebert frémit en pensant soudain que Gilette avait dû marcher sous cet arc en accolade marquant de son élégance une façade destinée à l'accueil de tant de souffrances.

— Guillebert, que fais-tu là ?

Il se retourna. Le sourire de Pernelle le toucha. C'était tellement celui de sa mère. Elle revenait de chez son parcheminier de beau-frère.

— C'est pour Christine de Pisan, annonça-t-elle en montrant une liasse de feuillets sous son bras.

— Elle te met toujours de vilaines idées dans la tête ?

interrogea Guillebert. Donne-moi des nouvelles de Simon…

Le visage de Pernelle vira au rouge, ce que ne manqua pas de remarquer le « diable d'homme » ; elle ne répondit qu'à la deuxième partie de la question :

— Il va bien. Tout l'atelier travaille pour monseigneur de Berry, lui au moins ne met pas ses joyaux en gage. Et vous, que faites-vous ?

— C'est mon petit Noël qui est malade, expliqua la Pansue en essuyant de la manche la morve qui s'échappait d'une indiscrète narine.

— Et je peux le voir, moi aussi ? fit Pernelle.

— Non, tu sais qu'il y a déjà bien trop de monde à l'hôpital.

— Alors je m'en vais vite…

Guillebert observa un instant la jeune fille qui se faufilait dans la foule. Elle ressemblait de plus en plus à sa mère. Il soupira. Il devait voir Claire le lendemain, mais maintenant qu'il avait retrouvé Gilette…

Au-dessus de leurs têtes, deux novices justement secouaient des draps. La Pansue s'impatientait ; ils passèrent enfin la porte, laissant les autres sur le parvis.

— Mon petit, où il est ? demanda-t-elle aussitôt à la cantonade.

La sœur augustine aux yeux bleus se précipita vers eux.

— Mon petit ?

— Venez !

Guillebert resta là, les bras ballants, mais ses yeux s'accrochaient à chaque silhouette de religieuse et elles étaient nombreuses à aller et venir d'un lit à l'autre de la grande salle où pénétrait un dernier rayon de soleil. Aucune ne lui parut familière. Il fut bousculé par deux hommes qui amenaient une nouvelle civière.

— Ne restez pas là, dit la religieuse en le fustigeant de son regard si bleu. Vous gênez !

— Je peux vous parler ? interrogea Guillebert.

— Pas maintenant, vous voyez bien que je suis occupée. Mais l'enfant va mieux, soyez rassuré !

— L'enfant ?

— Oui, l'enfant… mais qu'avez-vous ? Vous êtes tout pâle !

— Je suis un peu las, en effet, convint Guillebert.

— On ne va tout de même pas vous garder, nous n'avons pas plus de places qu'hier !

— Je ferai une grosse donation, dit alors Guillebert, qui venait d'avoir subitement une idée.

Ici, à l'Hôtel-Dieu, il serait à l'abri et près de Gilette.

— Ce n'est pas une question d'argent, répondait la nonne aux yeux bleus. Mais venez plutôt chercher votre enfant.

Le visage transfiguré comme lorsqu'elle avait obtenu de garder le petit Noël, la Pansue la suivit. Quelques minutes après, elle était déjà là et criait :

— Elles me le rendent, il va bien, mon petit prince !

— Ne le mettez pas dans les courants d'air, murmura une voix derrière elle.

Aux aguets, Guillebert sursauta. C'était la voix de Gilette.

— Gilette…

La religieuse était là, tout près. A la guimpe sévère et au voile, il substituait le chapeau de fleurs qui avait déclenché la catastrophe.

— Gilette, répéta-t-il.

— Messire… laissez-nous, intima la religieuse aux yeux bleus.

— Mais c'est Gilette, ma femme !

— Votre femme ? Vous délirez ?

— C'est la fièvre, confirma la voix qui n'avait pas changé, si douce avec ce petit accent indéfinissable.

# 33

— Je ne l'ai pas trouvé...

Simon rentrait bredouille de la rue des Fossés-Saint-Germain. Jean Clerbourc l'avait envoyé quérir Guillebert car il avait besoin de pierres pour la commande de monseigneur de Berry, dont l'impatience égalait sa passion pour les joyaux. Il était passé quelques jours plus tôt à l'atelier pour prendre des nouvelles, avait admiré le travail déjà fait, mais l'objet qu'il avait fait fondre n'offrait pas suffisamment de pierres de récupération. Certes, les rubis et les saphirs étaient très beaux, mais il en manquait pour reproduire une œuvre aussi achevée que celle du roi. Et le duc n'en démordait pas : il voulait que le travail soit l'égal de celui exécuté pour son neveu. C'était lui qui leur avait appris que l'*Image de Notre-Dame* était partie en gage à la cour de Bavière, une nouvelle qui avait fait fulminer Jean Clerbourc pendant plusieurs jours. Sa colère était retombée, depuis ; après tout, ses clients pouvaient bien faire ce qu'ils voulaient de leurs achats ! Et encore préférait-il l'exil de cette œuvre à son démantèlement !

« Le duc de Bavière pourrait l'envoyer aux fondeurs, avait rétorqué Lambert, il n'en resterait pas moins celle de monseigneur de Berry pour témoigner de notre art.

— Voire... Lui aussi peut s'en lasser. On m'a raconté

que Louis d'Orléans a envoyé tant d'œuvres à fondre à la Monnaie que l'on en a retiré mille huit cents perles et quatre-vingt-quatre rubis... Toutes ces heures de labeur gâchées par caprice !

— Ou par besoin d'argent...

— Certes. »

La commande de Jean de Berry pourtant n'intéressait guère Lambert puisqu'il ne s'agissait pas de création mais de reproduction, son père se prenant, au contraire, au jeu de la réussite technique une fois encore irréprochable et y trouvant son compte pour faire vivre son atelier. Le jeune artiste attendait plutôt avec impatience un nouveau projet pour exprimer la quintessence de son art. Mais les princes des lys étaient davantage empêtrés dans leurs luttes intestines que soucieux d'embellir leurs palais ou leurs oratoires. Il n'en dessinait pas moins des esquisses en espérant pouvoir un jour leur donner corps.

— Où peut-il être ? interrogea le garçon, toujours attablé devant ses parchemins.

— Nous le trouverons demain, en attendant j'ai faim... fit Jean.

Pierre lâcha le soufflet, Huc et Simon lui emboîtèrent le pas et tous se retrouvèrent dans la cuisine de Madeleine.

— As-tu vu Guillebert, ces derniers jours ?

La question s'adressait visiblement à Claire, qui arrivait de l'échoppe, où Augustin avait remis le volet.

Elle fit un geste de dénégation aussi neutre que possible, disant simplement :

— Il n'est pas venu à l'échoppe.

— Et en ville, tu ne l'as pas vu ? ajouta Jean.

Lambert regarda son père. Malgré les insinuations lancées par Bourgot la nuit de Noël, il n'avait rien changé à son attitude vis-à-vis de son épouse. Lambert observa aussi sa mère à la dérobée. Il savait bien qu'elle disparaissait parfois les après-none en confiant l'échoppe à Pierre ou même à Pernelle. Que faisait-elle ? Nul ne le savait, mais personne ne le lui demandait non plus. Evidemment la fête chez la duchesse d'Orléans était une occasion d'absence, mais les airs entendus de Madeleine étaient à ne pas négliger. Il l'avait surprise, un jour où Claire n'était pas là à l'heure du souper, en train de dire à son aide, la pauvre Marthe, qu'elle aimait mieux ne pas savoir ce que fricotait sa maîtresse, et le ton n'était pas des plus amènes.

— Moi, je l'ai vu ! s'écria alors Pernelle pendant que sa mère se lavait les mains dans le lavabo qui contenait un beau bassin de cuivre.

Claire parut se concentrer sur la puisette et le porte-essui où pendait une serviette de lin. Son cœur battait pourtant un peu plus vite. La veille, elle avait attendu en vain Guillebert et était rentrée chez elle, l'esprit chagrin. Il y avait pourtant longtemps qu'ils ne s'étaient retrouvés dans la petite maison de la rue des Fossés-Saint-Germain où depuis que Sans-Mains faisait le guet, ils pouvaient espérer être tranquilles. Elle avait encore en tête leur dernière rencontre, quand, pour satisfaire ses caprices, il avait fait aller un feu d'enfer et chauffé suffisamment d'eau afin de remplir le cuveau de bois qui trônait, posé sur une natte de paille tressée, dans la salle du bas. Sous prétexte d'ôter les « fronces » de son corps – ce qui avait beaucoup fait rire son amant, protestant qu'elle n'était pas du tout fripée –, elle avait distillé avec art un mélange de fleurs contenu dans une petite fiole qui avait répandu une odeur grisante ; elle frémissait encore du plaisir qu'il lui avait donné dans cette eau délicatement parfumée quand elle l'avait traîtreusement attiré à elle. Il était furieux d'être tout mouillé, mais le diable d'homme ne l'en avait pas moins encore entraînée vers ces terres qu'elle n'avait découvertes qu'avec lui. Alors, elle n'en finissait pas de remâcher sa déception depuis la veille. Et elle envisageait même d'aller chez ces gueux, qui pourtant lui faisaient peur, pour en savoir davantage. C'est dire son désarroi !

Elle se retourna enfin. Pernelle racontait qu'elle avait vu Guillebert devant l'Hôtel-Dieu avec la Pansue, cru un instant qu'il était malade et avait été soulagée d'apprendre que c'était le petit Noël qui était souffrant.

— Nous le trouverons demain, conclut Jean en enfournant déjà un morceau de boudin qui avait répandu son odeur dans toute la cuisine.

— Pernelle, je te sers un peu de porée...

— Et que faisais-tu là-bas ?

Jean Clerbourc avait soufflé la politesse à son épouse, qui s'apprêtait à poser la même question à Pernelle.

— J'apportais du parchemin à dame Christine.

L'orfèvre leva les yeux au ciel. Il trouvait la plaisanterie amère et cette fête, mise en œuvre par la poétesse, lui hérissait les poils. Il savait que toute la ville bruissait de ces préparatifs, que toute la ville se rendrait aux réjouissances, ce qui n'empêchait pas les rumeurs et les ragots de courir sur son instigatrice, la duchesse Valentine. Mais Jean n'en avait cure et considérait tout cela de loin dans son atelier où il était le roi incontesté, si ce n'était les disputes parfois véhémentes qui l'opposaient à son fils. Cela n'avait évidemment rien à voir avec les rivalités à la cour, un vrai théâtre, où les ducs d'Orléans et de Bourgogne tenaient les premiers rôles.

Le lendemain, Simon, dépêché rue des Fossés-Saint-Germain, ne trouva pas davantage Guillebert. A son retour, Claire cacha son inquiétude autant que son dépit.

— Je vais voir maître Flamel pour lui livrer de l'or pour ses peintres. Lui saura peut-être...

Jean Clerbourc parvint rue des Ecrivains, à l'instant où le libraire sortait.

— Vous m'apportez l'or ?

— Oui, voilà... Mais je voudrais surtout savoir si vous avez rencontré Guillebert, ces derniers jours.

— Non, et justement il faudrait bien que je le voie, mais avec cette fête de la duchesse on ne peut plus compter sur personne, soupira Nicolas Flamel, visiblement agacé. Les fripiers, les drapiers ou les faiseurs de chausses vous renvoient à l'automne, les rubaniers sont débordés, les broderesses je n'en parle pas, les marchands de vin réservent leurs barriques à la duchesse, on ne pourra bientôt plus s'éclairer parce que les chandeliers gardent leur cire pour Valentine... Guillebert en fait peut-être autant, pourtant nos affaires ne peuvent guère attendre...

— Ni les miennes... Je vais avoir monseigneur de Berry sur le dos !

— Je vous plains, il est aussi têtu qu'impatient.

Il n'y a plus qu'à quérir ce Sans-Mains, songea l'orfèvre.

Mais ledit Sans-Mains se révéla d'une rare discrétion, prétendant qu'il ne savait pas où était passé Guillebert, « foi de Sans-Mains ».

Furieux de son échec, Jean revint rue des Orfèvres pour croiser Lambert qui sortait de l'atelier.

— Je vais porter les chaînes d'or des princes à l'hôtel Barbette, annonçait celui-ci à son père.

— Simon ne peut pas y aller ?

— Je veux bien ! cria le garçon, toujours prompt pour ce genre de courses.

— Non, il est occupé avec Huc aux branlants. Il en pleut des commandes chaque jour, avec la fête de la duchesse.

Le ton ne souffrait pas la discussion. Le temps pressait car la fête approchait et les participants y brilleraient de tous leurs feux. Simon avait appris à fabriquer presque en série ces éléments le plus souvent en alliages cuivreux mais aussi en or et en argent, parfois rehaussés de pierres, et dont Lambert avait dessiné de multiples modèles. Ceux que le garçon préférait représentaient des animaux, mais la majorité étaient simplement de forme géométrique ou d'inspiration végétale. La veille, il avait réalisé des grelots qu'une jeune femme avait commandés pour mettre en valeur une large écharpe. Et ils n'en avaient pas fini de fabriquer des boutons ou des ferrets pour terminer les aiguillettes !

Déçu de ne pas pouvoir aller à l'hôtel Barbette, Simon se concentra de nouveau sur sa tâche. Il réalisait justement une série de branlants en forme d'ours sous l'œil vigilant de Pierre, toujours précieux devant le four. Il avait encore rêvé de Martille, aperçue quelques jours plus tôt en livrant des aiguières pour la reine à l'hôtel Saint-Pol, mais il n'avait pas osé lui parler. Elle courait comme toujours derrière ses petits princes qui la faisaient tourner en bourrique.

Lambert huma l'air. Il faisait presque beau, si ce n'était ce léger vent du nord qui glaçait les os dans les rues à l'ombre des encorbellements. Il était assez rare qu'il se trouve ainsi dans la ville à une heure où il était d'habitude à l'atelier. Le charroi le surprit presque, et les odeurs. Que de charrettes, de tombereaux, de brouettes ou de civières encombrant ces voies étroites ! Il n'était pas toujours facile d'éviter les bouses des bœufs ou les crottins des ânes et il fit un écart, quand une vieille chassa de son échoppe un rat poursuivi aussitôt par un chat efflanqué, qui passa comme un éclair devant l'étal de volailles.

— Canettes, canards, coqs, poules, chapons... annonça le marchand en regardant d'un œil méfiant disparaître le chat au fond d'une venelle.

Le jeune orfèvre l'observa, amusé. Puis il emprunta la large rue de la Verrerie qui menait vers l'ouest et où se succédaient les ateliers de peintres sur verre et ceux des émailleurs. Il s'arrêta un instant pour faire signe à l'un d'eux justement, Jacquemin Gringonneur, qui travaillait comme eux pour la cour, puis hâta le pas. Aurait-il la chance de voir ou plutôt d'apercevoir Martille ? Là était pour lui toute la question ! Il pressa machinalement l'aumônière qui ne le quittait pas et dans laquelle il gardait depuis des mois la fameuse bague. Son père pensait qu'elle faisait les délices d'une belle depuis bien longtemps. Comme il se trompait ! Cela fit sourire Lambert ; il s'engageait maintenant dans la rue du Temple, qui conduisait tout droit à la rue Barbette après avoir croisé les rues des Vieilles-Poulies et de Paradis.

Rue de Paradis... Les yeux de Lambert s'attardèrent un instant sur la peinture qui ornait un petit oratoire. Autour du Couronnement d'une jolie Vierge, des anges musiciens offraient un concert à la rue. Un joueur de psaltérion, un vrai cette fois, ni ange ni diable, leur donnait la réplique. Son regard revenant à la rue Barbette, il vit Martille qui quittait tranquillement l'entrée de l'hôtel royal gardé par deux soldats en armes. Son cœur se mit à battre. Elle avait tourné à droite et s'enfonçait déjà dans la rue des Quatre-Fils où donnait l'hôtel du connétable de Clisson. Lambert passa devant les soldats indifférents aux Parisiens qui ne cessaient d'arpenter la rue, surtout à cette heure, où le charroi était particulièrement important.

Le garçon avait désormais un but et n'entendait pas s'en détourner ; la reine attendrait bien les chaînes des petits princes ! Il tourna à son tour dans la rue des Quatre-Fils ; la silhouette à la cotte rouge avançait d'un bon pas, se frayant en douceur un passage au milieu des badauds qui s'étaient agglutinés autour d'un montreur de singes. Lambert reconnut celui qui lui avait servi pour dessiner des singes, mais ne s'arrêta pas et s'engagea, l'œil toujours rivé sur sa « proie », dans la rue du Temple, large voie pour le charroi qui entrait dans la cité par la porte du même nom. Lambert crut que Martille se rendait chez son père, mais elle bifurqua soudain rue des Fontaines ; il envisagea un instant d'abandonner cette poursuite qu'il jugeait finalement ridicule, mais quand il la vit se diriger vers la porte Saint-Martin en longeant Saint-Nicolas-des-Champs, il changea d'avis. Les passants étaient moins nombreux et, à plusieurs reprises, il se dissimula derrière un poteau cornier, excitant même la méfiance d'une chapelière qui lui fit signe peu aimablement de circuler. Et puis tout à coup, alors qu'ils se rapprochaient de la porte Saint-Martin au milieu de courtils dessinés le long de l'égout qui suivait l'enceinte du roi Charles V, il la vit qui poussait la porte d'un enclos fermé par un plessis, sorte d'entrelacs de branches de châtaigniers et d'osier.

De loin, il l'observa ; une femme qui poussait devant elle une petite civière transportant une grosse corbeille avec des lys le dévisagea un temps, puis passa son chemin mais se retourna plusieurs fois. Sans doute allait-elle livrer son précieux chargement à la cour, mais il n'en avait cure ; Martille arpentait maintenant l'espace clos, au milieu de carrés réguliers et cultivés. Lambert n'y connaissait rien en végétation et il était trop loin, sauf pour reconnaître la treille et les feuilles de vigne qui y accrochaient leurs multiples rameaux. Il la vit s'approcher du puits placé dans un angle, puis enrouler la corde qui y était plongée, y attacher une chantepleure et la plonger dans l'eau. C'est quand il la vit peiner pour remonter le précieux liquide qu'il choisit d'intervenir. Une inspiration subite qui bouleversait en un instant les sages promesses qu'il s'était pourtant faites de ne pas brusquer les choses.

— Martille, que fais-tu ? Veux-tu de l'aide ? cria-t-il en franchissant à son tour la porte. N'est-ce pas trop lourd ?

Surprise, elle tourna la tête vers lui tout en restant arc-boutée pour remonter la chantepleure en équilibre au bout de la corde.

— Je me débrouille, tu m'as fait peur, je ne t'avais pas reconnu…

Lambert s'était déjà emparé de la corde et remontait sans effort l'objet qui, une fois à l'air libre, oscilla, perdit un peu de son contenu avant que Martille ne s'en saisisse.

— Gare, il ne faut pas gâcher l'eau, dit-elle, le front soucieux.

— Laisse, dis-moi plutôt ce qu'il faut arroser.

— Tu sais, j'ai l'habitude maintenant, répondit Martille avec un pauvre sourire qui fit fondre Lambert.

Il avait les jambes qui flageolaient.

— Mais que fais-tu là ? interrogea-t-elle soudain avec presque une lueur dans ses yeux noirs qu'il se rappelait si pétillants quand elle venait livrer les cordes de son père.

Lambert inventa vite un mensonge en racontant qu'il arrivait de la porte Saint-Martin et se rendait à l'hôtel Barbette pour y apporter des chaînes d'or fabriquées à l'atelier et destinées aux petits princes.

Martille esquissa cette fois un vrai sourire.

— Ils en ont bien assez, pourtant, mais la reine veut les couvrir d'or pour la maudite fête de la duchesse. Eux, ils préfèrent jouer à la guerre !

— Alors j'arrose quoi ? demanda Lambert.

— Ici les choux, les raves, les poireaux, les cives et les oignons… Je ne sais plus pour qui je cultive tout cela ; si, là, les fraises pour ma belle-mère, donne-leur à boire, elle sera contente.

Lambert obéissait avec bonheur.

— Doucement, fit Martille. Et n'oublie pas les roses, je les couperai pour la fête de la duchesse.

— Je n'ai déjà plus d'eau, dit Lambert en fixant la jeune

femme qui détourna les yeux pour regarder le cerisier dont les feuilles légèrement roussies semblaient soudain lasses après la cueillette de leurs beaux fruits rouges.

— Il est revenu, murmura Martille.

— Qui ? interrogea Lambert qui avait vivement retiré du puits la chantepleure.

— Le rossignol... répondit la jeune femme, un sanglot dans la voix.

Lambert se détourna discrètement, conscient que Martille devait se remémorer un souvenir douloureux. Sa voix s'était raffermie pour lui ordonner de ne pas oublier les courges.

Puis, quand il eut arrosé tous les carrés en suivant à la lettre ses instructions, il comprit qu'il devait la laisser, même si c'était à regret. Elle le remercia en lui disant qu'elle ne trouvait la paix, ou presque, que là, entre ses roses et sa vigne.

— Te souviens-tu quand tu venais livrer les cordes pour notre soufflet ? interrogea Lambert.

— Oui... murmura Martille, pourtant ailleurs.

— Tu étais déjà belle, mais maintenant tu es bien plus belle que toutes ces fleurs... A bientôt !

Presque surpris de sa hardiesse subite, Lambert referma soigneusement derrière lui la petite porte du clos et s'en alla. Il aurait voulu se retourner mais n'osa pas. Et pourtant, il se sentait léger et en paix. Peut-être avait-il renversé le cours de son destin. Du moins voulait-il s'en persuader !

Il partit en sifflotant, le nez au vent, sur ce chemin de terre qui serpentait entre des jardins où d'autres destins avaient dû se nouer et se noueraient encore.

# 34

Guillebert avait su amadouer l'augustine aux yeux bleus dont il connaissait maintenant le nom, sœur Marie du Rosaire. Il avait simulé une grosse fièvre et s'était retrouvé alité avec trois autres patients qui, eux, étaient vraiment malades, et quand il parlait de sa femme, la petite sœur qui passait si vite entre les lits, il recevait une double dose d'armoise, dont l'usage était approprié pour la fièvre et le délire. Il savait pourtant que cette comédie ne pourrait durer, le voisinage avec ces malades, qui urinaient sous eux, puaient et râlaient, étant aux limites de ce qu'il pouvait supporter. Et quand, au bout de trois jours, l'un d'eux trépassa enfin avec des hurlements qui ameutèrent toute la salle, il résolut de parler à la sœur aux yeux bleus avec laquelle il avait établi un réel courant de sympathie. C'était elle qui venait le plus souvent s'enquérir de son état, et quand elle apparut, à l'heure des vêpres joyeusement carillonnées par le sonneur de Notre-Dame, il se dressa soudain et lui dit :

— Je ne suis pas plus malade que vous, je ne délire pas...

— Oui, oui, fit l'augustine qui en avait vu d'autres et savait justement que ceux qui protestaient le plus de leur bonne santé étaient souvent les plus atteints, au moins dans leur tête.

— Je le jure devant Dieu, dit alors solennellement Guillebert en mettant la main sur son cœur.

— Ce Dieu que vous avez bafoué par vos blasphèmes, si j'en crois les marques de fer sur votre poitrine...

— De vieilles histoires, ma sœur... Laissez-moi vous expliquer. Cette religieuse que vous appelez sœur Philippe est ma femme Gilette...

— Vous voyez bien que vous délirez toujours et me faites perdre mon temps, répliqua, excédée, la religieuse en remontant déjà à grands pas la salle en direction de la cuisine où l'on entendait des bruits d'ustensiles qui s'entrechoquaient.

Guillebert avait bondi derrière elle mais deux solides gaillards le ceinturaient déjà.

— Je le jure devant Dieu ! répétait celui que tout le monde prenait maintenant pour un forcené. Acceptez au moins cela !

Il tendait l'aumônière qui ne l'avait pas quitté.

— Suffit ! cria la sœur, à bout. Mettez-le dehors !

En un tournemain il fut jeté sur le parvis, faillit heurter une civière avec une pauvre malade qui hurla de peur et entendit enfin claquer derrière lui la porte d'olivier. Un bruit sec qui résonnait encore dans ses oreilles quand il vit devant lui Sans-Mains. Le providentiel Sans-Mains qui murmurait :

— A la vie, à la mort !

Sidéré, retrouvant doucement ses esprits, Guillebert répondit, en mettant affectueusement la main sur son épaule :

— Je sors de l'enfer !

— Tu pues... dit alors le gueux avec un bruyant éclat de rire qui fit se retourner les rares passants.

— Allons chez mon amie l'étuvière, répondit Guillebert à qui l'air pur redonnait déjà des couleurs.

Il passa la main sur son front, pesta contre cette armoise qui l'avait abruti et réclama que le gueux lui contât les nouvelles de la ville.

— Tout le monde te cherche... répondit l'autre qui, pour une fois, sentait meilleur que son maître.

— Qui ?

— Maître Clerbourc, maître Flamel, dame Claire, qui est passée plusieurs fois rue des Fossés-Saint-Germain...

Dès le lendemain, il se rendit chez maître Flamel, qu'il trouva dans l'atelier où travaillaient avec ardeur des copistes pour le duc de Bourgogne.

— Mais où étiez-vous ?

— A l'Hôtel-Dieu !

— A l'Hôtel-Dieu ? ! Mais qu'y faisiez-vous ?

— Rassurez-vous, je n'étais pas malade et je ne suis pas contagieux, mais vous devez m'aider.

— Que puis-je faire ? demanda le libraire en le regardant avec un subit intérêt par-dessus ses lunettes, délaissant le manuscrit qu'il consultait sur un pupitre.

— Parler à cette religieuse qui ne croit pas ce que je lui raconte.

— Maintenant ?

— Oui, le temps presse, je voudrais comprendre.

Résister à Guillebert était impossible. Avec Flamel, il refit encore une fois le trajet vers l'Hôtel-Dieu, toujours suivi à distance par Sans-Mains, aux aguets.

— Encore vous !

Tel fut l'accueil de la religieuse, dont le regard bleu se radoucit quand elle vit que son « malade » était accompagné de maître Flamel, un des plus généreux bienfaiteurs de l'Hôtel-Dieu.

— Messire, que nous vaut l'honneur de votre visite ?

Nicolas Flamel expliqua son souhait d'aider un ami.

— Cet homme est votre ami ? s'étonna la religieuse, décidément incapable de cacher ses sentiments.

— Oui, acquiesça Nicolas Flamel avec cette bonhomie coutumière qui lui ouvrait beaucoup de portes.

— Bien, dit sœur Marie du Rosaire, déjà vaincue. Mais que dois-je faire ?

— Simplement écouter mon ami quand vous en aurez le loisir.

— Venez...

Ils la suivirent jusque dans un retrait tellement exigu que trois sièges y tenaient à peine. Une petite Vierge de Pitié veillait sur les visiteurs depuis une niche ménagée dans le mur ; la douleur de la mère avait été subtilement traduite par un artiste sensible. Sœur Marie du Rosaire saisit le regard de Flamel, toujours attiré par les œuvres d'art.

— C'est un de nos anciens malades qui l'a réalisée. Il y a mis toute la détresse qu'il avait vue entre ces murs.

Elle soupira ; ses traits paraissaient fatigués dans cette guimpe blanche qui faisait encore davantage ressortir la pâleur de son teint.

— Alors ?

Guillebert conta en douceur l'histoire de Gilette jusqu'à sa propre condamnation au pilori, puis comment il avait perdu sa trace.

— Je suis sûr que c'est elle mais je ne crois pas qu'elle me reconnaisse, fut sa conclusion au récit qu'il avait fait bref et concis.

— Sœur Philippe... dit alors la religieuse dont les yeux bleus scrutateurs n'avaient guère quitté Guillebert. Je veux bien vous croire.

— Ah, fit Nicolas Flamel, tout heureux. Mais pourquoi sœur Philippe ne reconnaîtrait-elle pas son amant ?

Il se mordit les lèvres. Le mot pouvait être choquant en ces lieux, mais la religieuse n'en avait cure.

— Je vais vous envoyer une de nos augustines, qui connaît un peu son histoire.

Ils virent arriver quelques instants plus tard une religieuse si petite que lorsque Guillebert se leva pour la saluer, il parut un géant. Elle leva vers lui un visage tellement ridé que Nicolas Flamel le compara aussitôt à une pomme à la fin de l'hiver.

— Que puis-je pour vous, mon fils ? demanda une voix faible et chevrotante.

— Me raconter ce que vous savez sur sœur Philippe...

Elle se signa vivement et dit en se tournant vers la Vierge de Pitié :

— Pourquoi remuer cette triste affaire ?

— J'ai besoin de savoir...

— Qui êtes-vous ?

— Celui qui l'a aimée éperdument.

— Alors pourquoi l'avoir abandonnée ?

— Mais je ne l'ai pas abandonnée... commença vivement Guillebert, à qui Nicolas Flamel fit signe de se calmer.

Il ne s'agissait pas d'effaroucher la religieuse, qui respirait difficilement.

— Je vous en prie, racontez-moi, suppliait maintenant Guillebert.

— J'ai vu un jour arriver une jeune femme avec une petite fille qui hurlait. Elle l'appelait Philipotte, nous n'avons rien pu faire, elle est morte quelques heures après, à l'heure des vêpres que carillonnait le sonneur pourtant avec une ardeur à retenir les vivants et à réveiller les défunts. Il a fallu arracher à la mère cette enfant qui avait une dizaine de mois. Dieu sait que j'en ai vu, de la misère, mais la scène était insoutenable...

La religieuse s'arrêta pour reprendre son souffle. Elle toussota pour s'éclaircir la voix, soupira et reprit tout doucement :

— Ces souvenirs m'épuisent... Nous l'avons couchée mais rien n'y faisait... Elle a déliré et encore déliré et c'est par bribes que nous avons appris son histoire. Elle avait été abandonnée par un homme – nous n'avons jamais très bien compris pourquoi –, un autre l'avait recueillie mais avait abusé d'elle et comme elle se sentait honteusement souillée, elle s'était cachée, jurant de ne plus jamais se montrer... Puis elle avait su qu'elle attendait un enfant. Etait-ce le fruit du premier ou celui de l'autre, le violeur ? Elle avait remâché cette question à s'en rendre malade et, quand la petite était née, elle était malingre comme sa mère. Toutes deux avaient été recueillies par une brave dame qui baptisa la petite comme elle, Philipotte. Nous l'avons soignée et soignée, et écoutée, mais lentement elle s'est enfoncée dans une douce folie et elle a paru tout oublier. Quand, enfin, elle sembla, comment dire, revivre, elle a demandé à devenir novice et nous l'avons gardée. Et nous l'avons appelée sœur Philippe en souvenir de sa fille. De grâce, je vous en conjure, ne la tourmentez pas, elle a peut-être enfin trouvé la paix ; l'oubli est salutaire et elle n'est pas malheureuse, je vous l'assure.

Nicolas Flamel avait ramené chez lui Guillebert. Ursule avait déployé ses talents de cuisinière mais l'invité n'avait pas faim et rien n'y fit, ni le potage de courges pourtant si odorant, ni les perdrix rôties à point, ni le délicieux blanc-manger, et quand elle apporta un corbillon de fraises il dit, l'œil fiévreux :

— Je crois que je vais garder le camée pour elle.

— Vous dites ?

— Je vais garder le camée pour elle.

— Que voulez-vous signifier ?

— N'est-il pas naturel que je cherche à la guérir ? Qu'elle retrouve la mémoire ! Et nous partirons loin de cette ville de malheur !

— Certes, certes, mais le roi...

— Vous trouverez bien un sorcier.

Guillebert s'était levé et déjà s'avançait vers la porte surmontée d'un arc surbaissé et finement mouluré.

— Vous n'y pensez pas...

— Rendez-moi mon trésor !

— L'intérêt du royaume s'y oppose...

— Mais c'est mon trésor et vous êtes un honnête homme à qui j'ai fait confiance.

— Certes, je m'incline, et le connétable qui n'est plus là ! Il a trépassé dans son comté de Porhoët, une nouvelle qui n'a pas amélioré l'état du roi.

— Le connétable croyait-il vraiment au pouvoir du camée ? Vous trouverez bien un autre charlatan !

Nicolas Flamel le regarda sans broncher. Une fois de plus ce diable d'homme l'impressionnait. Il se leva calmement, se dirigea vers son retrait où il dégagea une niche dissimulée par un pan de tapisserie. Une petite armoire ferrée y présentait plusieurs portes.

— Vous avez votre clé ?

— Oui, la voilà !

Il fallait deux clés, et chacun en avait une, pour ouvrir le casier où était conservé le fameux coffret.

— Est-ce bien prudent ? demanda Nicolas Flamel quand Guillebert se saisit de l'objet avant de passer le seuil du retrait où le soleil venait de faire irruption par la petite baie qui donnait sur la cour.

Il s'y arrêta cependant, comme pris de remords, parut réfléchir, revint poser le coffret sur un petit escabeau près du libraire et l'ouvrit.

— Je vous laisse cela, dit-il en montrant dans sa main une pierre jaune. De l'ambre, certains disent qu'il est un rayon de soleil solidifié. Regardez comme il scintille.

Il le faisait miroiter devant la baie. Puis, d'un geste vif, il le frotta vivement sur le velours de son pourpoint.

— Une fois chauffé, il attire les objets légers comme cette fine feuille de parchemin. Regardez, c'est magique ! Apportez-le au roi, on dit qu'il chasse les mauvais esprits, mais je ne crois pas qu'il chassera les maudits qui s'agitent à la cour !

— J'en doute aussi mais je le ferai parvenir au roi, dit Nicolas Flamel, qui aurait voulu encore retenir Guillebert.

Celui-ci ne répondit pas, referma le coffret de cuir et sortit à grandes enjambées.

— Guillebert...

Claire n'avait eu aucune difficulté à reconnaître de loin le grand blond en chausses noires et pourpoint bleu qui dominait de sa taille les passants dans la rue des Ecrivains.

Elle pressa le pas et répéta, en arrivant à sa hauteur :

— Guillebert... Où avais-tu disparu ?

Il parut revenir sur terre, la regarda comme s'il ne l'avait jamais vue.

— Tu as été malade ? interrogea-t-elle.

L'inquiétude masquait sa joie de le retrouver après des journées passées à penser à lui et à se demander si elle reverrait jamais le diable d'homme. Faudrait-il qu'elle aille en enfer pour le revoir ? Elle avait imaginé soudain qu'il pouvait aussi bien disparaître comme il avait surgi un jour, de nulle part. Le voir à la vesprée la rassurait et l'inquiétait à la fois.

— Non, je vais bien, finit par répondre Guillebert qui continuait à avancer dans la foule.

— Jean voulait te voir, dit Claire.

Elle pensait ainsi détourner la seule chose qui pourtant lui importait, obtenir un rendez-vous avec lui.

Elle en avait rêvé la nuit précédente, et le voir ainsi devant elle, si tranquille, serrant contre lui ce coffret où il conservait son trésor, la laissait pantelante. Elle avait l'impression, s'il lui demandait de partir avec lui, d'être prête à le suivre n'importe où...

— Il a besoin de pierres pour monseigneur de Berry, tu lui en avais promis...

— Oui, certes, mais...

— Mais ?

Elle avait baissé d'un ton car un portefaix se faufilait près d'eux et sa curiosité aurait volontiers profité de leur conversation.

Le passage d'une grosse charrette les obligea à se plaquer contre le mur d'une maison à pans de bois. Claire frémit en sentant la chaleur de ce grand corps nerveux. Une autre charrette se présenta, prolongeant ces instants d'un bonheur si mince. Une odeur de poissons se répandit, forte et âcre. Elle fit la grimace en se bouchant le nez. C'est alors qu'elle les vit. Il se retourna aussi. Tous les gueux étaient là. Guillebert éclata de rire. Lui qui promenait un trésor inestimable était escorté des pires truands de la ville !

— Pourquoi ris-tu ?

— Tu diras à ton mari que je respecterai mes engagements...

— Et nous ?

— Nous ? J'ai presque retrouvé la femme de ma vie, alors...

— Presque ? Alors ?

Claire n'était plus qu'interrogation.

— Celle de la robe qui est chez toi ?

— Peut-être…

— J'ai tout pour travailler le bois ! clama derrière elle un homme qui courbait le dos sous le poids d'une hotte d'où dépassait son « oustillement » qu'il énumérait avec un plaisir non feint : Tout, je vous dis, tarière pour percer, doloire, ciseau… Je travaille pour pas cher !

L'homme dépassa Claire. Une femme le héla du premier étage d'une maison dont l'encorbellement débordait tellement sur la rue qu'il joignait presque le pignon d'en face. Un autre bonimenteur prit le relais :

— Hanaps, écuelles, jattes, si elles sont fêlées, ne les jetez pas au rebut, ce serait stupide, je peux assembler les fissures et les réparer…

— Mais j'irai à la fête de la duchesse, j'y verrai mes amis et mes ennemis…

Il était déjà loin quand Claire tentait toujours de comprendre ce dernier message. Que voulait-il dire ? Décidément, il aimerait toujours cultiver le mystère…

— Glorieux cornard !

— Vieil enfumé, bec-jaune !

— Barateuse, tricheresse !

Claire se hâta. Les insultes fusaient, lancées par deux hommes énervés et une femme qui leur tenait tête ; ils ne tarderaient pas à en venir aux mains, à moins que les sergents d'armes de la cité, toujours vigilants, n'interviennent. Mais fallait-il compter sur les hommes du prévôt royal ? L'autorité de Guillaume de Tignonville était de plus en plus en butte aux manœuvres des suppôts de monseigneur de Bourgogne, qui avait ramené en ville des écorcheurs pour protéger, assurait-il avec aplomb, les Parisiens ! C'étaient eux qui avaient enlevé le dauphin. Pour son bien, avait répliqué le duc quand la nouvelle s'était répandue alors que l'enfant venait d'être rendu à sa mère !

Claire n'avait jamais connu un tel climat d'insécurité dans la cité ! Jean ne cessait de parler de crise ouverte entre les princes des lys, et maître Flamel, peu bavard pour une fois, prenait des airs entendus.

Le diable d'homme qu'elle poursuivait n'avait-il pas raison quand il disait que rien n'allait plus dans le royaume où Dieu était sourd et n'entendait pas que le roi était fou ?

Dieu au moins entendrait les trompettes qui sonnaient l'arrivée soudaine de jongleurs. A bout de nerfs, Claire se boucha les oreilles et se détourna même quand l'étrange animal qu'ils poussaient devant eux pour annoncer le spectacle lui tira la langue. Elle était décidément perturbée et quand son maître lui fit de nouveau ouvrir une bouche gigantesque, elle s'enfuit, provoquant l'hilarité d'un gueux qui prenait à témoin les badauds en se tapant sur les cuisses :

— La bourgeoise a peur, mais il est faux, le dromadaire...

Claire était loin. Une pluie battante formait comme un rideau entre elle et le gueux qui se réfugia sous un encorbellement en compagnie de l'animal dont la matière résisterait mal à l'eau. Une bourrasque fit voler un étal, puis tout se calma enfin et un arc-en-ciel apparut, suscitant les exclamations admiratives des jongleurs.

# 35

Claire avait passé une mauvaise nuit. Et pourtant, la journée promettait d'être rude. C'était enfin la fête de la duchesse d'Orléans, dont on parlait depuis des mois. Quand elle s'était réveillée d'un sommeil chaotique, elle avait entendu le coq d'une cour voisine chanter, puis s'était sans doute rendormie après que Jean se fut levé. Elle avait alors rêvé d'une femme très belle dansant devant elle avec Guillebert, très amoureux, qui la serrait contre lui ; c'était insupportable et elle se bouchait les yeux pour ne pas regarder le couple maudit tout en écartant ses doigts malgré elle pour se faire mal. La femme portait la maudite robe de la rue des Fossés-Saint-Germain, qui lui faisait une taille de guêpe et mettait en valeur un délicat décolleté...

Au réveil, Claire n'était pas arrivée à chasser ces images. Très lasse, elle n'avait de goût à rien et avait traîné dans son lit, dont elle avait tiré frileusement les courtines sur elle.

La cotte livrée la veille par une mercière de la rue Quincampoix était pourtant splendide. Claire avait écumé pendant des jours toutes les échoppes de la rue où étaient réunis les principaux « marchands de tout », comme on disait de ce métier que d'autres raillaient en parlant de « faiseurs de rien », ce qui n'était pas faux car d'un rien, d'une menue dentelle, d'un coupon de soie ou d'une broderie, ils faisaient beaucoup. Elle avait même couru à la halle des merciers avant de jeter son dévolu finalement sur cette cotte vert émeraude. Désabusée, elle l'avait regardée en rentrant la veille et, dépitée, elle avait aussitôt décidé que ce vert serait pour une fois la couleur du désespoir. Elle s'en voulait de réagir comme une damoiselle abandonnée par son premier amoureux, mais elle n'y pouvait rien. Ah, si Christine de Pisan la voyait ainsi abattue à cause d'un de ces maudits du sexe opposé, elle se moquerait d'elle et la tancerait pour n'avoir pas davantage tiré profit de son enseignement ! Qui parlait des femmes qui menaient le monde, quand elles attendaient encore tout de ces hommes qui les ridiculisaient sans vergogne ?

Elle somnola, puis entendit soudain Pernelle pérorer dans la grande salle. Pour elle, c'était le grand jour. Christine de Pisan ne lui en avait-elle pas mis, des idées dans la tête ? Pernelle avait réquisitionné la pauvre Marthe pour lui servir de chambrière. Il y avait eu l'emplâtre blanc pour lui faire le teint pâle et le carmin sur les joues, puis les sourcils soigneusement épilés, l'entre-œil devant être particulièrement large et lisse. Depuis des jours et des jours, aussi, elle faisait des essais de coiffure sous le regard de l'experte et espiègle Bertrade. Les échafaudages délirants de nattes avaient déclenché des fous rires qui avaient heureusement égayé la maison, sous l'œil toujours désapprobateur de Madeleine. La vieille servante voyait dans toutes ces extravagances la marque du diable qui les mènerait en enfer ! Et elle n'était pas loin de penser, comme Guillebert, que dans un royaume dont le roi était fou, tout allait à vau-l'eau.

Claire sauta brusquement du lit, entraînant avec elle un oreiller de plumes, qui alla rouler sur la natte de chanvre ; elle s'observa dans le petit miroir que lui avaient offert, il y avait bien longtemps, Pernelle et Nicolas Flamel.

L'horreur, c'était l'horreur ! Elle était d'une pâleur mortelle et ses traits tirés marquaient ses yeux de petites aumônières disgracieuses. Et ce cou où la chair devenait molle, ce léger embonpoint contre lequel il lui fallait lutter... Vivement la cure de pommes vertes qu'elle ne manquerait pas de faire à l'automne, comme toutes les femmes qui soignaient leur apparence, pour désengorger ce corps qui lui plaisait de moins en moins ! Mais pour quel amant ? soupira-t-elle.

— L'horreur, répéta-t-elle, découragée, en se lissant les joues pour tenter d'en effacer les « fronces », comme disait sa grand-mère.

Ce mot, qui parut retentir sous le petit plafond à poutrelles, fut un déclic. Avec cette tête, comment pourrait-elle reconquérir cet amant qui la fuyait ? Ou même en aguicher un autre pour le rendre jaloux ? Elle jeta un coup d'œil par le chien-assis – il allait faire beau –, et se précipita vers le bassin posé sur un pied de métal ; elle souleva une aiguière dont elle versa une partie du contenu et se bassina le visage, qu'elle tamponna ensuite délicatement avec une serviette de lin. Près d'elle, une petite crédence présentait quelques fioles de verre coloré et de menus objets : ciseaux, brosses, peignes, pinces à épiler, curettes à oreilles d'ivoire... sans oublier le rasoir de Jean. Il y avait là quelques « artifices pour tromper les hommes et Dieu », comme disaient certains prédicateurs, dénonçant ces manières de tricher avec la beauté naturelle !

— L'horreur, répéta Claire à nouveau, cette fois bien réveillée. Madeleine, Marthe, montez-moi de l'eau, je vais prendre un bon bain aux herbes !

Elle imagina un instant que Madeleine devait crier au caprice et tempêter qu'elle avait autre chose à faire, mais quand elle vit arriver les deux servantes suantes avec deux grands baquets d'eau, elle n'eut plus qu'une envie, celle de s'y plonger, comme si l'effet devait en être miraculeux.

Deux heures plus tard, presque rassérénée, en tout cas bien décidée à profiter de cette journée exceptionnelle, elle descendit enfin. Pernelle venait d'achever sa coiffure compliquée sur laquelle Marthe avait délicatement posé un fin voile de linon pour un résultat très réussi. Elle-même fut accueillie par des compliments qui la rassurèrent. Marthe l'avait aidée à passer sa cotte, et le chapel à fleurs qu'elle avait choisi était du plus bel effet. Jean se joignit aux louanges et ses yeux brillèrent quand il vit qu'elle arborait ses œuvres : un bracelet rehaussé d'améthystes, un fermail à perles et un collier à médailles très léger qui mettait bien en valeur sa gorge où l'âge n'avait pas de prise. Lui-même avait enfilé des chausses vertes assorties à la cotte de son épouse et un beau pourpoint de drap de Bruges noir. Lambert avait opté pour un pourpoint rouge et des chausses mi-parties rouge et bleu. Huc et Simon, qui se joindraient au petit peuple d'artisans également convié aux réjouissances, portaient les pourpoints achetés pour la procession.

Car tous les Parisiens, de près ou de loin, seraient associés à la fête donnée par celui qu'on appelait autrefois « le jeune faucon aux blanches ailes » – dérision ou admiration ? – et par son épouse Valentine Visconti, tellement calomniée ! Et tout ce qu'on racontait sur le duc d'Orléans et la reine sentait le soufre ! Des rumeurs qui en passionnaient plus d'un, même si les disputes des princes des lys n'étaient pas faciles à comprendre. Bien peu connaissaient les enjeux tortueux du pouvoir. Et toujours prompts à faire la fête, il y en avait déjà qui s'étaient déguisés à bon marché en s'affublant de sacs ou en ayant tout simplement cousu des chiffons et des grelots sur leurs cottes ou leurs bliauds de tous les jours ; certains arboreraient même des masques avec de fausses chevelures de chanvre ou, plus rarement car c'était très cher, de soie.

Les Clerbourc croisèrent en chemin, dans les rues autour de l'hôtel du Porc-Epic, des fontaines de vin installées pour un peuple que Louis d'Orléans entendait bien traiter, sinon séduire, et des valets à la livrée semée de porcs-épics et d'orties, ses emblèmes favoris, approvisionnaient déjà des tables de victuailles appétissantes.

Quand ils arrivèrent à l'hôtel du Porc-Epic, l'effervescence y était aussi manifeste. Toutes les ouvertures avaient été tendues de draperies toujours brodées des mêmes porcs-épics et orties. Lambert en savait quelque chose, de ce penchant du duc pour ces piquants, puisqu'il les avait dessinés et qu'il n'était pas si facile d'en faire des branlants. Il avait fallu aussi réaliser des bâtons noueux, un nouvel emblème choisi par Louis et associé à la devise *JE L'ENNUIE*. Un propos qui visait son principal ennemi, Jean de Bourgogne.

Dans la rue de la Porte-Baudeer, un orchestre accueillait les invités en musique. Joueurs de flûtes, tambourins, harpes et vielles rivalisaient avec deux bedonneurs tapant avec ardeur sur des grosses caisses maintenues par des courroies de cuir dans le dos de porteurs costauds. Les cloches des vêpres carillonnées par les couvents voisins, Saint-Antoine et Sainte-Catherine, semblaient ridicules à côté.

Quand les Clerbourc pénétrèrent dans la première cour, un ballet de valets empressés menait les invités vers le lieu du spectacle. Pernelle, habituée de l'endroit où elle avait si souvent retrouvé Christine de Pisan pour préparer la fête, les quitta aussitôt. Suivant une première galerie, elle devait rejoindre la poétesse quand une main la retint soudain.

— *Bella*, toujours *piu bella*...

La jeune fille crut défaillir. Bandini avait jailli d'une porte qu'il repoussa du pied en l'entraînant dans une petite salle sombre où, après avoir été éblouie par le soleil, elle ne distinguait rien.

— Laissez-moi, supplia Pernelle.

— Te laisser ? Mais je n'ai rêvé que de toi depuis tous ces mois où j'étais à Milan !

— Je dois aller rejoindre dame Christine... répondit Pernelle dont le cœur battait à rompre sa poitrine.

— Elle attendra...

Il la tenait prisonnière. Un valet passa tout près d'eux et s'éclipsa discrètement. Pernelle eut le temps de penser qu'elle devrait crier, appeler, mais elle renouait avec la délicieuse sensation éprouvée le fameux jour de leur rencontre. Là, contre ce pourpoint de velours si doux, contre ce corps si chaud. Elle sentit la main de Bandini écarter délicatement le col de sa cotte, puis caresser sa poitrine dont les tétons affolés se durcissaient. L'autre main lui enserrait la taille et soudain il se pencha et plaqua ses lèvres sur les siennes, l'obligeant à les ouvrir, et quand elle sentit sa langue toucher la sienne elle crut perdre la raison.

Dire qu'elle faisait la maligne quand elle expliquait, il n'y avait pas si longtemps, à Simon que les amoureux se baisaient les lèvres, mais jamais elle n'aurait imaginé cet étrange contact soulevant une telle tempête dans sa tête et dans son corps.

— *La piu bella*, murmura encore Orlando Bandini quand il relâcha son étreinte, *la piu bella*...

Il la quitta un instant, se dirigea vers la petite porte, l'ouvrit, amenant un rai de lumière dans la salle où Pernelle distingua des tréteaux et une planche, sortit et revint aussitôt, une rose dans la main. Il en coupa la tige avec les dents, planta la fleur dans l'échafaudage de nattes en susurrant :

— N'oublie jamais que la rose est née le jour où Vénus, la déesse de l'amour, est sortie des flots...

Puis il regarda dehors et dit :

— Tu peux y aller... Personne ne fera attention, il y a déjà tant de monde.

Ces mots ne rassurèrent guère Pernelle, qui redoutait de se trouver face à ses parents ou à quelqu'un qu'elle connaîtrait, tant elle avait l'impression que le désordre qui s'était emparé d'elle sauterait aux yeux de tous. Sans doute ignorait-elle combien chacun était trop préoccupé de ses propres affaires pour avoir un regard lucide sur les autres. Elle tâta prestement sa coiffure, vérifia que le fin linon qui couvrait l'échafaudage de nattes n'avait pas bougé, tapota sa cotte pour être sûre que tout était en ordre, avança des jambes encore flageolantes vers la porte et se faufila parmi les invités. Ils avaient, en effet, bien d'autres soucis que les amours de Pernelle !

— Je ne t'espérais plus ! lança Christine de Pisan quand elle la rejoignit enfin.

— Où étais-tu ? interrogea Bertrade d'un air soupçonneux. Qui t'a mis cette rose ?

— C'est moi, tu ne trouves pas cela joli ? mentit Pernelle avec un aplomb qui la surprit elle-même.

Un plancher sur pilotis avait été dressé pour faire une scène entourée de gradins, et sur un échafaud long d'au moins trente pieds seraient installées les personnalités. Des rideaux avaient été tendus autour de la scène, encore et toujours brodés de porcs-épics et d'orties.

Pernelle regardait sans les voir les gens arriver de tous côtés dans leurs plus beaux atours, vêtus d'écarlate, de riche velours, de soie ou de taffetas. Un groupe d'échevins entourant le prévôt des marchands s'installa au premier rang des gradins, tous très fiers dans leurs robes de satin vermeil doublées de fin velours ; puis ce furent quelques jeunes bourgeois en chausses blanches et escafinons[1] noirs très brillants, huques courtes de velours de Bruges aux teintes délicates. Pernelle repéra ses parents qui s'installaient un peu plus haut avec un groupe de bourgeois, parmi lesquels elle reconnut aussi Nicolas Flamel.

— On ne sait toujours pas si le roi viendra, il était tellement absent ces jours derniers, dit Christine de Pisan. Monseigneur de Bourgogne lui a fait envoyer un pourpoint de grand prix en riche drap de Damas doublé de taffetas et brodé et rebrodé de cosses de genêts et de fleurs de lys. Mais voilà justement monseigneur d'Orléans !

Il était superbe dans son pourpoint de velours bleu brodé de ses emblèmes auxquels se superposaient des branlants d'or. Des franges d'or et de soie blanche lui faisaient un vêtement si précieux que le grand collier à pendentif qu'il y avait ajouté en était presque éclipsé. La duchesse le suivait de peu, elle aussi dans une délicate cotte de taffetas de Florence vermeil également brodée. Elle avait autour d'elle toute une suite bruyante de ces Milanais nombreux à sa cour qui y rivalisaient avec les marchands et banquiers de Lucques, aussi nombreux. C'est dans ce groupe agité que Pernelle découvrit Bandini, dans son éternel pourpoint violet, prenant place entre deux femmes élégantes. Après l'émoi du premier amour, la jeune fille sentit poindre une jalousie qui lui piqua le cœur.

— Mais, Pernelle, à quoi rêves-tu ?

L'espiègle Bertrade avait un sourire moqueur.

— Tu cherches ton Milanais ?

Pernelle mit un doigt sur ses lèvres pour faire taire son amie.

---

1. Chaussures légères.

— Son Milanais ? interrogea Christine de Pisan. Tiens, voilà monseigneur de Bourgogne et son pourpoint semé de rabots...

C'était le dernier emblème de Jean sans Peur, qui avait aussi adopté une nouvelle devise, *JE LE TIENS*, dont il n'échappait à personne que celui qu'il rêvait de « tenir » était son cousin, Louis d'Orléans. Christine n'aimait pas l'homme brun, petit, dur, arrogant et vous dévisageant avec un regard un peu fixe qui faisait peur. Elle l'imaginait aussi féroce que le lion qu'il incarnait volontiers en hommage à sa mère Marguerite de Flandre dont cela avait été, par tradition, l'emblème. Mais elle était beaucoup plus indulgente avec Louis d'Orléans, dont l'image était associée par opposition à un loup. Christine l'estimait mal choisie car le loup Isengrin, depuis le *Roman de Renart*[1], évoquait une force brutale et stupide, ce qui n'était vraiment pas le cas de Louis !

— Allez, les filles, au travail ! dit la poétesse revenant soudain à la réalité.

Pernelle vit encore, dans le sillage de monseigneur de Bourgogne, Guillebert descendre calmement les gradins et s'asseoir, dominant de sa haute stature ses voisins. Rien d'étonnant ! N'avait-il pas raconté qu'il avait combattu autrefois avec le duc ? Elle chercha ses parents, les aperçut eux aussi installés sur la gauche. Simon lui fit un petit signe rassurant. Près de lui, Lambert semblait ailleurs. Comment sa sœur aurait-elle pu imaginer que lui aussi avait le cœur battant ? Il avait rêvé devant toutes ces roses déployées en bouquets et banquettes et parmi lesquelles il y avait celles qu'il avait arrosées dans le jardin de Martille, et il découvrait à l'instant la jeune femme qui tenait par la main les enfants royaux, la petite princesse Catherine et Charles,

1. Roman satirique du XIIIe siècle qui eut un grand succès.

son cadet. Il aurait aimé voir à leur cou les chaînes qu'il avait apportées lui-même à l'hôtel de la reine.

Pernelle jeta un dernier regard du côté de l'ardent Bandini qui bavardait gaiement avec ses voisines. Les entraînerait-il elles aussi dans une salle sombre, pour enflammer leurs sens et les embrasser avec une fougue qui la faisait encore frémir ? Subitement émue, elle aurait éclaté en sanglots si Bertrade ne l'avait tirée encore une fois par la manche.

— Voilà le roi et la reine, cela va être à nous ! Ils ont amené cette Oudinette de Champdivers chargée d'aimer le roi. Je ne sais si c'est une bonne idée...

Tout le monde dans les gradins s'était levé. Chacun tentait d'apercevoir le couple royal, et la tenue de la reine était, comme toujours, l'attraction. Beaucoup découvraient à cette occasion qu'elle était encore une fois enceinte, état que ne dissimulait guère l'ample cotte de taffetas bleu brodée de fleurs de lys et ceinturée haut d'une large étole semée de branlants d'or et de perles. Et Jean Clerbourc ne put retenir une bouffée d'orgueil quand il vit qu'elle portait une coiffe garnie de balais, de saphirs et d'un diamant central, le tout entouré d'assemblages de perles, trois à chaque fois, pour un total d'au moins cinquante, il le savait : c'était aussi son atelier qui avait fabriqué le fermail assorti.

Derrière la reine, la maîtresse du roi, que Louis avait poussée dans son lit, était habillée beaucoup plus modestement. Un collier à plaques émaillées rehaussait simplement le décolleté gracieux, mettant en valeur un cou gracile et fragile. A l'image de sa position délicate.

# 36

Un petit coup de vent fit voler les tentures aux fenêtres, les bannières des toits, et tourner les girouettes. Puis le calme gagna lentement les gradins ; l'odeur suave des roses, exacerbée sans doute par la légère humidité de la nuit, parut s'exhaler davantage, exaltant les odorats des spectateurs dont les yeux furent soudain aimantés par une scène étrange. Certes, les crieurs avaient répété dans la ville que ce serait une nouvelle naissance de l'ordre de la Rose, une annonce pour les seuls connaisseurs, qui n'étaient pas si nombreux, mais aucun n'avait suffisamment d'imagination pour avoir prévu ce qu'ils découvraient maintenant.

Au milieu de pétales de roses vermeils et blancs couvrant d'un vrai tapis la scène, Christine de Pisan avait osé paraître sur un lit blanc comme neige et richement encourtiné de soie, tout alanguie sur une courtepointe de linon. Surprise, Claire regarda son mari. Elle aurait préféré les commentaires ironiques de Guillebert. Jean ne broncha pas. Mais autour d'eux quelques « Oh » proclamaient déjà la hardiesse et il était probable que certains crieraient au scandale, n'hésitant pas à traîner encore une fois la pauvre Christine dans la boue et, sans doute aussi, celles qui participaient au spectacle. Claire savait que la poétesse avait repris son *Dit de la Rose*, mais elle ignorait les détails de la représentation, dont la secrète Pernelle n'avait rien laissé filtrer. La mère inquiète fut vaguement rassurée quand des applaudissements partirent du deuxième rang ; elle reconnut Orlando Bandini et se pencha vers Lambert.

— Le Lombard est revenu... murmura-t-elle en écarquillant encore un peu plus les yeux car sur la scène venait d'apparaître Pernelle.

Claire s'aperçut d'ailleurs que les applaudissements lui étaient sans doute destinés. Pernelle était Diane et apportait un message du dieu Amour. Jean s'agita à son tour et, levant les yeux au ciel, marmonna quand l'assistance parut frémir de plaisir. Tous ces hommes qui regardaient sa fille avec des yeux brillants de désir lui semblaient insupportables ; ce n'étaient pas les beaux atours qui empêchaient les vilains instincts.

— Il faut arrêter cela, c'est ridicule...

Claire ne l'entendait pas ; elle était maintenant fascinée par sa fille, soudain si femme dans sa cotte de soie blanche qui lui moulait en douceur les seins et lui prenait la taille, qu'elle avait très fine. Jean, qui bouillonnait de colère, se calma quand une autre jeune fille attira les regards. C'était Bertrade, dans le rôle de Loyauté, laquelle devait s'envoler pour apporter à son tour un message au dieu Amour, et dans son sillage paraissait Envie, jouée par une femme plus âgée tellement grimée qu'elle ressemblait à une vraie sorcière et s'attira quelques quolibets dans l'assistance.

— N'hésitez pas à médire et à attaquer l'honneur des autres, conseillait-elle en roulant ses yeux trop maquillés.

Mais, derrière elle, un nouveau personnage captait déjà l'attention, habillé de gris perle et brandissant un glaive.

— Oui, Médisance est un glaive ! proclama-t-il d'une voix forte. Un glaive qui tue à la fois celui qu'il blesse et celui qui le manie !

Au grand dépit de Jean, Pernelle revint alors sur le devant de la scène, au milieu des bouquets de roses multicolores.

— Elle est belle, murmura Claire.

— Trop, dit Jean qui avait chaud et se dégagea le cou en déboutonnant un noyau de son pourpoint.

— Qu'on se garde de nuire à l'honneur des femmes ! clama-t-elle à son tour d'une voix ferme qui surprit ses parents, le doigt levé, tel un docte maître.

— Et que les femmes détiennent le pouvoir de conférer l'ordre de la Rose à qui les honore ! vint ajouter Bertrade, dont Jean, abasourdi, découvrait les charmes.

N'avait-il donc pas vu grandir sa petite Pernelle, dont la naissance ne lui paraissait pas si lointaine ? Il ne s'était pas vu vieillir. Il regarda à la dérobée Claire dont les yeux affichaient de légères pattes-d'oie, et le menton des chairs amollies. Combien de temps leur restait-il à vivre ensemble ? Il frissonna en pensant soudain à ce cimetière des Saints-Innocents qui le terrorisait et à la mort, qui lui faisait encore plus peur.

Les deux jeunes filles s'étaient évaporées. Christine quittait sa pose alanguie pour mimer avec art un réveil langoureux ; elle alluma une lumière d'huile et se saisit d'un parchemin doré écrit en lettres d'azur. Lambert songea que c'était, sans doute, la poudre d'or livrée quelques jours plus tôt par Simon chez maître Flamel qui avait servi. De son côté, le libraire juré se remémorait les difficultés de son copiste à tracer ces lettres que Christine avait voulues suffisamment grandes pour être vues de loin. Mais elle n'avait pas cédé et il avait bien fallu en passer par son caprice !

Elle descendait maintenant du lit non sans élégance pour se poster sur le devant de la scène, tout près de la duchesse placée entre le roi et son époux, tous dans des faudesteuils rehaussés de coussins brodés de porcs-épics et d'orties.

*A bon Amour je fais vœu et promesse*
*Et à la fleur qui est rose clamée…*

La voix claire, un peu gutturale, de Christine de Pisan proclamait une nouvelle fois la naissance de l'ordre de la Rose et annonçait que les hommes de l'assistance qui y seraient admis devraient déclarer prendre la défense de l'honneur des dames.

Il y eut un tonnerre d'applaudissements. Puis succéda un ballet étrange où Orlando Bandini se fit encore remarquer en se présentant le premier pour adhérer à l'ordre de la Rose. Beaucoup se pressèrent derrière lui et, quand Guillebert vint saluer Jean Clerbourc, il ironisa sur cet empressement ridicule tout en lui confirmant qu'il apporterait bientôt les pierres pour la commande de monseigneur de Berry.

— Ne tardez pas ! conclut Jean en se levant.

Les yeux de Guillebert croisèrent le temps d'un éclair ceux de Claire, qui aurait voulu jouer l'indifférence. Elle parvint avec beaucoup de peine à masquer le tumulte qui s'emparait de son esprit, et quand Guillebert les quitta elle crut défaillir. Comme si elle avait le pressentiment qu'elle ne le reverrait plus.

Lambert avait dévalé, lui aussi, les gradins et rejoint Martille, tandis que les petits princes, qui avaient assisté sagement au spectacle, gambadaient maintenant joyeusement sous son tendre regard.

— Ils portent tes chaînes, dit-elle avec un sourire d'où la mélancolie paraissait avoir disparu. Elles sont belles.

— Et toi, aimes-tu les bijoux ? interrogea Lambert.

— Oh, moi, j'en ai un qui ne me quittera jamais, et je n'en aurai jamais d'autres, répondit-elle spontanément.

Echaudé, Lambert répliqua avec un sourire charmeur :

— Il ne faut pas dire « jamais »…

— Martille, j'ai mal !

Le petit Charles revenait, la main ensanglantée.

— Les roses piquent, fit derrière lui la petite Catherine.

— Viens vite, dit Martille.

Contrarié, Lambert la regardait s'éloigner quand il sentit une tape dans son dos.

— Elle est mignonne, la servante des princes... Petit cul, petits seins...

Orlando Bandini. Furieux, Lambert le planta là mais quand il le vit rejoindre Pernelle et Bertrade, sa colère décuplée, il se précipita.

— Petit cul, petits seins... Laissez ces jeunes filles ! ordonna-t-il.

— Mais qu'est-ce qui te prend ? intervint Pernelle.

— Moi qui allais passer commande à ton atelier... fit Bandini.

— Messire Bandini, dit une voix derrière eux.

C'était Jean Clerbourc qui s'approchait, avec ce sourire énigmatique qu'il portait souvent sur ses semblables.

— Ton père est plus aimable que toi.

Tout le monde se rua vers les buffets regorgeant de victuailles dont les couleurs, assorties aux roses blanches et vermeilles, étaient mises en valeur par la riche vaisselle d'or et d'argent. Les nouveaux chevaliers de l'ordre de la Rose, arborant une rose à leur pourpoint – celle choisie par Bandini tirant sur le parme comme son chaperon –, et tous les autres invités aussi. Vivement sollicité, Guillebert ne put s'en approcher.

Ou plutôt c'est lui qui poursuivit d'abord monseigneur de Bourgogne et demanda, de façon abrupte, au petit homme noiraud et dur :

— Etait-il bien raisonnable de m'envoyer vos gens avec des intentions malveillantes ?

— Guillebert, mon ami, mon compagnon de combat, buvons en souvenir de Nicopolis, répondit l'autre en le fixant de ce regard sombre qui en inquiétait plus d'un.

— Je ne bois pas aux défaites ! rétorqua Guillebert, dont l'œil bleu pétillait de colère.

— Soit, buvons à ce que vous voulez... Aux femmes qui nous tiennent en esclavage, si j'en crois ce que je viens d'entendre. Cette Christine est diabolique ! Valet, un verre de malvoisie et aussi pour messire !

Sollicité, un jeune homme en livrée semée de porcs-épics et d'orties s'approcha vivement avec hanaps et coupes.

— Mon cousin a du piquant, gloussa le duc Jean en buvant une gorgée, mais son vin est doux comme un Jésus en braies de velours...

Tout Paris savait que monseigneur d'Orléans avait fait venir à prix d'or ce vin de Chypre dont ses valets avaient charrié avec précaution les fûts depuis la Seine jusqu'aux caves voûtées du logis princier.

— Suffit, monseigneur, revenons à vos gens, certains les appellent des « écorcheurs » pour dire leurs belles manières ; il y en a deux qui se sont noyés.

— La belle affaire...

— Oui, paix à leur âme, foutre de Dieu, mais reconnaîtrez-vous ce forfait ?

— Oui, si cela vous fait plaisir, j'en conviens, ces manières n'étaient guère urbaines, mais cela faisait tellement plaisir à Arnaud, regardez-le là-bas, avec cette peintresse de Bourgot. Un joli brin de femme...

Effectivement, Arnaud dégustait un morceau de paon, quelques tables plus loin. Ces grands oiseaux étaient avec les cygnes les mets les plus recherchés du buffet ; non seulement parce que leur goût était exacerbé par les clous de girofle dont ils avaient été piqués après avoir été écorchés, et par leur cuisson à la broche, mais surtout parce que, au moment de les servir, les valets leur faisaient cracher le feu par la gueule au moyen d'un morceau d'étoupe enflammé. Quant aux cygnes, selon une habitude ancestrale, une fois rôtis, ils avaient été revêtus de leur plumage et présentés comme s'ils étaient encore en vie et en train de nager. Mais Guillebert, qui ne prêtait guère attention à toute cette mise en scène, poursuivait déjà avec mépris :

— Ce petit esprit me hait !

— Voilà de bien grands mots... Je n'avais pas de mauvaises intentions, simplement vous prier de faire parvenir cet objet miraculeux que vous détenez, un camée je crois, au roi. Son frère ne tient pas à le soigner, il s'imagine que ses neveux le laisseront définitivement gouverner avec cette sotte de reine, mais moi je défends mon roi et veux le guérir, c'est une question de survie pour ce royaume qui va à vau-l'eau.

— Rien ne va plus dans un royaume où Dieu est sourd et n'entend pas que le roi est malade.

— Alors ce camée, combien faut-il l'acheter ?

— Il n'est pas à vendre...

— Tout s'achète.

— Il n'est pas à vendre.

— Je l'aurai !

Dressé sur ses ergots, furieux, Jean sans Peur pivota sur lui-même et tourna le dos ostensiblement à Guillebert, qui le regarda disparaître dans la foule des courtisans. Portait-il sous son pourpoint de velours sombre l'habituelle cotte de mailles ?

Guillebert se posait à peine la question qu'un nouvel interlocuteur se présentait à lui, Nicolas Flamel.

— Le roi a encore eu une crise, ces derniers jours. Ne

reviendrez-vous pas sur votre décision ? Faire passer cette femme avant le roi est insensé ! Vous pourriez être enfermé au Châtelet...

— Enfermez-moi, je n'ai rien à perdre.

— Je ne pourrai vraiment pas vous faire entendre raison ? questionna encore le libraire, que l'entêtement de ce diable d'homme amenait aux limites de l'exaspération.

— C'est tout entendu.

— Voire ! répondit encore Nicolas Flamel en lui tournant le dos pour se heurter à Claire Clerbourc. Pernelle a été étonnante, ma chère Claire, lui dit-il aussitôt, heureux de la diversion. Mais je vous laisse...

Guillebert n'eut pas le temps de se demander si elle oserait venir lui parler. Elle avait déjà franchi les trois pas qui les séparaient et, faisant fi du regard ironique du libraire, l'affronta avec hardiesse en profitant de cette foule presque anonyme.

Il la trouva très belle, avec les traits peut-être un peu tirés, mais dans toute sa maturité elle était tellement plus belle que ces jeunes filles tendres en devenir. Il crut un instant qu'il allait faiblir mais tint bon. Il n'était décidément pas homme à se laisser dérouter facilement du chemin qu'il s'était tracé.

— Messire Guillebert, on dit que vous allez quitter la ville ? demanda Claire d'une voix qu'elle voulait ferme.

— Oui, on le raconte, mais vous connaissez comme moi les rumeurs. « Dame Opinion », comme dit votre amie.

— Et repartirez-vous aussi loin que la dernière fois ?

— Peut-être, répondit Guillebert prudemment, tout en observant alentour les gens dont les oreilles pouvaient être indiscrètes.

— Et vous ne reviendrez plus ?

Cette fois, la voix tremblait vraiment et Guillebert distingua même une larme qui pointait au coin des yeux.

— Dieu seul connaît l'avenir...

Claire s'éclipsait déjà. Elle n'en pouvait plus et elle aurait même prétexté un malaise pour rentrer au plus vite rue des Orfèvres, si elle n'avait eu peur d'intriguer son mari. La nuit tombait et les orchestres se mettaient en place dans les cours où l'on danserait bientôt. Une brise légère et fraîche venue du nord rabattait les odeurs des feux de joie allumés sur les places de la ville. Des éclats de rire fusèrent tout près d'elle. Elle reconnut le prince Charles, qui avait échappé à la surveillance de la jeune servante qui courait derrière en tenant par la main la petite Catherine, riant elle aussi à en perdre haleine. Charles tourna autour d'elle en s'accrochant à sa cotte, la bousculant presque, et tomba finalement dans les bras de Martille dont les joues étaient colorées par la course.

— Il est temps d'aller dormir, dit-elle en serrant contre elle les deux enfants ravis.

— Non, c'est la fête ! répliqua Charles en lui échappant de nouveau.

Guillebert avait disparu. Claire ne savait où étaient Jean et Lambert ; elle les chercha des yeux, ne les vit pas, s'empara d'un verre d'hypocras, le but d'un trait et, presque ragaillardie, partit à leur recherche. Avec ses ombres et ses mystères, l'obscurité envahissait lentement les lieux malgré les torchères en abondance qui répandaient une odeur bien différente des délicats parfums des roses. Des effluves venaient aussi des tables où aux paons et aux cygnes avaient succédé les desserts apportés sans cesse par des valets empressés. Mais Claire n'avait pas faim et, quand un serviteur vint lui présenter des pâtes frites aux fleurs et des pâtes de fruits, elle refusa avec un sentiment d'écœurement. Aurait-elle la force de rester davantage ?

Elle en était là de ses pensées quand, un peu plus loin, une voix forte annonça :

— Le jeu du chapelet, à vos belles. N'oubliez pas les couronnes de roses...

Claire connaissait mal ce jeu qui se pratiquait davantage dans les cours que dans la rue. Pernelle venait de surgir de la galerie dite « de la Duchesse ». Quatre jeunes gens se précipitèrent vers elle et lui firent une escorte pour la présenter à l'assemblée qui s'était agglutinée autour de l'espace voué à la danse. Bertrade fut elle aussi entourée, et bien d'autres, Valentine Visconti, la reine Isabeau, la princesse Isabelle de Bourgogne, promise au dauphin Louis de Guyenne... Leurs chevaliers servants les abandonnèrent soudain avec leurs couronnes et leurs guirlandes de fleurs qu'elles agitèrent gracieusement en dansant jusqu'à l'entrée en scène d'un ménestrel qui leur fit grande révérence avant d'aller chercher dans l'assistance un chevalier pour chacune d'elles.

Il n'était évidemment pas question de refuser le galant sous peine de faire scandale. Claire ne quittait pas sa fille des yeux et quand elle vit Orlando Bandini en vert et violet s'incliner devant elle et s'emparer de sa main avec autorité, elle observa le manège sans arrière-pensées. Sa fille avait du succès, devait-elle s'en plaindre ? Comment aurait-elle pu deviner que Bandini avait offert une belle pièce d'or au ménestrel qui regardait maintenant avec un sourire ironique les couples qu'il avait formés de façon plus ou moins innocente. La reine avec son beau-frère Louis d'Orléans, Valentine avec un « mignot », comme on disait des flatteurs qui pullulaient à la cour... Comment même aurait-elle pu imaginer les émois de Pernelle que Bandini conduisait maintenant d'une main ferme pour exécuter des figures de danse en harmonie avec les autres couples ?

— Ta fille se donne encore en spectacle, murmura soudain Jean près d'elle. Et avec ce Bandini...

— Bandini en vaut bien un autre, répondit Claire dont

les yeux cherchaient toujours Guillebert dans une assistance alanguie par le vin et la nourriture, que berçait maintenant une musique douce.

D'autres couples s'étaient formés spontanément autour des premiers danseurs, mais plus personne n'y prêtait vraiment attention. C'est sans doute ce qui poussa Bandini à entraîner une Pernelle éperdue vers la galerie tout en lui murmurant à l'oreille :

— *Piu bella, piu bella, Pernella...*

La jeune fille avait tout oublié. Le spectacle, les belles paroles de Christine de Pisan, ses parents... Seul comptait désormais cet homme qui l'emmenait vers des plaisirs qu'elle n'imaginait pas vraiment. Elle aurait voulu résister, mais c'était impossible. L'autre la serrait contre lui ; son pourpoint était doux et un léger parfum de musc l'enivrait.

— *Piu bella, Pernella...*

Ils croisaient des valets porteurs de plateaux et de corbeilles. Bandini se saisit d'une grosse fraise dans un corbillon habilement tapissé de feuilles de laurier.

— Pour toi, dit-il en l'offrant à Pernelle, dans sa paume ouverte qu'il porta à hauteur de ses lèvres, pour nous.

Leurs lèvres se joignirent sur le fruit dont le jus explosa dans leurs bouches réunies. Pernelle gémit de plaisir.

— Viens...

A grandes enjambées, elle trottinant derrière lui, il lui fit traverser une galerie en lui tenant fermement la main, comme si elle avait encore eu l'idée de fuir. Ne savait-il pas qu'il avait allumé un feu qui la consumait déjà et qu'elle irait maintenant jusqu'à l'embrasement ? Ils s'engouffrèrent dans un petit escalier à vis où régnait une obscurité aussi inquiétante que le silence. La fête était loin.

— Nous voilà seuls, murmura-t-il, n'aie pas peur.

— Je n'ai pas peur, répliqua Pernelle qu'il avait fait

passer devant lui et qu'il maintenait solidement de ses deux mains rivées à sa taille.

Elle l'avait tellement fine que ses doigts en faisaient le tour. Les marches étaient inégales. Elle trébucha mais il la retint et quand ils arrivèrent sur un petit palier il poussa une porte et dit :

— Tu es chez moi ici, personne ne viendra nous déranger.

Pernelle s'habituait doucement à l'obscurité que combattait seul un rai de lumière venant d'une unique et étroite lucarne. Elle distingua un coffre et un lit dont les courtines étaient largement ouvertes. Bandini murmura :

— N'aie pas peur... Tu vas être à moi pour toujours, je ne te ferai pas mal...

Il revint à Pernelle ses conversations secrètes et joyeuses avec Bertrade sur un sujet qui paraissait si mystérieux. Elle n'était plus aussi fanfaronne.

— Tu trembles ? interrogea Bandini en la serrant soudain contre lui si fort qu'elle se raidit. Calme-toi...

Quand ses lèvres s'appliquèrent sur les siennes, elle oublia tout, Bertrade, les mots, les secrets...

# 37

C'est un baiser beaucoup plus chaste que Lambert déposa un peu plus tard sur la joue de Martille.

— Tu es mon frère, murmura la jeune femme.

— J'aimerais être beaucoup plus que ton frère, répliqua le garçon avec la moue qu'il affichait quand son père critiquait son travail.

— J'aurais aimé avoir un frère comme toi, répondit Martille avec un pauvre sourire. J'ai eu un mari, maintenant j'ai un frère.

Lambert soupira. Ils devisaient près d'une fontaine depuis que Martille avait enfin couché tout près ses petits princes dont l'excitation avait cédé pour de bon au sommeil. Quelques instants plus tôt, il avait recueilli un peu d'eau dans ses mains pour Martille, qui l'avait bue avec plaisir. Il avait senti ses lèvres sur sa peau et, bouleversé, l'avait embrassée sur la joue, surpris qu'elle ne réagisse pas. Et il avait compris, quand elle l'avait appelé son frère. Lui qui bouillait d'impatience, dont le cœur n'en finissait pas de battre pour sa belle évanouie si triste et si fragile, à qui il rêvait de redonner un peu de bonheur, sinon le bonheur qu'elle avait connu avec ce premier mari, qu'il se retenait de ne pas maudire.

— Ne crois pas que je fais la sotte, ajoutait déjà Martille, j'ai bien compris ce que tu veux de moi, mais c'est impossible...

— Impossible, rien n'est impossible. C'est parfois ce que dit mon père quand il voit mes dessins, mais alors nous plions la matière à nos désirs...

— Tu ne veux quand même pas me comparer à tes bijoux, répliqua Martille, soudain piquée au vif et affectant à son tour une grimace de dégoût. C'est impossible...

En trois enjambées légères, elle rejoignait déjà l'escalier menant à la salle où dormaient ses princes.

— Impossible, rien n'est impossible, répéta Lambert en buvant une gorgée de cette eau qui coulait sans fin dans le grand bac de pierre claire.

Fraîche, elle le désaltéra, mais ce n'était pas cette soif-là qui le consumait.

Il s'essuyait la bouche d'un revers de manche quand il vit surgir son père qui déboulait vers lui à grands pas.

— As-tu vu Pernelle ? interrogea-t-il aussitôt. Nous voulons rentrer mais ne la trouvons nulle part.

Lambert secoua la tête négativement. Il n'avait plus aperçu Pernelle depuis la fameuse danse.

— Nous non plus. Elle ne s'est tout de même pas évaporée avec ce Bandini de malheur...

— Le charme italien, plaisanta Lambert, qui ne comprenait pas encore l'agacement de son père.

— Tais-toi, tu n'es pas drôle. Viens plutôt nous aider à la chercher. Ta mère court de son côté, avec Simon et Huc.

Lambert suivit son père, non sans avoir jeté un regard vers l'étage où devait se tenir Martille, au chevet de ses princes. Il pensait encore qu'elle reviendrait et aussi que s'il partait, c'en serait fait de ses espoirs. Il soupira et quitta ce havre de paix dont la fontaine et ses dauphins cristallisaient la tranquillité, créant un écran de bruit paisible face aux musiques et brouhahas venus des autres cours, où les invités étaient encore nombreux.

— Elle est peut-être rentrée, disait Bertrade à Claire au moment où ils les rejoignirent. Moi aussi, je vais aller me reposer, car jouer était très fatigant...

— Mais elle nous l'aurait dit ! rétorquait la mère inquiète et nullement convaincue.

Bertrade faisait la dubitative. Mais était-elle aussi crédible que lorsqu'elle jouait la comédie avec Christine de Pisan ? Justement, celle-ci venait à leur rencontre. Elle avait gardé sa tenue éblouissante, résultat d'heures de travail incalculables qui avaient dû faire exploser le budget de la fête, au grand dam du maître des dépenses de monseigneur d'Orléans. Son maquillage avait accentué ses traits, la vieillissant de façon pathétique. Claire se précipita vers elle.

— Sais-tu où se trouve Pernelle ?

Christine répondit par la négative.

— La dernière fois que je l'ai vue, elle dansait avec ce grand dadais de Lombard.

— Oui, Orlando Bandini, dit Jean.

— Et lui, où est-il ?

Je viens de le voir, ajouta précipitamment Bertrade dont le feu aux joues trahissait le pieux mensonge pour sauver son amie d'un mauvais pas.

— Où ? interrogea Jean.

— Là-bas, vers cette table, continua à mentir effrontément Bertrade.

— Tu es sûre ?

— Oui, sûre, confirma Bertrade en prenant un godet sur le plateau d'un valet qui passait par là, dans sa ronde sans fin pour nourrir et désaltérer des invités exigeants.

Elle l'avala d'un trait et répéta :

— Oui, sûre.

Elle n'en revenait pas de sa capacité à dissimuler et surtout à se rendre crédible auprès de ses interlocuteurs.

— Alors elle ne doit pas être loin, notre beauté, fit Christine, rassurante.

— Pas loin, pas loin, maugréa Jean, si vous ne leur mettiez pas de drôles d'idées dans la tête, ces filles resteraient avec leurs parents...

— Voire, répliqua Christine de Pisan, que l'homme échauffait. C'est avec des pères comme vous que les filles ont besoin de liberté et je ne parle pas de votre femme...

— Barateuse, faiseuse d'histoires...

Jean était hors de lui. Claire lui prit le bras.

— Allons, elle doit être rentrée ! Venez !

— Oui, va coucher ton barbon de mari, ma pauvre Claire, et réfléchis avant de marier Pernelle à n'importe qui !

Ils perçurent l'éclat de rire de Christine, qui rejoignait déjà un autre groupe d'invités après avoir agrippé la manche de Bertrade, à laquelle elle murmura :

— Toi, il faut que je te parle ! Celui ou celle qui t'a appris à mentir est un bon maître. Viens plutôt me raconter cette histoire de Milanais...

Quand Pernelle arriva rue des Orfèvres, le jour se levait. Déambuler dans les rues de Paris la nuit n'était pas une mince affaire depuis que monseigneur de Bourgogne avait conseillé aux notables et artisans de défendre leurs rues avec des chaînes et même de s'armer, tandis que ses écorcheurs terrorisaient les manants. Bandini avait raccompagné Pernelle le long de la Seine et l'avait seulement abandonnée sous l'ultime encorbellement, au coin de la Saulnerie. Il l'avait serrée une dernière fois dans ses bras et elle serait bien restée blottie contre ce corps qui venait de lui ouvrir des horizons insoupçonnés.

« Toute la vie, je la veux avec toi », avait-il murmuré encore quand elle s'était enfin échappée.

Elle passa une première fois devant l'échoppe, dont le lourd volet de bois était naturellement hermétiquement clos à cette heure-là. Les cloches de Saint-Germain-l'Auxerrois sonnaient l'angélus. Au loin, celles de Sainte-Opportune et de Saint-Jacques leur répondaient. Parvenue devant la porte qui permettait l'accès direct à la maison et au-delà à la cour où donnait l'atelier, elle hésita. Les premiers ouvriers ne tarderaient pas à arriver puisqu'en été le travail commençait tôt, dès que le jour apportait timidement la lumière nécessaire pour recommencer les activités. Elle en était là de ses réflexions quand elle entendit le lourd verrou de la porte se mouvoir. Son père était déjà debout. Comment aurait-elle su qu'il ne s'était guère couché, remâchant sa colère contre elle et toute la terre ? Elle ne se sentait pas prête en tout cas à l'affronter. Et comme à l'unisson de ses pensées, le ciel gronda. Elle leva la tête ; après la merveilleuse journée de la veille, où un soleil sans faille avait accompagné les festivités, le temps se gâtait et les nuages s'accumulaient sur la ville comme sans doute sur sa vie. Ceux du ciel, elle n'y pouvait rien, mais les autres ? N'avait-elle pas cédé avec une belle insouciance à Orlando Bandini ? Elle frissonna en murmurant son nom. Plus jamais elle ne serait la même, la petite Pernelle innocente. Elle eut une pensée pour sa marraine, Pernelle Flamel, dont elle gardait un souvenir aujourd'hui estompé. Elle soupira puis, soudain décidée, courut se dissimuler derrière un des poteaux corniers de la Maison des Orfèvres. En quête d'affection, un chat vint se frotter à elle, miaula, puis passa son chemin.

Pierre arrivait déjà. Il marchait lentement, claudiquant légèrement. Elle l'avait entendu se plaindre de douleurs quelques jours plus tôt, et le temps qui tournait à l'orage devait les favoriser ; son père avait levé les yeux au ciel quand le vieil ouvrier avait annoncé qu'il n'était plus bon à rien et qu'il lui faudrait bien cesser de travailler un jour ! C'était impensable pour l'orfèvre, qui avait toujours connu Pierre à son poste, devant ce four dont il contrôlait la température mieux que nul autre. Qui pourrait le remplacer ?

Elle l'observa qui poussait la porte ; ses cheveux étaient de plus en plus blancs autour de la large calvitie qui mettait à nu un crâne en forme d'œuf. Il jeta un coup d'œil dans la rue avant de repousser le battant de bois renforcé d'épaisses pentures de fer. Il fut bientôt suivi des autres ouvriers, qui rejoignaient l'atelier d'un pas plus vif. D'un naturel toujours gai, Augustin sifflotait en avançant, l'allure désinvolte, dans la rue où l'obscurité résistait encore un peu à l'inévitable triomphe du jour. Il salua d'un geste de la main amical deux de ses collègues qui entraient, eux, en face, chez le concurrent de Jean Clerbourc, Lubin Barbedor. L'un d'eux aperçut alors Pernelle qu'il dévisagea d'un œil curieux, obligeant la jeune fille à sortir précipitamment de sa cachette et à filer avec une assurance feinte jusqu'au bout de la rue.

C'est là qu'elle croisa les gueux. Charpentier le Sot, qui avait troqué, pour se déguiser, son habituel pourpoint déchiré contre un sac informe mais rehaussé de grelots sonores et de pièces de tissus aux couleurs criardes, vint à elle.

— Pernelle, que fais-tu ici ? Est-ce une heure pour une jeune fille ?

— Oui, une heure pour une jeune fille... répéta la Grosse Margot dont la tenue encore plus dépenaillée que de coutume trahissait les désordres de la nuit. Mais tu es fraîche comme une rose, ma belle, et cette cotte, quel beau vêtement !

Bandini avait dit la même chose quand il l'avait aidée à se rhabiller, au petit matin. D'une main experte aux ongles crasseux, l'œil concupiscent, la femme en tâta l'étoffe.

— Du drap de soie et façonné…

Instinctivement, Pernelle avait reculé d'un pas.

— N'aie pas peur, dit Charpentier le Sot dont le sourire se voulait rassurant.

Pernelle était une amie de Guillebert et personne ne lui ferait du mal, mais la Grosse Margot ajoutait déjà :

— L'échafaudage savant de tes nattes a souffert. Il n'y a qu'un homme, pour l'avoir mis à mal ainsi…

Une suée perla au front de Pernelle. La honte ? La chaleur emmagasinée entre ces encorbellements pendant ces quelques journées de grande chaleur ? L'orage imminent ?

— Ne rougis pas ! dit la Grosse Margot. Les hommes sont faits pour nous donner du plaisir, enfin je le croyais quand j'étais une jeune fille innocente comme toi, mais vois où cela m'a menée…

Elle s'était rapprochée de nouveau de Pernelle, qui ne bougea pas.

— Laisse-moi t'arranger, cela crève les yeux que tu viens de vivre ta première nuit d'amour.

— Mais… protesta faiblement Pernelle.

Elle était soudain très lasse et rêvait de sa couette douillette.

L'autre avait saisi quelques mèches folles et s'appliquait à les discipliner.

— Là, te voilà plus présentable. Ton père ne trouvera rien à redire ! Méfie-toi tout de même des promesses de ces hommes qui profitent de ton corps pour leur plaisir.

« Toute la vie, je la veux avec toi... »

Pernelle avait encore ces mots dans la tête et tous ceux que Bandini lui avait dits tout au long de cette nuit si longue et si courte. Non, ce ne pouvait pas être juste de vagues promesses...

— Je vais à l'église Saint-Jacques, dit-elle soudain en faussant compagnie aux gueux qui la regardèrent s'éloigner.

— La petite, elle a fait une grosse bêtise, marmonna la Grosse Margot, et son père ne va pas être content.

— Tu vois le mal partout, la maquerelle, répliqua Charpentier le Sot en haussant les épaules et en souriant béatement.

Les certitudes de la gueuse, il y avait bien longtemps qu'il n'y croyait plus !

Un coup de tonnerre les fit sursauter et quelques gouttes de pluie énormes crépitèrent sur les toits et les pavés. Charpentier prit le bras de la Grosse Margot et ils se mirent à courir. Quand ils passèrent devant le porche de Saint-Jacques, ils ne répondirent même pas au salut de Martin, le donneur d'eau bénite, qui avait déjà pris son service et venait de voir Pernelle, dont la dévotion matinale n'avait pas manqué de l'étonner.

La pluie redoublait, des éclairs zébraient le sol, suivis de roulements de tonnerre impressionnants. Les quelques passants qui s'étaient aventurés à l'extérieur cherchaient un abri et Martin en vit refluer certains sous « son » porche, ce qu'il détestait car c'était toujours la cause de désordre et de bruit. Un clerc d'ailleurs sortit et fit mine de les chasser, mais le déluge le découragea. Avait-il le droit de les jeter dehors ? Martin se signa quand un coup de tonnerre parut même ébranler l'église et lança à regret :

— Entrez, vous pourrez au moins prier !

Ce fut la ruée.

— Chut, fit Martin, pour qui la journée commençait mal.

Quand Pernelle quitta Saint-Jacques, l'orage avait presque cessé mais une nouvelle se propageait déjà. La foudre était tombée sur l'hôtel Barbette ou celui du Porc-Epic, les versions étaient contradictoires, il y avait eu un début d'incendie, un enfant était mort. On parlait d'une boule de feu qui aurait traversé une salle. Certains disaient même que c'était un petit prince, mais nul ne le savait vraiment et chacun, pour faire l'important, racontait l'histoire avec des détails aussitôt enjolivés.

« Le dauphin a été tué par la foudre... »

Fondé ou pas, le bruit courait vite, et quand Pernelle revint à pas lents, autant pour éviter les flaques d'eau que pour s'offrir un nouveau sursis, tous les riverains échangeaient la nouvelle avec des mines consternées.

Tout cela ajoutait à la confusion des idées dans la tête de Pernelle, qui eut un instant l'envie d'aller chez Christine de Pisan, mais elle savait qu'elle avait dû dormir à l'hôtel du Porc-Epic et qu'elle ne serait donc pas rentrée chez elle ; pourtant, sans doute, la poétesse aurait pu lui donner des conseils utiles. Elle observa un moment une charrette dont les roues cerclées de fer s'étaient coincées entre deux pavés ; quand, enfin, son conducteur parvint à la faire bouger, les tonneaux qui s'y trouvaient brinquebalèrent bruyamment. Prise d'une inspiration subite, elle poussa la porte de la rue des Orfèvres. Elle la trouva lourde comme jamais, ses doigts s'agrippèrent un instant aux pentures, pressèrent la tête de lion qui en timbrait le milieu et qui brillait de ces multiples caresses. Elle entra enfin.

— Tiens, une revenante... dit Madeleine, qui faisait mouvoir le cuvier à lessive. Regardez la mine qu'elle a !

Marthe tenait un trépied d'une main et de l'autre un chaudron.

Pernelle vit, sur la table faite de planches posées sur des tréteaux, toute la vaisselle de la maison. Elle comprit que c'était grand ménage, comme il prenait parfois à Madeleine de le faire, et ces jours-là la vieille servante était toujours d'une humeur massacrante, pestant contre les puces, les mouches et « autres vermines » qu'il fallait combattre avec ardeur. La porte sur la cour était grande ouverte. Les coffres y avaient été sortis, avec les bancs, les grils, les poêles et autres ustensiles qui seraient astiqués avant de réintégrer leur place habituelle. La maniaquerie de Madeleine pour ce grand ménage était proverbiale dans la famille, et bien peu se risquaient à lui tenir tête en ces moments-là !

— Eh, la fête, cela fatigue, railla encore Madeleine, l'œil égrillard, et les damoiseaux aussi, pas vrai, Marthe ?

Celle-ci, qui maniait l'escove[1] sans beaucoup de conviction, haussa les épaules discrètement. Ne venait-elle pas déjà d'en entendre, sur cette pauvre damoiselle dont la courtepointe n'avait pas bougé et qui avait donc découché ? Ce n'était pas son affaire, mais elle plaignait la pauvre Pernelle, car dame Claire l'attendait aussi de pied ferme et messire Jean avait sa mine renfrognée des mauvais jours.

— Te voilà, d'où sors-tu ?

— De l'église Saint-Jacques, répondit Pernelle avec une innocence qui aurait pu désarmer Claire si elle n'avait été depuis plusieurs heures prête à faire le procès de sa fille.

1. Balai.

— De l'église Saint-Jacques ? De qui te moques-tu ?

— Tu peux demander au donneur d'eau bénite...

— Oui, mais auparavant où étais-tu ?

— A l'hôtel du Porc-Epic...

— Nous t'avons cherchée partout, répliqua Claire dont la colère montait lentement.

— J'y étais, je me suis endormie dans une petite salle et je ne me suis réveillée que ce matin.

— Tu me prends pour une idiote...

Pernelle, qui s'était saisie d'une aiguière en cuivre, versa un peu d'eau dans un godet de verre coloré. Claire la détaillait, avec son échafaudage de nattes branlant, laissant échapper des mèches folles qui adoucissaient un visage où la fatigue de la nuit ne semblait pas avoir de prise. La mère envia la fille. Elle se sentait si lasse et n'osait pas se regarder dans un miroir, après cette nuit passée à se faire du souci. De nouvelles fronces devaient friper un visage que le temps marquait chaque jour un peu plus, surtout depuis que Guillebert affichait une indifférence qui lui rongeait les sangs.

La jeune fille dégusta l'eau dans un silence pesant, si ce n'était le bruit de l'escove de Marthe, et quand Jean surgit soudain, elle confirma sa version avec un aplomb imperturbable. Guère convaincu, son père se promit de régler l'affaire plus tard et retourna vite à l'atelier où, encore une fois, le devoir l'appelait pour une commande qu'il fallait absolument livrer au jeune Charles d'Orléans et à son épouse la princesse Isabelle. Deux enfants attendrissants ! Aimable comme son père, monseigneur d'Orléans, le poète de treize ans avait exigé un décor bucolique sur une luxueuse aiguière en argent et or destinée à Isabelle, qui oubliait difficilement qu'elle avait été reine d'Angleterre ! Lambert avait dessiné avec son habileté coutumière, dans une treille délicate, des amours et des guirlandes qui devraient satisfaire l'extrême sensibilité de ce jeune homme étrangement décalé par rapport aux querelles intestines de la cour.

Claire soupira. Son mari ne semblait guère prêt à assumer ses responsabilités familiales ; une lâcheté qu'elle déplorait, mais qui l'arrangeait quand elle était en cause ! Elle savait qu'il remâcherait son agacement ou même sa colère en travaillant.

— Il paraît qu'il y a eu un drame à l'hôtel Barbette, un enfant est mort foudroyé. Dans la rue, on raconte même que ce serait le dauphin ou un des petits princes…

— Mon Dieu, dit Claire, consternée, en portant les mains sur son visage.

Elle revoyait les enfants joyeux et insouciants courir dans la galerie de l'hôtel Saint-Pol, quelques mois plus tôt, et encore la veille. Comment l'un d'eux pourrait-il être mort ?

— Où as-tu appris cela ?

— En sortant de l'église Saint-Jacques, répondit Pernelle, heureuse d'avoir trouvé ainsi une diversion.

— Mon Dieu, répéta Claire en se signant.

— Que se passe-t-il ? interrogea Lambert, qui venait d'entrer et avait surpris le geste de sa mère. Pourquoi ces têtes d'enterrement ? Tu es là, Pernelle ?

— Un petit prince est mort… Foudroyé par une boule de feu…

— Quoi ? D'où tenez-vous cela ?

Lambert avait déjà la main sur le gros verrou de la porte donnant sur la rue.

— Je vais voir ! lança-t-il.

— Et la commande de Charles d'Orléans ?

— Elle attendra !

— Je te suis ! cria Pernelle.

— Je te l'interdis ! Vois-tu dans quel état tu es ? dit sa mère en levant les yeux au ciel. Une jeune fille ne se montre pas ainsi : sale, débraillée, les cheveux en bataille. Madeleine, prépare le cuveau et l'eau chaude !

— Marthe va le faire, répondit Madeleine en arrachant l'escove des mains de son aide, qui manifesterait sans doute davantage de patience avec la « péronnelle ».

— Je me débrouillerai seule, rétorqua Pernelle en se dirigeant vers le petit réduit où était remisée la cuve de bois destinée aux ablutions de la famille.

— Quand tu seras propre, peignée et habillée, tu viendras me voir ! lança Claire en se dirigeant vers le petit escalier à vis qui menait à sa chambre.

Pernelle n'avait pas répondu. Elle avait passé beaucoup de temps à remplir le cuveau sous l'œil torve de Madeleine surveillant ses allées et venues avec des coquemars d'eau chaude, puis s'était enfin plongée dans un bain délicieux délicatement parfumé à l'eau de rose. Là, mollement étendue contre la paroi tendue d'un drap pour éviter les échardes, elle recouvrait lentement ses esprits. Marthe était venue lui offrir ses services, et elle l'avait renvoyée après qu'elle lui eut démêlé et lissé les cheveux. Elle s'était alors immergée complètement, avec un bonheur infini, puis avait inspecté ce corps que Bandini avait transformé la nuit précédente. Cette eau qui la pénétrait en douceur la purifiait et l'apaisait. Elle gémit de plaisir, appelant de tout son être Orlando Bandini et les jeux qu'il n'aurait pas manqué d'inventer. Au plaisir se mêlait un peu de honte, le curé de Saint-Jacques n'avait-il pas l'autre dimanche condamné comme de grandes pécheresses les filles folles de leur corps ? Une honte vite balayée, au souvenir des mots qui la faisaient rêver mais que sa lucidité l'empêchait de prendre pour argent comptant.

« Toute la vie, je la veux avec toi... »

Elle avait dans la tête ces mots prononcés avec ce drôle d'accent qui ajoutait encore à la séduction du Milanais.

— Toute la vie, je la veux avec toi... murmura-t-elle encore en faisant courir ses doigts entre ces seins qu'Orlando avait tant caressés, tant embrassés.

Qu'allait-il arriver, maintenant ? S'il voulait passer toute sa vie avec elle, il allait venir demander sa main. Pernelle se souvint soudain des railleries de son père et surtout de Lambert à propos de Bandini. N'avaient-ils pas été méfiants au début, même si ensuite ils avaient conclu avec lui des marchés qu'il avait honorés. Enfin, elle ne savait pas trop... Elle soupira. L'eau avait refroidi ; il était temps de quitter ce havre de paix et de reprendre le cours d'une journée où elle espérait bien revoir Orlando. Elle traqua la moindre goutte d'eau avec la grande serviette que Marthe avait déposée à son intention, puis enfila les petits-linges qu'elle lui avait aussi apportés et la cotte de toile bleue. Ce n'était peut-être pas celle qu'elle aurait choisie pour aller retrouver Orlando...

L'orage avait rafraîchi l'atmosphère, un doux courant d'air venait de la petite fenêtre qui donnait sur la cour. C'est alors qu'elle s'aperçut que le petit collier d'or passé par Jean autour de son cou la veille avait disparu. Elle soupira, quel mensonge lui faudrait-il encore inventer ? La voie qu'elle avait choisie n'était pas facile. Mais l'avait-elle choisie ? Songeant un instant à s'échapper pour aller chez Bertrade ou peut-être chez Christine de Pisan, elle y renonça, consciente que cette nouvelle incartade ne pourrait lui valoir que des ennuis.

A pas lents, elle se dirigea vers la chambre de sa mère.

# 38

A l'instant où Pernelle grimpait les marches inégales de l'escalier de la maison de la rue des Orfèvres, Lambert retrouvait enfin Martille.

Tout le monde était sous le choc, à l'hôtel Barbette. Et, même si ce n'était pas un des enfants royaux qui était mort, la nouvelle n'en avait pas moins frappé la cour. Le drame avait eu lieu à l'hôtel du Porc-Epic, au moment où les petits princes se réveillaient.

— Une boule de feu, expliqua Martille à Lambert. Et cet enfant... c'est moi qui attire le malheur...

Aux princes qui avaient dormi avec leurs cousins, les enfants du duc et de la duchesse d'Orléans, s'étaient joints ceux du maître de la Chambre aux deniers de la reine. Tout ce petit monde se réveillait et commençait à jouer quand un coup de tonnerre effrayant avait ébranlé le bâtiment et une boule de feu, une vraie boule de feu, assura Martille dont les yeux brillaient de larmes et d'effroi, traversant la chambre, était venue, tuant net un petit garçon sous les yeux ébahis des autres. Toutes les servantes avaient hurlé, ameutant gardes et valets accourus aussitôt.

— Il était mort... Là devant nous, nous avons vite emmené tous nos petits sous la galerie. Je n'oublierai jamais. La reine est arrivée à son tour, et la pauvre mère de l'enfant. Monseigneur d'Orléans nous a fait escorter jusqu'ici. J'en tremble encore, mais c'est vrai, c'est moi qui attire le malheur !

— Que dis-tu là ? répondit Lambert en observant le visage aux traits fins dont les yeux exprimaient assez cette tristesse qui ne semblait jamais devoir l'abandonner.

Il soupira.

— Que puis-je faire pour toi ? demanda-t-il en lui prenant la main.

— Rien, tu es venu, comme un grand frère vient prendre des nouvelles de sa sœur. Je t'en remercie.

Lambert secoua la tête. Elle ne le convaincrait pas. Il ne voulait pas être seulement son frère.

— Ne sois pas triste, lui dit Martille. Je dois aller chercher mes petits princes, qui sont auprès de leur mère.

Elle lui planta un baiser sur la joue. Il la retint un instant et posa ses lèvres sur les siennes, mais elle se dégagea alors en s'exclamant :

— Non, tu n'as pas le droit, pas cela !

Regrettant sa maladresse, les bras ballants, Lambert la regarda disparaître, légère, vive, comme il l'aimait. Mais elle se retourna encore et lui cria, avec un sourire qui lui fit tout oublier :

— Passe au jardin voir si l'orage n'a pas tout haché !

— Le jardin, oui...

Investi de cette mission qui le remplissait de joie, le jeune orfèvre entendit à peine un valet en livrée bleu fleurdelisé dire :

— Le roi a une nouvelle crise ! Il casse tout chez lui !

— C'est la faute de l'orage, répondit un autre en levant les yeux au ciel.

Ils allaient encore être condamnés au silence, et quand le roi était en crise, la vie n'était pas gaie, à la cour !

Martille avait disparu.

— Lambert, le fils de mon orfèvre préféré, dit alors une voix qu'il connaissait bien.

— Je rentre vite à l'atelier, répondit précipitamment Lambert.

Maître Flamel, qui avait franchi le seuil de la petite cour, le suivit du regard, puis emboîta le pas cérémonieux d'un valet qui devait le conduire à la reine.

— Ma sœur, dit Guillebert, je vous en conjure, prenez cet objet.

Lui aussi avait été réveillé par l'orage qui avait fait trembler Paris. Il avait regardé le déluge depuis la lucarne de l'étage, rue des Fossés-Saint-Germain. L'eau crépitait bruyamment sur le toit au-dessus de sa tête – il avait même grêlé ! – et ruisselait en abondance dans la rue, convergeant dans le merdereau central transformé en un vrai ruisseau qui emportait tout sur son passage. Sans-Mains, qui dormait au rez-de-chaussée, avait lancé, du bas de l'escalier :

« La Seine va déborder ! »

Puis les éléments s'étaient calmés, les passants mettaient à nouveau le nez dehors, et même quelques charretiers s'aventuraient avec leurs chargements dégoulinants.

Guillebert avait pris du temps pour s'habiller et, pourpoint bien lacé, chausses nettes et tirées, il était allé comme chaque matin chez le barbier de la rue de l'Arbre-Sec avant de prendre, flanqué de Sans-Mains, le chemin de l'Hôtel-Dieu. Le gueux ne voyait pas bien ce que Guillebert allait encore faire dans ce lieu qui lui inspirait crainte et dégoût, mais n'en escortait pas moins son maître, dont il avait compris depuis longtemps qu'il n'était pas question de discuter les volontés.

Seuls des porcs divaguant le long de la Seine eurent raison un instant de la belle détermination de Guillebert.

Derrière eux couraient deux gamins qui les avaient laissés échapper alors qu'ils les menaient à la Grande Boucherie. Des sergents avaient surgi pour menacer les gardiens débordés, ajoutant à leur désarroi. C'est que les porcs étaient interdits depuis longtemps dans les rues de la ville ; cela remontait au règne du roi Louis VI, dont le fils avait roulé sous les pattes de son coursier pris de peur face à des porcs errants. Un incident mortel, qui restait dans la mémoire collective et avait été à l'origine d'une sévère législation que les sergents zélés entendaient faire appliquer.

Guillebert avait trouvé quelque plaisir dans cette échauffourée, qui s'était terminée par une reprise en main des bêtes enfin assagies et conduites en bon ordre vers une fin inéluctable qu'elles pressentaient peut-être.

Mais les cochons étaient loin maintenant, comme l'odeur de harengs qui les avait poursuivis le long du fleuve, et il répéta, avec des yeux qu'il espérait persuasifs et son sourire charmeur dont il n'ignorait pas le pouvoir :

— Ma sœur, je vous en conjure, prenez cet objet…

Il désignait sur sa paume le fameux camée, dans les vertus guérisseuses duquel il croyait si fort.

La sœur Marie du Rosaire n'était pourtant vraiment pas convaincue. Elle tournait la tête pour afficher un refus qu'elle avait quelques difficultés cependant à motiver, surtout quand Guillebert, dont elle maudissait l'entêtement, lui fit valoir avec des mots doucereux :

— Vous verrez, ce sera bénéfique pour tout le monde…

— Entendez-vous nous faire adorer de faux dieux ? répliqua la sœur en se levant soudain pour signifier la fin de leur entretien.

Ce diable d'homme lui faisait perdre son temps et l'entraînerait en enfer, avec ses histoires qui ne tenaient pas debout ! Qu'il laisse sœur Philippe à sa vie et à son oubli de tous ses malheurs, qui lui apportaient une paix certaine !

— Que dites-vous, ma sœur ? Il ne s'agit aucunement d'adorer de faux dieux, mais de soulager une malade et tous ceux qui l'entourent !

— Sœur Philippe n'est pas malade.

— Voire ! maugréa Guillebert, furieux que cette femme fragile d'apparence soit si entêtée et déterminée à lui résister.

Il ajouta, en mentant effrontément, que messire Flamel, le précieux bienfaiteur de l'Hôtel-Dieu, était favorable à son entreprise.

— Superstition, superstition... Ce serait trop facile. Remettez votre âme à Dieu et priez-le pour sœur Philippe, faites dire des messes, mais votre camée n'a rien à faire ici. Et faites une confession de bouche pour vous faire pardonner ces pensées païennes !

Le ton était de plus en plus catégorique, l'œil bleu de plus en plus froid.

Guillebert soupira et reprit, tout aussi têtu :

— Vous le posez simplement dans la chapelle, insista-t-il encore, le précieux camée dans la paume de sa main.

— Je le ferai jeter ! répliqua sœur Marie du Rosaire.

Vaincu, Guillebert referma les doigts sur l'objet dont il attendait tant. La petite silhouette lui tournait déjà le dos et parcourait à grands pas la salle où gémissements, râles et pleurs entretenaient un bruit que seul le carillon de la chapelle domina quelques instants. Très las, Guillebert observa les allées et venues. Une femme avait commencé à distribuer le repas ; elle puisait avec une grande louche dans un chaudron une bouillie de farine dont l'odeur peu appétissante se répandait alentour. Pour ces pauvres bougres souvent malades de ne pas manger à leur faim, l'hôpital, c'était aussi une nourriture régulière. Une façon pour les médecins d'avoir l'air d'en guérir certains, qui repartaient ragaillardis, alors que l'impuissance régnait face aux maladies les plus graves.

Il vit justement une religieuse relever un drap sur le visage d'un malade qui venait de mourir. Une main ensanglantée, un homme entra, escorté d'un autre qui tenait encore la faucille avec laquelle le premier avait dû se blesser. Aussitôt pris en charge par sœur Philippe, sans un regard pour Guillebert, il fut emmené pendant qu'une femme sur le point d'accoucher arrivait à son tour en se tenant le ventre.

— Vite, vite, disait le mari, dépassé par l'événement.

Guillebert, qui en avait décidément assez de toute cette misère, de toute cette souffrance, de toutes ces détresses, marcha rapidement jusqu'à la porte et se retrouva dehors presque heureux. Sans-Mains, qui regardait faire un dresseur de singes, se précipita vers lui. Dans la rue de la Calendre, un tavernier les héla pour vanter son ragoût à la cannelle, odorant et fait à point.

— J'ai faim, répondit Guillebert qui avait déjà chassé de ses papilles le mauvais fumet de la bouillie de l'Hôtel-Dieu. Va pour ton ragoût.

Il avait besoin de réfléchir et de prendre des forces. Sans-Mains faisait la grimace dans son dos, il avait horreur de la cannelle.

Un peu plus tard, Guillebert poussa la porte de l'échoppe de Lubin Barbedor, le concurrent de Jean Clerbourc. Une jeune femme avenante l'accueillit. Il eut vite fait de jeter son dévolu sur une petite Vierge en « bon argent et de bon aloi », comme la lui vanta l'aimable vendeuse mise en confiance par le pourpoint de beau drap de son client. L'affaire était presque faite quand elle le vit prendre en main la statuette finement ciselée et l'observer avec attention. Comme la plupart de ces objets, elle était dotée d'une niche discrète, même secrète, destinée à accueillir éventuellement une petite relique ou un parchemin où l'on inscrivait un vœu ou un remerciement avant de la confier à une chapelle.

— Je voudrais y enfermer ceci, dit-il en sortant de sa bourse le camée pour lequel la cache se révéla parfaite. Il faudrait la fermer définitivement...

— Messire ne préfère pas une petite serrure ? interrogea la jeune femme.

— Non, faites-la sceller ! répliqua Guillebert. Et je suis pressé.

— Bien, messire. Pour demain ?

— Cela ira et voici pour payer.

Le beau rubis que le client faisait miroiter au bout de ses doigts fit briller les yeux de la jolie blonde, qui protesta de son inexpérience et s'en alla quérir son maître. Vaguement méfiant d'abord, mais flairant une affaire, Lubin Barbedor, qui avait évidemment reconnu un habitué de l'atelier concurrent, se hâta d'accepter la pierre de belle qualité et promit à son tour la statuette pour le lendemain, non sans avoir observé qu'il était bien dommage de dissimuler peut-être pour toujours le camée. Mais Guillebert eut vite fait de le dissuader de discuter davantage en lançant d'un ton péremptoire que c'était son problème.

Il sortit aussitôt, juste pour apercevoir Orlando Bandini qui pénétrait dans l'échoppe d'en face. La vesprée s'annonçait belle après l'orage du matin. Un vent léger avait poussé les nuages embarqués dans un courant inexorable vers le couchant. Guillebert hâta le pas sans un regard pour l'échoppe de Jean Clerbourc. Bandini avait d'ailleurs déjà refermé la porte et il imaginait Claire accueillant le client milanais avec son amabilité bien rodée. Il ne pouvait pas savoir qu'un malaise s'était instantanément installé entre les étagères où brillaient en toute innocence les produits de l'atelier. En effet, à peine entré, après avoir tout juste salué Claire, Bandini s'était adressé cérémonieusement à Pernelle, assise dans un coin en train de feuilleter un petit manuscrit ou de faire semblant :

— Damoiselle, je vous rapporte ce collier trouvé à l'hôtel du Porc-Epic. Je l'ai reconnu quand un valet le ramassait dans la cour où nous avons dansé.

Pernelle s'était levée. Intriguée, Claire s'était elle aussi avancée.

— Oui, c'est bien le mien, dit Pernelle, le souffle court, masquant avec peine l'émotion qui s'emparait d'elle.

— Vous êtes trop aimable, renchérit Claire.

Orlando Bandini répondit par un sourire un peu gêné et dit précipitamment :

— Je retourne à l'hôtel de monseigneur d'Orléans. Vous avez peut-être appris les événements tragiques de ce matin...

Claire acquiesça. Lambert avait raconté le drame en rentrant en fin de matinée.

— Messire Bandini...

Jean venait d'entrer à son tour. Il arrivait de l'atelier.

— Quel bon vent vous amène ? Je viens justement de finir une aiguière pour le jeune Charles...

— Ah, fit Bandini, mal à l'aise soudain car ses yeux avaient croisé le regard de Pernelle.

Profitant de la diversion, la jeune fille reprenait ses esprits, prête à savourer l'instant qu'elle espérait tant, où Orlando parlerait à ses parents et leur dirait qu'il voulait passer sa vie avec leur fille... Même si elle savait que les demandes en mariage étaient codifiées, il lui semblait impensable que son amant n'avoue pas sa flamme. Elle l'observa quand il regarda l'aiguière que Jean lui présentait.

Il arborait sur ses chausses vertes un nouveau pourpoint dont le violet était encore plus agressif que le précédent ; elle en imaginait sans peine la douceur et elle rêvait déjà de s'y blottir quand son père demanda :

— Etes-vous intéressé par de la marchandise ?

Pour l'orfèvre, la clientèle même épisodique du Milanais n'était pas négligeable. Les lots vendus et finalement payés comme il l'avait souhaité, en espèces sonnantes et trébuchantes, avaient permis d'écouler une partie de sa production tant dans le domaine le plus précieux que dans celui du tout-venant. Et les temps étant durs, il convenait de relancer certains clients potentiels. Devant l'air dubitatif d'Orlando Bandini, il n'insista pas et retourna, vaguement contrarié, à l'atelier.

Qu'il danse ! se dit-il en revoyant le Milanais déployer ses talents la veille avec sa fille à l'hôtel du Porc-Epic.

Une image qui l'agacerait longtemps, comme ce spectacle qu'il n'avait pas vraiment digéré !

Quelles idées Pernelle a-t-elle en tête ? soupira-t-il en refermant soigneusement la porte de l'atelier. Il savait depuis longtemps que ces gestes anodins de la vie quotidienne pouvaient calmer colères et agacements.

Et encore n'imaginait-il pas que, faussant subrepticement compagnie à sa mère qu'un nouveau client accaparait, Pernelle avait couru après Bandini et l'avait rattrapé au bout de la rue.

— C'est tout ce que tu as trouvé à dire à mon père ? l'interrogeait-elle déjà en se plantant devant lui avec une hardiesse qui faisait fi du spectacle offert dans la rue à des badauds plus ou moins indifférents.

Pas démonté, Bandini la regarda un instant et éclata d'un rire franc.

— Mais que veux-tu que je lui dise, *piu bella* ?

— Si tu veux passer toute ta vie avec moi, il faut bien que tu lui parles !

— Mais, *piu bella*, que dis-tu ? Tu es folle comme le roi ?

— Folle, s'insurgea Pernelle, ou folle de colère ?

Bandini lui avait saisi le bras et l'avait entraînée au bord de la Seine, où les paroles s'envolaient plus facilement que sous les encorbellements de la rue, sous lesquels les mots résonnaient au profit d'oreilles indésirables. Le vacarme des mouettes égarées concurrençait le bruit des moulins ; il y en avait treize, installés sur des pilotis devant le Pont-aux-Meuniers, et leurs roues brassaient l'eau avec une ardeur redoutable.

Des barques allaient et venaient, lourdement chargées, menées par des bateliers habiles à les manœuvrer sur ces eaux peu ragoûtantes, suralimentées par l'orage du matin. Une charrette s'arrêta à deux pas ; bien dressés, les mulets aux robes sombres s'étaient immobilisés sagement quand le charretier avait crié un « Oh » péremptoire, avant de sauter à terre pour héler un propriétaire de barque à l'affût de clients, qui dévia aussitôt sa trajectoire pour venir accoster tout près.

— Folle ? reprit Pernelle qui s'était un instant laissé distraire. Veux-tu dire que je suis folle d'avoir écouté tes discours enivrants, de t'avoir laissé jouer avec mon corps comme jamais aucun homme ne l'avait fait ?

— Mais, *piu bella*...

— « Mais, *piu bella* », répéta Pernelle en imitant l'accent de Bandini.

— Ne te moque pas, *piu bella*, répliqua son amant, cette fois très agacé et surveillant avec anxiété les alentours comme s'il craignait d'être surpris en cette tendre compagnie. N'y as-tu pas trouvé du plaisir, toi aussi ?

Prise à son propre jeu, Pernelle rougit violemment. Elle ne pouvait plus soutenir ce regard qui la damnait, mais le tentateur se faisait irrésistible :

— Tu vois... Ne t'emporte pas, viens plutôt.

— Où ?

— Viens !

Il l'avait prise par la main et entraînée de quelques pas avant de héler à son tour une barque.

— Batelier ! Emmène-nous à l'Ile-aux-Vaches !

— Non ! cria Pernelle.

— Batelier, ne fais pas attention, répliqua Bandini en la poussant sans ménagement.

Pernelle tomba dans les bras du costaud en faisant tanguer dangereusement l'embarcation, qui oscilla, déclenchant le ricanement moqueur du gros homme, ce qui décupla sa fureur. Mais Orlando avait sauté à son tour et quand il la serra contre lui et lui plaqua un baiser sur les lèvres, elle était déjà prête à subir une loi qui la faisait frémir.

— Tu es fou ! murmura-t-elle encore.

— Je suis fou ! proclama alors son amant en prenant à témoin les nuées légères qui ponctuaient un ciel que rien ne semblait devoir troubler, sauf peut-être les caprices des hommes. Rame, batelier !

Cette escapade imprévue le réjouissait, même s'il avait bien conscience qu'il ne pourrait continuer à jouer longtemps avec sa belle amoureuse. Et cette escapade vers l'Ile-aux-Vaches n'était-elle pas une nouvelle folie ? C'était l'îlot le plus occidental, qui résultait de la division quarante ans plus tôt de l'île Notre-Dame par un fossé dans le prolongement exact de l'enceinte de feu le roi Charles V. Peupliers et saules faisaient des deux îlots des pâturages pour les vaches bravement transplantées en barques, des plages où les lavandières étalaient volontiers leur linge pour le faire sécher et aussi des cachettes pour les amoureux. Ce que ne manqua pas de souligner le clin d'œil malicieux du gros batelier aux bras musclés quand il les débarqua après un voyage rondement mené à coups de rame énergiques.

— Vous voici au paradis des amoureux !

Pernelle ne savait plus s'il lui fallait savourer ces instants volés à une journée qui avait commencé morose, mais quand Orlando lui tendit les bras en susurrant *« Piu bella »* avec son irrésistible sourire, elle sut qu'elle n'était plus qu'un objet entre ses mains.

Comme elle l'avait pensé rue des Orfèvres, le velours violet de son pourpoint était d'une extrême douceur. Elle s'y blottit avec une délectation qui enflamma ses sens. Lui revint soudain en mémoire la phrase que lui avait dite sa sœur Audine le jour où elle avait fait la connaissance de Christine de Pisan : « Les hommes font la loi sur nos sens. » Elle savait maintenant ce qu'elle signifiait !

Et quand, un peu plus tard, elle débarqua au port Saint-Bernard pour précisément aller chez cette sœur qui pourrait témoigner en toute innocence qu'elle était bien chez elle, elle avait oublié sa rancœur contre Orlando, qui l'avait abandonnée après l'avoir encore une fois étreinte et embrassée avec fougue. *« Piu bella, piu bella... »*

Son stratagème n'avait pas prévu que dame Christine passerait justement par là et qu'elle la croiserait rue de Bièvre, à deux pas du petit canal, où la poétesse aimait aller se recueillir devant la maison où Dante était réputé avoir vécu, un siècle plus tôt. Pernelle crut un instant pouvoir se fondre dans un groupe d'étudiants du collège Saint-Michel, mais Christine de Pisan la reconnut hélas et l'appela sans pitié :

— Tu m'évites ?

— Non, répondit piteusement une Pernelle rougissante.

— Alors le voilà, ton Milanais, enchaîna l'impitoyable

Christine à qui l'étreinte passionnée d'Orlando n'avait pas échappé. Voilà ce Milanais qui occupe ton cœur et peut-être tes sens, si j'en juge par ta confusion. Ma pauvre petite, te voilà sens dessus dessous... S'est-il comporté au moins comme un digne chevalier de l'ordre de la Rose ?

Pernelle n'en pouvait plus. Eperdue, elle regarda, les larmes aux yeux, la poétesse qui la mettait au supplice.

— Non, ne me dis pas qu'il a commis l'irréparable. Te voilà jetée au pays des trahisons et blessée par les flèches d'Amour. As-tu oublié les puissances amies, Franchise, Pitié, Bel Accueil, et succombé aux forces de refus, Honte, Danger, Peur et peut-être déjà Jalousie ?

Dame Christine avait pris fermement le bras de Pernelle tout en lui débitant des mots dont la jeune fille connaissait bien le sens depuis qu'elle avait lu la première partie du *Roman de la Rose*.

— Me voilà comme Raison qui descend de sa tour pour sermonner l'imprudente, ajouta Christine en faisant signe à un cavalier de s'arrêter pour leur céder le passage. Faux-Semblant a lancé son armée menée par Amour et donné l'assaut pour satisfaire les bas instincts du mâle.

Il fallut laisser passer un charretier qui jurait ses grands dieux qu'il n'arriverait jamais à temps sur le chantier où il devait livrer ses impressionnants blocs de pierre, et quand il se fut frayé un chemin entre les étals et les encorbellements, Christine poursuivit, l'œil brillant et mise en verve par cette leçon improvisée, avec une colère qui n'était pas feinte :

— Moi, la championne des droits de la femme, je dénonce ce fol amoureux qui incite à la luxure la Chasteté très belle et très pure !

De plus en plus exaltée, accrochée au bras de Pernelle qui ne comprenait pas toujours ces mots, ces flots de paroles même, Christine pressait le pas et quand elles furent enfin devant sa modeste maison à pans de bois, elle tourna vivement la clé dans la grosse serrure et fit entrer précipitamment Pernelle.

— Je veux tout savoir ! lança-t-elle alors en remplissant un godet de lait qu'elle tendit à Pernelle.

Pitoyable, la jeune fille l'avala d'un trait et entreprit un récit dont elle aurait volontiers gommé certains détails qu'elle ne dévoilait qu'en rougissant. Christine n'exerçait pas une curiosité malsaine mais estimait qu'il était de son devoir de tout savoir pour pouvoir élaborer une stratégie afin de sortir la petite du mauvais pas où ses sens l'avaient entraînée. Et quand elle eut enfin terminé, la poétesse garda le silence quelques instants, puis conclut, avec ce regard perçant qui déshabillait ses interlocuteurs au propre comme au figuré :

— Tu commences bien mal ta vie...

A bout de nerfs, Pernelle éclata en sanglots.

— Pleure, cela te fait du bien ! dit Christine en sirotant à son tour un verre de lait où elle avait jeté quelques herbes aromatiques. Ensuite, nous débattrons pour te sortir de ce merdereau où ton insouciance t'a jetée.

— Il va m'épouser, parvint à balbutier Pernelle entre deux sanglots.

— Voire ! répliqua Christine avec une moue qui en disait long sur son scepticisme.

Elle n'était pas née de la dernière pluie, elle, et sa crédulité avait des limites.

# 39

Guillebert avait récupéré la statuette dûment lestée du camée. Il avait beaucoup réfléchi ; méfiant, il rechignait à mettre quiconque dans la confidence. Maître Flamel aurait évidemment refusé d'introduire le fameux camée à l'Hôtel-Dieu ; Simon était trop jeune. Il songea un instant à Claire mais elle était trop connue et il ne voulait pas la mêler à cette affaire. Quelle fable lui raconterait-il, d'ailleurs ? Elle était trop fine pour être abusée si facilement.

C'est Charles, son ami tavernier, qu'il choisit finalement, après avoir retourné le problème dans tous les sens, pour déposer la statuette dans la chapelle de l'Hôtel-Dieu ; Charles s'imposait, nul ne les avait vus ensemble en dehors de l'échoppe de la rue du Renard, et l'anonymat garantirait le succès de l'entreprise. Charles, qui aurait aimé connaître le fin mot de l'histoire, que son ami n'entendait assurément pas lui dévoiler, s'était fait prier :

« Pourquoi n'y vas-tu pas toi-même ?

— J'ai mes raisons », avait répondu le mystérieux Guillebert.

Sans insister, son ami le déconcertant souvent depuis son retour, le tavernier avait tout de même accepté de se faire passer pour un repenti de retour d'un pèlerinage à Saint-Jacques-de-Compostelle et bien décidé à parfaire son entreprise de rémission par un don à l'Hôtel-Dieu. Guillebert passa deux soirées à lui faire répéter son rôle et, quand il le jugea enfin prêt, lui confia la statuette.

Il avait tout prévu et même de remplacer le tavernier en son absence et de tromper ainsi son impatience en servant godets de cervoise ou de vin. Aussi, quand Charles réapparut sur le seuil de la taverne où avaient défilé les gueux amusés de voir Guillebert arborer le devantier rouge sang et peu adapté à sa taille du propriétaire des lieux, il interrogea vivement :

— Alors ?

— Rien… répondit Charles en entrant.

— Tu as vu la sœur Marie du Rosaire ?

— Oui, et je lui ai débité ma fable ; elle m'a écouté sans dire un mot et quand j'ai sorti la Vierge de son linge, elle l'a trouvée belle mais m'a surtout chaudement remercié quand elle a soupesé la bourse bourrée de deniers…

Des espèces qui résultaient de la vente de pierres pour la dernière commande de monseigneur de Berry à Jean Clerbourc.

— L'argent lui a donné davantage de plaisir que la statuette, poursuivait Charles en se versant une nouvelle cervoise, mais elle m'a promis de la déposer dans la chapelle où elle serait, comme j'en faisais le vœu, l'objet de la prière des matines pour les religieuses.

Guillebert était rentré chez lui satisfait, mais quelle ne fut pas sa surprise quand Sans-Mains lui annonça, quelques jours plus tard, la visite du prévôt de l'Hôtel-Dieu ! Guillebert ne connaissait pas cet homme au pourpoint modeste qui parlait avec une certaine componction en vérifiant sans cesse qu'aucune oreille indésirable n'écoutait ses révélations. Intrigué, Guillebert, qui avait envoyé Sans-Mains quérir le pain de la journée chez Nathalène, lui servit un gobelet de l'hypocras acheté sur les conseils de maître

Flamel. L'autre le huma, en dégusta une gorgée qu'il savoura un instant dans sa bouche en roulant des yeux globuleux, puis dit enfin sobrement :

— Très bon...

— Vous vouliez me voir ? interrogea alors Guillebert, impatient.

— C'est délicat, mais...

— Mais ?

— Voilà, c'est sœur Marie du Rosaire qui m'envoie...

Il fallut presque tendre l'oreille pour entendre le récit amorcé, avec des mots débités sur un mode saccadé qui s'accélérait parfois pour devenir presque inaudible. La révélation était pourtant capitale. Quelques jours plus tôt, un homme avait fait un don, une statuette pour la chapelle et une bourse bien remplie.

— Cela doit réjouir le prévôt que vous êtes... commenta Guillebert.

— Oui, oui, certes, mais cet homme, que nous ne connaissions pas, a traversé la grande salle Saint-Pierre et Saint-Paul pour déposer lui-même la statuette sur l'autel de la chapelle. Et sœur Philippe, qui l'a aperçu, a eu en le voyant une sorte de crise, criant qu'elle reconnaissait le démon qui lui avait fait un enfant. Affolé, l'homme a alors jeté la statuette dans les bras de sœur Marie du Rosaire et a fui. Depuis, sœur Philippe est alitée mais on m'a demandé de vous prévenir. Je n'en sais pas plus...

A l'impatience avait succédé chez Guillebert la stupéfaction. Tout devenait limpide... Quand le prévôt se leva, après avoir bu l'hypocras jusqu'à sa dernière goutte, il lui fallut presque interpeller son hôte, assis sur le banquier de noyer, abasourdi et muet.

— Je vois que la nouvelle était d'importance, dit-il enfin en ajustant son chaperon de velours vert sapin.

— Oui, répondit Guillebert en soupirant.

Le « faiseur de mots » était vaincu par le soupçon et quand il eut refermé la porte derrière son visiteur, au moment où les sonneurs tintaient none, il se laissa tomber de nouveau sur le banquier, bousculant les coussins de velours que Claire lui avait offerts.

— Foutre de Dieu, c'était donc cela, foutre de Dieu, maudite soit la femme qui a enfanté ce chien !

Sans-Mains ouvrit alors la porte ; il tenait sous le bras une grosse miche farineuse dont Honoré avait le secret. Il comprit aussitôt que l'humeur de son maître avait viré, et quand il quitta le banquier et sortit sans un mot, il sut que c'était grave. Et comme à son habitude, il le prit en chasse discrètement. Il n'avait plus de scrupules à laisser la maison sans surveillance depuis que Guillebert avait confié son fameux trésor à Jean Clerbourc lors de la transaction des pierres pour monseigneur de Berry. Les autres pouvaient bien fouiller et refouiller, il n'y avait plus rien à trouver.

Guillebert parut d'abord flâner, regardant à son habitude les marchands et leurs étals colorés, puis il accéléra dans la rue du Château-Fétu, longea les Halles, où l'animation était à son comble au milieu de la journée, puis le cimetière des Saints-Innocents, où les lingères avaient déployé comme de coutume leurs marchandises chatoyantes, avant de s'engager dans la rue de la Verrerie. Sans-Mains comprit alors que son maître allait chez son ami Charles, ce qui lui sembla assez naturel.

Après s'être attardé un instant sous un encorbellement pour observer deux chiens qui s'apprêtaient à en découdre, Guillebert pénétra, en effet, dans la taverne et Charles, qui arborait son habituel devantier rouge, lui servit aussitôt une cervoise.

Dissimulé derrière le poteau cornier de la maison d'en face, Sans-Mains vit les deux amis s'asseoir et Guillebert qui parlait et l'autre qui écoutait.

Et cela durait. Seuls les gestes des mains de chacun pouvaient donner une idée du degré d'animation de la conversation.

Comment Sans-Mains aurait-il pu deviner que Guillebert révélait à l'instant qu'il avait retrouvé Gilette ? Et que Charles mimait la surprise en mettant affectueusement la main sur l'épaule de son ami qui répétait :

— J'ai retrouvé Gilette...

— Où ?

— A l'Hôtel-Dieu, où elle est augustine sous le nom de sœur Philippe.

— Ah, c'est pour cela... disait Charles en feignant encore un étonnement qui faisait frémir Guillebert à deux doigts d'exploser, surtout quand il ajouta : Alors elle ne peut plus sortir...

— On dirait que cela te fait plaisir...

— Moi ? Mais non, que veux-tu dire ? répliquait Charles en buvant précipitamment une gorgée de cervoise.

— Bois, prends des forces, maugréa alors Guillebert, moi aussi, encore une !

Il avait vidé d'un trait son verre, qu'il tendit vers son ami au-dessus de la table de chêne patiné mais aussi taché depuis des lustres par moult godets.

— Elle ne se souvient de rien... Même pas de moi.

— Ah ?

— Cela t'arrange !

— Elle ne t'a pas reconnu ? questionna Charles sans relever ces mots, en se redressant pour laver les godets abandonnés par une troupe de Bourguignons qui sortaient maintenant bruyamment.

Ils croisèrent une femme qui entrait à son tour. Sans-Mains la vit parlementer avec Charles, puis ressortir en clamant :

— Moi, une sale ivrognesse, qu'est-ce qu'il dit, ce barateur ?

Elle tangua et trébucha aux pieds du gueux, se releva péniblement, ronchonna et lança quelques jurons avant de disparaître, trois maisons plus loin. Sans-Mains vit alors Guillebert sur le seuil de la taverne et l'entendit dire à Charles qu'il n'était guère aimable avec la clientèle, avant de revenir vers son ami. Celui-ci eut un geste désinvolte ; visiblement, il n'avait que faire des avis sur son attitude commerciale et préférait reprendre le fil de la conversation. Mais Guillebert parut hésiter un instant avant de saisir au col deux malheureux clients attablés et de les jeter brutalement dans la rue, où ils exprimèrent leur fureur en prenant à témoin Sans-Mains.

— Le vieil enfumé !

— Le joyeux cornard !

Guillebert n'en avait cure ; revenu à l'intérieur, où régnait une certaine pénombre, il se lançait déjà dans un long monologue ponctué de gestes que Charles, soudain immobile, écoutait sans risquer de l'interrompre. Il racontait l'histoire de Gilette telle qu'elle lui avait été contée par la sœur augustine et quand il arriva au passage de l'homme qui l'avait recueillie et avait abusé d'elle, le ton monta. Sans-Mains distingua alors nettement les mots :

— Elle a commencé à perdre la tête quand elle n'a cessé de se poser la question à propos de l'enfant qu'elle attendait… Etait-il de ce violeur ou de moi ? Imagine que j'ai peut-être eu une fille qu'elle a appelée Philipotte et que je ne l'ai jamais su. A moins que le père, ce ne soit l'autre… Si je le tenais, je le jetterais dans la Seine près des moulins, afin qu'il périsse d'une male mort. Mais il peut dormir tranquille, comment veux-tu que je le retrouve ? A moins…

— A… à moins ?

Tendu, l'œil aux aguets, aussi rouge que son devantier, Charles avait répété des mots qui l'inquiétaient.

— A moins que je ne le connaisse...

— Ah ?

— La sœur Saint-Paul m'a parlé d'un ami qui l'avait trahie...

Charles s'était vivement retourné pour ranger ses godets sur la petite étagère de noyer qui occupait tout le mur du fond de la taverne. Il suait à grosses gouttes.

D'une voix blanche, tout en remuant ces objets inanimés pour faire semblant de mieux les aligner, il demanda :

— Alors, que comptes-tu faire ?

— La guérir...

— La guérir ?

— Oui, pour qu'elle retrouve la mémoire...

— Et comment, foutre de Dieu ? interrogea Charles, de plus en plus troublé.

— Grâce au camée que j'ai fait enchâsser dans la Vierge que tu as apportée à l'Hôtel-Dieu, nigaud !

— Et tu crois à ces pouvoirs ?

— Si j'y crois ? Foutre de Dieu et c'est toi qui me demandes cela ?

— Oui, toi qui ne crois à rien...

— Tu sais bien que lorsque tu as apporté la statuette, sœur Philippe, ou plutôt Gilette, t'a reconnu. L'effet fut instantané... pour ton malheur.

— Moi ?

— Ne joue pas les innocents ! C'est toi, l'ami qui m'a trahi !

Guillebert avait soudain saisi de ses deux mains puissantes le col de la chemise de toile écrue que portait Charles sous son devantier rouge.

— Je serre encore et tu es mort, dit-il en accentuant la pression.

Le visage de Charles s'était empourpré, forçant encore le ton par rapport au devantier.

Sans-Mains n'en revenait pas. Il vit Charles tenter de s'arracher aux mains de Guillebert, dont les traits s'étaient durcis, et l'entendit murmurer, à bout de souffle :

— Je vais t'expliquer...

— Il n'y a rien à expliquer.

— Si... lâche-moi...

Guillebert obéit soudain et repoussa si loin Charles qu'il alla valdinguer contre le mur, heurtant même l'étagère et faisant choir en cascade verres et godets, au milieu desquels il se retrouva brutalement assis.

— Par le sang foutre Dieu, rien n'allait plus dans un royaume où Dieu était sourd et n'entendait pas que notre roi était fou... commença Charles. Tu l'as assez dit, que rien n'allait plus dans cette ville !

Surpris que Charles reprenne sa formule favorite, Guillebert se laissa choir sur un escabeau de bois sombre et murmura :

— Est-ce une raison pour trahir un ami ?

— Je vais t'expliquer, continuait Charles, qui avait tout à fait retrouvé ses esprits. Elle est venue, elle était si belle, elle avait tellement peur pour toi, je l'ai consolée et puis il m'est venu des idées... Te souviens-tu de cette fille que j'avais rencontrée à la foire du Lendit et que je t'avais présentée ? Tu me l'avais prise, elle te préférait, grand, beau, fort, plutôt que moi, laid et déjà porté à l'embonpoint. Et l'autre, la fille de l'épicier de la porte Saint-Denis... C'était toujours toi qu'elles voulaient, et là, Gilette, je l'avais à moi tout seul, enfin...

— Tais-toi !

De nouveau debout, Guillebert s'était rapproché de Charles, qui porta précipitamment ses mains à son cou, où des traces rougeâtres subsistaient.

— Dehors ! cria Guillebert en le poussant sans ménagement. Avance !

— Mais je ne peux laisser la taverne ouverte ! protesta Charles.

— Sans-Mains s'en chargera ! Il se cache tout près. Et puis à quoi bon, dis-lui adieu, à ta taverne !

Débusqué, le gueux était sorti de sa cachette.

— Pour servir les godets, ce sera bien, ricana Charles en montrant du menton les crochets du pauvre Sans-Mains, qui lui jeta un regard noir.

— T'occupe pas ! Il aura vite fait d'appeler ses amis pour l'aider !

— Ma taverne laissée aux gueux ?

— Qu'est-ce que cela pourra te faire quand tu seras au fond de la Seine ?

Charles frissonna. Guillebert avait posé une main lourde sur son épaule et l'obligeait à avancer. Une tête apparut à la fenêtre d'une maison voisine, puis une autre, et la nouvelle se répandit comme une traînée de poudre jusqu'aux encorbellements du carrefour suivant. Ensuite, ils se mêlèrent à la foule de passants indifférents. Charles tentait d'avancer la tête haute ; il sentait la pression de la main de Guillebert sur son épaule. A ce train, la Seine serait vite là et les roues de ces maudits moulins qui le happeraient et le broieraient sans pitié !

Pernelle les vit passer à l'instant où ils débouchaient de la rue des Arcis. Juste face à cette échoppe où beaucoup de Parisiens venaient rêver devant des denrées exotiques importées de pays dont ils ignoraient tout, et qui exhalaient des parfums inconnus et enivrants. Olives, riz, dattes, figues, poivre, girofle, vin de Gaza… Elle-même s'apprêtait à emprunter le Pont-aux-Changeurs pour aller rendre visite à Christine de Pisan. Elle fut surprise de voir Charles avec son devantier rouge déambuler ainsi à cette heure inhabituelle pour le tavernier. Mais, bien trop occupée par ses propres affaires, elle évita la rencontre et se dissimula en entrant précipitamment dans une échoppe dont elle ressortit avant même que le fripier dépité ait eu le temps de lui vanter sa marchandise.

Elle traversa à grands pas le pont, puis l'île de la Cité en longeant la Cour du Trésor et la Sainte-Chapelle, d'où son père était revenu un jour émerveillé ; puis elle emprunta le Petit-Pont-Neuf, s'intéressa à un étal de cuirs de Cordoue qui exhalaient une odeur forte, suffisamment longtemps pour que le marchand sorte de son échoppe avec une belle soie brochée de fils d'or et lui fasse l'article. Fuyant le bagout de l'homme au sourire obséquieux, elle reprit sa marche et quelques instants plus tard toquait à la porte de Christine de Pisan, qui ouvrit aussitôt et l'embrassa avec sa fougue habituelle.

— Bon, je ne vais pas barguigner, dit-elle dès qu'elle eut fait entrer Pernelle. Assieds-toi ! Les nouvelles ne sont pas bonnes, ton amoureux est déjà marié.

Abasourdie, Pernelle ne comprit pas d'abord.

Mais la poétesse d'ajouter, avec cette voix claire qui détachait si bien les mots qui faisaient tellement mal :

— J'ai préféré ne pas tourner autour du coquemar et être brutale... Des paroles doucereuses pour cacher la triste réalité n'auraient rien changé à ton désagrément et même à ton chagrin. La vérité n'est pas flatterie.

Une des phrases préférées de Christine, qui ne niait pas pourtant qu'elle-même était bien obligée d'y succomber parfois pour vivre...

Alors, soudain, Pernelle eut l'impression que tout dans la petite salle se mettait à bouger autour d'elle, que les manuscrits posés sur la tour à livres menaient une ronde infernale, que les étagères de bois clair allaient s'écrouler, bref qu'elle allait être engloutie. Elle suffoquait.

Christine de Pisan s'était déjà précipitée vers elle, si pâle.

— Pernelle, Pernelle, répéta-t-elle en lui prenant les mains, qu'elle avait moites. Vite, un godet de lait avec de l'herbe Sainte-Marie !

Pernelle but à petites gorgées le liquide dont Christine de Pisan avait le secret. Un secret que lui avait légué, il y avait bien longtemps, son père et qui l'avait si souvent sortie d'une langueur où elle aurait pu s'abîmer, si elle n'y avait pris garde.

— Voilà, tu es moins pâle, constata-t-elle, et plus vaillante pour m'écouter.

La jeune fille répondit par un pauvre sourire. Christine observa ces lèvres charnues et sensuelles qui étaient celles de sa mère. Dieu qu'elle était attirante, cette petite, songea-t-elle un instant, mais repoussant vivement ces pensées qui auraient presque excusé son damné amant, elle dit :

— Voilà bien les rapports de force dont la femme est inévitablement la victime, j'espérais t'avoir mise en garde, mais tu t'es fait berner par les paroles de ce Milanais. A toi maintenant de ne pas te laisser aller à te donner en spectacle. Le mépris, le mépris... Voilà ce qu'il mérite, même si tu lui as offert ce qu'aucun homme désormais ne pourra te prendre. Ne pleure pas, je t'en prie.

Le ton, subitement autoritaire, surprit Pernelle.

— Je vais te faire manger, continuait son hôtesse. Bureau de la Rivière[1] m'a fait porter des laitues de sa propriété de Crécy. Il y expérimente de nouveaux plants rapportés d'Avignon. Une salade d'un vert à faire pâlir tous les peintres et toutes les peintresses, avec de longues feuilles qui craquent sous la dent et qu'il appelle plaisamment la

1. Premier chambellan du roi.

« romaine »... Mais auparavant, ôte-moi d'un doute. Ce fourbe ne t'a-t-il pas laissé un enfant ?

La rougeur qui empourpra le visage de Pernelle ne dissuada pas Christine de Pisan de mettre les points sur les « i » :

— Autrement dit, as-tu eu tes fleurs depuis ta dernière rencontre ?

Encore plus rougissante, Pernelle, qui n'était pas habituée à parler de ces choses intimes, piqua du nez et murmura :

— Oui !

— Dieu soit loué ! s'exclama Christine en joignant les mains en direction d'un petit panneau où une Vierge délicate offrait à l'adoration son enfant potelé et souriant. Tu as eu de la chance, mais ne tente pas le diable ! Je vais parler à la duchesse, pour qu'elle éloigne à jamais ce maudit. Qu'il aille commercer ailleurs ! Et moi, je l'exclus de l'ordre de la Rose !

— Mais moi, que deviendrai-je ? interrogea Pernelle. J'en mourrai, de ne plus le voir !

— On croit cela puis on oublie, je te l'assure... D'autres damoiseaux plus courtois que ton Bandini s'intéresseront à ton joli visage. A toi de leur faire croire qu'ils sont les premiers ! Mais tu vas me jurer de ne plus chercher à le revoir...

— Oui, dit faiblement Pernelle, qui de nouveau se sentait défaillir.

— Bien, mangeons maintenant notre salade avec un reste de poulet au verjus et une purée de fèves. Je te recommande les lardons délicatement frits et les oignons, qui te gâteront peut-être l'haleine et éloigneront les amoureux pour aujourd'hui.

Pernelle fit une moue qui n'échappa pas à l'hôtesse en train d'extraire deux écuelles d'un petit meuble à clayettes.

— Tu n'aimes pas ?

— Je ne tiens pas aux oignons, avoua Pernelle.

— Ce n'est pas un grand malheur ! répondit son hôtesse en éclatant d'un rire qui entraîna la jeune fille à enfin sourire. Et encore une chose… Tout cela restera un secret entre nous, pas un mot à quiconque, même pas à ton amie Bertrade ! Les langues ne demandent qu'à parler pour enfler une rumeur qui ferait battre des montagnes et te déshonorerait à jamais.

# 40

Quand elle rentra, plus tard, elle dut beaucoup composer pour cacher une tristesse qui lui faisait sans cesse monter les larmes aux yeux. C'était pourtant la fête chez les Clerbourc. Huc avait terminé son apprentissage et partirait le lendemain pour Reims, sa ville natale, où il exercerait son métier.

Et ce pour la plus grande satisfaction de Jean Clerbourc. Il avait conduit le garçon à un niveau qui lui permettrait de devenir un jour maître. Recommandé à l'un de ses amis orfèvres dans la ville des sacres, Huc allait gravir peu à peu les échelons.

Madeleine, qui n'était pourtant pas la meilleure amie de l'apprenti, dont elle dénonçait volontiers les défauts, n'en avait pas moins mis les petits plats dans les grands. La broche tournait allégrement dans la cheminée de la grande salle, où une longue table avait été dressée et même nappée pour la circonstance. Les volailles ainsi grillées et arrosées d'un liquide délicatement aromatisé répandaient des senteurs qui se mêlaient à celles des légumes bouillis, haricots, poireaux et raves, mijotant dans le coquemar suspendu à la crémaillère. Madeleine saurait les assaisonner à sa manière des condiments les plus précieux. Elle avait aussi confectionné mistembecs, flans et crèmes, et Claire avait acheté des pâtes de fruits et des dragées.

La mine défaite de Pernelle, à qui personne, sauf peut-être Simon, qui vint s'asseoir près d'elle, ne prêtait vraiment attention tant chacun participait à l'événement, contrastait avec celle de Lambert. Le matin même, il était allé quérir lui-même des cordes pour le soufflet de l'atelier et avait parlé avec Pierre. Il avait été presque encourageant, même s'il n'avait pas répondu à sa demande en mariage pour Martille, qu'il n'obligerait jamais à se remarier. Lambert était pour lui un bon candidat, mais la décision ne lui appartenait pas. Au jeune homme de la convaincre, et Pierre savait que ce ne serait pas facile. Lambert en convenait volontiers, et quand Pierre lui avait suggéré d'aller voir aussi Honoré le talemelier, il s'était rallié très vite à cette idée d'abord jugée saugrenue. L'accueil de Nathalène et d'Honoré ne l'avait pas déçu. De quel droit empêcheraient-ils la jeune femme de refaire sa vie ? Ils savaient bien qu'elle n'oublierait jamais leur Aubert, et quand Nathalène avait dit, les larmes aux yeux, que, si Martille avait enfin un enfant, elle ne demandait comme seule grâce que de le connaître et même peut-être de le serrer dans ses bras, Lambert avait senti, lui aussi, ses yeux s'humidifier tant la talemelière l'avait ému.

« Mais il n'y a que toi qui pourras la décider », avait aussi conclu Honoré en donnant une tape amicale dans le dos de Lambert.

« Il n'y a que toi qui pourras la décider... » Lambert le savait bien. Il était allé aussitôt tourner dans le quartier des jardins, dans l'espoir d'apercevoir Martille, mais elle n'y était pas. Il avait poussé la porte et avait arrosé les carrés qui lui semblaient secs. Sans doute, la jeune femme n'était-elle pas revenue depuis l'orage tragique. Et soudain, la porte s'était ouverte et Martille était apparue et avait couru vers lui à travers les petites allées dessinées par Aubert.

« Que fais-tu là ? » avait-elle demandé en se plantant devant lui.

Elle était essoufflée. Elle avait couru après s'être enfin échappée du palais, où elle répugnait à abandonner trop longtemps « ses » enfants depuis le drame.

« Tu vois, j'arrose, avait répondu Lambert. Je passais par là et j'ai vu que tes roses avaient soif...

— Ce seront bientôt les dernières. Voilà déjà l'automne qui s'annonce. Les jours baissent et il fera bientôt trop frais pour les fleurs. Je n'aime pas ce moment, où la nature paraît s'abandonner à la paresse et au sommeil. »

Martille était soucieuse. Cela n'enlevait rien à son regard si vif, si brillant, qui déjà s'attachait à chaque carré, puis à la treille où les grappes de raisin bien formées offraient des grains à peine mûrs.

« Je t'aiderai à vendanger si tu veux, avait alors proposé Lambert, qui avait abandonné la chantepleure et palpait une grappe prometteuse.

— Pourquoi me veux-tu tant de bien ? avait demandé Martille avec un pauvre sourire.

— Ne suis-je pas un peu ton frère ? Même si, surtout, je voudrais tellement être ton amoureux... »

Il regretta aussitôt sa franchise, mais la jeune femme n'avait pas réagi. Elle avançait vers les choux bien pommés et se penchait déjà pour en tâter les feuilles.

« Les voici à point... Je vais en prendre pour mon père et mes beaux-parents. En veux-tu aussi ? »

Lambert, hochant la tête, avait dit :

« C'est Madeleine qui va être contente ! »

Martille avait éclaté de rire. Elle se souvenait de Madeleine quand elle venait acheter le pain et qu'elle réclamait toujours ce qu'il y avait de meilleur. Honoré s'en moquait volontiers.

Lambert avait profité de cette soudaine hilarité pour répéter :

« Je voudrais tellement être ton amoureux !

— J'ai entendu, avait répondu Martille, qui avait déjà cueilli trois beaux choux et en plantait un dans ses bras. Mais tu sais bien que c'est impossible.

— Impossible ?

— Je serai toute ma vie la femme d'Aubert. »

Elle avait levé la main vers ce ciel où elle comptait bien que son Aubert soit. L'anneau que celui-ci lui avait passé à l'annulaire brilla au soleil.

« Beaucoup se remarient, même après un aussi grand malheur, avait tenté Lambert.

— Beaucoup, mais pas moi… Il y a encore des mirabelles ! »

Martille courait déjà à l'autre bout du jardin, abandonnant Lambert avec son chou. Il avait couru à son tour et, comme elle lui tendait une mirabelle, lui avait saisi et embrassé la main avant de croquer le fruit dont la saveur sucrée avait enchanté son palais.

« Tu ne peux pas faire cela ! s'était offusquée Martille en fronçant des sourcils au-dessus de ses yeux noirs où Lambert avait cru voir de la fièvre.

— Si… avait-il murmuré, posant une main sur les épaules de la jeune femme qui portait une cotte aux couleurs du roi. Car je veux t'épouser.

— Mais ce n'est pas possible ! »

Il avait soudain fait pivoter la jeune femme, l'avait serrée contre lui. Elle s'était défendue, d'abord, puis avait paru s'abandonner un instant, lui offrant même ses lèvres qu'il avait prises avec fougue avant qu'elle ne le repousse brutalement et ne se précipite vers la porte.

« Reste, je t'en supplie ! avait crié Lambert.

— J'ai honte ! avait répondu Martille, s'arrêtant.

— Mais pourquoi, c'est la vie !

— Mais moi, c'est la mort ! »

Ils avaient ensuite discuté longtemps, si longtemps que Martille s'en était inquiétée et l'avait accusé de la détourner de son travail. Il avait rétorqué que c'était leur vie et que si elle l'épousait, elle n'aurait plus à aller au palais. Elle s'était aussitôt récriée qu'elle n'abandonnerait jamais ses petits princes aux mains de n'importe quelle berceresse. Lambert avait ri et Martille avait convenu avec lui qu'un jour ses petits princes seraient grands et n'auraient plus besoin d'elle. Il avait alors extrait de la bourse de cuir rouge qui pendait à son braiel la bague au rubis précieusement conservée depuis si longtemps et la lui avait tendue.

« Elle est pour toi… »

Martille l'avait à peine regardée avant de clamer encore une fois qu'elle ne pourrait jamais remplacer l'anneau que son Aubert lui avait offert.

Lambert avait concédé qu'elle pourrait le garder et porter les deux, qui témoigneraient de l'amour de deux hommes.

« Ce n'est pas un crime ! » avait-il lancé, un peu comme lorsqu'il bataillait en jouant aux cartes ou aux échecs avec ses amis.

Pour gagner, il fallait avoir le goût du risque !

« Voire, avait repartit Martille en ramassant les choux qu'elle avait serrés contre l'adorable poitrine qui pointait sous sa cotte.

— Demande à ton père et à tes beaux-parents ! avait-il finalement crié, un peu comme un désespéré, quand elle l'avait quitté.

— Oui, avait-elle répondu en s'éloignant de lui vivement. Je te le promets ! »

Le sourire, enjôleur, l'avait laissé pantois. Il avait regardé cette silhouette gracieuse qui le faisait se damner disparaître au bout de la rue et était resté là à méditer en rangeant la bague. Depuis, il était presque confiant car il avait eu le sentiment qu'il ne lui était pas indifférent malgré ses dénégations et que son père et ses beaux-parents, interrogés – il savait qu'elle tiendrait sa promesse –, plaideraient sa cause.

— Au lieu de rêver, Lambert, explique à tous le travail des prochains mois.

Surpris, Lambert revint aux réalités. Il avait en face de lui sur une étagère le chou rapporté à Madeleine qui l'avait accueilli, soupçonneuse, mais avait convenu de sa qualité. Mais d'où venait-il ? De quoi se mêlait ce pauvre Lambert ? Madeleine n'avait pas manqué de pérorer sur la question avec la pauvre Marthe, que la vieille servante bassinait toujours avec des histoires qui ne la regardaient pas.

L'interpellé sortit de la douce rêverie où il aimait s'enfermer avec Martille.

— Oui, oui... répéta Lambert aussitôt, pour se donner le temps de reprendre ses esprits. L'atelier a reçu de nouvelles commandes de monseigneur d'Orléans, venu cet après-none pour qu'on lui fasse ou qu'on réappareille de la vaisselle du logis du Porc-Epic. Il nous promet une belle somme pour chaque marc d'or, d'argent ou d'argent doré fourni...

— A condition qu'il ne l'ait pas perdue avant au jeu ! commenta Jean.

Il avait appris le matin même à la Maison des Piliers qu'après trois mille livres un jour, mille deux cents écus le lendemain, monseigneur avait dû monnayer son cheval !

— Certes, admit Lambert. Les querelles des princes des

lys ne nous empêchent pas d'avoir aussi à réaliser un reliquaire pour monseigneur de Bourgogne destiné à sa chapelle de la chartreuse de Champmol, où reposent ses parents... L'essentiel est que les deux hommes ne se croisent pas entre nos murs !

Jean Clerbourc savait bien qu'une telle rencontre remettrait en cause ses bonnes relations avec les deux princes ennemis. Mais il comptait aussi sur leur haute et fière parole. Même si on disait en ville que Louis d'Orléans utilisait l'argent des impôts pour ses débauches et si Jean sans Peur avait des manières orgueilleuses. Il soupira. Après tout, ce n'étaient pas ses affaires même s'il risquait d'en pâtir.

— Nous avons en cours quelques joyaux pour la famille de Bourbon, ajouta-t-il, sans oublier tout ce que nous réalisons pour l'échoppe destiné aux acheteurs de passage moins riches peut-être mais qui nous permettent tout autant de vivre...

En disant cela, Jean Clerbourc s'était tourné vers Augustin, l'un des principaux producteurs de beaux objets certes mais affectés à une clientèle plus modeste.

— Nous avons en commande des chandeliers pour le nouveau logis de messire Nicolas Flamel, précisa d'ailleurs ledit Augustin, qui avait passé sa journée à mettre au point un modèle qu'il irait soumettre le lendemain à ce client exigeant qui les poussait toujours à la perfection.

Huc écoutait avec attention. Jean Clerbourc s'était maintenant tourné vers lui et, en levant un verre dont le contenu flamboya à la lueur d'une torchère, il lui souhaita de réussir à Reims. Le maître lui avait inculqué les rudiments d'un art qu'il aurait à mettre en pratique à son idée.

Vaguement ému, Huc, qui n'était pas un bavard, ne sut que répondre. Il bredouilla seulement un merci, et un silence s'installa quelques instants avant que Madeleine et

Marthe ne servent les desserts. Il n'avait rien de pesant, ce silence, car la maisonnée fêtait un événement heureux, et quand Jean entraîna Huc vers l'échoppe, tous les suivirent dans une joyeuse bousculade. Il était rare, à l'exception de Pierre, mué en vendeur lorsque Claire courait les rues de la ville, que les ouvriers pénètrent dans ce sanctuaire où étaient exposés les objets qu'ils avaient vu façonner ou qu'ils avaient façonnés eux-mêmes. Les yeux brillaient au moins autant que les aiguières, les croix, les colliers, les fermaux et autres bijoux.

— Je voudrais t'offrir ce gobelet, dit Jean qui avait saisi sur une étagère un objet en argent dont le pied était finement ciselé de feuilles. Cette couronne de laurier est un hommage à la fin de ton apprentissage. Prends-en soin et peut-être l'offriras-tu un jour à la jeune fille de Reims ou d'ailleurs qui aura su faire battre ton cœur…

Huc était devenu rouge ; Claire vit battre le sang à ses tempes. Il avait enfilé le pourpoint acheté par la maîtresse de maison pour les grandes occasions ; il n'avait pu fermer le dernier noyau autour de son cou replet. La cuisine de Madeleine ne devait pas être étrangère à l'embonpoint du garçon, beaucoup plus maigre lorsqu'il était entré en apprentissage.

Tout le monde avait applaudi aux paroles du maître et quand le calme revint dans l'échoppe, où il commençait à faire chaud, Huc se tourna vers Pernelle et dit, toujours en bredouillant, d'une voix à peine audible :

— C'est que… je l'ai déjà trouvée, la fille qui me fait battre le cœur, mais elle ne voudra pas de moi. Vous pensez, une fille de maître… et si jolie, c'est fait pour d'autres, des Milanais aux mains pleines de deniers…

— La vérité sort de la bouche des innocents, murmura Madeleine dans le dos de Marthe.

— Voilà une belle déclaration, intervint aussitôt Jean

Clerbourc. Tu fais bien les choses puisque tu te déclares en présence du père, mais tu dois savoir que maintenant les dames ont des droits et qu'il faut leur demander leur avis. Rien ne va plus, comme dirait notre ami Guillebert, dans un royaume où les femmes font la loi...

L'orfèvre avait cherché le regard de Claire en prononçant ces derniers mots. Elle y répondit avec cette effronterie qui lui avait plu lorsqu'il lui faisait la cour autrefois et qu'il retrouvait avec un certain agacement chez sa dernière fille, mais il poursuivait déjà :

— Un bon apprenti peut être un parti honorable pour la fille d'un maître. Et les Milanais dont tu parles sont souvent si mystérieux qu'on hésite parfois à leur fournir des marchandises... alors leur confier sa fille... Mais... où est Pernelle ?

Claire se retourna. La jeune fille, qui était à l'instant à ses côtés, avait disparu.

— Où est-elle ? interrogea encore Jean en croisant le regard de son épouse, qui avoua son ignorance.

— Elle est sortie, répondit Madeleine.

— Sortie ? fit Claire en soupirant.

— Telle mère, telle fille, murmura encore la servante.

— Cela ne fait rien, dit alors Huc qui serrait sur son cœur le gobelet dont la matière si fine réjouissait les doigts. Je la laisse à Simon, qui bave de jalousie, à moins qu'il ne pense toujours à cette Martille qu'il dévorait des yeux quand nous travaillions au logis Saint-Pol...

Abasourdi, Lambert regarda le garçon mis en cause avancer de quelques pas et se poster devant Huc, l'œil mauvais. Bien qu'il ait fort grandi, il était plus petit que Huc et, surtout, semblait à côté de lui presque chétif.

— Que dis-tu ? Répète-le si tu oses !

— Oui, tu les veux toutes... Mais aucune ne voudra d'un tel gringalet !

— Et toi, le gros, quelle fille voudrait de toi ?

— Mes enfants, cela suffit… intervint Jean.

Mais ces paroles d'apaisement parurent mettre le feu dans les esprits des deux jeunes gens. Huc avança la main pour gifler Simon qui, plus vif, esquiva le coup et d'un geste envoya valdinguer le gobelet sur le sol carrelé de terre cuite. Le bruit métallique parut réveiller les deux protagonistes que Jean et Lambert séparaient déjà. Les maîtres savaient bien que ces deux-là ne s'aimaient pas, mais ce n'était pas une raison pour gâcher ce moment important dans la vie de l'atelier.

— Et c'est qui, cette Martille ?

Marthe avait tapé du coude Madeleine, qui répondit :

— Ça doit être la belle-fille du talemelier, celle qui s'occupe des petits princes depuis la mort d'Aubert…

Chacun maintenant s'en retournait à ses affaires, dont Huc, qui avait ramassé son gobelet légèrement cabossé.

— Mais où est cette maudite Pernelle ? demanda Jean en se tournant vers Claire. Et que veut dire Huc quand il parle de ces Milanais ?

Claire répondit calmement que Huc avait assisté, lors de la fête au logis du Porc-Epic, à la danse de Pernelle avec Orlando Bandini. Un souvenir que Jean préférait chasser de son esprit.

— Il paraît qu'il va quitter la ville, dit Lambert. On raconte qu'il aurait eu une histoire avec une fille alors qu'il est marié avec une Milanaise qui serait aussi noiraude que lui ! La fille se serait jetée dans le Puits d'Amour !

— Un client de perdu, dix de retrouvés, plaisanta Jean, cependant très agacé à l'idée que Bandini pourrait partir sans faire quelques ultimes achats.

— De qui tiens-tu cette nouvelle et ces ragots ? interrogea à son tour Claire.

— Dans une taverne, où je jouais aux cartes avec des amis…

# 41

— Je vais partir, annonça Guillebert.

— Partir ?

Nicolas Flamel fronça les sourcils. Ses cheveux avaient encore blanchi et il se plaignait chaque jour un peu plus de sa vue qui baissait. Pourtant la construction de sa nouvelle demeure le tenait en haleine car il n'était pas question d'abandonner un projet qu'il avait envisagé et mûri avec sa douce Pernelle. Mais l'âge le rendait de plus en plus conscient de la vanité des choses. Et la folie du roi n'était pas pour le rassurer. Qu'en était-il du « faucon aux blanches ailes », devenu le mal-aimé à cause de rumeurs plus ou moins fondées ? Débauche, jeu ? Et face à Louis, ce loup dans la ville, Jean sans Peur, qui n'hésitait pas à piétiner le jardin des fleurs de lys, se posait en champion du roi mais n'hésitait pas à semer le désordre. Les jours où le libraire voyait tout en noir, il imaginait une guerre civile autour d'un roi incapable de pacifier son royaume et d'un trône menacé.

— Oui, je pars, confirmait déjà Guillebert.

Nicolas Flamel l'observa en silence. Il lui en voulait toujours d'avoir sacrifié le roi et de lui avoir préféré par amour cette femme qui avait bénéficié du fameux camée.

Guillebert, qui assumait ce ressentiment, dit encore que son hôte était le premier à apprendre ce départ imminent.

— Mais alors vous renoncez définitivement à cette femme que vous aviez enfin retrouvée miraculeusement ? constata Nicolas Flamel, mettant l'accent sur une évidente contradiction.

— Elle a trouvé la paix, une certaine paix, à quoi bon la torturer ?

— Certes... Alors ce camée n'aura servi à rien.

— Allez savoir, répondit Guillebert, fataliste.

Dans la cage, le papegaut, qui traversait, à l'inverse de son maître, les années sans dommage, vint piquer rageusement de son bec coloré l'archal des barreaux de la cage.

— Pape n'est pas plus content que moi de vous voir partir, plaisanta le libraire.

— Nul n'est irremplaçable, soupira Guillebert, qui aurait menti s'il avait assuré prendre du plaisir à ce départ.

Quitter Simon était une souffrance dont il ne mesurait sans doute pas l'importance. Abandonner pour toujours Gilette aussi, et comment ne pas avouer que lui, si fort, conserverait une tendresse pour Claire qui s'était donnée avec tant de fougue et avait éclairé ces mois passés à Paris ? Il ne le lui dirait pas, de crainte d'attiser une rancœur que l'épouse de l'orfèvre exhalait déjà avec humeur chaque fois que leurs chemins se croisaient. Mais elle savait qu'il ne se laisserait pas fléchir.

— Et où fuirez-vous ? interrogea soudain Nicolas Flamel après qu'Ursule eut encore, comme à chaque visite, tel un rite, posé devant eux un plateau d'hypocras et de mistembecs.

Guillebert remarqua que, contrairement à son habitude, son hôte ne lui vantait pas l'échoppe où il avait acheté sa boisson préférée. Cela voulait bien dire qu'il n'était pas, lui non plus, tout à fait dans son assiette.

— Je vais retourner dans ce monastère de Campanie dont je vous ai parlé. *Fra* Piccolo est-il toujours en vie ? Peu importe ! L'air y est limpide, le ciel y a des couleurs qui vous feraient croire en Dieu, et le cloître offre une paix que je n'ai jamais connue ailleurs. J'y oublierai les princes des fleurs de lys et leurs disputes, la folie de notre roi que je n'aurai pas soulagé…

— Vous le regrettez ?

— Non, j'essaie de ne jamais regretter ce que je fais…

— Même les erreurs ?

— Elles sont faites, à quoi bon revenir dessus ? Je déplorerai seulement de ne pas assister à l'épanouissement de Simon, dont maître Clerbourc paraît aujourd'hui satisfait et convaincu qu'il pourra tenir sa place dans l'atelier de la rue des Orfèvres. Je lui laisse le trésor qui lui vient de son père et qui lui permet d'envisager sereinement l'avenir, si l'imbécillité des hommes n'y contrevient pas.

— Moi aussi, je vous regretterai, mais vous allez vous ennuyer, enfermé dans ce monastère ?

— Il me faudra déjà du temps pour y arriver… mais quelle liberté ! Suivre le vol des hirondelles, écouter le picvert marteler un tronc d'arbre, regarder filer un lièvre ou un lapin, observer le ballet galant des tourterelles… Marcher au milieu des cornouillers ou des genévriers, picorer des mûres et travailler à déloger leurs grains d'une dent pendant presque une lieue… Cueillir des cerises ou des pommes et même manger des fraises offertes par une jeune fille aux lèvres aussi rouges que les fruits et parfois se tromper et prendre cette bouche avec ardeur et rouler dans les senteurs du foin fraîchement coupé… Faut-il espérer davantage ?

— Vous décrivez le paradis ! acquiesça le libraire, qui avait recouvré le sourire et la flamme d'un regard toujours pétillant.

— Presque ! Je quitte en tout cas toute cette agitation avec plaisir !

— Je suis inquiet, dit alors, saisissant la balle au bond, Nicolas Flamel, dont le front s'était rembruni soudain. Monseigneur de Bourgogne va trop loin. Louis d'Orléans n'est guère raisonnable. Et la reine, qui a accouché d'un douzième enfant si chétif qu'il n'a pas vécu...

— Peut-être êtes-vous pessimiste ?

— Je crains bien que non. Mais il est vrai que je déteste cette période de l'année. Ma pauvre Pernelle était comme moi, quand novembre arrivait elle avait envie de nicher sous sa courtepointe et d'attendre le printemps !

Il jeta un coup d'œil soucieux dehors.

— Regardez comme la nuit tombe vite, avec son cortège de tristesse et d'opacité. La Saint-Clément aujourd'hui, vingt-troisième jour de novembre...

— Dans un mois ce sera Noël, et ensuite les jours recommencent à grandir, dit Guillebert sobrement.

— Vous ne serez donc pas là pour la Sainte-Luce... constata Nicolas Flamel. Les gueux vont vous regretter.

Guillebert répondit par un geste désinvolte de la main. Il avait beaucoup fait pour ces hommes et ces femmes qui le lui avaient bien rendu, mais chacun devait vivre sa vie.

— A mon âge, on se demande toujours si on reverra l'été et ses courtes nuits peu propices aux agissements malfaisants, poursuivait déjà son hôte. J'ai un mauvais pressentiment...

— Vous allez finir votre maison, vous y installer pour beaucoup de printemps ! dit aussitôt Guillebert, soudain pris de pitié pour cet homme dont il appréciait plus que jamais, au moment où il allait le quitter, les qualités humaines.

— Oh, je ne parle pas de moi mais du roi, de cette cour

où chacun cherche à tirer un petit avantage sans se soucier du royaume que nos aïeux nous ont légué.

Guillebert s'était levé. Il paraissait très grand dans ce retrait de taille modeste dont les poutres accusaient encore un plafond bas.

— Et vous partez quand ?

— Demain ou après-demain, je n'ai plus rien à faire ici.

— Je regretterai nos discussions, dit Nicolas Flamel en quittant à son tour le faudesteuil de noyer patiné. J'aurais eu plaisir à vous accueillir dans mon nouveau retrait, pour lequel j'ai choisi, pas plus tard qu'hier, des lambris de bois d'Irlande comme monseigneur d'Orléans en a dans sa chambre au logis du Porc-Epic. C'est doux au toucher, sain et bien odorant...

Guillebert regarda le libraire. Il avait semblé recouvrer soudain presque une joie de vivre. L'autre le retint alors par la manche ; il s'était saisi d'un manuscrit et le tendait à son visiteur.

— Il est petit et ne chargera pas votre sac. Je suis sûr que vous aurez plaisir à le feuilleter. C'est une copie du *Livre des merveilles* de Marco Polo, et si d'aventure vous arrivez bien dans votre monastère, remettez-le au moine chargé des manuscrits. Pourquoi les moines ne pourraient-ils rêver eux aussi aux beautés d'un monde qu'ils ont quitté afin de prier pour nous ?

Guillebert reçut le présent avec émotion. Décidément, Nicolas Flamel aurait été jusqu'au bout un hôte parfait.

— Prenez garde à vous ! dit ce dernier encore en étreignant l'homme qui lui parut même plus grand qu'il ne l'imaginait. Adieu.

— Adieu !

— Prenez garde à vous ! répéta Nicolas Flamel sur le seuil de la maison à pans de bois où Guillebert ne reviendrait plus.

Une enseigne brillante, aux couleurs encore une fois ravivées par Hennequin, le nain de Bourgot, se balançait doucement au bras de fer qui l'attachait à la façade peinte.

Vaguement ému, il lui tourna d'abord résolument le dos, puis hésita un instant à rentrer chez lui. Mais où aller ? C'est alors qu'il décela une certaine agitation sous l'enseigne *Aux Couleurs de Bourgot.* Il reconnut Arnaud qui sortait de l'atelier, avec quelques compagnons auxquels Hennequin fit un signe avant de refermer la porte de l'atelier de la peintresse. Désœuvré, Guillebert, que personne n'attendait plus, sauf peut-être Simon à qui il avait aussi annoncé la nouvelle de son départ et qui avait dévoilé quelque chagrin, prit le parti de suivre discrètement le groupe et l'architecte. Il n'avait guère croisé celui-ci, que l'on disait très occupé par les travaux de monseigneur de Bourgogne, ce qui ne l'empêchait pas de traîner dans les rues de Paris avec des hommes dont la brutalité justifiait leur surnom d'« écorcheurs ». Déambuler dans la ville, menacer les commerçants, terroriser les femmes et les enfants, désigner sans motif des hommes à la vindicte populaire, bousculer des étals, tels étaient leurs jeux détestables, que les sergents d'armes ne parvenaient pas à calmer.

« Toujours en quête de mauvais coups, avait dit deux jours plus tôt le pauvre Honoré, dont l'échoppe avait été dévalisée en un tournemain sous les yeux de clients médusés.

— Ils m'ont pris toutes mes chandelles ! » avait renchéri le regrattier d'en face.

Guillebert n'avait pu résister au plaisir de le railler aussitôt, encore une fois, sur la qualité de ses produits en s'esclaffant :

« Mon pauvre Mathurin, les voilà bernés plus que toi encore par tes chandelles de vieilles graisses et de mauvais suif ! »

Et justement, ceux qu'il poursuivait n'avaient pas jugé nécessaire d'allumer des torches et semblaient vouloir profiter plutôt de l'obscurité, qui devenait plus épaisse à chaque instant. Ainsi, dès qu'ils avaient quelques encorbellements d'avance, Guillebert avait du mal à les repérer. Cela lui servait aussi à se dissimuler. Il regretta un moment l'absence de Sans-Mains, qu'il avait laissé rejoindre les gueux pour une fête en l'honneur de Charpentier le Sot et de la Touchaille au Dur Téton, qui avaient décidé d'unir leurs misères. Invité à des agapes financées grâce à sa générosité, il y avait renoncé, préférant rencontrer Nicolas Flamel.

Un croissant de lune vint timidement à son secours, vite happé par les nuages qui avaient offert à la ville un fin crachin toute la journée et rendaient très brune la nuit qui s'annonçait aussi humide. Si l'allure de la troupe était soutenue, sa marche était étrangement silencieuse, ce qui ne laissait pas d'intriguer Guillebert. Des écorcheurs discrets, voilà une nouveauté surprenante. Et les rues qui défilaient depuis celle des Ecrivains... Après la rue de la Sellerie, ils avaient tourné dans celle des Lombards, qu'ils avaient abandonnée pour la rue Saint-Martin, vite délaissée pour des voies plus étroites et plus discrètes, les rues Neuve-Saint-Merri et Sainte-Croix-de-la-Bretonnerie. Ils piquèrent ensuite dans la très sombre venelle des Singes, et Guillebert se sentit presque perdu à l'instant où ils débouchaient sur la rue des Blancs-Manteaux, puis celle du Temple, à quelques pas de la porte Barbette.

Là, le groupe ralentit soudain et Guillebert, qui avait juste eu le temps de se cacher dans une encoignure de porte, vit Arnaud toquer à une lourde huisserie de bois marquée d'une enseigne, *A l'Image de Notre-Dame.* Le battant modelé de moulures épaisses s'ouvrit brutalement et tous s'engouffrèrent dans l'auberge, non sans que le dernier de la troupe ait jeté un coup d'œil inquiet alentour.

Un regard qui fit monter d'un cran la curiosité de Guillebert, désormais pris au jeu et décidé à aller jusqu'au bout. Que complotaient ces hommes ? Il lui revint en mémoire les paroles de messire Flamel et son pressentiment. Bien loin de l'hôtel d'Artois, à l'autre bout de la ville, et encore davantage de l'hôtel de Flandre, les deux résidences de Jean de Bourgogne, que pouvaient bien faire ces hommes à deux pas de l'hôtel Barbette où la reine venait d'accoucher, du logis Saint-Pol où le roi devait se trouver à l'écart des tumultes de la cour et de l'hôtel du Porc-Epic de monseigneur d'Orléans ?

La porte devant laquelle Guillebert s'était réfugié s'ouvrit brusquement. Un homme en sortit ; il dévisagea l'indésirable, lui fit signe de passer son chemin. Guillebert dépassa la porte Barbette, s'engagea dans la rue du même nom et, sous le premier encorbellement, s'appuya contre le volet d'une échoppe. Il entendit l'autre uriner à deux pas, puis rentrer en claquant la porte. Un bruit sec qui résonna dans la rue, puis s'estompa. Une légère brise se leva, apportant des relents de l'égout qui, au-delà des jardins de l'hôtel Barbette, servait de douves à l'enceinte de feu le roi Charles V. Et encore sans doute ces mauvaises odeurs n'étaient-elles rien à côté de celles qui incommodaient à longueur d'année les habitants de l'hôtel Saint-Pol, dont la reine, qui se plaignait amèrement, réclamant que cette puanteur fût déviée plus loin [1].

---

1. Ce sera fait en 1413, par la rue Val-Sainte-Catherine, aujourd'hui rue de Turenne, qui s'est appelée successivement rue de l'Egout-Couvert et rue des Egouts.

De son poste d'observation, Guillebert apercevait la poterne Barbette, qui constituait un passage dans l'ancienne muraille de Philippe Auguste[1]. Quelques passants la franchissaient encore, venant de l'ouest, mais le flux se raréfiait maintenant qu'il faisait nuit noire. Il ne quittait pas des yeux non plus la porte de l'auberge où s'était engouffrée la troupe d'Arnaud. Un chat vint se frotter à ses chausses, miaula, puis détala soudain avant même que Guillebert lui ait décoché le coup de pied qui le démangeait. Le silence fut ensuite à peu près total dans la rue Vieille-du-Temple et aussi au-delà, dans la rue Barbette où donnait le logis du roi. Les riverains avaient fermé hermétiquement leurs fenêtres pour se défendre contre le crachin et le froid humide. Et même les sergents du roi étaient rentrés se mettre à l'abri.

Qu'est-ce que j'attends ? s'interrogea subitement Guillebert, qui commençait à trouver le temps long.

Il avait faim. Les mistembecs d'Ursule étaient loin. Mais, et il ne savait trop pourquoi, il ne parvenait pas à se défaire de cette curiosité qui ne lui ressemblait pas vraiment, lui si détaché de tout. Il avait besoin de savoir. Il sentait pourtant l'humidité le gagner et se frotta énergiquement pour se réchauffer, en tapant des pieds sur le petit seuil de pierre creusé par les pas pressés et répétés des habitants de la maison à pans de bois sombre.

Il en était là de ses pensées et de ses frissons quand soudain il entendit enfin du bruit et aperçut à deux pas de lui une petite troupe qui sortait du logis Barbette autour d'un homme monté sur une mule. Il reconnut à la lueur des torches monseigneur d'Orléans. Sans doute avait-il encore joué son cheval au jeu, songea Guillebert, qui retint

1. Aujourd'hui dans la rue Vieille-du-Temple, au niveau de la rue des Francs-Bourgeois.

sa respiration et se colla encore un peu plus à la muraille pour se dissimuler. De dos, sa longue robe de damas noir recouvrait entièrement la croupe de la monture dont les sabots martelaient en cadence les pavés. Autour de lui, quelques valets formaient une modeste escorte, avec deux écuyers montés sur un seul cheval.

A peine étaient-ils arrivés à hauteur de la poterne que des hommes surgirent de l'auberge qu'il surveillait ; eux aussi portaient des torches, et Guillebert aperçut en bonne place Arnaud. Ils étaient au moins une vingtaine, qui barrèrent instantanément le passage à Louis d'Orléans, lequel lança d'une voix sèche :

— Je suis le duc d'Orléans !

— C'est celui que nous cherchons, répondit une voix.

Guillebert crut reconnaître le ton péremptoire d'Arnaud, aussitôt couvert par des cris :

— A mort, à mort !

Une mêlée indescriptible s'engagea sous ses yeux. Trois hommes gisaient déjà à terre. Il voulut se précipiter, mais une main l'en empêcha et il entendit murmurer près de lui :

— Ne bougez pas, ils vous tueront aussi !

— Mais je ne peux laisser faire cela… balbutia Guillebert en agrippant la main qui le retenait fermement.

— C'est trop tard ! Regardez !

Après un dernier cri, « Eteignez tout, fuyons ! », la troupe des agresseurs refluait déjà dans la rue Vieille-du-Temple, ne laissant que désolation derrière elle.

— Quelle horreur ! fit encore la femme, qui avait enfin lâché Guillebert.

Tous deux étaient pétrifiés.

Un homme arriva alors.

— C'est à cette heure que tu rentres ? l'interpella la femme, qui avait déjà oublié le carnage et exhalait sa rancœur contre son mari.

— Foi de Jehan Griffard, cordonnier, ma pauvre Jaquette, tu n'entendras jamais rien aux affaires de mon métier... Je viens d'être élu juré, alors nous avons arrosé mon nouveau titre...

— En te guettant j'ai vu des horreurs ! Et j'ai peut-être sauvé la vie de messire...

— Tu vois...

Guillebert, qui n'avait que faire de ces disputes de ménage, s'était avancé dans la rue où deux des valets de Louis d'Orléans, épargnés, ne pouvaient que constater que leur maître était mort juste au-dessous de l'enseigne de l'auberge *A l'Image de Notre-Dame*. La Vierge à l'Enfant qui y était représentée dans une belle robe bleue brilla à la lueur des torches des deux hommes.

— Je suis sûr que c'est ce satané Bourgogne qui a fait cela, dit l'un d'eux en se détournant pour vomir.

Le spectacle était insoutenable.

— Et moi, je comprends ce que préparaient ces hommes enfermés depuis plusieurs jours à l'auberge, et les allées et venues des porteurs livrant des seaux et des seaux d'eau pour leurs chevaux, dit le cordonnier dans le dos de Guillebert.

## 42

— Je ne pensais pas vous revoir de si tôt ! dit Guillebert, qui avait forcé la porte de Nicolas Flamel en pleine nuit.

Théophile et Ursule avaient bien résisté, mais le diable d'homme s'était entêté, prétextant des événements si graves qu'il lui fallait les révéler au plus tôt à messire.

Tiré du lit, en longue chemise de toile blanche sur laquelle Ursule avait jeté affectueusement un surcot de velours rouge, le libraire avait balayé les excuses de Guillebert en répondant qu'il ne dormait guère.

— Vous avez sûrement une bonne raison pour venir à cette heure… Ravive le feu, Ursule !

— Vous n'aviez pas tort d'avoir un mauvais pressentiment…

— Dites, ne me faites pas languir !

— Monseigneur d'Orléans vient d'être assassiné !

— Quoi ? Que dites-vous ? En êtes-vous sûr ?

— Je l'ai vu de mes yeux…

— Mais où ? Quand ?

— Il y a une heure !

— Racontez-moi cela !

En quelques mots Guillebert conta sa promenade nocturne et son attente d'il ne savait trop quoi mais qui malheureusement ne fut pas déçue. Puis il passa au drame, une vraie boucherie. Monseigneur d'Orléans avait été laissé à terre, sa belle cotte de damas noir maculée de sang, la tête fendue en deux par une guisarme, sa cervelle répandue dans la boue, le bras droit arraché qu'il avait fallu chercher à la lueur des torches, tout comme son poing gauche, également coupé net. Et autour de lui ses valets morts, son jeune page Jacob, dont le visage d'ange avait été fracassé.

— Je vous ai fait chauffer un peu de lait, dit Ursule.

Elle laissa devant eux une aiguière qui brilla a la lueur du feu qui dévorait déjà avec ardeur les brindilles et les bûches qu'elle avait déposées quelques instants plus tôt sur des braises à peine endormies.

— Oui, le lait est plus recommandé à cette heure, acquiesça le libraire, mais messire Guillebert aurait peut-être préféré une boisson plus forte pour le requinquer après ce qu'il a vu. Tu ne répéteras rien ?

— Je suis une tombe, répliqua Ursule, offusquée que son maître ait pu envisager le contraire.

Pendant que le visiteur refusait le moindre breuvage, Nicolas Flamel ajouta :

— Moi, j'ai une petite faim, pas vous ?

Ursule, qui comprenait toujours à demi-mot son maître, était déjà repartie. Quelques minutes plus tard, elle apportait des pommes, des amandes, des noix et quelques oublies.

— Nous sommes allés chercher des gardes de l'hôtel Barbette, qui nous ont aidés à transporter le duc dans l'église des Blancs-Manteaux, où il repose.

— Il ne reverra donc jamais sa belle chambre tendue de drap d'or... Maudit soit celui qui a fait cela !

— La présence d'Arnaud révèle sans doute le maudit pour qui ce crime a été commis, répondit aussitôt Guillebert, soudain ragaillardi par la chaleur du feu qui crépitait de plus belle, et par les fruits.

— Monseigneur de Bourgogne, le loup dans le jardin des fleurs de lys ! dit Nicolas Flamel dans un souffle.

— L'un des gardes du roi venus nous aider a raconté que le duc, qui se trouvait au chevet de la reine pour la réconforter après sa malheureuse maternité qui l'avait laissée toute dolente, avait été appelé par le roi. Ce serait un certain Thomas Courteheuse, valet du roi, qui aurait été le messager. Monseigneur avait donc quitté Barbette pour se rendre à l'hôtel Saint-Pol. Reste à savoir si le roi avait bien mandé son frère !

Guillebert avait passé une nuit blanche auprès de Nicolas Flamel. Son hôte avait juré ne plus avoir sommeil et qu'il serait bien incapable de dormir après cette nouvelle qui allait plonger – il en était sûr – le royaume dans une crise nouvelle. Ils avaient ainsi devisé, échafaudant des hypothèses pour la suite de ce règne qui se poursuivait sous des auspices ténébreux. Mais, s'il arrivait malheur au roi, son fils si jeune ne pourrait sans doute pas davantage maîtriser la situation que son pauvre fou de père. Et ce serait là que s'aiguiseraient à merveille les dents du loup.

— Maudit ce Jean qui aurait dû périr à Nicopolis ! Quand je pense à la rançon qui fut payée pour le libérer !

Nicolas remâchait encore ses rancunes et ses inquiétudes face au risque de guerre civile quand Théophile se présenta à l'heure habituelle, avec rasoir et essui délicatement parfumé.

— Occupez-vous de Guillebert ! Puis-je vous demander d'aller en ville pour me rapporter les nouvelles ? Vous y êtes moins connu que moi. Vous ne partez plus, j'espère ?

— Je vais peut-être attendre un peu, avoua ce dernier qui se reconnaissait malgré lui une certaine curiosité concernant les prochains malheurs du royaume.

Et ce qu'il apprit en traînant en ville, comme il savait le faire, ne le déçut pas. Il aurait fallu des trésors d'imagination pour inventer une réalité aussi riche en rebondissements. Que les hommes étaient donc inventifs, surtout quand il s'agissait du mal ! Certes, partout dans les échoppes et dans les rues, on déplorait la fin honteuse et horrible de cet homme que certains méprisaient et que d'autres craignaient ou respectaient, voire aimaient. Un éventail de sentiments qui reflétait bien la position ambiguë du duc dans l'opinion des Parisiens.

« Feu messire duc d'Orléans et d'autres terres est maintenant cendre et pourriture », fut l'épitaphe d'Honoré quand Guillebert se présenta pour acheter un cornudeau.

— Ah, plus on est haut placé, plus la chute est rude ! ajouta-t-il en prenant à témoin Mathurin, le regrattier.

— Certes ! répondit celui-ci en regardant Guillebert se frayer un chemin dans la foule des passants matinaux, s'arrêter un instant pour parler à Martin, le donneur d'eau bénite de Saint-Jacques, et disparaître dans la foule plus dense que d'habitude.

C'est que beaucoup se pressaient, alors qu'il faisait à peine jour, par curiosité ou par déférence, jusqu'à l'église des Blancs-Manteaux. Une occasion aussi de voir se réunir le cortège de la parenté. Mais la déception fut grande, car il n'y avait ni le roi, dont personne n'aurait osé imaginer l'état, ni les enfants royaux, notamment le jeune duc de Guyenne, le dauphin.

Les voisins de Guillebert parmi les gens massés autour des Blancs-Manteaux, dont le couvent était protégé par des murs de pierres blanches, identifièrent aussitôt celui qui menait le deuil, Louis d'Anjou, le roi de Sicile et le fils de l'aîné des oncles du défunt. Un prince de belle allure, autour de la trentaine. Venait ensuite le duc de Berry qui devait arborer, songea Guillebert, un fermail de l'atelier Clerbourc avec un beau balais dont le rouge scintillait à la lueur des torches. Très volumineux dans sa houppelande bleu nuit, l'homme précédait monseigneur de Bourgogne, qui manifestait une affection de bon aloi. Guillebert, que ces singeries hypocrites agaçaient, ne put réprimer une moue de dégoût, surtout quand son voisin chanta les louanges de celui qui était pour lui un assassin.

Une femme s'accrocha alors à son bras.

— Vous me reconnaissez ? Je suis Jaquette, la femme du cordonnier de cette nuit. Vous savez qui c'est, celui-là ?

Guillebert secoua la tête pour avouer son ignorance.

— Il y en a tant, de ces princes... poursuivit Jaquette en ne perdant pas une miette du cortège.

Les princes encadraient le cercueil qui avait été clos et tenaient le poêle. Puis ce fut la longue litanie des serviteurs et des écuyers du défunt, tous vêtus de noir et portant des torches.

— Et la duchesse ?

— Elle n'est pas à Paris.

— Ils vont aux Célestins, dit le cordonnier que Guillebert reconnut aussitôt. Nous y serons plus vite qu'eux !

Guillebert emboîta le pas de ce malin, qui contourna le couvent à l'opposé du cortège et le conduisit à grandes enjambées par un dédale de venelles jusqu'à la rue de la Verrerie, où il y avait foule. Ils la franchirent, puis toujours par des ruelles gagnèrent le bord de la Seine qu'ils remontèrent jusqu'au port Saint-Paul, puis, face aux Célestins, au port des Barrés, spécialisé dans le commerce du vin. Ils traversèrent des rangs de fûts en attente et arrivèrent enfin devant l'église où devaient se dérouler les funérailles. C'était vraiment l'extrémité orientale de Paris, au-delà du logis Saint-Pol, dans une zone encore inhabitée dominée par la tour de Billy.

Le crachin avait enfin cessé et le ciel, qui commençait à se dessiner avec plus d'insistance, parut s'éclaircir.

— Ils devraient arriver par la rue du Petit-Musc... dit le cordonnier, décidément causant. Vous connaissez l'origine de cette rue qui est quand même bien placée entre le logis royal Saint-Pol et le couvent des Célestins ?

Guillebert fit une moue dubitative. Il ne voyait pas du tout où l'autre voulait en venir.

— Petit-Musc, c'est tout de même mieux que Pute-y-Musse [1], car ici, c'était autrefois un joli Val d'Amour, ma grand-mère m'en a raconté, de ces histoires !

— Laisse, messire, dit Jaquette, offusquée que son mari raconte cela un jour pareil. Si c'est pas Dieu possible !

A l'instant où Guillebert rassurait Jaquette, il aperçut Nicolas Flamel qui approchait. Il le rejoignit et entra avec lui dans l'église en passant entre les statues de feu le roi Charles cinquième du nom, le père de l'actuel roi, et de son épouse Jeanne. Les murs avaient été tapissés des écussons du duc, avec une profusion sidérante en si peu de temps. Claire et Jean Clerbourc étaient juste derrière eux. Guillebert sentit le regard de sa maîtresse dans son dos. Il eut soudain une bouffée de désir comme si, après cette nuit dramatique, il avait besoin de tendresse. Mais cette nuit ne balaierait pas sa détermination à quitter la ville et il s'en tiendrait à son projet même si, il venait de l'éprouver, ce n'était pas facile !

Une odeur d'encens lui chatouilla les narines. Les maîtres du lieu, les moines célestins, arrivaient en procession. Un sombre cortège dans une pénombre mal combattue par les torchères pourtant disposées en

1. « Pute y flâne ».

abondance. Ils remontèrent lentement la nef et pénétrèrent dans le chœur pour prendre place autour de la dépouille du prince revêtue selon ses dernières volontés de l'habit des moines.

La cérémonie parut longue à Guillebert, qui sentait soudain la fatigue de la nuit peser sur ses épaules, et quand les serviteurs du duc déposèrent enfin leur maître dans la fosse hâtivement creusée au milieu du chœur, il fut soulagé. Là aussi, ils avaient respecté les dernières volontés princières en le posant sur une simple claie de bois, « à pure terre » avant de jeter des pelletées de cendres sur son corps pendant que les moines psalmodiaient sur un mode monotone :

« Je suis poussière et je dois revenir à la poussière... »

Les funérailles à peine achevées, les Parisiens s'intéressèrent à l'enquête que menait déjà avec diligence le prévôt de Paris, l'autoritaire Guillaume de Tignonville, qui avait ordonné de fermer toutes les portes de la ville. Une enquête confiée à un certain Robert de Tuilières et grandement facilitée par les fuyards : ils avaient jeté derrière eux des chausse-trappes[1], ouvrant ainsi une piste qui aboutissait, depuis la rue des Blancs-Manteaux en passant par les rues Saint-Denis et Mauconseil, à l'hôtel d'Artois, qui n'était autre que l'une des résidences du duc de Bourgogne. Une de ses âmes damnées, criblée de dettes et déjà condamnée, Raoulet d'Auquetonville, fut arrêtée et menée au Châtelet par des sergents armés jusqu'aux dents. Puis ce fut un porteur d'eau qui avoua avoir servi les assassins. Mais comme la reine dont toute la ville relatait la colère et la douleur, beaucoup réclamaient le « vrai coupable » et

1. Pièges munis de pointes métalliques.

invectivaient les crieurs annonçant des arrestations qui ne les satisfaisaient pas. Allait-on laisser torturer ces hommes ? Allait-on les pendre au gibet de Montfaucon sans tenir le vrai coupable ?

Et pourtant, nul n'aurait pu ignorer, et Guillebert le rapporta aussitôt à Nicolas Flamel terré dans sa librairie, que dans cette foule mûrissait une vraie guerre civile. Il y avait ceux qui dénonçaient le crime affreux bien qu'ils n'aient guère aimé le défunt, accusé d'avoir augmenté les impôts pour ses plaisirs et dont ils n'appréciaient guère l'attitude vis-à-vis d'un roi tant aimé mais malade et sans doute incurable. Et puis il y avait les autres, qui prenaient avec ardeur la défense du coupable que tout désignait. Paris avait plutôt choisi ce loup de Jean sans Peur !

Et Guillebert, qui avait encore différé son départ, attendait avec curiosité et impatience la suite des événements.

— Nul ne sait plus où est le mal...

— Christine de Pisan pourra jubiler en constatant une fois de plus que son ombre féminine sans corps, qu'elle nomme « dame Opinion », dispose d'un immense pouvoir...

Nicolas Flamel ne voyait pas comment, dans cette ville secouée par des sentiments contradictoires, les coupables pourraient être punis.

Le lendemain, c'est devant le Châtelet, où il laissait volontiers traîner ses oreilles, que Guillebert rencontra Lambert et Martille, en grande discussion.

— La reine est furieuse, disait la jeune femme. Elle en a quitté sa couche où elle languissait depuis la mort de son dernier-né, a renvoyé la berceresse engagée pour lui et m'a dépêchée pour prendre des nouvelles de monseigneur de Guyenne, enfermé dans un endroit secret.

— Où ? interrogea Lambert innocemment.

— Je ne peux le dire... Dieu soit loué, il va très bien.

— Et les autres princes ?

— J'en ai mené chez le roi ; d'autres sont restés avec leur mère.

— Guillebert, comment vas-tu ?

Lambert venait de découvrir à deux pas le grand blond qui dominait ses voisins.

— Comme quelqu'un qui va quitter pour toujours des lieux où il fut heureux et très malheureux. Mais quelle est cette agitation ?

La foule, toujours dense devant le Châtelet, donnait en effet des signes d'excitation.

— Monseigneur de Bourgogne a avoué ! annonça soudain quelqu'un. Cela s'est passé au conseil du roi, qui se tenait à l'hôtel de Nesle chez le duc de Berry !

— Et il a invoqué le diable comme excuse ! reprit un autre qui arrivait, tout essoufflé.

— Et alors ?

— Alors, monseigneur de Berry a levé les bras au ciel en déclarant qu'il avait perdu deux neveux, le défunt et son assassin !

Se détournant de l'homme si bien renseigné vers qui tous les regards convergeaient, Lambert en avait profité pour saisir la main de Martille qu'il serrait fermement. Il aurait voulu l'entraîner loin de cette foule secouée de sentiments contradictoires.

— A Montfaucon ! cria un homme. A mort !

— A mort ! répéta un des gueux qui venaient de s'agglutiner à la foule.

C'était Charpentier le Sot, dont la voix trahissait l'abus de boisson. Guillebert se souvint qu'il avait uni la veille sa destinée à celle de la Touchaille au Dur Téton. Sans-Mains se faufila aux côtés de son maître, laissant derrière lui Trotte-Menu et la Pansue, qui brandissait le petit Noël devenu un bien bel enfant habillé et nourri grâce aux libéralités de Guillebert.

— Pourvu qu'il puisse fuir ! murmura près de Guillebert une femme qui avait déjà choisi son camp.

— Oui, qu'il se sauve ! renchérit une autre.

Tiraillée entre deux courants, divisée sur le héros a encenser, le mort ou son assassin, la foule était de plus en plus houleuse, sous le regard indifférent des sergents d'armes qui montaient la garde devant le sinistre Châtelet.

— Je dois retourner au logis Barbette, dit Martille, vaguement inquiète.

— Je t'accompagne !

Guillebert les regarda jouer des coudes pour parvenir enfin à s'extraire d'une foule de plus en plus agitée Il oublia subitement les tristes réalités en pensant que Martille allait peut-être enfin refaire sa vie et que Lambert ferait un deuxième mari acceptable. Il en fut heureux et décida de quitter cette effervescence. L'aurait-il fait s'il avait su qu'il allait rencontrer Claire ?

En dépit des événements qui secouaient le royaume, il était naturel que la vie de chacun se poursuive. Après avoir planté, encore une fois, son pauvre amoureux transi, déçu, sur le chemin du logis Barbette, Martille fit un crochet par la corderie paternelle où son père, à qui elle contait sa peine du nouveau-né mort de la reine, lui conseilla :

— Au lieu de te lamenter, tu ferais bien d'épouser ce garçon qui est venu me demander mon avis... Un beau gars, gentil, riche, qui a un métier...

Tout en parlant, Pierre, le cordier, tressait adroitement une corde. Martille observait ses doigts habiles à manier les brins de chanvre suspendus à un gros clou. Elle ne se souvenait pas d'avoir vu son père ne pas travailler.

— Oui, qui a un métier et un beau... poursuivit-il en arrivant à l'extrémité des brins, qu'il noua vivement.

— Ne te fatigue pas, papa, laissa tomber Martille, butée.

— Il te ferait un enfant qui serait à toi au lieu de t'occuper de ceux des autres. Lambert pourrait même t'offrir une berceresse...

— Il mourrait comme les autres, je porte malheur !

— Tais-toi ou je t'étrangle avec cette corde ! menaça Pierre, dépité.

— Donne-la-moi plutôt, j'en ferai des rênes pour le cheval de bois de mes princes.

Oui, les événements n'empêchaient pas chacun de mener sa vie.

A l'instant où Lambert rentrait à l'atelier, sous l'œil agacé de son père qui lui reprochait ses absences répétées, Martille passait juste à l'endroit où avait été assassiné monseigneur d'Orléans à deux pas de l'hôtel Barbette, pendant que Claire, revenant de livrer une aiguière à l'hôtel de Bourbon, empruntait, pour retourner rue des Orfèvres, la rue des Fossés-Saint-Germain. Cela n'était pas innocent ! Elle ralentit à hauteur de la maison de Guillebert, s'enhardit même à toquer à l'épaisse porte de bois, puis reprit son chemin tristement.

— Il n'est tout de même pas déjà parti, murmura-t-elle.

Simon avait révélé, trois jours plus tôt, que Guillebert allait quitter Paris, et Jean avait expliqué le contrat qui le liait désormais à son apprenti, à la tête d'un fameux trésor et que Guillebert abandonnait définitivement après avoir accompli ce qu'il nommait sa « mission ». Claire avait dû se contenir pour ne pas questionner Simon sur ce départ qui la bouleversait, une fois de plus mortifiée que Guillebert n'ait même pas tenu à l'en informer lui-même. Mais qu'avait-il à faire maintenant avec elle ?

Aussi quand elle l'aperçut enfin, contre toute espérance, tout près de l'église Saint-Jacques, ralentit-elle le pas et fondit-elle sur lui ensuite avec une telle détermination qu'il ne put l'éviter.

— L'orfévresse guettait sa proie, marmonna Trotte-Menu qui frissonnait sous le porche de l'église où Martin, le donneur d'eau bénite, attendait aussi le client.

— Il paraît qu'il quitte la ville...

— Il paraît, répéta Trotte-Menu sans détourner son regard rivé au couple en grande discussion.

— Et voilà la damoiselle... dit Martin.

— Aussi chaude que sa mère, marmonna encore le mendiant, aussitôt fustigé du regard par Martin, qui n'aimait pas les ragots sur ses paroissiennes.

Pernelle venait en effet d'apparaître, un peu plus loin. Elle rentrait de chez Christine de Pisan qui avait décidé de lui occuper l'esprit et les doigts en lui confiant la rude tâche de copier l'ouvrage qu'elle préparait : *Le Livre des faits et bonnes mœurs du sage roi Charles V*. Un exemplaire destiné à monseigneur de Bourgogne, dans l'espoir qu'il en prendrait de la graine ! Et une chance pour elle, avait souligné la poétesse, quand certains dissertaient encore pour savoir s'il fallait ou non apprendre à lire et à écrire aux filles ! Une occasion rêvée pour l'empêcher de languir et lui permettre de trouver plus facilement l'oubli du maudit Milanais, banni par la duchesse d'Orléans.

Obéissante, Pernelle jugeait que la tutelle de Christine de Pisan était finalement moins lourde que celle de ses parents, et s'échappait de la rue des Orfèvres chaque fois qu'elle le pouvait. Elle revenait les doigts maculés d'encre après avoir éreinté quelques plumes d'oie, mais combien de fois devait-elle retenir ses larmes quand son esprit vagabondait et qu'elle comprenait qu'elle ne reverrait jamais son Orlando !

Elle passa devant l'enseigne *Aux Couleurs de Bourgot*, sans voir Hennequin le nain qui, une fois de plus, baguenaudait sur le seuil de l'échoppe à regarder, le pilon dans la main, les passants se hâter ou au contraire flâner, même si le temps ne s'y prêtait guère.

— Damoiselle Pernelle va troubler le tête-à-tête de sa mère, dit encore en ricanant Trotte-Menu, mais voilà Guillebert qui s'en va... Elle l'a fait fuir. Pauvre dame Claire ! Tiens, voilà la Bourgot !

— Elle a pris de l'embonpoint, plaisanta la Pansue en ricanant, tout en observant que Guillebert évitait de justesse la peintresse qui traversait la rue d'un bon pas. Et dame Claire s'en va en passant le bras sous celui de sa Pernelle à qui je ne donnerais pas le bon Dieu sans pénitence...

— Mêle-toi de tes affaires !

Heureusement, la mauvaise langue ne pouvait mesurer à distance le désarroi de Claire.

« Je partirai comme je suis venu, sans bruit, je redeviendrai un "sans feu ni lieu", comme disait Honoré le talemelier le jour de mon arrivée... »

Ces mots, Claire se les répétait encore quand elle franchit le seuil de l'échoppe où Pierre avait poussé le feu dans la cheminée car le froid devenait soudain vif, accompagné de violentes bourrasques de vent qui pénétraient partout. Elles avaient même renversé le lourd volet de bois, qui avait assommé un pauvre hère !

« Je partirai comme je suis venu, sans bruit, je redeviendrai un sans feu ni lieu... »

Claire n'oublierait jamais ces mots. Elle regarda Pernelle qui fixait les flammes dont l'ardeur n'avait rien à envier à cet amour qui les dévorait toutes les deux. Ni la mère ni la fille n'avaient conscience du chagrin de l'autre. Et elles figuraient de bien piètres élèves de Christine de Pisan, qui entendait offrir aux femmes une autre indépendance !

## 43

Simon s'était réveillé très tôt. Il ne savait si c'était le froid qui l'avait tiré de ses rêves, ou l'anxiété de voir partir Guillebert. Car, après des départs différés, ce matin-là sonnait vraiment le jour des adieux. Il y avait eu la neige, puis la Sainte-Luce, et Guillebert s'était laissé fléchir pour rester jusqu'aux étrennes. Il avait passé Noël avec Simon et la famille Clerbourc, une épreuve dont Claire n'aurait jamais imaginé l'ampleur. Etre à la fois aussi près de lui physiquement et aussi loin moralement relevait d'un exploit qui avait eu raison de son sommeil. Remâcher rancune et remords ne lui laissait que langueur. Et pourtant elle espérait toujours que Guillebert ne mettrait pas finalement à exécution son funeste projet. Même si elle avait bien conscience qu'elle ne le récupérerait jamais. La rupture était consommée.

Simon avait aussi senti la nervosité le gagner. Il ne pensait même plus à Martille, dont il avait presque oublié le visage. Guillebert n'était-il pas le dernier maillon qui le reliait à son père, dont le souvenir s'estompait un peu plus chaque jour ? Il percevait avec tristesse et amertume le caractère définitif de son éloignement.

Le garçon renifla. Il refoulait difficilement les larmes qui embuaient ses yeux. Il écouta les bruits de la rue s'éveillant aussi. Ils n'étaient pas habituels puisque, pour cette dernière nuit de Guillebert à Paris, il était venu rue des Fossés-Saint-Germain, dans cette maison qui serait désormais la sienne. Ils lui parvenaient beaucoup moins feutrés que dans sa soupente de la rue des Orfèvres. Une porte claqua, un chien aboya, une civière cahota sur les pavés, une voisine échangea quelques mots aigres avec une autre…

Il entendit Guillebert se lever, puis descendre doucement le petit escalier de bois. En bas, il l'imagina remuant les braises soigneusement préservées, avant d'y jeter une bûche ; il perçut le grincement du trépied sur lequel l'eau devait chauffer dans le coquemar, et le bruit du couteau coupant des tranches dans la grosse miche de pain quérie la veille chez Nathalène qui, dans un rare accès de générosité, en avait fait cadeau.

Simon repoussa à regret la courtepointe de laine à grands carreaux bruns et verts. Ses yeux s'étaient habitués à la pénombre. Sur le coffre de bois clair était posée la cotte brodée qui lui rappelait de vagues souvenirs des femmes du pays où il avait passé une partie de son enfance. Il se rappelait aussi que Guillebert l'avait serrée dans les lourds balluchons transportés pendant tant de lieues et tant de mois. Elle était là, objet innocent qui n'avait jamais été offert à sa destinataire, dont Guillebert n'avait jamais vraiment révélé le secret à Simon. Objet innocent, certes, mais qui avait été à l'origine d'une des premières querelles de Guillebert avec Claire, sa maîtresse ayant perçu aussitôt le danger. Le garçon allait en hériter, pour « celle que tu aimeras un jour », avait dit celui qu'il considérait plus que jamais comme son père, à l'heure où il comprenait qu'il ne le reverrait sans doute plus.

Il soupira en se mettant enfin debout, attacha ses chausses, enfila son pourpoint de fête exceptionnellement endossé la veille et descendit à son tour.

Puis tout alla très vite. Après un rapide déjeuner, Guillebert serra dans le profond sac de toile qui lui servirait de bagage le reste du pain dont il avait apprécié pour la dernière fois la saveur. Il eut une pensée pour Nathalène et pour Honoré, qui décidément était un bon talemelier. La miche à la mie colorée voisinerait avec la copie du *Livre des merveilles* offerte par Nicolas Flamel, deux pourpoints, des chausses et des chaussures plus légères pour des jours meilleurs.

— Allons-y ! dit Guillebert après avoir couvert le feu de cendres pour en apaiser les dernières flammes. Je n'irai pas chez le barbier aujourd'hui, et sans doute plus avant longtemps.

Simon sourit. Il se souvenait soudain de la barbe que Guillebert arborait pendant leur long voyage, cette barbe aussi blonde que ses cheveux, avec quelques reflets fauves. Guillebert lui mit la main sur l'épaule et le poussa vers la porte dont il ferma soigneusement la serrure avant de remettre la clé au garçon.

— Nos chemins se séparent là... lui déclara-t-il alors, presque brutalement.

— Je t'accompagne, maître Clerbourc me l'a permis.

— A quoi bon faire durer les adieux ? répliqua Guillebert dont, peut-être pour la première fois, la voix trahissait une émotion à l'unisson de celle du garçon, qui refoulait de plus en plus difficilement ses larmes.

— Je t'accompagne, parvint-il à dire quand même.

— Bon... Viens.

A cet instant surgit Sans-Mains, un balluchon sur le dos retenu par le crochet de son bras droit.

— Je pars aussi, annonça-t-il en regardant celui qu'il considérait toujours comme son maître.

— Foutre de Dieu, murmura Guillebert, que ferais-je de toi ?

— Mes jambes sont bonnes, répondit l'autre en les faisant mouvoir sur les pavés de la rue.

— Et tu abandonnerais tes amis les gueux ? questionna Guillebert, déjà presque vaincu.

Contrarié mais heureux, il entendit Sans-Mains expliquer que les gueux étaient bien moins ses amis que lui.

— Je te protégerai, ajouta-t-il, et j'irai où tu voudras.

— Même chez les moines ?

— Même... répondit Sans-Mains en éclatant de rire.

— Allons-y !

Simon sentit une bouffée de jalousie le submerger. Lui aussi était prêt à tout abandonner, même Martille dont l'image surgit un instant, qu'il balaya.

La ville s'éveillait vraiment. Leurs heuses résonnaient sur les pavés. Ils rejoignirent rapidement la rue de l'Arbre-Sec, où un poissonnier déballait une marchandise dont les odeurs fortes se mêlaient à celles qui venaient de la Seine toute proche.

— Sais-tu pourquoi on dit « l'arbre sec » ? interrogea Guillebert en mettant encore une fois la main sur l'épaule du garçon qui, certes avait grandi, mais serait toujours beaucoup plus petit que son protecteur.

Cette pression affectueuse rappelait à Simon tant de souvenirs !

— Non, murmura le garçon en le regardant.

— Il y avait une potence, ici, au siècle dernier...

Mais Guillebert pressait le pas comme s'il avait voulu en finir maintenant rapidement avec cette ville. Les barques venant accoster au Port-au-Blé attirèrent leur attention un instant, au loin le Pont-aux-Meuniers se dessinait dans la brume qui recouvrait le fleuve. Simon frissonna sous la cape de laine que Guillebert lui avait offerte au début de l'hiver. Un léger vent venu de l'ouest leur battait le dos et le garçon apprécia encore une fois ses heuses taillées dans une peau de mouton chaudement doublée. Ils étaient déjà au Châtelet, d'où des sergents d'armes faisaient sortir des condamnés qui seraient exposés avant longtemps au pilori, et quand ils s'engagèrent sur le Pont-aux-Changeurs, ils suivirent une petite procession de clercs qui pénétra sur l'île, dans l'église Saint-Barthélemy-Saint-Magloire.

— Je vais prier pour le roi, dit une femme en entrant à son tour dans l'église. Il paraît qu'il a eu une crise hier soir et qu'il a fallu murer les baies du logis Saint-Pol. C'est à cause de cette Valentine !

Guillebert s'arrêta un instant. Jusqu'à quand ce désastre durerait-il ? On racontait qu'après en avoir appelé avant Noël à la justice du roi, la duchesse d'Orléans était revenue la veille pour la troisième fois. Déçue, elle était repartie en grand attelage avec ses enfants pour s'enfermer dans sa ville de Blois, et le peuple de Paris, prompt à s'emballer, faisait aussitôt le rapprochement avec la nouvelle crise de folie du roi.

— Elle lui a laissé des sortilèges avec son baiser d'adieu, disait justement la paroissienne à une autre. Fasse que les Rois mages apportent la guérison à notre roi !

Et voilà comment les nouvelles circulent dans cette ville, songea Guillebert.

C'était en effet la Tiphaine [1]. Il se remémora que Nathalène lui avait conseillé la veille d'attendre encore un jour pour profiter des gâteaux que le talemelier déposerait sur les tiphaniers qu'elle avait déjà préparés. Guillebert avait même plaisanté en disant que s'il fallait tenir compte des

1. Epiphanie.

fêtes il ne partirait jamais, et Honoré avait répliqué qu'il pourrait au moins attendre celle des fous. Cela avait été l'occasion une dernière fois de voir Nathalène houspiller, en scrutant avec inquiétude les alentours, son mari, qui ne devait pas tenir des propos susceptibles de lui faire du tort.

— Viens, dit Guillebert, souriant à ce souvenir, je dois m'acquitter d'un ultime pèlerinage…

Par un dédale de venelles étroites et tortueuses, ils parvinrent à l'Hôtel-Dieu. Guillebert connaissait par cœur les détails des deux lourdes portes. Il se planta un instant devant, imagina l'agitation qui devait régner à l'intérieur, fit surgir devant ses yeux la silhouette dissimulée par la longue robe de nonne et la guimpe qui s'était définitivement substituée à la jeune femme coiffée d'un chapeau de fleurs.

— Voilà, c'est fini ! dit-il enfin, rompant le silence que Simon avait respecté. Pars, rentre à l'atelier qui est ta vie, travaille encore pour apprendre ce métier qui aurait ravi ton père, et crée ces objets qui ont forcément une âme quand on les fabrique avec amour. Et puis trouve une jeune fille pour la cotte brodée ! Et ne m'oublie pas !

Simon s'était jeté contre lui et l'étreignait avec force.

— Adieu ! lança Guillebert en soulevant son chaperon bleu comme ses yeux avant de se dégager pour marcher d'un pas qu'il voulait assuré vers le Petit-Pont où se pressait maintenant une foule bruyante parmi laquelle beaucoup d'étudiants qui rejoignaient leurs cours au collège de Sorbon ou rue Fouace.

— Adieu ! lança à son tour Sans-Mains, trop heureux pour cacher sa joie.

Immobile, indifférent à tout, Simon resta un long moment à regarder la haute silhouette coiffée du volumineux chaperon disparaître, malgré les larmes qui n'en finissaient pas de couler sur sa cape. Jamais il n'avait été aussi malheureux. Plus rien ne semblait capable de le détourner de cette rue Saint-Jacques qui allait tout droit, sans aucun détour, jusqu'à cette porte où il avait franchi, avec espoir, deux années plus tôt les remparts de cette ville où Guillebert aujourd'hui l'abandonnait. Il eut une envie irrésistible de franchir à son tour le pont et de courir pour rattraper Guillebert, fit trois pas... s'arrêta. Il connaissait trop ce diable d'homme pour savoir qu'il ne céderait pas et le ramènerait malgré lui.

« Ta vie... Ce métier qui aurait ravi ton père... ces objets... »

Oui, sans doute Guillebert avait-il raison, mais cela lui faisait tellement mal !

Les larmes redoublèrent. Il fut bousculé par deux hommes qui en soutenaient un troisième dont la tête était en sang.

— Vite, à l'Hôtel-Dieu, laisse-nous passer ! dit l'un d'eux.

— Vite !

Simon en avait oublié un instant la rue Saint-Jacques. Guillebert était déjà dans un autre monde. Il lui tourna enfin le dos, résolument.

Quelques instants plus tard, son cœur battait à se rompre. Il venait de passer la planche Milbray quand il aperçut Martille débouchant dans la rue des Arcis.

— Une jeune fille pour la cotte brodée... murmura Simon.

Il pressa le pas pour venir à sa hauteur.

— Martille, dit-il doucement quand il fut tout près d'elle dans la rue Saint-Jacques-la-Boucherie.

— Simon... Mais qu'est-ce que tu as, avec ces yeux rouges ?

— Rien... répondit-il précipitamment.

— Mais si, on ne pleure pas pour rien, je le sais bien !

— C'est Guillebert...

— Guillebert ?

Martille frissonna. Certes, elle avait fait la paix depuis longtemps avec l'homme qui lui avait ramené son Aubert en ce jour maudit qu'elle n'oublierait jamais, mais il resterait toujours associé à cette funeste image.

— Il est parti...

— Parti ?

— Oui, pour toujours !

Incapable de se maîtriser plus longtemps, Simon éclata en sanglots.

— On ne peut être parti pour toujours si on n'est pas mort, répliqua Martille, qui avait passé son bras sous celui du garçon et l'obligeait à avancer.

« Mort », elle détestait ce mot et se signa. Ils étaient maintenant devant le porche de l'église Saint-Jacques, d'où Trotte-Menu vint à leur rencontre.

— Qu'est-ce qu'il a ? demanda-t-il en regardant d'un air soupçonneux la jeune femme.

— C'est Guillebert qui est parti, expliqua Martille.

— Oh, je sais, il y en a d'autres qui sont inconsolables, ici, dont le pauvre Sans-Mains ! Vrai, Guillebert aurait pu l'emmener... Tiens, voilà la Pansue, c'est qu'avec la Tiphaine on va avoir du monde... Ah, ce ne sera plus pareil, sans ce diable d'homme !

Le petit Noël, qui marchait maintenant, se précipita vers Simon et s'accrocha à ses chausses. Le garçon le souleva à hauteur de son visage qu'il approcha du sien et lui fit une grimace. L'enfant éclata de rire mais quand Simon le reposa sur les pavés inégaux, mis à mal par les travaux de l'église, il se mit à hurler. Hennequin parut aussitôt sur le seuil de l'atelier de Bourgot, puis rentra, visiblement appelé par la peintresse. Alerté par les cris qui résonnaient jusque sous les voûtes de l'église, Martin, le donneur d'eau bénite, sortit à son tour pour ramener le calme.

— Occupe-toi de ton fils ! lança-t-il, l'œil mauvais, à la Pansue qui serrait déjà l'enfant sur son opulente poitrine.

— Je dois aller travailler, dit alors Simon, qui paraissait avoir recouvré une certaine sérénité. Ah, ne cherchez pas Sans-Mains, il est parti avec Guillebert !

— Parti ?

— Oui..

— Je vais aussi à l'atelier, murmura près du garçon Martille, à qui il dédia ce sourire mélancolique dont il avait le secret.

Elle se souvint alors de son regard, qu'elle avait croisé le jour où il était arrivé, et soupira. Elle, si heureuse ce jour-là, avait été frappée par ces yeux, sombres comme elle en connaissait peu.

— Au revoir ! s'écria-t-elle pourtant presque joyeusement à l'enfant blotti dans les bras de sa mère qui tendait déjà sa main de mendiante à une paroissienne pressée.

— Tu vas à l'atelier ? interrogea Simon, à la fois surpris et ravi.

— Eh oui... répondit Martille avec un sourire qui le transporta.

— Tu viens chercher des médailles pour tes princes ?

— Tu es bien curieux...

Simon n'en demanda pas plus. Il songea alors qu'il n'avait pas pensé à Guillebert depuis un moment. Martille l'avait-elle chassé ? Il en était là de ses pensées quand ils arrivèrent à l'échoppe de la rue des Orfèvres, dont le lourd volet de bois avait été enlevé.

Claire, qui y attendait déjà le client, observa Simon. Elle savait qu'il venait de quitter Guillebert. Elle devina évidemment ses yeux rouges qui n'échappèrent pas non plus à Pernelle en train de ranger des gobelets d'argent qu'il avait justement réalisés. Mais lui ne pensait plus au départ qui l'avait bouleversé ; il aurait tellement voulu montrer ces objets à Martille mais il n'osa pas, intimidé soudain, et sentant le regard ironique de Pernelle, il préféra filer à l'atelier au moment où Claire demandait à la jeune femme :

— Martille... Que veux-tu ?

— Voir Lambert, répondit-elle avec un sourire éclatant qui parut irradier l'échoppe et les objets des étagères.

— Il est à l'atelier, dit aussitôt Pernelle, je t'emmène.

Chaussées des mêmes estivaux de cuir noir, elles traversèrent, légères et rapides, la cour où Madeleine tirait péniblement de l'eau du puits. La chaîne glaçait les doigts et il faisait sombre. Le ciel paraissait coiffer la maison et quelques flocons de neige en tombèrent presque à regret.

— Il fait trop froid pour neiger, dit Madeleine à Marthe qui inspectait les nuages. C'est qui, celle-là ? Mais oui, c'est la petite talemelière...

Pernelle avait déjà ouvert la porte de l'atelier d'où émergèrent quelques instants les bruits familiers des marteaux. Simon avait rejoint la table, où Lambert lui montrait un dessin.

— Lambert, tu as une visite, annonça Pernelle avec cette voix qui avait pris du corps depuis qu'elle avait joué le *Dit de la Rose* à l'hôtel du Porc-Epic.

Son frère leva alors le regard du parchemin qu'il commentait à Simon. Un cerf-volant avec une couronne pour collier y prenait forme ; pour une commande de la reine, il avait réinterprété à sa façon l'idée d'enfance du roi qui était gravée depuis toujours sur sa vaisselle d'or et d'argent. Abandonnant l'animal aux formes finement déliées, ses yeux parurent un instant s'écarquiller. La surprise le clouait sur son escabeau. Simon murmura :

— C'est Martille...

— Oui... oui...

Lambert bégayait.

— C'est Martille, répéta Pernelle en avançant vers lui.

Pierre, qui actionnait en cadence le soufflet, s'était arrêté et Jean Clerbourc parut, lui aussi, retenir le marteau qu'il maniait avec ardeur un moment plus tôt.

Mais, déjà revenu de sa surprise, Lambert repoussa vivement l'escabeau qui valdingua bruyamment jusqu'au mur, et s'approcha de Martille.

— Martille, c'est le froid qui t'amène, la neige...

— Non, c'est l'amour, répondit la jeune femme en plantant son regard sombre et fier dans les yeux noisette de Lambert.

L'orfèvre crut un instant rêver, mais l'atelier était bien là, avec ses bruits et ses odeurs et tous ses acteurs dont il se sentait le point de mire. Il se retourna vers son père, qui tenait toujours en suspens son marteau, Pierre, qui s'était discrètement retourné vers le four, Simon, qui regardait obstinément ses heuses, et enfin Pernelle, dont l'air moqueur lui fit soudain mesurer la situation.

Pris d'une inspiration subite, il saisit la main de Martille, la fit pivoter et dit :

— Viens !

Mais la jeune femme résistait.

— Ecoute-moi, plutôt... J'ai bien compris que je continuerais à penser à Aubert tout en pensant très fort à toi. Et puis cette femme qui m'avait annoncé un grand malheur avant la mort d'Aubert, ne m'avait-elle pas parlé aussi de soleil, d'or et de couleurs ? J'ai compris enfin ces paroles étranges mais si bien adaptées à toi.

La voix claire avait détaché chaque mot.

— Viens, répéta Lambert en ouvrant la porte sur la cour, des flocons de neige s'engouffrant aussitôt dans la pièce, perlant sur le sol en terre battue.

Simon s'était à son tour avancé et approché de Pernelle.

— L'amour, l'amour... mais c'est moi qui l'aime !

— Peut-être, peut-être mais je ne crois pas que Martille se soit trompée, ricana Pernelle en scrutant le visage aux pommettes osseuses dont la rougeur trahissait encore les larmes. Et tu sais, un chagrin d'amour, on n'en meurt pas, tu peux me croire !

Jean Clerbourc, dont le marteau était toujours à la merci d'une main curieusement indécise, fixa alors sa fille, qui avait déjà gravi les deux marches conduisant à la porte.

— Après tout, je n'y connais rien, murmura Simon en retournant à la table où travaillait Lambert.

— Tu ferais mieux de t'occuper de ton travail, dit maître Clerbourc. Peut-être auras-tu davantage de satisfaction avec les objets qu'avec les gens... Moi, c'est mon idée et je n'ai jamais été déçu.

Simon soupira, des larmes roulèrent sur ses joues ; il renifla, puis s'empara du dessin de Lambert ; le cerf-volant dansait devant ses yeux.

— Es-tu bientôt prêt ? interrogea Pierre avec ce sourire inimitable d'une bouche édentée. Le four est à point.

Simon vit alors l'aiguière à laquelle il avait travaillé la veille. Il restait à façonner l'anse que Lambert avait dessinée gracieuse et fine. Le garçon saisit l'objet ; la matière en était lisse, presque soyeuse. Pas un défaut, pas une aspérité. Le maître serait content.

Une douce langueur s'empara de lui. Sans doute n'oublierait-il jamais cette Tiphaine de l'an 1408...

— Je suis prêt ! lança-t-il enfin à Pierre, à l'instant où Pernelle rouvrait brutalement la porte.

— Pour nous remettre de toutes ces émotions, Madeleine a préparé un bon gâteau. Regardez !

Elle présentait sur un tiphanier une grosse galette des Rois, dont la pâte bien levée répandit aussitôt un arôme délicat dans l'atelier.

# Epilogue

Guillebert saurait-il jamais que les Parisiens allaient réserver, un mois plus tard, le jour de Carême-Prenant [1], le meilleur accueil à l'assassin de monseigneur d'Orléans, qui traversa la ville avec orgueil vêtu d'une robe de velours vermeil semée de feuilles d'or et fourrée de petit-gris dissimulant selon l'habitude une cotte de mailles ?

Guillebert saurait-il jamais que le duc de Bourgogne, à peine revenu à Paris, monta un coup de force contre l'Hôtel-Dieu et que, profitant de l'affolement des augustines, il enleva la statuette d'argent et donc le fameux camée ? Charles, à qui Guillebert avait, dans un accès étonnant de générosité, laissé la vie sauve, avait parlé, probablement sous la contrainte, à l'un des écorcheurs qui travaillaient pour le duc. Le hasard voulut sans doute que le roi ait justement connu une rémission quelque temps après. Une rémission insuffisante pour remettre de l'ordre dans le royaume, où les Bourguignons de monseigneur Jean affrontaient désormais sans merci les Armagnacs, restés fidèles au défunt duc d'Orléans.

Saurait-il jamais que cette lutte terrible enfonçait le royaume dans une situation qui accréditait plus que jamais

1. Mardi gras

sa belle formule, « Par le sang foutre Dieu, rien ne va plus dans un royaume où Dieu est sourd et n'entend pas que notre roi était fou ! » ?

Saurait-il jamais que c'était Honoré, le talemelier, qui l'avait reprise à son compte et la servait volontiers à ses clients, remplaçant ses diatribes contre les sans feu ni lieu, diatribes qu'il n'osait plus débiter depuis Guillebert ?

Guillebert saurait-il jamais encore que sœur Philippe demanda un jour à sœur Marie du Rosaire pourquoi on ne voyait plus ce grand homme blond « à l'air si gentil » ?

Saurait-il jamais que Claire ne trompa plus son mari et pria avec ardeur sainte Madeleine de la guérir de ce chagrin d'amour qui la saisissait à un âge où les femmes jouent plus volontiers les grand-mères que les amantes ?

Saurait-il jamais que, selon son vœu et celui de son père, Simon devenait chaque jour davantage un orfèvre de talent prêt à assurer avec Lambert la succession de Jean Clerbourc ?

Saurait-il jamais que le garçon n'en finissait pas de faire des objets avec des singes pour plaire à Pernelle, dont les doigts tachés d'encre par ses travaux de copiste ne portaient toujours pas de bague ?

Saurait-il jamais tout cela ?

Avec ce diable d'homme, tout était possible, il ne fallait jurer de rien.

*Clermont-Ferrand,*
*le 4 novembre 2005, jour de la Saint-Charles*

# Glossaire

*Archal*, laiton
*Balais*, rubis, terme qui vient de Balakhchân, région de Samarkand
*Bièvre*, feutre en poil de castor
*Brayette*, braguette
*Brunette*, étoffe de laine de belle qualité et de couleur sombre
*Canivet*, grattoir pour gommer
*Carême-Prenant*, Mardi gras
*Carole*, danse
*Chantepleure*, arrosoir
*Chastel Saint-Antoine*, la Bastille
*Compte pour messire Dieu*, œuvres de bienfaisance
*Coquemar*, marmite avec un bec verseur
*Cotignac*, pâte de coings
*Drapeau*, lange
*Ecarlate*, drap de laine luxueux
*Escafinon*, chaussure légère
*Escove*, balai
*Eteuf*, balle de cuir remplie d'étoupe utilisée pour la soule
*Fifi*, cureur
*Layette*, tiroir

*Libraire juré*, éditeur, créateur de livres avec copistes et enlumineurs, contrôlé par l'Université

*Librairie*, bibliothèque

*Marchand de l'eau*, détenteur du monopole des transports sur la Seine

*Merdereaux*, réseaux à ciel ouvert qui constituaient le tout-à-l'égout

*Mignot*, mignon ou favori

*Mistembec*, beignet (mise en bec, comme croquembouche)

*Noyau*, bouton

*Pain bénit à chanter*, hostie non consacrée

*Papegaut ou papegai*, perroquet

*Plaid*, procès

*Porteur à col*, qui transporte ses marchandises sur le dos, d'où colporteur

*Regrattier*, revendeur de denrées domestiques

*Rochet*, tablier

*Soule*, ancêtre du football

*Talemelier*, boulanger

*Tiphaine*, Epiphanie

*Tiretaine*, étoffe de laine de médiocre qualité

## PRODUCTION JEANNINE BALLAND

### Romans « Terres de France »

**Jean Anglade**
*Un parrain de cendre*
*Le Jardin de Mercure*
*Y a pas d'bon Dieu*
*La Soupe à la fourchette*
*Un lit d'aubépine*
*La Maîtresse au piquet*
*Le Saintier*
*Le Grillon vert*
*La Fille aux orages*
*Un souper de neige*
*Les Puysatiers*
*Dans le secret des roseaux*
*La Rose et le Lilas*
*Avec le temps…*
*L'Ecureuil des vignes*
*Une étrange entreprise*
**Sylvie Anne**
*Mélie de Sept-Vents*
*Le Secret des chênes*
*La Couze*
*Ciel d'orage sur Donzenac*
*La Maîtresse du corroyeur*
*Un horloger bien tranquille*
**Jean-Jacques Antier**
*Autant en apporte la mer*
**Marie-Paul Armand**
*La Poussière des corons*
*Le Vent de la haine*
*Le Pain rouge*
*La Courée*
tome I *La Courée*
tome II *Louise*
tome III *Benoît*
*La Maîtresse d'école*
*La Cense aux alouettes*
*Nouvelles du Nord*
*L'Enfance perdue*
*Un bouquet de dentelle*
*Au bonheur du matin*
*Le Cri du héron*
**Victor Bastien**
*Retour au Letsing*
**Henriette Bernier**
*L'Enfant de l'autre*
*L'Or blanc des pâturages*
*L'Enfant de la dernière chance*
**Françoise Bourdon**
*La Forge au Loup*
*La Cour aux paons*
*Le Bois de lune*
*Le Maître ardoisier*
*Les Tisserands de la Licorne*
*Le Vent de l'aube*
**Patrick Breuzé**
*Le Silence des glaces*
*La Grande Avalanche*
**Nathalie de Broc**
*Le Patriarche du Bélon*
*La Dame des Forges*
**Annie Bruel**
*La Colline des contrebandiers*
*Le Mas des oliviers*
*Les Géants de pierre*
*Marie-Marseille*
*Jean du Casteloun*
*Les Amants de Malpasset*
**Michel Caffier**
*Le Hameau des mirabelliers*
*La Péniche Saint-Nicolas*
*Les Enfants du Flot*
*La Berline du roi Stanislas*
*La Plume d'or du drapier*
**Jean-Pierre Chabrol**
*La Banquise*
**Alice Collignon**
*Un parfum de cuir*
**Didier Cornaille**
*Les Labours d'hiver*
*Les Terres abandonnées*
*La Croix de Fourche*
*Etrangers à la terre*
*L'Héritage de Ludovic Grollier*
*L'Alambic*
**Georges Coulonges**
*Les Terres gelées*
*La Fête des écoles*
*La Madelon de l'an 40*
*L'Enfant sous les étoiles*
*Les Flammes de la Liberté*

*Ma communale avait raison*
*Les blés deviennent paille*
*L'Eté du grand bonheur*
*Des amants de porcelaine*
*Le Pays des tomates plates*
*La Terre et le Moulin*
*Les Sabots de Paris*
*Les Sabots d'Angèle*
*La Liberté sur la montagne*
*Les Boulets rouges de la Commune*
**Yves Courrière**
*Les Aubarède*
**Anne Courtillé**
*Les Dames de Clermont*
*Florine*
*Dieu le veult*
*Les Messieurs de Clermont*
*L'Arbre des dames*
*Le Secret du chat-huant*
**Paul Couturiau**
*En passant par la Lorraine*
**Annie Degroote**
*La Kermesse du diable*
*Le Cœur en Flandre*
*L'Oubliée de Salperwick*
*Les Filles du Houtland*
*Le Moulin de la Dérobade*
*Les Silences du maître drapier*
*Le Colporteur d'étoiles*
*La Splendeur des Vaneyck*
*Les Amants de la petite reine*
**Alain Dubos**
*Les Seigneurs de la haute lande*
*La Palombe noire*
*La Sève et la Cendre*
*Le Secret du docteur Lescat*
**Marie-Bernadette Dupuy**
*L'Orpheline du bois des Loups*
*Les Enfants du Pas du Loup*
*La Demoiselle des Bories*
**Elise Fischer**
*Trois Reines pour une couronne*
*Les Alliances de cristal*
*Mystérieuse Manon*
*Le Soleil des mineurs*
**Laurence Fritsch**
*La Faïencière de Saint-Jean*
**Alain Gandy**
*Adieu capitaine*
*Un sombre été à Chaluzac*
*L'Enigme de Ravejouls*
*Les Frères Delgayroux*
*Les Corneilles de Toulonjac*
*L'Affaire Combes*
*Les Polonaises de Cransac*
*Le Nœud d'anguilles*
*L'Agence Combes et Cie*
*Suicide sans préméditation*
*Fatale Randonnée*
**Gérard Georges**
*La Promesse d'un jour d'été*
*Les Bœufs de la Saint-Jean*
*L'Ecole en héritage*
**Michel Hérubel**
*La Maison Gelder*
*La Falaise bleue*
*Tempête sur Ouessant*
*Le Démon des brumes*
**Denis Humbert**
*La Malvialle*
*Un si joli village*
*La Rouvraie*
*La Dent du loup*
*L'Arbre à poules*
*Les Demi-Frères*
*La Dernière Vague*
**Yves Jacob**
*Marie sans terre*
*Les Anges maudits de Tourlaville*
*Les blés seront coupés*
**Hervé Jaouen**
*Que ma terre demeure*
*Au-dessous du calvaire*
*Les Ciels de la baie d'Audierne*
**Guillemette de La Borie**
*Les Dames de Tarnhac*
**Jean-Pierre Leclerc**
*Les Années de pierre*
*La Rouge Batelière*
*L'Eau et les jours*
*Les Sentinelles du printemps*
*Un amour naguère*
**Hélène Legrais**
*Le Destin des jumeaux Fabrègues*
*La Transbordeuse d'oranges*
*Les Herbes de la Saint-Jean*
**Louis-Jacques Liandier**
*Les Gens de Bois-sur-Lyre*
*Les Racines de l'espérance*
**Jean-Paul Malaval**
*Le Domaine de Rocheveyre*
*Les Vignerons de Chantegrêle*

*Jours de colère à Malpertuis*
*Quai des Chartrons*
*Les Compagnons de Maletaverne*
*Le Carnaval des loups*
*Les Césarines*
*Grand-mère Antonia*
*Une maison dans les arbres*
**Dominique Marny**
*A l'ombre des amandiers*
*La Rose des Vents*
*Et tout me parle de vous*
**Pascal Martin**
*Le Trésor du Magounia*
*Le Bonsaï de Brocéliande*
**Louis Muron**
*Le Chant des canuts*
**Henry Noullet**
*La Falourde*
*La Destalounade*
*Bonencontre*
*Le Destin de Bérengère Fayol*
*Le Mensonge d'Adeline*
*L'Evadé de Salvetat*
*Les Sortilèges d'Agnès d'Ayrac*
*Le Dernier Train de Salignac*
**Michel Peyramaure**
*Un château rose en Corrèze*
*Les Grandes Falaises*
**Frédéric Pons**
*Les Troupeaux du diable*
*Les Soleils de l'Adour*
**Jean Siccardi**
*Le Bois des Malines*
*Les Roses rouges de décembre*
*Le Bâtisseur de chapelles*
*Le Moulin de Siagne*
*Un parfum de rose*
*La Symphonie des loups*
**Jean-Michel Thibaux**
*La Bastide blanche*
*Le Secret de Magali*
*La Fille de la garrigue*
*La Colère du mistral*
*L'Homme qui habillait les mariées*
*La Gasparine*
*L'Or des collines*
*Le Chanteur de sérénades*
*La Pénitente*
**Jean-Max Tixier**
*Le Crime des Hautes Terres*
*La Fiancée du santonnier*
*Le Maître des roseaux*
*Marion des salins*
**Brigitte Varel**
*Un village pourtant si tranquille*
*Les Yeux de Manon*
*Emma*
*L'Enfant traqué*
*Le Chemin de Jean*
*L'Enfant du Trièves*
*Le Déshonneur d'un père*
*Blessure d'enfance*
**Louis-Olivier Vitté**
*La Rivière engloutie*
**Colette Vlérick**
*La Fille du goémonier*
*Le Brodeur de Pont-l'Abbé*
*La Marée du soir*
*Le Blé noir*

## Récit « Terres de France »

**Albine Novarino**
*George Sand ou l'Amour du Berry*

## Collection « Sud Lointain »

**Sylvie Anne**
*L'Appel de la pampa*
**Jean-Jacques Antier**
*Le Rendez-vous de Marie-Galante*
*Marie-Galante, La Liberté ou la Mort*
*La Dame du Grand-Mât*
*Le Sixième Condamné de l'Espérance*
**Erwan Bergot**
*Les Marches vers la gloire*
*Sud lointain*
tome I *Le Courrier de Saïgon*
tome II *La Rivière des parfums*
tome III *Le Maître de Bao-Tan*
*Rendez-vous à Vera-Cruz*
*Mourir au Laos*
**Jean Bertolino**
*Chaman*
*Fura-Tena*
**Anne Courtillé**
*Le Mosaïste de Constantinople*
**Paul Couturiau**
*Le Paravent de soie rouge*
*Le Paravent déchiré*
*L'Inconnue de Saigon*
*Les Amants du fleuve Rouge*
*Le Pianiste de La Nouvelle-Orléans*
**Alain Dubos**
*Acadie, terre promise*
*Retour en Acadie*
*La Plantation de Bois-Joli*
**Elise Fischer**
*L'Enfant perdu des Philippines*
**Hubert Huertas**
*L'Orque de Magellan*
**Hervé Jaouen**
*L'Adieu au Connemara*
**Eric Le Nabour**
*Orages sur Calcutta*
**Sonia Marmen**
*La Vallée des larmes*
*La Saison des corbeaux*
**Dominique Marny**
*Du côté de Pondichéry*
*Les Nuits du Caire*
*Cap Malabata*
**Juliette Morillot**
*Les Orchidées rouges de Shanghai*
**Michel Peyramaure**
*Le Pays du Bel Espoir*
*Les Fleuves de Babylone*
*Les Tambours sauvages*
**Bernard Simonay**
*Les Tigres de Tasmanie*
*La Dame d'Australie*
**Jean-Michel Thibaux**
*La Fille de Panamá*
*Tempête sur Panamá*
*La Pyramide perdue*
**Colette Vlérick**
*Le Domaine du belvédère*

## Romans

**Alain Gandy**
*Quand la Légion écrivait sa légende*
**Hubert Huertas**
*Nous jouerons quand même ensemble*
*La Passagère de la « Struma »*
**Denis Humbert**
*Un été d'illusions*
**Dominique Marny**
*Mes nuits ne sont pas les vôtres*

**Michel Peyramaure**
*Pacifique Sud*
*Louisiana*
*Le Roman de Catherine de Médicis*
**Jean-Michel Thibaux**
*Le Roman de Cléopâtre*

*Achevé d'imprimer sur les presses de*

BUSSIÈRE

GROUPE CPI

*à Saint-Amand-Montrond (Cher)*
*en mars 2006*

*Composition et mise en pages :* FACOMPO, LISIEUX

N° d'édition : 7353. — N° d'impression : 061168/1.
Dépôt légal : mars 2006.

*Imprimé en France*